퍼스트레이디

American Wife

by Curtis Sittenfeld

퍼스트레이디

American Wife

커티스 시튼펠드 장편소설

이진 옮김

김영사

퍼스트레이디

저자_ 커티스 시튼펠드
역자_ 이진

1판 1쇄 인쇄_ 2010. 3. 18.
1판 3쇄 발행_ 2010. 6. 27.

발행처_ 김영사
발행인_ 박은주

등록번호_ 제406-2003-036호
등록일자_ 1979. 5. 17.

경기도 파주시 교하읍 문발리 출판단지 515-1 우편번호 413-756
마케팅부 031)955-3100, 편집부 031)955-3250, 팩시밀리 031)955-3111

값은 표지에 있습니다.
ISBN 978-89-349-3844-6 03840

독자의견 전화_ 031) 955-3200
홈페이지_ http://www.gimmyoung.com
이메일_ bestbook@gimmyoung.com

좋은 독자가 좋은 책을 만듭니다.
김영사는 독자 여러분의 의견에 항상 귀 기울이고 있습니다.

CONTENTS

American Wife

{ prologue }

2007년 6월, 백악관

내가 엄청난 실수를 저지른 것일까?

내 곁에 남편이 잠들어 있다. 그의 숨소리는 깊고 고르다. 신혼 시절, 처음 몇 주 동안은 그가 코를 골 때마다 큰 소리로 그의 이름을 불렀다. 그가 대답하면, 미안하지만 모로 누워서 자라고 말했다. 얼마 후 그가 차라리 자기를 밀어서 돌려 눕혀달라고 했다. 굳이 깨워서 말하지 말라고, 그렇게 잠을 깨는 게 싫다고.

"날 굴려. 아주 힘껏!"

그가 말하며 웃었다.

처음엔 왠지 그러기가 미안했지만 곧 익숙해졌다.

오늘밤 그는 코를 골지 않는다. 내가 잠을 못 이루는 것은 그의 탓이 아니다. 방 안의 온도를 탓할 수도 없다. 우리 두 사람 모두 거의 밖에서 시간을 보내지만 방의 온도는 항상 밤에는 19도, 낮에는 21도로 맞추어져 있다. 선반 위에 놓인 백색 소음기(귀에 거슬리지 않는 소음을 발생시켜주변의 소음을 덮어주고 실내 기밀을 보호하는 장치)에서 낮은 소음이 흘러나오고 블라인드와 커튼이 우리를 깊은 어둠 속에 가두었다. 우리 삶에는 안전에 관한 긴장감이 항상 따라다니지만 그마저도 이젠 일상이 되었다. 우리는 평범한 중산층 가정의 부부보다 훨씬 더 안전한 환경에서 살고 있다. 그 사람들에겐 도난방지 장치와 사나운 개, 집 부근의 어두운 곳을 비추는 가로등이 있지만 우리에겐 적외선 조준기와 헬리콥터, 무장한 승용차, 로켓 발사대, 옥상의 저격수가 있다. 물론 우리 삶에 위험 요소가 훨씬 더 많은 것은 사실이지만, 보안의 강도가 평범한 사람들과는 비교가 되지 않을 정도로 높아서 가끔은 좀 우습다는 생각마저 든다. 그 모든 것이 우리 자신이 아닌 우리 신분에 대한 배려일 뿐이다. 우리는 상징적인 존재들이다. 실제로 우리가 어떤 사람들인지는 중요하지 않다. 그렇게 생각하지 않으면 우리를 위해 쓰는 이 모든 비용과 노력들을 생각할 때마다 수치스러울 것이다. 그래서 나는 항상 나 자신에게 말한다. 우리가 하지 않아도 누군가는 이 자리에서 이 역할을 할 거라고.

며칠째 불면증에 시달리고 있다. 잠이 드는 게 문제는 아니다. 밤 10시가 지나면 나는 어느 정도 피로감을 느끼고 무얼 해도 집중하기가 힘들다. 이불 속으로 파고들어 누우면 보통 11시가 조금 넘고 그때쯤이면 남편은 아직 화장실에 있거나 아니면 마지막으로 읽어볼 것들을 뒤적이면서 나에게 말을 건넨다. 나는 눕자마자 바로 잠 속으로 빠져든다. 그러다가 남편이 침대로 다가와 나를 안으면 잠시 잠의 바다에서 수면 위로 떠오른다. 우리는 서로에게 "사랑해"라고 말한다. 그럴 때면 어렴풋이나마, 아직도 우리에게 정말 소중한 무언가가 남아 있는 것 같다는 생각이 든다. 어둠 속에 누워 있는 우리 두 사람의 육체만은 그 무엇보다 진실하고 소중하다. 사생활 폭로와 온갖 의무와 음모들은 모두 다 거짓이고, 허망할 뿐이다.

그러나 새벽 2시쯤 잠에서 깨어나면 모든 것이 달라진다. 새벽 2시에 깨어나는 것이 새벽 4시에 깨어나는 것보다 더 좋은지 나쁜지는 알 수 없다. 새벽 2시에 잠에서 깨어나면 한편으로는 다시 잠들 수 있을 것 같아 마음이 편안하지만 한편으로는 밤이 너무 길게 느껴진다. 대부분은 오래전에 알던 사람들을 꿈에서 보고 깨어난다. 한때 알았지만 지금은 없는 사람들, 나와의 관계가 돌이킬 수 없는 지경으로 변해버린 사람들.

살아오면서 나는 상상조차 하지 못했던 수많은 일들을 겪었다.

오늘 내가 미국 대통령인 남편의 입지를 위태롭게 했을까? 아니면 이미 몇 년 전에 했어야 할 일들을 마침내 해낸 것일까? 어쩌면 둘 다인 것도 같다. 바로 그게 문제다. 나는 내가 생각했던 것과 정반대의 삶을 살아왔다.

나는 예전의 내가 아니었고 이 세상은 예전에 내가 살던 세상이 아니었다

제 1 부

에이미티 가 1227번지

American Wife

1954년, 3학년에 올라가기 전 여름방학 때 나의 할머니는 앤드류 이모프를 여자애라고 생각했다.

나는 할머니를 따라 슈퍼에 가곤 했는데, 그날 아침 할머니는 소설에서 야자의 새순에 관한 구절을 읽고는 느닷없이 야자를 사러 가자고 했다. 할머니는 나를 데리고 시내의 슈퍼로 갔고 캔 제품 코너에서 우연히 엄마와 함께 온 앤드류를 만나게 되었다. 앤드류의 엄마와 우리 할머니는 세대가 달라서 친구가 될 수는 없지만 위스콘신 주 라일리에 사는 동네 사람 정도로 서로를 알고 있었다.

"안녕하세요, 여사님? 플로렌스 이모프예요. 잘 지내셨어요?"

앤드류의 엄마가 먼저 우리에게 다가와 손을 가슴에 얹으며 말했다.

앤드류와 나는 내내 같은 반이었지만 대화를 나눈 적은 없었고 눈인사만 주고받는 사이였다. 우리 둘 다 여덟 살이었다. 어른들이 대화를 나누는 동안 앤드류는 땅콩 캔을 손바닥과 턱 사이에 끼워놓고 있었고 나는 그가 묘기를 부리려는 건지 궁금해하고 있었다.

"아주 예쁜 따님을 두셨네. 이름이 뭐였더라?"

할머니가 앤드류를 가리키며 물었다.

이모프 부인이 할머니의 실수를 어떻게 바로잡아야 할지 고심하는 동안 잠시 침묵이 흘렀다.

"앤드류예요. 앤드류와 앨리스는 줄곧 같은 반이었어요."

아들의 어깨를 만지면서 이모프 부인이 말했다.

할머니가 깜짝 놀랐다.

"앤드류?"

할머니는 마치 귀가 잘 안 들린다는 듯 고개를 옆으로 돌리면서 귀를 그들 쪽으로 향하게 했다. 그러나 나는 할머니의 청력에 전혀 문제가 없다는 것을 알고 있었다. 할머니는 이모프 부인이 보여준 용서의 제스처를 고의적으로 거부하는 것 같았다. 나는 할머니의 귀에 대고 "할머니! 잰 남자예요!"라고 소리치고 싶었다.

나는 앤드류가 여자애 같다는 생각을 한 번도 한 적이 없었다. 그러나 앤드류의 갈색 눈동자 위에 드리워진 속눈썹은 유난히 길었고 밝은 갈색 머리카락도 유난히 숱이 많은 게 사실이었다. 앤드류의 머리 길이는 당시 보통 남자아이들과 비슷했고 나보다는 훨씬 짧았다. 게다가 카키색 바지나 빨간색과 흰색이 섞인 체크무늬 셔츠도 여성스러움과는 거리가 멀었다.

"앤드류는 제 두 아들 중 작은아이랍니다."

이모프 부인이 말했다. 조금 날카로워진 목소리였고 처음으로 짜증스러움이 배어났다.

"큰아이 이름은 피트고요."

"그래요?"

할머니는 그제야 상황을 파악한 것 같았다. 그러나 그렇다고 해서 자신의 실수를 인정하는 것 같지는 않았다. 할머니는 몸을 앞으로 숙이고 앤드류를 바라보며 고개를 끄덕였다. 앤드류는 여전히 땅콩 캔을 턱 밑에 끼고 있었다.

"만나서 반갑다. 혹시 우리 손녀딸이 학교에서 말썽을 부리면 바로 나한테 알려주렴!"

그때까지 앤드류는 한마디도 하지 않았다. 자신의 성별 문제로 논쟁이 벌어지고 있다는 사실을 알아차릴 만큼 어른들의 대화에 주의를 기울이고 있었는지도 알 수 없다. 어쨌든 할머니의 말에 그가 미소를 지었다. 입을 다문 채로 아주 환하게. 마치 내가 정말 말썽꾼이라 앞으로 내 행동을 주시하겠다는 듯이. 짓궂은 장난에 관해서라면 둘째가라면 서러울 나의 할머니도 마치 범죄 공모자처럼 그를 바라보며 웃었다. 잘 가라는 인사를 나눈 뒤 앤드류와 나는 반대 방향으로 걸었다. 야자는 결국 사지 못했다.

"할머니!"

할머니의 손을 잡고 걸으면서 작지만 책망하는 듯한 목소리로 내가 소리쳤다.

"왜? 네가 보기엔 여자애 같지 않든? 남자애치고 너무 곱상하더라."

"쉿!"

"물론 그 애 잘못은 아니지만 말이야. 모르긴 해도 그런 실수를 한 사람이 내가 처음은 아닐걸? 속눈썹이 3센티미터는 되겠더라."

할머니의 주장을 확인해보려는 듯 우리 두 사람은 동시에 뒤를 돌아보았다. 우리는 앤드류와 그의 엄마에게서 10미터 정도 떨어져 있었다. 이모프 부인은 진열대 쪽으로 몸을 숙인 채 등을 돌리고 서 있었지만 앤드류는 할머니와 내 쪽을 바라보고 있었다. 그는 여전히 엷은 미소를 짓고 있다가 나와 눈이 마주치자 눈썹을 위로 두어 번 추켜올렸다.

"얼씨구, 저 녀석이 추파를 던지네!"

할머니가 말했다.

"그게 무슨 뜻이에요?"

할머니가 웃었다.

"누굴 좋아하면 그의 관심을 끌려고 애쓰는 걸 그렇게 표현한단다."

앤드류 이모프가 날 좋아한다고? 어른의 눈에 그렇게 비쳤다면 사실일 것이다. 더구나 보통 어른도 아니고 우리 할머니처럼 똑똑한 어른이라면. 앤드류가 나를 좋아한다는 사실은 짜릿하지도, 끔찍하지도 않았다. 그저 의외일 뿐이었다. 나는 잠시 할머니의 말을 생각해보다가 이내 그 생각을 떨쳐버렸다. 할머니가 똑똑한 것은 사실이지만 여덟 살 아이들의 세계에 관해서는 전문가라고 말할 수 없었다. 게다가 앤드류가 남자인 줄도 몰랐던 할머니가 아니었던가.

어린 시절 우리 집에는 네 식구가 살았다. 할머니와 부모님, 그리고 나, 이렇게 넷이었다. 아빠 쪽으로 나는 3대째 외동이었다. 당시로서는 무척 드문 일이었다. 동생이 있었으면 좋겠다는 생각은 했지만 그런 말을 입 밖에 내서는 안 된다는 것을 나는 일찌감치 알았다. 내가 1학년이 되기 전에 엄마는 이미 두 번이나 유산을 했다. 내가 아는 것만 두 번이었다. 마지막 유산은 임신 7개월째 접어들어서 일어난 일이었다. 거듭된 유산으로 인해 부모님이 조용한 슬픔에 잠겼던 것은 사실이지만 어떻게 보면 그 나름대로의 평화가 있었다. 저녁식사 때면 직사각형 모양의 테이블의 네 좌석에 한 명씩 앉았고, 교회에 갈 때면 둘씩 짝을 지어 걸었다. 여름이 되면 막대 아이스크림 한 박스를 사서 넷이 딱 맞게 먹을 수 있었고 유커나 브리지 같은 카드게임을 하기에도 딱 좋았다. 나는 열 살 때 카드를 배웠고 금요일이나 토요일 저녁이면 가족들과 카드게임을 했다.

할머니가 조금 다혈질인 데 반해 우리 부모님은 서로를 무척 존중하고 이해했다. 아주 오랫동안 나는 다른 사람들도 모두 우리 가족처럼 평화롭게 살아야 한다고 믿었고 우리와 분위기가 다른 사람들을 보면 뭔가 잘못된 거라고 생각했다. 내 어릴 적 단짝 친구 데나 제나추스키는 우리 집 바로 맞은편 집에 살았다. 나는 데나의 가족들이 사는 모습을 보고 놀란 적이 한두 번이 아니었다. 무엇보다도 거칠고 큰 목소리가 낯설었다. 그들은 위층에서 아래층으로, 창밖으로 고함을 질러댔고 마음대로 다른 사람 접시에 담긴 음식을 먹었으며, 데나의 두 어린 여동생들은 서로의 머리채를 잡아당기고 엉덩이에 똥침을 놓았다. 화장실에 다른 사람이 있어도 아무렇지 않게 드나들었다. 내가 있는데도 데나의 아빠가 '빌어먹을' 정원용 가위를 누가 가져갔느냐고 말한 것 자체보다 더 놀라웠던 것은 그런 말에 전혀 신경 쓰지 않는 데나와 데나의 엄마, 동생들이었다.

반면 우리 집은 항상 평화로웠다. 물론 나의 부모님도 종종 의견이 안 맞을 때도 있었다. 1년에 몇 번씩 아빠가 입을 굳게 다물고 있거나 눈꼬리가 상처받은 사람처럼 아래로 쳐지곤 할 때가 있었다. 그러나 그런 일은 자주 있지도 않았을 뿐더러 두 분은 굳이 서로에게 자신의 불쾌한 감정을 표현할 필요를 느끼지 못했다. 상처를 주는 쪽이건 받는 쪽이건 서로의 생각이 다르다는 사실 하나만으로도 충분히 고통스러워했다.

아빠가 좋아하는 격언으로는 두 가지가 있었는데 하나는 '바보들은 결국엔 바보짓을 해서 이름과 얼굴을 알린다'이고 또 하나는 '무슨 일을 하든 제대로 하라'였다. 첫 번째 것은 누구의 것인지 알 수 없지만 두 번째 것은 링컨의 말이었다.

아빠의 직업은 은행 지점장이었지만 아빠가 정말 좋아하는 것은 '다리'였다. 다리는 아빠의 취미이기도 했다. 아빠는 골든게이트 다리의 위용에 대해 침이 마르도록 이야기했다. 골든게이트 다리 공사가 한창일 때, 공사의 발주처에서 엄청난 비용을 들여 다리 밑에 안전그물을 설치했다는 이야기도 들려주었다.

"그게 바로 기업의 사회적 책임이라는 거다. 돈을 버는 것만 생각해선 안 되는 거야."

그 뒤로도 아빠는 미시건의 맥키낙 다리, 브루클린과 스테이튼 섬을 연결하는 베라자노 내로스 다리가 완공되는 과정도 관심을 갖고 지켜보았다.

나의 부모님은 두 분 다 밀워키에서 자랐지만 1944년 이전에는 서로를 알지 못했다. 그때 아빠의 나이는 24세로 군에서 명예 제대한 뒤 위스콘신 은행의 한 지점에서 부 지점장으로 일하고 있었고, 당시 19세였던 엄마는 장갑 공장에서 일하고 있었다. 두 사람은 편의점에서 음료수를 마시다가 이야기를 나누게 되었고 여섯 달 뒤 아빠가 청혼을 하자 엄마는 직장을 그만두었다. 결혼식이 끝난 뒤 두 사람은 할머니를 모시고 라일리로 이사했다. 아빠는 라일리에서 위스콘신 은행의 지점을 열었다. 엄마는 그 이후 다시 직장을 가진 적이 없었다. 가정주부로서의 엄마는 집안일을 수월하게 했다. 힘들어하지도 짜증을 내지도 않았고 가족들에게 엄마가 얼마나 많은 일을 하고 있는지 생색을 내지도 않았다. 엄마는 나에게 옷을 만들어주었고 집안 구석구석을 세심하게 살폈으며 항상 식사를 손수 준비했다. 우리가 먹는 음식은 맛이 있다기보다는 먹을 만했다. 엄마는 프라이팬에 구운 고기나 국수, 치즈 같은 것들을 준비했고 낮은 목소리로 나에게 조리법을 가르쳐주었다. 그러나 내가 왜 그런 것들을 알아야 하는지는 설명해주지 않았다.

알지 말아야 할 이유는 또 무엇이겠는가? 엄마는 무던히도 인내했고 작지만 사랑스러운 애정 표현을 즐겼다. 말없이 예쁜 리본이나 페퍼민트 사탕을 침대맡에 놓아두거나 내 화장대에 꽃 한 송이가 꽂힌 조그만 꽃병을 놓아두기도 했다.

엄마는 여덟 남매 중에 끝에서 둘째였지만 나는 이모들을 자주 보지 못했다. 엄마에겐 남자 형제 다섯과 여자 형제 둘이 있었다. 그러나 라일리로 우리를 찾아왔던 사람은 정비사와 결혼을 해서 자식을 여섯이나 둔 마리 이모뿐이었다. 엄마의 부모님이 살아계실 때는 밀워키까지 차를 몰고 가기도 했지만 내가 여섯 살 때 두 분이 열흘 간격으로 돌아가신 뒤로 나는 이모와 삼촌, 사촌들을 보지 못했다. 그들에 대한 나의 기억은, 그들의 집이 모두 작고 복닥거렸다는 것, 아이들이 티격태격하는 소리와 상한 우유 냄새가 진동했다는 것, 남자들은 무뚝뚝했고 여자들은 맘 편할 날이 없었다는 것, 못되게 굴지는 않았지만 그들 중 누구도 우리에게 그다지 관심이 없었다는 것 정도였다.

어린 시절, 이모나 삼촌 집에서 차를 타고 출발할 때면 나는 일종의 안도감 같은 것을 느꼈다. 어린 나이였지만 나는 그런 나의 감정을 표현해서는 안 된다는 것을 알았다. 우리 가족 중 그 누구도 그런 말을 드러내고 한 적은 없었지만 나는 엄마가 자신의 형제자매들 대신 우리를 선택했다는 것, 그런 결단 덕분에 엄마의 운이 트였다는 것을 알 수 있었다.

엄마처럼 할머니도 라일리로 이사 온 뒤로 일을 하지 않았지만 그렇다고 해서 집안 살림을 도운 것도 아니었다. 엄마는 할머니가 집안일을 돕지 않는 것에 대해 전혀 속상해하지 않았다. 엄마는 할머니가 재미있는 사람이라고 생각했고 재미있는 사람은 조금 더 이해해주어야 한다고 생각했던 것 같다. 매일 오후 학교에서 돌아오면 두 분은 부엌에 앉아 있었다. 엄마는 허름한 옷에 앞치마를 두른 채로 분주하게 움직이다가 가끔 멈추어 서서 어깨 너머로 할머니가 읽어주는 잡지 기사를 듣곤 했다. 이를테면 시카고 갱단 두목 애인의 의문의 피살 사건에 관한 기사 같은 것이었다.

할머니는 청소기를 돌리지도 걸레질을 하지도 않았고 어쩌다가 부모님이 집을 비우거나 엄마가 아플 때만 치즈와 반쯤 익힌 팬케이크 같은 아주 부실한 음식들을 만들었다. 할머니가 했던 일이라고는 독서뿐이었다. 책 한 권을 하루에 우습게 끝냈고 특히 소설을 좋아했다. 러시아 문

호들의 작품을 좋아했지만 역사와 전기, 추리소설 같은 것도 읽었다. 매일 아침, 그리고 매일 오후, 할머니는 몇 시간씩 거실이나 침대에 앉아 책장을 넘기며 담배를 피웠다. 침대에 앉아 있을 때조차도 할머니는 침대를 말끔히 정돈하고 옷을 갖추어 입었다.

할머니는 호프 다이아몬드(세계 최대의 인도산 블루 다이아몬드)와 도너 원정대(미 서부 개척 시대, 캘리포니아를 향해 서쪽으로 횡단을 하려다 폭설에 갇혔고 다음 해 4월 구조될 때까지 89명 중 48명이 살아남음)의 식인 사건에 대해서도 알고 있었다. 그런 것을 알고 있는 것은 부끄러운 일은 아니었지만 그렇다고 해서 내세울 일도 아닌 것 같았다.

할머니가 들려주는 이야기들은 재미있었다. 물론 실제 생활에는 별로 보탬이 되지 않았다. 주택 대부금을 갚거나 프라이팬을 닦거나 위스콘신의 추운 겨울을 나는 방법과는 전혀 상관이 없었다.

할머니는 자신에 대한 그러한 부정적인 시각에 맞서는 대신 자신이 알게 된 것들을 나누기로 결심한 사람 같았다. 다른 시대에 태어났다면 할머니는 멋진 평론가나 영문학 교수가 되었을 것이다. 그러나 할머니는 대학에 다닌 적이 없었고 나의 부모도 마찬가지였다. 할머니의 남편, 그러니까 내 아버지의 아버지는 일찍 돌아가셨다. 젊은 과부였던 할머니는 옷가게에서 일했다. 주로 돈은 많지만 감각이 없는 밀워키 여자들의 시중을 드는 일이었다. 할머니는 50세까지 그 일을 했다. 당시 50이면 요즈음의 50보다는 훨씬 많은 나이였다. 바로 그 무렵 할머니는 갓 결혼한 우리 부모님과 함께 라일리로 이사하게 되었다.

할머니는 주로 도서관에서 책을 빌렸지만 가끔은 직접 사기도 했다. 할머니가 구입한 책들은 침실 선반을 두 줄로 가득 채웠다. 할머니는 자신이 읽은 성인 소설을 감질나게 요약해주곤 했다.

"조신한 유부녀가 남편이 아닌 다른 남자와 사랑에 빠졌지 뭐냐? 남편한테 들키고 나서 그 여자는 이제 철길에 몸을 던지는 수밖에 없다는 생각이 든 거야. 그래서…….”

그런 이야기들은 할머니가 남다른 안목으로 고른 장식품들과 함께 묘한 분위기를 자아냈다. 그중에서도 내가 가장 좋아하는 것은 할머니의 서랍장 위에 놓인 네페르티티 흉상이었다. 그 흉상은 시카고에 사는 할머니의 친구 글래디스 위콤이 선물해준 것으로 고대 이집트의 조각가 터트모스가 만든 조각상의 복제품이었다. 네페르티티는 검은 머리장식에 보석 목걸이를 하고 차가운 표정으로 정면을 응시하고 있었다. 그녀의 이름은 ‘아름다운 여자가 나타났다’는 뜻이라고 했다.

책과 사진, 네페르티티의 흉상, 그리고 향수병과 화장품을 제외하면 할머니의 방은 소박한 편이었다. 할머니는 나처럼 싱글 침대를 사용했고 노란 침대보를 사용했다. 침대 맡 테이블에도 램프와 책 한 권, 시계, 재떨이가 전부였다. 그러나 할머니의 방에서는 늘 담배 냄새와 향수 냄새가 풍겼고 나에게는 그 방이 마치 모험과 어른들의 세계로 통하는 관문 같았다.

할머니가 나를 독서광으로 만들고 싶어 했는지는 알 수 없지만 마음대로 할머니의 책을 읽어도 좋다고 했다. 그중에는 이해하기 어려운 책도 있었고 엄마라면 허락하지 않았을 책도 있었다. 아빠 엄마의 책은 거실에 꽂아놓은 브리태니커 백과사전이 전부였다. 아버지는 조간신문 〈라일리 시티즌〉과 석간신문 〈라일리 쿠리어〉, 그리고 〈에스콰이어〉를 구독했지만 〈에스콰이어〉는 할머니가 더 열심히 읽었다. 엄마는 책을 읽지 않았다. 엄마가 책을 읽지 않은 것이 시간이 없어서인지 아니면 관심이 없어서인지 나는 지금까지도 알지 못한다.

은행 지점장의 딸이었기 때문에 나는 우리가 부자라고 생각했다. 서른 살이 넘어서야 나는 진짜 부자들은 우리 같은 사람들을 부자라고 생각하지 않는다는 사실을 알게 되었다. 라일리는 벤튼 카운티 한복판에 있었고 벤튼 카운티에는 두 개의 치즈공장이 있었다. 하나는 ‘파스빈더

유업'이고 다른 하나는 '화이트리버 유업'이었다. 우리 반 아이들의 부모는 대부분 그 두 공장 중 한 곳에서 일했고 그 나머지는 부근의 작은 농장, 혹은 큰 농장의 사람들이었다. 그러나 큰 농장의 아이들이라고 해도, 도시에 사는 아이들이 훨씬 더 세련되어 보였다.

어린 시절 나는 에이미티 가 사람들의 이름을 전부 다 알았다. 웨크워드 씨의 아들 데이비드는 내가 태어나서 처음 안아본 아기였고, 노프크스 씨네 고양이 제우스는 내가 다섯 살 때 내 뺨을 할퀴어서 평생 고양이를 싫어하게 만들었다. 서노크 씨는 사냥철에 자기가 잡은 사슴을 앞마당의 나무에 매달아놓곤 했다. 우리 가족이 다녔던 캘버리 루터 교회는 내가 다닌 초등학교와 중학교가 있는 아델피아 가에 있었는데 우리 집과는 여섯 블록 정도 떨어져 있었다. 1948년에 완공된 '새 고등학교'는 내가 다녔던 1959년도에도 여전히 '새 고등학교'로 불렸다. 어쨌든 내가 기억하는 라일리의 모습은 25킬로미터 안에 모두 들어 있었고 그 주위로는 모두 끊임없이 펼쳐진 들판과 초원, 목장, 굽이치는 언덕, 너도밤나무 숲, 단풍나무 숲이었다.

옥외화장실을 사용하고 자기네 논밭과 가축에서 생산된 음식만 먹고 사는 아이들과 함께 학교를 다닌다고 해서 나는 도도하거나 잘난 척하지 않았다. 오히려 내 처지의 장점을 의식하면서 친구들에게 더 친절하려고 노력했다. 먼 훗날, 뜻밖의 삶을 살게 되었을 때, 나의 그러한 성향이 큰 장점이 되리라는 것을 당시엔 알지 못했다.

그로부터 몇 년 동안, 나는 할머니와 슈퍼에 갔다가 앤드류 이모프와 그의 엄마를 만났던 일을 생각해본 적이 없었다. 나는 계속 앤드류와 같은 학교를 다녔지만 그와는 거의 말을 하지 않았다. 4학년 어느 날, 점심을 먹기 전에 선생님이 반 아이들 줄 세우는 일을 앤드류에게 맡겼다. 당시 우리는 하루에 몇 차례씩 그렇게 줄을 섰다.

먼저 앤드류가 "이름이 B자로 시작하는 사람!"이라고 소리쳤고 그의 친구 바비가 그의 바로 뒤에 섰다. 그다음 앤드류는 "머리에 빨간 리본을 단 사람!"이라고 말했다. 그날 머리에 빨간 리본을 맨 사람은 나 혼자였다. 게다가 앤드류가 그 말을 할 때 나는 앤드류를 바라보고 서 있었다. 그러니까 앤드류는 내 빨간 리본을 미리 보아둔 것이었다. 내게 말을 건 적도 없었고 다른 남자아이들처럼 내 리본을 잡아당기지도 않았지만 어쨌든 그는 알고 있었다.

6학년 어느 날 오후, 단짝 데나와 함께 집으로 돌아가는 길에 자전거를 타고 달려오는 앤드류를 보았다. 추운 날이었고 앤드류의 뺨은 벌겋게 얼어붙어 있었다. 그가 우리 곁을 지나가는 순간 데나가 큰 소리로 "앤드류 이모프의 뜨거운 불덩이!"라고 소리쳤다.

나는 기겁을 하며 데나를 쳐다보았다.

놀랍게도 앤드류는 브레이크를 걸었다. 재미있다는 표정이었다.

"지금 뭐라고 했어?"

그 당시 앤드류는 마른 편이었고 나와 데나보다도 키가 작았다.

"그러니까 그게 있지…… 그 노래 말이야. 그대가 품고 있는 그 뜨거운 불덩이……."

데나의 엄마는 엘비스의 팬이었지만 데나가 가장 좋아하는 가수는 제리 리 루이스였다. 그다음 해 봄 제리 리 루이스가 열세 살짜리 사촌과 결혼했을 때 자기에게도 희망이 있다는 생각을 하게 되면서 데나의 상사병은 더욱더 깊어졌다. 만약 게일 브라운이 나타나지 않았더라면 8학년쯤에는 자기가 제리 리 루이스의 연인이 될 수 있었다는 게 데나의 주장이었다.

"자전거를 타고 여기까지 온 거야?"

데나가 앤드류에게 물었다. 앤드류는 시내에서 몇 킬로 떨어진 옥수수 농장에서 살고 있었다.

"바비네 코커스패니얼이 간밤에 새끼를 낳았어. 꼭 요만해."

앤드류가 자전거에 앉은 채로 중심을 잡고 서서 양쪽 손을 조금 벌려 보였다. 그는 갈색 장갑을 끼고 있었다. 나는 앤드류에게 별로 관심이 없었다. 그는 왠지 나보다 나이가 훨씬 많은 것처럼 느껴졌다. 내 기억으로 나는 그날 처음 앤드류와 대화를 나누었다.

"강아지 보러 가도 돼?"

데나가 묻자 앤드류가 고개를 저었다.

"바비 엄마가 그러는데 좀 더 클 때까지 만지면 안 된내. 빌가락하고 코가 분홍색이다."

"나도 분홍색 코 보고 싶다!"

데나가 소리쳤고 나는 그 말이 조금 미심쩍었다. 왜냐하면 데나네 집에도 개가 한 마리 있었지만 데나는 전혀 관심이 없었기 때문이었다.

"하루 종일 먹고 자기만 해. 아직 눈도 못 떴어."

앤드류가 말했다.

그때까지 거의 말을 하지 않았던 나는 앤드류에게 봉지를 내밀었다.

"과자 먹을래?"

데나와 나는 시내에 과자를 사러 나갔다 오는 길이었다.

"앤드류, 어젯밤에 너희 형이 터치다운 했다며?"

앤드류가 과자 봉지에 손을 넣을 때 데나가 물었다.

"너희는 게임 안 봤어?"

데나와 나는 고개를 저었다.

"우리 형 팀이 올해 성적이 아주 좋아. 공격수 얼 예거는 체중이 127킬로그램이야."

"그건 좀 구역질 난다."

데나가 말했다.

데나는 자기도 한 봉지 샀으면서 내 과자 봉지에 손을 넣었다.

"난 고등학교 가면 꼭 치어리더 할 거야. 그래서 아무리 날씨가 추워도 금요일마다 유니폼 입고 학교 갈 거야."

데나가 말했다.

"넌 어때, 앨리스? 너도 치어리더 되고 싶니?"

앤드류가 자전거 앞바퀴를 내 쪽으로 고정한 채 물었다.

우리는 서로를 바라보았다. 초록빛이 감도는 갈색 눈동자와 조금 심하다 싶을 정도로 긴 그의 속눈썹을 바라보면서 나는 어쩌면 할머니 말이 옳은지도 모른다고 생각했다. 앤드류는 그러고 싶지 않을지 몰라도 앤드류의 속눈썹은 분명히 추파를 던지고 있었다.

"앨리스는 고등학교에 가서도 걸스카우트 할 거래."

데나가 말했다.

데나는 지난여름 걸스카우트에서 탈퇴했고 나도 그만두는 쪽으로 마음이 기울고는 있었지만 아직 결정을 내리지 못하고 있는 상태였다.

"나는 미래 교사단에 들어갈까 생각 중이야."

데나가 코웃음을 쳤다.

"넌 똑똑하다 이거지?"

그 순간 나는 데나가 너무 얄미웠다. 데나는 내가 2학년 때 클로거티 선생님을 만난 이후 줄곧 선생님이 되고 싶어 했다는 것을 누구보다도 잘 알고 있었다. 친절하고 예쁜 클로거티 선생님은 우리에게 《캐디 우드런》이라는 소설을 읽어주었고 그 책은 내가 가장 좋아하는 소설이 되었다. 그 후로 몇 년 동안 데나와 나는 데나의 동생 마조리와 페기를 학생 삼아 클로거티 선생님을 흉내 내며 놀았다. 걸스카우트가 되면서 데나는 나보다 먼저 학교놀이에 흥미를 잃었다.

데나가 앤드류 쪽으로 돌아섰다.

"바비한테 말해서 강아지 볼 수 있게 해줘. 말썽 안 피울게."

"네가 직접 말하지 그래?"

앤드류가 장갑을 끼고 자전거 페달에 발을 올렸다.

"나중에 보자!"

월요일이 되자 데나는 앤드류에게 쪽지를 보냈다.

'가장 좋아하는 음식이 뭐니? 가장 좋아하는 계절은?' 그리고 마치 갑자기 생각났다는 듯이 마지막에 '우리 반에서 네가 가장 좋아하는 여자애는 누구니?'라고 써서 보냈다.

쪽지를 보내기 전에는 나에게 한마디도 하지 않았지만 답장 없이 며칠이 지나자 데나는 나한테 말하지 않고 배길 수가 없었다. 데나의 이야기를 듣고 나는 왠지 화가 났다. 마치 함께 출발하기로 약속해놓고 데나가 먼저 튀어 나간 것 같은 기분이 들었다. 그러나 내가 화낼 자격이 있는지도 의문이었다. 데나가 앤드류에게 쪽지를 보내면 안 될 이유도 없었다. 그래서 나는 아무 말도 하지 않았다. 그렇게 사흘이 흘렀고 나흘이 되었는데도 앤드류는 답장을 보내지 않았다. 기다림의 고통이 연민으로 변해가던 어느 날, 데나의 책상에 조그맣게 네모로 접은 쪽지가 놓여 있었다.

'으깬 감자. 여름. 실비아 에버바크, 그리고 앨리스.'

실비아 에버바크는 우리 6학년 중에서 가장 키가 작은 아이였다. 공장 근로자의 딸인 실비아는 피부가 희었고 금발이었다. 앨리스는 물론 나다. 나는 지금껏 그때 앤드류가 보낸 쪽지보다 더 정직한 글을 보지 못했다. 앤드류는 무슨 생각으로 자신의 마음을 그렇게 솔직하게 털어놓았을까? 어쩌면 달리 어떻게 해야 할지 몰랐을 수도 있었다.

데나와 나는 점심식사를 하고 나서 수업종이 울리기 전 복도에 서서 그의 답장을 읽었다. '실비아 에버바크, 그리고 앨리스'라는 그의 대답은 마치 선물 같았고 행복한 미래의 약속 같았다. 데나가 그에게 쪽지를 보냈다는 사실을 알고 난 후 내가 느꼈던 불안감은 모두 사라졌다. 앤드류는 나를 좋아했다. 그의 관심을 실비아와 나누어 가져야 한다고 해도 상관없을 것 같았다.

"이 쪽지 내가 보관할까?"

내가 말했다.

나의 승리가 확실했고 당연히 그래야 할 것 같았다. 데나는 날카롭게 나를 쏘아보더니 쪽지를 빼앗았다. 학기가 끝나갈 무렵, 앤드류와 데나가 사귀기로 했다는 소식을 들었다. 그것도 데나가 아닌 다른 아이에게 들은 이야기였다. 학기 마지막 날 학교에서 나와서 정류장 쪽으로 걸어가다가 데나와 앤드류가 손을 잡고 정류장에 서 있는 것을 보았다. 앤드류는 버스를 타고 통학을 했고 데나와 나는 학교를 걸어 다녔다.

"안녕, 앨리스!"

데나가 말했다.

데나는 행복해 보였다. 앤드류가 나를 바라보며 고개 인사를 했다. 나는 그가 어쩔 수 없이 데나에게 붙잡혀 있다는 징후를 찾아보았다. 모든 것이 그의 뜻이 아니었다는, 적어도 그가 혼란스러워하고 있다는 징후를 찾아보았다. 그러나 그는 아주 편안해 보였다.

그렇다면 '실비아 에버바크, 그리고 앨리스'는 어떻게 된 것일까?

데나와 앤드류는 그 후 4년 동안 커플로 지냈다. 물론 어린 나이였고 나 말고는 아무도 그들의 관계를 심각하게 받아들이지 않았지만 두 사람은 항상 손을 잡고 다녔고 양쪽 부모로부터 단둘이 만나 햄버거를 먹거나 밀크셰이크를 마셔도 좋다는 허락도 받았다. 앤드류는 과묵한 편이었지만 그렇다고 해서 데나와 함께 있을 때 전혀 말이 없지는 않았다. 가끔 셋이 함께 영화를 보러 가기도 했는데, 한번은 그가 나와 데나 사이에 앉았다. 보통 데나가 가운데 앉았지만 영화가 시작되기 직전 데나가 팝콘을 사러 갔다. 데나가 없는 몇 분 동안 앤드류와 나는 서로에게 단 한마디도 하지 않았다. 그러나 그 몇 분 동안 내 머릿속에는 '지금이 극장 안에 나란히 앉아 있는 사람은 우리 둘이야. 앤드류와 데나가 아니라 앤드류와 나. 나도 알고, 그도 알고 있어. 누가 보아도 우린 커플이야'라는 생각뿐이었다. 잠시나마 마치 마법에 걸린 것 같은 기분이 들었지만 데나가 돌아온 순간 그 마법은 깨졌다. 앤드류의 관심은 다시 데나에게로 돌아갔다. 정말이지 단 한 번도 앤드류는 내가 그가 좋아하는 두 여자애 중 한 명이라는 내색을 하지 않았다. 나는 그러한 징후를 찾고 또 기다렸지만 끝내 찾을 수 없었다.

8학년 때, 데나가 학교 운동장에서 뛰다가 넘어졌을 때 앤드류는 데나의 손바닥에 묻은 피를 핥아주었다. 그날 이후 몇 주 동안 나는 가슴에 커다란 구멍이 뚫려서 내 심장이 그곳으로 빠져나가는 것 같은 기분이 들었다.

고등학교 2학년 새 학기가 시작된 지 얼마 후, 앤드류와 데나가 갑자기 헤어졌다. 풋볼 연습 때문에 여자친구를 사귀기가 힘들다는 것이 앤드류의 설명이었다. 그는 키가 180센티미터였고 학교 대표 선수였으며 긴 머리카락은 짧게 잘랐다. 그 무렵 나는 그와 전혀 이야기를 하지 않는 사이였다. 데나에 대한 의리 때문이라기보다는 그와 함께 듣는 과목이 전혀 없었기 때문이었다. 그러나 앤드류와 나는 여전히 복도에서 눈인사를 주고받았다.

데나와 앤드류를 지켜보면서 나는 두 사람이 그토록 순식간에, 그토록 쉽게 커플이 될 수 있었다는 사실이 놀라웠다. 앤드류는 데나에게 전혀 관심이 없었지만 조금 뒤 데나의 남자친구가 되었다. 그 일에 뭔가 교훈이 있을 것 같았지만 정확히 어떤 교훈인지는 알 수 없었다. 원하는 것이 있으면 보다 적극적으로 행동해야 한다는 것? 아니면 인간은 참으로 쉽게 설득당하는 존재라는 것? 아니면 인간의 마음은 너무도 쉽게 변한다는 것?

앤드류의 쪽지를 읽은 뒤 그에게 다가가서 내 권리를 주장해야 했을까? 막연하게 행복한 앞날을 꿈꾸었던 내가 너무 순진했던 것일까? 내가 너무 수동적이었을까? 아니면 너무 어수룩했을까? 그 질문들은 그 후로도 몇 년 동안 나를 쫓아다녔다. 저녁기도를 하고 잠자리에 들 때에도 나는 두 사람을 생각하곤 했다. 데나와 앤드류가 헤어진 뒤로는 나는 더 이상 두 사람 근처에서 서성거리지 않았고, 앤드류와 내가 앞으로 어떻게 될지도 생각하지 않았다. 지금 그 시절을 돌이켜보면 참 우습다는 생각이 든다. 그 모든 일에 어떤 교훈이 있었다면 아마도 '어린아이들이란 참으로 어리석다' 정도일 것이다. 데나와 앤드류의 연애. 그들에 대한 나의 동경과 혼란. 돌이켜보면 모든 것은 그저 내 어린 시절의 배경에 지나지 않았다.

해마다 크리스마스 다음 날이면 할머니는 시카고에 사는 오랜 친구 글래디스 위콤을 만나기 위해 기차를 탔다. 그리고 매년 8월 마지막 주에도 할머니는 다시 시카고의 친구를 만나러 떠났다.

1962년 11월의 어느 날, 저녁식사를 하던 도중 할머니가 이번 여행에는 나를 데리고 가겠노라고 선포했다. 나는 고등학교 3학년이었다. 할머니로서는 큰 선심을 쓴 것이었고 나에게는 발레 공연과 박물관, 초고층 건물들을 구경할 절호의 기회였다.

"앨리스도 벌써 열여섯 살인데 대도시에 한 번도 못 가봤잖니?"

할머니가 말했다.

"밀워키에는 가봤어요."

내가 정정했다.

"앨리스는 좋겠네!"

엄마가 말했다.

"형편이 될지 모르겠어요. 너무 촉박하게 말씀하셨네요."

아빠가 말했다.

"기차표 한 장만 있으면 돼. 나 같은 늙은이도 그 정도 여유는 있어."
"시카고는 12월에 무척 추워요."
아빠가 말했다.
"여기보다 더 춥다는 거냐?"
할머니가 믿기 힘들다는 듯한 표정을 지었다.
잠시 침묵이 흘렀다.
"아니면 앨리스를 보내기 싫은 다른 이유라도 있는 거냐?"
할머니의 목소리는 밝고 경쾌했지만 조금 짜증스러움이 배어났다. 그런 표현에 있어서 할머니는 아빠와 엄마보다 대범한 편이었다.
다시 침묵이 흘렀고 아빠는 생각해보겠다고 대답했다.
다음 날 아침 일찍 나는 자명종 소리를 듣고 잠옷 차림으로 허겁지겁 아래층으로 내려갔다.
"제 기차표는 제가 살게요. 할머니 돈 안 쓰셔도 돼요."
내가 말했다. 내 용돈은 일주일에 3달러였고 지난 몇 년 동안 나는 50달러를 모았다. 나는 아빠의 은행에 그 돈을 저축해두었다.
아빠는 식탁에 앉아 베이컨을 굽는 엄마를 바라보았다. 두 사람은 서로 눈짓을 주고받았다.
"네가 그렇게 시카고에 가고 싶어 하는 줄은 몰랐구나."
"만약 기차표가 문제라면……."
"저녁 때 얘기하자."
아빠가 말했다.
매일 저녁식사 전에 아빠는 기도를 했다. 기도를 마치고 고개를 들자마자 아빠는 "어머니, 앨리스를 시카고에 보내는 것이 내키지 않았던 건 친구 분한테 폐를 끼치고 싶지 않아서였어요. 그래서 앨리스와 어머님이 펠럼 호텔에 머물 수 있도록 예약해두었어요. 일주일 동안 거기서 편안히 쉬다 오세요."

엄마는 마치 처음 들었다는 듯 "어머나! 네 아빠 정말 멋지지 않니?" 라고 탄성을 질렀다. 그러고는 바로 평상시의 목소리로 "앨리스, 할머니한테 크림 브로콜리를 좀 건네드리렴" 하고 덧붙였다.

"제 직장 동료가 전에 시카고에 살았었는데, 그 호텔이 썩 괜찮고 동네도 안전하대요."

"내 친구가 아주 넓은 아파트에 살고 있고 안 쓰는 침실도 있다는 거 몰랐니?"

할머니의 말투로는 기분이 좋은지 나쁜지 확실히 알 수가 없었다.

"어머니, 저희는 위콤 부인을 잘 모르잖아요. 무작정 아이를 맡길 수는 없어요."

"위콤 부인이 아니고 닥터 위콤이야. 필립, 너는 내 친구를 잘 알지 않니? 우리 두 사람을 기꺼이 재워줄 사람이란 것도."

"닥터 위콤이라고요?"

내가 물었다.

부모님은 다시 한 번 눈짓을 주고받았다.

"식사 한두 번 하는 것 정도야 괜찮겠죠."

아빠가 말했다.

"어떤 의사이신데요?"

세 사람의 눈길이 모두 나에게로 향했다.

"여자들을 돌보는 의사란다."

엄마가 말했다.

"저녁 먹으면서 할 얘기는 아닌 것 같구나."

아빠가 말했다.

"내 친구는 위스콘신 주에서 여자로서는 여덟 번째로 의학박사 학위를 받았단다. 너는 어떤지 모르겠지만 온도계도 간신히 읽는 나 같은 사람으로서는 정말 존경스러워."

나는 어렸을 때부터 글래디스 위콤의 이름을 들으며 자랐다. 해마다 두 차례 다녀오는 할머니의 여행 때문에 글래디스 위콤이라는 이름은 내 마음속에 사람이라기보다는 멀지만 낯설지 않은 하나의 지명처럼 각인되었다. 그러나 시카고 여행을 준비하면서 처음으로 그동안 내가 글래디스 위콤에 대해 얼마나 아는 것이 없는지 깨닫게 되었다. 몇 시간 뒤 아가사 크리스티 소설을 읽고 있는데 엄마가 잘 자라고 인사를 하러 들어왔다.

"엄마, 아빠는 닥터 위콤을 왜 싫어하세요?"

"싫어하시는 건 아니야."

엄마는 내 이마에 키스를 하고 방을 나서려다가 침대에 앉아 이불 위로 내 무릎을 만졌다.

"아빠는 아주 어렸을 때부터 닥터 위콤을 알았어. 그분은 자기주장이 좀 강한 편이라 다른 사람들이 모두 자기하고 똑같이 생각해야 한다고 믿지. 우리 집에도 오신 적이 있는데, 아마 넌 기억 못 할 거다. 처음 오셨을 때 넌 갓난아기였고, 네가 네다섯 살 정도였을 때 다시 오셨는데 그때 흑인들의 인권 문제에 관해서 이야기를 하다가 언쟁이 조금 있었어. 닥터 위콤은 그 주제에 관해서 무척 예민했단다. 마치 우리가 반대하기를 기다리는 것 같았어. 우리는 라일리에 흑인이 한 명도 없어서 다행이라고 생각했지."

그것은 사실이었다. 우리 동네에는 흑인이 단 한 명도 없었다. 언젠가 차를 타고 가다가 레스토랑 앞에 서 있는 흑인 부부와 내 또래 여자아이 둘이 분홍색 드레스를 입고 서 있는 것을 본 적이 있었지만 그것도 밀워키에서였다.

"엄마는 그분이 싫으세요?"

내가 물었다.

"싫긴! 좋은 분이셔. 절대 싫어하지 않아. 아빠도 싫어하는 건 아니란다. 다만 그분이 우리 집에 오시는 것보다 할머니가 그분 집으로 가시는 편이 여러 모로 편하겠다는 생각은 했지."

엄마가 내 무릎을 두드린 다음 말을 이었다.

"어쨌든 두 분이 친구라서 참 다행이야. 할아버지가 돌아가시고 나서 할머니를 많이 위로해주셨거든."

나의 할아버지는 약사였는데 심장마비로 34세의 나이에 요절했다. 다섯 살 난 아버지의 모습을 생각하는 것만으로도 가슴이 저렸지만 다섯 살 난 아버지가 자신의 아버지를 잃은 모습은 생각만 해도 가슴이 찢어졌다.

엄마는 다시 한 번 내 이마에 키스했다.

"너무 늦게 자지 마라."

다양한 문화 체험이 내 여행의 표면적인 이유였지만 라일리 기차역을 막 출발했을 때 나는 할머니의 이번 시카고 여행의 목적이 모피 망토임을 알게 되었다. 할머니는 〈보그〉지에서 광고를 보았다면서 작은 사이즈로 하나 남겨달라고 미리 매장에 부탁을 해두었다고 했다.

"내가 좀 더 똑똑했더라면 한 달 전에 주문해서 크리스마스이브에 교회에 입고 갈 수도 있었을 텐데."

할머니가 말했다.

"아빠도 알아요?"

"내가 그 망토를 입으면 알겠지! 내가 그 망토를 걸친 모습을 보면 너무나 근사해서 아마 네 아빠도 좋아할걸?"

나와 나란히 앉아 있던 할머니가 내게 윙크했다.

"저축해둔 돈이 있단다. 자기 자신한테 투자하는 건 절대 죄악이 아니야. 립스틱 발라줄게."

나는 입술을 앞으로 내밀었다. 내 입술에 립스틱을 바른 뒤 할머니는 턱을 끌어당기고 나를 쳐다보았다.
"예쁘기도 하지! 이제 넌 멋진 시카고 아가씨가 되는 거야!"
솔직히 나는 나 자신이 예쁘다고는 생각하지 않았지만 가끔은 어쩌면 내가 정말 예쁜지도 모른다는 생각이 들었다. 나는 키가 172센티미터이고 허리가 가늘고 가슴은 B컵 정도로 풍만했다. 눈동자는 푸른빛이고 반짝이는 짙은 갈색 머리카락은 턱선까지 길러 앞머리를 조금 내렸다. 내가 예쁜 축에 든다는 것은 나에게 일종의 안도감으로 다가왔다. 못생긴 여자들에게 삶은 왠지 훨씬 더 고달플 것 같았다.
우리가 탄 기차는 2시간 만에 시카고 역에 도착했다. 우리를 마중 나온 글래디스 위콤을 나는 처음에는 알아보지 못했다. 바보처럼 나는 그녀가 청진기를 목에 걸고 나올 거라고 생각하고 있었다.
"바로 그 전설적인 여인이란다!"
두 사람이 포옹을 하고 난 뒤 할머니가 글래디스 위콤의 등에 한 손을 얹으며 말했다.
"전설적인 여인은 무슨! 뭘 좀 마실까?"
글래디스 위콤이 말했다.
두 사람은 도무지 친구처럼 보이지 않았다. 적어도 외모만 보아서는 그랬다. 닥터 위콤은 체격이 좋고 힘이 세 보였다. 악수를 할 때는 손이 아플 정도였다. 짧은 회색 머리카락에 안경을 쓰고 있었고 회색 정장에 긴 검은색 코트를 걸치고 리본이 달린 검은색 가죽 단화를 신고 있었다. 반면, 뛰어난 패션 감각과 날씬한 몸매에 대한 자부심이 대단한 나의 할머니는 이번 여행을 위해 특별히 신경을 쓴 옷차림이었다. 전날 저녁 할머니는 나와 함께 매니큐어를 칠했고 시내에 나가서 머리 염색을 하고 파마를 했다. 할머니는 갈색 캐시미어 코트에 초콜릿색 울 정장을 입었다. 코트의 깃은 벨벳이었고 스커트는 무릎 바로 밑으로 떨어졌다. 갈색 악어가죽 단화와 갈색 악어가죽 핸드백이 할머니의 패션을 완성했다.

그 핸드백과 구두를 얼마나 아꼈는지 항상 '내 사랑스러운 악어들!'이라고 불렀다.

닥터 위콤을 만나기 위해 나도 한껏 멋을 냈다. 체크무늬 스커트에 초록색 타이츠, 끈 달린 구두를 신었고 초록색 울 스웨터를 블라우스 위에 입었다. 얼마 전에 데나로부터 동그란 핀을 꽂는 것은 자신이 처녀임을 뜻한다는 얘기를 들었는데도 나는 그 핀을 꽂았다.

기차역 주변은 사람들과 차들로 복잡했다. 보도는 인파로 북적였고 거리에는 차들의 경적이 요란하게 울려 퍼졌다. 우리를 둘러싼 건물들은 그때까지 내가 본 그 어떤 것보다 높았다. 베이지색 캐딜락 승용차로 다가가자 검은 모자를 쓴 기사가 나와서 우리 가방을 받아주고 문을 열어주었다. 나는 의사들은 돈을 꽤 잘 버는 모양이라고 생각했다. 우리 셋은 뒷자리에 함께 앉았다. 닥터 위콤이 운전석 뒷자리에, 할머니가 가운데 자리에, 내가 오른쪽 창가에 앉았다.

"잠깐 들를 데가 있어. 오하이오 가의 펠럼 호텔로 가자. 앨리스가 워낙 제멋대로고 버르장머리가 없어서 너한테 민폐가 될 거라고 생각했는지 필립이 호텔을 예약했지 뭐니? 물론 취소해야지."

"세상에! 내가 앨리스한테 나쁜 물이라도 들일까 봐 걱정됐나 보다."

닥터 위콤이 말했다.

"제발 네가 그렇게 나쁜 사람이면 좋겠다!"

그 말을 하면서 할머니는 닥터 위콤의 뺨에 키스했다. 나는 그 키스가 어떤 느낌인지 알고 있었다. 가볍게 닿는 할머니의 입술, 할머니보다 먼저 다가오는 살리마(1925년산 겔랑의 향수) 향기. 할머니는 다시 의자에 앉으면서 "그렇지 않니?"라고 말하며 내 손을 두드렸다. 나는 뭐라고 대답해야 할지 몰라 웃고만 있었다.

"네 아빠는 어렸을 때 대변을 볼 때 옷을 홀랑 다 벗어던지곤 했지."

"글래디스, 앨리스는 그런 애기 듣고 싶지 않을걸!"

"하지만 의미심장한 일화 아니니? 그것만 봐도 어렸을 때부터 필립이 얼마나 고지식했는지 알 수 있지. 옷을 다 벗고 변기에 앉아서 눈을 꼭 감고 양손으로 귀를 막아야만 대변을 볼 수 있었잖아."

할머니가 잔뜩 인상을 쓰고 마치 차 안에서 화장실 냄새가 난다는 듯 손을 내저었다.

"내 말 맞지, 에밀리?"

닥터 위콤이 물었다.

"과장이 너무 심하다."

할머니가 말했다.

"네 할머니는 내가 세 들어 살던 집의 주인이었단다. 얘기하든?"

닥터 위콤이 물었다.

"그렇게 말하기에는 좀 무리가 있지."

할머니가 말했다.

"의대에 다니던 시절, 나는 교회의 생쥐처럼 가난했지. 아주 끔찍한 사람들이 사는 끔찍한 다락방에 살았어."

"링코로비크! 이름도 끔찍하지 않니? 링코로비크 부인은 자기가 지구상의 모든 인류로부터 부당한 대우를 받고 있다고 믿는 사람이었어."

할머니가 끼어들며 말했다.

"다락방에 음식을 못 두게 했어. 쥐가 꼬인다고. 찬장에도 못 두게 했지. 자리가 없다고. 말도 안 되는 일이었지. 그럼 어쩌란 얘기야? 다행히 바로 옆집에 살았던 네 할머니가 날 불러서 자기 집에서 식사를 하게 해주었단다."

"안 그랬으면 굶어 죽었을 테니까. 나도 마른 편이었지만 글래디스는 그때 완전히 뼈다귀만 남았었거든. 눈 밑도 검었고. 의대생이 굶어 죽는다면 그런 아이러니가 어디 있니?"

"그땐 진짜 걸어 다니는 해골이었지."

닥터 위콤이 자랑이라는 듯이 말했다.

그녀는 몸을 앞으로 숙이고 나와 눈을 맞추면서 "상상이 되니?"라고 물었다. 나 역시 믿기지 않는 터였지만 미소를 지으며 표정으로 너무 많은 것을 드러내지 않으려 애썼다.

"그러고 나서 네 할아버지가 돌아가셨지. 그게 몇 년도였지, 에밀리? 1924년이었던가?"

"1925년."

"그때 네 할머니는 이사를 하려고 생각하고 있었어. 그래서 내가 말했지. '에밀리, 다시 한 번 잘 생각해봐. 나는 어떻게 하면 링코로비크 집에서 나올 수 있을까 하는 궁리뿐인데, 넌 모든 게 다 갖추어져 있는 집에 살고 있잖아.' 그래서 내가 네 할머니의 세입자가 된 거야. 참 좋은 시절이었지."

"대공황 때 글래디스가 있다는 게 얼마나 다행스러웠는지. 과부가 되고 나서 내 월급만으로는 살기가 힘들었거든. 참, 분수에 안 맞게 돈 쓰는 얘기가 나와서 말인데."

할머니가 가방에서 〈보그〉를 꺼내 펼쳤다.

"이보다 더 멋진 망토 봤니?"

할머니가 묻자 닥터 위콤이 웃었다.

"앨리스, 아마 네 할머니는 대공황 때 씀씀이를 줄이지 않은 유일한 사람일 거다."

"모든 게 결국 사라지고 말 텐데 좀 즐기면 어때? 얼마나 근사한지 봐! 이 광택하며……."

할머니가 기가 막히게 환상적이라는 듯 고개를 저었다.

"앨리스, 너도 멋 부리는 거 좋아하니?"

닥터 위콤의 말투에서 할머니에 대한 애정이 배어났다.

"앨리스는 나처럼 겉치레나 신경 쓰는 애가 아니야. 학기마다 전 과목 A를 받아오지. 그러니 내 실망이 얼마나 클지 짐작이 가지?"
할머니가 말했다.
사실 아빠와 엄마는 나의 대학 진학 문제에 대해 별로 신경을 쓰지 않았지만 할머니는 대학에 가는 것이 장래에 도움이 될 거라고 했다.
"사실이니? 전 과목 A라는 게?"
닥터 위콤이 말했다.
"가정 과목은 A마이너스 받았어요."
내가 말했다.
"과학은 좋아하니?"
닥터 위콤이 내게 물었다. 그러나 미처 대답을 하기도 전에 밤색 지붕에 흘림체로 쓴 '펠럼 호텔'이라는 글씨가 눈에 들어왔다.
"글래디스, 잠깐이면 될 테니까 여기서 기다려. 앨리스, 같이 가자."
가방을 차에 남겨두고 나오긴 했지만 나는 호텔 안에 들어가서야 상황을 완전히 파악할 수 있었다. 할머니는 닥터 위콤에게 말한 것처럼 예약을 취소하러 호텔에 들른 것이 아니었다. 우리는 체크인을 하고 호텔을 빠져나가 다시 닥터 위콤의 차로 갔다. 할머니는 그렇게 한 이유를 나에게 설명하지 않았다. 안내 데스크의 여자가 "호수가 보이는 방은 하루에 6달러가 추가됩니다"라고 말했을 때 "예약한 방으로 주세요"라고 대답했다. 가방을 날라줄 필요도 없다고 했다. 나는 본래 따지고 묻는 것을 좋아하지 않았다. 게다가 나는 할머니와 같은 편이었다. 할머니가 다시 닥터 위콤의 차에 오른 뒤 "다 잘 처리됐어"라고 말할 때까지 나는 한마디도 하지 않았다. 할머니는 우리가 호텔에 묵는 것처럼 아빠를 속였고 호텔 예약을 취소한 것으로 닥터 위콤을 속였다. 그 이유를 알 순 없었지만 나는 비밀을 지켜야 한다고 생각했다. 할머니는 내가 할머니를 배신하지 않으리라는 것을 믿었다. 그것이 할머니가 내 마음을 얻은 이유였다.

기차역에서 닥터 위콤이 뭣 좀 마시겠느냐고 물었을 때 나는 레스토랑을 생각했지만 우리는 18번가에 있는 그녀의 아파트로 가서 7층까지 엘리베이터를 탔다. 운전기사와 별로 다르지 않은 유니폼을 입은 엘리베이터 안내원이 "들어오십니까, 닥터 위콤"이라고 말하며 단추를 눌렀다. 엘리베이터가 황금빛 벽지로 마감한 복도에 우리를 내려주었다. 안내원이 우리의 가방을 아파트 안까지 들어주었다. 우리가 묵을 방에는 두 개의 침대가 있었고 그 사이에 흰 대리석 테이블이 놓여 있었다. 여행 가방을 놓는 선반이 따로 있었고 바로 그곳에 안내원이 가방을 올려놓았다.

우리의 방과 화장실을 사이에 두고 연결된 닥터 위콤의 방에는 캐노피가 달린 침대가 있었다. 은빛이 감도는 푸른 실크가 조그만 동그라미에서 펴져 나왔다. 거실에는 현대적인 느낌과 고전적인 느낌이 어우러진 가구들이 있었다. 두 개의 긴 사각형 모양의 소파와 앤티크한 황금잎사귀 의자, 회전식 월넛 책장이 눈에 들어왔고 벽에 걸린 여러 점의 그림들도 보였다. 검은색 원피스에 흰 앞치마를 두른 가정부에게 닥터 위콤이 칵테일 한 잔을 주문했다. "우린 위스키 칵테일 두 잔!" 할머니가 손가락 두 개를 들어 보이며 말했다.

"앨리스, 넌 코코아가 낫지 않니?"

닥터 위콤이 동그란 안경 너머로 나를 바라보며 물었다.

"앨리스도 칵테일 마실 거야. 위스키 말고 브랜디로 넣어줘요."

할머니가 가정부에게 말했다.

"에밀리, 마이라도 그 정도는 알아. 나도 위스콘신 출신이라는 거 잊지 마!"

닥터 위콤이 웃으며 말했다.

"실은, 내가 요즘 마이라하고 신경전을 좀 벌이고 있어. 마이라는 화이트 폭스 팬이고 나는 컵스 팬이거든. 너도 야구 좋아하니, 앨리스?"

"별로요."

"앞으론 생각이 바뀔 거다. 작년에는 마이라가 좀 으스댔는데, 이번에 우리 팀에 론 산토가 들어왔으니 올해는 어떻게 될지 두고봐야지."

마이라가 칵테일을 내오자 할머니는 잔을 들고 "글래디스, 먼저 널 위해 건배해야지. 이 멋진 집의 주인이자 진정한 나의 친구 글래디스를 위하여!"라고 말했다.

닥터 위콤이 잔을 들었다.

"에밀리 린드그렌과 앨리스 린드그렌을 위하여!"

두 사람이 기대감에 가득 찬 얼굴로 나를 바라보았다.

"야구를 위하여! 1963년을 위하여!"

내가 말했다.

"시카고에서의 멋진 날들을 위하여!"

할머니가 말했다.

세 사람이 잔을 부딪쳤다.

알고 보니 닥터 위콤은 우리를 위해 일주일 휴가를 냈다. 우리의 첫 번째 임무는 할머니의 모피 망토를 사는 것이었다. 나의 예상대로 닥터 위콤이 아무 말 없이 모피 값을 지불했다. 우리 세 사람은 함께 시카고 거리를 돌아다녔다. 미술관도 가고 수족관도 갔다. 〈고집쟁이 딸〉이라는 발레 공연도 보러 갔지만 닥터 위콤은 공연 내내 잠만 잤다. 푸르덴셜 빌딩에서 엘리베이터가 40층까지 올라갈 때는 심장이 멎는 것만 같았다. 이 건물이 처음 지어진 1955년 당시에는 세계에서 가장 빠른 엘리베이터라고 했다. 41층의 전망대에 올라서서 나는 아빠가 같이 왔더라면 얼마나 좋아하셨을까 생각했다. 모자에 목도리, 장갑까지 끼고 있었지만 바람이 너무도 찼다. 나는 바깥에 1분 정도 서 있다가 곧바로 안으로 들어왔다. 할머니와 닥터 위콤은 아예 전망대로 나갈 엄두조차 내지 않았다. 우리는 매일 저녁 마이라가 준비한 거한 저녁식사를 했다.

그 주 일요일, 닥터 위콤이 환자들의 상태를 파악하기 위해 잠깐 병원에 갔을 때 할머니와 나는 택시를 타고 펠럼 호텔로 향했다. 5층짜리 건물이어서 엘리베이터가 없었기 때문에 계단으로 3층에 있던 우리 방으로 들어갔다. 계단을 걸어 올라가느라 숨을 헐떡이면서도 할머니는 이불을 젖혀서 어질러놓은 다음 화장실 세면대에서 물을 한 잔 받아 유리잔을 창가에 두었다. 흐리고 추운 날씨였고 나는 침대에 누워 낮잠을 한숨 자고 싶다는 충동을 느꼈다.

"도대체 이게 다 무슨 짓인지 모르겠구나."

할머니가 말했다.

나는 어깨를 으쓱했지만 여전히 우리의 이중속임수에 대해 할머니에게 물어볼 수가 없었다.

"네 아빠가 호텔 지배인한테 전화해서 여기 실제로 사람이 묵었는지 물어보지는 않겠지?"

할머니가 말했다.

그럴 일은 없었다. 아빠는 전화요금이 아까워서 장거리 전화를 하지 않을 터였다.

"닥터 위콤은 결혼 안 하셨어요?"

내가 물었다.

"글래디스는 여성 인권운동가야. 늘 자기가 결혼을 하고 아이가 있었더라면 의사가 될 수 없었을 거라고 말했지. 그 말이 맞는 것 같아. 우리 차 한 잔 마시러 갈까?"

호텔에서 한 블록 떨어진 곳에 마침 사람이 별로 없는 카페가 있었다. 우리는 조그만 테이블에 앉았다. 할머니가 메뉴를 훑어보았다.

"에클레어(가늘고 긴 슈크림에 초콜릿을 뿌린 것) 먹어봤니?"

나는 고개를 저었다.

"하나를 주문해서 나눠 먹자. 몸에 좋은 음식은 아니지만 굉장히 맛

있거든."

"닥터 위콤이 흑인들의 친구예요?"

"누가 그런 소릴 하든?"

할머니가 책망하듯 물었다.

엄마한테 들었다고 하는 것은 옳지 못한 일 같았다.

"그냥 궁금해서요. 시카고에는 흑인이 많잖아요."

사실 나는 다른 지역에서 일어나는 인종차별 시위에 대해서는 별로 아는 것이 없었다. 인종에 대한 나의 의식은 주로 데나에게서 연유한 것이었다. 데나의 아버지는 흑인 가수들의 노래를 듣는 것을 금지했기 때문에 우리 집에 올 때마다 데나는 처비 체커나 마브레츠 같은 가수들의 노래를 틀어달라고 했다.

"닥터 위콤은 분리주의를 반대하는 사람이야. 나도 그렇고, 또 너도 그래야 하고. 단지 그 사람들도 우리와 똑같이 먹고 생활하고 우리와 같은 학교를 다닐 수 있어야 한다는 뜻이란다. 친구로 말하자면 글래디스의 친구 중에는 흑인보다는 유대인들이 더 많아. 의사 중에 유대인이 많은 건 너도 알지?"

할머니가 이야기를 멈추고 잠시 나를 뚫어지게 바라보았다.

"앨리스, 남자친구는 아직 없니?"

"없어요."

내가 대답했다. 왠지 얼굴이 달아올랐다.

한 달 전, 추수감사절 바로 다음 날, 데나와 나는 남자애 둘과 눈썰매를 타러 갔다. 래리 나이젤과 로버트 비이크였다. 로버트가 데나에게 같이 가자고 했고 데나가 나를 데리고 간 것이었다. 래리는 코트 주머니에서 위스키 한 병을 꺼냈고 우리는 병을 돌려가며 마셨다. 할머니의 위스키를 몇 번 마셔보았지만 집 밖에서 술을 마신 것은 그때가 처음이었다. 죄책감을 느끼긴 했지만 위스키를 거절하면 고리타분해 보일 것 같았다. 어떻게 보면 고리타분한 것이 실제 나의 모습이긴 하지만 어쨌든 나는 위스키를 네 모금이나 마셨다. 맛이 좋은 것은 아니었지만 몸이 따듯해졌고 마음이 편안해졌다. 데나와 나는 눈썰매를 타다 말고 숲으로 들어가서 방한 바지를 내리고 키득거리면서 소변을 보았다.

"소변으로 이름 써봐!"

래리가 소리쳤다.

그날 밤 남자들이 우리를 집으로 데려다 주었다. 맞은편 데나의 집 현관에서 데나와 로버트는 진한 키스를 나누었다. 래리는 몇 분 동안 나와 멀찌감치 떨어져서 기다리다가 "쟤들 저러다가 혀 얼겠다"라고 말했다. 잠시 후 로버트가 데나와 헤어지고 우리 쪽으로 다가왔다.

"가자, 래리."

로버트가 낮은 목소리로 말했다.

그때 래리가 갑자기 내게 다가서면서 내 입술에 자신의 입술을 포갰다. 그의 입술은 차가웠지만 혀는 따듯했다. 8초 정도의 짧은 키스였지만 그는 머리와 목을 격하게 움직였다. 마치 파이 먹기 대회에 참가하는 선수처럼. 다만 그 대상이 파이가 아니라 내 얼굴이라는 듯이. 그러고 나서 그는 현관에서 돌아서서 로버트와 함께 큰길로 걸어갔다.

두 사람이 멀어지자 데나와 나는 길 한복판에서 만나 비명을 지르지 않으려고 서로를 끌어안았다.

"너희 둘 너무 진하더라!"

데나가 소리쳤다.

래리가 키스하기 전에는 그가 키스해주기를 원했는지 확실치 않았다. 그러나 그의 키스를 받고 나니 기분이 좋았다. 그날 이후 4주 만에 로버트와 데나는 정식으로 데이트를 시작했지만 래리와 나는 학교 복도에서 만나 아는 척을 할 뿐이었다.

"너도 남자친구가 있어야지. 지난주에 치과에 갔을 때 닥터 짐니아크가 로이 사진을 보여주더라. 아주 멋진 청년이 되었던데?"

닥터 짐니아크는 우리 가족의 단골 치과의사였다.

"로이 짐니아크는 키가 작아요."

내가 말했다.

"네가 너무 까다롭게 구는 거 아니니? 그럼 유진 슈와브는 어때?"

유진 슈와브는 우리 집에서 한 집 건너에 살고 있었다.

"유진은 리타 사노키하고 사귀고 있어요."

"설마 모리스의 딸을 말하는 건 아니겠지?"

"그 애 맞아요."

"그 돼지 같은 애?"

"할머니!"

"너도 로이 짐니아크가 키가 작다고 하지 않았니? 리타를 헐뜯을 생각은 없다만 너도 내 말이 무슨 뜻인지 알 거다. 그 애 눈하고 코 말이야. 내가 네 나이였을 땐 이미 청혼을 두 번이나 받았단다. 너도 이제 데이트를 시작할 나이야."

다음 날 저녁, 우리는 양고기와 버터 롤, 아티초크(바닷가에서 자라는 국화과의 식물) 요리를 먹었다. 나는 처음 먹어보는 요리였다. 닥터 위콤은 캘리포니아에서 1년에 한 번 아티초크를 상자로 주문한다고 했다. 할머니는 아티초크 껍질을 벗겨서 버터에 찍어먹는 법을 가르쳐주었고 앞니에 낀 고기 부스러기를 우아하게 빼는 법도 가르쳐주었다.

"우리가 너한테 꼭 맞는 청년을 찾았단다. 이름은 마빈 벤하이머야. 위장병 전문의인 내 친구 아들인데, 예일 대학 2학년이고 키가 아주 커. 마빈이 내일 7시에 널 데리러올 거다."

닥터 위콤이 말했다.

"잘됐네!"

할머니가 말했다.

"여기로 절 데리러온다고요? 내일요?"

"내일이 새해 첫날이잖니? 할망구들하고 그만큼 놀아줬으면 이제 너도 좀 즐겨야지."

"전 이렇게 지내는 게 좋아요."

"앨리스, 그 아이하고 결혼을 하라는 게 아니야. 그냥 연습 정도로 생각해라. 데이트를 할 때 어떻게 처신해야 하는지 알아두는 것도 나쁘지 않을 테니까."

할머니가 나를 과소평가하는 게 아닌가 하는 생각이 들었다. 진짜 데이트를 한 적은 없었지만 래리 나이젤과의 키스는 나의 첫 키스도 아니었다. 9학년 때 폴린 기슬러의 열네 번째 생일파티에서 우체국 놀이를 하다가 바비 쿠에스토가 나에게 키스를 했다. 그와의 키스는 땅콩 맛이 났다. 파티에서 먹은 땅콩 때문이었다.

"걱정할 필요 없다. 마빈은 아주 마음이 넓은 아이야. 같이 저녁식사를 하고 나서 팔머 하우스로 와. 거기서 네 할머니와 내가 마빈의 부모하고 같이 차를 마시고 있을 테니까. 거기서 다 함께 새해 첫날을 맞이하는 거야. 나쁘지 않지?"

닥터 위콤이 말했다.

"완벽해!"

내가 대답을 하기도 전에 할머니가 포크를 내려놓고 환하게 웃으며 말했다.

마빈은 넥타이에 재킷을 입고 왔고 나는 체크무늬 스커트에 블라우스를 입었다. 라일리에서 기차를 탈 때 입었던 옷이었다. 그러나 초록색 울 스웨터는 입지 않았고 동그란 핀도 꽂지 않았다.

"남자애 같구나."

내가 스웨터를 입고 거실에 나왔을 때 할머니가 말했다. 스웨터를 벗으면 추울 것 같다고 했더니 할머니가 레스토랑으로 들어갈 때를 제외하면 밖에 있는 시간이 거의 없을 거라고 했다. 마빈은 레스토랑으로 출발하기 전 할머니와 닥터 위콤에게 인사를 하러 들어왔다. 마이라가 어떤 음료를 마실지 물었다.

"혹시 밀러 있습니까?"

그러고 나서 그는 밀러 맥주 광고의 성우처럼 과장스러운 목소리로 "밀러는 병맥주계의 샴페인이죠!"라고 말했다. 그 순간 할머니는 내 시선을 피했다. 마빈이 그다지 매력 있는 남자가 아니라는 사실을 인정하기를 거부하고 있었다.

"열쇠 여기 있다. 만약을 대비해서 내 주소와 전화번호를 적어놨어. 혹시 무슨 일이 생기면 바로 연락하고."

우리가 일어서자 닥터 위콤이 조그만 쪽지를 내밀며 말했다.

"글래디스, 겨우 여기서 세 블록 떨어진 곳이라면서? 마빈은 전과기록도 없잖아. 적어도 우리한테 밝힌 바로는."

"너무 깨끗해서 눈이 부실 정도죠."

마빈의 말에 모두가 웃었다.

그러나 나는 화장실에서 머리를 빗을 때부터 왠지 마음이 불편했다. 불편한 마음은 막상 마빈을 만나고 그에게 주눅들 이유가 전혀 없다는 사실을 알고 난 뒤에도 사라지지 않았다.

"좀 덜떨어져 보이긴 하지만 기억해라. 이건 연습이야."

내가 코트를 입는 것을 도와주면서 할머니가 말했다.

로비로 내려가는 엘리베이터에서 나는 그에게 "키가 몇이에요?"라고 묻지 않을 수 없었다.

"192센티미터요."

그런 질문을 수도 없이 받아왔지만 그 질문에 대답하는 것은 전혀 지

겹지 않다는 듯한 말투였다.

우리가 간 레스토랑의 이름은 '버디스'였다. 이름만 들어서는 별로 화려할 것 같지도 않았고 우리가 너무 잘 차려입은 것이 아닐까 하는 생각마저 들었다. 그러나 그곳은 화려한 레스토랑이었고 우리는 그 식당의 손님들 중에 상당히 젊은 축이었다. 창마다 무거운 커튼이 드리워진 실내는 조명마저 흐릿했고 의자들은 등받이가 높았다.

"아버지한테 오늘 약속 이야기를 들었을 땐 보나마나 아주 못생긴 아가씨일 거라고 생각했는데, 막상 만나보니 참 미인이시네요."

"고맙습니다."

내가 머뭇거리며 대답했다.

"불쾌해하진 말아요. 설령 진짜 못생긴 여자였다고 해도 그런 말을 하진 않았을 테니까."

"네."

"아직 고등학생이죠?"

그의 질문에 내가 고개를 끄덕였다.

"브린마워 대학은 가지 말라고 조언하고 싶네요. 일곱 자매 전부 다 마찬가지겠지만. 거기 여자들은 한마디로 전부 미치광이들이거든요."

"일곱 자매요?"

내가 농담을 하는 건지 정말 모르는 건지 확인해보려는 듯 그가 잠시 나를 바라보았다. 그러고 나서 그는 친절하게 설명했다.

"정말 우물 안 개구리네요. 아이비리그 대학들은 제각기 여자대학 짝이 있어요. 하버드는 래드클리프, 콜롬비아는 바나드, 이런 식으로. 우리 자매학교는 바사르예요. 한 시간 반은 떨어져 있지만요."

"전 밀워키에 있는 어신 사범대학에 가고 싶어요. 거기도 여자대학이니까 혹시 어느 대학의 자매대학일지도 모르겠네요."

"거긴 일곱 자매에 안 들어요."

"그렇겠죠? 그래도 혹시……."

"아니. 절대 안 들어요."

알 수 없는 불안감이 여전히 사라지지 않고 있었다. 몸에서 번져오는 열기가 뺨과 목까지 벌겋게 물들였다.

"두 사람 식사를 주문하면 음료수는 그냥 줄 거예요."

그가 말했다.

"전 물 마실래요."

내가 말하며 손가락 끝으로 얼굴을 만져보았다. 예상했던 대로 얼굴이 뜨거웠다.

"잠깐만요."

나는 자리에서 일어섰다.

화장실 역시 화려했다. 화장실에는 내 또래인 것 같은 흑인 여자애가 세면대 옆에 앉아 있었고 칸마다 천장까지 이어진 긴 문이 달려 있었다. 화장실 안에 휴지걸이도 황금빛이었다. 나는 엄마가 가르쳐준 대로 휴지를 길게 두 장 뽑아 변기 위에 한 장씩 깔고 변기에 앉았다. 소변을 본 다음 나는 몸을 앞으로 숙이고 팔꿈치를 무릎 위에 놓고 양손으로 얼굴을 가렸다. 실제로 토할 것 같지는 않았지만 그럴 가능성도 배제할 수 없었다. 내가 이 정도로 한심한 겁쟁이였던가? 겉으로는 마빈이라는 남자가 날 어떻게 생각하건 상관없는 척했지만 어쩌면 내 몸은 내 마음보다 더 정직한 것 같았다.

세면대 옆의 여자애를 의식하면서 나는 세면대로 가서 손을 닦았다. 그녀가 타월을 한 장 건네주었다. 세면대 옆 접시에 동전들이 담겨 있었다.

"미안해요. 지갑을 두고 왔어요."

다시 식당으로 돌아왔을 때 마빈은 자기가 전채 요리를 알아서 주문했다면서 "달팽이 요리 어때요?"라고 물었다.

"좋아요."

물론 나는 한 번도 달팽이 요리를 먹어본 적이 없었지만 그게 무언지는 알고 있었다. 듣기만 해도 끔찍했다. 웨이터가 녹은 버터 속에 갈색 물체들이 담긴 접시를 내려놓는 순간 나는 고개를 돌렸다. 메인 요리로 마빈은 토끼 요리를, 나는 스테이크를 주문했다. 스테이크라면 특별히 문제될 것 같지 않았다.

"이런 도덕적 딜레마를 한번 생각해봐요. 앨리스가 뒷마당에 방공호를 만들었는데, 이웃사람들은 방공호를 만들지 않았어요. 소련이 침공하는 순간 앨리스는 쏜살같이 방공호로 뛰어 들어갔어요. 그런데 이웃들이 몰려와 음식과 물을 달라고 해요. 어떻게 할래요?"

"네?"

내가 물었다.

"앨리스, 신문도 안 봐요? 이번 주에 재클린 케네디가 무슨 옷을 입었고 누가 그 옷을 디자인했는지, 그런 기사 말고요."

"가끔은 봐요."

배 속에서 무언가가 요동을 치고 있어서 마빈의 빈정거리는 말조차 전혀 불쾌하지 않았다.

"답은, 다들 총으로 쏴 죽여야 한다는 거죠. 그 방법밖엔 없어요. 미리 준비하지 않은 이웃사람들의 목숨을 구하는 것은 앨리스 책임이 아니니까."

마침 웨이터가 메인 요리를 들고 왔다. 갈색 고기와 위협적일 정도로 반짝거리는 콩과 당근, 한쪽이 터진 감자 요리가 담겨 있었다. 내가 그 음식들을 결코 먹지 못하리라는 것을 직감으로 알았다.

"흐루시초프에 대해 사람들이 잘 모르고 있는 게 있는데……."

마빈이 이야기를 시작했다.

"미안하지만 몸이 별로 안 좋아요. 아무래도 그만 일어나야 할 것 같아요."

내가 말했다.

"지금?"

마빈이 어리둥절한 표정으로 물었다.

"미안해요. 식사하세요. 전 닥터 위콤 집으로 돌아갈게요."

"정말 괜찮겠어요?"

"두 사람 음식을 다 버릴 순 없잖아요. 정말 미안해요."

나는 허겁지겁 레스토랑을 나섰다. 현기증이 났고 몸이 뜨거웠지만 내 머릿속엔 사람들이 있는 곳에서 토하지 않겠다는 생각뿐이었다. 닥터 위콤의 집으로 돌아가 화장실 변기 앞에 앉아 토할 수만 있다면.

'보도를 따라 걸어!'

머릿속으로 그 말만을 되풀이하면서 나는 비틀거리며, 절망적인 심정으로, 치밀어 오르는 욕지기를 억누르려 애썼다. 무자비하게 추운 날씨였다. 따듯한 실내에 있다 나와서인지 처음에는 그럭저럭 견딜 만했지만 시간이 흐를수록 추위는 끔찍해졌다. 걷다 보니 마치 기적처럼 어느덧 나는 닥터 위콤 집 건물 앞에 서 있었다. 도어맨이 목례를 했고 엘리베이터의 남자도 나를 알아보는 것 같았다.

"새해 복 많이 받으세요!"

그가 인사를 했지만 나는 대답하지 않았다. 내 행동이 무례하다는 것을 알고 있었지만 입을 열기가 두려웠다.

황금빛 실크 벽지와 복도, 그리고 닥터 위콤의 아파트 문이 보였다. 나는 떨리는 손으로 할머니가 준 열쇠를 꽂았다. 아파트에 들어서니 요란한 음악이 흘러나왔다. 재즈곡이었고 소리가 컸다. 음악소리 때문에 나는 치밀어 오르는 욕지기에도 불구하고 선뜻 침실로 들어설 수가 없었다. 아파트가 당연히 비어 있을 거라고 생각했던 나는 놀랐고 또 궁금했다. 마이라가 이런 시끄러운 음악을 틀어놓았을까? 마이라는 오후에 집에 간다고 했는데. 거실에서 침실로 들어서려는 찰나, 할머니의 웃음소리가 들려왔다. 그리고 그다음 순간, 나는 닥터 위콤의 무릎 위에 앉아 그녀의 입술에 키스하는 할머니를 보았다.

닥터 위콤은 포도주색 목욕가운을 입고 있었고 할머니는 베이지색 브라와 베이지색 슬립을 입고 있었다. 할머니는 닥터 위콤을 바라보면서 입을 조금 벌리고 눈을 감고 있었다. 두 사람의 키스는 몇 초 동안 지속되었고 나는 천천히 뒷걸음질을 쳤다. 충격이 구역질마저 삼켜버렸다. 여기서 나가야 했다. 그 방법밖에는 없었다. 그래서 나는 최대한 조심스럽게 손잡이를 돌렸다. 복도로 나가자마자 다시 구역질이 나기 시작했고 미처 손쓸 겨를도 없이 나는 일을 저질렀다.

엘리베이터 문 양 옆에는 키가 1미터 정도 되는 커다란 꽃병이 두 개 있었다. 꽃병에는 크리스마스 꽃장식이 멋지게 꽂혀 있었다. 나는 바로 그 꽃병으로 달려가서 꽃장식을 한 옆으로 밀어놓고 꽃병 안에 토했다. 섬뜩하게, 비장하게, 그리고 후련하게.

나는 한참을 카펫 위에 쪼그리고 앉아 있었다. 일어나서 아래층으로 내려가든가 아니면 아파트로 돌아가 노크를 하고 할머니나 닥터 위콤이 문을 열어주기를 기다려야 한다는 생각은 들었지만 어느 쪽도 썩 내키지 않았다. 나는 코트 깃을 여미고 엘리베이터 옆에 앉아 졸기 시작했다. 한 시간쯤 지났을까. 엘리베이터 안내원이 나를 발견했다. 그가 아파트로 나를 데리고 가서 문을 두드렸고 나는 왠지 학교를 농땡이 친 학생 같은 기분이 들었다.

"복도에서 먹은 것을 토했어요. 누군가 치워야 할 텐데, 전 자리를 비울 수가 없거든요."

닥터 위콤이 놀란 얼굴로 나를 바라보았다.

"뭘 잘못 먹었나 봐요."

내가 중얼거렸다.

"고마워요, 테디. 내가 치울 테니 걱정 말아요. 에밀리! 앨리스가 벌써 왔어!"

닥터 위콤은 안쪽에 대고 소리쳤다.

"앨리스, 그렇게 마음에 안 들든? 아무리 그래도 그렇지, 최소한의 예의는……."

내 얼굴을 보고 할머니가 하던 말을 멈추었다.

"앨리스! 얼굴색이 말이 아니구나!"

할머니는 어느새 갈색 정장을 입고 있었다.

"토한 모양이야. 열도 있고 탈수 증세도 있네."

닥터 위콤이 말했다.

두 사람이 나를 침대에 눕혔다. 닥터 위콤이 열을 재보니 39도였다.

"수분을 섭취해야겠다. 에밀리, 진저에일 좀 가져다줘."

달콤하면서도 톡 쏘는 진저에일을 몇 모금 마신 뒤 나는 곧바로 잠이 들었다. 이번에는 복도에서보다 훨씬 더 깊이 잠들었다. 잠에서 깨보니 새벽 4시였고 할머니는 다른 침대에서 잠들어 있었다. 세 번째로 잠에서 깼을 때는 침실에 나 혼자 누워 있었고 어디선가 커피향이 풍겨왔다. 화장실에 다녀오니 할머니가 담배를 피우며 나를 기다리고 있었다.

"새해 한번 요란하게 맞이하는구나."

할머니가 말했다.

"어젯밤에 저 때문에 모임도 못 가시고 죄송해요."

"마빈의 부모가 아들하고 똑같다면 네가 우릴 구해준 셈이지. 너처럼 아픈 아이한테 시카고를 통틀어 여기보다 더 좋은 곳은 없을 거다. 시카고 최고의 의사가 항상 대기 중이니까."

나는 다시 이불 속으로 파고들었다. 화장실에 갈 때만 일어났고 씻지도 않았다. 이불을 뒤집어쓴 채로 나는 땀을 흘렸다가 부들부들 떨기를 반복했다. 온몸이 아팠다. 두 사람이 번갈아 내 체온을 쟀다.

"아프고 지나가는 수밖에 없어. 하루 이틀 정도 지나면 좋아질 거다."
닥터 위콤이 말했다.
"내일이면 괜찮을 거야. 그렇지, 앨리스?"
할머니가 말했다.
그다음 날 라일리 행 기차를 타기로 되어 있었다.
"지금 결정하지 않아도 돼."
닥터 위콤이 말했다.
그날 저녁 8시쯤 할머니가 아스피린과 물 한 잔을 들고 들어왔다.
"네 아빠 엄마는 우리가 예정대로 돌아오길 바랄 거다. 여기서 하룻밤 더 머문다고 하면 전화통에 불이 날 거고 기차표도 바꾸어야 하고 네 아빠도 수선을 떨겠지."
그렇게 되면 많은 설명이 필요할 것이다. 닥터 위콤의 아파트와 펠럼 호텔 사이를 몇 번 왔다 갔다 해야 할 것이고 하룻밤도 잔 적 없는 호텔의 투숙을 연장해야 할 것이다. 할머니가 별로 매력적이지도 않은 늙은 여자의 입술에 또다시 키스를 하도록 거짓말을 둘러대야 하다니. 그 이상하고 야릇한 장면을 다시는 보고 싶지 않았다.
나는 아무 말도 하지 않았다.
"푹 쉬어라. 우리 기차는 11시니까 짐은 아침에 꾸리면 돼."
나는 눈을 감았고 할머니가 일어서는 소리를 들었다.
"왜 절 데려오셨어요?"
그렇게 생각만 했는지, 아니면 실제로 그렇게 말을 했는지 나 자신도 확실히 알 수 없었다.
"널 여기 왜 데려왔냐고? 시카고에 말이냐?"
아마도 소리 내어 말을 한 모양이었다.
"뭐라고 하셨어요?"
내가 돌아누우며 물었다.

할머니 표정에 언뜻 무언가가 스치는 것 같았다. 할머니는 잠시 나를 바라보다가 "네가 잠꼬대를 한 모양이구나"라고 말했다.

기차역으로 출발하기 직전 내 체온은 38도 정도였지만 라일리의 바로 전 역인 휴턴 역을 지날 때쯤 다 나은 것 같은 기분이 들었다. 아빠 엄마가 우리를 반겨주었다.

"고층 빌딩에 올라가봤니? 멋지든?"

엄마가 물었다.

"앨리스를 데려가시길 잘하셨어요."

아빠는 사과하는 듯한 투로 말했다.

"두 사람이 없으니 집 안이 얼마나 고요하던지…… 하도 심심해서 어머님 잡지를 읽었다니까요."

엄마가 말했다.

할머니는 나를 바라보며 미소를 지었다. 나 역시 미소를 지으려던 순간 머릿속에 떠오른 장면 때문에 얼른 창밖으로 고개를 돌렸다.

다음 날 데나가 울먹이는 목소리로 전화를 했다.

"비상사태야."

"무슨 일 있어?"

"빨리 와."

나는 전화를 끊고 곧바로 코트를 입고 길을 건너 데나의 집 문을 두드렸다. 데나의 집 초인종은 1958년부터 고장 나 있었다. 밖에서 기다리기가 너무 추워서 나는 손잡이를 돌리고 안으로 들어갔다.

거실에는 데나의 여동생 마조리와 페기가 누가 레코드를 틀 차례인지를 놓고 실랑이를 벌이고 있었다.

"언니는 2층에 있어."

나를 보고 페기가 말했다. 데나와 마조리가 함께 쓰는 방문이 열려 있었지만 방 안에는 아무도 없는 것 같았다.

"데나?"

침대 밑에서 손 하나가 나오더니 오라고 손짓했다. 나는 무릎을 꿇고 조심스럽게 다가가서 안을 들여다보았다.

"무슨 일이야? 나도 그 밑으로 들어가야 돼?"

"내 인생은 끝장이야."

데나의 목소리는 불안정했고 울음을 머금고 있었다.

나는 데나처럼 등을 대고 바닥에 누워서 침대 밑으로 들어갔다. 매캐한 먼지 냄새에 목이 메었다. 정체를 알 수 없는 몇 가지 물건들을 밀치고 데나 곁에 누웠다.

"왜 그러는데?"

데나가 침을 꿀꺽 삼킨 뒤 처량한 목소리로 말했다.

"구레나룻을 밀어버렸어."

"너 구레나룻 없잖아."

"이제 없어졌지."

"아무것도 안 보인다. 일단 밖으로 나와."

내가 밖으로 나왔고 잠시 후 데나도 따라 나왔다.

데나는 침대에 기댄 채 바닥에 앉았다. 얼굴은 벌겋고 먼지투성이였고 눈이 젖어 있었다. 나보다 밝은 갈색이지만 비슷하게 자른 머리카락은 어린애처럼 사방으로 뻗쳐 있었다. 데나는 거울을 집어 들었다. 내가 너무도 잘 아는 거울이었다. 우리 얼굴 정도 크기에 옅은 분홍색 플라스틱으로 손잡이와 뒷면을 댄 거울이었다. 데나는 거울을 들고 고개를 돌려 귀 부근을 바라보았다.

"도대체 무슨 소린지 하나도 못 알아듣겠다."

내가 말했다.

"처음에 구레나룻을 잘랐는데 너무 웃기더라고. 그래서 면도칼로 확 밀어버렸지."

나는 데나에게 다가가서 손가락으로 문제의 피부를 만져보았다.

"잘했네! 아주 매끄러운데 뭐. 반대쪽으로 돌려봐."

나는 다시 만져보았다.

"괜찮은데?"

"하지만 머리카락이 다시 자라면 짧고 거친 털이 될 거야! 남자처럼!"

"그럼 다시 밀면 되잖아."

"앞으로 평생을 매일 아침 면도를 하라고?"

"아무도 모를걸? 내가 장담해."

"로버트는 털 많은 여자애들을 원숭이라고 생각해. 마리 하프리거 팔 봤지?"

"데나, 그런 식으로 말하지 마. 마리가 털이 많은 건 그 애 잘못이 아니잖아."

마리 하프리거는 나와 스피리트 클럽 활동을 같이 하던 애였다. 팔뚝에 난 검고 굵은 털 때문에 남자아이들과 여자아이들 모두의 입에 오르내렸다.

"결국 털에 표백제를 썼잖아."

"마리는 좋은 애야. 우리가 성탄절 때 팔았던 산타클로스 담배 파이프 청소 도구 생각나? 그 산타클로스 인형에 턱수염을 마리 혼자 다 붙였잖아."

데나가 웃었다.

"맞아. 그랬지."

데나는 어렸을 때 꿈꾸었던 대로 치어리더가 되었다. 클럽 활동의 서열에서 내가 속한 스피리트 클럽은 치어리더보다는 훨씬 더 낮은 등급으로 분류되었다. 데나는 자기가 말을 잘해줄 테니 나에게 치어리더 팀에 들어오라고 몇 번이나 나를 설득했지만 사람들 앞에서 뛰면서 소리를 지르는 것이 영 내 적성에는 맞지 않았다.

데나는 여전히 거울을 들고 자신의 얼굴을 살펴보고 있었다. 그러나 눈물은 마른 것 같았다.

"나 이제 반만 처녀다."

데나가 거울을 바닥에 내려놓고 나에게 속삭였다.

"그게 무슨 소리야?"

"문 좀 닫고 올래?"

내가 문을 닫자마자 데나가 말을 이었다.

"로버트한테 조금 들어오게 해줬어."

"데나! 로버트가 요구하는 대로 다 해줄 필요는 없어! 로버트도 널 존중해줘야지!"

"왜 로버트가 날 존중해주지 않았다고 생각하는데?"

데나가 능글맞게 웃으며 물었다.

얼마 전에 데나는 로버트가 자신의 스커트 속에 손을 넣는 것을 허락했다고 말했다. 그러나 팬티 속으로 손을 집어넣는 것은 허락하지 않았다고 했다. 데나의 이야기는 재미있었지만 한편으로는 위험하다는 생각이 들었다. 가정 시간에 앤더슨 선생님은 남자들 중에는 일단 발기가 되면 자신을 통제하지 못하는 사람들이 있다고 했다. 부적절한 행동으로 인해 평판이 나빠지는 것보다 더 무서운 것은 임신이라고 했다.

우리 학교에 다니던 바바라 그로브라는 애는 오클레어의 사촌과 함께 살게 되었다며 라일리를 떠났지만 사실은 수녀원에서 아이를 낳고 아이를 입양시키러 간 것이라는 사실을 아는 사람은 다 알았다. 그녀는 축 늘어지고 부은 몸으로 다시 학교에 돌아왔지만 치어리더 팀에는 다시 들어가지 않았다. 섹스에 관한 얘기를 전혀 듣지 못한 것은 아니었지만 나는 데나가 실제로 그런 일을 하리라고는 생각지도 못했다. 그저 장난을 치고 나한테 우쭐대면서 약을 올릴 뿐 실제로 일을 벌일 거라고는 생각하지 않았다.

"결혼할 때까지 지키지 않을 거야?"

내가 물었다.

나는 그럴 생각이었다. 몇 년 안에 결혼할 거라면 그렇게 하는 것이 당연했다. 라일리에서는 대학에 가는 여자들조차도 졸업을 하기 전에 결혼을 했다. 스물다섯 살까지 결혼을 하지 않으면 노처녀 대열에 합류했다.

"그건 이미 물 건너간 게 아닐까 싶다. 사실 조금 들어간 거나 전부 다 들어간 거나 그게 그거거든."

"너 로버트하고 결혼할 거야?"

"그야 모르지."

"데나, 만약 다른 남자하고 결혼하면 그 사람이 네가 결혼 첫날밤에 피를 흘리지 않는 걸 보고 네가 처녀가 아니란 걸 바로 알아차릴 거야."

데나가 코웃음을 쳤다.

"누구나 다 첫날밤에 피를 흘리는 건 아니야."

데나는 거울을 들고 자기 얼굴을 살피며 말했다.

"넌 진짜 몰라도 너무 모른다."

나는 할머니를 피하고 있었다. 2월 초 어느 날 오후 학교에서 돌아와 보니 할머니가 홀로 거실에 앉아 윌키 콜린스의 소설을 읽고 있었다. 나는 가방을 문 옆에 걸어두고 간식을 먹으려고 부엌으로 갔고 할머니가 나를 따라 들어왔다. 나는 찬장에서 꿀을 꺼내 빵에 바르고 있었다.

"시카고에서 돌아온 뒤로 네 기분이 영 좋지 않은 것 같은데, 혹시 나한테 하고 싶은 얘기라도 있는 거냐?"

"아뇨."

"닥터 위콤에 대해서 묻고 싶은 것도 없고?"

나는 고개를 저었다.

잠시 침묵이 흘렀다.

"내 평생 동안 단 한 번도 부끄러운 짓을 하지 않았다고 주장할 생각은 없다. 하지만 내가 내린 결정에 대해 모든 사람이 다 동의할 수는 없다고 생각해. 다른 사람의 생각 따위는 내 삶에서 그다지 중요한 게 아니니까."

그 순간 나는 할머니가 미웠다. 할머니는 위선자였다. 용감하고 솔직한 척하면서 진실을 왜곡했고 그러면서 그 왜곡된 틀 속에 나까지 끌어들이려 하고 있었다. 나는 돌아서서 할머니를 쏘아보았다.

"사람들은 원래가 복잡한 거란다. 복잡하지 않은 사람들은 따분한 사람들뿐이야."

"그럼 저도 따분하겠네요."

우리는 잠시 서로를 바라보았다.

"아무래도 그런 것 같구나."

할머니가 말했다.

2학년과 3학년의 댄스파티가 열리는 5월, 로버트 비이크와 데나는 이미 몇 달째 사귀고 있었다. 데나는 래리 나이젤이 내 파트너가 되어야 한다고 생각했다. 댄스파티를 몇 주 앞둔 어느 날 화학 실험실에서 나와 보니 래리 나이젤이 팔짱을 끼고 복도에 서 있었다. 그와 나의 눈이 마주치는 순간 나는 그가 왜 왔는지 알 것 같았다.

"댄스파티 갈 거지?"

래리가 무뚝뚝한 목소리로 물었다.

"그럴 생각이야."

"같이 갈래?"

그가 물었다.

"좋아."

"그럼 또 보자."

래리는 덤덤하게 말하고는 바로 돌아섰다. 나도 같은 방향으로 가야 했지만 그는 나와 같이 걷거나 이야기를 나눌 생각은 없는 모양이었다. 할 수 없이 나는 그가 사라질 때까지 기다렸다. 내가 그의 제안을 받아들인 것에 대해 그는 조금도 놀라거나 기뻐하지 않았다. 모든 것이 데나가 짠 각본이기 때문이었다. 그렇다면 나는 그의 제안이 놀랍거나 기뻤을까? 현관에서 충동적으로 달콤한 키스를 해주었던 그였기에, 평상시에 무뚝뚝했던 그였기에 그 순간을 더욱 달콤하게 해줄 조금의 따스함을 기대했던 것은 사실이었다. 어쩌면 댄스파티가 열리는 밤, 그의 따스함을 볼 수도 있으리라.

내가 잡지에서 찾은 패턴으로 엄마가 초록색 베일 드레스를 만들어주었다. 팔꿈치 위로 올라오는 흰 장갑과 함께 입을 예정이었다. 댄스파티가 열리는 날 아침 화장대 위에는 드레스와 똑같은 색의 머리띠가 담긴 상자가 놓여 있었다. 나는 머리띠를 들고 계단을 뛰어 내려가서 부엌으로 들어갔다.

"고맙습니다! 드레스와 정말 잘 어울려요!"

엄마가 미소를 지었다.

"재밌게 놀다 와라."

엄마가 오븐 뚜껑을 닫는 순간 나는 충동적으로 엄마를 끌어안았다. 스피리트 클럽의 행사 때문에 나는 컵케이크 2백 개를 만들어서 그날 아침 학교로 가져가야 했다. 댄스파티에서 쓸 간식이었다. 전날 밤 엄마는 나하고 자정까지 앉아서 컵케이크에 당과를 얹었다.

잠시 후 부모님과 할머니가 저녁식사를 끝낼 무렵, 나는 아래층으로 내려왔다. 맨발이었지만 장갑과 머리띠를 하고 드레스를 입고 있었다.

거실 안으로 들어서자 모두 박수를 쳤다.
아빠가 일어서서 손을 내밀었다.
"한 곡 추실까요?"
"음악 틀어야지!"
엄마가 거실로 달려나와 라디오를 틀었다. 글렌 밀러의 재즈곡이 흘러나왔다. 아빠가 내 손을 잡고 높이 들어 나를 빙그르르 돌게 했다.
"앨리스, 그렇게 차려입으니까 정말 예쁘구나!"
엄마가 탄성을 질렀다.
아빠가 나를 가볍게 리드하며 춤을 추었다.
"꼿꼿하게 서라. 남자들은 허리를 꼿꼿하게 세운 여자들을 좋아한단다. 자신감의 상징이니까."
나는 어깨를 펴고 턱을 꼿꼿하게 쳐들었다.
"허리를 뒤로 젖혀보렴!"
할머니가 말했다.
색소폰 소리가 절정으로 치달았고 나는 허리를 뒤로 젖혔다. 엄마와 할머니의 박수소리가 들려왔다. 바닥 쪽으로 머리를 한껏 젖히는 순간 피가 몰려서 그랬을까? 아니면 음악 때문이었을까? 어쨌든 그 순간의 내 가족을 사랑했다. 할머니까지도. 복받쳐오는 감정 때문에 나는 울고 싶은 기분이었다. 우리 가족 모두 나를 사랑했고 나는 분명 행운아였다. 그러나 그 순간에조차도 나는 알고 있었다. 그 행운이 영원하지 않으리라는 것을.
"앨리스! 넌 예쁜 아이야. 오늘밤 절대 남자애들이 널 마음대로 하게 해선 안 된다."
아빠는 할머니와 엄마의 귀에 들리지 않을 정도로 작은 목소리로 속삭였다.

로버트와 래리, 데나, 그리고 나는 '태티스'라는 식당에서 저녁식사를 했다. 그것이 라일리의 전통이었다. 이런 날엔 모두들 멋지게 차려입고 태티스에서 기름진 햄버거를 먹었다. 댄스파티가 시작되기도 전에 실크 드레스에 케첩과 조미료를 흘려서 울었다는 여자애들 이야기를 생각하면서 나는 흰 장갑을 가방 안에 넣은 다음 냅킨 세 장을 무릎 위에 펼쳤다.

태티스로 향하는 길에, 래리가 운전을 하다가 뒷자리에 앉아 있던 내게 분홍색 장미를 불쑥 내밀며 "네가 드레스에 직접 달아"라고 말하는 순간 그나마 남아 있던 희망은 완전히 사라졌다. 태티스에서 식사를 한 후 우리는 학교로 향했다. 학교 강당은 정확히 내가 예상했던 모습 그대로였다. 노란색과 파란색 리본이 천장을 수놓았고 노란색과 파란색 당과를 얹은 컵케이크들이 빠른 속도로 사라지고 있었다. 나는 내가 만든 컵케이크를 찾아보았지만 다른 것들과 전혀 구별이 가지 않았다. 무대 위에는 매디슨에서 왔다는 '리틀 브라더스'라는 밴드가 턱시도를 입고 연주를 하고 있었다.

"앨리스!"

로버트가 나를 불렀다. 그는 나를 보고 묘한 미소를 지었다.

"너하고 춤추게 됐다고 래리가 아주 신이 났더라."

그의 말에 데나와 래리가 동시에 웃었다.

그 순간, 그들이 내가 래리와 오늘밤에 섹스를 하게 될 거라고 생각하고 있다는 섬뜩한 깨달음이 밀려왔다. 로버트와 데나는 이미 여섯 번 섹스를 했다. 한 달에 한 번꼴이라고 데나는 주장했지만 그중 반은 한 달을 채 못 채웠다. 데나는 너무 자주하는 것은 특별하지 않아서 싫다고 했다. 게다가 자기가 해줄지 안 해줄지 모를 때 로버트가 더 몸 달아 한다고 했다.

래리와 나는 춤을 췄다. 다행히 그는 바로 내 몸을 더듬지는 않았다.

그는 꽤 춤을 잘 췄다. 나보다 훨씬 나았다. 우리는 노래 한 곡이 끝나고 또 한 곡, 그리고 또 한 곡이 끝날 때까지 그렇게 춤을 췄다. 모두 빠른 곡이었다.

"로버트가 그거 가져왔대! 주차장에서 만나기로 했어."

마지막 곡의 중간쯤에 래리가 술을 마시는 시늉을 하며 말했다.

"선생님들이 곳곳에서 지키고 계실 텐데……."

"차 안에 있으면 아무도 모를걸."

"난 컵케이크가 부족하지 않은지 확인해봐야 돼."

"좋을 대로 해."

그가 말한 뒤 어깨를 으쓱하고 돌아섰다. 저만치 데나와 로버트가 강당을 막 나서고 있었다. 나는 다과 테이블 쪽으로 향했다. 다과 테이블 바로 앞에서 누군가 내 팔을 잡아서 돌아보니 앤드류 이모프였다.

"나하고 춤출래?"

그가 물었다.

"좋아. 하지만 느린 곡인데?"

때마침 발라드곡인 리키 넬슨의 〈론섬 타운〉이 흘러나오고 있었다.

"왜, 느린 곡이면 안 돼?"

"아니. 상관없어."

내가 웃으며 말했다. 파트너가 아닌 다른 사람과 느린 곡에 맞추어 춤을 추어도 되는 것일까?

우리는 북적이는 인파 속에서 서로 마주보고 설 공간을 찾았다. 나는 잠시 망설이다가 그의 오른쪽 어깨에 손을 얹었다. 앤드류는 오른손을 나의 등 아래쪽에 얹었다. 우리는 나머지 손을 맞잡았다.

"누구하고 같이 왔니?"

내가 물었다.

"베스 콜만."

그가 턱 끝으로 가리킨 방향을 바라보니 베스가 농구 골대 밑에서 프레드 주브러그와 춤을 추고 있었다.

"넌 래리하고 왔지?"

"데나가 엮었어. 안 그래도 지금 데나를 원망하던 참이야."

앤드류가 웃었다.

"그래. 래리한테 넌 과분해."

잠시 침묵이 흘렀다.

"너희 할머니가 날 여자애라고 생각했던 거 기억나?"

"너도 알고 있었어?"

"따님이 참 예쁘다고 하셨잖아. 짐작하기 어렵지 않았지."

"그렇게 말씀하시진 않았어."

"거의 비슷했어."

"하지만 그건 단지……."

"알아."

그가 갑자기 오른손으로 자신의 두 눈을 가린 채로 고개를 저었다.

"진짜 이 속눈썹 때문에 미치겠다. 우리 형은 날 보고 마스카라 모델이나 하래. 물론 칭찬은 아니고."

"아마 질투하는 걸 거야."

무대 위에서 밴드의 가수가 노래를 불렀다.

"참, 조금 전에 내가 한 말은 래리가 나쁘다는 뜻이 아니라, 너하고 안 어울린다는 뜻이었어."

앤드류의 목소리는 사뭇 진지했다. 이런 상황에서 데나라면 어떻게 대답했을지, 아니 대부분의 여자들이 어떻게 대꾸했을지 나는 알고 있었다.

'그럼 나한테 누가 어울리는데?'

그러나 그 순간이 너무도 편안했고 더 이상 그를 추궁하고 싶지 않았다. 끝을 보기보다는 가능성을 열어두고 싶었다. 훗날 그 순간을 돌이켜 보면서 나는 생각했다. 어쩌면 앤드류가 결국 내 남자친구가 되리라는 것을 나는 알고 있었던 것이 아닐까? 어쩌면 항상 알고 있었던 것이 아닐까? 그렇다면 서두를 필요가 있을까? 결국 서로를 만나기 위해 우리는 각자 다른 사람들을 만나보았던 것은 아니었을까?

"컵케이크 먹어봤어?"

내가 물었다.

"먹어봤는데 아주 맛있더라. 저기 포테이토칩도 있어."

"내가 만든 컵케이크도 있어. 파란 거 말고 노란 거."

"어쩐지! 앨리스 린드그렌 표 컵케이크 같더라!"

그의 농담에 내가 그의 어깨를 가볍게 쳤다.

"정말 맛있었어. 진짜야."

우리는 함께 웃었다.

"내 어깨에 머리 기대도 돼. 물론 강요하는 건 아니고."

잠시 후 그가 말했다.

"내 키가 될까?"

내가 머뭇거리며 물었다. 그러나 키가 문제는 아니었다.

"네가 그러고 싶으면 그래도 된다는 뜻이야."

내가 그의 어깨에 머리를 기댔고 우리 두 사람의 몸이 처음으로 밀착되었다. 나는 그의 체온을 느꼈고 그의 단단한 몸을 느꼈고 마음이 편안해지는 것을 느꼈다. 그동안 우리가 나누던 대화가 갑자기 아무것도 아닌 것처럼 느껴졌다. 말은 아무것도 아니었다. 말은 빗방울이나 색종이처럼 부질없는 것이었다. 서로를 안고 있는 이 순간만이 진짜였다.

노래가 끝나자 우리는 서로에게서 떨어졌다. 10분쯤 지난 뒤 데나가 벌겋게 달아오른 얼굴로 술 냄새를 풍기며 돌아왔다.

"앤드류하고 춤췄니?"

데나가 물었다.

비난하는 투라기보다는 궁금해 죽겠다는 투였다. 아마 밖에 있던 데나에게 누군가가 이야기를 전해준 모양이었다.

"너희가 나간 다음에 혼자 서 있는 내가 딱해 보인 모양이야."

하지만 그것은 사실이 아니었다. 노래가 끝날 무렵 앤드류는 숨을 깊이 들이쉬었고 나는 앤드류가 내 머리카락 향기를 맡고 있다는 것을 느낄 수 있었다.

그해 8월, 할머니는 글래디스 위콤을 만나기 위해 다시 시카고로 떠났고 아빠와 엄마, 나는 미시간 북부까지 차를 타고 매키낙 다리를 구경하러 갔다. 다리 앞에 이르렀을 때 운전을 하던 아빠는 다리를 제대로 보기 위해 엄마와 자리를 바꾸어 앉았다. 물 위의 다리는 가도 가도 끝이 없었다. 다리를 건너자마자 엄마는 다시 차를 돌려서 북쪽으로 향했다. 다리를 건너려면 통행료 50센트를 내야 했다. 큰돈은 아니었지만 아빠로서는 엄청난 사치였다. 우리는 세인트 이그니스 해변에 차를 세웠다. 엄마와 나는 여름인데도 재킷을 입고 있었다.

"수면 위를 가로지르는, 8킬로미터 길이의 엄청난 콘크리트와 강철, 케이블을 한번 생각해봐라. 정말 놀랍지 않니?"

다리 뒤로 뭉게구름이 떠 있었고 불어오는 바람 속에서 어느덧 다가서는 가을이 느껴졌다.

"잠깐 산책 좀 할까?"

아빠가 물었다.

우리는 함께 해안을 따라 걸었다. 일정한 간격을 두고 동전을 넣고 볼 수 있는 망원경이 설치되어 있었지만 나는 각각의 망원경을 통해 보게 되는 장면이 과연 얼마나 다를지 의문이 들었다.

"다리가 생기기 전에 이 강을 건너려면 배로 한 시간 정도가 걸렸단다. 가끔 차가 들어갈 공간이 없어서 열 시간, 열두 시간씩 기다려야 했다더라."

나는 고개를 끄덕였지만 머릿속에는 온통 폭탄선언을 할 생각뿐이었다. 나는 할머니와 닥터 위콤이 연인 사이임을 폭로할 생각이었다. 나에게 비밀을 들킨 이후 나는 할머니가 다시는 시카고에 가지 않을 거라고 생각했다. 하지만 할머니는 이번에도 시카고에 갔다.

"말이 그렇지, 열두 시간을 기다리는 게 얼마나 힘들겠니?"

엄마가 말했다.

할머니의 비밀을 짐작했어야 할까? 내가 《외로움의 벽》이라는 동성애 소설을 처음 읽은 것은 열네 살 때였다. 여자들끼리 사랑할 수 있다는 사실이 혼란스럽긴 했지만 할머니에게 물어볼 생각은 하지 못했다. 어쨌든 그 책은 수십 년 전 영국이 배경이었다. 하지만 나의 할머니, 우리 집에서 나와 같이 살고 욕실에서 나와 같은 비누를 사용하는 할머니, 나에게 액세서리와 하이힐을 빌려주던 할머니가 동성애자라는 사실은 왠지 있을 수 없는 일 같았다. 할머니는 결혼을 했었고 게다가 아이도 낳았다. 동성애자였다면 왜 그 비밀을 나에게 들키지 않도록 좀 더 조심하지 않았을까? 할머니는 내가 부모님과 할머니 사이에서 갈등하게 만들었다. 어떻게 보면 나는 항상 부모님보다 할머니를 더 사랑했다. 할머니는 내가 가장 사랑하는 사람이었다. 그렇다면 이런 끔찍한 비밀은 어떻게든 나에게 들키지 말았어야 했다. 아빠는 멈추어 서서 망원경을 들여다보았다. 잠시 후 아빠가 우리 곁으로 와서 엄마의 손을 잡았다. 아빠가 몹시 흥분해 있다는 것을 나도 느낄 수 있었다.

우리는 사흘 동안 세인트 이그니스의 한 모텔에서 묵었다. 세 사람이 모두 한방에서 잤다. 모텔에 수영장이 있어서 아빠는 수영을 했고 엄마와 나는 추워서 수영을 하지 않았다. 레이크 미시간의 모래언덕에 올라갔을 때, 나는 15분 뒤에는 꼭 말하겠다고 결심했다. 15분이 지나자 다시 앞으로 15분 뒤에 말하겠다고, 그리고 다시 차로 돌아가면 말하겠다고 생각했다. 그다음 날 우리는 맥키낙 섬으로 배를 탔고 그곳에서 말이 끄는 마차를 탔고 호텔 레스토랑에서 점심을 먹었다.

"어쩌면 넌 신혼여행 때 다시 여기 오게 될지도 모르겠다."

엄마가 말하며 테이블 밑에서 내 손을 꽉 쥐었다.

'두 사람이 사귀고 있어요. 닥터 위콤은 할머니한테 비싼 선물을 사 줘요. 어쩌면 돈을 주고 있는지도 몰라요!'

세인트 이그니스에서 마지막 저녁식사를 하면서 아빠와 엄마는 와인 두 병을 마셨다. 아빠는 엄마에게 같이 수영을 하자고 졸랐다. 하늘은 어두웠지만 수영장 물은 따듯했다. 나는 모텔 방에서 두 사람의 웃음소리를 들으며 잠이 들었다. 다음 날 아침 눈을 떴을 때 나는 비로소 깨달았다. 아빠 엄마는 이미 알고 있다는 것을. 나는 맞은편 침대에서 잠들어 있는 아빠 엄마를 바라보았다. 엄마의 깊은 숨소리와 아빠가 낮게 코 고는 소리가 들려왔다. 아빠는 마치 자는 동안에도 예의를 갖추어야 한다는 듯 조용히 코를 골았다.

분명히 두 사람은 알고 있었다. 만약 모르고 있다면, 그것은 인정하고 싶지 않아서일 것이었다. 내가 할머니를 따라 시카고에 가겠다고 했을 때 아빠가 선뜻 허락하지 않았던 것도 바로 그런 이유였을 것이다. 나는 아무 말도 하지 않기로 했다. 그럴 필요가 없었고 내가 나설 일도 아니었다. 용기를 내지 못했던 것이 차라리 다행이라는 생각이 들었다.

그해 휴가에서 나의 조바심만큼이나 오랫동안 기억에 남았던 것은 해변을 산책하던 아빠의 모습이었다. 바람에 머리칼을 흩날리면서 아빠는 잔뜩 들뜬 표정으로 엄마와 나에게 맥키낙 다리가 얼마나 위대한지 설명하려 애썼다. 그때 나는, 아니 지금까지도 나는 어쩌면 그때가 아빠의 삶에서 가장 행복했던 순간이 아니었을까 생각한다.

3학년 새 학기를 한 주 앞둔 어느 토요일 오후였다. 정육점에서 엄마가 부탁한 다진 고기를 사 들고 나오는데 자동차 경적 소리가 들렸다. 옆은 민트색 포드 승용차의 조수석 창문으로 검게 그은 얼굴을 내밀고 미소를 짓고 있는 앤드류 이모프의 모습이 보였다. 나는 그에게 손을 흔들며 그의 차로 다가갔다.

가까이 다가가서 보니 운전석에 앤드류의 형 피트가 앉아 있었다. 2인승이었다.

"돌아왔구나!"

앤드류가 말했다.

"여행 갔던 거 어떻게 알았어?"

"파인 호수에서 캠핑할 때 네가 안 보여서 어디 아픈 줄 알았지. 그런데 데나 말이…… 데나를 따로 만난 게 아니라 거기서 만났는데……."

"앨리스! 데나하고 다시 얽힌 게 아니라는 걸 말하고 싶은 거야."

피트가 창문 쪽으로 몸을 숙이며 소리쳤다. 그는 네 살 위였고 위스콘신 대학에 진학했으며 아마 지난 6월 졸업을 했을 것이다. 피트와 앤드류는 별로 닮지 않았다. 두 사람 모두 눈동자가 갈색이었지만 피트는 앤드류처럼 속눈썹이 길진 않았다. 앤드류가 마른 듯한 미남인 반면 피트는 체격이 크고 머리색도 더 짙었다. 그가 훨씬 더 어른스러웠지만 그다지 매력 있는 남자라는 생각은 들지 않았다.

앤드류가 형을 바라보며 인상을 쓴 다음 다시 나를 돌아보았다.

"형 말은 그냥 무시해. 미시간 주에 갔었다며?"

"아빠가 매키낙 다리를 보고 싶어 하셔서. 매키낙 섬에도 갔었어. 거긴 차가 없더라. 마차만 있고."

"말똥 천지겠네?"

피트가 다시 끼어들었다.

"우리 형 말은 무시하라고 했지?"

앤드류가 말했다.

"파인 호수에 많이들 갔었나 봐. 데나는 거기 갔던 게 여름방학 내내 가장 재미있었대."

"그래?"

앤드류가 재미있다는 듯한 표정을 지었다.

"바비가 닭싸움 구경하겠다는 애들 붙잡고 실랑이하다가 끝났는데? 다음 주 프레드네 집 파티가 진짜 재미있을 거야. 얘기 들었어? 기온이 24도 밑으로 떨어지면 모닥불 피울 거래."

피트가 다시 몸을 숙였다.

"앤드류가 모닥불에 소시지 구워준대! 그런데 앤드류, 난 그만 가봐야 하거든? 이제 그만 마무리 좀 할래?"

앤드류는 고개를 설레설레 저었고 피트가 차에 시동을 걸었다.

"화요일에 학교에서 보자. 3학년 되는 거 신나지 않아?"

나는 미소를 지었다.

다진 소고기를 들고 집으로 돌아오면서 갑자기 에너지가 솟아나는 기분이 들었다. 이런저런 생각들이 떠올랐다. 햇볕에 그은 앤드류의 모습이 얼마나 멋있었는지. 피트 이모프가 내 이름을 알고 있는 것이 얼마나 이상했는지. 새 학기가 시작되고 최고 학년이 된다는 게 얼마나 설레는 일인지. 나는 또 생각했다. 다가오는 토요일에 온도가 24도 밑으로 떨어져서 프레드네 집 파티에서 모닥불을 피울 수 있게 되기를. 그래서 타오르는 모닥불의 불길을 바라보고 서 있을 수 있게 되기를. 그 불길이 살아 있는 한, 그리고 내가 살아 있는 한 언제까지나 그렇게 따듯한 불가에 서 있을 수 있기를…….

그날 이후 며칠 동안, 학교에서 틈틈이 앤드류를 보았지만 이야기를 나누거나 눈을 맞출 기회는 없었다. 나는 항상 데나와, 혹은 다른 친구들과 함께 있었고 그는 풋볼 팀 친구들과 함께 있었다. 왠지 그와 단둘이 있어야만 말을 할 수 있을 것 같았다. 딱히 할 말이 있는 것은 아니었지만 주위에 사람이 없으면 저절로 할 말이 떠오를 것 같았다.

그 주 내내, 그와 나는 수많은 사람들을 헤치고 서로에게 다가가고 있는 것 같았다. 과학 실험실 앞에서 서로 반대 방향으로 지나칠 때조차도 그런 느낌이 들었다. 목요일 오후, 도서관을 막 나서는데 풋볼 연습을 하려고 반바지 운동복 차림으로 헬멧을 들고 나오는 그와 마주쳤을 때에도 나는 전혀 놀라지 않았다. 그날 일에 대한 나의 기억을 믿을 수 있을까? 어쩌면 사소한 일에 내가 너무 많은 의미를 부여한 것은 아닐까? 화창한 오후였고 매미 울음소리가 울려 퍼졌고 풀과 나무는 푸르렀고 우리는 서로를 향해 다가가고 있었다. 그가 햇살에 얼굴을 찌푸렸다. 나는 그 순간의 그를 사랑했고 그 역시 그 순간의 나를 사랑했을 것이다. 그 짧은 순간, 나는 내가 가장 바랐던 일, 어쩌면 그 이상의 어떤 일이 일어나고 있음을 깨달았다. 모든 것이 너무도 분명하고 확실했고 나는 자신감으로 가득 찼다.

어쩌면 지금에야 그렇게 생각하는 것일 수도 있었다. 하지만 정말 우리가 함께한 시간은 그 순간이 전부였다. 체육관에서 나온 그와 도서관에서 나온 내가 서로에게 다가가던 그 순간. 그 순간이 우리가 처음 사랑을 나눈 순간이었고 우리의 영원한 기념일이었다. 그 순간이 우리에게는 공항이나 기차역에서의 재회의 순간이었고 말다툼 뒤에 화해하는 순간이었다. 그 순간이 우리가 함께한 시간의 전부였다.

마주보고 선 순간 서로를 포옹해야 할 것 같았지만 우리는 그렇게 하지 않았다. 그것은 나에게 아픔으로 남았지만 나의 가장 큰 아픔이라고 말할 수는 없었다.

"지난번에 우리 형이 무례하게 군 것 미안해. 기분 상했었지?"

그가 마치 등 뒤에 형이 있다는 듯 뒤를 흘금 돌아보며 말했다.

"재미있던데? 두 사람 참 다르더라."

"그러니까, 난 재미없단 뜻이야?"

"아니, 너도 재미있어. 두 사람 다 재미있어."

"외교적인 발언처럼 들리지만 어쨌든 고마워. 내일 시합에 올 거지?"

"거기서 팝콘 팔 거야."

학교 시합 때 간식을 파는 것이 스피리트 클럽에서 내가 맡은 역할이었다.

"올해부터 뛴다는 얘기 들었어."

내가 말했다.

"참 오래 기다렸지."

그가 웃었다. 씁쓸하다기보다는 자신을 낮추는 웃음이었다.

"어쨌든 사람들이 날 형으로 착각하는 일은 없을 거야. 그건 확실해."

그건 사실이었다. 우리가 입학하기 전에 앤드류의 형은 학교 풋볼 팀의 스타였다.

"너도 풋볼 유니폼 입으면 굉장히 강해 보여."

나는 말하며 얼굴을 붉혔다.

"그래?"

앤드류는 잠시 나를 바라보았다.

"널 지켜줄 수도 있을 정도로?"

우리 두 사람은 함께 웃었다. 우리가 하는 말 한마디 한마디가 농담이거나 상대방에 대한 칭찬이었다. 나는 문득 우리가 서로를 유혹하고 있다는 생각을 했다.

"데나하고는 왜 사귀게 된 거야?"

나는 도저히 그 말을 참을 수가 없었다.

"그때 열한 살이었으니 내가 뭘 알았겠니?"

그가 여전히 웃으며 말했다.

"하지만 데나하고 계속 사귀었잖아. 4년씩이나."

"질투했어?"

"그냥 좀 이상했어."

"데나가 내 여자친구가 되면…… 널 볼 수 있었으니까."

날 놀리는 것일까?

"만약 그게 사실이라면 넌 데나한테 잘못한 거야."

내가 말했다.

"앨리스!"

그가 재미있다는 듯이, 그러면서도 나한테 정말 미안하다는 듯이 내 이름을 불렀다.

나는 바닥만 바라보았다. 하고 싶은 말이 뭐였더라? 앤드류와 단둘이 있게 되면 하려고 했던 말들이 하나도 생각나지 않았다.

"이렇게 하면 어떨까? 앞으로는 내가 아주 잘할게."

"나도 앞으로는 잘할게."

내가 고개를 들며 말했고 그가 웃었다.

"넌 항상 잘했잖아."

그가 말했다.

잠시 침묵이 흘렀다.

"그거 하트 목걸이니?"

그가 물으며 손을 뻗어 손끝으로 내 쇄골 위의 은빛 펜던트를 살짝 들었다.

"할머니가 열여섯 번째 생일 날 선물로 주신 거야."

내가 말했다.

"예쁘다."

그가 펜던트를 내려놓으며 말했다.

"나 연습하러 나가야 돼. 빨리 안 가면 코치가 소리 지를 거야. 내일 시합 때 못 보면 토요일 프레드네 집 파티에서 보자."

내가 고개를 끄덕였다.

"파티에는 몇 시쯤 가는 게 좋을까?"

"집에서 7시 반쯤 떠날게. 너도 그때 나와."

앤드류는 고등학교 남자아이치고는 상당히 직설적이었다. 나는 그것이 자신감 때문이라고 생각했다. 대학생이 된 뒤로는 모두가 게임을 하는 것 같았다. 여자들은 일부러 며칠을 기다렸다가 전화를 했고 남자들은 여자가 자기를 피하거나 다른 남자와 이야기를 하는 것을 보고 나서야 전화를 했다. 어쩌면 대학에서 보았던 그런 아이들과는 달리 앤드류는 정말 나를 좋아했던 것일까? 아니, 어쩌면 그게 아닐지도 모른다. 훗날 우리에게 일어난 일 때문에 내가 엄청난 러브스토리를 꾸며낸 것인지도 모른다. 내 말에 반박할 증인이 아무도 없기 때문에 내가 터무니없는 이야기를 지어낸 것인지도, 사실은 내 생각이 완전히 틀린 것인지도 모르겠다. 어쨌든 우리는 서로에게 인사를 했고, 나는 그 자리에 서서 그가 풋볼 경기장 쪽으로 달려가는 모습을 바라보았다. 나는 그의 밝은 갈색 머리카락과 패드를 대어서 훨씬 더 넓어진 어깨, 황금빛 털이 뒤덮인 종아리를 보았다. 고등학교 여자아이에게 고등학교 남자아이만큼 신비스러운 존재가 또 있을까?

내가 과거의 기억을 조작하고 있을지도 모른다는 의혹에도 불구하고 앤드류가 정말 날 좋아했는지, 그의 감정이 세월이 지나면서 더욱 무르익은 것이었는지, 그러다가 마침내 때가 되어서 우리 두 사람의 관계가 발전한 것인지 의문이 들 때마다 나는 내 목걸이를 만지면서 하트 모양이냐고 물었던 그의 모습을 떠올린다. 그것은 분명히 나를 만져보려는 핑계였다.

더구나, 하트가 무엇을 상징하는지는 누구나 다 안다.

그날 저녁식사를 마치고 엄마와 설거지를 하고 있는데 노크 소리가 들렸다. 아빠와 할머니는 거실에서 스크래블 게임을 하고 있었다. 아빠가 문을 열었다.

"어서 와라, 데나."

"복숭아 주스 좀 마실래?"

엄마가 물었다.

"아뇨, 됐어요. 방금 저녁 먹고 왔어요."

데나가 대답한 뒤 나에게 입 모양만으로 '할 얘기 있어!'라고 말했다.

내 방에 들어오자마자 데나는 팔짱을 끼었다.

"너 앤드류하고 사귀면 가만 안 둔다."

데나가 말했다.

나는 문을 닫고 방 한구석에 있는 흔들의자에 앉았다. 마치 내가 손님이 된 것 같은 기분이었다. 데나는 화장대에 기대어 서 있었다.

"앤드류랑 사귀는 거 아니야."

"하지만 사귀고 싶어 하잖아. 너희 둘이 도서관 앞에서 시시덕거리는 거 낸시가 봤대."

그 말을 어떻게 부정하겠는가? 앤드류와 내가 시시덕거렸다는 사실만큼은 도저히 부정할 수 없었다.

"그리고 댄스파티에서 춤도 췄잖아."

"네가 앤드류를 아직 좋아하는 줄은 몰랐어."

"그게 무슨 상관이야? 네가 내 친구라면 내가 한때 사귀었던 남자와 사귈 수는 없어."

"데나, 앤드류가 무슨 신발짝이니?"

"그러니까 네가 그 앨 쫓아다니는 건 사실이란 뜻이니?"

나는 고개를 돌렸다.

"내가 마음만 먹으면 언제든 앤드류를 빼앗아올 수 있어. 앤드류는 아직 날 좋아하니까."

데나가 말했다.

그날 오후 앤드류와의 대화를 생각해보면 그런 일이 일어날 것 같진 않았지만 데나를 과소평가할 수는 없었다. 데나는 이미 앤드류의 시선을 끌 수 있다는 사실을 충분히 증명해 보였다.

"넌 앤드류하고 헤어진 지 2년도 넘었어. 그리고 너한테는 로버트가 있잖아. 요즘 앤드류 얘기는 한 번도 안 했잖아."

"그럼 날 보고 매일 '앤드류는 지금쯤 무얼 할까?', '앤드류가 행복할까?' 떠들고 다니란 말이니?"

데나의 뺨이 벌겋게 달아올랐다. 그러나 그보다 더 내 신경에 거슬린 것은 데나의 심각한 표정과 독선이었다.

"앤드류를 먼저 빼앗아간 건 너였어! 그건 너도 인정하겠지? 6학년 때 그 우스운 쪽지에 앤드류가 분명히 날 좋아한다고 말했는데도 걔한테 윽박질러서 결국 네 남자친구로 만들었잖아. 그때 내 기분이 어땠는지 알아? 그래도 난 여전히 네 친구로 지냈어. 하지만 이젠 내 차례야."

데나가 나를 쏘아보았다.

"남의 물건을 탐하지 말라고 했어! 네 이웃의 아내를 탐하지 말라, 남자건 여자건, 황소건 당나귀건, 이웃의 물건은 전부!"

나는 데나의 종교를 한 번도 진지하게 생각해본 적이 없었다. 데나의 가족은 가톨릭 신자였지만 어쩌다 한 번 성당에 나갈 뿐이었다.

데나는 방문을 나서기 전 싸늘한 눈빛으로 나를 쏘아보았다.

"너하고 앤드류는 똑같아. 둘 다 조용한 이기주의자들이야."

프레드의 집 팜로드 177번지는 우리 집에서 8킬로미터 정도 떨어져 있었다. 1963년 9월 7일 토요일의 청명한 저녁이었다. 나는 하늘색 스커트에 피터팬 칼라가 달린 흰 블라우스를 입고 엷은 분홍색 스웨터를 들었다. 엷은 립스틱을 바르고 백합 향 향수도 뿌렸고 하트 모양 목걸이도 했다. 평상시 같았으면 낸시 제너의 차를 타고 데나와 함께 갔겠지만 얼마 전의 말다툼 때문에 나는 부모님의 차를 빌리기로 했다.

나는 그 어느 때보다도 내 모습이 마음에 들었다. 내가 가장 좋아하는 스커트에 가장 좋아하는 블라우스를 입고 내가 가장 좋아하는 목걸이를 했다. 저녁식사를 마치고 나서 나는 눈썹을 다듬고 다리를 면도하고 매니큐어를 칠했다. 음악을 틀어놓고 거울 앞에 섰을 때 마치 가슴속에서 음악이 소용돌이치는 것 같았다. 이상하게도 데나와의 말다툼 때문에 오히려 파티에 대한 기대감이 더욱 커졌다.

"세상에! 너무 예쁘다!"

거실에 들어서는 나를 보고 엄마가 소리치자 모두가 나를 바라보았다. 아빠 엄마와 할머니는 이웃에 사는 폭스 부인과 브리지 게임을 하고 있었다. 폭스 부인은 과부였고 할머니보다 몇 살 아래였다.

"누굴 만나러 가니?"

할머니가 물었다.

"그냥 친구들 여럿이 모이는 파티예요. 모닥불을 피울 거래요."

"그렇구나."

할머니가 내 말을 믿지 않는다는 것을 나는 느낄 수 있었다. 한때는 서로에 대한 이해와 공감이 있었던 자리에 이제는 적대감만이 남아 있었다. 그러나 나는 모두에게 일일이 키스했다.

"재밌게 놀다 와라!"

엄마가 밖으로 나서는 나에게 소리쳤다. 운전석에 앉아서 나는 로이 오비슨의 〈드림 베이비〉가 흘러나오는 채널에 주파수를 고정했다. 나는 아빠처럼 조수석의 뒷부분을 오른팔로 감싼 다음 차를 후진해서 주차장 밖으로 끌어냈다. 어둠이 내리기 시작했지만 아직 칠흑처럼 어둡지는 않았다.

나는 생각했다. 앤드류가 내게 키스를 해줄까? 사람들 눈을 피해 산책을 하게 될까? 아마 술도 있겠지? 혹시 누군가 술을 권하더라도 마시지 말아야지. 앤드류에게 술 취한 모습을 보이고 싶진 않으니까. 문득 내가 키스를 해본 적이 있다는 사실이 다행스러웠다. 키스에 관해서라면 전혀 무방비 상태는 아니었다.

앤드류가 나를 이용하거나 다른 남자들하고 내 이야기를 하는 것은 상상조차 할 수 없었다. 나는 앤드류를 믿었다. 어쩌면 나는 그에게 나의 순결을 바치게 될지도 모른다. 당장은 아니더라도 우리가 결혼을 하게 되면 말이다. 아니 어쩌면 약혼을 한 뒤일 수도 있었다. 약혼이나 결혼이나 결국은 마찬가지니까. 이런저런 생각을 하다가 마침내 나는 데나를 떠올렸다. 파티에서 데나를 만나면 반갑게 인사해야 할까? 아니면 그냥 외면해야 할까? 그래도 최소한의 예의는 지켜야 할 것이다. 나는 데나와 눈을 마주치려고 노력해보고, 만약 데나가 내 인사를 받아주면 나도 인사를 할 생각이었다. 만약 데나가 퉁명스럽게 굴면 아무 말도 하지 않고 일주일 정도 기다렸다가 데나에게 전화해야지. 여럿이 모이는 장소에서 말다툼을 하고 싶지는 않았다. 반 친구들은 수군거릴 일이 생겨서 신이 나겠지만, 얼마나 창피한 노릇인가?

그 순간. 그 순간, 나는 바로 그런 생각을 하고 있었다. 팜로드 177번가로 접어드는 교차로에서 민트색 승용차와 충돌한 바로 그 순간.

모든 일이 눈 깜짝할 사이에 일어나버렸다. 나는 자갈길에 똑바로 누워 있었다. 자동차 문이 열리면서 차 밖으로 3미터 정도를 날았고 내 주변에 유리조각들이 널려 있었다. 평상시보다 30분 정도 일찍 해가 져서 주위는 어두웠다. 나는 처음에는 어리둥절했고 그다음에는 숨을 쉬기 힘들다는 것이 놀랍고 또 화가 났다. 엄청난 충돌로 인해 차의 유리가 산산조각이 났고 내 차와 또 한 대의 차가 요란한 소리를 내며 찌그러지는 중이었다. 이상하게도 라디오에선 여전히 노래가 흘러나왔다. 다른 차는 팜로드 177번지로 우회전을 하려던 모양이었다. 고개를 들어보니 아빠의 차가 다른 차의 운전석 쪽을 들이받은 상태였다. 문득 일어나야 한다는 생각이 들었고 나는 팔꿈치로 지탱하며 몸을 일으켰다. 왼쪽 팔에 찌르는 듯한 고통이 밀려왔다. 나는 오른팔로 지탱하면서 몸을 일으킨 다음 자동차 뒤쪽으로 기어갔다. 갓길이 없는 도로였고 길을 따라 좁은 도랑이 있어서 어디로 가야 할지 알 수 없었다. 왼쪽 관자놀이 근처에서 무언가 뚝뚝 떨어졌다. 만져보니 손끝에 붉은 피가 묻었다.

가까스로 몸을 일으켜 앉은 뒤에야 인근 농장에서 사람들이 나오는 것이 보였다. 머리가 허옇게 센 작업복 차림의 남자와 실내복 차림의 여자가 다가왔다. 그들이 구급차를 불렀다. 어떻게 된 거냐고 남자가 나에게 묻는 순간 나는 두 가지 사실을 깨달았다. 내 차와 충돌한 차가 민트색 포드라는 것. 그리고 운전석에 누군가가 꼼짝 않고 축 늘어져 있다는 것.

섬뜩한 두려움이 밀려왔다. 혹시 앤드류일까? 아닐까? 여자가 내게 다가와 나를 부축했다.

"구급차가 오면 친구를 돌봐줄 거야."

여자가 내 말을 못 알아들을 거라고 생각했지만 내가 중얼거리는 소리를 듣고 그녀가 남편에게 "자기 반 친구인 거 같대요"라고 말했다.

구급차 두 대가 도착했다. 들것에 실려 차에 오르는 순간 나는 분명히 보았다. 그는 앤드류였다. 머리가 이상한 각도로 뒤틀어져 있었지만 분명히 그였다. 미친 듯이 울어대는 나에게 간호사가 다가와 맥박을 쟀고 밖에서는 또 다른 간호사와 경찰관 둘이 민트색 포드 승용차를 살펴보았다. 여자는 전화번호를 알려주면 부모님께 연락을 해주겠다고 말한 뒤 한숨을 쉬면서 "정지 표지판을 잘 안 보이는 곳에 세워둬서 사고 나기 십상이었어"라고 말했다. 나는 가까스로 몸을 일으켜 그녀가 말한 정지 표지판을 보았다. 길 오른편에 놓인 정지 표지판은 내 차가 오던 방향을 향하고 있었다.

내가 탄 구급차가 먼저 출발했다. 상황을 완전히 이해하진 못했지만 아주 끔찍하다는 것, 충돌 직후에 내가 생각했던 것보다 훨씬 더 심각하다는 것만은 알 수 있었다. 맞은편에서 달려오던 차의 운전자는 앤드류였고 그 사고는 내 잘못이었다. 병원에 도착할 때까지 아무도 내게 말해주지 않았지만 나는 그가 죽었다고 생각했고 결국 내 생각은 옳았다. 사인은 경추 골절이었다.

나는 그 시기가 마치 껍질 속에 든 굴 같다는 생각을 한다. 완전히 벌어져 속살을 드러내지 않은 굴. 검은색과 자줏빛이 감도는 흉측하고 창백한 살점이 끈끈한 점액과 무색의 피와 함께 껍질 속에 들어 있지만 껍질은 완전히 닫혀 있지 않다. 몇 센티미터 정도는 열려 있어서 원하면 안을 들여다볼 수 있다. 조금 더 여는 것도 그다지 힘들지 않을 것이다. 그러나 열어보아야 별로 맛도 없기 때문에 굳이 열 필요가 없다. 그러나 그 속에 무엇이 들어 있는지는 누구나 다 안다.

모든 질문에는 대답이 있을 것이다. 사람을 죽이는 것은 어떤 기분일까? 게다가 그런 짓을 저지른 사람이 열일곱 살 소녀이고 그녀가 죽인 남자는 그녀가 막 사랑에 빠진 남자라면? 차라리 내가 죽었기를 바랐다. 자살도 생각했다. 다시는 행복과 평화를 느낄 수 없을 거라고 생각했고 결코 용서받지 못할 거라고, 용서받아서도 안 된다고 생각했다.

굴 껍질을 여는 것은 견디기 힘든 고통이었다. 나는 내가 저지른 일에 넋이 나간 상태였지만 한편으로는 그 일을 생각할 수가 없었다. 그 후로도 끔찍한 순간들이 여러 차례 있었다. 어쩌면 평생에 걸쳐서 나를 따라다니고 있는지도 모른다. 그러나 그 어떤 순간도, 사고가 일어난 직후만큼 끔찍하지는 않았다.

앤드류의 죽음을 생각하지 않은 날이 단 하루도 없었다고 말한다면 사실이기도 하고 그렇지 않기도 하다. 그의 이름이 내 마음속에, 내 혀끝에 맴돌지 않은 날도 있었고 운동복을 입고 축구장으로 걸어가던 그의 모습을 생각하지 않은 날도 있었다. 그러나 그 사고의 기억은 늘 내 곁에 남아 있었다. 그날의 기억은 내 혈관을 타고 흘렀고 내 심장과 함께 뛰었으며 내 피부였고 머리카락이었고 허파였고 간이었다. 앤드류는 죽었고 내가 그를 죽였다. 그 사고 이후, 나는 모든 연인들이 그러하듯, 그를 내 마음속에 영원히 묻었다.

그날 밤 병원에 도착한 나의 부모는 상황을 바로 이해할 수 없었다. 그들은 무엇보다도 그 사고가 내 책임이라는 사실을 받아들일 수 없었고 사고가 두 사람 모두의 책임이라고 생각했다. 의사들이 내 왼쪽 팔에 붕대를 감고 있을 때 부모님이 들어왔다. 내 상처는 너무도 보잘것없어서 창피할 정도였다. 실제 상처라기보다는 동정심을 불러일으키기 위한 거짓 상처처럼 보였다. 나는 진정제를 맞았고 왼쪽 관자놀이에 붕대를 댔다. 간호사가 내 팔과 다리의 상처에 노란 연고를 발라주었다.

나는 부모님에게 정지 표지판이 있었고 앤드류는 제대로 운전을 하고 있었다고 말했다. 아빠 엄마는 내가 한 시간 전 집을 떠날 때와 똑같은 옷차림을 하고 있었다. 나는 내 소식을 듣고 카드게임을 하다가 벌떡 일어나 뛰쳐나온 두 사람의 모습을 상상하면서 그 모든 일이 얼마나 짧은 시간 동안 일어났는지를 생각했다. 그 짧은 시간 동안 모든 것이 이렇게 뒤바뀔 수 있다는 사실이 기가 막힐 따름이었다. 순식간에 너무도 많은 일들이 일어났다.

텅 빈 대기실에서 경찰이 우리에게 다가와 앤드류의 사망을 확인해주었다. 엄마는 숨을 몰아쉬었고 아빠가 엄마의 손을 잡았다. 우리는 한마디도 하지 않았다. 경찰이 사고와 관련해 몇 가지 질문을 했다. 나에게 어느 정도 속도로 달리고 있었는지를 물었고 아빠와 이야기를 나누었다. 이모프 부부가 병원에 도착했다가 부축을 받아 나갈 때에도 아빠는 경찰과 이야기를 나누고 있었다. 이모프 부인이 오열하는 소리가 복도에 울려 퍼졌다.

"여보, 앨리스를 데리고 집으로 갑시다."

아빠가 말했다.

"앤드류의 부모를 만나봐야 할까요?"

엄마가 물었다.

"일단 지금은 집으로 가는 게 좋겠어."

아빠가 대답했다.

주차장에 가보니 아빠가 몰고 온 차는 데나네 차였다. 집으로 돌아오는 동안 우리는 아무 말도 하지 않았다. 아빠는 엄마와 나를 내려주고 데나의 집 앞에 차를 대놓은 다음 열쇠를 돌려주었다. 할머니가 현관으로 뛰어나왔다.

"무사했구나!"

"어머니, 어서 안으로 들어가세요."

한 번도 들어본 적 없는 냉랭한 말투로 엄마가 말했다.

할머니가 우리를 따라 안으로 들어왔다.

"자동차가 망가졌나 보지?"

나는 엄마가 '묻지 말라'는 의미로 고개를 젓는 것을 짐작할 수 있었다. 포크 부인이 아직도 거실에 앉아 담배를 피우고 있었다.

"앨리스, 우리가 얼마나 가슴을 졸였는지 아니? 팔은 왜 다쳤니?"

"어서 올라가라, 앨리스."

엄마가 말했다.

나는 할머니도, 포크 부인도 돌아보지 않고 곧장 방으로 올라갔다. 진정제를 맞고 나서 눈물은 멎었지만 목이 아팠고 눈알이 빠져나올 것 같았고 뺨이 얼얼했다. 수십 년 뒤, 나는 둘도 없는 친구 제시카에게 그날 밤 일을 털어놓았다. 나는 그 사고 이야기를 그 누구에게도 하지 않았지만 어느 해 사고가 일어난 그날 무렵, 언제나 힘들었던 그날, 그 이야기를 하게 되었다. 제시카는 내가 병원에서 곧장 집으로 돌아와 혼자 내 방으로 돌아갔다는 사실을 믿을 수 없다고 했다. 그런 상황에서 부모님과 할머니가 나를 혼자 있도록 내버려두었다는 게 이해가 가지 않는다고 했다. 그러나 그날은 모두에게 힘든 날이었고 서로의 감정을 이야기할 상황도 아니었다. 우리 모두 전혀 준비가 되어 있지 않았고 그 사건은 각본 없이 진행된 비극이었다.

나는 불을 켜지 않고 방으로 들어서서 신발을 벗고 블라우스와 스커트를 입은 채로 침대에 누웠다. 스웨터는 그 차에 두고 온 모양이었다. 있을 수 없는 일이었다. 내가 사람을 죽였다니! 그리고 내가 죽인 사람이 바로 앤드류라니! 앤드류 이모프가 나 때문에 죽었다니!

그때까지 나는 이런저런 걱정을 하면서 살았다. 시험, 할머니와의 갈등, 그리고 흐루시초프가 미국에 폭탄을 투하할 가능성. 하지만 그런 사고가 나리라고는 꿈에도 생각해본 적이 없었다.

나는 앤드류를 생각했다. 그의 미소와 긴 속눈썹. 갈색 눈동자. 구릿빛 종아리. 마지막 봄 댄스파티 때 그의 가슴에 기대었던 나의 머리. 그는 나를 좋아했고 그 사실을 숨기지 않았다. 나는 그가 알아주었다는 것을 느낄 수 있었다. 알아주는 것은 그냥 아는 것과는 달랐다. 아는 것은 이름을 알고 사는 동네를 알고 아버지 직업을 아는 것이다. 알아주는 것은 같은 생각을 하고 같은 것을 재미있다고 생각하고 몇 달 전, 심지어는 몇 년 전에 했던 말까지 기억해주는 것이다. 앤드류는 늘 나에게 친절했고 항상 나를 알아주었다. 가족을 제외하고 이제 누가 나를 그렇게 알아줄 수 있을까?

앤드류가 나에게 관심과 애정을 표현했을 때 나는 왜 그저 거리를 두고 기다리기만 했을까? 나는 늘 수동적이고 소극적이었다. 시간은 얼마든지 있다고 생각했다. 그러나 앤드류가 내 남자친구였다면 우리는 그 날 함께 파티에 갔을 것이고, 나 혼자 운전을 하지도 않았을 것이다.

가장 혼란스럽고 괴로운 대목은 그 사고의 비운이었다. 내가 연루되지 않은 교통사고로 앤드류가 죽었다 해도 그것만으로도 나는 엄청난 상실감으로 괴로워했을 것이다. 그리고 만약 내가 전혀 알지 못한 사람이 내가 일으킨 사고로 죽었다면 그것 역시 끔찍한 일이었을 것이다. 그러나 그 두 가지가 겹쳤다는 것이 나는 견딜 수 없었다. 그가 죽었고 그것도 나 때문에 죽었다.

그 후로 나는 신문이나 잡지에서 그와 비슷한 불운에 관한 기사를 읽곤 했다. 두 형제가 같은 길에서 같은 날 저녁 오토바이 사고로 목숨을 잃었다거나 부부가 서로의 차에 정면충돌하여 목숨을 잃었다거나. 그 얼마나 기가 막히고 이상한 일인가? 그 얼마나 황당한 일인가? 그러나 나에게 그런 기사들은 하나도 신기하지 않았다. 얼마든지 있을 수 있는 일 같았다.

나는 앤드류의 장례식에 참석하지 않았다. 부모님도 참석하지 않았다. 학교는 일주일 만에 돌아갔지만 그 사고에 대해 그 누구도, 아무 말도 하지 않았다. 〈라일리 시티즌〉에 앤드류의 죽음에 관한 기사가 실렸지만 당시 나는 그 사실을 알지 못했다. 오랜 세월이 흐른 뒤 나는 어쩔 수 없이 그 기사를 보게 되었다. 학교에서는 내가 없을 때조차도 그 사건에 관한 공식적인 언급이 없었지만 내가 졸업한 뒤 학교 측에서 앤드류의 부모에게 졸업앨범을 전달했다는 사실을 알게 되었다. 졸업앨범에는 앤드류의 사진과 함께 '앤드류 크리스토퍼 이모프, 1946 - 1963'라고 적혀 있었다.

영어 선생님이 나에게 셰익스피어의 시를 적은 카드를 보내주었다.

'그대는 나에게서 보리라. 노란 낙엽이 전혀 혹은 거의 매달려 있지

않은, 일 년 중 그런 날을 보리라.'

그 시를 정확히 어떻게 해석해야 할지는 알 수 없었지만 선생님의 카드에는 내가 쓴 작문에 논평을 달아줄 때와 똑같은 필체로 '앨리스, 지금 아주 힘든 시간을 보내고 있겠구나'라는 글귀가 적혀 있었다. 그때 나에겐 그런 것이 필요했다. 나를 평범한 학생처럼 대해주기를 원했고 실제로 평범한 학생이 되고 싶었다. 지나친 호의도, 친구들의 호기심 어린 시선도, 드물긴 했지만 노골적인 적대감도 원치 않았다. 학교에 돌아온 후 둘째 날 앤드류와 함께 풋볼 팀에서 뛰던 칼 시슬라는 나를 보고 "여자애들은 운전면허를 못 따게 해야 한다니까"라고 중얼거렸다.

그러나 그를 제외한 다른 아이들에게 나는 어떤 아우라가 있는 사람처럼 비춰진 것 같았다. 그 아우라 때문에 사람들은 나를 동정했고 나와 거리를 두었다. 그 아우라 때문에 칼 이외의 다른 아이들은 나에게 분노를 표출하지 않았다. 게다가 나에게는 항상 반듯하고 상냥한 모범생의 이미지가 있었다.

그 시기의 어느 날, 부엌에서 엄마가 만든 참치 샌드위치를 먹으려다가 나는 문득 섬뜩한 생각이 떠올랐다. 혹시 모두들 내가 일부러 그를 죽였다고 생각하는 것은 아닐까? 내가 광기에 사로잡혀서 앤드류를 영원히 내 것으로 만들고 싶어서 그를 죽였거나, 아니면 그가 나의 구애를 거절해서 복수를 했다고 생각하는 것은 아닐까? 그러나 다행히 아무도 그렇게 생각하는 것 같지는 않았다. 그런 식으로 나를 비난하는 사람은 없었다. 실제로 앤드류와 나는 단순한 친구 이상의 그 무엇도 아니었기 때문이었다.

그 누구도, 그 어떤 말도 내게 하지 않았다. 상담을 받아보라고 말해주는 사람도 없었다. 프로이드와 융을 읽었던 할머니조차도 나에게 아무 말도 하지 않았다. 사고가 나고 꼭 일주일 만에 엄마가 내 방문을 두드렸다.

"아빠는 네가 교회에 안 가도 된다고 하셔. 하지만 너하고 나 둘이서라도 앤드류를 위해서 기도를 하자꾸나."

나는 엄마의 기도를 들었다. 기도가 나에게 조금도 위안이 되지 않는다는 사실을 깨닫는 순간, 나는 내가 신앙심을 잃어가고 있음을 알았다.

그다음 주 월요일 저녁, 아빠가 내 방으로 들어왔다.

"주 정부에서도, 이모프 가족들도 너한테 일절 혐의를 묻지 않을 거란다. 얼마나 다행인지."

나는 책상에 앉아 있었고 아빠가 내 어깨를 두드렸다. 나는 그 소식을 듣고 안심이 되었다기보다는 내가 처벌을 당할 수도 있었다는 사실이 더 놀라웠다. 내가 그런 생각을 전혀 하지 못했다는 것이 한마디로 어이가 없었다. 그 사고에 대해 나의 부모님이 언급한 것은 그것이 전부였다. 우리 가족을 포함한 라일리의 모든 사람들이 그 사고에 대해서는 일절 말을 하지 않는 것이 최선이라는 결론에 도달한 것 같았다.

나에게 솔직했던 사람이 꼭 한 명 있었다. 학교로 돌아간 첫날, 집으로 돌아가기 위해 책들을 라커에 넣어두고 있었는데 데나가 저만치에서 나를 기다리고 있었다.

"너 혼자 파티에 가게 해서 미안해."

데나가 말하며 울음을 터뜨렸다.

"데나!"

우리는 서로를 끌어안았다. 데나의 눈물이 내 목과 셔츠를 적셨다.

"앤드류는 널 더 좋아했어. 항상 널 더 좋아했어. 그날 네가 나하고 같이 갔더라면 그런 일은 없었을 텐데……."

나는 한 발자국 떨어져서 데나의 얼굴을 바라보았다. 온통 눈물범벅이었다.

"네 잘못이 아니야."

마음속으로 데나를 잠시 원망하기도 했지만 이미 털어버린 뒤였다. 그날 나 혼자 차를 몰고 가게 되기까지 무슨 일이 있었건 결국 교차로에서 정지 신호를 무시한 사람은 나 자신이었다.

"아직도 난…… 실감이 나질 않아. 앤드류가…… 죽었다는 게……."

이상한 각도로 비틀어진 머리와 엉망으로 짓뭉개진 그의 얼굴이 떠올랐다. 나는 왜 그에게 달려가서 그를 끌어안지 않았을까? 왜 유리파편과 쇳조각들 틈에 그를 혼자 두었을까? 그날 이후 몇 달, 아니 몇 년 동안 나는 다양한 방법으로 나 자신을 고문했다. 혹시 그때까지 숨이 붙어 있었던 것은 아닐까? 혹시 내 손으로 살릴 수 있었던 것은 아닐까?

그러나 더 이상 나는 그날의 사고를 그런 식으로 생각하지 않는다. 내가 그에게 달려갔다고 해도 그는 이미 죽어 있었을 것이다. 만약 내가 차에 올라타서 그의 죽음을 확인했다면 나는 아마도 그렇게 한 것을 평생 후회했을 것이다.

"다들 나한테 화났니?"

나는 데나에게 물었다.

"로버트는 너희 가족이 다른 곳으로 이사를 해야 한대. 하지만 로버트는 워낙 멍청하잖아. 내가 로버트한테 너나 이사하라고 했어."

"다른 사람들은 뭐래?"

"휴지 있니?"

데나가 훌쩍이며 물었다. 나는 가방에서 휴지를 꺼내 데나에게 내밀었다.

"경찰이 날 체포하러 올 것 같았어. 너무 무서워서 마조리한테 같이 자자고 했어."

"너하고 다툰 일에 대해서는 아무한테도 말하지 않았어. 데나, 넌 이 사고하고 전혀 상관이 없어."

데나가 울지 않으려고 입술을 깨물었다.

"앤드류가 네 남자친구가 되는 걸 방해하지 말았어야 했는데…… 어차피 내가 막을 수 있을 거라고 생각하지도 않았어. 그냥 말이나 한번 해본 거였는데……."

나는 더 이상 가족들과 함께 교회에 가지 않았다. 사고 다음 날에는 늦게까지 침대에 누워 있었고 그다음 주에도 그랬다. 문득 아무도 내가 교회에 나오리라고 기대하지 않는다는 생각이 들었다. 내가 빠져야 모두가 마음이 편할 것도 같았다. 9월의 마지막 일요일, 나는 부모님과 할머니가 교회에 가기를 기다렸다가 책상 서랍에 넣어둔 편지봉투를 들고 집을 나섰다. 사고 이후에 한 번도 운전을 한 적이 없었던 데다 우리 집 차도 검은색 시보레로 바뀌어 있었다.

서늘한 가을 아침이었고 나는 시속 30킬로미터 미만으로 달렸다. 가슴이 뛰었고 손이 떨렸다. 내 인생에 또 다른 교통사고는 없을 것이다. 항상 지나칠 정도로 조심할 테니까. 모두가 교회에 있을 시간이었고 가톨릭 신자인 앤드류의 부모님은 성당에 있을 시간이었다. 거리는 텅 비어 있었다. 마음이 편안해졌다. 문을 닫고 방 안에 혼자 있을 때조차도 문 밖에는 항상 누군가가 있었다. 그 사람이 아빠였건 엄마였건 할머니였건 내가 방 안에 있다는 것을 알고 있었다. 모두 나를 측은해했지만 한편으로는, 비록 고의는 아닐지언정 내가 끔찍한 짓을 저질렀다는 것을 알고 있었다. 그들의 존재 자체가 나를 향해 던져지는 질문이었다.

방에서 언제 나올 거니? 혹시 울고 있니? 이 끔찍한 비극이 우리가 나누는 모든 대화의 모퉁이마다 도사리고 있지 않을 그날이 언제쯤 올 것 같니?

물론 아무도 대놓고 묻지 않았기 때문에 대답할 필요는 없었다. 나는 기꺼이, 아무렇지도 않은 척, 평상시의 평온함을 되찾은 척해줄 용의가 있었다. 가족들에게 나의 짐을 지우고 싶지 않았다. 모든 것을 나 혼자 젊어지고 싶었다. 길가에 줄지어 늘어선 참나무와 단풍나무, 히코리나무, 느릅나무를 바라보면서 나는 나 자신의 하찮음에 새삼 감사했다. 대자연 속에 나는 그저 바보 같은 여자아이일 뿐이었다.

팜로드 177번지에 접어들면서 나는 우회전, 우회전, 우회전…… 하고 중얼거렸다. 온 세상이 그 세 글자로 줄어들었고 나는 결국 우회전을 했다. 사고 현장은 어느 순간 내 뒤에 있었다. 나는 울지도 식은땀을 흘리지도 않았고, 속도를 늦추지도 않은 채 그곳을 지나친 다음 앤드류의 집을 기억해내려 애썼다. 2학년 때인가 3학년 때 앤드류의 생일파티에 초대를 받아 꼭 한 번 가본 적이 있었다. 검은색 우편함에 빨간 철제 명패가 달려 있는 집이 눈에 들어왔다. 좁은 자동차 진입로 양쪽으로 최근에 수확한 것 같은 옥수수 밭이 펼쳐져 있었다.

초록색 문이 달린 흰 집이었다. 행복한 어린 시절을 떠올리게 만드는 그런 집이었다. 앞 베란다에 그네가 달려 있었다. 다른 차들은 보이지 않았고 농장에서 쓰는 낡은 빨간색 픽업트럭 한 대가 있었다. 나는 편지봉투를 들고 현관 계단 세 칸을 올라갔다. 그리고 봉투를 방충문과 나무문 사이에 놓았다.

'어떻게 사죄를 드려야 할지 모르겠어요. 두 분께 엄청난 고통을 안겨드렸다는 것 잘 알고 있습니다. 돌이킬 수만 있다면 무슨 일이든 하고 싶어요.'

'제 평생을 제 잘못을 보상하기 위해 노력하며 살겠습니다'라고 썼다가 나에게는 아직 살아갈 삶이 있다는 것을 강조하는 것 같아 지웠다.

'이 목걸이는 언젠가 앤드류가 마음에 든다고 했던 물건이에요. 혹시 위로가 되지 않을까 두 분께 드리고 싶습니다.'

목걸이의 펜던트 때문에 편지를 부치지 않고 직접 가지고 왔다고 썼다. 나는 펜던트를 빼서 편지봉투 안에 넣었다.

차 쪽으로 돌아서서 걷는데 현관 쪽에서 인기척이 느껴졌다. 나는 황당하게도 어쩌면 앤드류일지도 모른다는 생각으로 홱 돌아섰다. 방충문 뒤에 서 있는 사람의 모습은 나의 황당한 생각을 더욱 부추겼다. 그제야 나는 그가 피트 이모프라는 사실을 깨달았다. 앤드류일 리가 없었다.

그는 곧바로 문을 열지는 않았고 잠시 그 자리에 서서 나를 바라보았다. 나는 마침내 편지봉투를 가리키며 "편지를 전해드리러 왔어요!"라고 소리쳤다. 그러고 나서 어정쩡하게 손을 가슴 위에 올려놓고 "앨리스 린드그렌이에요"라고 말했다.

그가 방충문을 열고 나왔고 나는 왠지 그래야 할 것 같아서 그에게 다가갔다. 그는 셔츠를 입고 있지 않았다. 밝은 갈색 바지만 입고 있었고 맨발이었다. 시선을 피하려고 했지만 나는 그의 가슴에 난 검은 털을 보았다. 젖꼭지 근처에서 더욱 진해졌고 가슴에서 배꼽 쪽으로 가면서 점점 더 촘촘해졌다. 팔도 갈색 털로 뒤덮여 있었고 근육의 굴곡이 드러나 있었다. 아빠 말고는 남자의 벗은 상체를 본 적이 없었다. 아빠 역시 키가 크고 체격이 좋았지만 가슴에 털이 거의 없었다.

"부모님은 지금 안 계셔. 두 분 다 성당에 가셨어."

그의 얼굴은 짧고 거친 수염으로 덮여 있었고 통통한 편이었다. 난 지난 몇 주 동안 이모프 부부는 여러 차례 생각했지만 피트를 생각한 적은 한 번도 없었다. 나는 그가 라일리에 살고 있는지조차 알지 못했지만 내가 들이받은 차가 그의 차일 거라는 생각이 그제야 들었다.

"두 분이 안 계실 때 오는 편이 나을 것 같았어요. 저 때문에 잠이 깨셨다면 죄송해요."

내 마음속에 내가 그에게 해야 할 더 큰 사과의 목소리가 들려왔다.

'동생을 죽여서 죄송해요!'

"너 때문에 깨지 않았어."

피트가 말했다.

나는 땅바닥을 바라보았다가 다시 고개를 들어 앤드류와 똑같은 그의 갈색 눈동자를 쳐다보았다.

"정말 죄송해요."

우리는 한동안 서로를 그렇게 쳐다보았다. 나는 울지 않으려고 땅을 바라보면서 주먹을 꽉 쥐었다. 그의 가족 앞에서 울 수는 없었다.

"모두가 다 알아. 네 마음이 어떤지."

그의 말에 내가 고개를 들었다.

그의 목소리는 차갑지도 따듯하지도 않았다. 그저 덤덤했다. 그가 내 진심을 모르는 것 같진 않았지만 나는 왠지 그를 설득해야만 할 것 같은 기분이 들었다.

"편지까지 쓸 필요는 없어. 부모님도 네가 안됐다고 생각하셔."

"그럼…… 도로 가져갈까요?"

그가 어깨를 으쓱했다.

우리는 잠시 아무 말도 하지 않았다.

"들어오고 싶어?"

내가 아니라고 말하려는 순간 그가 "그러고 싶으면 그렇게 해"라고 말하며 안으로 들어갔고 나도 그를 따라 안으로 들어갔다. 왠지 그래야 할 것 같았다.

실내에는 불이 켜져 있지 않았다. 우리는 어두운 거실로 들어섰다. 벽난로와 푸른색 벨벳 의자, 오래된 것 같은 피아노가 있었다. 거실에 난간이 달린 나무 계단이 있었지만 그와 나는 부엌에서 2층으로 이어지는 카펫 깔린 계단을 올라갔다. 2층에는 방이 두 개 있었다. 한 방은 문이 열려 있었고 다른 하나는 닫혀 있었다. 열린 방 안에 켜져 있는 램프가 이 집에 들어온 뒤 처음 만난 불빛이었다. 커다란 옷장과 조그만 책상, 싱글 침대가 있는 방이었다. 침대에는 흰 시트가 발치에 구겨져 있었고 페이퍼백 책 한 권이 뒤집혀 있었다. 침대 옆에 놓인 조그만 테이블 위에 램프와 재떨이가 있었다. 그가 침대 위에 앉아 뒤집어놓은 책을 가리키며 "저거 읽고 있었어"라고 말했다. 《지구를 떠받치기를 거부한 신》이었다.

"재미는 있는데 너무 길어."

그가 말했다.

"저도 별로 재미있진 않았어요."

내가 말했다.

그가 말없이 잠시 나를 바라보았다.

"이리 와봐."

자기 옆자리를 두드리며 말했다.

나는 침을 꿀꺽 삼키고 그에게 다가갔다. 내가 내 의지로 그렇게 했다는 점을 분명히 밝혀둔다. 내가 그를 따라 집 안으로 들어갔고 내가 계단을 올라갔다. 전혀 계획했던 일이 아니었지만 모두 내가 스스로 한 일이었다. 그와 나란히 앉은 채로 1초 혹은 2초 정도 지났을까? 키스라고 부르기에는 너무 거칠게, 마치 굶주린 듯한, 촉촉하고 시큼한 그의 입술이 내 입술을 파고들었다. 다시 몇 초가 흘렀고 그의 손이 내 오른쪽 젖가슴을 세게 움켜쥐었다가 풀어놓았다가 다시 움켜쥐었다. 그의 욕망이 나의 욕망보다 더 강했고 그의 힘이 나의 힘보다 더 세었지만 나는 두렵지 않았다. 오히려 안도감을 느꼈다. 지난 몇 주 동안 나는 무너지지 않으려고 안간힘을 썼다. 나는 사람들의 기대에 맞게 행동하려 애썼고 어떻게든 내가 저지른 끔찍한 잘못을 만회해보려 애썼다. 그러나 이제 나는 완전히 굴복하고 있었다. 누군가가 나를 지켜보고 있는 것도, 나에 대해 수군거리는 것도, 은근히 떠보는 것도, 비난하는 것도, 동정하는 것도 아니었다. 그저 누군가 나에게 무언가를 요구하고 있었다. 옳은 일도 아니었고 내가 원하는 일도 아니었지만 나는 그가 요구하는 것을 주고 싶었다.

그가 내 블라우스 속으로, 브래지어 속으로 손을 넣었다. 그대로 있다가는 블라우스의 단추가 떨어질 것 같아서 나는 단추를 풀었다. 그가 내 웃옷을 다 벗기고 나서 나를 침대에 눕혔다. 그는 내 몸 위에 올라타서 내 젖가슴 사이에 얼굴을 파묻고 젖꼭지를 핥기 시작했다. 그의 짧은 수염이 따가웠다. 내 몸을 애무하면 할수록 그의 욕망은 채워지기보다는 점점 더 간절해졌다. 그가 내 바지와 팬티를 한꺼번에 벗겼고 나는 흰색 레이스가 달린 양말 말고는 아무것도 입고 있지 않았다. 그가 내 몸을 돌려서 엎드리게 만들었다.

"아니, 그렇게 말고. 무릎을 세워서."

한참 만에 그가 처음으로 한 말이었다.

지금껏 살아오면서 나는 그 누구에게도 그 순간을 묘사한 적이 없었다. 앞으로도 없을 것이다. 가짜 젖가슴을 덜렁거리면서 끈 비키니를 입고 여자들이 욕조에 들어가는 장면을 언제고 볼 수 있는 요즈음 같은 세상에서는 전혀 충격적인 일이 아닐 수도 있었다. 그러나 1963년, 고등학교 3학년이었던 나는 그런 체위가 존재하는지조차 알지 못했다. 나는 '후배위'라는 말조차 들어본 적이 없었다. 피트와 내가 섹스를 하는 것인지조차 그 순간에는 확실히 알 수 없었다. 그러나 그가 몇 분 동안 거세게 몸을 흔들다가 내 몸 안에 따듯한 액체를 쏟아내는 순간 나는 비로소 우리가 한 것이 섹스임을 깨달았다. 그는 나에게서 몸을 빼지 않고 손으로 내 다리를 밀며 앞으로 눕혔다. 그는 여전히 내 몸 위에 누워 있었고 나는 부풀어 올랐던 그의 페니스가 잦아드는 것을 느낄 수 있었다.

두 사람 모두 엎드린 자세로 한동안 그렇게 누워 있었다. 그의 머리가 내 한쪽 어깨 위에, 그의 가슴이 내 등에, 그의 작아진 페니스는 내 엉덩이 사이에, 그의 다리는 내 다리 위에 있었다. 그의 몸은 무겁고 따듯했으며 내 머릿속은 텅 빈 것 같았다. 내 몸을 가려주는 것은 그의 몸뿐이었다.

나는 아팠다. 성급한 섹스였고 그가 느낀 것과 같은 쾌감을 나는 느끼지 못했다. 나는 무모할 정도로 순진했고 그런 일이 벌어질 수도 있다는 것조차 상상하지 못했다. 나의 행동은 너무도 경솔했다. 그러나 아무것도 문제가 되지 않았다. 나는 발가벗은 채 그의 침대에 누워 있었고 그의 얼굴을 볼 수는 없었지만 내 어깨를 어루만지는 그의 손을 느낄 수 있었고 양파와 비누 냄새가 섞인 것 같은 그의 체취를 맡았다. 그러니까 남자의 품에 안긴다는 것은 바로 이런 기분이었구나, 라고 생각하면서.

잠시 후 피트가 몸을 일으켰다. 그가 일어나는 순간 일요일 한낮의 햇살과 램프의 불빛에 내 벌거벗은 몸이 완전히 드러났다. 나는 본능적으로 돌아누우며 이불을 끌어당겼다. 그는 발가벗은 채 나를 바라보고 서 있었다. 그의 몸에 난 검은 털과 무표정한 얼굴이 눈에 들어왔다.

"부모님이 곧 돌아오실 거야. 그만 돌아가."

그가 말했다.

차를 몰고 집으로 돌아오는 동안에도 나는 여전히 충격에 휩싸인 상태였고 나 자신의 행동을 설명할 수가 없었다. 그러니까 내가 앤드류의 형과 섹스를 한 것일까? 40분 전만 해도 나는 사과의 편지를 들고 그의 집을 찾아간 순진한 처녀였는데, 어쩌다가 피트 이모프가 내 뒤에서 그의 페니스를 내 몸 안에 밀어 넣게 된 것일까? 또 어떻게 나는 반항 한 번 하지 않았을까? 어쩌면 내가 그를 유혹했는지도 모른다. 다리 사이로 흘러나오는 따듯한 액체만 아니었다면 그 모든 일이 내가 상상해낸 일이라고 생각했을지도 모른다.

하지만 한편으로 나는 홀가분했다. 나는 모두를 배신했다. 부모님, 할머니, 그리고 어쩌면 앤드류까지도. 하지만 그렇게 끔찍한 기분은 아니었다. 마치 정돈되지 않은 침대, 설거지가 쌓인 싱크대를 마음먹고 깨끗이 치웠을 때처럼 홀가분했다. 차를 세우고 집으로 들어서자 엄마가

"왔구나!" 하며 나를 반겼다. 모두 일요일 점심식사를 하는 중이었다. 양고기와 완두콩과 비스킷이었다.

"얼마나 걱정했는지 아니? 어딜 간다고 얘기를 했어야지."

아빠가 말했다.

"볼일이 좀 있어서요."

"다음에 외출할 땐 메모를 남겨라."

나는 2층에 올라가서 샤워를 하고 싶었지만 너무 이상하게 보일 것 같았다. 아침에 벌써 샤워를 했기 때문이었다. 나는 식탁에 앉으면서 피트의 정액이 속옷 밖으로 흘러나와 바지 뒤쪽에 얼룩이 질까 봐 걱정했다.

"무슨 일을 보고 왔니?"

할머니가 물었다.

긴 침묵이 흘렀다.

"학교 일이었어요."

내가 말했다. 또다시 침묵이 흘렀다.

그날 이후 가족들이 모이면 전보다 자주 침묵이 흐르는 것 같았다. 나 혼자만의 생각이었을까?

"앨리스, 오늘 성가대에서 〈주는 나의 성이요〉를 불렀는데 노래가 얼마나 아름다웠는지 몰라."

엄마가 말했고 아무도 대꾸하지 않았다.

엄마에게 대꾸를 해야 한다는 것을, 엄마가 나름대로 무척 애를 쓰고 있다는 것을 알았지만 내 머릿속은 온통 지금껏 한 번도 맡아본 적이 없는, 그러나 무슨 냄새인지 알 것 같은 묘한 냄새가 내 몸에서 풍기고 있다는 생각뿐이었다.

"학교 다닐 때 목소리가 정말 예쁜 애가 있었어. 레오나 스트롬버그라고."

할머니가 나이프와 포크를 접시 가장자리에 내려놓으며 말했다. 할머니는 음식을 채 반도 먹지 않았다. 할머니는 이야기를 시작하면서 담배에 불을 붙였다.

"노래를 얼마나 잘하는지 듣고 있으면 소름이 돋을 정도였지. 그런데 어느 해 여름, 아마 1909년 아니면 1910년쯤이었을 거다. 마을에 서커스단이 왔는데 그 아이가 오디션을 보게 해달라고 졸랐어. 그런데 서커스단에서는 목소리를 보고 뽑은 게 아니라 외모를 보고 레오나를 뽑았던 기야. 안타까운 일이지. 물론 그 애가 예쁘지 않다는 뜻이 아니라 특출한 재능을 타고 났는데 그저 마술사의 조수 노릇이나 하게 된 게 그렇다는 거야. 레오나는 서커스단하고 같이 밀워키를 떠났어. 그때 나이가 열여덟이었지. 여기저기 떠돌아다녔어. 그런데 어느 날 밤 볼티모어에서 서커스 공연을 하다가 그만 호랑이한테 코를 물어뜯기고 말았단다."

"어머니, 식사 중에 왜 그런 얘기를 하세요?"

아빠가 물었다.

"우린 다 어른이잖니?"

할머니가 나에게 윙크를 했다. 할머니는 한동안 내게 윙크를 하지 않았다.

"참, 내가 이 얘기를 안 했구나. 레오나는 미미 에뜨왈이라고 이름을 바꾸었어. 에뜨왈이라는 이름은 프랑스어로 '별'이라는 뜻이지. 빠흘레부 프랑세즈(프랑스어 할 줄 아니)?"

할머니가 나에게 물었다.

나는 고개를 저었다. 피트 이모프의 모습이 머릿속에서 떠나지 않았다. 나는 그의 모습을 지워버리려 애썼다.

"나도 못 해. 다시 우리 미미 에뜨왈 이야기로 돌아가자면, 코를 잃어버린 미미는 더 이상 공연을 할 수 없었단다. 관객들에게 서커스의 어두운 일면을 보여주어선 안 되었으니까. 사람들은 모두 미미 에뜨왈의 운이 다했다고 생각했지. 모아놓은 돈도 없었고 결혼도 하지 않았고 집에서도 멀리 떠나와 있었어. 서커스 단장은 그녀를 해고했지만, 참 이상하기도 하지! 두 사람은 사랑에 빠졌단다. 얼굴을 붕대로 휘감고 있는 미미 에뜨왈을 보면서 서커스 단장은 처음으로 그녀의 아름다운 목소리에 귀를 기울이기 시작한 거야. 단장은 그녀보다 훨씬 나이가 많았어. 50대였지. 하지만 코가 없는 그녀에게 청혼을 해서 그 후로 오랫동안 행복하게 살았단다."

"참 이상한 이야기네요."

아빠가 말했다.

"지금도 서커스단하고 유랑을 하고 있나요?"

엄마가 물었다.

"한동안 그랬지. 하지만 머지않아 단장이 미미에게 덴버에 집을 한 채 사주었어. 공연이 없을 때는 함께 그곳에 머물렀어. 나이가 들자 단장은 서커스단을 팔고 미미의 집으로 들어왔어. 덴버는 산도 가깝고 날씨가 아름다운 곳이니까."

나는 마지막 남은 콩을 삼켰다.

"먼저 일어나도 될까요? 내일 역사시험이 있어서요."

나는 일어서서 뒷걸음을 치며 부엌을 나서는 동안 계속 이야기를 했다. 마치 이야기를 하기 위해 돌아서지 않는 것처럼.

"공부해야 하거든요."

나는 화장실로 들어가서 속옷을 갈아입었다. 그러나 더러워진 속옷을 어떻게 해야 할까? 빨래 바구니에 넣어두었다가 엄마가 보기라도 하면…… 나는 속옷을 뭉쳐서 양말 서랍 뒤쪽에 쑤셔 넣었다. 나는 소변을 보기 전에 휴지로 다리 사이를 닦았다. 투명한 액체가 묻어나왔다. 두 번째로 닦을 때는 휴지를 먼저 물에 적셨다. 그러고 나서 휴지를 변기에 넣고 물을 내렸다. 마치 증거를 없애버리면 내가 저지른 일을 지워버릴 수 있다는 듯이.

다음 날 오후, 아빠는 아직 퇴근하지 않았고 할머니는 거실에서 담배를 피우며 〈보그〉를 읽고 있었고 엄마와 나는 함께 저녁을 준비하고 있었다.

"브로콜리에 치즈소스를 얹어서 드실 건지 소스를 따로 드실 건지 여쭤보래요."

내가 묻자 할머니가 고개를 들었다.

"따로 먹는 게 좋겠다."

나는 바로 돌아서지 않았다.

"미미 에뜨왈 얘기 진짜예요?"

할머니가 나를 쳐다보았다.

"진짜치고는 너무 재미있지 않니?"

할머니가 말했다.

다음 날 학교에서 점심을 먹고 식당을 나서는데 스피리트 클럽의 마리 하프리거가 다가왔다.

"잠깐 얘기 좀 할 수 있을까?"

내가 고개를 끄덕였다.

우리는 식당에서 나와 교직원 주차장으로 갔다. 화창한 날이었고 주차장 가장자리의 나무들은 황금빛과 붉은빛으로 물들어 있었다.

"나도 이런 말 하기 정말 힘들지만 이제 스피리트 클럽에 그만 나왔으면 좋겠어."

어떻게 생각하면 놀랍고 어떻게 생각하면 하나도 놀랍지 않았다. 그러나 예상을 했다고 해서 준비가 되었다는 뜻은 아니었다.

나는 침을 꿀꺽 삼키고 "알았어"라고 말했다.

"네가 이해해줄 거라고 생각했어. 널 보면 아이들이 자꾸만 슬픈 기억을 떠올리게 되는 거 같아서 그래."

어떻게 마리를 비난할 수 있겠는가? 나는 문득 내가 미미 에뜨왈이라는 사실을 깨달았다. 나는 호랑이에게 코를 물어뜯긴 소녀였다. 나는 기분 좋게 즐기러 온 사람들에게 인생의 비극을 상기시키는 존재였다. 아니, 어쩌면 나는 미미 에뜨왈과 다른지도 모르겠다. 미미는 결국 자신의 행복을 찾았고 잃어버린 코는 그녀 자신의 것이었으니까.

피트를 다시 만난 것은 그 주 금요일이었다. 그의 집에서 보았던 빨간 픽업트럭을 우리 학교 근처에 세워놓고 운전석에 앉아 나를 기다리고 있었다. 내가 다가가자 그는 낮은 목소리로 "앨리스!"라고 불렀다. 나는 아무 말 없이 트럭에 올라탔다. 그의 집에 도착할 때까지 우리는 한마디도 하지 않았다. 구체적으로 생각한 것은 아니었지만 나는 왠지 우리가 그의 집이 아닌 더 외진 곳, 혹은 그의 트럭 안에 있을 거라고 생각하고 있었다.

"혹시 집에……."

"부모님은 주말에 삼촌네 집에 계실 거야."

그가 말했다.

집으로 들어가서 나는 피트를 따라 계단으로 올라갔다. 나는 그곳에 간 목적이 있는 사람 같았고 조금도 초조하지 않았다. 첫 번째 섹스는 지난번과 똑같았다. 두 사람 다 엎드린 자세였고 그가 내 뒤에 있었다. 우리는 함께 매트리스 위로 쓰러졌다가 등을 대고 나란히 누웠다. 그가 돌아누워 나를 바라보았다. 그는 키가 훨씬 컸기 때문에 그의 입술이 내 머리 부근에 있었다. 우리는 한참을 그렇게 누워 있었다. 그러다가 어느 순간 그가 내 아랫배를 애무하기 시작했다. 그의 손가락이 점점 더 깊은 곳으로 파고들다가 마침내 내 몸속으로 들어왔고 그 순간 나는 몸을 움찔했다. 그러나 그의 손길을 거부하는 몸짓은 아니었다. 그는 잠시 손을 멈추었지만 손을 치우지도 않았다. 그는 여전히 아무 말도 하지 않았다.

아마도 그는 내가 반항하기를 기다렸던 것도 같다. 내가 반항하지 않자 그는 계속 손가락을 움직였다. 나는 눈을 감았다. 나의 신음소리는 처음에는 얕고 고요했지만 시간이 흐를수록 점점 더 깊고 커졌다. 예전의 나였다면, 예전에 내가 살던 세상이었다면 수치스러웠겠지만 나는 예전의 내가 아니었고 이 세상은 예전에 내가 살던 세상이 아니었다. 나는 가끔 눈을 뜨고 흰색 벽, 갈색과 노란색이 섞인 커튼을 바라보다가 다시 눈을 감고 다시 먼 세상의 암흑 속으로 빠져들었다. 그러다가 다시 눈을 뜨고 천상과 커튼을 보았고 다시 눈을 감고 암흑 속으로 빠져들었다. 그 두 세상은 너무도 달라서 마치 교실 책상 앞에 앉아 있다가 갑자기 눈앞에 펼쳐진 만리장성을 바라보는 것 같았다. 그가 내게 다가왔는지, 아니면 내가 그를 끌어당겼는지는 확실히 알 수 없다. 어쨌건 어느 순간 그가 내 몸 위로 올라왔고 우리는 얼굴을 마주보며 함께 몸을 움직였다. 나는 그의 엉덩이를 움켜쥐었고 그와 나는 동시에 절정을 느꼈다. 그 순간 나는 다리로 그를 휘어감고 그의 몸을 최대한 내 가까이 끌어당기면서 그가 더 깊이 내 몸속에 들어오게 했다. 돌이켜보면 피트와의 시간은 온통 슬픔과 회한으로 얼룩져서 생각하고 싶지도 않다. 지금도 가끔 그 순간을 생각할 때면 얼굴이 찌푸려진다. 그러나 그날 그의 방에서 우리 두 사람이 동시에 느꼈던 그 희열을, 내가 너무도 사랑했던 남자와의 수십 년간의 결혼생활에서는 단 한 번도 느끼지 못했다.

피트 이모프와 함께 누워서, 우리의 맥박과 호흡이 함께 잦아드는 동안, 나는 이것밖엔 없을 거라고, 나의 슬픔보다 더 강력한 것은 오직 이것밖엔 없을 거라고 생각했다.

데나는 앤드류의 죽음이 하느님이 하신 일이라고 생각했다. 나는 데나가 토요일 저녁 친구들을 만나기 위해 화장을 하는 동안 침대에 앉아 데나의 이야기를 들었다. 데나는 같이 가자고 했지만 나는 싫다고 했다.

"이제 앤드류 생각은 그만해. 앤드류는 하느님이 일찍 데려가신 천사였어. 왜 그런지는 우리 인간이 이해할 수 없는 거야."

불면증에 시달렸던 데나는 엄마의 주선으로 목사를 만났고 목사가 데나로 하여금 그 모든 것이 하느님이 하신 일이라는 것을 깨닫도록 도와주었다. 데나는 나도 그 목사를 만나봐야 한다고 했다.

나는 아무 말도 하지 않았다.

"너 내 구레나룻 보고 있었지?"

"아니. 아무것도 안 보고 있었어."

"낸시는 다 자라도록 내버려둬야 한대. 그런데 그게 몇 달이나 걸릴까? 세 달?"

나는 앤드류의 형 이야기를 데나에게 하지 않았다. 할 수가 없었다. 쉽게 얘기할 일도 아니었고 도덕적 논쟁을 벌일 주제도 아니었다.

"하나도 안 이상하니까 걱정하지 마."

내가 말했다.

일요일 아침 가족들이 모두 교회에 갔을 때 나는 다시 차를 몰고 앤드류의 집으로 갔다. 문을 두드렸지만 피트가 나오지 않아서 아마 집에 없는 모양이라고 생각하고 돌아서려다가 마지막으로 한 번 더 두드렸다. 전날 밤 날씨가 무척 추웠고 나는 코트를 입고 있었다.

마침내 그가 문을 열었다.

"어떻게 여기 올 생각을 하니? 우리 부모님이 집에 계셨으면 어쩔 뻔했어?"

"삼촌 댁에 가셨다고 했잖아요."

"언제 돌아온다고는 말 안 했잖아."

"그냥 갈까요?"

그는 퉁명스러운 표정으로 나를 쳐다보았다.

"이왕 왔으니 들어와."

그는 돌아서서 부엌으로 향했다. 앞서 두 번을 그랬던 것처럼 나는 이번에도 그를 따라 안으로 들어갔다.

그는 프라이팬에 달걀과 소시지, 빵 두 조각을 굽고 있었다. 내가 지켜보는 동안 그는 오렌지 주스 한 잔을 따랐다. 커다란 접시에 음식을 전부 담은 뒤 그는 부엌 식탁에 앉았고 나도 앉았다. 나는 코트를 벗어 내 옆에 개어놓았다. 피트가 식사를 끝낼 때까지 우리는 한마디도 하지 않았다. 그가 몸을 뒤로 젖히며 팔짱을 끼고 나를 바라보았다.

"2층으로 올라갈까요?"

내가 물었다.

성급한 질문이었지만 그 외에 다른 말을 하는 것도 왠지 정직하지 않은 것 같았다. 침대에서 옷을 벗으면 그의 적대감도 사라지리라.

"앨리스, 넌 꿈이 뭐니? 앞으로 계속 여기 살 생각이야?"

그가 내 질문을 무시하고 나에게 물었다.

"모르겠어요."

"난 절대 여기서 살지 않을 거야. 밀워키나 시카고로 가서 뭔가 큰일을 해볼 생각이야."

뭔가 큰일을 하겠다고 반복해서 말하는 남자들은 절대 큰일을 하지 못한다는 것을 알기에 나는 너무 어렸다. 나는 우리가 왜 그런 대화를 나누어야 하는지 어리둥절할 뿐이었다. 2층으로 올라가고 싶다는 욕망은 마치 서랍 안에 넣어둔 금덩어리처럼 묵직하게 내 가슴을 눌렀다.

"전 할머니하고 시카고에 가본 적 있어요."

내가 말했다.

"그래? 대단하네."

그의 말을 듣는 순간 그의 의도대로 나 자신이 바보 같다는 생각이 들었지만 피트 자신이 시카고에 가본 적이 있다는 뜻인지 아닌지는 확실히 알 수 없었다.

"농장을 물려받을 수도 있지만 농장일은 한심한 놈들이나 하는 거야. 새벽 6시에 일어나 닭 모이를 주고 허리가 휘도록 들판에서 일해야 하고 날씨에 모든 걸 맡겨야 하지. 왜 그렇게 살아? 나는 화이트칼라 일자리를 찾을 거야. 사업이나 은행일 같은 거. 앤드류는 여길 좋아했지만 난 그 녀석이 이해가 안 갔어."

잠시 침묵이 흘렀다. 일부러 동생 이야기를 한 것 같지는 않았다. 아마 나와 앤드류의 연관성을 잠시 잊었거나 아니면 앤드류의 죽음 자체를 잊었을 것이다.

그때까지도 부엌에는 불이 켜져 있지 않았다. 우리는 우울한 침묵 속에 한동안 그렇게 앉아 있었다.

"이리 와봐."

그가 퉁명스러운 목소리로 말했다.

나는 일어서서 그에게 다가갔다. 그는 전에 입었던 것과 똑같은 코듀로이 바지에 검은색과 빨간색 줄무늬 스웨터를 입고 있었다.

"무릎 꿇고 앉아."

그가 말했다.

나는 그의 앞에 무릎을 꿇고 앉았다.

"이렇게요?"

"기도할 때처럼."

그가 차갑게 말했다.

그는 나를 바라보고 서서 바지 단추를 풀고 지퍼를 내리고 발목까지 속옷과 함께 바지를 내렸다. 그의 페니스는 놀라울 정도로 작았다. 그가 내 손을 잡아서 자기 페니스 위에 올려놓은 다음 "만져"라고 말했다. 그의 페니스가 부풀어 올랐다.

"더 가까이 와서 그걸 입 안에 넣어."

그가 말했다.

그가 한 손을 내 머리 뒤쪽에 대고 나를 끌어당겼다. 6학년 때 우리 반이었던 로이 짐니아크가 언젠가 데나와 나에게 이런 행위에 대해 설명해준 적이 있었다. 그때는 이해하지 못했지만 나는 그의 말이 사실임을 알 수 있었다. 구역질을 두어 번 하면서도 나는 리듬을 타고 위아래로 움직이려고 노력했다. 25까지 세어야지. 내 머리 위로 피트의 신음소리가 점점 더 거칠어졌다. 35까지 센 다음 나는 고개를 들었다. 그는 눈을 감고 있다가 번쩍 뜨면서 아주 절박한 목소리로 "안 돼! 끝을 내야지!"라고 말했다.

나는 다시 그의 페니스를 입에 넣었다. 그리고 울었다. 그가 알아차리지 못하기를 바랐다. 그는 잔뜩 흥분한 상태였고 내가 우는 것을 알아차리지 못했다. 마침내 그가 내 입 속에 사정을 했을 때 나는 얼른 고개를 뒤로 뺐다. 그의 정액은 대부분 그의 허벅다리 위로 흘렀고 내 입술에 조금 남아 있었다. 조금은 목 뒤로 넘어간 것 같았다. 그가 몸을 숙여 속옷과 바지를 끌어올렸다. 나는 고개를 숙인 채로 앉아 있었다. 걷잡을 수 없이 눈물이 쏟아졌다.

"너 지금 우는 거야?"

피트가 내게 물었다.

나는 엉덩이를 바닥에 대고 무릎을 세운 다음 얼굴을 무릎에 파묻고 큰 소리로 울었다.

"도대체 왜 그러는데?"

피트가 물었다.

나는 고개를 들었다. 그와 나의 눈이 마주쳤다. 나는 내 얼굴이 일그러지는 것을 느꼈다. 앤드류였다면 달랐을 것이다. 나는 그를 기쁘게 해주려고 기꺼이 이 일을 했을 것이고 그는 나를 안아주고 키스해주었을 것이다.

"돌이킬 수 없다는 걸 알지만…… 앤드류가 너무 보고 싶어요."

"너희 둘이 사랑이라도 했다는 거야? 앤드류가 네 남자친구였다는 거야?"

화가 난 듯한 피트의 목소리에 나는 대답을 할 수가 없었다.

나는 대답하지 않았다. 더 이상 울지 않았고 온몸에 긴장이 감돌았다. 그 순간 나는 내가 잠시 후 이 집을 나서리라는 것을, 그리고 다시는 오지 않으리라는 것을 알았다.

"내 동생은 네 남자친구가 아니었어."

피트가 말했다.

나는 눈물을 닦고 머리를 정돈했다. 그리고 일어서서 의자를 잡았다.

"내 말 들었어? 앤드류는 네 남자친구가 아니었다고."

코트를 입는 동안 어쩌면 그가 나를 잡을지도 모른다고 생각했다.

"네가 방금 한 짓은 창녀들이나 하는 짓이야. 내 동생은 창녀하고는 절대 사귀지 않아."

그렇게 나는 내 인생의 암흑기로 접어들고 있었고 그 암흑 속에서 그저 한 걸음씩 앞으로 나아가려고 애를 썼다. 피트와의 관계를 통해 상황을 해결해보려 했지만 그런 식으로는 아무것도 해결할 수 없다는 것을 알았다. 상황은 오히려 악화되었다. 나 자신을 희생함으로써 위안을 얻으려 한 것도 아니었다. 그저 피트가 내 몸을 만져주는 것이 좋았고 육체적 쾌락이 좋았고 다음엔 또 무슨 일이 일어날지 궁금해지는 것이 좋았다. 앤드류와 연관이 있으면서도 그의 죽음을 생각하지 않아도 되어서 좋았다. 하지만 그렇게 해서 남은 것은 결국 나 자신에 대한 증오뿐이었다. 그것은 낯설고도 끔찍한 비밀이었고 나를 아는 모든 사람들에게 더 큰 상처를 남겨줄 또 하나의 죄악이었다. 방법은 한 가지였다. 마음의 문을 닫는 것이었다. 그렇게 하는 것은 전혀 어렵지 않았다. 아니,

너무 쉬웠다. 그것은 일종의 항복이었다.

나는 학교에 갔고 주로 도서관에서 숙제를 했다. 저녁이 되면 가족들이 이상하게 생각하지 않을 정도로만 TV를 보고 가족들과 카드게임을 했다. 식사할 때면 내가 뭔가 끔찍한 일을 꾸미고 있다고 생각하지 않을 정도로만 먹었다. 사실 나는 그런 일을 꾸미고 있지 않았다. 그럴 만한 기력이 없었다. 한때 나의 가장 편안한 도피처였던 책을 읽어보려 했지만 16세기 스코틀랜드나 현대 맨해튼을 배경으로 한 소설에 푹 빠져 있다가도 마지막 페이지를 넘길 때면 밀물처럼 앞날에 대한 두려움이 밀려왔다. 두려움은 수시로 나를 덮쳤다. 아침에 눈을 떴을 때가 가장 심했다. 눈을 뜨자마자 구역질이 났다. 저절로 사라질 때도 있었지만 화장실로 달려가 변기에 먹은 것을 토하고 눈물을 참아야 하는 날도 많았다. 시계를 보면 5시 15분이나 5시 20분이었다. 그럴 때면 나는 벌써 하루를 망쳐버린 것 같은 기분이 들었다.

밤이면 눈을 감고 음악을 들으면서 목걸이를 만지작거리곤 했다. 목걸이에 달려 있던 펜던트를 앤드류의 부모님에게 드린 것이 후회가 되었지만 후회가 클수록 옳은 결정을 했다는 생각이 들었다.

11월 초의 어느 날 새벽, 화장실 변기에서 토를 하고 나오다가 어두운 복도에 서 있는 할머니와 마주쳤다. 분홍색 가운에 흰 슬리퍼를 신은 할머니는 꼭 유령 같았다.

"토했니?"

"괜찮아요. 배가 아팠는데, 지금은 괜찮아요."

할머니가 나를 뚫어지게 쳐다보았다.

"혹시 살을 빼려고 쓸데없는 짓을 하는 건 아니겠지? 먹은 것을 토하는 건 옛날 여자들이 사용하던 방법인데, 치아에도 좋지 않고 뺨이 부어올라서 결국 다람쥐처럼 된단다."

"일부러 토한 거 아니에요."

"정 살을 빼고 싶으면 차라리 담배를 피워라. 식욕도 사라지고 칼로리도 소모되거든."

나는 담배가 얼마나 해로운 것인지 잘 알고 있었지만 그 문제로 할머니와 논쟁을 하고 싶진 않았다.

할머니가 내 턱을 들어 나와 눈을 맞추었다. 8학년 이후 내가 할머니보다 키가 컸지만 할머니는 하이힐을 신었기 때문에 항상 나와 비슷했다. 그러나 지금은 내가 할머니를 내려다보고 있었다.

"자신을 학대하지 마라. 그래 봐야 너만 더 힘들어질 뿐이야."

학교에 있을 때면 온갖 소음과 바쁘게 오가는 아이들 틈에서, 차라리 집에 있는 편이 낫지 않을까, 학교를 그만두면 어떨까 하는 생각이 들었다. 그러나 집에 있는 시간도 편하지만은 않았다. 집에서는 학교와는 다른 이유로 힘들었다. 나는 서서히 라일리를 떠나야 한다는, 그리고 다시는 돌아오지 말아야 한다는 결론에 도달했다. 밀워키에 있는 어신 사범대학이 아닌 다른 대학에 입학해야 한다는 사실도 깨달았다. 어신 사범대학은 전체 학생수가 1,200명 정도밖에 되지 않는 여자대학이었다. 그런 작은 대학이라면 내 이야기가 쉽게 퍼질 것이고 라일리 출신, 특히 고등학교 동창을 만날 확률이 높았다. 매디슨의 위스콘신 대학을 지원하는 것이 상당히 파격적인 선택으로 생각되었던 걸 보면 당시 내가 얼마나 우물 안 개구리였는지 짐작이 가고도 남는다. 위스콘신 대학은 학부와 대학원생 숫자가 3만 명이 넘었고 그 정도면 내가 묻히기에 충분한 숫자인 것 같았다.

내가 토하는 것을 두 번째로 보았을 때 할머니는 복도에서 나를 기다리지 않았다. 할머니는 내 침대에 앉아 있었다.

"문 닫아라."

할머니가 아직 잠겨 있는 목소리로 말했다.

"네가 살을 빼려는 거라고 생각했다니 내가 참 어리석었구나."

나는 화장대 옆에 서서 아무 말도 하지 않았다.

"시카고로 가자. 거기서 이 문제를 해결해야겠다. 다음 주가 좋겠지? 내가 미리 전화를 해두마. 네가 결정할 문제지만 네 엄마 아빠에게는 말하지 않는 게 좋을 것 같구나. 말해봐야 뭐 하겠니?"

도대체 무슨 말씀을 하시는 거냐고 묻고 싶은 충동이 일었지만 나는 할머니의 말뜻을 정확히 이해할 수 있었다.

"그…… 불법 아닌가요?"

내가 머뭇거리며 물었다.

"불법이지. 하지만 항상 있어왔던 일이야. 인간의 마음을 법으로 다스릴 수는 없는 거니까."

"낳으면 안 될까요?"

"그럼 네 인생은 끝장이야. 이런 상황이 아니었다면 미네소타에 있는 미혼모 보호소로 가서 아이를 낳으라고 하겠지만 지금 너한텐 그럴 힘이 없어. 앞으론 다시 강해지겠지만 지금 넌 강하지 않아."

입술이 떨렸고 눈물이 차올랐다.

"실망시켜드려서 죄송해요."

내가 속삭였다.

"이리 와서 앉아라."

할머니가 흰 잠옷 위로 내 등을 쓰다듬었다.

"사람은 누구나 실수를 한단다. 실수를 통해서 다른 사람들을 더 이해할 수 있게 되는 거란다. 상대가 누구인지 말할 필요 없다. 그건 중요하지 않으니까."

우리는 기차 대신 버스를 타기로 했다. 할머니가 시킨 대로 나는 평상시처럼 학교에 갔다가 1교시가 끝나고 교장실에서 할머니를 만났다. 우리는 서둘러 버스 정류장으로 가서 시카고행 버스를 탔다.

"라일리에도 그런 수술을 하는 의사가 있겠지만 여기저기 알아보다 보면 소문이 날 것 같아서."

할머니가 말했다.

버스에서 내린 뒤 우리는 택시를 타고 병원으로 향했다. 할머니가 말한 대로 나는 전날 밤부터 아무것도 먹지 않았다. 택시 안에서 나는 속이 뒤집히는 것 같았다. 텅 빈 배 속에는 두려움만이 가득했다.

"앨리스 워렌이라는 이름으로 예약을 했단다. 혹시 몰라서."

워렌은 할머니의 중간 이름이었다.

"체포되면 어떻게 하죠?"

"체포되지 않아."

할머니가 말했다.

"더러운 기구를 사용하지 않을까요?"

할머니가 이상하다는 표정으로 나를 바라보았다.

"글래디스가 수술할 거야. 너도 아는 줄 알았는데? 그래서 이리로 온 거야."

할머니는 수술실 안으로 들어올 수 없었다. 닥터 위콤이 흰 가운을 입고 수술실로 들어와서 내 손을 꼭 잡았다. 닥터 위콤의 손에서 느껴지는 온기로 나는 내 손이 얼마나 차가운지 느낄 수 있었다. 나는 푸른색 환자복을 입고 수술대 위에 누웠다. 간호사들이 내 양쪽 발을 침대에 고정시켰다.

"마취를 하기 전에 선생님이 잠깐 이야기를 하실 거예요."

간호사가 말했고 그로부터 10분이 흘렀다.

"앨리스, 힘든 일이란 거 안다. 하지만 곧 끝날 거고 바로 회복될 거야. 수술을 어떻게 할 거냐 하면, 네 자궁을 벌리고 아주 가느다란 도구로 소파수술을 할 거란다. 며칠 동안 조금 통증과 출혈이 있을 거야. 생리대를 사용하면 돼. 수술이 끝나면 여기서 걸어서 나갈 수 있을 테니 너무 걱정하지 말고."

나는 고개를 끄덕였지만 밀려오는 두려움을 감출 수 없었다. 소파수술이 무슨 뜻인지조차 알지 못했다. 나중에 집으로 돌아와서 사전을 찾아보니 소파수술은 자궁 속을 긁어낸다는 의미였다.

"수술 후에 혹시 문제가 생기면 바로 나한테 전화를 해야 한다. 내 전화번호는 할머니한테 물어보면 되고."

닥터 위콤은 내 손을 잡고 있었지만 그녀의 태도는 딱딱하면서도 사무적이었고 전문가다운 인상을 풍겼다.

"한 가지 더. 이걸 에밀리한테 줄 테니 나중에 받아. 에밀리한테 이게 뭔지 물어볼 필요는 없겠지?"

닥터 위콤이 작은 갈색 봉지에서 무언가를 꺼냈다. 한 번도 본 적이 없는 물건이었다. 흰색 관 끝에 흰 고무로 만든 덮개가 달려 있었다.

"삽입하기 전에 살정자제를 페서리에 발라야 해. 그러고 나서 이 페서리가 자궁경부를 차단하도록 질 깊숙이 넣어. 이게 필요한 상황이 되기 전에 충분히 연습해두어라. 살정자제만으로는 효과가 없다는 걸 명심하고. 만약 남자들이 다른 방식을 원한다면 그건 그들이 잘못 생각하는 거야."

예전 같았으면 할머니의 친구로부터 '질'이라든가 '자궁경부' 같은 단어를 듣는 것을 상상조차 할 수 없었을 테고 견디기 힘들었을 것이다. 그러나 나는 이미 상상조차 할 수 없고 견디기 힘든 일을 너무도 많이 겪었다. 게다가 닥터 위콤의 말은 의미심장한 무언가를 내포하고 있었다.

"다시 그런 일 없을 거예요. 전……."

작년 겨울의 나와 똑같은 나라고 말하고 싶었다. 그러나 그런 말을 해야 한다는 것 자체가 이미 그 말의 신빙성을 떨어뜨렸다.

"이건 도덕성 문제가 아니라 실용성 문제란다. 한번 성관계를 갖기 시작하면 계속 성관계를 갖게 될 확률이 높거든."

그녀가 내 팔을 두드리며 말했다.

"자동차 사고는 정말 유감이다."

그녀가 말한 뒤 간호사를 불렀다.

마취에서 깨어나 보니 다른 방에 누워 있었다. 나는 눈을 떴다가 감았다가 다시 떴다. 할머니가 내 옆에서 책을 읽고 있었다. 나는 몇 번 더 눈을 깜빡였다. 머릿속이 멍했다.

"닥터 위콤한테 감사편지라도 써야 할까요?"

"그럴 필요는 없을 것 같구나."

할머니가 읽고 있던 책에 책갈피를 끼우고 내려놓았다.

"곧 널 보러 들를 거야. 인사하고 싶으면 그때 하면 돼. 좀 어떠니?"

"몇 시에요?"

"2시가 넘었어. 한 시간도 넘게 자더구나."

"엄마가 기다리지 않을까요?"

"학교가 끝나면 널 만나서 쇼핑을 하러 갈 거라고 했어. 앨리스, 네가 말하고 싶으면 아빠 엄마한테 말해도 돼."

"말 안 할래요."

나는 끝내 그 사실을 아빠 엄마에게 말하지 않았다.

닥터 위콤이 회복실로 찾아왔을 때에도 나는 여전히 약에 취한 상태였다.

"저 때문에 감옥에 가지 않으셨으면 좋겠어요."

닥터 위콤과 할머니가 서로 눈짓을 주고받았다.

"이건 아주 흔한 수술이란다, 앨리스. 이번 주만 해도 벌써 네가 세 번째야."

라일리로 돌아온 나는 부모님과 눈을 맞출 수 없었다. 무슨 일을 하든 제대로 하라는 아빠의 말을 들으며 자랐건만 나는 아버지를 실망시켰고 가족 모두를 실망시켰다. 주말마다 포크 부인이 브리지 게임을 하러 우리 집에 왔고 나는 계단 위에 서서 그들이 카드놀이를 하는 소리를 들으면서 그들의 모습이 아이 같다고 생각했다.

며칠 동안 출혈이 있었지만 결국엔 멈추었다. 생각보다 별로 아프지도 않았다. 앤드류와 피트가 가끔 떠올랐지만 서로 다른 순간, 각기 다른 이유로 떠올랐다. 그럴 때마다 나는 그들의 얼굴을 지워버리려 애썼다. 나는 어서 빨리 시간이 흐르기만을 바랐다.

11월 22일 금요일, 나는 점심식사를 마치고 다른 아이들과 함께 식당을 나서고 있었다. 그때 두 아이가 울면서 안으로 뛰어 들어왔다. 그들이 뭐라고 소리를 질렀지만 무슨 소리인지 알아들을 수가 없었다. 처음에는 이해할 수가 없었고 마침내 알아들었을 때에도 선뜻 믿기지가 않았다. 미국 대통령이? 케네디 대통령이? 그때 내 뒤쪽에서 어떤 남자아이도 똑같은 소리를 했다. 결국 모든 아이들이 똑같은 이야기를 하기 시작했다. 나와 친하지도 않았던 헬렌이라는 여자애가 내 손을 꽉 잡았다. 수학 선생님인 율란 선생님이 소리 내어 우는 모습을 보고 나는 그 소식이 사실임을 알았다. 한 시간 전 댈러스에서 케네디 대통령이 피격되었다.

시간이 정지한 것 같았다. 모두가 그 얘기를 하고 있었지만 더 이상 사람들은 흥분한 상태가 아니었다. 충격으로 멍한 상태였다. 그러고 나서 한 시간쯤 뒤, 우리는 케네디 대통령이 사망했다는 소식을 들었다. 대통령이 암살되었다면 그다음엔 어떻게 되는 것일까? 세상이 여전히 똑같이 돌아갈까? 평상시 학교가 파할 시간이었다면, 특히 금요일 오후라면, 라커 룸은 고함소리와 웃음소리와 라커를 여닫는 소리로 시끄러웠겠지만 그날 오후만은 쥐죽은 듯 고요했다.

나는 그를 위해 울지 않았다. 그날도, 그 이후로도. 물론 다른 사람들처럼 나 역시 뭔가에 홀린 사람처럼 TV를 보았다. 내 기억으로 저녁식사를 하면서 우리 가족이 모두 TV를 보았던 날은 그날 한 번뿐이었다. 우리는 먹을 것을 쟁반에 담아 거실로 나왔다. 모든 모임이 취소되었다. 스포츠 모임, 공연, 레스토랑, 극장도 문을 닫았다. 거리에는 차가 한 대도 없었다. 도대체 어떻게 그런 일이 일어났는지 궁금해하는 것 외에는 다른 할 일이 아무것도 없었다. 우리는 린든 존슨이 대통령 전용기 에어포스 원을 타고 연방 대법원 대법관 사라 휴즈 앞에 서서 취임선서를 하는 것을 지켜보았고 케네디 대통령의 저격범 리 하비 오스왈드가 경찰청에서 잭 루비라는 사람에게 총살되는 놀라운 과정을 지켜보았다. 린든 존슨 대통령은 추수감사절 날, "오늘 이 비극의 밤에 우리는 새로운 미국의 위대함을 향해 전진할 것입니다!"라고 말했다. 부모님과 할머니 역시 나처럼 멍한 표정이었다.

나는 케네디 대통령을 존경했다. 그는 똑똑했고 미남이었으며 열정으로 가득한 사람이었다. 그러나 그의 죽음으로 나는 안도감을 느꼈다. 물론 그의 죽음이 슬프지 않았다는 의미는 아니다. 그러나 그의 죽음이라는 엄청난 비극으로 인해 내가 저지른 끔찍한 일이 묻혔다. 내 생각이 그렇다는 것이 아니라 다른 사람들의 눈에 그렇게 보였다는 것이다. 케네디 대통령의 죽음은 내가 저지른 일을 하찮아 보이게 했다. 케네디의 죽음은 앤드류의 죽음보다 훨씬 더 충격적이고 훨씬 더 끔찍했다. 그리고 나와 아무런 상관이 없었다. 그렇다고 내가 면죄부를 받았다고는 말할 수 없지만 적어도 내가 받을 수 있는 최상의 면죄부인 것만은 분명했다.

오늘날까지도 나는 그날의 내 생각이 부끄럽다. 지금껏 살아오면서 나는 그날의 내 심정을 꼭 한 사람 외에는 그 누구에게도 말하지 않았다.

네게 주어진 삶을 살아. 그 불행이 또 다른 불행을 만들지 못하게 해

제 2 부

스프롤 가 3859번지

American Wife

사이먼 톤비스트와 헤어진 지 한 달 만에 내 나이가 스물일곱이 되었다. 나는 서른 살이 될 때까지 결혼을 못 하면 혼자 살 집을 장만하기로 마음먹었다. 아무에게도 말하지는 않았지만 그런 결심을 하고 나니 삶이라는 것이 맥없이 앉아서 기다리는 그 무언가가 아닌 내가 만들어가는 것이라는 생각이 들었다. 차를 몰고 매디슨 가를 지나가다가도 '저런 집을 사야지' 하는 생각이 들곤 했다. 방은 세 개 정도. 앞뜰이 있지만 너무 넓지는 않고, 가로수가 들어선 길가에 자리 잡은 집. 리스 초등학교의 사서 교사로 일하면서 나는 세금을 제하고 한 달에 833달러를 받았고 그런 결심을 하고 난 뒤부터 매달 2백 달러씩 저축했다. 나는 매달 마지막 토요일에 위스콘신 주립 은행 분점에 그 돈을 예금하러 갔다.

부동산 중개업자에게 처음 전화를 했던 시점이 언제였는지는 정확히 기억나지 않는다. 내가 서른 살이 되던 날이었는지, 아니면 그다음 날이었는지. 나는 한 번도 그렇게 구체적으로 계획을 세워본 적이 없었다. 그러나 그 무렵 어느 날인 것만은 분명히 기억한다. 내 생일을 두 달 앞둔 어느 날, 그러니까 1976년 2월, 아빠가 돌아가셨기 때문이었다.

할아버지처럼 아빠도 심장마비로 세상을 떠났다. 할아버지보다 20여 년을 더 살고 50대에 돌아가셨기 때문에 그래도 꽤 오래 사신 편이라고 생각했다. 물론 지금 생각해보면 전혀 그렇게 생각되지 않지만.

아빠가 돌아가신 날 눈이 내렸다. 엄마와 나, 할머니 모두 감정을 절제하려고 노력했다. 서로를 위해서이기도 했고 우리가 중서부 출신들이라 그렇기도 했다. 엄마는 내가 입은 검은색 드레스가 따듯한지에 대해 지나칠 정도로 신경을 썼다. 집으로 돌아와서 우리는 몇 년 만에 만나는 엄마의 자매들, 그리고 그들의 남편들과 인사했다. 교회 신자들과 은행 동료들이 꽃과 음식을 들고 왔다. 그들이 떠나고 난 뒤의 침묵은 그때까지 쌓인 눈 때문인지 더욱 무겁게 느껴졌다.

사흘 동안은 나 대신 일해줄 사람이 있었지만 월요일 아침에 출근을 해야 했기 때문에 나는 일요일 저녁 다시 매디슨으로 돌아가야 했다. 엄마가 추위에 떨며 몸을 잔뜩 움츠린 채 차까지 나를 배웅했다. 운전석에 앉은 나에게 엄마는 창문을 내리라고 손짓을 한 뒤 안전벨트를 매라고 말했다.

"벌써 맸어요."

나는 시동을 걸었다. 어린 시절을 보냈던 집에서 서서히 멀어지고 마침내 혼자가 되자 나는 그제야 흐느껴 울기 시작했다. 고속도로에 들어설 무렵 다시 눈발이 날리기 시작했다.

'천천히 가라. 앞 차하고 충분히 간격을 유지해. 혹시 미끄러지면 무리하지 말고 흐름에 맡겨.'

눈길 운전에 대해 아빠가 한 말이었다.

아파트 문을 연 순간 전화벨이 울렸다. 예상대로 엄마였다. 내가 무사히 도착했는지 확인하기 위해 지난 한 시간 동안 아마 10분 간격으로 전화를 했을 터였다.

그날 이후 1년 반 동안 나는 주말마다 라일리에 갔다. 토요일 점심 직전에 도착하게 되는 날이 많았는데, 한번은 피자를 사 가지고 갔다. 엄마가 점심식사를 준비하는 부담을 덜어주기 위한 것이었지만 오히려 엄마는 불편해했다. 그래서 그 후로는 그냥 몸만 가거나 아니면 빨랫감을 가져갔고 매번 식탁에 둘러앉아 유행이 지난 구식 메뉴로 식사를 했다. 주로 고기와 으깬 감자나, 파이 같은 것들이었다. 매번 교회에 다녀와서 출발하겠다고 마음을 먹었지만 내가 떠나고 나서 엄마가 TV 앞에 앉아 레이스를 뜨고 할머니가 책을 읽는 모습을 생각하면 왠지 마음이 서글퍼져서 하룻밤을 더 자고 월요일 새벽에 출발하게 되곤 했다. 새벽 6시에는 출발해야 매디슨으로 돌아와서 옷을 갈아입고 출근할 수 있었다.

1977년 여름이 되기 전까지 나에게는 집을 살 수 없는 수많은 이유들이 있었다. 부동산 중개인 나딘 파토라는 활달한 성격에 풍만한 체격의 여자로 나보다 열 살 많았다. 겨우 4만 달러짜리 집을 사는 것치고는 유난히 까다롭게 굴던 내게 그녀는 무한한 인내심을 보여주었다. 6월 초까지 우리는 서른 채가 넘는 집을 보았지만 그중에서 내가 살 생각이 있었던 집은 한 채뿐이었다. '나코마'라는 동네에 있는 단층짜리 벽돌집이었다. 그러나 며칠을 고민한 끝에 결국 사지 않기로 했다. 나는 내 마음에 꼭 드는 집을 사고 싶었다. 그럭저럭 괜찮은 집이 아닌, 내가 평생토록 머물면서 정성 들여 가꿀 수 있는 그런 집을 원했다. 그런 집을 사지 않을 바에야 계속 전세를 사는 편이 나았다.

"남자 고르는 데도 까다롭죠?"

어느 일요일 오후, 집을 보러 가는 길에 나딘이 말했다.

내가 웃었다.

"그래서 아직도 혼자인가 봐요."

내가 웃으며 말했다.

"잘 생각했어요."

나딘은 10대인 딸 둘과 살고 있는 이혼녀였다.

"처음 사귄 남자하고 아무 생각 없이 결혼하는 것보단 훨씬 나아요."

나딘이 보여준 매물 정보지에서는 집들이 다 그럴듯해 보였다. 그러나 집 안으로 들어서는 순간, 때로는 집 안으로 들어서기도 전에, 그 정보가 정확하지 않다는 것을 알 수 있었다. 창문들이 너무 작거나, 부엌 찬장이 너무 부실하거나, 방마다 시큼한 냄새가 났다. 새 주인이 들어오면 그 모든 것들이 사라지겠거니 생각하면서 모험을 하고 싶진 않았다. 그래서 나딘이 내게 꼭 맞는 집을 찾았다며 전화했을 때에도 나는 그녀의 말을 믿지 않았다.

나딘이 보여준 집은 맥킨리 가에 위치한 방 두 개짜리 목조주택이었다. 최근까지 내가 살았던 아파트처럼 예쁘지는 않았지만 어차피 내가 살던 동네에 집을 살 능력은 없었다. 게다가 맥킨리 가는 활기가 넘쳤다. 나딘과 함께 맥킨리 가로 접어드는 순간 개를 산책시키는 남자와 수영복을 입고 스프링클러 주위를 뛰어다니는 아이들의 모습이 눈에 들어왔다. 나딘은 베란다가 좁은 흰색 건물 앞에 차를 세웠다. 안으로 들어서자 걸터앉을 수 있게 된 창틀과 작고 구식이지만 화사한 부엌이 한눈에 들어왔다. 깊이 생각해보기도 전에 어쩌면 내가 이 집에서 살게 될지도 모른다는 생각이 들었다. 나도 모르게 가구들을 어디 두면 좋을지, 식탁은 어느 자리가 좋을지, 내 침대의 머리를 침실 어느 방향에 두어야 할지 생각하고 있었다. 집은 비어 있었다. 집주인이 6개월 전에 이사했는데 지난주에야 집을 내놓았다는 이야기를 나딘이 전해주었다. 나는 샤워커튼을 젖혀보고 욕실 서랍도 모두 열어보았다. 지하실에도 내려가 보았다. 결정적으로 내 마음을 사로잡은 것은 참나무 진열장이었다. 욕실 거울 옆에 있을 법한 약장 크기의 장이었지만 그보다는 조금 깊었고 수건이나 세면도구들을 보관하기에는 너무 작았다. 연애편지나 아끼는 물건, 보석 같은 것을 보관하는 곳 같았다.

"살래요."

나딘의 차로 돌아오자마자 내가 말했다.

"너무 성급한 거 아니에요?"

"아뇨, 완벽해요."

"좋아요, 그럼."

나딘은 재미있다는 듯한 표정을 지었다.

"얼마면 되겠어요?"

내놓은 가격은 3만 8천 4백 달러였다.

"3만 7천?"

내가 자신 없는 목소리로 물었다.

그녀는 고개를 저었다.

"3만 2천으로 해요. 거기서 조금 올라갈 거고, 이 사람도 조금 내릴 거예요."

그녀는 시계를 보았다. 목요일 오후였고 5시가 조금 못 되었다.

"24시간 주겠다고 할까요?"

"그렇게 촉박하게 밀어붙여도 될까요?"

"앨리스만 괜찮으면 48시간 준다고 해요."

"아뇨. 24시간 준다고 해요. 너무 밀어붙이고 싶지 않아서 그랬지만 사실 저야 24시간 내로 결정하면 좋죠."

나는 주말에 라일리에 가야 했고 할머니와 엄마 앞에서 나딘과 통화해야 하는 상황을 만들고 싶지 않았다. 나는 두 사람에게 집을 산다는 이야기를 하지 않았다. 엄마가 돈을 보태주려고 할 것 같아서였다. 아빠가 돌아가시고 난 뒤 엄마는 경제적으로 여유가 없었다. 집을 사고 나서 두 분을 초대해 이 집의 주인이 나라고 말하고 싶었다. 우리 세 사람은 베란다에서 함께 레몬에이드를 마실 것이다. 물론 먼저 야외용 의자를 사야 하겠지만.

"한번 밀어붙여 보자고요! 주말까지 끌 가능성도 있지만 내가 어떻게든 해볼게요."

그녀가 내 어깨를 가볍게 두드렸다.

"어쨌든 신나지 않아요? 행운을 빌어요!"

그날 밤, 잠자리에 들어 불을 끈 지 20분쯤 지났을 때 전화벨이 울렸다. 집을 팔겠다는 사람으로부터 벌써 대답을 듣고 나딘이 전화한 모양이라고 생각했지만 전화를 건 사람은 그보다 훨씬 더 친숙한 목소리였다.

"너 케이틀린네 바비큐 파티 안 오면 가만 안 둔다."

"데나! 너 오늘밤 데이트 있다고 하지 않았어? 집에 있는 줄 알았으면 드디어 사고 싶은 집을 찾았다고 전화했을 텐데!"

"네 까다로운 입맛에 맞는 집을 드디어 찾았단 말이야? 당장 보여줘!"

"아직 안 돼. 지금 들어가면 무단 침입으로 고소당할걸?"

나는 잠옷 차림으로 부엌에 자리를 잡고 앉았다. 6월에 학교가 방학에 들어간 이후 나는 거실에서 자는 날이 많았다. 아직 10시 반도 채 되지 않았기 때문에 데나에게 밤늦게 전화했다고 투덜거릴 수도 없었다. 데나는 늘 내가 너무 일찍 잠자리에 든다고 비웃었지만 나는 다음 날 아침 일찍 출근해야 하기 때문이라고 핑계를 댔다. 그러나 여름방학 중에는 그런 핑계가 통하지 않았다.

"맥킨리 가에 있는 건데, 내일 잠깐 들러볼 수도 있어. 하지만 그쪽에서 확실히 결정을 내리기 전에 내 쪽에서 수선을 떨고 싶진 않아."

데나가 요란하게 한숨을 쉬었다.

"하여간 넌 진짜 즐길 줄을 몰라. 즐기는 얘기가 나왔으니 말인데, 오늘 우연히 케이틀린 히켄을 만났어. 네가 이번 주말에 라일리에 가야 한다고 했다면서? 날 보고 그 사람들을 혼자 상대하라는 거야? 로즈 트로블러는 날 되게 싫어한단 말이야."

"말도 안 되는 소리 하지 마."

"그 여자들은 하나같이 뚱뚱하고 남편들은 다 하나같이 따분해."

"그렇지 않아. 그리고 그 말이 사실이라면 그 파티에 왜 꼭 가려고 그러는 건데?"

"가야 돼. 찰리 블랙웰이 온단 말이야. 그 사람 유혹할 거야."

내가 웃었다.

"그거라면 나 없이도 얼마든지 할 수 있잖아."

"상대는 찰리 블랙웰이야. 그 유명한 블랙웰 가 남자라고!"

"데나, 꼭 내가 가야 되겠니?"

블랙웰은 정육 사업으로 부자가 된 집안으로 위스콘신 사람이라면 누구나 그들을 알았다. 밀워키 부근에 블랙웰의 공장이 몇 개나 있었고 블랙웰 상표가 붙은 소시지는 미국 어디에서나 살 수 있었다. 꼭 사고 싶어서 산다기보다는 그만큼 흔하다는 뜻이었다. 나도 블랙웰 소시지를 먹고 자랐지만 어른이 되어서는 왠지 느끼하다는 생각이 들었다. 블랙웰 가의 원로 격인 해럴드 블랙웰은 59년부터 67년까지 위스콘신 주지사를 지냈고 68년, 대통령 선거에 출마하려다가 고배를 마셨다. 당시 반전 시위를 강제해산시키기 위해 경찰이 무력을 사용했고 라신느 대학 2학년에 재학 중이던 도나 앤 크레스라는 젊은 여자가 그 과정에서 반신불수가 되는 사건이 있었다. 그때 해럴드 블랙웰은 시사 프로에 출연하여 베트남전 반대 시위자들을 '교육받지 못한 무지한 자들'이라고 비난하면서 '자신의 아둔함을 드러내는 것은 다른 시대였다면 그저 불운으로 끝났겠지만 지금 같은 격변의 시기에는 몰지각함 그 자체'라고 말했다. 블랙웰은 공화당 소속이었고 위스콘신 출신이었다. 뉴햄프셔 예비 선거에서 승리하여 대통령 선거에 출마했다고 하더라도 아빠는 그를 찍어주지 않았을 것이다. 그는 오만한 분위기를 풍겼다. 마치 평범한 사람들이 자신을 찍을 만큼 똑똑할지 의문이라는 듯한 인상이었다. 해럴드 블랙웰은 이제 정계에서 은퇴했지만 그에게는 아들이 넷 있었고 그들 중 한 명이 작년에 밀워키 하원의원에 당선되었다.

"데나, 몇 년 전 지네트가 블랙웰 가의 형제 중 한 명을 소개해주겠다고 한 적이 있었는데, 아마 다른 사람이겠지?"

"찰리 블랙웰을 소개해주겠다고 했는데 네가 퇴짜를 놨다는 거야?"

데나는 도저히 믿을 수 없다는 듯한 말투였다.

"그땐 사이먼하고 사귀는 중이었잖아."

사실 그렇지 않았다고 해도 나는 찰리 블랙웰을 만나지 않았을 것이다. 돈과 공화당, 소시지는 나에게 그다지 유혹적인 조합처럼 느껴지지 않았다.

"하원의원은 에드야. 찰리도 곧 출마할 거래. 아마 휴턴 쪽에서 출마할 생각인가 봐. 아직 비밀이래. 케이틀린이 그러는데, 아마 내년 봄에 출마할 것 같다는데? 나한텐 그렇게 야심만만한 남자가 어울린다고 생각하지 않니?"

"물론 그렇지."

그러나 데나는 갑자기 자신감을 잃은 것 같았다.

"앨리스, 그쪽 사람들은 다들 너무 까다로워. 케이틀린이 나를 초대하는 이유는 내가 네 친구이기 때문이야. 네 도움이 필요해."

데나는 한 번 결혼한 적이 있었다. 광고회사에서 일하는 사람이었고 스튜어디스였던 데나와 처음 만났을 때 그는 이미 두 번 이혼한 상태였다. 두 사람은 60년대 후반에서 70년대 초까지 캔자스시티에서 살았지만 결국엔 아이 없이 이혼했다. 데나는 매디슨으로 이사한 뒤 여대생들을 대상으로 옷과 장신구 등을 파는 가게를 차렸다. 나팔바지와 바지정장, 미니스커트, 스카프, 벨벳 핸드백, 뜨개질로 만든 숄, 이국적인 장신구들을 파는 데나의 옷가게에 들어서면 나 자신이 무척 촌스럽게 느껴졌다. 데나가 파는 옷들은 전혀 내 취향이 아니었지만 나는 늘 그 가게에서 무언가를 사게 되곤 했다.

데나의 가게에서 저지르는 충동구매는 그렇다 쳐도 데나와 한 동네에서 살게 된 것은 나에게 엄청난 행운이었다. 대학 시절 친했던 친구들이 모두 결혼을 했기 때문에 더더욱 그랬다. 결혼을 했다고 해서 만날 수 없는 것은 아니었지만 더 이상 결혼 전처럼 지낼 수는 없었다. 예전처럼 시간이 자유롭지 않았고 아이가 생기면, 아니 아이가 생기기 전에도 결혼 전처럼 친구를 필요로 하지는 않았다. 결혼한 여자에게 우정은 부차적인 것이었다.

데나와 나는 하루에 서너 번 통화를 했다. 때로는 전화를 끊은 지 1분 만에 다시 전화를 하는 경우도 있었다. 주로 둘 중 한 사람이 하려던 말을 깜빡 잊고 안 했을 때였다.

"그래서, 지난번에 네 머리를 잘랐던 미용사 이름이 뭐였다고?"

"있다가 우리 집에 올 때 카펜터스 앨범 좀 가지고 올래?"

데이트를 하기 전에 데나가 자기 옷을 봐달라고 들를 때도 있었고 영화를 보고 싶다며 갑자기 전화를 걸어서 10분 뒤 극장에서 만나기도 했다. 일요일 아침이면 함께 긴 산책을 했다. 우리는 정기적으로 만나 저녁을 먹었고 저녁을 먹은 뒤 데나는 술을 마시자면서 내가 일찍 잠자리에 드는 것을 방해했다.

데나는 나보다 훨씬 자주 데이트를 했다. 고등학교를 졸업하던 해 여름, TWA항공에 스튜어디스로 취직을 하자마자 데나는 피임약을 처방받았고 그 뒤로 줄곧 피임을 해왔다. 한편 나의 연애생활로 말하자면, 가끔 소개로 남자들을 만나 즐기기도 했지만 토요일 밤이 되면 여자친구들과 함께 노는 것이 더 즐거웠다. 내가 말하는 여자친구들이란 데나와 리타 앨윈이라는 리스 초등학교의 프랑스어 교사였다. 리타는 흑인이었고 우리 엄마보다 나이가 많은 것을 두고 데나는 툭하면 나를 놀렸다. 그들을 만나지 않을 때면 나는 집 안에 틀어박혀 책을 읽었다. 두 사람 외에는 매달 한두 번 만나는 케이틀린 같은 친구들이 있었다. 나는 그들을 위스콘신 대학의 여학생 클럽에서 알게 되었고 그들의 남편 중 몇 명 역시 위스콘신 대학 출신이었다. 그 모임에서 대학 선배인 웨이드 트로뮬러는 언젠가 술에 취해서 내가 자신의 이상형이라고 말한 적이 있었다. 여학생 클럽 친구들은 졸업 후에도 서로 연락을 하게 되었고 세월이 흐르면서 그들 모두 결혼을 하고 아이를 낳았다. 그들과 어울리고 싶다가도 내 독신생활을 두고 이러쿵저러쿵 떠들어대는 소리를 듣다 보면 인내심이 한계에 도달하곤 했다. 결혼한 사람들은 왜 독신생활에 대해서마저 자기들이 한 수 가르쳐줄 수 있다고 생각하는지.

"데나, 미안해. 케이틀린한테 벌써 못 간다고 얘기했어. 엄마하고 할머니가 기다리실 거고."

"일요일에 가면 되잖아. 여름방학인데 학기 중하고는 좀 달라야 되는 거 아니니?"

"데나, 넌 나 없이도 잘할 거야. 그 홀터 드레스 입어. 찰리 블랙웰이 너한테서 눈을 못 뗄걸."

"잘 들어. 이번만은 절대 양보 못해. 토요일 5시 반에 데리러갈게."

"5시에 시작한다고 하지 않았어?"

"멋지게 보이기 위해 조금 늦게 도착해야지. 어쨌든 마음에 드는 집 찾게 된 거 축하해."

그때까지 그해 여름은 모든 것이 순조로운 듯했다. 아빠의 죽음으로 인한 슬픔은 1년 반이 지난 뒤 한결 엷어져 있었다. 게다가 나에겐 해야 할 일이 있었다. 집을 사는 것 말고도 도서관과 관련한 특별한 프로젝트를 준비하고 있었다.

나는 1968년 위스콘신 대학을 졸업했고 2년 동안 초등학교 3학년 아이들을 가르쳤다. 그러고 나서 도서관학 석사를 받기 위해 대학으로 돌아갔다. 학교에서 아이들을 가르치면서 나는 내가 가장 좋아하는 수업시간이 읽기 시간임을 알게 되었다. 《샬롯의 거미줄》, 《해럴드와 보라색 크레용》 같은 책을 읽어줄 때 바닥에 앉아 눈을 동그랗게 뜨고 기다리는 아이들의 모습을 보는 것이 행복했다. 1972년 석사 학위를 받은 뒤 나는 리스 초등학교로 돌아갔고 서른한 살이 될 때까지 5년째 그곳에서 일하고 있었다.

그해 여름 내 프로젝트는 동화에 등장하는 주인공들을 커다란 모형으로 만드는 것이었다. 이를테면 《엘로이즈》 시리즈의 말괄량이 소녀 엘로이즈, 《아기토끼 버니》의 엄마토끼와 아기토끼 같은 것들이었다. 어느 가을, 길을 걷다가 우연히 말괄량이 삐삐처럼 차려입은 여자아이를 보고 생각해낸 것이었다. 봄이 되자 나는 출판사마다 편지를 써서 허락을 구했다. 그렇게까지 할 필요가 있을까 하는 생각도 들었지만 사서면서 저작권 시비에 휘말리는 것은 상상만 해도 끔찍했다. 6월 초 재료들을 샀고 개학하면 학교 도서관 서가 곳곳에 동화 속 주인공들을 세워둘 생각이었다.

일을 벌이고 나니 생각보다 만만치가 않았다. 1, 2주 정도면 될 거라고 생각했지만 훨씬 더 시간이 걸렸고 시간이 걸릴수록 나는 더욱 몰입했다. 처음에는 거실에 재료들을 늘어놓았고 시간이 지날수록 점점 더 많은 공간이 필요했다. 우리 집에 불쑥 찾아오는 사람, 다시 말해서 데나가 완성하기 전에 보는 것이 싫어서 결국 내 방 바닥과 침대 위까지 모형을 늘어놓고 거실 소파에서 잠을 잤다. 나는 데님 스커트에 아빠가 입던 낡은 셔츠를 입고 작업했다. 밀가루 반죽을 옷에 묻히기도 했고 에어컨이 없었기 때문에 땀도 많이 흘렸다. 매일 아침 나는 더워지기 전에 캠퍼스를 가로질러 멘도타 호숫가를 산책했다. 혼자 하는 산책은 그저 산책일 뿐 운동은 아니었다. 그러고 나서 집으로 돌아오면 점심때까지, 나딘이 내게 집을 보러 가자고 오지 않는 날에는 점심 훨씬 지나서까지 작업에 몰두했다. 산책을 할 때나 한밤중에 자려고 누웠다가도 문득 모리스 센닥의 동화 주인공인 피에르의 눈썹을 좀 더 사실적으로 표현할 방법이 떠오르곤 했다. 초저녁 무렵이 되면 나는 작업을 멈추고 옥수수와 토마토 샐러드를 만들거나 돼지고기를 구워서 저녁을 먹고 저녁식사 후에는 침내 옆 장가에 앉아 내 작품을 감상했다. 나는 내 프로젝트를 아무에게도 말하지 않았다. 다른 교사들이 나를 괴짜라거나 지나치게 열성적이라고 생각할까 봐 걱정이 되었다. 그러나 개학 첫날 도서관에 들어서는 아이들의 모습을 생각하면 기분이 좋아졌다.

금요일 오후 일찌감치 나딘이 전화를 했다.

"집주인이 타협안을 제시했어요. 3만 5천 5백 달러. 어때요?"

집값의 20퍼센트를 선금으로 지급한다면 7천 백 달러였다. 나는 이미 은행에서 그 정도는 대출이 가능하다는 사실을 확인해놓은 상태였다.

"좋아요."

"앨리스, 너무 호락호락한 거 아니에요? 조금 튕기는 맛이 있어야지!"

내가 웃었다.

"그 집 꼭 사고 싶어요."

"좋아요. 잠깐 기다리고 있어요."

나딘은 20분 뒤 다시 전화를 했다.

"앨리스가 드디어 집주인이 되는 순간을 가장 먼저 축하하게 됐네요!"

나는 조그맣게 환호성을 질렀다.

"바로 사무실에 나와서 사인해요. 오늘 중에 주택 검사관 부르고요. 한 가지 더 제안해도 될까요?"

"그럼요."

"샴페인 한 병 사세요. 앞으로 좋은 일이 많을 테니까."

다음 날 오후, 케이틀린의 바비큐 파티에 가자며 데나가 나를 데리러 왔다. 데나의 차로 우리는 먼저 맥킨리로 향했다. 내가 차를 세울 곳을 가리켰다. 내가 살 집은 다르기도 했고 똑같기도 했다. 훨씬 더 활기가 넘쳤고 훨씬 더 현실적이었다. 정원에는 가문비나무가 있었고 잔디는 짙은 초록빛이었다. 전체적으로 흰색 사각형 모양이었고 나무로 만든 앞 베란다는 빛바랜 갈색이었다. 차고는 따로 없었지만 대신 잔디로 구분된 두 개의 콘크리트 진입로가 있었다. 내가 이 모든 것들의 주인이라니, 생각만 해도 가슴이 벅차올랐고 기분이 좋았다.

나는 아직 열쇠를 받지 못했지만 데나는 창문 안을 들여다보겠다며 마당으로 들어갔다.

"멋지지 않아?"

내가 말했다.

데나가 고개를 끄덕인 뒤 "걱정 근심 없고 구름 한 점 없는 그곳에 나의 집 지어주오!"라고 노래를 불렀다.

우리는 바비큐 파티에 조금 늦게 도착했지만 찰리 블랙웰은 우리보다 더 늦었다. 데나와 내가 뒤뜰 잔디밭의 피크닉 테이블에 나란히 앉아 있을 때 그가 양손에 여섯 개들이 맥주를 들고 부엌 쪽에서 걸어 나왔다. 낡은 카키색 반바지에 직사각형 모양의 은색 버클이 달린 벨트, 처음 샀을 때는 꽤 고급스러웠을 것 같은 분홍색 셔츠를 걸치고 맨발에 샌들을 신고 있었다. 그는 맥주를 높이 쳐들고 얼굴 가까이에 흔들었다. 맥주 캔을 들고 저런 짓을 하다니 좀 유치하다고 생각하고 있을 때 그가 "안녕들 하세요!"라고 외치며 우리 쪽으로 다가왔다. 모두 15명 정도가 모였고 몇 사람은 그에게 다가갔다. 그가 클리프 히켄의 등을 가볍게 쳤다. 찰리는 자기가 들고 온 맥주 한 캔을 따서 흘러넘치는 맥주 거품을 들이마셨다. 그러고 나서 그가 무슨 말인가를 했고 그의 주위에 있던 사람들이 큰 소리로 웃었지만 그중에서도 그의 웃음소리가 가장 컸다.

나는 데나에게 "너한테 딱이다"라고 속삭였다.

"내 앞니에 립스틱 안 묻었지?"

그녀가 나를 돌아보며 앞니를 드러냈다.

"데나, 너 정말 예뻐."

데나는 자신의 의도를 너무 노골적으로 드러내지 않으려고 10분 정도 기다렸다가 마치 자신이 하나의 선물인 양 찰리 블랙웰에게 천천히 다가갔다. 그 전날 나는 도서관에서 찰리에 관한 기사들을 보았다. 인터넷이 보급되기 전이라 당시 나의 정보검색 능력에 나름대로 자부심을 갖고 있었다. 그가 전 주지사의 아들이라는 것 외에 별로 대단한 정보를 얻지는 못했지만 만약 그가 데나의 말대로 하원의원에 도전하게 되면, 40여 년 동안 민주당의 텃밭이었던 휴턴에서 출마하게 되리라는 것 정도는 확인할 수 있었다.

"데나 치미노! 하여간 대단해."

데나가 자리를 뜨자 내 맞은편에 지네트 워든과 함께 앉아 있던 로즈가 말했다.

치미노는 데나의 새로운 성이었다.

로즈의 말뜻을 이해하지 못한 척하며 나는 고개를 끄덕였다.

"데나는 내가 아는 사람 중에 가장 재미있는 애야. 유치원 다닐 때나 지금이나 똑같아."

로즈와 나는 백포도주를 마시고 있었다. 지네트는 임신 중이라 술을 마시지 않았다. 로즈가 몸을 앞으로 숙였다.

"이런 말을 해도 되는지 모르겠지만, 가끔 데나 때문에 미쳐버릴 것 같을 때 없어?"

로즈 부부는 케이틀린 부부의 옆집에 살고 있었고 우리 셋은 대학 시절 함께 여학생 클럽 회원이었다. 로즈는 사람이 나쁘다고는 말할 수 없지만 말이 좀 많은 편이었다.

"내가 데나를 미치게 하는 것만큼은 아니야."

내가 아무렇지도 않게 말했다.

"찰리 블랙웰한테 온몸을 내던지고 있네. 찰리한테 가서 경고해줄까?"

지네트가 말했다.

나는 그녀를 똑바로 쳐다보았다.

"경고라니?"

지네트도 로즈도 아무 말도 하지 않았다.

"자기가 알아서 하지 않을까?"

내가 말했다.

"앨리스, 넌 어때?"

로즈가 포테이토칩을 양파소스에 찍으며 물었다.

"누구 마음에 두고 있는 사람이 있는 거 아냐?"

"아니, 없어."

나는 내가 아무렇지도 않다는 것을 보여주기 위해 웃었다. 나는 정말 아무렇지도 않았다. 적어도 그들이 생각하는 것 같지는 않았다. '네 남편 같은 사람을 못 만나서가 아니야. 그런 사람하고 결혼하고 싶지 않았을 뿐이야'라고 말하고 싶었다. 그러나 독신 여성이 스스로 독신을 선택했을 거라고 생각하는 사람은 드물었다.

"지네트, 7월 4일에 쉐보안에 다녀왔다면서? 좋았겠다."

내가 자세를 고쳐 앉으며 물었다.

"시어머니가 케이티하고 대니를 얼마나 야단치는지 마치 애들을 한 번도 안 키워본 사람 같더라."

지네트가 고개를 저으며 말을 이었다.

"그거 만지지 마라, 뛰지 마라, 라는 말을 얼마나 많이 들었는지 아니? 애들이 뛰어노는 거 말고 할 일이 뭐가 있어? 프랭크는 여섯 남매가 같이 자랐는데, 그때는 야단칠 일이 한 번도 없었다는 거 있지."

"힘들었겠다."

내가 말했다.

"애들을 같이 볼 사람이 한 명이라도 있으면 그래도 나은 거야. 지난번에 라크로스에 갔을 땐 웨이드가 계속 낚시만 해서 완전히 과부가 된 기분이었어. 그래서 내가 그랬지. 아들이 아빠 얼굴 잊어버리겠다고."

로즈가 말했다.

지네트가 웃었고 나도 따라 웃었지만 그 말을 들으니 왠지 진짜 과부인 엄마와 할머니 생각이 났다. 이 시간에 엄마와 할머니와 함께 라일리에 있었더라면 얼마나 좋았을까? 아니면 집에서 모형이나 만들고 있었으면 얼마나 좋았을까? 그것도 아니라면 펜하고 종이를 들고 새 집을 어떻게 꾸밀지 고민하고 있었더라면…….

"앨리스, 그 키 큰 남자 이후로는 한 번도 남자친구 없었던 거 맞지? 그 사람 이름이……."

로즈가 물었다.

"사이먼."

내가 말했다.

이번에도 애써 웃음을 지어 보였다. 나는 그들이 원하는 것을 주기로 했다. 바로 나 자신의 실패를 인정하는 것이었다. 그래야만 그 얘기를 그만둘 것 같았다.

"요즘엔 영 되는 일이 없네."

내가 말했다.

"프랭크가 자기 사무실에 끝내주게 잘생긴 사람이 있다던데."

지네트가 말했다.

"지네트, 그 악당을 앨리스한테 소개시켜주려고?"

로즈가 말했다.

지네트가 로즈를 툭 쳤다.

"그런 사람 아니야. 동료 변호사인데 오차드에 별장이 있대. 이구아나 싫어하지 않지?"

"글쎄. 내가 파충류 타입인지는 잘 모르겠다. 와인 좀 더 마실 건데, 뭐 필요한 거 있어?"

내가 자리에서 일어섰다.

"좀 있다가 케이티네 학교에 새로 온 교장 선생님 얘기해줄게. 키가 크고 체격이 좋은 남잔데 그 중국인 부인은 얼마나 키가 작은지 몰라."

나는 몇 번 고개를 끄덕인 다음 빈 잔을 들었다. 더 이상은 도저히 참을 수가 없어서 일어서는 것이 아님을 증명이라도 하듯이.

내가 지나갈 때 데나는 찰리 블랙웰의 팔에 손을 얹고 있었다.

'잘한다, 데나!'

나는 속으로 생각했다. 1층 화장실에 들어갔다가 나와보니 케이틀린의 두 딸 중 큰 아이인 타냐가 책을 한 권 들고 서 있었다.

"이 책 좀 읽어줘."

《메이들린 구출작전》이었다. 메이들린이라는 여자아이가 센 강에 빠졌다가 개에 의해 구출된다는 내용이었다.

나는 주위를 둘러보았다. 부엌에는 케이틀린을 포함한 여자들 몇 명이 있었지만 그들은 아직 나를 보지 못했다. 내가 없다고 해서 찾을 사람도 없었다.

"좋아."

우리는 소파에 나란히 앉았다. 타냐는 금발머리에 커다랗고 동그란 갈색 눈동자를 가진 꼬마였다.

"내가 누군지 알아? 난 앨리스야. 넌 타냐 맞지?"

타냐가 고개를 끄덕였다.

"너 몇 살이니?"
"다섯 살하고 4분의 1."
"다섯 살하고 4분의 1! 그럼 혹시 4월이 생일이니?"
"4월 23일. 리사 생일은 1월 4일인데 리사는 겨우 두 살이야."
리사는 타냐의 여동생이었다.
"내 생일도 4월인데! 4월 6일이야. 네 생일 17일 전."
나는 책을 펼치고 읽기 시작했다.
"아주 오래된 파리의 집, 담쟁이덩굴이 뒤덮고 있는 그 집에는……."
내가 잠시 읽기를 멈추었다. 타냐는 마치 책 속으로 들어가겠다는 듯 내 옆에 바짝 붙어 앉았다. 나에게는 너무도 익숙한 아이의 모습이었다.
"그다음에 뭔지 알지? 자, 다시 한 번! 아주 오래된 파리의 어느 집, 담쟁이덩굴이 온통 뒤덮고 있는 그 집에는……."
"열두 명의 소녀가 살고 있었어요!"
타냐가 소리쳤다.
"소녀들은 비가 오나 눈이 오나 9시 반에 집을 나섰어요. 그중에서 가장 어린 꼬마는 바로……."
"매들린!"
타냐가 소리쳤다.
나는 책장을 넘겼다. 매들린이 다리에서 떨어지는 그림이 있었다.
"저런!"
내가 소리쳤다.
"죽지 않아."
나를 안심시키려는 듯 타냐가 말했다. 다음 페이지를 넘기자 타냐는 "개 이름을 제네비브라고 지어"라고 말했다.
타냐는 계속 그런 식으로 내게 미리 설명을 해주었다.
"뚱뚱한 여자는 아주 나빠."

"제네비브는 강아지를 낳았어."

마지막 페이지가 되자 타냐는 한 번 더 읽어달라고 졸랐다. 나는 시계를 보았다.

"좋아. 한 번 더 읽어주고 나서 일어날게. 타냐 아빠가 지금 고기를 굽고 계신 것 같아. 그렇지?"

"나는 생선튀김을 타르타르소스에 찍어 먹을 거야!"

"우와! 굉장히 맛있겠다!"

타냐는 마치 나를 위로하듯이, 마치 그렇게 기죽을 필요 없다는 듯이 "타르타르소스는 마요네즈하고 거의 비슷해"라고 말했다. 그 순간 나는 타냐를 더 좋아하게 되었다.

두 번째로 책을 거의 다 읽을 무렵 찰리 블랙웰이 거실로 들어섰다. 나는 고개를 들어 잠깐 그와 눈을 맞추고 미소를 지은 다음 계속해서 책을 읽었다. 타냐와 함께 책을 읽는 이유를 굳이 설명할 필요가 없어서이기도 했고 내가 아이들과 친해지는 방법을 알고 있어서이기도 했다. 비결은 그들을 동등한 인간으로 대해주는 것이다. 다른 사람이 와도 주의가 분산되지 않기. 고압적인 자세로 대하지 않기. 그들을 이용하지 않고, 응석을 받아주거나 떠받들어주지 않기. 관심을 기울여주되 무절제하게 두지 않기 등등.

찰리는 돌아서지 않았다. 그가 문 앞에 서서 우리를 바라보는 것을 나는 느낄 수 있었다. 내가 마지막 페이지를 읽고 난 뒤 그가 맥주 캔을 내려놓고 박수를 쳤다. 그의 박수소리에 타냐의 방귀 소리가 묻혔고 나는 다행이라고 생각했다. 타냐가 부끄러워했기 때문이었다.

"화장실 갈래요."

타냐가 중얼거린 뒤 일어서서 찰리 블랙웰 곁을 지나 화장실로 달려갔다.

"내가 무서운가?"

"어디 갈 데가 있나 봐요."
내가 말했다.
"이제 여기 숨어 있을 이유가 사라져버렸네요."
그가 말하고는 맥주를 한 모금 마신 다음 싱긋 웃었다.
"숨어 있는 거 아니에요. 같이 책 읽고 있었어요."
"정말이에요?"
그가 미남이라는 사실은 부정할 수 없었지만 그의 건방진 태도는 마음에 안 들었다. 180센티미터가 넘는 키에 운동선수같이 체격이 좋았고 피부는 햇볕에 조금 그을었다. 머리를 흔들어도 흩날릴 것 같지 않은 굵고 곱슬곱슬한 머리카락은 엷은 갈색이었다. 장난꾸러기 같은 눈썹에 매부리코 때문인지 왠지 코를 씰룩거리는 것 같은 인상을 주었다. 그는 이곳에 있는 것이 따분하다는 듯한, 마치 다른 신나는 일이 너무 많아서 여기 있는 사람들에게는 어느 정도 이상의 관심은 줄 수 없다고 말하는 듯한 표정이었다.
"전 애들이 더 좋아요."
내가 말했다.
"이크, 한 방 먹었네요."
그가 말했다.
그러나 조금도 기분이 상한 것 같지 않았다. 그는 여전히 웃고 있었다.
"어른들하고는 별로 할 애기가 없기도 하고요."
조금 무례했다는 생각이 들어서 내가 덧붙였다.
"할 애기가 없다고 사람들이 입을 다물고 있던가요? 적어도 난 안 그래요."
그가 장난꾸러기 같은 표정으로 말했다.
자신을 조롱하는 듯한 그의 말에 나도 그만 경계를 허물고 웃었다.
"전 앨리스 린드그렌이에요."

이제 그만 밖으로 나가볼 생각으로 일어서며 내가 말했다.

"알고 있어요. 날 퇴짜 놓은 사람을 잊었을 거 같아요?"

"벌써 오래전 일이에요. 그땐 사귀는 사람이 있었고요. 다른 뜻은 없었어요."

"무슨 나쁜 소문이라도 들었나 보다 생각했죠. 나에 관한 추악한 진실이랄까?"

그가 말하며 싱긋 웃었다. 그는 자신의 매력을 알고 있는 사람이었다.

"혹시 그 추악한 진실이 세간에 떠돌고 있다면 출마하기 전에 조처를 취하셔야 할 것 같네요."

그가 누구인지 모르는 척할 수도 있었지만 굳이 그럴 필요가 없을 것 같았다.

파티에 참석한 모두가, 그를 만난 적이 있건 없건, 그가 누구인지 알고 있었고 그도 우리가 알고 있다는 사실을 알고 있었다. 만약 몰랐다면 내가 내 이름을 말했을 때 그도 자신을 소개했을 것이다.

"소문 한번 빠르네."

"매디슨은 좁은 동네예요."

"그런데 우린 아직 한 번도 만난 적이 없어요. 그건 어떻게 설명하죠?"

나는 어깨를 으쓱했다.

"여기 오래 사셨나요? 저는 왠지 그쪽이…… 밀워키에 살았을 거라고 생각했는데요."

"천만에요. 난 매디슨 출신이에요. 매디슨에서 초등학교 1학년을 보내고 전학 갔다가 8학년 때 다시 이곳으로 왔죠."

"전 리스 초등학교의 사서예요."

"아하! 역시 책 읽는 폼이 좀 다르다 했어요. 케이틀린의 딸이 사람 보는 눈이 있었네요."

"이젠 아시겠죠? 숨어 있었던 게 아니었어요."

"한동네 살던 녀석 중에 리스 초등학교에 다니던 친구가 있었죠. 이름이 놈 바커였는데, 우린 생쥐라고 불렀어요. 참 괜찮은 녀석이었어요. 얼굴이 창백하고 분홍빛이 감돌았고 조금 들창코였는데, 어쨌든 착한 애였어요. 그러고 보니 1952년 이후로는 한 번도 못 봤네요."

"생쥐라는 친구 이후로 아마 학교가 많이 달라졌을 거예요."

찰리가 싱긋 웃었다.

"이제 백합 같은 흰색이 아니라는 뜻인가요?"

"백합 같은 흰색은 아니에요."

잠시 침묵이 흘렀다. 설명이 필요한 상황이었다. 리스 초등학교의 건물이 백합처럼 흰색이 아니라고 해서 보기 흉하다는 의미는 아니었다. 그러나 나는 그 얘기 대신 전혀 엉뚱한 선언을 하고 말았다.

"실은, 어제 집을 샀어요."

그가 눈썹을 추켜올렸다.

"정말요? 혼자? 아니면……."

그는 자신의 생각을 조금도 숨기지 않고 내 왼손에 반지가 있는지 확인했다.

"맥킨리 가에 있어요. 로니 철물점 알아요? 그 뒤쪽이에요."

내가 그의 질문을 무시하고 대답했다.

"축하해요! 아메리칸 드림을 이루셨군요!"

그가 나와 손을 맞부딪칠 생각으로 손을 들었다. 나는 조금 쑥스럽다는 생각이 들었지만 다가가서 그와 손을 부딪쳤다.

"상태는 어때요? 파이프하고 지붕은 튼튼한가요?"

"괜찮아 보여요. 아직 검사관이 살펴보지는 않았지만요. 큰 문제가 없어야 할 텐데."

"혹시 문제가 있으면 제가 봐드리죠. 사실 집수리에 대해서는 쥐뿔도 모르지만 혹시 당신을 감동시킬 수 있을까 해서요. 효과가 있을까요?"

그의 말에 웃으면서도 나는 가슴 한구석이 저렸다.

'이러면 안 돼. 여기 온 건 데나가 찰리 블랙웰에게 관심이 있어서였어.'

나는 속으로 중얼거렸다.

"다음 주에 인생과 자유와 10퍼센트의 주택 융자 금리를 축하하기 위해 제가 식사를 한번 대접하면 어떨까요? 화요일 어때요?"

"요즘 금리는 그 정도는 아니에요. 7퍼센트 정도죠."

"혹시 사귀는 사람 있습니까? 그래서 당신하고 데이트하려면 결투라도 치러야 하는 건가요?"

그의 목소리는 여전히 명랑했지만 내가 선뜻 그의 제안을 받아들이지 않아서 무척 서운해하는 그의 마음을 느낄 수 있었다. 찰리 블랙웰의 기분을 상하게 할 생각은 조금도 없었다.

"죄송하지만 앞으로 몇 주 동안 무지하게 바빠요. 수업 준비를 해야 하거든요."

나는 최대한 진지한 표정으로 말했다.

"좀 그럴듯한 변명을 찾아보지 그래요? 수업 준비라니, 차라리 머리를 감아야 한다고 하면 믿겠어요."

"당신이 싫어서 그러는 게 아니에요. 정말이에요."

우리는 조금 떨어진 채 잠시 그렇게 서 있었다. 문득 나는 그의 뺨을 어루만지고 싶은 충동을 느꼈다. 그는 내가 처음에 생각했던 것보다 훨씬 쉽게 상처를 받는 타입이었고 예상했던 것처럼 거만한 사람도 아니었다. 그에게서 깨끗한 비누와 맥주와 여름의 향기가 풍겼다.

"그만 나갈까요?"

내가 고개를 비스듬히 하며 물었다.

저녁식사를 하고 바로 일어설 생각이었지만 어쩌다 보니 모두 제스처 게임을 하게 되었다. 게임이 길어졌고 재미도 있었다. 마지막으로 우리 팀 차례가 시작되기 직전 데나가 내게 몸을 기대오더니 내 귓가에 "나 지금 토할 것 같아"라고 속삭였다. 나는 데나를 부축한 뒤 서둘러 집 안으로 들어갔다. 현관 계단을 두 칸쯤 올라갔을 때 데나가 비틀거렸다. 다른 사람들이 게임에 열중해서 우리를 보지 못했기를 바랐다. 9시가 넘었고 기온이 26도 정도였고 서서히 날이 어두워지고 있었다. 모기들이 날아다니자 케이틀린이 방충용 양초를 켜놓았지만 모기들을 완전히 차단하진 못했다.

1층 화장실에서 나는 변기 뚜껑을 열고 데나에게 몸을 앞으로 숙이라고 말했다. 데나는 변기에서 멀찌감치 떨어진 곳에 널브러져 있었다.

"데나, 정신 차려. 내가 시키는 대로 해야지."

"우린 벌써 서른한 살인데 왜 둘 다 남편도 없고 아이도 없는 거야? 지금쯤 애가 셋은 있어야 하는 거 아니야? 애들 이름이 민디, 알렉산더, 그리고…… 나머지 하난 뭐였더라?"

"기억 안 나."

내가 말했다.

"거짓말! 너 기억하잖아!"

데나는 마치 간식을 먹은 지 한참 지난 1학년 아이처럼 제멋대로였다.

"트레이시였나?"

내가 말했다.

"그런 시시한 이름일 리가 없어."

"데나, 너 토할 거면 일어나 앉아. 내 손 잡고 일어나 볼래?"

데나는 제스처 게임을 하지 않았다. 하지만 이렇게까지 술에 취할 동안 내가 알아차리지 못했다니. 데나가 누운 채로 두 팔을 들었고 내가 데나의 팔을 잡아 일으켜 앉혔다.

"넌 결혼 한번 못 해본 신세고."

"데나, 난 아무렇지도 않아."

데나가 나를 바라보았다. 데나의 눈동자는 흐릿했다.

"하지만 임신은 했었지. 그때 낙태한 거 후회하니?"

오래전 낙태를 했던 사실을 데나에게 털어놓은 것은 겨우 2년 전이었다. 나는 데나에게 처음 그 얘기를 했지만 막상 데나는 그다지 심각하게 받아들이지 않았다.

"나 스튜어디스로 일할 땐 세 번 낙태한 애도 봤어."

"데나, 내 도움 필요해? 아니면 나 그냥 갈까?"

"너 사이먼하고 데이트할 때 말이야. 난 그 남자 페니스가 아주 가늘고 길 거라고 생각했어. 그 사람이 전반적으로 좀 가늘고 길었잖아."

아주 틀린 얘기는 아니었지만 맞장구치고 싶지도 않았다.

"너 그거 알아? 로즈 트로믈러는 매번 만날 때마다 항상 10킬로그램이 늘었거나 10킬로그램이 줄어 있다는 거."

"이번엔 좀 살이 찐 것 같더라."

내가 말했다.

"꼭 슈퍼맨이 공중전화 부스에 들어갔다 나오는 거 같지 않니? 한 사이즈 커졌다가 한 사이즈 줄어들었다가."

데나가 말한 뒤 트림을 했다. 그녀의 곁에 웅크리고 앉아 있었기 때문에 덥고 시큼한 입김이 내 얼굴에도 느껴졌다.

"정신 좀 차려봐, 데나! 밖에서 기다릴까?"

"지금 나오려고 한다."

데나가 말하더니 변기에 몸을 앞으로 숙였다.

잠시 침묵이 흘렀다.

"테레사야. 네 셋째 딸 이름. 지금 방금 생각났어."

내가 말했다.

대답을 하려는 찰나, 데나는 다시 트림을 했다. 그러나 뒤이어 데나의 배 속에서부터 시작된 엄청난 소용돌이에 비해서는 너무 작은 트림이었다. 나는 데나의 머리카락을 뒤로 넘겨주고 고개를 돌렸다. 아이들과 함께 생활하다 보니 예전처럼 이런 일에 호들갑을 떨지는 않게 되었지만 그래도 역겨운 건 어쩔 수 없었다. 게다가 어른이 토한 것은 더 그랬다.

나는 변기 물을 내렸고 데나는 새 물에 몇 번 침을 뱉었다.

"찰리 블랙웰은 날 좋아하지 않아. 그 사람은 꼭 동부 출신 같아. 엄청 잘났더라."

데나가 물로 입을 헹구며 말했다.

"나도 잠깐 얘기는 해봤어."

"이번 주말도 결국 변기를 붙잡고 보내버렸네."

데나는 웃으려 했지만 웃음이 나오지 않았다.

"지금 그런 말 하고 있을 때가 아냐. 사람들한테 인사하고 그만 가자."

"나 누울래."

데나가 화장실 문을 열고 거실로 나갔고 나도 그 뒤를 따랐다. 나는 소파에 펼쳐져 있던 동화책을 다른 곳으로 치웠다. 데나가 이대로 정신을 잃는 것을 지켜보느니 당장 데나를 데리고 집에 가는 편이 나을 것 같았다.

나는 부엌에 있던 케이틀린에게 데나가 몸이 좋지 않아서 쉬고 있다고 말했다.

"그럼 성공적인 파티였다는 뜻이네!"

케이틀린이 말했다.

"한 30분 정도만 자게 할게."

"아침까지 자라고 해. 혼자 데나를 데려가서 어떻게 침대까지 옮기려고 해?"

케이틀린이 손사래를 치며 말했다.

"정말?"

나는 입술을 깨물었다.

"그럼 난 집까지 걸어갈 테니까 내일 차 몰고 가라고 해줄래?"

"자명종도 필요 없을걸? 우리 딸들이 새벽같이 깨울 테니까."

케이틀린이 행주로 싱크대를 닦으며 말했다.

어느덧 파티가 끝나가고 있었다. 다들 갈 준비를 하고 있었고 몇 명은 이미 자리를 떴다. 나는 다른 여자들과 함께 빈 맥주 캔과 와인 잔, 일회용 접시들을 치웠다.

"데나 괜찮을까?"

몇 분 뒤 내가 케이틀린에게 물었다.

"앨리스, 걱정하지 말라니까."

나는 가방을 들고 데나를 바라보았다. 데나는 모로 누워서 코를 골고 있었다. 나는 집에서 나왔다. 내가 사는 곳은 케이틀린의 집에서 걸어서 몇 분 거리였다. 반 블록쯤 걸어갔을 때 내 뒤로 빠른 발소리가 들렸다. 돌아보니 찰리 블랙웰이었다.

"어디 급히 갈 데라도 있어요?"

"다들 일어서는 분위기인 것 같아서요."

"태워드릴까요?"

모기가 많긴 했다. 나는 그의 얼굴을 살펴보았다. 조금 떨어진 곳의 가로등 불빛 속에서 그의 얼굴은 불그스름하기도 했고 누르스름하기도 했다.

"몇 잔이나 마셨는데요?"

내가 물었다.

"상당히 직설적이시군요."

고등학교 이후, 조금이라도 술을 마신 사람의 차는 타지 않았다.

"그냥 걸어갈래요. 어쨌든 만나서 반가웠어요."

내가 돌아섰지만 찰리는 여전히 나를 따라왔다.

"그럼 집까지 같이 걸어가는 건 괜찮겠어요? 오늘밤 거절당한 횟수가 이미 하룻밤에 감당할 수 있는 수준을 넘은 것 같은데."

그가 말했다.

결국 우리는 함께 걸었다.

"어둠이 무섭지 않은가 봐요."

그가 말했다.

"농담하는 거예요?"

내가 그를 흘긋 쳐다보며 물었다.

"비밀 하나 말해줄까요? 하지만 아무한테도 말하면 안 돼요. 약속하죠?"

그는 내 대답을 기다리지 않고 말을 이었다.

"전 어두운 걸 무지하게 싫어해요. 어둠이라면 아주 맥을 못 추죠. 도어 카운티에 부모님 별장이 하나 있는데, 거기서 혼자 하룻밤을 자느니 차라리 내 다리를 괴물한테 뜯어 먹히는 쪽을 택하겠어요."

"어두운 게 뭐가 그렇게 무서워요?"

"어둠 속에 뭐가 있는지 모르잖아요. 하지만 지금은 하나도 안 무서워요. 당신이 있으니까. 성격이 까다로운 걸 보니 능력 있는 아가씨 같은데, 혹시 우리한테 나쁜 일이 닥치면 당신이 날 지켜주겠죠?"

"잘 알지도 못하는 여자한테 늘 이런 식으로 아첨을 하시나요?"

"잘 알지도 못한다고요? 그런 섭섭한 말씀을 하시다니! 난 우리가 아주 오랜 친구라고 생각했는데 말입니다."

그는 마치 상처를 받았다는 듯 가슴에 손을 얹었다가 아주 빠른 속도로 회복되었다는 듯한 표정을 지었다.

"왜 그런지 말해볼까요? 첫째, 당신은 혼자 힘으로 집을 샀어요. 그건 당신이 아주 독립적이고 경제력이 있는 여자란 뜻이죠. 둘째, 이제 겨우

7월인데, 벌써 새 학기 수업 준비를 해야 한다고 했어요. 그건 또 당신이 아주 책임감 있는 사람이란 뜻이에요. 물론 거짓말일 가능성도 배제할 순 없지만 난 되도록 좋은 쪽으로 생각하고 싶거든요."

그는 매번 손가락을 들어가며 말했다.

"셋째, 당신은 제스처 게임을 아주 잘해요."

그 말은 사실이 아니었다. '사운드 오브 뮤직'을 몸짓으로 표현해야 했을 땐 내가 봐도 가관이었다.

"넷째, 당신은 남자친구가 있는데 나의 매력을 도저히 거부할 수가 없어서 남자친구가 없는 척하는 중이거나, 아니면 진짜 남자친구가 없는데도 나를 거부하는 중이거나 둘 중 하나죠. 어느 쪽이건 나는 이겨낼 각오가 되어 있어요. 그러니까 결론적으로 말하자면, 난 당신에 대해 아주 많이 알고 있단 거죠."

함께 걷는 동안 찰리가 웃으며 나를 바라보고 있다는 것을 느낄 수 있었다.

"난 당신을 알아요. 왠지 우리 두 사람의 앞날에 길고 행복한 미래가 놓여 있을 것 같다는 생각이 드네요. 아마 당신도 느낄 거예요. 하지만 우선 당신이 야구를 좋아해야 되는데, 야구 좋아하세요?"

"그렇게 좋아하진 않아요."

"곧 좋아하게 될걸요."

찰리는 방망이를 휘두르는 흉내를 냈다.

"브루어스 팀은 전력이 강해지고 있어요. 젊은 신인들이 속속 모여들고 있죠. 이번 시즌엔 반드시 우승할걸요? 두고 보세요."

"솔직히 말씀드릴게요. 오늘 그 파티에 갔던 건 데나가 당신을 유혹하는 걸 도와주기 위해서였어요."

"데나? 그 이혼녀?"

그가 당혹스런 목소리로 물었다.

"누가 그래요? 됐어요. 당신도 로즈나 지네트하고 똑같군요. 데나는 정말 괜찮은 애예요. 5년 넘게 스튜어디스 일을 해서 안 가본 곳이 없죠."

"술을 적당히 마시는 방법은 모르는 것 같던데."

"오늘 별로 다른 걸 먹지를 않았어요. 속이 비어서 그랬을 거예요."

"나도 한마디 하죠. 데나의 얼굴을 보면 그동안 힘들게 살아왔다는 걸 알 수 있어요. 하지만 누가 돌을 던질 수 있겠어요? 괜찮은 여자 같았어요. 하지만, 제 말뜻을 오해하진 마세요. 솔직히, 공화당의 떠오르는 샛별의 부인으로 적합한 여자는 아니었어요."

그의 오만함에 기가 찼다. 재미있기도 했고 짜증스럽기도 했다.

"전 민주당을 지지해요. 혹시 절 포섭할 생각을 하실까 봐 말씀드리는 거예요. 40년 동안 굳건히 자리를 지켜온 민주당의 텃밭에서 싸워야 하는 사람치고는 자신감이 넘치시네요."

찰리는 조금도 모욕감을 느끼는 것 같지 않았고 오히려 재미있어했다.

"누군가 내 뒷조사를 했다는 걸 알면 항상 기분이 좋더라고요. 사실 제 아내감으로 적당한 여자는 어떤 타입인지 아세요?"

찰리가 나를 가리켰다.

"말도 안 되는 소리 하지 말아요."

내가 말했다.

"당신처럼 사랑스러운 여자를 도대체 왜 아직 아무도 채가지 않았을까요?"

"제가 원하지 않았을 수도 있죠. 그런 생각은 안 해봤어요?"

물론 나도 결혼을 하고 싶었다. 매일 밤 남편과 함께 잠들고, 남편 손을 잡고 시내로 산책을 하고, 한 사람 식사로는 너무 과하다 싶을 정도로 푸짐한 저녁식사를 준비하고 싶었다. 아이도 낳고 싶었다. 완벽하진 않겠지만 좋은 엄마가 될 자신도 있었다. 딸을 낳으면 턱선 밑으로 머리를 기르게 하지 않겠다는 결심까지 해두었다. 학생이 머리가 너무 길면

건방져 보일 뿐 아니라 긴 머리를 관리하는 것이 엄청난 골칫거리라는 사실을 나는 알고 있었다. 그러나 찰리 블랙웰에게 거짓말하는 기분이 썩 나쁘지 않았다.

"혹시 페미니스트는 아니죠? 그러면 안 되는데. 그러기엔 너무 미인이시거든요."

내가 그를 쳐다보았다.

"전혀 칭찬처럼 들리지 않을 뿐 아니라 왜 그렇게 제 사생활에 대해 궁금해하시는지도 모르겠네요."

"당연하지 않아요? 당신한테 홀딱 반했는데?"

그가 짜증스럽게 느껴진 이유는 그가 하는 말들이 내가 늘 남자들에게서 듣고 싶었던 말들이기 때문이었다. 나는 그의 말이 진심이었으면 좋겠다고 생각했다. 내가 원하는 것은 농담이나 조롱이 아닌 진심이 담긴 말이었다.

"커피 한 잔 주세요. 술을 너무 많이 마셨나 봐요."

우리 집 앞에서 그가 말했다.

기가 막혀 고개를 저으며 계단을 오르자 그가 뒤따라 올라왔다. 아파트 문을 여는 동안 그는 내 뒤에서 기다렸다.

"맥주 있어요? 괜찮다면 맥주를 더 마시고 싶은데."

부엌에 들어서서 커피메이커의 전원을 켜자 그가 말했다.

나는 말없이 냉장고에서 맥주 두 캔을 꺼내 하나를 그에게 내밀었다. 그는 캔의 뚜껑을 딴 다음 높이 쳐들었다.

"착하고 아름다운, 그리고 술을 즐길 줄 아는 앨리스를 위하여!"

"혹시 너무 저돌적이라는 얘기 들어본 적 없어요?"

내가 물었다.

그는 부엌에서 나와 거실을 지나 내가 모형들을 숨겨둔 침실 쪽을 기웃거렸다.

"그 방엔 들어가면 안 돼요!"

내가 말했지만 그는 이미 방으로 들어서서 내가 만든 모형들을 하나씩 살펴보고 있었다.

"도서관에 세워두려고요."

내가 말했다.

내 목소리가 본의 아니게 커졌다. 그가 어떤 반응을 보일지, 그리고 그가 어떤 반응을 보여주기를 기대했는지 나 자신도 알 수 없었다. 그는 예정에 없었던 관객이었다.

"와! 이거 근사한데요!"

한동안 잠자코 있다가 제법 진지한 목소리로 그가 말했다.

나는 침을 꿀꺽 삼켰다.

"저건 페르디난드일 테고."

그가 뿔 주위를 꽃으로 장식한 황소를 가리키며 말했다.

"저건 《마이크 멀리건과 증기 삽차》에 나오는 마리 앤 맞죠?"

"아직 보면 안 되는데……."

"나도 마리 앤을 무지하게 좋아했어요. 언젠가는 꼭 땅굴을 팔 거라고 생각했죠. 이런! 엘로이즈도 있네. 골치 아픈 친구잖아요."

"남자애들보다는 여자애들이 더 좋아해요."

"저 친구는 누구죠?"

그가 턱으로 방 한구석을 가리켰다. 연두색 나뭇잎이 달려 있는 갈색 나무를 가리켰다.

"아낌없이 주는 나무요. 제가 고등학교 다닐 때 저 책이 나왔어요. 올해 나이가 몇이에요?"

"서른하나요. 64년에 졸업했죠."

"어, 나도 서른하나예요! 64년도에 저 책이 나왔어요. 제가 가장 좋아하는 책이죠. 아마 일흔 번쯤 읽었을걸요? 지금도 마지막 대목을 읽을 땐 눈물이 나요."

순간적으로 내 목소리가 갈라졌고 나는 부끄러웠다.

"그럼 일흔 번이나 울었단 거예요?"

찰리가 물었다. 그러나 나를 비웃는 것 같지 않은 다정한 말투였다.

"저 중국인은 누굽니까?"

그가 오른쪽 벽에 기댄 모형을 가리키며 물었다.

"티키 티키 템보예요. 우물에 빠진 남자아이의 이름인데 그 아이한테서 도움을 받으려면 그의 이름을 말해야 해요. 티키 티키 템보는 그 이름의 일부이고 그의 이름을 다 말하자면...... 정말 길어요."

"말해봐요."

"정말요?"

그가 고개를 끄덕였다.

나는 한숨을 쉬었다. 데이트할 때는 절대 직업과 관련된 이야기를 하지 말자는 것이 나의 신조였다. 물론 내가 찰리 블랙웰과 데이트를 한다고 말할 수도 없었지만.

"티키 티키 템보 노사렘보 차리바리 루치 핍 페리펨보."

이름을 말하고 난 뒤 우리 두 사람은 서로를 바라보며 미소 지었다.

"한 번 더 해봐요."

내가 한 번 더 그 이름을 말했다.

"대단하네요. 아이들한테 인기가 많겠어요."

그가 말했다.

내가 고개를 숙였다.

"제가 진로를 잘 선택한 거죠. 중학교나 고등학교에선 애들이 선생님 말을 우습게 알지만 초등학교에서는 선생님 무릎에 앉으려고 난리들이거든요."

그가 나를 바라보았다. 그는 내 침실 한복판에 서 있었고 나는 문 앞에 서 있었다. 그 순간 그의 표정을 설명할 표현은 한 가지뿐이었다. 그는 나에게 완전히 마음을 빼앗겼다. 이유는 알 수 없었지만 찰리 블랙웰은 나에게 완전히 매혹되었다. 그리고 그 순간 나는, 슬픔과 후회, 그리고 한 가닥 희망과 함께, 한 가지 사실을 깨달았다. 앤드류 이모프 외에는 그 누구도 그 눈길로 나를 보아주지 않았다는 것을. 지난 14년 동안 나는 수많은 남자를 만났고 또 사귀었고 청혼도 받았지만 그중 누구도 나에게 그 정도로 매혹되지는 않았다.

"앨리스, 지금 내가 키스하면 어떻게 할 거예요?"

찰리가 물었다.

우리는 서로를 바라보았다. 나의 침실이 온통 설렘과 희망으로 가득했다. 한참 뒤에 내가 대답했다.

"해보면 알겠네요."

스물여섯 살 때 신발을 사러 갔다가 사이먼 톤비스트를 처음 만났다. 그는 슬리퍼를 사고 있었고 나는 샌들을 사고 있었다. 사이먼은 스물네 살이었고 체구가 가냘팠으며 존 레논 스타일의 동그란 금테 안경을 끼고 있었다. 금발 머리카락이 아무렇게나 휘날렸고 성근 황금빛 턱수염에, 광대뼈 뒤쪽에서 귀까지 이어진 상처 때문에 왼쪽 눈꼬리가 조금 내려앉았고 왼팔은 절단되었다. 그는 베트남전에서 왼팔을 잃었고 나는 그가 말해주기 전에 이미 그 사실을 알고 있었다.

점원이 신발을 가지러 간 사이, 나는 그에게 의례적으로 더운 3월 날씨에 대해 이야기했다. 신발을 산 뒤 거리로 나와서도 우리는 계속 이야기를 나누었다. 한 10분쯤 흘렀을까. 그가 왼팔을 들었다. 그는 갈색 긴팔 벨루어 셔츠를 입고 있었고 소매를 접어서 어깨에 핀으로 고정했다.

"이게 거슬리세요?"

그가 물었다.

"아뇨."

내가 대답했다.

"그럼 언제 같이 영화나 보러 갈까요?"

우리는 함께 〈대부〉를 보았다. 혹시 그가 내 손을 잡을 경우에 대비해 그의 오른편에 앉았지만 그는 내 손을 잡지 않았다. 영화를 보고 나서 우리는 식사를 했다. 그는 영화가 과대평가된 것 같다고 말했지만 구체적으로 왜 그렇게 생각하는지에 대해서는 말하지 않았다. 그가 나보다 두 살이 어리다는 사실을 알고 나는 무척 놀랐다. 바보처럼 나는 나보다 나이가 어린 사람은 나보다 키가 작을 거라고 생각하고 있었다. 그는 배관회사 관리부에서 일하면서 대학을 다니고 있다고 했는데 아직 전공을 결정하지 못했지만 철학이나 정치학 쪽을 생각하고 있다고 했다. 그는 오슈코시 근교의 농장 출신이었다.

그와의 대화가 재미있었던 것은 아니지만 그와 함께 있는 시간 내내 나는 소름이 돋는 것 같기도 하고 갈비뼈가 내려앉는 것 같기도 한 기분이 들었다. 그와의 대화에 집중하기 위해 나는 무척 애를 써야만 했다. 나는 그것이 무엇인지 알고 있었다. 육체적 끌림이었다. 사이먼이 나를 집으로 데려다 주었다. 사이먼은 한 손으로도 운전을 능숙하게 했다. 차가 집 앞에 도착하자 나는 그의 뺨에 키스했다. 나는 결코 먼저 그런 행동을 하는 타입은 아니었지만 그가 나보다 어리다는 사실이 나를 더욱 용감하게 했다.

그는 놀란 것 같았지만 나의 키스를 받아들였다. 우리는 서로를 끌어안았고 그가 자신의 한 팔을 나에게 둘렀다. 나는 그가 왼쪽 팔, 그러니까 잘리고 남아 있는 왼쪽 팔로도 나를 안아주기를 바랐지만 그는 그러지 않았다. 절단자들에게 끌리는 사람들이 있다는 것을 나도 알고 있다. 그러나 그때 내가 그에게 끌렸던 것은 결코 그런 것은 아니었다. 물론 그가 불구자가 아니었다면 그에게 끌리지 않았을지도 모른다. 그러나 그것 때문만은 아니었다. 그것은, 그가 손이 없는 자신의 왼쪽 팔을 내 등에 올려놓았다면 그것은 나를 신뢰한다는 의미였고, 나에게 다가오기 위해 자신의 약점을 드러냈다는 의미였다. 나에게는 그가 그런 위험을 감수할 만한 가치가 있는 사람임을 보여줄 기회였다. 나는 아무 조건 없이 그를 보살펴줄 수 있었다.

신발 가게 앞에서 나에게 미리 물어보긴 했지만 그는 자신이 불구자라는 사실에 그다지 신경을 쓰는 것 같지 않았다. 그 후로 몇 번의 만남을 통해 나는 그의 왼쪽 가슴에도 상처가 있다는 사실을 알게 되었다. 1970년 초, 매복해 있던 그의 중대는 적의 수류탄을 맞았다. 다른 모든 일에 대해 그렇듯이 그는 그 일에 대해서도 덤덤하게 이야기했다. 몇 번인가 베트남전은 '완벽한 사기극'이라고 말하긴 했지만 자신의 정치적 견해를 밝히는 일은 극히 드물었고 말할 때에도 대체로 간결했다.

사이먼과의 처음 몇 번의 섹스는 열정적이었고 새로웠으며 활기가 넘쳤다. 피트 이모프 이후, 나는 웨이드 트로믈러 외에는 누구와도 섹스를 하지 않았다. 대학 시절 나는 웨이드 트로믈러와 2년을 사귀었지만 졸업반으로 올라가기 전 여름 그의 청혼을 거절하면서 헤어졌다. 그러나 나는 지금도 웨이드의 친절과 자상함, 피트와 전혀 다른 방식으로 나를 대해주었던 것에 감사한다. 웨이드와 헤어진 이후 나는 이 사람 저 사람과 데이트를 했다. 내가 조금만 용기를 주었더라면 데이트 신청을 했을 것 같은 남자들도 몇몇 있었다. 그러나 그들은 모두, 웨이드가 그랬듯이 나에게는 너무 순진하고 어려 보였다.

고등학교 졸업반 시절, 나는 결혼을 꼭 해야겠다는 생각을 접었다. 내가 결혼할 자격이 없다고 생각했거나 이 세상이 나를 원하지 않는다는 생각 때문만은 아니었다. 내가 나 자신의 모습을 전부 다 보여줄 수 있는 사람이 아니라면 결혼하지 않겠다는 생각이었다. 나는 그 누구도 속이고 싶지 않았다. 그러나 나는 내가 만난 남자들에게 나의 모든 것을,

겉으로 보이는 것보다 훨씬 더 복잡한 나의 본모습을 드러낼 수 없었다. 내가 겪은 일들을 다 털어놓을 자신도 없었고 그래서 더욱 덤덤해졌다. 나는 다른 여자들처럼 나 자신을 드러내려고 노력하지 않았고 완벽한 남자를 찾으려고 애쓰지 않았다. 맞지 않는 사람과 결혼하느니 차라리 혼자 사는 편이 나을 것 같았다.

그러다가 나는 사이먼을 만났다. 그는 나의 예상을 벗어난 사람이었다. 그는 나에게 고독도, 거짓 행복도 아닌 제3의 가능성, 즉 구원의 결합이 가능함을 보여주었다. 나는 그런 식의 결합이, 서로 완전히 받아들이고 또 받아들여지는 것 다음으로 좋은 것이라고 생각했다. 지금도 나는 그 개념에 부분적으로는 동의하지만 사이먼을 두고 내가 생각했던 것들, 특히 내가 그를 돌볼 수 있으리라는 생각은 사실 너무도 허황될 뿐 아니라 잘못된 것이었다.

우리는 11개월 동안 사귀었다. 그와 나의 집은 3킬로미터 정도 떨어져 있었고 우리는 일주일에 두 번 만났다. 나는 학교 일로 바빴고 그도 대학과 회사를 오가느라 바빴지만 어쩌면 그런 것마저도 하나의 징조였을지도 모른다. 나는 그를 위해 내 일정을 바꾸지 않았다. 그렇게 해야겠단 생각 자체가 한 번도 떠오르지 않았다. 그에게는 결혼한 여동생과 정신지체아인 남동생이 있었고 그들 모두 농장에서 부모님과 함께 살고 있었다. 그러나 나는 단 한 번도 그의 가족을 만나지 않았다. 그러나 어느 일요일 그를 데리고 라일리에 간 적은 있었다. 베트남전 이야기는 한 번도 나오지 않았지만 우리가 집을 나설 때 아빠는 그와 악수를 하면서 "자네 같은 젊은이야말로 우리 미국의 자산이야"라고 말했다.

"아버지가 정말 순진하시더라."

매디슨으로 돌아왔을 때 사이먼이 내게 한 말이었다.

그때 난 아무 생각 없는 인형이었을까? 지금 생각해보면 의문이 든다. 내가 나 자신의 의사를 전혀 표현하지 않았던 이유도 의문스럽고 사이먼과 함께한 모든 시간들이 다 의문투성이다. 나는 모든 인간관계가 나름대로 기복이 있고 충돌이 있는 거라고 생각했다. 그와의 관계가 잘못된 관계라고 누가 말할 수 있겠는가? 나는 수요일마다 그를 위해 저녁식사를 준비했고 토요일마다 그와 함께 영화를 보았다. 영화를 보고 나서 우리 집으로 와 섹스를 하고 자정 무렵 그는 집으로 돌아갔다. 처음 몇 번을 제외하면 나는 절정을 느끼지 못했지만 나는 그것이 내가 초기에 지나치게 흥분했던 것일 뿐 사이먼의 잘못은 아니라고 생각했다.

우리는 그렇게 서로에게 익숙해져 갔다. 그가 짜증을 낼 때면 그 짜증마저 하나의 동력이 되었다. 그에게 맞춰줄 기회이기 때문이었다. 그가 남자이고 내가 여자여서 그래야 한다고 생각한 것은 아니었다. 단지 그는 그이고, 나는 나여서 그랬다.

부모님도 만족해했다. 엄마는 약혼을 할 건지 나에게 노골적으로 묻지는 않았지만 "아빠가 은행에 일자리를 알아봐주면 사이먼이 좋아할까?", "수공예 레이스를 단 웨딩드레스를 70달러에 파는 데가 있다더라" 하는 식이었다. 그러나 할머니는 "사이먼은 꼭 로이드 같지 않니?" 라고 말했다. 로이드는 《진 브로디 양의 전성기》에 등장하는 음탕한 외팔이 미술 교사였다. 나는 할머니가 사이먼을 마음에 들어 하지 않는다는 것은 알았지만 어느 정도로 사이먼을 싫어하는지 알게 된 것은 그로부터 몇 달 후였다.

1973년 크리스마스였다. 나는 할머니의 방에서 블라우스를 다림질하고 있었고 할머니는 침대에서 책을 읽고 있었다.

"그 녀석하고는 절대 결혼하면 안 된다."

할머니는 내 쪽을 쳐다보지도 않고 말했다.

"사이먼이요?"

"한심한 녀석이야."

나는 기가 막혔다.

"할머니, 사이먼은 힘들게 살아온 사람이에요."

할머니는 고개를 저었다.

"고생을 모르고 자랐다는 뜻이 아니야. 보나 마나 어렸을 때도 한심했을 거야."

"사이먼하고 끝내라는 뜻이에요?"

할머니는 잠시 내 질문을 생각해보더니 "그럼 좋지"라고 대답했다.

나는 아무 말도 하지 않았다.

"데나 말고는 누가 너한테 이런 충고를 해주겠니? 너무 속상해하지 마라. 다 널 위해서니까."

"제가 결혼하는 것 자체를 반대하시는 건 아니고요?"

나는 '남자하고 결혼하는 것'이라고 말하려다가 그만두었다. 할머니와 나는 글래디스 위콤에 관한 이야기를 한 번도 하지 않았다. 시카고에 다녀오기 전에도, 그리고 그 후에도. 1963년 가을에 있었던 일 이후 할머니와 나는 조용히 화해했다. 결국 내가 할머니에게 더 큰 빚을 진 셈이었고 세월이 흐르면서 할머니와의 관계는 회복되었지만 그래도 어느 정도는 서로 조심했다. 나는 10대 때보다 할머니를 덜 비판하고 더 공경하고 더 사려 깊게 행동하려고 노력했다. 그러나 내가 노력해야 하는 것 자체가 어떻게 보면 예전처럼 노력이 필요 없는 관계로 돌아갈 수 없다는 의미이기도 했다.

"내가 왜 네 결혼을 반대하겠니? 그건 말도 안 된다. 결혼이 장밋빛 꿈이라고 말할 순 없지만 혼자 사는 것보다는 훨씬 나아. 내가 지적하고 싶은 건 네 남자친구한테 문제가 있단 거야. 그 녀석한테는 두 가지 문제가 있어."

나는 속이 상했고 할머니가 더 이상 말을 하지 못하도록 막고 싶었지만 한편으로는 할머니의 생각이 너무도 궁금했다.

"첫째, 그 녀석은 따분해. 전혀 활기가 없어. 물론 수많은 여자들이 따분한 남자하고 결혼하는 건 사실이야. 따분하면서 자상한 남자하고 결혼하는 건 괜찮아. 성질이 고약하지만 재미있는 남자도 괜찮고. 하지만 따분하면서 퉁명스러운 남자하고 결혼하는 건 그야말로 불행으로 가는 지름길이지."

나는 내 얼굴이 벌겋게 달아오르는 것을 느낄 수 있었다. 다리미의 열기 때문만은 아니었다.

"할미닌 그 사람을 잘 몰라요."

내가 말했다.

"난 사람을 볼 줄 안다, 앨리스. 넌 그 녀석이 좋다고 하지만 사이먼은 아주 냉혈이야. 물론 네가 사이먼하고 결혼을 하겠다고 하면 물론 나는 네 결혼식 날 웃음을 머금고 교회에 앉아 있을 거야. 네가 눈을 똑바로 뜨고 내린 결정일 테니까. 하지만 내가 한마디도 안 하고 넘어갈 수는 없구나. 내가 충고했다면 훗날 네 고통을 덜어줄 수도 있지 않았을까 하고 후회할 것 같아서."

"이제 후련하시겠네요."

내가 애써 가볍게 말했다. 할머니의 심한 말들을 기꺼이 용서하겠다는 표현이기도 했다. 그러나 할머니는 내 용서 따위에는 조금도 관심이 없었다.

"네가 이러는 게 앤드류 때문인 거 안다. 넌 죽은 앤드류를 불구자인 사이먼과 바꾼 거야. 그렇게 해서 해결될 것 같으면 그렇게 해보라고 하겠다. 하지만 그건 아니야. 두 개의 불행은 결코 서로를 상쇄하지 않으니까."

물론 그때는 할머니가 사이먼을 잘 모르고 하는 소리라고 생각했다. 그러나 시간이 흐를수록 할머니의 말이 내 머릿속에서 맴돌았다. 어느 날 저녁 이탈리아 레스토랑에서 식사를 하고 나오다가 차에 타기 직전 내가 발꿈치를 들어 그의 뺨에 키스를 했는데 사이먼이 "마늘 냄새 나"

라고 말했다. 그 순간 나는 할머니의 말을 떠올렸다.

그러나 우리는 여전히 일주일에 두 번 만났다. 어느 수요일 저녁, 만난 지 1주년이 되는 날을 한 달 앞두고 나는 닭 요리를 접시에 담다가 "우리 결혼하는 거 생각해봤어?"라고 그에게 물었다.

닭 요리에서 김이 피어오르고 있었고 사이먼은 안경을 벗고 냅킨으로 렌즈를 닦으면서 "아니"라고 대답했다.

그 순간 나는 우리의 대화는 물론 우리의 관계도 끝이라는 생각이 들었다. 그러나 그래도 왠지 조금 더 추궁해야 할 것 같은 기분이 들었다.

"1년 가까이 사귀어왔는데도?"

"난 결혼을 꼭 해야 하는지도 잘 모르겠어. 아주 고리타분한 제도 같아. 내가 분명히 알고 있는 건 내가 아이를 원치 않는다는 거야."

그가 안경을 썼다.

그 순간 내가 어떤 표정을 지었는지는 확실치 않지만 무척 실망한 모습을 들킨 것만은 분명했다. 문득 나 자신이 너무 한심하다는 생각이 들었다. 왜 좀 더 일찍 그런 것들을 묻지 않았을까?

"그런 표정을 짓는 걸 보니 당신은 아이를 원하나 보네."

사이먼이 말했다.

"사이먼, 아이들하고 같이 있는 게 즐겁지 않으면 내가 왜 교사생활을 하겠어?"

"나중에 얘기하자."

그가 내 손에 자신의 손을 얹으며 말했다.

2주 뒤, 그가 전화로 말했다.

"난 우리 관계가 오래 갈 수 있을지 잘 모르겠어."

"나도 같은 생각이야."

그렇게 우리는 세상에서 가장 깨끗한 이별을 했다.

다음 주 라일리에 갔을 때 할머니는 내가 옳은 결정을 한 거라고 말했다. 할머니의 동정을 원하지 않았기 때문에 나는 우리의 이별이 내가 내린 결정이 아니었다고는 차마 말하지 못한 채 고개만 끄덕였다.

전날 밤 늦게까지 찰리와 함께 있다가 다음 날 일요일 오후 라일리에 도착했을 때 나는 어지러웠고 죄책감을 느꼈고 피곤했고 눈꺼풀이 무거웠다. 엄마의 크림색 포드 승용차가 집 앞에 없었다. 집 안으로 들어가자 가날픈 몸에 영원히 늙지 않는 나의 할머니가 거실 소파에서 니코틴과 문학을 섭취하고 있었다.

"아무래도 네 엄마한테 비밀이 생긴 것 같구나."

할머니는 내가 키스하도록 뺨을 내어준 뒤 말했다.

"좋은 비밀이요? 나쁜 비밀이요?"

할머니는 뭔가 골똘히 생각하는 것 같기도 하고 혼란스러워하는 것 같기도 했다. 마치 이름을 모르는 향신료의 맛을 보았을 때 같은 표정이었다.

"아무래도 라스 엔더스트라스하고 사귀는 것 같아."

"집배원 아저씨요?"

"인물이 괜찮지. 좀 뚱뚱하긴 하지만. 혼자 살아서 음식을 가려 먹지 않아서 그럴 거야."

"그러니까 엄마가 라스 엔더스트라스 씨 하고 사귄다고요? 언제부터요?"

그는 내가 어릴 적부터 우체국에서 일했고 해마 같은 콧수염에 배가 불룩한 사람이었다.

"네가 신경 쓸 건 없다. 네 엄마는 성인이고, 인생을 즐길 자격이 있으니까."

"확실해요?"

"내가 들을까 봐 위층에서 몰래 전화를 하더라. 수상한 외출도 잦고.

어디 다녀왔냐고 물으면 말끝을 흐리더라고."

"라스 씨라는 걸 어떻게 아셨어요?"

"지금 그 집에 갔거든. 대상포진에 걸렸다더구나. 수프를 가져다주겠다면서 나갔어."

"할머니! 엄마가 어디 있는지 알면 그게 무슨 수상한 외출이에요!"

"말버릇이 그게 뭐냐?"

할머니가 얼굴을 찌푸리며 말했다.

"그러니까 제 말은…… 실은, 어쩌면 저도 연애를 하게 될지도 몰라요."

할머니의 얼굴에 갑자기 화색이 돌았다.

"하지만 데나가 먼저 찍어둔 남자라 어떻게 해야 좋을지 모르겠어요. 어젯밤에 처음 만났는데 정말 마음에 들어요."

"저런! 먼저 시원한 홍차 좀 갖다주겠니? 그러고 나서 얘기를 좀 들어보자."

나는 냉장고에서 홍차를 꺼내 두 개의 컵에 따른 뒤 거실로 가져와서 전날 밤에 있었던 일을 대충 보고했다. 단 데나가 술에 취한 대목과 찰리가 나의 아파트로 들어왔던 대목은 빼고 그가 나를 집까지 데려다 주고 돌아간 것처럼 얘기했다.

"너하고 데나가 아주 불편하게 됐구나."

내 이야기를 듣고 나서 홍차를 한 모금 마신 뒤 할머니가 말했다.

"다시 만나지 않는 게 좋겠죠?"

할머니가 컵을 식탁에 내려놓았다.

"서두를 거 뭐 있니? 상황이 어떻게 돌아가는지 좀 지켜보렴."

"그 사람이 다시 전화할지도 잘 모르겠어요. 하지만 그 사람과 함께 있을 때 왠지 모든 게 다 잘될 거 같았어요. 잘 설명할 수는 없지만요."

"좋은 사람 같구나."

할머니가 말했다.

이렇게 쉬웠던가? 그렇다면 그동안은 할머니에게서 그런 말을 듣기가 왜 그렇게 힘들었을까?

밖에서 엄마의 차가 들어오는 소리가 들렸다.

"라스 씨에 대해서는 모른 척해라. 자물쇠를 채워."

할머니가 집게손가락으로 입술을 가로지르며 말했다.

그날 밤 엄마와 나는 TV 앞에 앉아 있었지만 TV를 보고 있진 않았다. 엄마는 안경집을 레이스로 뜨고 있었고 나는 할머니의 〈보그〉 최신호를 뒤적이고 있었다.

"엄마, 혹시 데이트를 하고 싶으시면……."

내가 말을 채 끝마치기도 전에 "대체 그게 무슨 소리니?"라고 물었다.

"엄마가 데이트를 하고 싶으시면, 그리고 엄마가 준비가 됐다고 생각하시면, 반대할 사람 아무도 없다고요."

"앨리스, 네가 하는 말을 아빠가 들으시면 기분이 어떠시겠니?"

엄마는 레이스를 내려놓고 거실에서 나갔다. 내 말이 그렇게 화낼 만한 말인가 생각하고 있는데, 엄마가 왼손에 무언가를 들고 돌아왔다. 엄마는 다시 소파에 앉아 손을 펴고 내게 브로치를 내밀었다.

"얘, 이것 좀 팔아줄래?"

나뭇가지 모양의 브로치였다. 금색 나뭇가지에 조그만 다이아몬드가 박혀 있었고 붉은색 원석이 사과 모양으로 달랑거리며 매달려 있었다. 한 번도 본 적 없는 브로치였다.

"내가 어머니한테서 물려받은 건데, 더 이상 쓸모가 없어."

"유품으로 간직하시지 왜 파시려고요?"

엄마에겐 가족을 기억할 만한 유품이 거의 없었기 때문에 나는 엄마가 왜 그 브로치를 팔려고 하는지 이해할 수 없었다. 엄마는 브로치를 내게 내밀었고 나는 손끝으로 원석을 만져보았다. 차갑고 매끄러웠다.

"크리스마스 때 교회에 달고 가시면 좋을 것 같은데……."

내 말이 끝나기 무섭게 엄마가 울음을 터뜨렸다.

"엄마, 왜 그러세요?"

내가 엄마의 등에 손을 얹으며 물었다. 아빠가 돌아가신 뒤로 엄마는 한 번도 눈물을 보인 적이 없었다.

"내가 아주 큰 실수를 저지른 것 같다."

엄마가 말했다.

"무슨 말씀이세요?"

"제대로 알고 시작했어야 되는데…… 젊은 사람이 찾아와서 얘기를 하기에 네 할머니하고 나한테도 그렇고 너한테도 도움이 될 거 같아서 그만…… 네가 학교에서 그렇게 힘들게 일을 해야 하는 게 너무 안쓰러워서…… 연간 3백 퍼센트의 수익을 보장한다고 했거든."

"그 사람이 누군데요?"

밀려오는 두려움으로 온몸이 스멀거렸지만 침착해야 했다.

"제가 도와드릴 수 있을 거예요. 하지만 일단 어떻게 된 건지는 알아야 하잖아요."

"네 또래더라. 집으로 찾아왔는데, 아주 건실하고 똑똑한 사람 같았어."

"그래서 그 사람한테 돈을 줬어요?"

내가 감정을 절제하려고 애쓰며 물었다.

"내가 아주 잘못 생각했어."

엄마의 눈에 다시 눈물이 차올랐다.

"너무 걱정 마세요, 엄마. 방법이 있을 거예요. 그러니까 그 사람한테 얼마를 준 거예요?"

"네 아빠…… 보험금……."

엄마의 목소리가 떨렸다.

스멀거리던 느낌은 이제 온몸을 뒤덮는 소름으로 변했다.

"아빠 사망보험금이요?"

내가 물었고 엄마가 고개를 끄덕였다.

"그걸 전부 다요?"

"전부 다는 아니야."

"그럼 얼마요?"

"처음엔 만 달러만 투자하라고 하더구나. 그런데 내가 다른 투자자를 모집하고 싶지 않다고 했어. 투자에 대해 전혀 모르면서 아는 척하고 싶지 않다고. 그랬더니 그 사람이 투자 금액을 두 배로 늘려주면 예외적으로 그걸 허용해주겠다는 거야. 원래는 다른 투자자들을 모집해야 한대."

"그래서 그 두 배를 줬어요?"

엄마의 눈에 눈물이 고였다.

"앨리스, 너무 창피하다. 도대체 내가 무슨 생각으로 그런 짓을 했는지 모르겠어."

"엄마, 진정하세요. 그 돈을 어디에 투자했는지는 아세요? 주식이나 부동산, 아니면 현물을 사는 거였어요?"

"투자 펀드였어."

"혹시 피라미드 조직 아니고요?"

"그건 절대 아니야. 투자 펀드가 확실해."

엄마의 목소리는 모처럼 자신감이 넘쳤다.

"새 투자자들이 들어오면 투자금을 회수할 수 있다고 했어."

"그럼 아직 돈을 찾을 가능성은 있는 거네요."

엄마가 고개를 저었다.

"투자자를 모을 수가 없었대. 그래도 운용비는 내야 한다더라."

"그 사람 도대체 누구예요? 어딘가 수상해요."

"두 배로 투자한 게 잘못이었어. 하지만 만약 내가 친구들을 끌어 모아서 같이 투자를 했다면 지금 상황이 얼마나 더 끔찍했겠니?"

"아빠 보험금 남은 것 말고 다른 저축도 있으세요?"

"앨리스, 할머니하고 내가 거리에 나앉는 일은 없을 거야. 네가 걱정하는 게 그거라면 말이다. 최악의 상황이 되면 주택 담보 대출을 받으면 돼. 아빠가 다니던 은행에서 금리를 후하게 쳐주겠지만 아빠를 망신시키는 셈이니 다른 은행으로 가는 게 좋겠지. 내가 저지른 짓을 알면 네 아빠가 얼마나 실망하시겠니?"

나는 여전히 엄마가 저축한 돈이 얼마나 되는지, 한 달 생활비가 얼마나 드는지 알 수 없었지만 엄마에게 액수를 말하라고 다그치면 더 힘들어할 것 같았다.

"너무 자책하지 마세요. 할머니와 엄마 자신을 위해 그러신 거잖아요. 아빠도 이해하실 거예요."

"네 아빠는 책임감이 강한 사람이었단다. 지금도 아빠 연금의 반을 받고 있어. 예순두 살이 되면 양로 연금도 받을 거야."

엄마가 예순두 살이 되려면 1987년도가 되어야 했고 그것은 내게 너무도 먼 일처럼 느껴졌다.

"할머니한텐 아무 말도 하지 마라. 연세도 있으신데 괜한 걱정 끼쳐드리고 싶지 않아."

"하지만 엄마 돈을 가져간 그 사람은 감옥에 가야 할 거 같아요. 엄마가 창피하시겠지만 경찰에 신고하세요."

그 순간 엄마의 얼굴에 나타난 표정은, 지금껏 내가 한 번도 본 적이 없는, 억지로 꾸민 것 같은 순진한 표정이었다.

"혹시 우리가 아는 사람 아니죠?"

"그게 뭐가 중요하니?"

"누군지 말해보세요."

"라일리는 아주 작은 마을이야. 소문이 얼마나 빠른지……."

나는 찰리가 매디슨에 대해 똑같은 말을 했던 것을 떠올렸다. 그러나 소문에 관해서라면 라일리가 훨씬 더 빨랐다.

"브로치 팔고 나서 다음 일을 생각해보자꾸나. 빅토리아 보석이라 값이 꽤 나갈 거야. 잃은 돈을 조금이라도 갚고 나면 아무 일도 없었던 것처럼 살 수 있을 거야."

"도대체 그 사람이 누구예요?"

엄마는 화가 난 것처럼 보이진 않았다. 그저 몹시 슬프고 지쳐 보였다.

"누구도 곤경에 처하게 하고 싶진 않다. 사람 속을 어떻게 알겠냐만 고의로 그런 건 아닐 거야. 다만 경험이 부족했고 너무 앞서간 거지."

엄마는 잠시 생각하다 "피트 이모프였어"라고 말했다.

나는 어린 시절 쓰던 침대에서 잠을 자고 나서 엄마가 만든 베이컨과 달걀을 먹었다. 할머니는 2층에서 잠들어 있었고 엄마와 나는 전날 밤 나누었던 이야기를 다시 꺼내지 않았다. 나는 엄마가 부엌에서 나가자마자 전화번호부를 뒤져서 그의 전화번호와 주소를 알아냈다. 엄마에게는 마음에 드는 블라우스를 봐두었다고 말하고 걸어서 집을 나섰다.

월요일이었고 5시 이전에 가봐야 그를 만날 수는 없겠지만 너무 불안해서 엄마와 할머니와 함께 있는 것이 힘들었다. 나는 먼저 그의 집 주소를 정확히 알아둔 다음 오후에 라일리를 떠날 때 그를 만날 생각이었다. 그를 만날 일만 아니었다면 하룻밤을 더 머물 수도 있었지만 다른 것보다도 찰리 블랙웰이 전화를 할 경우에 대비해서 매디슨에 있고 싶었다. 그때만 해도 자동응답기나 이메일이 없던 시절이었다.

찰리를 생각할 때마다, 지난 24시간 동안 계속 그랬던 것처럼, 마치 프라이팬에 버터가 녹는 것 같은 기분이 들었다. 우리의 첫 키스는 몇 분에 걸쳐 이루어졌다. 키스를 하면서 소파에 앉았고 그다음에는 소파에 누웠다. 나는 팔걸이 위에 머리를 기대며 누웠고 그가 내 위에 누웠다. 우리는 이야기를 하다가 다시 키스를 했고 또 이야기를 하다가 다시 키스를 했다. 그의 입술은 따듯했고 촉촉했으며 익숙하기도 했고 새롭기도 했다. 웃음이 나올 정도로 얼굴을 가까이 대고 서로를 바라보기도 했다. 어쩌면 그와 나 모두 이러한 순간이 진지한 관계로 이어질 가능성이 얼마나 적은지 알고 있었고 어쩌면 그래서 더 그 순간을 즐기고 싶었는지도 모른다. 그의 몸 아래 누워 있는 동안 나는 너무도 행복했다.

"5분 내로 일어나야겠어요. 신사의 탈을 벗고 당신을 유혹하기 전에."

그와 나 모두 옷을 입고 있었지만 나의 브래지어 끈은 풀어져 있었고 그의 페니스는 단단해져 있었다. 그렇게 섹스를 할 수도 있었다. 때는 1977년이었고 사이먼 이후로 한 번도 사용하지 않은 피임도구가 화장실에 있었다. 처음 만난 날 자고 싶은 충동을 느낀 남자는 찰리가 처음이었지만 나는 망설였다. 섹스는 관계의 도약을 의미했다. 게다가 데나는 영원히 나와 말을 하지 않을 것이다.

"그럼 잘 자라고 키스하면서 이번 주에 언제 시간이 있냐고 물어봐줄래요?"

내가 조금 주저하며 물었다.

"잠깐."

그가 충격을 받은 듯한 표정을 지었다.

"그러니까 그 바쁜 스케줄을 쥐어짜서 나를 한 번 만나주겠다 이겁니까?"

"그렇게까지 빈정거릴 건 없잖아요?"

내가 고개를 돌리고 흘금 그를 쳐다보며 말했다.

"실은 나도 그러고 싶었어요. 데나를 생각해서 거절한 것뿐이었어요."

"마음이 바뀌었다니 고맙군요."

다시 고개를 돌려보니 그가 미소를 짓고 있었다. 그의 미소는 데나가 내게 뿜어댈 분노를 지우고도 남을 만큼 막강했다.

그러나 그는 확실한 약속을 하지 않고 떠났고 나는 그와 약속을 해놓지 못한 것이 못내 아쉬웠다. 찰리 블랙웰이 무척 마음에 들었다기보다는, 마치 내가 살 집에 들어선 순간, 내가 그 집을 원하고 있다는 사실을 깨닫기도 전에, 가구를 어디에 놓으면 좋을까 생각했던 것과 같았다. 하지만 엄마의 경제상황이 이렇게 어려운 것을 알게 된 지금 어떻게 집을 살 수 있을까? 상황이 더 악화될 때를 대비해 돈을 현금으로 갖고 있는 편이 낫지 않을까?

게다가 데나는 또 어떻게 해야 할까? 일단 데나와 이야기를 해야 했다. 아니, 먼저 어떻게 말해야 할지 생각해본 다음 데나와 이야기를 해야 했다. 아니, 그보다는 먼저 찰리와의 관계가 어떻게 전개될지 좀 두고 보다가, 그가 그저 나와 장난을 친 것인지, 우리가 정말 다시 만날 건지 확실히 알게 되면, 그때 가서 데나에게 어떻게 말을 해야 할지 생각해보고 데나와 이야기를 하는 편이 나을 것 같았다.

퍼레이드 가로 들어서면서부터 나는 번지수를 확인하기 시작했다. 그가 사는 곳은 2층짜리 회색 건물이었다. 잠겨 있지 않은 정문으로 들어설 때 내 가슴이 미친 듯이 뛰기 시작했다. 푸른색 리놀륨 바닥에 벽은 회색이었고 나무 계단에는 투명한 비닐이 깔려 있었다. 건물 안에서 담배 냄새가 진동했다. 그의 집은 1층의 왼쪽 복도에 있었다. 벨을 누르기 전에 나는 그가 집에 있으리라는 사실을 알았다. 이렇게 형편없는 집에서 살고 있다면 분명 직업이 없다는 뜻일 테니까. 어쩌면 나의 편견일지도 모른다고, 내 짐작이 틀렸을 거라고 생각하는 순간 그가 문을 열었다.

그는 놀라면서도 한편으로는 반가워하는 표정이었다.

"앨리스 린드그렌! 오랜만이야!"

나는 초조하면서도 한편으로는 몹시 화가 난 상태였다. 결국 나는 치밀어 오르는 분노에 굴복하고 말았다.

"어떻게 그럴 수가 있죠?"

내가 소리쳤다.

그가 웃음을 짓는 순간 나는 더욱 화가 치밀었다. 그는 흰색 민소매에 끝을 자른 청바지를 입고 슬리퍼를 신고 있었다. 검은색 턱수염이 턱을 뒤덮었고 마지막으로 보았을 때보다 20킬로그램 정도 체중이 는 것 같았다. 대학 시절, 라일리에 왔다가 우연히 레스토랑에서 내 쪽에 등을 돌리고 앉아 있는 그를 본 적이 있었다. 그가 자리를 뜰 때까지 나는 꼼짝할 수 없었다. 그 후로 14년 동안 나는 그를 한 번도 보지 못했다.

나는 그가 조금 전까지 앉아 있었던 것 같은 소파로 천천히 걸어갔다. TV가 켜져 있었고 소파 앞에 놓인 테이블 위에는 〈라일리 시티즌〉의 퍼즐 맞추기 게임이 펼쳐져 있었고 뚜껑이 열린 펜 하나가 그 옆에 뒹굴었다. 재떨이의 담배꽁초에서 연기가 피어올랐다.

"주식시장이라는 게 워낙 예측하기가 힘든 거잖아."

그가 새 담배에 불을 붙이고 깊이 들이마신 뒤 코끝으로 연기를 내뿜으며 말했다.

"우리 엄마한테 사기를 쳤잖아요!"

"언제부터 금융 전문가가 되셨나?"

그가 처음으로 불쾌한 내색을 하며 말했다. 그제야 나는 어쩌면 그가 의도적으로 사기를 친 것이 아닐 수도 있다는 생각이 들었다. 아빠의 사망 소식을 듣고 엄마가 상속받은 재산이 있을 거라고 생각하고 그 돈을 불려줄 생각이었는지도 모른다. 정말 큰돈을 벌 수 있을 거라고 생각했는지도 모른다. 우리에게 피해를 줄 생각이 아니었는지도 모른다.

"아무것도 모르는 사람을 위험한 투자에 끌어들였잖아요. 그 돈은 엄마와 여든두 살 된 우리 할머니의 노후자금이었어요."

"앨리스, 나도 돈을 잃었어. 자그마치 3만 5천 달러나. 가장 큰 손해를 본 사람은 바로 나야."

"그 돈 돌려줘요."

내가 단호한 목소리로 말했다.

그가 코웃음을 쳤다.

"빈털터리를 쥐어짜 봐야 뭐가 나오겠어?"

"어떻게든 방법을 찾아봐요."

"혹시 좋은 투자종목이 생기면……."

"다신 엄마한테 접근하지 말아요."

"왜 이렇게 안절부절못하고 그래?"

내가 그를 쏘아보자 그가 말을 이었다.

"긴장 좀 풀어."

그가 말하며 내게 담배 한 개비를 내밀었고 나는 고개를 저었다.

"맥주 마실래? 맥주라면 얼마든지 있어. 아직 이르긴 하지만 난 상관없어."

나는 팔짱을 끼었다.

"결혼반지가 없는 걸 보니 아직 미혼인가?"

나는 그를 쏘아보았다. 나의 분노는 마치 허리케인처럼 내 몸 안에서 휘몰아치고 있었다. 오래전에 그는 내가 창녀라고 말했다. 그것은 결코 잊지 못할, 가슴속 가장 깊은 곳에 묻어둔 기억이었다.

"투자 손실을 만회할 방법이 하나 있긴 한데 말이야. 우리 둘 다 즐길 수 있는 방법!"

"역겨워요."

"예전엔 그렇게 생각하지 않았잖아?"

그는 미소를 지었지만 내 굳은 표정을 보고 그의 표정도 씁쓸하게 변했다.

"돈은 잊어버려. 네 엄마는 어린애가 아니고 은행 지점장하고 평생을 산 사람이야. 가능성이 있는 투자였지만 투자자들이 충분히 모이지 않아서 손실을 떨어낼 수밖에 없었어."

"그런 식으로 넘어갈 생각 말아요."

내가 말했다.

우리는 불쾌한 표정으로 서로를 바라보았다. 잠시 후 그가 고개를 저었다.

"너 정말 뻔뻔하다. 지금 네가 나한테 네 가족을 등쳐먹었다고 비난하고 있는 거냐? 사람은 누구나 때로는 실수를 할 수 있다는 걸 누구보다도 잘 알고 있는 네가?"

그는 비장의 카드를 내놓고 있었다. 어쩌면 내가 그 카드를 내놓게 했던 것은 아닐까? 어쩌면 그 모든 게 그의 잘못이 아닌 내 잘못이라고 생각하고 싶었던 것은 아닐까? 그래서 분노 대신 죄책감을 느끼고 싶었던 것은 아닐까? 분노보다는 죄책감을 내가 더 편안하게 생각했던 것은 아닐까? 피트 이모프가 무슨 짓을 했건, 또 무슨 말을 했건, 얼마나 교활하고 얼마나 유치하건, 나는 항상 그보다 더 나쁜 사람일 수밖에 없었다. 그래서 나는 그의 테이블을 쓰러뜨릴 수도, 그의 재떨이를 집어던질 수도, 그의 얼굴에 주먹을 날릴 수도 없었다.

"앞으로는 우리 가족 근처에 얼씬도 하지 마."

그의 집을 나서면서 내가 한 말은 그것이 전부였다.

그의 집에서 몇 블록을 지나왔을 때 나는 울기 시작했다. 누가 볼지 모른다는 생각이 들자 곧바로 좁은 골목길로 들어섰다. 나는 골목의 흰 알루미늄 벽에 기대어 엉엉 울었다. 머리 위의 에어컨 소음이 고마웠다. 이런 식으로 벌을 받는 것이 부당하다는 생각은 조금도 들지 않았다. 나는 벌을 받아 마땅했다. 내 차가 앤드류 이모프의 차를 들이받은

지 14년이 지났건만 해마다 8월 말이 되고 9월이 다가오면, 마치 해마다 그맘때면 피는 꽃이나 그맘때면 열리는 불꽃놀이처럼 어김없이 섬뜩한 두려움이 밀려왔다. 앤드류는 여전히 죽어 있고 나는 내가 저지른 끔찍한 사고를 여전히 믿을 수가 없었다. 앤드류는 앞으로도 죽어 있을 것이고, 나는 앞으로도 믿을 수 없을 것이다.

지난 48시간 동안 나에게 일어난 일들, 엄마가 2만 달러를 날렸다는 것과 네나가 좋아하는 남자에게 마음이 끌리고 있다는 것, 그런 일들에 대해 과연 내가 불평할 자격이나 있을까? 나는 누가 뭐래도 운이 좋은 아이였다. 그러나 사고가 난 그날, 내가 조금만 조심했더라면 모든 것이 달랐을 거라는 생각을 끝내 떨쳐버릴 수가 없었다. 그날 이후 나는 지나칠 정도로 남을 배려하고 책임감을 느끼는 사람이 되었다. 다른 사람의 기분이나 감정을 결코 무시할 수가 없었다.

'자기 연민에 빠지지 마. 넌 괜찮아.'

나는 스스로에게 말했다. 어느덧 눈물이 말랐다. 나이가 들면서 눈물을 흘리는 빈도도, 시간도 줄어들었다.

'현실적으로 행동해. 여러 가지 문제를 뒤범벅하지 말고 하나씩 바라보고 어떻게 해야 할지 생각해봐. 앤드류에게 다시 한 번 잘못을 저지른 게 아니야. 똑같은 잘못이 다시 되살아나고 있는 것뿐이야. 이미 일어난 일을 돌이킬 순 없어. 네게 주어진 삶을 살아. 그 불행이 또 다른 불행을 만들지 못하게 해.'

그 순간 맥킨리의 집을 살 수 없다는 것, 찰리가 전화를 해도 다시는 그를 만날 수 없으리라는 것이 분명해졌다. 그것이 나의 해결책이었다. 생각처럼 힘들지 않았다.

나는 침을 꿀꺽 삼키고 핸드백에서 티슈를 꺼내 눈물을 닦았다. 그리고 큰길로 걸어 나왔다. 오래전부터 나는 나 자신의 공모자였다.

미리 계획한 것은 아니었지만 매디슨 가에서 세 번째로 전당포를 발견한 순간 나는 무작정 안으로 들어갔다. 전당포 주인이 여자라는 게 조금 놀라웠지만 어쩌면 그날 오후만 여자가 근무를 하는 것일 수도 있었다. 전당포 안에는 TV와 스테레오, 자전거, 가죽 재킷들이 잔뜩 쌓여 있었고 유리 진열장 안쪽에는 옥으로 만든 커다란 불상도 있었다.

엄마는 내게 브로치를 종이에 싸지도 않고 내주었고 나도 그대로 여자에게 내밀었다. 그 순간 나는 내가 갖고 있던 벨벳 보석함에 넣어올 걸 그랬다는 생각이 들었다. 그랬다면 훨씬 더 고급스러워 보였을 것 같았다.

"이걸 팔고 싶어요."

나는 보석에 관한 나의 무지를 드러내느니 최대한 말수를 줄이는 편이 나을 것 같았다. 나 말고 다른 손님이 없었기 때문에 다른 사람을 신경 쓸 필요는 없었다.

여자는 우리 엄마 나이 또래로 팔찌와 반지를 여러 개 끼고 있었고 커다란 십자가가 달린 은색 목걸이도 걸고 있었다. 적갈색의 머리카락은 짧았지만 풍성했고 목소리는 깊고 친절했다.

"밖에 푹푹 찌죠?"

그녀가 브로치를 들여다보며 말했다.

"위스콘신의 7월이 그렇죠."

제발, 제발, 제발…….

여자는 돋보기로 브로치를 들여다보았다.

"오늘 우리 손녀딸을 호숫가에 데려가기로 했는데, 엄청 복잡하겠는데요? 90달러 드리죠."

나는 눈을 깜박이면서 애써 태연한 표정을 지으려 애썼다.

"설마…… 이게 겨우…… 빅토리아 왕조 시대 거라고 하던데요."

커다란 TV 옆에 멍하니 서 있는 내 목소리는 내가 들어도 한심했다.

"90달러."

여자가 다시 한 번 말했다. 아까보다는 훨씬 덜 상냥한 목소리였다. 아마도 그녀는 경제적 파탄에 관한 이야기를 수도 없이 들었을 것이다. 냉정함이야말로 전당포 주인이 갖추어야 할 가장 중요한 덕목이리라.

나는 브로치를 집어 들었다.

"다시 생각해볼게요."

"오늘밤 8시까지만 그 값을 쳐드려요. 그 이후엔 다시 감정합니다."

"고맙습니다."

나는 너무 절망적이고 화가 난 것처럼 보이지 않기 위해서, 어쩌면 너무 절망하고 너무 화를 내지 않기 위해서 "호숫가 잘 다녀오세요"라고 말했다.

나는 우리 집 부엌에서 나딘에게 전화를 걸었다.

"이런 말씀 드려서 정말 죄송한데요."

어렵게 입을 열었다.

"그동안 애써주신 건 정말 감사드려요. 하지만, 계약을 취소할 수 있을까요? 그럴 수 있죠? 제가 계약금을 포기할게요."

나는 계약금 5백 달러를 포기해야 했다. 결코 적은 돈이 아니었지만 잔금과 매월 갚아야 할 대부금에 비하면 그 정도 손해는 감수해야 했다.

"농담하는 거죠?"

나딘이 물었다.

나는 그 순간 집을 잃는 것보다 그토록 오랫동안 나를 위해 애써준 사람과의 신뢰를 깨야 하는 것이 더 큰 손실이라는 생각이 들었다. 혹시 계약을 취소하기에 너무 늦어버린 것은 아닐까?

"앨리스, 누구나 마음이 바뀔 수 있는 거예요."

나딘의 목소리는 여전히 쾌활했다.

"자, 내 말 잘 들어요. 일단 걱정되는 것들의 목록을 작성해봐요. 그러고 나서 어떻게 해결해나갈지 차근차근 생각해보자고요. 집을 산다는 게 결코 간단한 일이 아니에요. 하지만 막상 집을 사고 나면, 아마 기분이 끝내줄걸요?"

"전 그 집을 살 수가 없어요. 문제가 좀 생겼어요."

"주택 검사가 걱정이 돼서 그래요?"

나딘이 물었다.

"그 집에 문제가 있는 게 아니에요. 집 자체를 살 수가 없게 됐어요."

길고 고통스러운 침묵의 시간이 흘렀다.

"이런 일을 하다 보면 가끔 좀 이상한 사람들을 만나게 되긴 하지만 당신이 그중 한 명인 줄은 몰랐어요."

"그동안 도와주신 건 정말 감사드려요."

갑자기 왜 마음을 바꾸게 되었는지에 대해서 설명하고 싶지 않았다. 엄마의 사생활을 침해하는 것이었다. 나딘에게 편지를 써야겠다는 생각이 들었다. 그러면 상황을 아주 조금은 나아지게 할 수 있을 것이었다.

"계약금 말고 벌금 같은 걸 내야 하나요? 제가 상담료를 드려야 하나요?"

"아뇨."

한 번도 들어본 적이 없는 차가운 목소리였다.

"그냥 끝내면 돼요. 앨리스가 나한테 준 건 말뿐이었으니까."

나는 아파트에서 《아기 코끼리 바바》의 바바를 만들고 있었다. 나는 바바에게 초록색 양복에 빨간 나비넥타이, 노란색 왕관을 씌웠다. 나는 바바의 모습이 마음에 들었지만 기다란 코 때문에 마치 조는 것처럼 몸이 앞으로 기울어지는 심각한 문제가 있었다. 내 해결책은 목 뒤쪽에 무거운 것을 매달아서 균형을 잡는 것이었다. 나는 닭고기 수프 캔을 목 뒤에 매달았다. 캔은 등 뒤에 감춰졌지만 끈이 보여서 마치 목에 올가미를 매어놓은 것 같았다. 머리 뒤쪽에 끈을 하나 붙여서 바바를 벽 쪽에 세워놓고 끈을 벽에 고정해야 할까? 그런 생각을 하면서도 나는 한편으로 찰리 블랙웰이 왜 지금까지 전화를 하지 않는 건지, 만약 그가 이대로 전화를 하지 않는다면 얼마나 섭섭할지 생각했다. 그것은 그가 나에게 특별히 관심이 있었다기보다는 그저 그날 밤을 함께 보내고 싶었다는 의미였다. 어떻게 생각하면 그 편이 훨씬 간단할 것 같기도 했다. 더 이상 만날 수 없다고 말할 필요조차 없을 테니까. 나는 데나에게 찰리 이야기를 하지 않기로 결심했다. 데나에게 사실을 털어놓는 것은 데나를 위해서라기보다는 나 자신의 행동을 용서받기 위한 것이었다. 바바와 찰리, 데나를 오가며 생각에 잠겨 있을 때, 전화벨이 울렸다. 혹시 찰리일지도 모른다는 생각에 잠시 심장이 멎는 것 같았지만 전화를 건 사람은 데나였다.

"오늘밤 우리 집에 오면 라타투유(프랑스식 가지 요리) 만들어줄게. 지금 날 저주하고 있는 가지가 하나 있거든."

데나가 물었다.

"뭐 가져갈까?"

"와인 한 병 가져오면 사양 안 할게. 젠장, 손님이야. 좀 있다 다시 전화할게."

몇 분 뒤 다시 전화벨이 울렸다.

"라타투유에는 레드 와인이 더 어울리겠지?"

잠시 침묵이 흘렀다.

"앨리스?"

찰리의 목소리였다.

반가움과 불안감이 동시에 밀려왔다.

"미안해요. 다른 사람인 줄 알고……."

"나중에 다시 할까요?"

"아뇨, 괜찮아요."

"전화했었어요."

그는 무척 반가운 듯한 목소리였다.

잠시 후 그가 "뭐해요?"라고 물었고, 나는 "바바 만들고 있었어요"라고 동시에 대답했다. 우리는 서로 상대방의 말을 듣기 위해 잠시 기다렸다.

"오늘밤 일정에 대해 생각해봤는데……."

그가 말했다.

오늘밤 일정이라고? 오늘은 화요일이었고 화요일은 처음에 그가 만나자고 했던 날이었다. 그러나 내가 그의 제안을 거절하지 않았던가? 그러고 나서 그가 다시 물어보지는 않았던 것 같은데?

"길디드 로즈 어때요? 오늘 연설 일정이 잡혀 있는데 좀 늦게 만나도 될까요? 8시 30분 어때요?"

길디드 로즈는 매디슨에서 가장 고급스러운 레스토랑이었다. 어쩌면 유일하게 고급스러운 레스토랑일 수도 있었다. 나는 한 번도 가본 적이 없었지만 조카 부부를 따라가 보았다는 리타의 말에 의하면 5달러짜리 새우 요리도 있다고 했다.

"찰리, 난 못 가요."

내가 말했다.

"얘기 끝난 거 아니었어요?"

"생각해봤는데, 당신은 분명 매력 있는 남자고 솔직히 나도……."

그에게 솔직히 말하지 못할 이유는 없었다. 그의 감정을 다치지 않게 하기 위해서라도.

"나도 당신한테 끌리는 것이 사실이에요. 하지만 데나는 내 가장 친한 친구예요. 데나한테 이럴 수는 없어요."

"내 평생 이렇게 한심한 얘기는 처음 들어봐요."

나는 그가 내 말에 동의해주거나, 최소한 중요한 문제로 인정해줄 거라고 생각했다. 그리고 내가 너무 예민한 여자처럼 보일 거라고 생각했다. 그런 여자와 누가 데이트를 하고 싶겠는가? 그러면서도 한편으로는 그의 말이 맞는지도 모른다는 희망이 고개를 들었다. 그 희망이 나의 걱정을 밀어내고 있었다.

"그날 난 당신을 만나기 10분쯤 전에 당신 친구를 만났어요. 데나가 나한테 어떤 권리가 있다고 생각한다면, 데나는 한마디로 미친 거예요. 데나한테 그런 권리가 있다고 생각한다면, 당신은 데나보다 더 미친 거고요."

"찰리, 정신 상태에 의문을 제기하는 건 여자를 떼어내는 방법치고는 썩 훌륭하진 않네요."

내가 말했고 그가 부끄러운 듯 웃었다.

"앞으로도 계속 이 문제로 부딪칠 것 같은데, 그러지 말고 여기서 그만 좋게 끝내는 게 어때요?"

내가 물었다.

"내가 마지막으로 길디드 로즈에 여자를 데리고 간 게 언젠지 알아요?"

찰리는 조금도 화가 난 것 같지 않았다. 오히려 확신에 찬 것 같았다.

"한 번도 없어요. 내가 얼마나 인색한 놈인지 알겠죠? 그런데 당신을 설득하기가 이렇게도 힘들군요."

"찰리, 정말 듣기 좋은 말이긴 하지만."

"좋아요. 그럼 이건 어때요? 저녁식사는 관두고 내 연설을 들으러 와요. 데이트는 아니고 평범한 시민으로서 내 연설을 듣는 거예요."

"연설을 들으라고요?"

"라이온스 클럽 행사예요. 혹시 할 얘기 없는 사람들이 하는 얘기를 듣는 걸 좋아한다고 하지 않았나요?"

"의회에 출마하기 위한 포석인가요?"

"누구한테 들었어요? 소문은 바로 이렇게 시작되는 겁니다, 아가씨."

그는 시원스럽고 활기가 넘쳤다. 그와 이야기를 하고 있으면 이 세상이 전혀 복잡할 게 없는 곳처럼 느껴졌다.

"절대 데이트가 아니라고 약속해요. 70대 노인들이 우글우글할 거거든요."

"여자도 입장할 수 있나요?"

"그걸 말이라고 해요? 숫사자들은 암사자들을 늘 환영하죠. 난 일찍 가서 그쪽 사람들을 미리 만나봐야 해요. 주소는 오크 가 2726번지. 연설은 6시에 시작해요. 유사시를 대비해서 귀마개 챙겨요."

그의 웃음소리가 들렸다.

그날 오후 나는 앤티크 보석을 판매하는 상점에 들렀다. 전당포보다 그곳이 훨씬 더 마음이 편안했다. 카운터 뒤에 서 있던 60대 남자는 가느다란 콧수염을 기르고 표정이 과장스러운 것으로 보아 동성애자인 것 같았다. 그는 엄마의 브로치를 보고 75달러를 쳐주겠다고 했다.

"이거 순금 아니에요?"

이곳에서는 보석에 대한 나의 무지함이 조금 덜 부끄러웠다.

"14캐럿이고, 합금이에요. 빅토리아 시대 것은 맞는 것 같고요."

브로치로는 엄마의 경제 문제가 해결될 수 없으리라는 직감에도 불구하고 처음 들어간 전당포에서 혹시나 했던 희망이 여지없이 깨져버리고 난 뒤 나는 이미 더 이상 큰 기대가 없었다. 나는 굳이 그를 설득하려 하지 않았다.

찰리와 전화를 끊고 나서 나는 데나에게 전화를 걸어서 라타투유 요리를 하루 미뤄도 되냐고 물었다. 나는 리타 앨윈과 약속이 있었던 것을 깜빡 잊고 있었다고 했다.

"좋아. 하지만 미리 말해두는데, 가지 유통 기한은 이미 한참 지났다."

데나가 처음에 오라고 했을 때 가겠다는 말을 확실히 하진 않았으니 괜찮다고 스스로를 위로했지만 왠지 궁색한 변명 같았다. 샤워를 하고 마스카라와 립스틱을 칠하는 동안 내내 마음이 불편했다. 그러나 차를 몰면서 라디오에서 흘러나오는 지미 뷔페의 노래를 듣는 동안 기분이 한결 나아졌다. 차를 몰기 좋은 날씨였다. 저녁의 태양이 거리에 황금빛 동그라미를 그리고 있었다.

라이온스 클럽은 조그만 부동산 서류 대행 회사와 주차장을 같이 쓰고 있었다. 7시가 조금 못 되어 안으로 들어가자 40여 명의 사람들이 60여 개의 의자에 앉아 있었고 대부분은 앞줄에서 멀리 떨어져 앉아 있었다. 뒷줄 의자에 막 앉으려는 순간 찰리가 나를 보았다. 그는 연단 근처에 서 있었고 푸른색과 흰색이 섞인 리넨 재킷에 카키색 바지, 칼라가 넓은 흰 셔츠와 빨간색과 갈색이 섞인 줄무늬 넥타이를 매고 있었다. 그가 나에게 오라고 손짓했다. 내가 애매하게 고개를 젓자 그가 고개를 비스듬히 하면서 "왜요?"라고 물었다. 문득 우리가 서로에 대해 거의 아는 것이 없다는 생각이 들었다. 내가 앞줄에 앉기를 좋아하는 사람이라고 생각했다면, 혹은 연설 도중 지목되는 것을 좋아하는 사람이라고 생각했다면 그는 나에 대해 전혀 모르는 것이다.

클럽의 회장이라고 자신을 소개한 사람이 찰리의 이력을 소개했고 내가 그에 대해 얼마나 아는 것이 없는지 다시 한 번 깨달았다. 그의 학력과 경력이 소개되었다. 문득 나는 그가 직업이 정확히 무엇인지, 출마 준비를 하는 것도 그 자체로 하나의 직업이 될 수 있는지 궁금했다. 그는 1968년 프린스턴 대학을 졸업했고 68년도부터 73년도까지 서부에서 서비스업에 종사했다. 그러고 나서 다시 펜실베이니아 대학 와튼 스쿨에서 경영학을 공부한 뒤 1975년도에 졸업했다. 지난 2년 동안 블랙웰 정육회사의 부회장직을 역임하여 제품관리와 매출을 관장했고(그러니까 그것이 그의 직업이었다) 최근에는 휴턴 지역에서 출마를 준비하고 있다고 했다. 잠깐, 출마하는 지역이 휴턴이라고?

찰리가 연단에 올라서서 마이크를 조절했다.

"우리 위스콘신 6지구 사람들은 강인한 시민들입니다. 우리는 자급자족하는 사람들이고 선량한 사람들이며, 자부심은 있되 자만하지 않고, 앞을 바라보되 과거를 존중하는 사람들입니다."

나는 왼쪽으로 고개를 돌려 나와 같은 줄에 앉은 사람들의 표정을 살폈다. 이것이 선거 연설이라는 것을 모르는 사람이 있을까? 물론 선거 연설이 나쁘다는 뜻은 아니었다. 그는 전혀 흥분하지 않았고 자신감이 넘쳤으며 똑똑해 보였다. 게다가 보기 드문 미남이었다.

"우리에게 시련이 닥쳤다는 것은 더 이상 비밀이 아닙니다. 우리 주에는 더 많은 일자리와 더 광범위한 의료 혜택과 근로자 가족들을 위한 추가 지원이 필요합니다. 이것은 저희 가족이 항상 중요하게 생각해왔던 문제였고 지금 저의 가장 큰 관심사이기도 합니다."

그가 연설을 마치자 몇 사람이 질문을 했지만 대체로 공손하고 예의 바른 전형적인 중서부인다운 질문이었다. 청중이 모두 자리를 떴고 찰리와 그를 소개했던 클럽의 회장, 의자를 접는 사람, 그리고 찰리 곁에서 있는 또 다른 젊은 남자 한 명만이 남았다. 나는 가방에서 전날 밤부터 읽기 시작했던 《돌아온 토끼》를 꺼냈다. 잠시 후 찰리 옆에 서 있던 젊은 남자가 저만치에서부터 내게 손을 내밀며 다가왔다.

"행크 어커라고 합니다."

"앨리스 린드그렌이에요."

내가 말하며 일어서서 그와 악수를 했다.

"저도 동물 얘기를 굉장히 좋아합니다."

행크 어커가 내 책을 가리키며 말했다.

사실 《돌아온 토끼》는 펜실베이니아에서 결혼생활이 파탄에 이른 한 남자에 관한 이야기였지만 나는 굳이 그의 말을 정정하지 않았다. 행크 어커는 찰리보다 키가 작았지만 나보다는 조금 컸고 머리가 조금 벗겨졌으며 지적이지만 조금 사시인 것 같은 눈에 동그란 안경을 쓰고 있었다. 커다란 들창코에 벌써 턱살이 늘어지기 시작한 그의 얼굴을 보고 나는 나이는 서른 살 정도밖에 안 되었지만 태어날 때부터 중년이었을 것 같은 사람이라고 생각했다. 실제로 그의 외모는 그 뒤로 거의 변하지 않았다. 50대에도 그는 여전히 중년의 모습이었다.

"오늘 이 친구가 아주 멋진 연설을 했어요. 안 그래요?"

그가 말했다.

"선거운동을 같이 하는 분이신가요?"

내가 물었다.

행크 어커는 무슨 말인지 못 알아듣겠다는 듯한 표정으로 "선거운동이라뇨?"라고 반문했다.

내가 머뭇거렸다.

"농담입니다. 아직은 감추고 있지만 공식으로 발표를 하게 되면 크게 한번 축하파티를 열어야죠. 아직 미혼이십니까?"

내가 그를 바라보며 눈을 깜빡였다.

"너무 아름다우셔서 물어본 겁니다."

사실 그에게 다른 뜻이 없다는 것은 누가 봐도 분명했다.

"이렇게 아름다운 분이시라면 구혼자가 여럿 있었을 것 같은데요."

"어커 씨는 결혼하셨나요?"

"행크라고 부르세요. 전 결혼했습니다."

그가 왼손을 들어 금반지를 낀 손가락을 보여주었다.

"얼마 전에 결혼 5주년을 축하했죠."

"축하드려요."

"사실 결혼은 제가 가장 좋아하는 제도 중 하나죠. 혹시 결혼이라는 제도의 즐거움을 직접 경험해본 적은 있으신지요?"

그가 명랑한 표정으로 물었다. 그는 명랑한 사람이었고 천진스러운 데가 있었다. 그러나 어떻게 보면 아주 계산적인 사람 같기도 했다.

"제 기억으론 없어요."

그때 찰리가 다가와 행크의 뒤에 섰다.

"이 친구가 하는 말은 한마디도 믿지 마세요."

찰리가 말했다. 내 뺨에 키스를 해도 될지, 혹시 너무 앞서가는 것은 아닌지, 게다가 사람들 앞에서 그래도 괜찮을지 잠시 망설이는 것 같았다. 찰리는 내 손을 잡고 꽉 움켜쥐는 것으로 대신했다. 나는 천천히, 그러나 너무 표 나지 않게, 내 손을 그의 손에서 뺐다.

"연설 잘 들었어요."

내가 말했다.

찰리가 어깨를 으쓱했다.

"썩 잘한 것도 아니고, 그렇다고 망친 것도 아니었어요. 청중이 너무 조용했어요."

우리는 여전히 건물 안에 있었고 무대에서 클럽의 회장이 마이크를 정리하고 있었다. 나는 우리가 하는 말이 그에게 들릴지 궁금했다. 찰리도 그 생각을 하는 것 같았다.

"이건 시작일 뿐이에요."

행크가 문을 열며 말했다.

"오늘 청중의 천 배 정도 되는 규모를 생각해봐요. 감이 잡히세요?"

찰리가 그를 가볍게 팔꿈치로 쳤다.

"너무 애쓰지 마. 앨리스는 쉽게 감동받는 타입이 아니야."

우리는 주차장에 이르렀다.

"만나뵙게 돼서 영광이었습니다."

행크가 말했다.

그가 내 오른손을 잡고 손등에 키스했다. 저돌적이기도 하고 누구 흉내를 내는 것 같기도 했지만 누구의 흉내인지는 정확히 알 수 없었다.

"아침에 보자고."

찰리는 행크에게 자동차 열쇠를 던지며 말했다.

"어디로 연락하면 되는지 아시죠?"

행크가 말하고는 몇 발자국 걸어가다가 돌아섰다.

"혹시 걱정하실까 봐 말씀드리는 건데요. 해리하고 제니스는 결국 다시 합쳐요."

내가 어리둥절한 표정을 짓자 그가 내가 들고 있던 책을 가리켰다.

"《돌아온 토끼》가 《달려라 토끼》보다 훨씬 더 성숙한 작품이죠. 하지만 솔직히 전 두 작품 다 너무 문란하다고 생각해요."

"문란이 뭔지 네가 알기나 해?"

찰리가 말했다. 행크는 다시 돌아서서 차로 향했다.

"아차! 그러고 보니 누가 날 좀 태워줘야겠는데?"

찰리가 갑자기 생각났다는 듯이 말했다.

내가 눈을 크게 떴다.

"매디슨에 살지 않는다면서요. 어디로 데려다 드려야 하죠?"

"아, 그거요."

찰리는 두 팔을 번쩍 들었다 놓았다.

"출마하려면 그 지역에 살아야 하거든요. 그래서 행크가 휴턴에 전세집을 하나 마련해줬어요. 매디슨에 있는 우리 집은 우리 형 이름으로 되어 있고요."

"얍삽하군요."

"전혀요. 많이들 그렇게 하거든요. 정말 맛이 기가 막힌 햄버거 집이 있는데, 햄버거를 드시는 부류인가요?"

"찰리, 지금 점점 데이트 같아지고 있잖아요."

그가 싱긋 웃었다.

"전혀 그렇지 않아요. 그저 성별이 다른 어른 둘이 여름날 저녁에 만나서 대화를 나누는 것뿐이죠."

찰리가 이야기를 하는 동안 행크가 주차장에서 빠져나가며 경적을 울렸다.

"당신의 선거 참모인지 뭔지 하는 사람이 조금 전에 내가 읽고 있는 책의 결말을 터뜨려버렸어요."

찰리가 아주 위협적인 표정을 지어 보였다.

"이 자식, 가만두지 않겠어. 내일 본때를 보여줘야지."

"제발 그러지 말아요."

"저 친구가 장난을 좀 친 것뿐이에요. 아마 당신하고 책 이야기를 하고 싶었나 보죠. 책을 많이 읽는 친군데, 너무 눈치가 없어서 그렇게 안 보여요. 자, 그럼 지적인 욕구가 그렇게 대단하지 않은 우리 같은 사람들은 그만 햄버거나 먹으러 가는 게 어때요?"

찰리가 내 손을 잡았고 이번에는 나도 피하지 않았다.

레스토랑의 이름은 '레드'였다. 값싸 보이는 광택지로 마감한 벽에 의자는 검은색 비닐을 씌워놓았고 테이블은 온갖 이름들과 사랑이나 증오의 선포로 가득했다.

"이 집 양파 링이 아주 끝내줘요. 하나 주문해서 같이 먹을래요?"

나는 양파 링이나 프렌치프라이 같은 것들은 체중 조절을 위해 피하는 편이었지만 고개를 끄덕였다. 그것들이 나올 무렵이면 분위기에 취해서 많이 먹지 않으리라는 것을 알았기 때문이었다.

웨이트리스는 쉰 살이 넘은 여자로 이블린이라는 이름표를 달고 있었다.

"고마워요, 아가씨."

웨이트리스가 얼음물이 담긴 두 개의 잔을 내려놓자 찰리가 말했다. 찰리는 주문을 한 다음 "고기는 좀 덜 익혀줘요. 향이 남아 있게"라고 덧붙였다.

웨이트리스가 너그러운 미소를 지었다.

"주방장한테 말할게요."

그녀가 자리를 뜨자 내가 "저 여자 알아요?"라고 물었다.

"앨리스, 난 이 동네 사람은 다 알아요."

그가 특유의 미소를 지어 보이며 말했다.

"물론 만난 적은 없지만, 만약 내가 출마선언을 했다면 오늘 저녁 안에 저 여자가 날 찍게 만들 수도 있었을걸요?"

"아직 출마선언을 하지 않은 게 유감이네요. 혹시 행크한테 제가 결혼한 적이 있는지 물어보라고 시켰어요?"

찰리가 휘파람을 불었다.

"하여간 그 친구, 항상 본론으로 직행한다니까. 난 절대 그런 일 시킨 적 없어요."

솔직히 나는 찰리의 말을 믿었다. 그는 자신의 결점마저도 사랑하는 사람 같았고 그래서 그런 것들을 숨기려 하지 않는 사람 같았다.

"당신이 장래 하원의원하고 데이트할 자격이 있는지 심사를 한 모양인데, 문제는 내가 당신하고 데이트할 자격이 있느냐 없느냐인데 그 친구가 그걸 몰라서 그래요. 내가 주의를 좀 줘야지. 섬세하진 못하지만 정말 똑똑한 친구예요. 올해 스물일곱이고, 위스콘신 법대를 졸업했어요. 그러다가 자연스럽게 위스콘신 주 공화당 일을 하게 됐고요. 행크보다 더 열정적인 사람은 없을 거예요. 열여섯 살인가 열일곱 살 때부터 인턴사원으로 일을 시작했고 파이베타 카파(미국 대학의 성적우수자 모임)로 졸업한 뒤에는 우리 아버지의 비서가 되었죠."

"두 사람은 친구예요?"

"편하게 맥주 한잔할 수 있는 친구라고 말할 순 없어요. 물론 그 친구는 절대 술을 입에 안 대기도 하지만요. 요즘엔 자주 만나는 편이에요. 성품도 훌륭하지만 아주 날카로운 데가 있어요. 선거운동이 본격적으로 시작되면 거물들을 끌어들이겠지만 행크보다 더 뛰어난 전략가는 없어요. 특히 큰 그림을 그리는 데 뛰어나요. 상대편의 공격을 예측하는 데도 그렇고. 앞으로 엄청난 공격을 받겠지만 행크 생각은 '대응을 하되 앞으로 나아가라'는 거예요. 우리가 주도권을 쥐어야 한다는 거죠."

웨이트리스가 맥주를 가져왔다. 그가 자신의 맥주병을 나의 맥주병에 부딪쳤다.

"건배!"

"제가 하원의원 후보하고 데이트할 자격이 있는지 판가름할 다른 질문이 있나요?"

그는 맥주를 길게 한 모금 마셨다.

"일단 당신이 지지하는 당이 문제예요."

그는 여전히 장난기 있는 표정이었고 그다지 심각해 보이지 않았다.

"왜 민주당을 지지하죠? 땅콩 농사꾼 출신 얼간이 지미 카터를 어떻게 좋아할 수 있죠?"

"닉슨보다는 훨씬 나으니까."

찰리가 고개를 저었다.

"이제 닉슨 시대는 갔어요. 새로운 시대에는 새로운 질서가 필요하죠."

"공립학교 교사들이라면 누구나 민주당을 지지할걸요? 학교에서 무료급식을 받는 학생들이 얼마나 많은지 알면 아마 놀랄 거예요."

"시카고에서 넘어와서 빈민연금으로 생활하는 흑인 어머니를 둔 아이들이겠죠?"

"그런 식의 표현은 좀 듣기 거북하네요."

"당신은 마음이 여려서 그래요. 그래서 자신이 민주당을 지지한다고 생각하는 거예요. 나이가 들고 돈을 벌게 되면 생각이 바뀔걸요?"

"우리 동갑 아니었던가요?"

"하지만 난 어려서부터 정치적인 환경에서 자랐어요. 그만큼 오래 생각했다는 뜻이죠."

"정치에 대해 오래 생각해본 적이 없어서 민주당을 지지하는 게 아니에요. 오래 생각해봤기 때문에 민주당을 지지하는 거죠."

"혹시 연설문 작가 생각해봤어요? 나는 안 넘어가지만 많은 사람들이 당신 헛소리에 넘어가겠어요. 표현이 좀 거칠어서 미안해요."

"전 라일리에서 자랐어요. 휴턴 바로 옆이죠. 휴턴 고등학교는 제가 다니던 고등학교와는 라이벌 관계였어요. 서류상으로만 살고 있는 그곳에 대해 혹시 궁금한 게 있으시다면 제가 도와드리죠. 단, 저의 정치적 소신을 비판하지 않는 조건으로."

"먼저 제가 왜 그곳에 서류상으로만 살고 있는지 설명해야 할 것 같군요. 사실 전 일주일에 한 번만 들러서 우편물을 챙기고 너구리들이 습격하지 않았는지 살펴보고 후딱 빠져나와요."

"왜 그렇게 형편없는 곳을 선택하셨죠? 다른 곳도 있었을 텐데."

찰리가 고개를 저었다.

"6지구는 애플턴까지 포함하지만 북쪽에는 우리 공장들이 있어서 어느 정도는 관리가 되거든요. 남쪽은 앨빈 윈세크의 본거지라 우리의 집중 관리 대상이에요. 휴턴이 아니라 라일리에서 자랐다니 운이 좋군요. 그쪽 공화당은 미어스만이 맡고 있죠? 그쪽에 공화당 인재들이 많아요."

"라일리에선 한 번도 투표해본 적이 없어요. 제가 투표권을 처음 갖게 된 게 68년도였는데, 그때는 거주지가 매디슨이었거든요."

"제발 험프리를 찍었다고는 말하지 말아요."

"찰리, 난 민주당이라니까요. 당연히 험프리를 찍었어요."

"당신 같은 사람들 때문에 우리 아버지가 낙선한 거예요."

1968년 그의 아버지가 주지사에 당선되지 못한 이유는 여러 가지가 있었다. 사실 그는 공화당의 최종 후보 3인 안에도 들지 못했다. 그러나 찰리는 전혀 농담을 하는 것 같지 않았다.

웨이트리스가 동그란 빨간 접시를 들고 왔다. 접시 안에 햄버거가 담겨 있었다.

"적당하게 됐는지 한번 보세요."

웨이트리스가 말했다.

"잘됐을 거예요, 고마워요."

"왜 굳이 동부에서 학교를 다녔죠?"

내가 햄버거를 반으로 자르며 그에게 물었다.

"왜 아이비리그 교육을 받았냐고 묻는 건가요?"

그가 조금 점잔 빼는 듯한 말투로 물었다.

"내 말 믿어요. 프린스턴은 그나마 나은 거예요. 사립 기숙 고등학교를 다녔거든요. 엑세터라는, 한마디로 속물들을 양산하는 학교였어요. 뉴햄프셔에 있죠. 우리 어머니는 보스턴 출신인데, 아직도 동부에 대한 환상에서 벗어나지 못했어요. 여자는 매사추세츠 출신을 골라야 한다는 둥…… 어쨌든 엑세터에서 3년, 프린스턴에서 4년을 보내고 다시 와튼스쿨에 들어갔죠. 좋은 친구들을 만났고 배운 것도 있었지만 분명히 말하고 싶은 건, 동부 사람들은 저하고는 정말 안 맞는다는 거예요. 그 사람들은 냉정하고 위선적이에요. 그 사람들 결혼식에 가보세요. 거의 장례식 수준이라니까요."

"하지만 주지사의 아들이었으니 어려서부터 매디슨 컨트리클럽 회원이었을 것 같은데요."

찰리가 코웃음을 쳤다.

"매디슨 컨트리클럽은 얼뜨기들이나 들어가는 거고 뭘 좀 아는 사람들은 마로니 컨트리클럽으로 가죠. 밀워키 북부에 있어요."

"지금 농담하는 거예요?"

"네?"

그는 자신을 방어하려는 듯하면서도 한편으로는 누가 어떻게 생각하든 전혀 걱정하지 않는다는 듯한 표정이었다. 마치 접시에 담긴 마지막 과자를 먹었다고 야단을 맞은 소년 같은 표정이었다.

"얘기를 듣다 보니, 당신이야말로 진짜 속물인 거 같네요."

"겨와 낟알은 구분해야죠. 경제적인 여건만 두고 말하는 게 아니에요. 아이비리그의 속성을 말하는 거죠. 너희 아버지가 어느 클럽 소속이냐, 너희 할머니가 어느 클럽 출신이냐, 그런 것들은 다 간판들일 뿐이에요. 그들 중에도 괜찮은 사람들이 있고 전혀 형편없는 사람들도 있다는 거예요."

"무슨 얘기를 하는 건지 도무지 종잡을 수가 없네요."

나는 그의 의견에 반론을 제기하고 싶었다. 심하게는 아니더라도 적어도 조금은. 그때 그가 이마를 찌푸린 다음 싱긋 웃으면서 "실은, 저도 그래요"라고 말했다.

그는 햄버거를 한 입 깨물었다. 나와는 달리 그는 햄버거를 반으로 자르지 않고 두 손으로 통째로 들고 먹었다. 노련한 동작이었다.

"아무래도 난 위선자인가 봐요."

그가 말했다.

"8학년 때 아버지가 주지사에 당선되는 것보다 위선자가 되기에 더 좋은 조건은 없죠. 물론 불평하는 건 아니에요. 아버지가 정말 자랑스러웠어요. 하지만 어려서부터 나는 공식행사의 귀빈이었고 기자들이 라커룸까지 쫓아왔어요. 그러다가 사립 기숙학교에 들어가게 됐어요. 위스콘신에서 왔다고 하니까 마구간에서 자란 줄 알더라고요. 엑세터에 입학한 첫 주에, 어떤 녀석이 나한테 와서는 집에 전기 시설이 있었느냐고 묻더라고요. 하지만 그런 편견들과 싸우면서 오히려 나 자신과 내가 나고 자란 고향에 대한 자부심은 더 강해졌어요. 물론 그렇다고 해서 우리 동네 기계 수리공들하고 볼링을 치러 갈 거냐 하면 그건 아니겠지만요."

그가 짓궂은 눈빛으로 나를 바라보았다.

"물론 정식으로 출마를 선언하고 나서 〈휴턴 가제트〉 기자가 사진을 실어준다면 또 모를까. 하지만 난 결코……."

그가 몸을 앞으로 숙인 뒤 말을 이었다.

"엘리트주의자는 아니에요. 제 말 믿으시죠?"

"글쎄요. 뭘 믿어야 할지 잘 모르겠어요."

그의 표정이 갑자기 심각해졌고 그의 진지함이 나의 마음을 사로잡았다. 찰리의 생각은 사실 케이틀린의 집 바비큐 파티에서 만났던 다른 남자들의 생각과 다르지 않았다. 다만 그 사람들과 다른 점은 찰리는 자신의 생각을 밝히는 데 전혀 거리낌이 없다는 것이었다.

"마음고생이 심했던 8학년 소년치고는 훌륭하게 성장했네요."

그의 미소가 곧바로 돌아왔다.

"아주 반듯하게 자랐죠. 햄버거 어때요?"

"맛있어요."

그는 벌써 햄버거 하나를 해치웠지만 나는 아직 반도 못 먹고 있었다.

"좋은 생각이 있어요. 방금 떠오른 건데, 한번 들어볼래요?"

"좋아요."

"먼저 내가 가서 계산을 하고 올게요. 그런 다음 매디슨으로 돌아가요. 내가 운전할게요. 일단 당신 아파트로 가서, 옷을 다 벗고 침대에 눕는 거예요. 그다음엔 내가 당신한테 공화당 사람들도 뭔가 할 줄 아는 게 있다는 걸 증명할게요."

그는 잠시 쉬었다가 "물론 식사는 끝내고 나서요"라고 덧붙였다.

만약 그때 내 얼굴에 충격이나 혐오감 같은 것이 스쳤다면 그것은 정직하지 않은 것이다. 나는 그보다 더 충격적이고 혐오스러운 일들을 겪을 만큼 겪었다. 게다가 그는 소년 같으면서도 다정했다. 만약 내가 기분이 상한 것 같은 표정을 지었다면 정말 기분이 상해서라기보다는 예의상 기분이 상했다고 생각해주기를 원해서였을 것이다. 그러나 그것 역시 한심한 생각이었다. 나는 서른한 살이었다. 남녀의 관계가 그저 아는 사이에서 친밀한 사이로 도약하는 것 따위가 뭐가 대수란 말인가? 그와 데이트하는 것이 옳은지 그른지에 관한 논쟁은 또 어떻고? 찰리와 데이트하는 것에 방해가 되는 논쟁이라면 그런 논쟁 따위는 이기고 싶지 않았다. 물론 아직은 찰리에 대한 확신이 있는 것도 아니었고 그와 사귀는 것은 데나와의 관계에 나쁜 영향을 미칠 것이 분명했다. 그러나 사고 이후, 너무도 오랫동안 내가 가지려 노력해왔던 책임감과 조심성, 어떻게 보면 사고 이전부터 갖고 있었던 책임감과 조심성도 더 이상 나를 막을 수 없었다. 게다가 찰리는 멋진 남자였다. 나는 내 옷을 모두 벗고 그와 함께 내 침대에 눕고 싶었다.

나는 치즈버거를 내려놓았다.

"식사 끝났어요."

내가 말했다.

내 아파트에 들어서자 '피에르'와 '스니즈'가 내 침대 위에 엎어져 있었고 그 옆에는 아기토끼가 그물을 뒤집어쓰고 웅크리고 있었다. 조심스럽게 모형들을 벽에다 기대어 세워놓고 돌아서자 찰리가 셔츠를 벗고 바지 벨트를 풀고 있었다.

"왜요? 내가 농담하는 줄 알았어요?"

그가 물었다.

"음악 좀 틀고요."

내가 그의 곁을 지나며 말했다. 그와 눈을 마주치지는 않았지만 곁눈질로 그의 가슴을 슬쩍 바라보았다. 구릿빛 피부의 근육질 가슴을 엷은 갈색 털이 너무 무성하지 않게 뒤덮고 있었다. 거실에서 나는 처음에는 존 덴버의 레코드를 집었다가 곧바로 덴버가 카터 대통령을 지지했다는 사실을 떠올렸다. 혹시 내가 고른 레코드에 어떤 메시지가 담겨 있다고 생각할까 봐 나는 존 덴버 대신 스티비 원더를 틀었다.

다시 침실로 돌아가 보니 찰리가 완전히 발가벗고 방문 앞에 서서 팔짱을 끼고 환하게 웃고 있었다. 내가 다가가자 그가 나를 끌어안고 내 등을 어루만지며 내 머리에 키스했다. 나는 그의 어깨에 키스했다. 베이지색 주근깨가 나 있었다. 우리는 서로의 입술을 찾았고 서로의 혀를 찾았다. 그의 페니스가 한껏 부풀어 올랐다. 옷을 입은 채로 발가벗은 남자를 포옹하는 것은 기분 좋은 불공평함이었다. 나는 그의 살 냄새를 맡을 수 있었고 저녁식사 때 마신 맥주 맛을 느낄 수 있었다. 나는 머리 위로 셔츠를 벗은 다음 바닥에 던졌다. 그가 고개를 숙여 내 가슴에 얼굴을 파묻었다. 그는 내 브래지어를 풀지 않고 잡아 끌었다.

머지않아 옷을 모두 벗은 다음 침대로 올라갔고 나는 두 다리로 그의 몸을 휘감았다. 나는 그의 페니스를 잡고 내 몸 쪽으로 이끌었다. 우리의 결합은 너무도 원초적이었고 너무도 자연스러웠다. 그러다가 문득 무언가가 떠올랐다.

"잠깐만요. 피임……."

"괜찮아요. 나한테 있어요."

그가 바닥에 있던 바지 주머니에서 지갑을 꺼낸 뒤 콘돔을 꺼냈다. 나는 그가 콘돔을 끼우는 것을 지켜보았다. 빤히 쳐다보는 것이 부끄럽다는 생각을 하기에는 너무 흥분한 상태였다. 그의 엉덩이는 작았다. 나는 남자의 엉덩이가 의외로 작다는 사실을 자주 잊곤 한다. 저렇게 귀여운 엉덩이를 가진 남자가 어떻게 비열한 정치인이 될 수 있을까? 다시 침대로 돌아온 그가 무릎을 꿇고 앉아 있었고 나는 똑바로 누워 있었다. 어쩌면 조금 이상하게 들릴 수도 있겠지만 그의 페니스를 본 순간 나는 그를 사랑할 수 있을 것 같다는 생각이 들었다. 지금까지 남자들의 페니스는 나에게 그저 우스꽝스럽기도 하고 조금 쓸쓸해 보이기도 하는 이상한 물체였다. 그러나 찰리의 페니스를 처음 보았을 때, 나는 위를 향하고 있는 그 불그스름한 막대, 부풀어 오른 혈관과 모자 같은 귀두가 정말 사랑스럽다고 생각했다. 그의 페니스는 온전히 그만의 것이었다. 내가 그의 몸 구석구석을 만지고 싶었기 때문에 그가 나를 만지는 것도 도저히 막을 수 없었다.

"이렇게 짜릿한 게 불법이 아니라니, 믿을 수가 없어요."

그는 내 몸 위에 올라타고 페니스를 내 몸속으로 밀어 넣으며 말했다.

"당신과 이렇게 있어서 나도 행복해요."

내가 말했다.

그가 신음했고 잠시 후 사정을 한 다음 내 몸 위로 쓰러졌다. 나는 아무 말 없이 그를 안아주었다. 그가 고개를 들고 나를 바라보았다.

"좀 더 오래 버티고 싶었는데, 젖가슴이 너무 아름다워서 그만……."

"찰리……."

그날 저녁 처음으로 부끄럽다는 생각을 하면서 내가 말했다.

"가슴이 정말 눈부시게 아름답다는 거 알고 있어요?"

나는 손을 들어 그의 입을 가리려 했지만 그가 내 손을 잡아 밑으로 내렸다.

"이제 당신 차례예요. 난 오른손잡이니까, 당신이 이쪽에 눕는 게 좋겠어요."

그가 나를 왼쪽으로 밀며 말했다.

"그러지 않아도 돼요."

내가 말했다.

"앨리스, 난 고객만족을 최우선으로 하는 사람이거든요."

"난 정말……."

"오르가슴 느껴본 적 있죠? 혹시 한 번도 없어요? 없어도 상관없어요. 그렇다면 그동안 제대로 대우를 못 받은 거죠."

"아뇨, 느낀 적 있어요. 하지만 매번은 아니에요."

"있을 수 없는 일이에요. 그건 아주 단순한 생체 반응이거든요."

"아는 게 많군요."

"이봐요. 나도 《비행공포증》(여성의 성 심리를 다룬 에리카 정의 소설. 1973년 작)을 읽었거든요. 당신이 아는 건 나도 다 알아요."

나는 망설였다.

내가 오르가슴을 느끼기까지 얼마나 오랜 시간이 걸리느냐는 사이먼과의 관계를 끝낼 무렵 중요한 이슈가 되곤 했다. 때로는 그가 포기한 적도 있었다.

"생각해줘서 고맙지만 혹시 제가 느끼지 못할까 봐 걱정이 돼요. 오늘밤 정말 즐거웠는데 망치고 싶지 않아요."

내가 말했다.

"내가 이 방면에 얼마나 도가 튼 사람인지 당신이 몰라서 그래요."

나는 고개를 돌려서 그를 똑바로 쳐다보았다.

"오늘은 싫어요."

그가 눈썹을 추켜올렸다.

"이런 제안을 거절하다니."

"찰리, 오늘밤은 그럴 기분이 아니에요."

내 목소리가 조금 날카로워졌다.

우리는 한동안 아무 말도 하지 않았다.

"내가 당신에 대해 수집한 정보 들어볼래요?"

잠시 후 그가 조심스러운 목소리로 물었다.

우리는 마법에 걸렸었지만 이제 그 마법이 깨어졌다. 그에게 냉랭하게 굴고 싶진 않았지만 억지로 즐거운 척하고 싶지도 않았다.

"나중에요."

"다 좋은 건데? 오늘밤 파일을 좀 업데이트하려고요."

따듯하고 달래는 듯한 목소리였다.

"자, 출생부터 시작해볼까요? 앨리스 마리 린드그렌, 1946년 4월 6일생, 필립과 도로시의 외동딸이자, 누구의 손녀딸이냐 하면…… 힌트 좀 줄래요?"

"에밀리."

나는 다정하게 말하려고 노력했다. 그가 노력을 한다면 나 역시 노력을 해야 했다. 게다가 그를 통해 나의 이력을 듣는 것은 놀랍고 기분 좋은 일이었다. 지난 토요일 밤, 우리 집 소파에 누워 있을 때 들려준 이야기였지만 그가 기억할 거라고는 생각하지 못했다.

"우등생이자 다방면에 다재다능한 소녀였고, 참 종교는 뭐였죠?"

"가족은 루터 교 신자고 난 가족들과 함께 있을 때만 교회에 나가요."

"그럼 교회 안 나간다는 거예요? 젠장! 무신론자하고 동침을 했군!"

"그게 뭐가 어때서요?"

내 말에 찰리가 내 품으로 파고들었다.

"자, 계속할게요. 위스콘신 대학 1968년 졸업. 최우등 졸업?"

"아뇨, 그냥 우등 졸업이요. 프린스턴 대학을 나온 사람이 그 정도로 뭘 놀라고 그래요?"

그가 싱긋 웃었다.

"대학 다닐 때 내가 전 과목 A를 받아서 이름을 날렸던 적은 한 번도 없었다고 말해두죠. 그리고 지금은 당신 얘기를 하는 거거든요? 내 얘기가 아니고. 대학을 졸업하고 3학년을 가르쳤는데, 어디서냐 하면…… 다시 한 번 힌트!"

"해리슨 초등학교요. 하지만 학교 이름은 내가 말해준 적이 없으니까 감점은 없어요."

"《아낌없이 주는 나무》를 자주 읽고, 또 매번 울죠. 물론 지금 놀리는 거예요. 사실 그 책을 읽어봤더니 당신이 왜 좋아하는지 알겠더라고요. 어려운 단어가 없어서 나 같은 단순한 놈한테는 아주 딱 맞던데요?"

나를 만난 지 겨우 사흘이 지났을 뿐인데, 그 사이 《아낌없이 주는 나무》를 찾아서 읽었다고? 나는 깜짝 놀랐다. 훗날 나는 그가 그 책을 산 것이 아니라 서점에 서서 읽었다는 것을 알게 되었다. 어쨌든 나로서는 놀라운 사실이었다.

"그러고 나서 다시 대학원에 진학했고 졸업 후 다시 리스 초등학교로 돌아와서 자신의 매력과 미모로 그곳 아이들을 사로잡고 있으며, 커다랗고 알록달록한 마분지 인형을 만들면서 이 여름을 보내고 있죠."

"인형이 아니라 모형이에요. 하지만 전반적으로 아주 훌륭했어요."

"잠깐! 한 가지를 빠뜨렸어요."

그가 눈을 가늘게 뜨고 자료를 읽는 시늉을 했다.

"믿음직한 젊은 예비 정치가의 구애를 받고 있음, 본인은 아직 잘 모르고 있으나 곧 미친 듯이 사랑에 빠질 예정임."

"어머, 그렇게 나왔어요?"

내가 그의 손을 잡았지만 그가 얼른 손을 뺐다.

"앨리스 린드그렌 양, 이건 극비 서류입니다. 볼 권한이 없어요."

그가 내 입술에 키스하기 시작했다. 처음에는 내 관심을 분산시키기 위한 키스였지만 잠시 후에는 그와 나의 모든 관심이 그 키스에 집중되었다. 우리는 서로의 입 안에서 밀고 또 당겼다.

찰리의 말은 틀렸다. 나는 이미 알고 있었다. 내가 사랑에 빠지고 있다는 것을.

나는 가게로 데나를 만나러 갔다. 데나에게 점심을 먹자고 한 것은 나였다. 점심시간부터 이야기를 시작하면 저녁때 우리가 미루었던 라타투유를 먹을 무렵 이야기가 끝나 있을 거라고 생각했다. 그러나 가게에 들어선 순간 나는 내 판단이 틀렸음을 알았다. 데나의 가게에는 손님들로 북적이고 있었고 데나는 손님들을 상대하느라 정신이 없었다.

"조안 도프한테 코듀로이 핸드백 1시까지 안 가져가면 계속 보관 못한다고 말해."

데나가 카운터 뒤의 점원에게 말했고 우리는 함께 샌드위치 전문점으로 갔다.

"오늘은 내가 살게."

메뉴를 보면서 내가 말했다.

"젠장! 이럴 줄 알았으면 길디드 로즈 가는 건데! 집 장만했다고 한턱 쏘는 거야?"

진짜 이유를 말하기에는 너무 일렀다. 그러나 문득, 내가 괜한 걱정을 하고 있는 건지도 모른다는 생각이 들었다. 그저 잠깐 불편한 순간이 지나가고 나면 끝일 텐데. 이 레스토랑을 나설 때쯤엔 다 잊혀질 텐데.

"혹시 잊어버릴까 봐 말해두는 건데, 끝내주게 멋진 소파를 봐뒀어. 네 새 집 거실에 들여놓으면 좋겠더라. 3백 달러인데, 내가 그 가게 주인을 아니까 좀 깎을 수 있을 거야."

"데나, 나 찰리 블랙웰하고 데이트했어. 파티에서 너 그 사람 별로 마음에 안 든다고 했지?"

내가 말했다.

데나의 눈이 가늘어졌다.

사실 데나는 그가 자기를 별로 좋아하지 않는 것 같다고 말했지만 그 둘은 그렇게 다를 것 같지 않았고 그렇게 말하는 편이 훨씬 나을 것 같았다.

"처음부터 그럴 생각은 아니었어. 우린 그냥…… 서로한테 끌렸어. 처음엔 너한테 더 잘 맞는 사람이라고 생각했었는데 막상 만나보니까……."

더 이상 어떻게 말을 이어가야 할지 알 수 없었다.

"데나, 나한텐 우리 우정이 정말 소중해. 그래서 솔직하게 말하는 거야. 난……."

"설마 그 사람하고 잔 건 아니겠지?"

내가 대답을 못 하고 머뭇거렸다.

"기가 막혀서."

데나가 구역질이 난다는 듯 한숨을 쉬었다.

"넌 내가 누굴 좋아하면 무조건 그 사람이 좋아지니? 넌 항상 날 질투했어."

"그건 사실이 아니야."

"그럼 어떻게 설명할 건데? 이게 벌써 두 번째잖아."

데나, 제발 그 말만은 하지 말아줘. 너와 나 모두를 위해서. 나는 침을 꿀꺽 삼켰다.

"찰리하고 뭔가 통하는 게 없었다면, 이렇게 되지 않았을 거야. 하지만 찰리하고 같이 있으면……."

불가능한 일이라는 것을 나는 깨달았다. 내 행동을 어떻게 변명해도 데나를 약 올리는 것밖엔 되지 않았다.

"그래서, 결혼이라고 하겠다는 거야?"

"그럴 가능성도 전혀 없진 않아."

내 말에 데나만큼이나 나도 놀랐다. 그런 생각을 아주 잠깐 해본 것은 사실이지만 입 밖으로 내어 말하게 될 줄은 꿈에도 몰랐다.

"아직은 서로를 잘 모르지만."

내가 얼른 덧붙였다.

"부자라서 끌렸니?"

"그건 절대 아니야! 돈 얘기는 한 적도 없어. 그 사람이 정말 부자인지도 모르고."

"부자야. 그것도 무지하게."

"가족이 그런 거지 그 사람이 그런 건……."

"아니. 그 사람이 부자야. 가족들도 다 부자고."

웨이트리스가 다가왔고 데나가 한 손을 들었다.

"나 일어날래."

"좀 있다 와주실래요?"

내 말을 듣고 웨이트리스가 고개를 끄덕이고 자리를 떴다.

"데나, 가지 마. 아니, 가고 싶으면 가도 돼. 하지만 제발 이 문제로 우리 사이 이상하게 만들지 말자. 넌 내 가장 친한 친구잖아."

데나가 고개를 저었다.

"너도 이혼해봐. 그럼 결혼을 끝낸 사람한테 우정을 끝내는 거 따윈 아무것도 아니란 걸 알게 될 거야."

"하지만 딕보다 내가 널 더 오래 알았잖아."

내 말은 내가 듣기에도 너무 측은했다.

"지난번에 네가 이런 황당한 짓을 했을 때 우린 10대였어. 그때 우리가 뭘 알았겠니? 하지만 이제 우린 성인이야. 그러니까 넌 결국 그런 애였던 거야. 네 가장 친한 친구가 좋아하는 남자를 쫓아다니는 애."

데나가 말했다.

나는 차라리 데나가 소리를 질렀으면 좋겠다고 생각했지만 데나는 전혀 언성을 높이지 않았다.

"이제 네 위선에 신물이 난다. 넌 항상 착한 애였으니까 이제 하원의원의 부인이 되어야지. 안 그래? 케이틀린 같은 상류층 커플들하고 잘 어울려봐. 찰리가 보석도 사주고 차도 사주겠지."

데나는 무릎 위에 펼쳐놓았던 냅킨을 구겨서 테이블 위에 던지고 자리에서 일어났다.

"부디 그 사람이 네가 원하는 걸 다 주었으면 좋겠다."

데나가 자리를 뜬 다음 나는 버려진 것 같은 기분으로 그 자리에 앉아 있었다. 데나의 반응이 너무도 충격적이라 믿을 수가 없었다. 데나가 그렇게 나올까 봐 두려웠지만 실제로 그럴 거라고는 생각하지 않았다. 그래도 그 순간, 내 감정의 수면 저 아래쪽, 조금 더 깊은 곳에는 데나가 피트 이모프처럼 앤드류의 이름을 말하지 않았다는 것에 대한 고마움이 있었다.

그 주 라일리에 갔을 때 나는 점심식사가 거의 끝날 무렵에야 그날 밤 자고 가지 않겠다고 말했다.

"오늘밤 매디슨에서 볼일이 있어서 오후에 출발해야 해요."

나는 최대한 가볍게 말하려고 애썼다.

무더운 토요일이었고 우리는 막 닭고기 샌드위치를 먹은 뒤였다.

"정말? 오늘 오후에?"

엄마가 말했다.

"무슨 볼일인데?"

할머니가 물었다.

아빠가 돌아가신 이후 나는 라일리에서 자고 가지 않은 적이 한 번도 없었다.

나는 할머니를 쳐다보았다. 할머니는 찰리와 관련된 일이라는 것을 눈치 챘을 테고, 내가 말을 하고 싶었다면 좀 더 구체적으로 말을 했으리라는 것도 알았을 것이다.

"친구 몇 명이 모이기로 했어요."

거짓말은 아니었다. 나는 처음으로 찰리의 친구들을 만나기로 했다.

엄마가 접시들을 들고 싱크대로 가자 할머니가 내 손목을 잡고 나를 일으켜 세웠다.

"네 엄마가 오늘밤에 너 준다고 비엔나 토르테를 만들었어."

"그래요? 전 몰랐어요. 그럼 있을게요."

엄마가 다시 식탁으로 돌아오자 할머니가 "애, 앨리스한테 남자친구가 생겼나 보다"라고 말했다.

"어머나! 정말이니?"

얼굴을 붉힌 사람은 내가 아닌 엄마였다.

"아직 말씀드릴 단계는 아니에요."

내가 책망하는 듯한 눈길로 할머니를 바라보며 말했다.

"어쨌든 그 사람 이름은 찰리예요. 매디슨과 밀워키에서 자랐고 케이틀린네 파티에 갔다가 만났어요. 케이틀린 아시죠?"

그런 자질구레한 정보들을 털어놓은 것은, 찰리의 성장과정이라든가 하원의원에 출마할 예정이라든가 하는 보다 중요한 정보들을 숨기기 위한 것이었다. 사실을 알게 되었을 때 가족들이 어떤 반응을 보일지 알 수 없었다. 게다가 '바보들은 언젠가는 바보짓으로 얼굴을 알린다'는 아빠의 신조도 마음에 걸렸고 나는 엄마가 어느 당을 지지하는지조차 알지 못했다. 어쨌든 할머니가 민주당을, 아빠는 공화당을 지지했다는 것만은 분명했다.

"시간을 두고 천천히 알아가는 것도 좋아. 안 그러냐?"

할머니가 엄마에게 말했다.

엄마는 차가운 홍차가 담긴 주전자를 들고 서 있었다.

"괜찮은 사람 같은데?"

엄마가 말한 뒤 다시 부엌으로 돌아갔다.

"혹시 라스 엔더스트라스 애길 털어놓을까 해서 그래 본 거야."

엄마가 싱크대에서 물을 틀자 할머니가 말했다.

"할머니, 제가 보기엔 할머니가 잘못 짚으신 것 같아요."
나 역시 속삭였다.
"엄마의 비밀 외출은 그 아저씨하곤 전혀 관계가 없어요."
"연애는 너만 하는 건 줄 아니?"
할머니가 껄껄 소리를 내며 웃더니 "참 오만하구나"라고 말했다.

그날 오후 거실에서 나는 할머니와 함께 책을 읽었다. 할머니는 소파에 앉았고 나는 의자에 앉았다. 갑자기 엄마가 어디 있는지 궁금해서 찾아보았더니 뒤뜰의 텃밭에서 잡초를 뽑고 있었다.
"그냥 저녁 먹고 갈게요. 친구들은 9시나 되어야 다 모일 거예요."
거짓말이었다. 그러나 엄마의 얼굴은 금세 환해졌다.
"그래? 잘됐구나! 실은 네가 좋아하는 디저트 준비해두었거든."
흰 모자를 쓰고 무릎을 꿇고 앉아 있는 엄마를 바라보자니 엄마에 대한 사랑과 함께 죄책감이 밀려왔다. 왜 찰리에게 오늘밤은 힘들겠다고 말하지 못했을까? 다음 주에도 얼마든지 시간을 낼 수 있었는데. 솔직히 나는 라일리에 있고 싶지 않았다. 이제 막 사귀기 시작한 사람과의 섹스와 가족에 대한 사랑과 의무는, 적어도 아직은 비교가 되지 않았다. 별빛과 맥주와 서로 얽히는 벗은 몸. 내가 원하는 것은 그것뿐이었다. 두 할머니들과 거실에 앉아 있는 것이 아니었다. 열정이 나를 이기적으로 만든 것일까? 그렇다고 해서 예전에는 열정을 통제할 능력이 있었다고 말할 수는 없었다. 한 번도 그런 열정을 느껴본 적이 없으니까. 어쩌면 아주 오랫동안 그런 열정을 느껴본 적이 없었다.
나는 엄마 옆에 웅크리고 앉았다.
"토마토가 잘 익었네요."
엄마는 잡초를 한 무더기 쌓아놓고 있었다.
나는 한 손에 봉투를 들고 있었다. 봉해지지 않은, 아무것도 쓰지 않은 봉투였다. 나는 봉투를 엄마에게 내밀었다.

"브로치를 팔기로 하신 건 잘 생각하셨어요. 앤티크 상점에 가져갔어요."

"어머, 그랬니? 잘했다!"

엄마는 안을 보지도 않고 봉투를 스커트 주머니에 넣었다. '그 돈은 잘 간수하셔야 돼요!'라는 말을 가까스로 참았다.

"생각보다 값이 많이 나가더라고요."

내가 애써 태연한 척하며 말했다.

"다행이구나!"

엄마가 말했다.

"토마토에 자꾸 벌레가 생겨서 포크 부인한테 물어봤더니 글쎄 금잔화를 심으라고 하더라고. 그래서 그렇게 해봤더니 효과가 확실하더구나. 포크 부인은 사람이 참 겸손한 데다 밭을 얼마나 잘 가꾸는지……."

나는 잠시 눈을 감았다. 맥킨리 가의 집 현관과 창틀, 비밀 벽장이 눈앞에 떠올랐다. 눈을 떠보니 나의 변함없는 엄마, 마음씨 착한 엄마가 흰 모자를 쓰고 잡초를 뽑고 있었고 나의 새 집은 저 멀리 사라져버렸다. 수표는 7천 백 달러였다. 엄마가 피트 이모프에게 준 돈보다는 훨씬 적었지만 정확히 내가 집을 살 때 처음 지불할 할부금 액수였다.

찰리와 내가 멘도타 호숫가에 위치한 '테라스'라는 이름의 술집을 떠난 것은 자정이 지나서였다.

그의 친구들은 케이틀린의 바비큐 파티에서 만난 사람들과 거의 비슷했다. 실제로 거기서 만난 사람들도 몇 명 있었다. 모두 10명이 모였고 모두 커플이었다. 증권회사에서 일한다는 찰리의 친구 하워드와 그의 여자친구 페틀을 제외하면 모두 결혼을 했다. 페틀은 스물두 살이었고 두 달 전에 대학을 졸업했다고 했다.

"하워드는 어디서 저런 여자애들을 데려오는지 모르겠어요."

안면이 있었던 앤이 내 귓가에 속삭였다. 앤은 나름대로 나에게 우정을 표현한 것이었고 나는 기꺼이 그녀의 호의를 받아주었다. 페틀과도 이야기를 나누었다. 똑똑한 아가씨였고 역사와 이태리어를 전공했다고 했다. 그날 밤 늦게, 앤이 나를 한 옆으로 끌더니 "찰리가 앨리스한테 아주 홀딱 반한 거 같아요"라고 말했다. 나는 말없이 웃었다. 말을 하는 것보다는 그 편이 쉬웠다. 윌 워든도 팔꿈치로 나를 툭 치며 "두 사람 잘 어울리네요"라고 말했다. 이번에도 나는 그냥 웃기만 했다.

시간이 흐르면서 자리가 몇 번 바뀌었다. 화장실에 가기 위해 사람들이 일어나기도 했고 아이들을 맡기고 온 엄마들은 공중전화에서 아이들의 안부를 확인했다. 그러나 찰리와 나는 대부분의 시간을 나란히 앉아 있었다. 각자 다른 사람과 이야기를 할 때에도 그의 배려가 느껴졌다. 그의 손은 항상 내 무릎 위에 있거나 내 등 뒤에 있었다. 그의 이름이 나오거나 내가 그의 팔꿈치를 건드리면 얼른 나를 돌아보았다. 그는 수시로 내 쪽으로 몸을 숙이고 "괜찮아요?"라거나 "잘 버티고 있죠?"라고 물었다. 상쾌한 여름밤이었다. 멘도타 호수는 수면 위에서 흔들리는 몇 개의 불빛을 제외하면 거의 암흑이었다.

마침내 우리는 자리에서 일어났다. 차를 세워놓은 곳까지 걷는 동안 그가 내 손을 잡았다. 마치 우리의 손은 항상 우리의 의지와 상관없이 그렇게 서로 연결되어 있어야 한다는 듯이.

"내가 운전할까요?"

찰리의 차 앞에 이르자 내가 물었다. 나는 일부러 맥주를 한 잔만 마셨다. 찰리가 내게 열쇠를 건네주었다.

"날 좀 볼래요."

내가 시동을 걸자 찰리가 말했다.

그를 돌아보자 그가 내게 키스했다.

"오늘밤 내내 이 순간만 기다렸어."

그가 말했다.

우리는 서로를 끌어안았다. 마침내 우리 둘만 남았고 마침내 서로를 안을 수 있다는 것이 행복했다. 그날 밤 테라스에서의 만남이 즐겁지 않았던 것은 아니었다. 그러나 왠지 이런 순간을 맞이하기 위해 긴 시간을 견딘 것 같은 기분이 들었다.

찰리가 뒤로 물러나며 말했다.

"당신한테 갚을 빚이 있다는 걸 깜빡할 뻔했네. 우리 집으로 갑시다."

"빚이요?"

내가 어리둥절한 표정으로 물었다. 곧 나는 그의 말뜻을 깨달았다.

"아, 그거요."

"싫다는 말은 대답으로 안 받아요. 당연히 누려야 할 권리니까."

운전을 하는 동안 내 몸은 묘한 기대감으로 전율하기 시작했다. 그 행복한 기다림의 순간 속에서 영원히 머물고 싶다는 생각이 들었다. 우리가 도착하면 멋진 일이 일어날 것을 아는 그 기분으로라면 캐나다까지 운전하고 갈 수도 있을 것 같았다.

찰리의 아파트는 처음이었다. 아파트의 불을 모두 켜두고 나간 모양이었다. 찰리의 아파트는 내 아파트보다도 작았고 가구들도 적었다. 거실은 마치 스포츠 용품 창고 같았다. 한쪽 벽에는 갈색 골프채 가방이 기대어져 있었고 야구 방망이와 장갑, 테니스 라켓, 축구공, 내가 태어나서 처음 본 라크로스 스틱이 어지럽게 널려 있었다. 커다란 TV와 스테레오, 검은 빈백(커다란 주머니에 플라스틱 조각을 넣어 만든 의자) 소파, 포도주색 털로 뒤덮인 바로크식 소파가 있었다. 벽에는 아무것도 걸려 있지 않았다. 다섯 칸의 책장도 두 칸이 비어 있었다. 그나마 채워진 칸도 한 칸은 책, 한 칸은 잡동사니, 한 칸은 사진틀이었다. 사진이 진열된 칸에는 턱시도를 입은 그의 아버지와 빨간색 드레스를 입은 그의 어머니가 서로를 바라보고 있는 사진, 그와 그의 형제들인 것 같은 세 남자가 한 줄로 서 있는 사진, 죽은 사슴 앞에 누군가가 앉아 있고 찰리가 사슴뿔에 키스를 하며 웃고 있는 사진, '블랙웰을 대통령으로!'라는 피켓을 들고 서 있는 스무 살, 혹은 스물한 살 무렵의 찰리의 사진이 있었다. 그다음 칸에는 사전 한 권, 윌리 메이스(미국의 전설적인 미국 메이저리그 선수)의 전기 한 권, 그리고 역시《비행 공포증》이 눈에 들어왔다. 대학 문학 교양 과정에 포함되어 있을 만한《실낙원》,《한여름 밤의 꿈》,《파우스트》같은 책들도 보였다. 마지막 칸에는 사인을 받은 야구공과 맥주 컵 한 개, 작은 유리잔 몇 개, 검은색과 오렌지색이 섞인 에나멜 문진, 연두색 장난감 고무 뱀이 있었다.

그 모든 것을 순식간에 파악했지만 사실 그의 집에 무엇이 있든 상관없었다. 그는 독신이 분명했다. 하긴, 독신이니까 나를 만났을 것이다. 그의 집은 깨끗했다. 침대는 박스 스프링 위에 매트리스를 놓은 것이 전부였다. 푸른색과 흰색 줄무늬 시트가 베개 위까지 당겨져 있었고 천장에 달린 커다란 팬이 돌아가고 있었다. 찰리는 침실 문 앞에서부터 키스하며 나를 뒤로 밀어 침대 위에 눕게 했다. 내가 등을 대고 침대에 눕자 그가 내 위에서 미소를 지으며 "이 자세가 좋겠어" 하고 말했다.

나는 데님 스커트에 오렌지색과 분홍색 꽃무늬가 있는 갈색 튜닉을 입고 있었다. 그가 내 튜닉을 위로 벗겼다. 어린아이가 된 것 같았지만 묘하게 기분이 좋았다. 이번에는 그가 나의 브래지어를 벗겼다.

"당신이 얼마나 아름다운지 알아?"

그가 나를 바라보며 물었다. 그가 내 젖꼭지에 차례로 키스했다. 처음에는 입술만으로 키스하다가 점점 깊이 애무하기 시작했다. 정성스럽고도 성실한 키스였다. 그가 데님 스커트의 단추를 풀고 지퍼를 내렸고 나는 그가 스커트를 벗길 수 있도록 엉덩이를 들었다. 그는 스커트를 저만치 던졌다. 나는 분홍색 면 팬티를 입고 있었다. 그가 손가락으로 팬티의 밴드를 튕기면서 "안녕, 분홍 팬티!"라고 말했고 나도 "안녕!" 하고 대답했다. 나는 내 아파트에서 그가 내 몸 위에 누워 있을 때와 똑같은 기분을 느꼈다. 내가 간절하게 원하는 일이 지금 막 일어나려는 참이었다. 나를 행운아라고 느끼게 하는 이 알 수 없는 힘은 도대체 무엇일까? 그가 집게손가락으로 배꼽에서부터 쓸어내리다가 치골에서 더 아래로 내려갔다. 그의 손끝에 닿는 내 팬티는 축축하게 젖어 있었다.

"제대로 즐기고 있군!"

그가 말했다.

나는 그에게로 손을 뻗었다. 배에 군살이 거의 없었기 때문에 나는 그의 바지 단추를 풀지 않고도 손을 넣을 수 있었다. 그의 페니스는 뜨겁고 단단했다. 내가 손으로 페니스 끝을 건드리자 그가 숨을 몰아쉬면서 뒤로 물러선 다음 고개를 저었다.

"지금은 당신 차례예요. 이 녀석은 나중에 챙깁시다."

"두 사람 모두의 차례가 될 수도 있잖아요."

손을 빼고 바지 위로 그의 페니스를 만지며 내가 말했지만 그가 고개를 저으며 내 손을 뿌리쳤다.

그는 내 속옷을 끌어내렸다. 이제 나는 그의 줄무늬 시트 위에 알몸으로 누워 있었다. 그가 내 몸 위에 몸을 웅크렸다. 노란 옥스퍼드 셔츠를 입은 그의 구릿빛 근육, 밝은 갈색 머리카락, 어느새 조금 자라기 시작한 짧은 턱수염, 그의 미소, 그 완벽한 미소를 바라보면서 나는 그에게 완전히 마음을 빼앗겨버렸다. 그는 나의 가슴에, 배꼽에, 배에, 치골에, 그리고 허벅지 위쪽에 키스했다. 그러고 나서 팔꿈치로 내 다리를 벌린 다음 다리 사이에 얼굴을 파묻고 내 음부를 핥기 시작했다. 믿을 수가 없었다. 찰리 블랙웰의 머리가 내 다리 사이에 있다니! 나는 도저히 거부할 수 없었다. 그 순간은 그 어떤 말로도 설명할 수 없으리라. 어쩌면 나는 지금 이 순간을 위해 지금까지 살아온 것이 아닐까?

나는 다리를 벌리고 팔꿈치로 몸을 지탱하고 있었고 그는 양팔을 내 허벅지 아래에 넣고 무릎을 꿇고 앉아 있었다. 그의 혀가 거칠고 강하게 한곳을 집중적으로 공격했다. 내 허벅지 사이에 있는 그의 뺨, 분주하게 움직이는 그의 머리, 성실하고 정성스러운 혀의 놀림. 나는 더 이상 참을 수가 없어 숨을 헐떡이며 비명을 질렀다. 온몸을 관통하는 전율로 나는 나도 모르게 허벅다리로 그의 머리를 세게 조였다. 잠시 후 그가 나의 이마에 키스할 때, 나는 "숨 막히지 않았어요?"라고 물었다.

"그래도 할 수 없죠."

그가 말했다. 그리고 내 귓가에 속삭였다.

"지금 당장 당신 몸속에 들어가고 싶어."

그는 바로 콘돔을 끼웠고 나는 두 다리로 그의 몸을 감쌌다. 그가 내 몸속으로 들어왔다. 절정의 순간에 그는 소리를 지르지는 않았다. 단지 호흡이 더 거칠어졌고 느려졌다. 잠시 후 그와 나 모두 꼼짝 않고 누워 있었다. 나른한 졸음이 밀려왔다. 이도 닦지 않고 세수도 하지 않은 채로, 그 자세 그대로 잠들 수 있을 것만 같았다. 하지만 그럴 수 없었다. 나는 한 시간 내로 일어나서 내 아파트로 돌아가야 했다. 섹스를 하는 것과 하룻밤을 보내는 것은 얘기가 달랐다. 내가 고지식한 것인지 몰라도 그럴 수는 없었다. 그렇게까지는 할 수 없었다.

"아무래도 앞으로 매일 밤을 이렇게 보내야 할 거 같아."

그가 내 어깨에 얼굴을 파묻은 채로 말했다.

"지금 당신 웃고 있는 거 알아."

잠시 후 그가 덧붙였다.

찰리와 나는 갑자기 많은 시간을 함께 보내게 되었다. 그와 함께 침대에 눕기 위해 모형들을 거실로 옮겼지만 그를 우리 집에서 자고 가게 하지는 않았다. 그가 일어나는 시간은 매일 밤 조금씩 늦어졌다. 1시에서

2시로, 그리고 3시로. 섹스 뒤에 두 사람 다 잠들었기 때문에 나는 자명종을 1시나 2시에 맞춰놓았다. 자명종이 울리면 찰리는 신음소리를 내면서 "제발, 저것 좀 어떻게 해봐"라고 말한 뒤 다시 내 품으로 파고들어 잠이 들었다. 20분쯤 지난 뒤 나는 다시 잠에서 깨어나 그의 몸을 밀어내면서 그만 가야 할 시간이라고 소리쳤다.

"젠장, 여왕이 날 또 궁전에서 쫓아내는군!"

그는 두 손으로 머리를 움켜쥐며 투덜거렸다.

"아침에 함께 눈뜨면 좋을 것 같지 않아요? 그럼 아침에도 우리 둘만 아는 장난을 칠 수 있을 텐데……."

그는 몇 번이나 그런 말을 했다.

우리가 서로의 아파트에서 밤을 보내면 안 된다는 나의 고집은 유일하게 그와 의견이 맞지 않는 부분이었다. 찰리와 함께 있으면 마음이 편안했다. 때로는 나 자신도 놀랄 정도로. 사이먼과는 달랐다. 사이먼과는 키스를 하려다가도 서로 박자가 안 맞을 때면 아무 일도 없었던 척해야 했고 둘 중 한 사람의 배 속에서 꼬르륵 소리가 나도 서로 못 들은 척해야 했다.

반면 찰리와는 전혀 허물이 없었다. 한번은 그의 아파트 거실에서 TV를 보다가 그가 손을 내 셔츠 속으로 넣었다. 내가 고개를 저으면서 "나 지금 배 아파요"라고 말하자 "얼른 가서 볼일 보고 와요. 그래도 당신을 매디슨에서 가장 예쁜 여자라고 생각해줄 테니 걱정하지 말고"라고 말했다. 물론 나는 볼일을 볼 수 없었다. 찰리의 아파트에서 볼일을 보느니 차라리 성당에서 탭댄스를 췄을 것이다. 하지만 그는 그런 말조차도 전혀 거리낌 없었다. 며칠 뒤 그를 따라 부엌으로 들어가다가 내가 지독한 냄새를 맡고 "혹시……?" 하고 물었다.

"기억 안 나는데, 아마 그랬나 봐요. 우리 집에선 엉덩이 나팔을 분다고 표현해요."

그가 말하며 싱긋 웃었다.

그는 매력적인 남자였고 항상 자신감이 넘쳤다. 그러나 그의 자신감은 오만하다기보다는 소년처럼 귀엽게 느껴졌다. 그는 항상 내 품으로 파고들고 싶어 했다. 그 자신이 실제로 '파고든다'는 말을 사용했다. 나는 남자가 그런 말을 사용하는 것을 들어본 적이 없었다. 한번은 내가 저녁식사로 넙치 요리를 준비했는데, 그가 설거지를 하고 나서 거실에서 책을 읽고 있던 내게 다가와 아무 말 없이 내가 들고 있던 책을 옆에 내려놓은 뒤 내 품으로 파고들면서 "나 좀 안아줄래요?"라고 물었다.

그의 아파트에서 식사를 할 때면 항상 아파트 뒤뜰에서 고기를 구웠다. 햄버거 아니면 스테이크였다. 그의 냉장고는 대체로 텅 비어 있었지만 항상 고정적으로 갖추어져 있는 품목들이 있었다. 케첩, 머스터드소스, 각종 향료, 한 번 사용한 뒤 제대로 닫아두지 않아서 상하기 직전인 햄버거용 고기, 그리고 맥주 같은 것들이었다. 냉동실은 블랙웰 스테이크나 다진 고기 같은 것들로 채워져 있었다. 그의 아파트는 1층에 있었고 뒤뜰에 석탄 그릴을 놓아두었다. 그는 집을 빙 돌아 뒤뜰로 가기보다는 부엌 뒤쪽 창문을 타고 넘기를 좋아했다. 나는 그가 부엌을 들락거리며 고기를 굽는 동안 부엌 의자에 앉아 있다가 저녁식사가 준비되면 접시에 고기를 담아 거실 소파에 앉아 야구를 보았다. 대부분의 여자들은 재미없는 데이트라고 생각하겠지만 야구 중계를 보는 것이 대화를 얼마나 쉽게 만드는지 몰라서 하는 소리다. 게임을 보는 동안에는 이야기를 하기도 쉬웠지만 이야기를 하지 않아도 편안할 수 있었다. 경기를 설명할 때의 찰리의 모습은 특히 매력적이었다.

"멋진 세이브였어요. 공이 정면으로 날아오면 얼마나 깊이 박힐지 잘 모르거든요."

"투 아웃에 번트를 시도해서 파울을 당했으니까 아웃이지."

찰리는 매일 아침 '애트우드 애버뉴'라는 곳에서 식사를 했다. 나에게도 그곳으로 나오라고 했지만 나는 혹시 우리가 아는 사람들을 만나게 될까 봐, 그래서 우리가 함께 밤을 보냈다고 생각할까 봐 걱정이 되었다. 낮 동안에는 할 일이 있었다. 8월 말에 개학을 하고 교사 회의가 열리기 전까지는 모형 제작을 끝내고 싶었고 슬슬 수업 준비도 해야 했다. 나는 해마다 똑같은 자료로 수업을 재탕하지 않는 사서 교사라는 사실에 자부심을 갖고 있었다. 이번 학기에는 종이접기 수업에 들어가기 전 4학년생들에게 《사카도와 수천 개의 종이학》이라는 책을 소개할 예정이라 더욱 기대가 컸다.

찰리는 종종 나와 함께했던 그 시기를 '폭풍 전야'로 표현했다. 그는 나에게, 그리고 다른 사람들에게도 그 표현을 자주 사용했다. 나는 그의 출마에 대해 물어보기가 망설여졌다. 얘기하기 편한 주제도 아니었고 왠지 정말 그런 일이 일어날 것 같지도 않았다. 찰리가 과연 워싱턴 DC에서 일하고 싶을까? 국회의사당에 앉아서 정치논쟁을 벌이고 중요 안건의 표결에 투표권을 행사하고 싶을까? 항상 들떠 있고 농담을 하고 운동을 좋아하고 즉흥적인 찰리가? 그런 그의 모습은 마치 자신에게 주어진 역할을 하는 연극배우를 연상시켰다. 게다가, 그럴 것 같지는 않지만 만약 그가 당선된다면, 우리는 어떻게 되는 것일까?

블랙웰 정육회사의 일로 말하자면, 찰리는 밀워키 외곽에 있는 본사를 일주일에 두 번 이상 가지 않았다. 정기적으로 밀워키에 가기는 했지만 주로 그의 형제들과 골프를 치거나 테니스를 치기 위해서였다. 그 외에는 행크 어커를 비롯한 그의 후원자들, 즉 큰 법률회사의 변호사, 유명한 자동차회사의 회장, 그 외 찰리가 '거물'이라고 부르는 사람들과 식사를 했다. 내가 그에게 정육회사의 일이 상근직이 아니냐고 조심스럽게 물어보았더니 그는 조금도 망설이지 않고 이렇게 말했다.

"앨리스, 내가 뭘 하는 사람인지를 한 단어로 표현하자면, 바로 블랙웰 가의 아들이라는 거예요."

오후나 주말이 되면 나는 바닷가로 찰리와 수영을 하러 갔다. 주말에 라일리에 가는 것도 자주 건너뛰었다. 처음 바닷가에 갔을 때 내가 입은 흰색과 빨간색 줄무늬 원피스 수영복을 보고 "이런 데서는 비키니를 입어야지!"라고 그가 말했다. 해수욕을 하지 않을 때는 케이틀린의 집에서 배드민턴을 쳤고 '테라스'에서 하워드와 그의 어린 여자친구를 만났다. 하워드는 이미 페틀과는 헤어진 상태였다. 찰리는 하워드와 맥주를 몇 잔 마신 다음 집으로 돌아와서 고기를 구웠다. 길디드 로즈에는 한 번도 가지 않았다. 그와 나 모두 그곳에 가자는 이야기를 하지 않았다. 나는 아무래도 상관없었다.

케이틀린네 집에서 있었던 바비큐 파티 이후, 찰리에 대해 내가 느낀 감정은 나 자신도 믿기 힘들었다. 그와 사귄다는 것은 왠지 실제로 일어날 수 없는 일처럼 느껴졌고 그와의 데이트는 매번 놀라움과 불가항력의 조화로 다가왔다.

어느 일요일 오후 나는 우연히 리스 초등학교의 동료 교사인 매기 스텐타를 만났다. 우리가 이야기를 나누는 동안 매기의 아이들이 슈퍼마켓에서 뛰어다녔다.

"앨리스, 우리 집에 갈래요? 슬로피조(다진 고기와 양파, 토마토소스를 햄버거 빵에 넣은 것) 만들 건데."

매기가 말했다.

할 일이 많았지만 나는 초대에 응했고 결국 매기를 따라 그녀의 집으로 갔다.

"상그리아(여러 가지 과일을 넣어 차게 마시는 칵테일) 한잔할래요? 어젯밤에 손님들 왔었거든요. 마셔버리지 않으면 상할 거예요."

매기가 말했다.

우리는 정원 의자에 앉아서 뛰어노는 아이들을 바라보았다. 큰 아이인 질은 내가 가르치는 학생이었다. 매기의 남편은 2층에 있었다.

"여보, 저녁 준비 좀 해줄래요? 난 도저히 저녁 할 기운이 없는데!"

매기가 남편에게 소리쳤다.

잠시 후 그녀의 이웃집에 산다는 글로리아라는 여자가 자기네 거실에서 도마뱀을 봤다고 했다.

"큰 거는 아니고 한 10센티미터쯤 될 거예요."

글로리아의 말을 듣고 매기는 무척 재미있어했다. 우리는 결국 글로리아의 집 거실 소파에 나란히 앉아서 도마뱀을 기다렸다. 마침내 도마뱀이 모습을 드러냈다. 올리브색 도마뱀은 잠시 모습을 드러냈다가 거실 바닥의 구멍 속으로 사라졌다. 매기는 그물이 필요하다면서 남편에게 아이들을 맡겨두고 철물점에 그물을 사러 나섰다. 매기의 남편은 철물점이 문을 닫았을 거라고 했고 가보니 정말 그랬다.

"우리 애들보다 더 엉망인 애들 봤어요?"

돌아오는 길에 매기가 내게 물었다.

우리는 다시 글로리아의 집으로 돌아가서 지하실을 둘러보았다. 지하실은 한마디로 난장판이었고 도마뱀은 보이지 않았다. 7시가 되었고 나는 다음 날 수업 준비를 해야 했고 상그라아에 조금 취했고 차 뒤에 놓아두었던 우유는 상했다. 그러나 그날 오후와 저녁, 나는 찰리와 함께 있을 때 느꼈던 것과 똑같은 감정을 느꼈다.

'이건 진짜 내 삶이 아니야. 나에겐 이것 말고 다른 할 일이 있어. 지금은 잠깐 즐기는 것뿐이야.'

8월 중순, 나는 미장원에 갔다. 샴푸를 하고 난 뒤 내 담당 미용사인 리처드가 "엘비스 소식 들었어요?"라고 물었다.

"아뇨. 무슨 소식이요?"

"죽었대요. 라디오에서는 심장마비로 죽었다는데, 아무래도 약물 때문인 거 같아요."

나는 커다란 거울 속에서 눈이 휘둥그레지는 내 모습을 바라보았다.

"나이도 별로 안 많잖아요. 그렇죠?"

"마흔둘이요."

리처드가 내 머리를 양 갈래로 나눈 뒤 양쪽에 한 움큼씩을 잡고 끝을 살펴보았다.

"이번엔 얼마나 자를까요?"

그날 저녁 나는 데나에게 전화를 걸었다. 전화를 건 사람이 나인 줄도 모르고 상냥하게 전화를 받는 데나의 목소리를 듣자 가슴이 저렸다.

"나야. 오늘 하루 종일 네 생각을 했어. 엘비스가 죽은 거 너도 알지? 네 엄마가 우리를 콘서트에 데려갔던 거 생각나니? 땅콩버터 바나나 샌드위치도 만들어주셨잖아."

데나는 바로 대답을 하지 않았다.

"엄마 많이 슬퍼하시니?"

"엄마하고 통화 못 했어."

"네 가족들 생각이 나더라고."

나는 잠시 말을 멈추었다.

"데나, 네가 보고 싶어. 정말 미안하고 또 네가 보고 싶어."

데나는 한동안 아무 말도 하지 않았다.

"아직도 만나니?"

"네가 나한테 화내는 거 이해해. 하지만 이 일로 우리 우정을 망치지 말자. 내가 일부러 그런 건 아니잖아."

"아직 만나는구나."

"데나, 넌 나보다 훨씬 많은 남자들을 만났어. 넌 예쁜 데다 항상 에너지가 넘쳐. 곧 네가 너와 꼭 어울리는 남자를 만날 거라고 확신해. 그땐 아마 네가 찰리하고 사귀지 않은 게 다행이라고 생각될걸?"

"넌 점쟁이라 좋겠다."

데나의 목소리는 냉랭했다.

"그 사람하고는…… 지금까지 내가 경험한 그 어떤 것과도 달라. 우리의 우정에 상처를 입히긴 했지만…… 뭔가 다른 느낌이야."

"그 얘기하려고 전화했니? 제발 그만 좀 해."

부엌 식탁에 앉아 나비가 그려진 오렌지색 식탁 매트를 바라보면서 나는 데나가 절대로 나를 용서하지 않으리라는 사실을 깨달았다.

"언제라도 네 마음이 풀리면……."

"날 그냥 내버려둬. 내가 너한테 바라는 건 그것뿐이야."

내 말을 자르며 데나가 말했다.

"참, 지난번에 그 집 안 샀어요?"

다음 날 저녁, 슈퍼에서 계산을 하려고 줄을 서 있는데 갑자기 찰리가 돌아보며 물었다.

나는 잠시 그 자리에 얼어붙고 말았다.

"검사를 통과하지 못했어요."

"뭐가 문제였죠?"

"지하실 대들보가 조금 어그러졌고 전반적으로 집이 불안정했어요."

언젠가 나딘은 자신의 고객이 집을 사기로 했는데 검사에서 그런 문제점이 발견되었다는 이야기를 한 적이 있었다. 거짓말을 하는 것이 마음에 걸리긴 했지만 그간 일어난 일을 찰리에게 어떻게 다 설명할 수 있을까? 아직 엄마를 만나지도 않았는데, 엄마가 사기를 당했다는 이야기를 어떻게 해야 할까? 엄마가 경솔한 사람이라고 생각할 것이 분명했다. 게다가 피트 이모프와 우리 가족과의 관계는 또 어떻게 설명해야 할까? 나는 웨이드 트로플러에게도, 사이먼 톤비스트에게도 앤드류의 이야기를 한 적이 없었다. 매디슨에는 라일리 출신이 나 혼자가 아니었기 때문에 웨이드가 다른 사람에게 들었을 가능성도 생각해보았지만 내가 아는 한 그들은 그 사건에 관해 알지 못했다.

"아깝네."

찰리가 말했다.

"인연이 아닌가 보죠."

내가 말했다.

우리 차례가 되자 나는 우리가 산 물건들을 계산대에 꺼내놓기 시작했다. 그날 저녁 스테이크와 함께 먹을 샐러드를 만들기 위해 장을 보고 있었다.

나는 콩과 마늘, 치즈, 호두, 올리브 오일, 시라 잎을 올려놓았다.

"고치는 데 얼마나 들 것 같은데요?"

찰리는 나를 바라보지 않고 물었다.

나는 잠시 망설였다. 민감한 사안이었다. 이틀 전, 찰리의 아파트 부엌에서 스테이크 접시를 들고 거실로 나가다가 우연히 찰리 앞으로 되어 있는 2만 달러짜리 수표를 보았다. 수표의 발행인 역시 찰리 블랙웰이었다. 그의 이름이 수표의 왼쪽 윗부분에 인쇄되어 있었다. 나는 그와 비슷한 금액의 수표조차 본 적이 없었다. 그 돈이 어떤 돈인지, 그가 그 자신 앞으로 수표를 발행했다는 사실이 어떤 의미인지 나는 이해할 수가 없었다. 나는 소파로 가서 자리에 앉아 그를 기다렸다. 그가 자신의 접시를 들고 오다가 아무렇지도 않게 수표를 밀어놓고 부엌에서 하던 이야기를 계속했다.

"수리 비용이 집 한 채를 사는 비용하고 맞먹는대요. 그렇게까지 할 필요는 없어요."

점원이 우리가 산 물건들을 계산하기 시작했고 우리 뒤에 있던 사람이 자기 물건들을 올려놓기 시작했다. 그녀는 내 또래의 가냘픈 여자로 짧은 소매 블라우스와 랩 스커트를 입고 있었다. 얼굴에 주근깨가 있었고 머리카락은 붉은빛이었다. 나는 항상 빨간 머리가 매력적이라고 생각했다.

"마음에 꼭 드는 집이었어요? 아니면 그저 그런 집이었어요?"

찰리가 물었다.

나는 냉정을 잃지 않으려 애썼다.

"그저 그런 집이었어요."

나는 더 이상 그 집에 관한 대화를 이어갈 수가 없었다. 그랬다가는 울음을 터뜨릴 것 같았다. 그 집을 사지 못한 것이 속상해서가 아니었다. 그가 하는 말들이 너무도 많은 의미를 내포하고 있었고 그 모든 것이 낯설었기 때문이었다. 만약 내가 "찰리, 그 집 사줄 수 있어요?"라고 물었다면 찰리가 그러겠다고 했을까? 문득 나는 빨간 머리 여자가 사고 있는 음식들이 혼자 사는 사람들이 먹는 음식이라는 사실을 깨달았다. 시리얼 한 통, 사과 몇 개, 플레인 요구르트 몇 개. 점원이 계산을 마칠 때까지 기다리는 동안 찰리는 "샐러드 너무 기대된다!"라고 말하며 몸을 숙여 내 목에 키스했다.

그 순간 나는 그동안 내가 어떤 부류에 속해 있었는지를 분명히 깨달았다. 나는 바로 그 빨간 머리 여자였다. 성인이 된 이후 10여 년 동안, 나는 시리얼과 요구르트를 샀고, 내 주위에서 소곤거리는 커플들을 바라보아야 했다. 그런데 이제 내가 바로 그런 커플이 되었다. 나는 다시는 예전의 부류로 돌아가지는 않을 것이다. 그러나 나는 빨간 머리 여자의 생활을 너무도 잘 이해했다. 나는 주근깨가 난 그녀의 손을 잡고 말해주고 싶었다. 왠지 그녀와는 마음이 통할 것 같았다.

'지금 내 삶도 좋지만 당신의 삶도 나쁘지 않아요! 그 자리에서 즐기세요! 외로움이 견디기 힘들 거예요! 아마 그게 가장 견디기 힘들겠죠! 하지만 혼자여서 좋은 것도 분명히 있어요!'

그로부터 몇 달 뒤, 리타 앨윈과 나는 작은 실험극장에서 하는 연극 〈로미오와 줄리엣〉을 보러 갔다. 실험적인 부분이라는 것은 배우들이 모두 누드라는 점이었다. 그들은 뛰어난 배우들도 아니었다. 리타와 나는 연극이 진행되는 내내 키득거리면서 그들을 바라보았고 쉬는 시간이 되자 리타가 "볼 만큼 본 거 같지?"라고 말했다.

우리는 골목 귀퉁이에 있는 술집에 와인을 마시러 갔다.

"앨리스, 그러고 보니 오늘 어딘가 달라 보이네!"

내 맞은편에 앉아 있던 리타가 말했다.

"머리를 잘랐거든요."

내가 머리카락을 가볍게 치며 말했다. 내 머리는 어깨 길이였고 양쪽 옆으로만 조금 쳐냈다. 내 머리카락은 여전히 검고 윤기가 흘렀다.

"머리 때문이 아닌 거 같아. 얼굴이 환해졌어. 혹시 사랑에 빠진 거야?"

리타가 물었다.

"네? 아니에요. 햇볕에 조금 그을어서 그래요."

나는 잠시 망설였다가 "실은 찰리라는 남자를 만나고 있어요"라고 실토했다.

"내 그럴 줄 알았어!"

리타의 나이는 예순이었고 결혼한 적이 없었다. 매력적인 여자였지만 데이트를 하는 것 같진 않았다. 사이먼을 사귈 때에도 리타에게 이야기를 했었지만 자세한 얘기를 한 적은 없었다. 연애 문제에 대해 시시콜콜 떠들어봐야 듣는 사람이 따분할 것 같아서였다.

"신학기 소풍 때 한번 데리고 와봐. 어떤 사람이야?"

"잘 생겼고 재미있고…… 잘 모르겠어요. 어쨌든 굉장히 재미있고 미남이에요."

리타는 손을 뻗어 내 팔을 두드렸다.

리타가 얼마나 기뻐하는지 나 자신도 놀랄 정도였다.
"언젠간 이런 날이 올 줄 알았어."
리타가 말했다.

이렇게 생각하게 될 줄은 꿈에도 몰랐지만 휴턴에 있는 찰리의 집을 보니 매디슨의 아파트는 그나마 인테리어가 훌륭한 편이었다. 어느 금요일 오후, 특별한 이유도 없이 그를 따라갔다. 이미 우리는 어디든 함께 다니고 있었다. 그가 전세를 낸 집, 그러니까 행크 어커가 전세로 얻어준 집은 시내에서 몇 블록 떨어진 곳에 위치한 밋밋한 4층 건물이었다. 낡은 부엌에 방이 두 개였고 벽 끝에서 끝까지 카펫이 깔려 있었다. 푸른색과 빨간색으로 지그재그 무늬가 있는 조립식 소파와 낮은 유리 커피 테이블이 있었다. 거실 한구석에는 전원이 연결되지 않은 TV 세트가 있었다. 옷장과 찬장은 텅 비어 있었고 두 욕실 모두 비누가 없었다. 화장실을 사용한 뒤 손을 씻고 나오자 찰리가 배를 내밀며 "내 옷에 닦아요"라고 말했다.
내가 손바닥을 그의 배 위에 문지르자 그가 "젠장! 몸이 확 달아오르네!"라고 소리쳤다.
"여기 살지도 않는데 왜 침실이 두 개나 필요하죠?"
내가 물었다.
"결국 기자들이 알아낼 테니까. 방이 하나만 있으면 의심하잖아요. 이 지역에서 출마할 자격을 갖추기 위해서 집을 빌린 것 같잖아요. 휴턴의 착한 사람들한테 냉소적인 정치인처럼 비춰지는 건 싫거든."
"쇼핑을 좀 해야겠어요."
내가 말했다.
"오는 여자들마다 다들 그 소리를 하더라."
찰리가 말했다.

내가 화난 척하며 그를 쳐다보았다.

"농담이에요. 여왕마마가 내가 들어오기 전에 꾸며준다고 했는데, 굳이 당신 취향으로 꾸미고 싶다면 허락할게요."

찰리와 그의 형제는 어머니를 '여왕마마'라고 부르고 있었다. 찰리의 말에 의하면 그의 어머니도 그 애칭을 좋아한다고 했다. 언제부터 그렇게 부르기 시작했는지는 확실히 기억이 나지 않지만 아마도 그의 큰형이 고등학교에 다니고 찰리가 4학년인가 5학년 무렵이었다고 했다. 아버지는 뭐라고 부르냐고 물었더니, 특별히 좋은 애칭이 떠오르지 않았는지 그냥 아버지라고 부른다고 했다.

"비누를 사러 가자는 뜻이었어요. 인테리어보다는 위생을 우선으로 생각하는 사람들도 있거든요? 게다가 여긴 너무 분위기가 암울해요. 꼭 그럴 필요는 없잖아요? 암울한 데다 가짜 같아요."

"가짜 맞아요."

그가 몸을 숙이며 내게 키스했다.

"찰리, 이 지역에서 출마할 거라면, 먼저 여기 살아야죠. 여기보다 훨씬 살기 불편한 곳도 얼마나 많은데 그래요?"

"그걸 이 지역 모토로 삼으면 어떨까?"

"찰리, 난 지금 당신을 도우려는 거예요."

내가 주위를 둘러보았다.

"내가 제안을 하나 하죠. 먼저 당신이 진짜 이 집에 사는 것처럼 이곳을 꾸미는 거예요. 이불을 사고 타월을 사고 먹을 것도 좀 사고요. 쓰지는 않더라도 찬장에 두는 거예요. 그러고 나서, 여기서 하룻밤을 보내는 거예요."

우리는 아직 한 번도 함께 밤을 보낸 적이 없었고 시간이 흐를수록 내가 어리석다는 생각이 들었다. 그러나 그때는 성 해방 의식이 고조되기 이전이었고 내가 대학에 다닐 때만 해도 기숙사 귀가 시간이 정해져 있는 친구들이 있었다. 귀가 시간은 주중에는 10시, 주말에는 12시였고 남학생은 여학생 기숙사에 들어올 수 없었다. 당시 나는 그러한 몸에 밴 규율을 깨는 것이 쉽지 않았다.

"일단 서로 잠깐 파고든 다음에 쇼핑을 가면 어떨까?"

"시트도 없는 침대에서 파고들 수는 없어요."

"린디, 이거 너무 심하잖아. 혹시 휴턴 상가협회하고 무슨 연줄이라도 있는 기 아니에요?"

린디는 찰리가 지어준 내 애칭이었다.

우리는 서로를 바라보며 웃었다.

그것이 찰리의 매력이었다. 나의 잔소리는 항상 그의 장난기에 무너지고 말았다. 그는 늘 나를 즐겁게 했고 나는 그를 구슬리는 것이 재미있었다. 나의 차분하고 정돈된 성격은 그의 에너지와 유머를 돋보이게 했고 그 반대 역시 마찬가지였다.

"그렇다고 해도, 내가 당신한테 말할 줄 알아요?"

그날 오후 우리는 사랑을 나누었다. 결국 소파에서 일을 치르고 말았다. 내가 시트를 침대에 깔기 전에 한 번 빨아야 한다고 주장했기 때문이었다.

"그런 쓸데없는 짓을 하는 사람이 어디 있어요?"

찰리가 물었다.

"다들 그렇게 해요."

그가 이마를 찌푸렸다.

"완전히 새 거잖아요."

우리는 알몸으로 소파에 누웠고 그와 나의 몸이 모두 뜨겁게 달아오를 때까지 그가 나를 애무했고 마침내 그가 나의 몸속으로 들어왔다. 섹스가 끝난 뒤에도 우리는 함께 누운 채로 살갗에 맺힌 땀을 식혔다.

"가엾은 행크 녀석은 이 소파에서 무슨 일이 벌어졌는지도 모르고 이 소파에 앉겠지? 사실을 알면 되게 좋아할 거야. 하지만 어머니가 여기 앉으시면……."

"생각만 해도 쑥스럽네요."

"조만간 우리 가족을 만나봐요. 시애틀에 사는데, 노동절엔 모두 도어 카운티의 핼시언에 모일 거예요. 참, 크리스마스! 크리스마스 땐 꼭 와야 해요! 여왕마마의 거위 요리는 끝내주거든요. 진저에일에 재웠다가 굽는 게 비결이죠."

찰리의 부모님에 대해 내가 알고 있는 것은 두 분이 여행을 무척 많이 하는 사람들이라는 것 정도였다. 이론적으로는 밀워키에 살지만 도어 카운티에 머물면서 덴버나 보스턴의 친구들을 만나기도 했다. 해럴드 블랙웰은 강연을 하기 위해 버지니아 대학으로 날아갔다가 다시 오클라호마로 가서 비즈니스 회의에 참석해 기조연설을 하기도 했다. 내가 듣기에는 무척 피곤한 일정 같았다. 그때까지 나는 비행기 여행을 두 번 해보았다. 한 번은 스무 살 때 부모님과 할머니와 함께 워싱턴 DC에 갔었고 또 한 번은 4년 전, 그러니까 집을 사기 위해 돈을 모으기 시작하기 전, 리타 앨윈과 함께 봄방학 기간 중에 런던을 다녀왔다.

찰리도 여행을 많이 다니는 편이었다. 대화 중에 이런저런 지명이 나올 때마다 그는 아무렇지도 않게 그곳에 가보았다고 했다. 호놀룰루와 찰스턴, 팜스프링스, 댈러스, 내슈빌, 뉴올리언스 등등. 볼티모어는 더럽다고 했고 포틀랜드는 따분하다고 했다.

"아더 형이 눈치를 챈 거 같아요. 몇 주 동안 여자를 소개해준다고 했는데, 내가 싫다고 했거든요. 내가 여자를 거절한다니 아마 상상도 못했을걸?"

아더는 찰리와 가장 친한 형이었다. 그의 세 형은 모두 결혼을 했다.

"앨리스, 당신도 누가 데이트 신청을 하면 거절할 거죠?"

"찰리. 내가 아무하고나 자는 여잔 줄 알아요?"

"나도 알아요. 하지만 우리가 같은 생각을 하고 있는지 분명히 해두고 싶었어요."

"그런데 지금 우리가 라일리하고 아주 가까이 온 거 알아요? 이왕 온 김에 내일 들러볼까요?"

"내가 린드그렌 여인들의 심사를 통과할 수 있을까?"

"얌전하게 굴면요."

찰리가 웃었다.

"말썽 안 피울게."

6시 반이었고 우리는 일어나서 옷을 입고 저녁을 준비했다. 우리는 휴턴의 유일한 백화점에서 접시와 은 식기, 냄비, 프라이팬을 샀다. 나는 그 물건들도 사용하기 전에 닦아야 한다고 우겼다. 스파게티와 마리나라소스와 빵도 샀다.

"사람들이 당신이 남자친구 집에서 밤을 보내는 헤픈 여자라고 수군거리겠는데?"

쇼핑을 하는 도중 찰리가 내 귓가에 속삭였다. 다시 아파트로 들어와서 저녁식사를 하면서 나는 왠지 기분이 울적해졌다. 우리는 라디오를 침실에서 부엌으로 가지고 와서 재즈 방송에 맞추었다. 문득, 전에도 몇 차례 떠올랐지만 애써 떨쳐버렸던 어두운 기억이 떠올랐다. 오래전에 내가 보았던 글래디스 위콤과 할머니의 키스는 섹스 후의 키스였다는 사실이었다. 당시 나는 그 사실을 알지 못했다. 그것이 섹스 전의 키스인지, 섹스 후의 키스인지 알지 못했지만 두 사람이 서로를 애무하는 것만으로도 충격이었다. 지금 돌이켜보면 그것은 부정할 수 없는 사실이었다. 나른하면서도 애정이 담긴, 무언가를 시작하기 위해 몸이 달아오르는 상태가 아닌 무언가를 끝낸 뒤의 행복한 만족감이었다. 찰리와 사귀기 시작한 첫 주에도 나는 그 사실을 알지 못했다. 하지만 시간이 흐를수록 나는 섹스 후의 나른한 상태야말로 가장 행복한 순간이라는 결론에 도달했다. 더 이상 섹스를 위한 실랑이가 없고 그 공백은 그보다 훨씬 피상적인 것들, 이를테면 언제 침대에서 일어날지, 셔츠를 어디에 두었는지, 무엇을 먹을지와 같은 가벼운 질문으로 채워진다. 섹스를 하고 싶어서, 혹은 조금 미루고 싶어서 상대를 설득할 필요도 없다. 그저 상대방의 존재를 즐기면 되는 것이다.

새벽 3시, 잠에서 깨어나 보니 나의 손이 찰리의 사타구니에 놓여 있었다. 우리는 둘 다 발가벗은 채로, 찰리가 우겨서 덮게 된 이불을 덮고 있었다. 그는 등을 대고 바로 누워 있었고 나는 그의 옆에, 그와 한 베개에 누워서 한 손을 그의 허벅다리 위쪽에 얹어놓고 있었다. 문득 부끄럽다는 생각이 들었다. 갑자기 손을 거두면 내 손이 그 자리에 있었다는 사실을 깨닫고 깜짝 놀랄까? 나는 최대한 천천히 손을 뺐고 그가 몸을 뒤척였다. 그는 내 등에 한 팔을 감고 있었고 눈을 뜨지 않은 채로 고개를 돌려 내 머리에 키스한 뒤 다시 잠들었다.

나는 어둠 속에서 눈을 뜨고 누워 있었다. 나는 무엇을 피하려 했던 것일까? 무엇이 부끄러웠을까? 우리는 서로에 대해 어느 정도의 권리를 갖고 있는 것일까? 그는 알아차리지도 못했고 놀라지도 않았다. 나는 내 손을 다시 있던 자리에 놓았고 곧바로 다시 잠이 들었다.

다음 날 라일리에 가서 문을 두드리자, 할머니가 오렌지색 민소매 원피스에 스타킹을 신고 오렌지색 힐을 신고 나왔다. 가느다란 흰 가죽 벨트가 할머니의 잘록한 허리를 조이고 있었고 맨 팔은 너무도 앙상했다. 할머니는 나와 찰리를 번갈아 바라보다가 손바닥을 치며 "아이고! 이게 누구냐!"라고 소리쳤다. 할머니는 나의 키스를 받기 위해 뺨을 내밀었다.

"찰리예요. 찰리, 이쪽은 우리 할머니 에밀리 린드그렌. 할머니, 전화를 드릴까 했는데, 마침 이 동네 올 일이 있어서 왔다가……."

"앨리스, 난 이런 깜짝쇼를 좋아하잖니!"

사실 나는 일부러 미리 전화를 하지 않았다. 찰리와 내가 전날 밤을 휴턴에서 함께 보냈다는 사실을 알리고 싶지 않았고 엄마가 짧은 시간에 거한 식사를 준비하느라 허둥대게 하고 싶지도 않았다. 엄마와 할머니는 항상 12시 반에 식사를 했고 우리가 집에 들어선 시간은 2시 15분 전이었다.

"린드그렌 여사님, 제가 오늘 얌전하게 굴겠다고 손녀 따님께 약속을 하고 왔어요."

찰리가 말했다.

할머니가 대답을 하기도 전에 엄마의 목소리가 들렸다.

"어머니, 누가 왔나요?"

엄마가 나왔고 눈이 휘둥그레졌다.

"앨리스! 너였구나! 다음 주에나 온다고 하더니!"

"그냥 지나가는 길에 잠깐 들렀어요. 찰리와 같이 왔어요. 찰리, 우리 엄마예요."

"도로시 린드그렌이에요."

엄마가 말하며 찰리와 악수를 나누었다. 잠시 침묵이 흘렀고 엄마는 내가 기대했던 것보다 훨씬 침착한 목소리로 "어디 다른 데 가서 좀 앉아야겠다"라고 말했다.

내가 잘못 생각했던 것일까? 거실에 들어서서야 나는 상황을 이해할 수 있었다. 거실 테이블에 앉아서, 격자무늬 반소매 셔츠를 입고, 뚱뚱한 체격에 비해 더없이 작아 보이는 커피 잔을 들고 있는 사람은 바로 라스 엔더스트라스였다. 내 뒤쪽에서 할머니가 그것 보라는 듯 웃고 있으리라는 것을 보지 않아도 알 수 있었다. 안절부절못하는 엄마의 모습도 눈에 들어왔다.

"얘, 라스 엔더스트라스 씨 알지? 찰리는 성이 어떻게 되지?"

"블랙웰이에요."

내가 얼른 대답했다.

"라스라고 불러요."

라스 씨가 말했다.

찰리와 나는 앞에 접시가 놓이지 않은 의자에 앉았다.

"햄이라도 좀 내놓을까?"

엄마가 물었다.

"점심 먹었어요. 미리 전화 못 드려서 죄송해요. 막 휴턴에 도착했거든요."

나는 예고 없이 들이닥친 것을 벌써 후회하고 있었다.

다시 침묵이 흘렀다.

"뭐 마실 거라도 좀 갖다 줄게."

"괜찮아요."

"괜찮으시면 맥주 한 캔 주세요."

나와 찰리가 동시에 대답했다.

"제가 할게요. 맥주 드실 분?"

"라스 집안은 맥주가 아주 취약이지."

할머니가 근엄한 목소리로 말했다. 알아차린 사람은 나뿐이었지만 할머니는 무척 고소해하고 있었다.

"속이 부글거리고 가스가 차고 그런 증상들이 좀 있죠."

라스 씨도 인정했다. 다정한 말투였다. 그와 엄마는 정말 사귀는 것일까? 나는 우체국 유니폼을 입지 않은 그의 모습을 그날 처음 보았다.

"앨리스, 셜리네 집에 강도 들었다는 소식 들었니?"

할머니가 찰리와 나를 바라보며 말했다.

"요즘 그 사건 때문에 동네가 발칵 뒤집혔단다. 셜리 부부가 늦잠을 자고 일어나 보니 부엌 유리창이 부서져 있고 TV가 없어졌더래. 은 식기들 하고. 더 이상한 건, 칠면조 샌드위치 반 조각이 싱크대 위에 놓여 있더란다. 샌드위치를 먹으면서 강도짓을 했다니, 상상이 되니? 마요네즈까지 뿌려 먹었다지 뭐냐!"

"언제 일이에요?"

내가 물었다.

할머니는 부엌 쪽을 바라보며 "얘, 그게 일요일 밤이었니?"라고 엄마에게 소리쳐 물었다.

"월요일이에요. 좀 이상한 사람인 거 같더라고요."

찰리의 맥주를 쟁반에 들고 나오면서 엄마가 대답했다.

엄마가 찰리에게 맥주를 건넸다.

"제가 아는 사람은 60년대에 강도를 당했는데, 도둑이 신발 한 짝을 놓고 갔대요."

찰리가 쾌활하게 말했다. 라스 씨가 우리 집에 있는 것이 얼마나 낯선 풍경인지 그가 알 리가 없었다.

"엄마, 문 잘 잠그세요."

내가 말했다.

"경찰이 곧 범인을 잡을 거야. 매일 술집에서 죽치고 앉아 있던 쿨버 보안관이 드디어 조사에 착수했다니 말이야."

할머니가 신이 난 듯 이야기하다가 느닷없이 찰리에게 "자넨 어떻게 해서 앨리스의 고향집을 방문하는 영광을 누리게 되었나?"라고 물었다.

"앨리스가 저한테 홀딱 반했거든요."

찰리가 싱긋 웃었다. 나는 찰리와 할머니가 서로를 좋아할지 걱정이 되었다. 두 사람 모두 활달한 성격이긴 했지만 두 사람의 활달함이 같은 성향인지는 알 수 없었다. 성격이 비슷하면서도 성향이 다른 경우는 전혀 다른 성격인 경우보다 훨씬 더 나빴다. 찰리는 테이블 밑에서 내 손을 잡았다.

"찰리, 찰리도 교사 일을 하나요?"

엄마가 물었다.

"아뇨, 엄마. 찰리는 정육업계에서 일해요."

찰리가 내 손을 꽉 잡았다. 내가 긴장하고 있다는 걸 눈치 챈 것일까?

"휴턴, 매디슨, 밀워키를 오가면서 일하고 있습니다."

찰리는 혹시 내가 가족들에게 그에 관한 이야기를 했을 거라고 짐작했던 것일까? 가족들에게 전혀 이야기를 하지 않았으니 마치 일부러 숨긴 것처럼 보이기 전에 얼른 말을 해야 하는 것일까?

할머니는 담뱃갑에서 담배를 한 개비 꺼내 불을 붙였다.

"교통비 꽤나 들겠군."

"찰리, 앨리스가 자네 성이 블랙웰이라고 소개를 했는데, 혹시 블랙웰 소시지나 전 주지사하고 무슨 관련이 있는 건 아니겠지?"

라스가 말했다.

"설마 아니겠지! 그 주지사 때문에 우리 주가 얼마나 골탕을 먹었는데!"

할머니가 말했다.

"해럴드 블랙웰 씨가 찰리의 아버지예요."

마치 그렇게 하면 할머니의 말을 수습할 수 있다는 듯, 내가 커다란 목소리로 말했다.

잠시 침묵이 흘렀다. 침묵을 깬 사람은 찰리였다.

"정치 문제만큼 의견이 일치하기 힘든 주제도 없죠. 안 그렇습니까?"

그는 미소를 짓고 있었지만 엷은 미소였다. 그도 나름대로 애를 쓰고 있었다.

"그러니까 찰리의 아버지가 해럴드 블랙웰이라고?"

엄마가 어리둥절한 표정으로 물었다.

"찰리도 내년에 선거에 출마할 거예요. 하지만 아직은 비밀이니까 다른 사람한테는 말씀하지 마세요."

나는 혹시 찰리가 화가 났는지 흘긋 쳐다보았다. 기분이 썩 좋아 보이진 않았지만 그게 할머니가 한 말 때문이었는지 나의 경솔한 발언 때문인지는 확실치 않았다. 하지만 이왕 이렇게 된 김에 다 말해버리는 것이 좋지 않을까? 혹시 이번 일을 계기로 우리가 얼마나 다른 환경에서 자랐는지, 우리가 얼마나 공통점이 없는지를 깨닫게 되고 결국 헤어질 수도 있을까?

"의원 선거에 출마한다고! 대단하군! 준비하느라고 한창 바쁘겠네!"

할머니가 말했다.

내가 할머니의 정치 성향에 대해 얼마나 무지했는지 새삼 깨닫는 순간이었다.

"1월까지는 출마선언을 하지 않을 거예요. 사실 앨빈 윈세크 같은 막강한 적수가 있기 때문에 쉽지는 않을 겁니다. 하지만 위스콘신 6지구를 위해 봉사할 수 있다면 그건 정말 엄청난 특권이라고 생각하고 있습니다."

'찰리, 제발 정치 연설하는 식으로 말하지 말아요.'

내가 생각했다.

할머니의 얼굴을 쳐다볼 수조차 없었다.

"아버지처럼 자네도 공화당이겠지?"

할머니가 물었다.

마침내 용기를 내어 할머니를 쳐다보았을 때 할머니는 찰리를 노골적으로 빤히 쳐다보고 있었다.

"그렇습니다."

그의 목소리에서 쾌활함과 함께 방어심리가 느껴졌다.

"매디슨처럼 진보적인 도시에서, 자네 또래 젊은이들과는 다른 생각을 갖고 있구먼."

할머니가 말했다.

"겉으로 보이는 모습이 전부는 아니죠."

찰리의 말투는 여전히 정중했다.

"전면에 나선 학생들의 목소리는 크고 거칠지만 매디슨의 기둥을 이루고 있는 사람들은 열심히 일하는 중산층 가정이라고 생각합니다."

'두 사람 다 제발 그만해요!'

나는 울고 싶었다.

"내가 존경하는 공화당 정치인은 제럴드 포드예요. 참 힘든 시기에 정치에 입문했죠. 게다가 부인까지 투병 중이었잖아요."

엄마가 말했다.

"제럴드 포드는 아주 든든한 아군이죠. 자신의 힘과 한계를 분명히 아는 사람이에요."

잠시 침묵이 흘렀고 우리 모두가 대화를 어느 방향으로 이어가야 할지 망설였다. 찰리가 고삐를 잡았다.

"집이 참 아늑하네요. 여기서 얼마나 오래 사셨습니까?"

찰리가 물었다.

할머니가 아닌 엄마에게 묻고 있었다.

"그러니까 그게…… 어머님, 얼마나 됐죠? 우리가 45년도에 이사 왔으니까 한 33년쯤 살았네요. 찰리 나이보다 더 많을 것 같은데? 참, 앨리스의 친구 데나도 만나봤겠죠? 데나의 부모님이 바로 길 건너에 살아요. 우리가 이사 오고 나서 6개월 뒤에 이사 왔죠."

"데나 양은 만나보았습니다. 파티에 활기를 불어넣는 아가씨였어요."

"찰리, 앨리스의 아버지가 위스콘신 주립 은행 지점장이었다는 얘긴 들었어요?"

찰리가 미소를 지었지만 이번에도 공허한 미소였다.
"매디슨에도 지점이 있어요."
내가 말했다.
"이 근방에서 가장 좋은 은행이죠. 정말 먹을 것 안 가져와도 되겠니, 앨리스? 어제 저녁에 사과파이를 만들었는데, 반죽에 크림을 넣으라는 네 말이 꼭 맞더라."
"그거라면 내가 얼마든지 판단해줄 수 있어. 오늘 아침 일어났을 때 위스콘신 주지사의 아들하고 마주 앉을 줄 알았으면 카메라를 가져오는 건데……."
라스의 말에 나는 너무 무안해하지도, 지나치게 맞장구를 치지도 않으려고 애썼다.
"라일리 같은 조그만 마을에도 사람들이 얼마나 먼 곳까지 우편물을 보내는지 알면 아마 자네도 놀랄걸? 얼마 전에는 벨기에의 브뤼셀로 가는 소포도 있었다네."
라스가 말했다.
"오드리 헵번이 태어난 곳이지."
할머니가 말했다.
다시 침묵이 흘렀다.
찰리는 라스의 직장 이야기가 특별히 거슬리는 것 같지 않았지만 그렇다고 해서 관심이 있는 것 같지도 않았다.
"저, 제가 애플파이를 놓친 겁니까?"
찰리가 물었다.
"아니! 얼른 가져다줄게."
엄마가 벌떡 일어서며 말했다.
"앨리스, 너도 먹을래?"
"아뇨, 그래도 도와드릴게요."

내가 말했다.
부엌에는 은박지로 싼 팬을 오븐 안에 집어넣었다.
"찰리는 차가운 것도 먹을 거예요."
"따듯하면 훨씬 더 맛있어. 바닐라 아이스크림이 남았어야 하는데…… 혹시 없으면 얼른 가서 사 올까?"
"그러실 필요 없어요."
"해럴드 블랙웰의 아들인 줄은 꿈에도 몰랐지 뭐니!"
엄마가 말한 뒤 잠시 후 다시 말을 이었다.
"라스 씨가 있어서 많이 놀랐지? 지난번에 우표를 사러 나갔다가 이야기를 하게 됐는데, 참 좋은 사람이야."
"좋은 분 같아요. 온다고 미리 알려드리지 못해서 죄송해요."
"하지만 네 아빠를 대신할 사람은 아무도 없단다."
엄마의 표정에 비장함이 감돌았다. 마치 내가 엄마의 말을 믿지 않으리라는 것을 안다는 듯이.
"엄마, 전 괜찮아요. 엄마한테도 친구가 있는 게 좋잖아요. 언제든 매디슨에 저녁식사 하러 오세요. 할머니하고 같이 오셔도 좋고, 할머니가 시카고에 가실 때 그냥 두 분만 오셔도 좋고요."
엄마는 혼란스러운 표정을 지었다.
"할머니가 너한테 시카고에 가신다고 하든?"
"다음 주나 다다음 주쯤에 시카고 가실 때 되지 않았어요?"
엄마는 고개를 저였다.
"할머니가 시카고에 안 가신 지 벌써 몇 년이 되었단다."
나는 깜짝 놀랐다.
"기력이 없으셔서요?"
"네 할머니가 올해 여든둘이시잖니. 워낙 정정하셔서 나이를 가끔 잊곤 하지."

엄마가 타이머에 7분을 맞추었다.

“참, 안 그래도 널 보면 말해주려고 했는데, 브로치를 팔아줘서 고맙다. 제대로 쳐주었으면 그것보단 훨씬 더 값이 나갔을 텐데…… 그래도 그만큼이라도 받은 게 어디니?”

우리는 오래 머물지 않았다. 할머니를 제외한 나머지 사람들은 분위기가 시들해지는 것을 느꼈다. 엄마는 찰리에게 먹다 남은 파이를 한사코 가져가라며 싸주었다. 우리 다섯 사람은 거실에서 인사를 나누었다.

“앨리스가 왜 가족 이야기를 즐겨 하는지 알 것 같습니다.”

찰리가 엄마에게 말했다.

그의 목소리는 크고 자신감이 넘쳤지만 그러면서도 왠지 멀게 느껴졌다. 훗날 나는 그것이 그가 유권자들에게 말할 때의 어조라는 것을 알게 되었다.

“난 자네 아버지를 찍지는 않았네. 58년도에도 그렇고 66년도에도 그렇고. 하지만 자네 어머니의 패션 감각만은 정말 존경해. 언젠가 아주 멋진 여우 모자를 쓴 사진을 봤어.”

찰리가 악수를 할 때 할머니가 말했다.

“그렇게 전해드리겠습니다.”

전혀 웃음을 머금지 않고 찰리가 대답했다.

나는 시내 밖으로 빠지는 길을 안내했고 고속도로를 타고 난 뒤에는 거의 10분 동안 두 사람 다 말을 하지 않았다.

“불편했다면 미안해요. 할머니한테 제대로 걸려들었더군요.”

그는 아무 말도 하지 않았다.

“화났어요?”

내가 물었다.

“나한테 예의 바르게 굴라고 하더니, 당신 할머니야말로 그런 말을 들어야 할 사람 아닌가요?"

"찰리, 할머니는 올해 여든둘이세요. 워낙 농담도 잘하시고요."

"나는 하나도 재미없던데? 당신이 믿을지 모르겠지만 나하고 데이트 하고 싶어서 안달하는 여자들 중에 열렬한 공화당 지지자들도 많아요."

"그렇겠죠."

"우리가 앞으로도 계속 함께 있으려면, 누구보다도 당신이 날 지지해 줘야 해요. 의원 선거에 출마한다는 게 보통 힘든 일이 아니거든. 아버지가 그 과정을 견디는 걸 지켜봤고, 우리 형도 그 과정을 견뎠어요. 결코 만만한 일이 아니에요. 아주 피곤한 일이죠. 저 밖에 나가서 사람들한테 날 뽑아달라고 설득을 해야 한다고요. 그런데 자기가 만나는 여자조차 설득시키지 못한다면, 세상에 그런 한심한 놈이 어디 있겠어요?"

나는 잠자코 있다가 "당신 찍어줄게요"라고 말했다.

"다행히 난 당신이 사는 지역에서 출마하지 않아요."

"그러니까, 내가 당신을 찍겠다는 말을 못 믿는다는 거예요?"

그는 잠시 생각해보았다.

"물론 믿어요. 못 믿을 것도 없지."

"찰리……."

"다만 당신의 생각은 당신의 행동과 다르다는 게 문제지."

"억지 부리지 말아요."

"앨리스, 우리 가족은 의리가 전부인 사람들이야. 그것보다 더 중요한 건 없어요. 블랙웰 가를 모독하는 건 그것 한 가지뿐이에요. 초등학교 때부터 아이들이 툭하면 나를 걸고넘어지고 트집을 잡았지만 난 상관하지 않았어요. 나는 굳이 사람들을 설득하려고 애쓰지 않아요. 흘려버리면 그뿐이니까. 하지만 그런 나한테도 당신 할머니가 한 말들은……."

"할머니가 조금 심하셨다는 건 인정해요."

"정치를 하려면 지지자들을 끌어 모으고, 소속이 불분명한 사람들의 마음을 얻어야 해요. 날 비난하는 사람들? 그 사람들은 잊어버려야 하죠. 그런 사람들의 마음은 절대 돌아서지 않을 테니까. 똑똑한 사람들은 그런 일에 시간을 허비하지 않아요."

잠시 침묵이 흘렀다.

"이렇게 하면 어떨까요? 정치 얘기는 하지 않는 거예요. 올 여름 당신과 함께 보낸 시간들은 정말 내 생애 최고의 날들이었어요. 이건 내 진심이에요. 하지만 내가 믿지도 않는 것들을 믿는 척하고 싶진 않아요. 구호를 외치는 집회 따위엔 나가고 싶지 않다고요. 내가 정치인으로서 당신을 지지하는 게 아니라 한 인간으로서 당신을 지지해주면 안 될까요? 우리가 서로 다른 생각을 갖고 있다는 걸 인정하고, 당신도 날 설득하려 애쓰지 말고 나도 당신을 설득하려 애쓰지 않고, 그저 우리가 함께 있다는 것만 즐기면 안 될까요? 이렇게 말하는 내가 제정신이 아닌 거예요? 이게 불가능한 일일까요? 다른 사람들 앞에서는 절대로 내가 당신과 정치적으로 다른 견해를 갖고 있단 말을 하지 않을게요. 그건 우리 둘만 아는 비밀로 해요."

"그러니까 당신 얘기는, 내가 공화당 의석을 확보하기 위해 선거에 출마하는데, 당신은 공개적인 자리에서나, 아니면 우리 가족들과 함께 있을 때 절대로 당신 생각을 밝히지 않는 히피족이 될 테니 앞으로도 계속 잘 지내보잔 거예요?"

나는 조금 망설였다.

"말하자면 그래요."

"그러니까 난 당신한테 지미 카터가 아주 한심한 얼간이라고 설득하면 안 된다는 거네?"

그의 목소리는 한결 가벼워져 있었다. 우리는 다시 같은 편이라고 굳이 그가 말하지 않아도 알 수 있었다.

"그 질문에 대한 나의 대답은 이거예요. 아니, 당신은 전혀 미치지 않았어. 미친 여자들이라면 나도 볼 만큼 봤는데, 당신은 미친 축에도 못 들어요."

찰리가 말했다.

"고마워요."

그가 다시 나를 쳐다보았다.

"앨리스, 당신은 정말 특별한 여자야."

"당신을 특별한 남자라고 생각하는 사람도 있을 거예요."

"당신은 자의식이 강한 여자야. 그래서 다른 사람한테 무언가를 증명해 보일 필요를 못 느끼는 거야."

나도 그렇게 생각하고 있었을까? 나는 내가 자의식이 강한 여자라는 생각을 해본 적이 없었다. 나는 그저 나일 뿐이었다.

"난 가끔 이런 생각을 해요. 우리가 나이가 들었어요. 그러니까 지금 우리 부모님보다 더 나이가 들어서 한 여든이나 아흔쯤 됐는데, 우리는 베란다의 흔들의자에 앉아 있어요. 아마 도어 카운티 어디쯤이겠지? 그런데 우리는 그저 함께 있다는 사실만으로 너무 행복한 거예요. 상상할 수 있겠어요?"

내 가슴이 두근거렸다. 혹시 프러포즈를 하려는 것일까?

"당신한테는 절대 싫증이 나지 않을 것 같아요. 항상 재미있을 것 같아."

그 순간 내 눈에 눈물이 차올랐다. 그러나 나는 울지는 않았다. 게다가 그는 청혼을 하지 않았다. 우리는 겨우 한 달 만났을 뿐이었다. 한동안 우리 두 사람 다 말을 하지 않았다.

스프롤 가에 접어들었을 때 내가 먼저 입을 열었다.

"할 얘기가 있어요."

"기대되는데?"

그는 내 아파트 앞 주차장에 차를 세운 뒤 나를 바라보았다. 그의 눈은 반짝였고 그의 입술은 금방이라도 미소를 지을 것 같았다. 말을 꺼낸 김에 얼른 해버리지 않으면 다시 용기를 내지 못할 것 같았다.

"고등학교 3학년 때 차 사고를 냈어요. 내가 운전을 하다가 다른 차와 충돌했는데 반대편 차에 타고 있던 사람이 죽었어요."

"맙소사!"

찰리가 말했다.

그 순간 나는 그에게 말한 것이 실수였을지도 모른다는 생각이 들었다. 그러나 그는 "이리 와요"라고 말하며 나를 끌어안았다.

나는 한 팔로 버티며 그를 막았다.

"그게 다가 아니에요. 죽은 사람은 내가 아는 남자애였어요. 사실 난 그 애를 좋아했어요. 그 애도 날 좋아했던 것 같았어요. 법적인 처벌은 받지 않았지만 그 사고는 전적으로 내 책임이었어요."

찰리가 다시 나에게 손을 뻗었지만 나는 이번에도 고개를 저었다.

"끝까지 다 들어요. 물론 난 죄책감을 느꼈어요. 지금도 죄책감을 느껴요. 하지만 전처럼 나 자신을 학대하진 않아요. 하지만 그때 난……."

나는 심호흡을 했다.

"난 앤드류의 형과 관계를 갖게 되었어요. 사고로 죽은 애의 이름이 앤드류였어요. 앤드류 이모프. 그 형의 이름은 피트 이모프였어요. 단 몇 차례였고 아무도 그 사실을 알지 못했지만 난 임신을 했고 결국 낙태 수술까지 받아야 했어요. 할머니가 친한 친구에게 연락을 해서 그분한테 수술을 받았어요. 피트한테도, 부모님한테도, 그 누구에게도 나는 한 번도 내가 임신했다는 사실을 얘기한 적이 없었어요."

"앨리스……."

그가 나를 끌어안았고 이번에는 나도 저항하지 않았다. 그의 품은 따듯했고 정확히 내가 기대했던 향기가 풍겼다.

"그런 일을 겪었다니 정말 가슴이 아파요, 린디."

"나한테 이런 동정을 받을 자격이 있는지 모르겠어요."

그가 뒤로 물러서며 나와 눈을 맞추었다.

"난 실수한 적 없는 줄 알아요?"

"그렇게 엄청난 실수는 아니겠죠."

"대학 시절에 여자를 임신시켰다고 생각했어요. 두 달째 생리를 걸렀다고 해서 우리 둘 다 제정신이 아니었지. 여자는 스위트 브라이어 대학에 다녔고 난 프린스턴에 다닐 때였어요. 나는 내가 그 여자하고 잔 유일한 남자라는 걸 알면서도 그 아이가 내 아이가 아니라고 잡아떼면 어떨까 하는 생각을 했어요. 그러다가 여자가 다시 생리를 한다고 했고 그 뒤로 난 그 여잘 다시는 만나지 않았어요. 그러니까 당신도 위로받을 자격이 있어요."

"당신은 어렸잖아요."

"당신도 어렸어요. 사람은 누구나 실수를 해요. 그건 피할 수 없는 일이에요. 내가 알기로는 아담과 이브가 시작했던 것 같고 그 뒤로 계속 우리 인간은 실수의 역사를 이어왔어요. 지금 내가 무슨 생각하는지 알아요? 안으로 들어가서 당신을 제대로 안아주고 싶어."

"기왕 얘기가 나왔으니 다 말할게요. 엄마가 피라미드 조직에 사기를 당해서 돈을 잃었어요. 내가 사려고 했던 집을 사지 못했던 건 검사를 통과하지 못해서가 아니라 그 일 때문이었어요. 그리고 또, 우리 할머니는 레즈비언이에요."

놀랍게도 찰리는 웃음을 터뜨렸다.

"그러니까, 당신 할머니가…… 오럴섹스를 한다고?"

"말조심해요."

"증거는 있어요?"

"여자친구가 있어요. 의사인데, 아주 오랫동안 할머니와 커플이었어요. 지금은 할머니가 너무 기력이 없어서 시카고까지 그 친구를 만나러 가지 못하지만 서로 사랑하는 사이인 건 틀림없어요."

"대단하시네!"

찰리는 진짜 놀란 것 같았다.

"남자보다 여자가 더 매력적이라고 생각하는 사람하고 내가 무슨 말이 통하겠어요? 또 있어요? 점점 재미있어지는데?"

"그 정도면 다 얘기한 거 같아요. 아니, 한 가지 더 있어요. 내가 당신하고 데이트를 하기 때문에 데나가 나하고 말을 안 해요. 내가 말했죠? 무척 화낼 거라고."

생각할수록 데나의 행동은 내 삶이라기보다는 그녀 자신의 삶에 대한 불만의 표출인 것 같았다. 데나는 자신이 결혼해서 아이를 낳고 살고 있지 않다는 사실에 대해 불만이 많았다. 찰리를 만나기 전에 데나는 찰리에게 모든 희망을 걸었을 것이다. 그러나 그녀의 뜻대로 일이 풀리지 않았다. 나는 아무리 생각해도 데나의 반응은 좀 지나치다는 생각이 들었다.

"데나는 돌아올 거예요."

찰리가 한 손을 번쩍 들며 말했다.

"말을 자르고 싶진 않지만 안에 들어가서 계속하는 게 어때요?"

그가 차 열쇠를 뽑고 나서 물었다.

그가 섹스를 하고 싶다는 의미였는지는 확실히 알 수 없지만 어쨌든 우리는 섹스를 했다. 아파트 안으로 들어서자마자 그가 나를 끌어안았고 우리 두 사람은 서로의 몸을 탐닉하면서 긴장과 불필요한 말들을 떨쳐버리려 애썼다. 우리는 너무 많은 말들을 했다. 우리가 한 말들은 포개지고 또 충돌했다. 그러나 이제 나의 몸 위에 있는 그의 몸, 나의 몸속으로 들어온 그의 페니스, 그의 엉덩이의 거친 움직임만이 있을 뿐이었다. 원초적으로 들리겠지만 두 사람 사이의 관계를 회복하는 데 섹스보다 더 좋은 방법은 없었다.

그가 뒤에서 나를 끌어안았다.

"당신을 지켜주고 보호해주고 싶어. 절대 다치지 않도록."

나는 마침내 울음을 터뜨렸다. 눈물이 내 뺨을 타고 흘렀다.

"그랬으면 좋겠어요. 한 사람이 다른 사람을 지켜준다는 게 가능했으면 좋겠어요."

"날 봐."

그가 말했다.

"사랑해, 앨리스."

그가 엄지손가락으로 눈가에 고인 내 눈물을 닦아주었다.

"나도 사랑해요."

나의 애정과 감사와 안도, 그리고 죄책감으로 얼룩진 열정을 표현하기에 그 말은 어딘가 부족하게 느껴졌다. 어쩌다가 나에게 이런 일이 일어났을까? 나에게도 이런 일이 일어나다니, 너무도 행복했다.

"아까 차에서 말했던 그 사고…… 참 이겨내기 힘들었을 거야."

그가 말하며 내 허리를 어루만졌다.

"하지만 이제부터는 아무 걱정 말아요. 다 잘될 테니까."

그다음 날 아침 할머니가 전화를 했다. 나는 모형을 만드는 데 썼던 붓을 닦고 있던 중이었다.

"찰리 말이다. 사람이 참 괜찮더구나."

나는 깜짝 놀랐다.

"할머니, 지금 저 놀리시는 거예요?"

"정치적 성향은 좀 못마땅하지만 보수적인 집안에서 자라서 그런 거겠지. 우리 쪽으로 넘어오도록 네가 잘 구슬려보렴."

"할머니, 찰리는 공화당 하원의원 선거에 출마할 사람이에요."

"떨어질 거야. 6지구에는 그가 태어나기 전부터 윈세크가 굳건히 버티고 있었어. 내가 보기엔 꼭 이기려고 출마한다기보다는 그게 블랙웰 가문의 관례가 아닐까 싶구나. 그렇다면 지더라도 한 번 못해볼 건 없겠지. 어쨌든 그 사람은 너한테 꼭 맞는 사람이야. 그것만은 분명해."

"정치 성향과 상관없이 찰리가 마음에 드신다는 거예요?"

"매력 있는 친구야. 활기 넘치고 매너도 좋고. 내가 보기엔 훌륭한 신랑감인 것 같다. 네 엄마도 같은 생각이란다. 벌써 네 결혼 준비를 하고 있너라. 그나저나, 네 엄미가 연애를 한다는 내 추측이 옳았다고 내가 직접 말할까? 아니면 네가 말할래?"

"벌써 말씀하셨잖아요."

"속이 부글거린다는 둥 가스가 찬다는 둥 그런 얘기를 하는 건, 그것도 먹을 걸 앞에 놓고 그런 얘기를 꺼내는 건 네 엄마가 반한 그 사람의 매력은 아니겠지. 하지만 네 엄마가 그 사람하고 그저 즐기는 것뿐이라고 해도 누가 뭐라겠니?"

"할머니가 미끼를 던지셨잖아요."

할머니가 웃었다.

"조금 그런 면도 있지."

"찰리가 마음에 드신다니 다행이에요."

내가 말했지만 속으로는 '비록 할머니 짝사랑이긴 하지만'이라고 생각했다.

"앨리스, 그 사람 절대 놓치지 마라. 네 짝을 제대로 만난 것 같으니까."

할머니가 들뜬 목소리로 말했다.

그다음 주는 개학 전 주였다. 나는 모형들을 차에 싣고 학교로 갔다. 조심스럽게 쌓아 두 번이나 왕복을 해야 했다. 찰리 말고는 아무도 본 사람이 없었지만 모든 것이 정확히 내가 예상했던 대로일 거라는 확신이 들었다. 바바의 머리도 벽에 고정하자 반듯하게 세워졌다.

엘로이즈를 선반 위에 고정하고 있는데 굵은 목소리가 들려왔다.
"앨리스 선생님, 정말 훌륭하네요!"
"빅 글렌!"
리스 초등학교의 수위를 교사들과 학생들 모두 그렇게 불렀다. 그는 키가 무척 큰 70대의 흑인 남자로, 이 학교에서 50년 넘게 일한 사람이었다. 나는 얼른 달려가서 그를 끌어안았다.
"헨리에타 아주머니하고 휴가 잘 다녀오셨어요?"
나는 빅 글렌의 아내인 헨리에타를 한 번도 만난 적이 없었지만 매년 학기가 끝날 무렵 파인애플을 거꾸로 꽂은 케이크를 교수 휴게실로 가져오는 것으로 유명했다. 마치 케이크 먹기 대회라도 열린 듯 그 케이크는 순식간에 다 없어졌다.
"무법자들이 없으니까 아주 쥐죽은 듯 조용했지요."
빅 글렌이 웃으며 말했다.
"학생 무법자요? 아니면 선생님 무법자요? 그래도 양쪽 다 보고 싶으셨죠?"
내 말에 그가 다시 웃었다.
그가 앞으로 다가서며 목소리를 낮추었다.
"소문은 내지 말아요. 샌디 선생님 남편이 위독하다네요."
내가 얼굴을 찌푸렸다.
"또요?"
내 나이의 두 배인 샌디 모고스 선생은 항상 뜨개질을 하고 기회가 있을 때마다 자기가 뜬 베이지색 숄을 입고 다니는 여자였다. 그녀의 남편은 2년 전에 후두암 진단을 받았지만 많이 호전되었다는 소식을 들었던 터였다.
"이제 얼마 안 남은 것 같다는군요. 참, 캐롤린 선생님 소식은 들으셨어요?"

빅 글렌은 학교의 온갖 소문을 다 꿰뚫고 있는 사람으로 통했다.

나는 고개를 저었다. 캐롤린 크라윅은 나보다 일곱 살에서 여덟 살쯤 어렸고 전직 유치원 교사였다. 리스 초등학교에 온 지 얼마 되지 않았기 때문에 나와는 별로 친하지 않았다.

"이번 학기에 복직을 안 할 거라네요. 새 남자친구가 생겼는데 같이 아이오와 주로 가게 됐대요."

그가 의미심장하게 눈썹을 추켜올렸다.

"이번엔 제대로 만난 건지."

소문을 이야기할 땐 항상 이런 것들이 추가되었다. 그는 영 못 미덥다는 듯이 말하고 있었다. 갑자기 나는 캐롤린을 두둔하고 싶다는 생각이 들었다. 이번에는 제대로 만났을 수도 있는데.

"교장 선생님한테 언제 말씀드렸대요?"

올해 55세인 교장 리디아 비안치는 내가 개인적으로 무척 좋아하는 사람이었다. 리디아는 결혼했지만 아이가 없었다. 아이를 갖지 않기로 한 것인지, 아니면 아이를 갖는 데 실패한 것인지를 두고 교사들 사이에서 말이 많았다.

"한 1, 2주 전쯤에요. 제약업계에 종사하는 사람인데 매디슨으로 출장을 왔다가 만났다더군요. 그렇게 쉽게 사람을 만날 수도 있는 건지, 원."

그가 어깨를 으쓱했다.

"아마 내가 요즘 젊은 사람들 사랑을 잘 이해하지 못하나 봐요."

"다른 교사는 구했대요?"

"관심 있어요?"

"아뇨, 전 도서관 일이 좋아요."

그 말을 하는 순간, 가슴 깊은 곳에서, 내가 한 말이 진실이 아님을 깨달았다. 머지않아 나는 학교를 떠날 것이다. 만약 찰리와 내가 같이 살게 된다면, 아직 아무에게도 말하지 않았지만 찰리와 나의 관계가 발전

한다면, 교사로서의 내 생활도 그리 길지는 않을 것이다.

빅 글렌과 이야기를 하는 동안 학교에서의 내 모습이 낯설게 느껴졌다. 나는 곧 떠날 것이다. 그리고 내가 떠나고 나면 다른 교사들도 이런 식으로 내 이야기를 할 것이다.

1977년 8월 말 태풍주의보가 내려졌다. 일요일 오후였다. 전날 밤에는 찰리의 친구 가호프 집 파티에 늦게까지 머물렀다. 파티에 참석한 사람들이 2층에서 마리화나를 피우는 것을 보고 나는 깜짝 놀랐다. 전에 마리화나를 본 적이 있긴 했지만 가호프의 아이들이 같은 층 침실에서 잠들어 있었다. 우리는 자정이 지나 그 집을 나왔고 찰리는 내 아파트에서 한 시간 정도 머물렀다. 그는 내 아파트에서 자고 가게 해달라고 졸랐다.

"휴턴에서도 그랬잖아."

그의 새로운 핑계였다.

"휴턴에서 그랬는데도 아직 지옥불에 안 빠졌잖아!"

나는 안 된다고 했다. 다음 날 아침 찰리는 행크 어커와 함께 교회에 가기로 되어 있었고 예배가 끝나면 팬케이크 아침식사를 하기로 되어 있었다. 게다가 나는 대청소를 해야 했다. 싱크대에 접시들이 쌓여 있었고 빨래가 한 바구니였고 밀린 청구서들을 처리해야 했다. 누군가와 막 사귀기 시작할 때면 기꺼이 외면하게 되는 것들이었다.

마침내 일요일이 되었고 밀린 일들을 하는 동안 하늘이 서서히 푸른빛에서 회색빛으로 변했다. 오후 2시가 되자 기온이 아침보다 뚝 떨어져 있었다. 나는 부엌과 침실 창문을 닫고 라디오를 틀었다. 토네이도가 다가오고 있는데, 서서히 남서쪽으로 움직일 것으로 예상되지만 매디슨을 지나갈지는 아직 확실치 않다고 했다. 나는 찰리에게 전화를 걸었다.

"아직 무사하네요!"

그가 전화를 받자 내가 말했다.

"앞으로 팬케이크 절대 안 먹어. 젠장, 린디, 교회 할머니들이 배부르다는데도 계속 먹으라고 하더라고."

"밖에 나가봤어요?"

나는 싱크대 앞에 서서 아파트의 뒤뜰과 뒷집을 바라보고 있었다.

"새들도 조용해요."

"설마 지금 새들을 걱정하고 있는 건 아니겠지?"

TV 소리가 들려왔다.

"야구 보고 있어요?"

"밀워키 브루어스가 화이트 삭스를 신나게 두들겨 패주고 있거든. 두 번 졌기 때문에 이번 승리는 유난히 짜릿하네."

"전화통 붙잡고 있으라면 화낼 거예요? 귀찮으면 끊어도 돼요."

"이리 오지 그래요? 아니면 내가 갈까?"

"우리 집 TV는 흑백이란 거 잊었어요?"

"그럼 당신이 와요. 내 배 주무르게 해줄게."

"지금은 운전하기가 좀……."

그 순간 갑자기 빗방울이 창문을 때리기 시작했다. 그러나 자세히 보니 빗방울이 아니라 우박이었다.

"다음 타자는 마이크 칼드웰이야. 좀 믿음이 안 가는 친구이긴 한데, 오늘 그런대로 잘 하고 있어. 그런데 스티브 브라이가……."

그 순간 번개가 치더니 천둥소리가 울려 퍼졌고 곧바로 사이렌이 요란하게 울렸다.

"지하실로 내려가야겠어요. 찰리, 당신도 내려가요. 제발 TV만 보지 말고!"

"당신 괜찮아?"

찰리가 침착한 목소리로 물었다.

"찰리, 어서 TV 꺼요."

전화를 끊고 나는 마치 바닷가에 나가는 사람처럼 타월과 책 한 권, 손전등을 들고 아파트를 나왔다. 지하실 문은 1층 계단 뒤쪽에 있었다. 건물에는 아파트가 하나 더 있었다. 1층은 '자훈 최'라는 의대생이 살고 있었다. 전에도 몇 번 그와 함께 토네이도가 지나가기를 기다린 적이 있었지만 차가 없는 것을 보니 오늘은 집에 없는 모양이었다. 지하실로 이어진 낡은 나무 계단은 칸과 칸 사이에 구멍이 뚫려 있었다. 나는 천장에 줄로 매달아놓은 전구를 옆으로 밀며 계단에서 내려섰다. 우리 아파트의 주인은 낡은 항해 장비와 야외용품을 이곳에 보관했지만 지하실은 대체로 텅 비어 있었다. 간이의자를 펴보았다가 너무 녹슬고 거미줄투성이라 도로 접었다. 나는 그렇게 전등과 타월, 《험볼트의 선물》이라는 제목의 책을 들고 서 있었다.

그곳에서 나는 생각했다. 사람의 운이라는 것이 얼마나 순식간에 뒤집힐 수 있는 것인가? 사람들은 '설마 나한테 그런 일이 생기겠어?' 하는 생각으로 하루하루를 산다. 다른 사람이겠지. 설마 나는 아니겠지. 그러나 때로는 우리 자신에게, 또는 우리와 아주 가까운 사람에게, 끔찍한 일들이 일어나곤 한다. 한 번도 끔찍한 일을 겪지 않은 사람들은 불의의 사고는 다른 사람들한테나 일어나는 일이라고 생각하겠지만 불행을 겪어본 사람들은 그렇게 어리석지 않다. 지하실에 서서 나는 커다란 나무가 찰리의 아파트 창문을 부수고 그가 토네이도에 갇혀 날아가다가 길가나 지붕 위에 무자비하게 내동댕이쳐지는 상상을 했다. 토네이도가 없는 지역에서는 소나 냉장고가 날아다니는 것이 만화에서나 볼 수 있는 장면이라고 생각할지도 모른다. 이따금 토네이도를 목격하는 우리 같은 사람들에게조차도 평상시에는 그저 우스운 상상일 수 있다. 그러나 창밖에서 회오리바람이 몰아치면서 어둠이 내리면 불안감이 엄습해 온다. 내가 사랑하는 사람한테 똑같은 일이 두 번 일어날 리는 없다고 스스로에게 말해보았지만 그래도 마음이 놓이지 않았다.

회오리바람과 사이렌 소리 속에서 누군가 1층 문을 두드리는 소리가 들렸다. 나는 계단을 뛰어 올라갔다. 자훈 최가 집 앞에 차를 세워놓고 문을 두드리는 모양이라고 생각했다. 그런데 문을 두드린 사람은 다름 아닌 찰리였다.

"찰리!"

내가 문을 열며 소리쳤다.

찰리는 빗물을 떨어뜨리며 안으로 들어섰고 나는 그를 끌어안았다.

"이럴 때 운전하면 안 되는 거 몰라요!"

내게 키스하는 그의 입술이 미끄러웠다.

나는 그를 지하실로 데리고 갔다.

"날 닦아주려고 들고 있었어?"

내가 들고 있던 타월을 가리키며 그가 물었다.

그는 타월로 머리를 닦은 뒤 수건을 내려놓고 주위를 둘러보았다.

"분위기 괜찮네."

그가 말했다.

"이런 날씨에 어쩌려고 운전을 했어요?"

"윌리엄슨에서는 나무가 부러졌다는데, 매디슨까지는 안 와. 이건 그냥 지나가는 폭우일 뿐이야."

그가 말하는 동안 사이렌이 멈추었다.

"봤지? 다들 내 말에 동의하잖아."

그가 싱긋 웃으며 말했다.

"하지만 여기까지 운전하고 오는 건 너무 위험했어요."

그가 손으로 내 입을 막으며 말했다.

"여기 오면서 생각한 게 있는데, 이제 야단 좀 그만 치지 그래? 잠자코 있을 거지?"

내가 고개를 끄덕이자 그가 손을 거두었다.

"아무래도 우린 결혼하는 게 좋겠어. 빗속을 달려오는 미친 짓은 더 이상 하면 안 되니까. 우린 한집에서 살고, 한침대에서 자고, 아침에 같이 일어나야 돼. 토네이도가 덮쳐도 내가 곁에서 당신을 지켜주면서 야구도 볼 수 있잖아?"

우리는 잠시 서로를 바라보았다.

"그러니까 지금…… 나한테 청혼하는 거예요?"

"아무래도 그런 것 같지?"

그가 웃었지만 조금 긴장한 표정을 지었다.

"좋아요."

내가 말하며 환하게 웃었다.

찰리가 나를 끌어안았다. 내 발이 들릴 정도로 힘껏. 비유적인 표현이 아니라 실제로 나를 그렇게 안았다. 우리는 지하실에 있었다. 나의 삶이 달라지는 그 순간, 우리는 가장 음침한 곳에 있었다. 나는 여전히 나 자신이었고, 전혀 다른 세상으로 이동한 것도 아니었고, 어두운 지하실이 환하게 변한 것도 아니었다. 그 순간이 소중하게 빛나기 시작한 것은 그로부터 한참 뒤였다. 그러나 그 순간, 나는 세상의 모든 것이 새롭고 낯설고 흥미롭고 가볍게 느껴졌다. 그날의 감정은 훗날 그와는 전혀 반대의 감정들, 이를테면 무겁고 익숙하고 확고한 무언가로 변했다. 지금 생각해보면 그날 그 순간이 마치 피할 수 없는 운명의 순간처럼 느껴졌지만, 어떤 일이건 지난 후에 되돌아보면 모두 운명처럼 느껴지는 것이 아닐까?

그렇게 나는 데나를 잃은 대신 결혼을 얻었다. 우정 대신 사랑을 얻었고 친구 대신 남편을 얻었다. 다른 사람들도 그런 상황에서 그런 선택을 했을까? 앞으로 나는 결혼 한번 못 해본 딱한 괴짜 노처녀 소리는 듣지 않을 것이다. 나의 존재가 다른 사람들에게 질문을 불러일으키지 않고, 다른 사람들도 그 질문에 대답해야 할 것 같은 부담을 느끼지 않을 것이다.

내가 정말 행복했던 이유는 사랑하는 남자와 결혼했기 때문이었다. 내가 했던 선택들은 결국 독신의 삶으로 이어지지 않았다. 찰리와의 결혼으로 인한 안정감은 내가 만난 그 누구와도 얻을 수 없었던 것이었다. 그러나 더욱 놀라운 것은 내가 안정감 이상을 얻었다는 사실이었다. 찰리는 다정하고 재미있고 열정적인 남자였다. 게다가 믿을 수 없을 정도로 매력적이었다. 갈색 털이 난 그의 손목, 그의 깔끔한 셔츠들, 그의 미소, 그의 카리스마……. 그렇게 나는 서른한 살이 될 때까지 마치 무인도의 마지막 생존자처럼 쓸쓸하게 살다가, 완벽하다고는 말할 수 없지만 나에게만은 완벽한 한 남자를 만났다. 나의 삶은 결국 벌을 받는 삶이 아니었다. 오히려 보상을 받았다. 그러나 무엇 때문에 내가 이런 보상을 받은 것인지는 확실히 말할 수 없었다.

우리가 만난 지 겨우 6주 만의 일이었다.

노동절 전 주, 개학을 앞두고 수요일과 목요일 이틀에 걸쳐서 교사 회의가 열렸다. 솔직히 교사들은 고등학생들과 전혀 다를 것이 없었다. 몇 달 동안 떨어져 지낸 뒤라 서로가 어떻게 지냈는지 묻고 휴가를 어떻게 보냈는지 서로 비교해보고 누가 말랐는지, 누가 얼굴이 탔는지 궁금해했다. 강당에서 교장이 연설을 하는 동안 나는 리타, 매기 스텐타와 함께 앉아 있었다. 매기는 지난 봄 나를 집으로 초대해주었던 1학년 교사였다. 리디아 교장이 바뀐 통학버스 일정에 대해 설명하고 있을 때 리타가 몸을 숙이며 내게 속삭였다.

"새 남자친구는 잘 있지?"

매기가 고개를 돌렸다.

"사귀는 사람 있어?"

나는 고개를 저었다. 마치 교장에게서 나에게로 옮겨진 관심을 감당할 수 없다는 듯이.

찰리에 대해 무슨 얘기를 해야 할까? 떠벌리고 싶지도, 자랑하고 싶지도 않았다. 사흘이 지났는데도 찰리는 우리의 결혼에 대해 그 누구에게도 말하지 않았다. 우리는 가족들에게 먼저 알리기로 했다. 노동절은 도어 카운티 햄시언에서 그의 가족들과 보내기로 했고 그다음 주에는 라일리로 와서 우리 가족들과 함께 보내기로 했기 때문에 그때 직접 발표하는 것이 더 좋을 것 같았다. 그러나 찰리의 가족들을 처음 만나는 자리에서 결혼 발표를 해도 될지 조금 걱정이 되었다.

해마다 교사들은 머릿니에 관한 30분짜리 홍보영화를 보게 되어 있었는데, 교사들은 그런 학교 방침에 대해 불만이 많았다. 나는 그 영화를 여섯 번째 보는 것이었다. 영화는 도서관에서 첫 주 목요일, 점심식사 후에 상영되었다. 나는 리타와 함께 식당에서 돌아오는 길이었고 스티브 엔겔이라는 키가 187센티미터인 과학 교사가 도서관 입구에 걸어 놓은《바다로 노를 저어》에 등장하는 카누 모형에 머리를 부딪쳤다.

"근사하네!"

그가 중얼거렸다.

이렇게 저렇게 몇 번을 옮겨본 뒤에야 나는 모든 모형들에게 적당한 자리를 찾아줄 수 있었다. 토끼들과 마이크 멀리건(《마이크 멀리건과 증기 삽차》의 남자 주인공), 마리 앤(《마이크 멀리건과 증기 삽차》의 여자 주인공)은 저학년용 도서가 꽂혀 있는 가장 낮은 칸에 비치했다. 페르디난드(《꽃을 좋아하는 소 페르디난드》의 주인공 황소)는 카드목록을 둔 곳에 보초처럼 세웠다. 아낌없이 주는 나무는 내 책상 위에 앉는 영광을 누렸다. 찰리 때문에 무척 바빠졌는데도 열 개의 모형을 혼자 만든 나 자신이 자랑스러웠다. 모형들을 만드는 데 적어도 2백 시간 정도는 투자한 것 같았고 그나마 대부분은 찰리를 만나기 전에 이루어졌다. 영화가 끝나자

영화 상영을 주관한 깔끔하기로 소문난 양호 교사 데보라 큘이 머릿니 박멸과 관련한 학교 규율에 대해 설명했다.

"점심 먹은 지 얼마나 됐다고 저런 이야기를 하는지 몰라."

리타가 중얼거렸다.

데보라는 자신의 의학적 지식을 기꺼이 나누어주는 열정적인 간호사였다. 그녀는 도움을 청하는 교사들을 전혀 귀찮아하지 않았다. 교사들의 목 안을 들여다보고 약을 먹어야 할지 판단해주었고 문틈에 끼어 멍이 든 손톱에 항생제를 발라야 할지도 알려주었다.

데보라가 질문이 있냐고 묻자 리타는 손을 들었다.

"제가 한마디만 하죠. 도서관 정말 근사하지 않아요? 앨리스 선생님이 이걸 혼자 다 만들었답니다!"

리타가 말했다.

내 앞줄과 뒷줄에 앉은 교사들이 나를 쳐다보았다.

"리타 선생님 말씀이 맞긴 한데요, 머릿니 박멸 정책과 관련한 질문을 해주시면 감사하겠습니다."

데보라가 교사들을 둘러보았다.

아무도 손을 드는 사람이 없었고 데보라는 조금 실망한 표정이었다.

"그러고 보니, 모형들 덕분에 도서관 분위기가 확 달라진 것 같네요. 앨리스 선생님 솜씨가 대단하시네요."

데보라는 다소 새침하게, 그러나 결코 퉁명스럽지 않게 말했다.

리타가 박수를 치기 시작했다.

"제발 그러지 마세요!"

내가 리타에게 속삭였다.

그러나 어느새 사람들이 벌써 박수를 치기 시작했고 내 얼굴이 붉게 물들었다.

그다음 주 학교로 돌아온 아이들은 동화 주인공 모형들에 열광했지만 한편으로는 그것들을 어떻게 만들었는지 궁금해했다. 모형들은 1년도 채 버티지 못했다. '페르디난드'의 뿔들은 2학년 남자아이들의 장난으로 첫날 날아가 버렸고 6학년의 도서관 수업이 끝나고 보니 '엘로이즈'의 입술에 누군가가 콧수염을 그려놓았다. 누구 짓인지 짐작이 갔다. 학기가 끝날 무렵 나는 아낌없이 주는 나무를 제외하고 다른 모형들을 전부 치웠다.

아낌없이 주는 나무 모형을 나는 지금도 간직하고 있다. 이사할 때마다 마치 값비싼 꽃병처럼, 매번 점점 더 조심하면서 포장을 했다. 다른 모형들의 수명이 짧았던 것에 대해서는 나는 별로 개의치 않았다. 그 모형들을 만드는 동안 나는 정말 행복했다. 아이들에게 내 수고에 존경과 감사를 표현해주기를 바란다면 아이들과 함께 생활할 수가 없다.

머릿니 홍보영화가 끝나고 난 뒤 박수를 받았던 그 순간이 내 평생 가장 큰 성취감을 느낀 순간이 되리라는 것을 그때 나는 알지 못했다. 그때 나는 누군가의 후광을 얻거나 하나의 상징으로서가 아닌 나 자신의 능력으로 사람들에게 인정을 받았다. 도서관에서 35명의 동료 교사들이 내게 쳐주었던 박수는 작은 성취였지만 큰 감동이었다.

훗날 많은 사람들의 이목이 나에게 집중되었고, 어쩌면 가장 허영심 많은 사람이 바라는 수준 이상의 관심을 누렸지만 그때 느꼈던 것 같은 감동을 느껴본 적은 한 번도 없었다.

그날 밤 찰리와 나는 그의 아파트에서 저녁을 먹었다. 우리는 거실 소파에 앉아 접시를 무릎 위에 올려놓고 야구 중계를 보고 있었다.

"봄에 결혼하게 되면 수목원에서 하면 어떨까요? 교회에서 결혼식을 하지 않으면 부모님이 화내실까요?"

"어쩐지 무신론자 같더라니!"

찰리가 손가락으로 나를 가리키며 말했다.

"아마 우리 부모님은 야외에서 해도 상관하지 않으실걸? 그런데 그보다는 훨씬 더 빨리 해야 돼요. 1월에는 휴턴에 정착해야 하거든."

찰리가 말했다.

"혼자요? 아니면 나하고 같이요?"

"부부는 한집에 사는 걸로 알고 있는데?"

찰리가 장난기 어린 표정을 지었다. 그는 맨발에 흰 반바지와 흰 폴로셔츠 차림이었다. 그날 오후 클리프와 테니스를 치고 나서 샤워를 하지 않은 상태였다.

"혹시 내 땀 냄새 때문에 흥분되지 않아?"

뒤뜰에서 햄버거를 구울 때 그가 물었다. 그가 내 몸에 자신의 몸을 밀착했고 우리는 잠시 그 자세로 춤을 추었다. 코를 잡는 시늉을 하긴 했지만, 땀범벅이 된 그의 모습은 멋졌고 그의 체취도 좋았다.

"그럼 결혼식은 언제 해요? 1월은 앞으로 다섯 달밖에 안 남았는데."

"우리 결혼식은 여주인공이 흰 드레스를 입은 것만 빼고 나머진 보통 파티하고 똑같을 거야. 당장 내일이라도 하면 좋겠는데!"

"참 로맨틱하네요."

"10월 정도로 하지. 10월에 시간 돼?"

나는 생각해보았다. 내가 생각했던 것보다 훨씬 빨랐지만 안 될 이유도 없었다.

"안 될 건 없어요."

"좋아. 요란하게 할 필요 없잖아? 우리 형들은 모두 컨트리클럽 리셉션 홀에서 사람들 줄을 세워 축의금을 받았어. 참, 그러고 보니 존 형은 그렇게 안 했네. 형수가 동부 출신이라 형수 부모님 집에서 결혼식을 했어. 내 생각은 이래. 핼시언에서 하는 게 어때? 방도 많고 침대도 많고. 완벽하잖아?"

"내일 생각해보고 말해줄게요. 하지만 10월이면 땅에 눈이 있을지도 모르는데."

"당신은 너무 현실적이야."

찰리가 말했다.

나는 잠시 망설였다.

"학기는 끝낼 수 있겠죠? 휴턴에 살게 되더라도 매디슨까지 차를 몰고 출퇴근하면 되겠죠?"

찰리는 어깨를 으쓱했다.

"그러고 싶으면 그렇게 해."

"학기 중에 그만두는 건 영 찜찜해서요. 물론 그런 교사들도 많지만 교장이 아주 싫어하거든요."

"리스 초등학교에서의 마지막 학기가 될 테니까 당신이 원하는 대로 해. 하지만 내년 여름엔 내 옆에 있어줘야 해. 후보자의 아내가 된다는 건 그 자체로 하나의 직업이니까. 그 점에 대해선 여왕마마가 누구보다 잘 알고 계시지."

"사람들 앞에서 연설을 해야 하는 건 아니죠? 그럴 필요는 없는 거죠?"

그가 싱긋 웃었다.

"그게 나와 결혼해주는 대신 당신이 요구하는 조건이야?"

"찰리, 난 교사 회의에서도 거의 말을 한 적이 없어요."

"알았어. 연설 안 하게 해줄게."

그는 한동안 잠자코 있다가 사뭇 심각한 목소리로 말했다.

"이기지 못할 거야. 그건 알고 있지?"

"별로 희망적인 태도는 아니네요."

"물론 장난으로 출마하는 건 아니야. 허수아비 노릇을 하는 것도 아니고. 그건 절대 아니야. 하지만 이번에는 당선되는 게 내 목표가 아니야. 사람들한테 내 이름을 알리고 내가 성인이 됐다는 걸 알리기 위해서 출마하는 거야. 나는 위스콘신 주의 미래에 대해 진지한 구상 갖고 있는 진지한 사람이거든."

나는 그를 바라보면서, 나라면 절대로 다른 사람한테 '나는 진지한 사람이다'라고 말할 수 없을 거라는 불편한 생각을 했다. 굳이 그런 말을 할 필요가 있을까?

"하지만 사람들이 당신 때문에 많은 시간과 돈을……."

그가 고개를 저었다.

"그건 우리가 발족한 일종의 재단이야."

"재단? 찰리, 2년 뒤에 또 선거에 출마할 생각이에요?"

"가능성은 있어. 당장 2년 뒤에는 아닐지도 모르지만, 그 뒤에 그렇게 될 수도 있는 거고. 갑자기 공화당에 공석이 생길 수도 있고, 어쩌면 상원의원에 출마할 수도 있고. 정치라는 게 결국 다 타이밍 문제니까."

나는 햄버거를 내려놓았다.

"너무 냉소적인 말이네요."

"그게 현실이야. 내가 그런 규칙을 만들진 않았어."

"하지만 당신은 기꺼이 그 규칙을 따를 생각인 것 같은데요?"

"앨리스!"

그가 햄버거를 내려놓은 다음 들고 있던 접시를 테이블 위에 올려놓았다. 몇 달 전 이웃집에서 버리려고 내놓은 것을 가져왔다고 그가 자랑스럽게 말했던 흰 플라스틱 테이블이었다.

"난 당신이 날 지지해줄 줄 알았어. 지난번에 차 안에서 그렇게 말하지 않았어? 내가 잘못 이해한 거야?"

"우리 그냥 평범하게 살면 안 돼요? 왜 꼭 그렇게 유명인사가 되려고 하는지 난 솔직히 이해가 안 돼요."

"첫째, 이건 내 이기심을 채우려는 것이 아니라 주를 위해 봉사하겠다는 마음에서 출발한 거야. 자기만족을 위해 정치를 하는 사람들도 있겠지만 블랙웰 가 사람들은 그렇지 않아. 앨리스, 나에게 출마를 포기하라고 설득할 생각이면 우리 관계를 다시 생각해보는 게 좋을 것 같아."

"난 당신이 이번 한 번만 출마할 거라고 생각했어요."

"결국 당신도 내가 질 거라고 생각하고 있었다는 뜻이군. 속으로는 다른 사람이 이길 거라고 생각하면서 내가 선거에 엄청난 돈과 시간을 투자하는 걸 보고 기겁한 거야?"

잠시 침묵이 흘렀다.

"우리 싸우지 말아요."

그가 냅킨을 구겨서 벽난로 쪽으로 던졌다. 나는 그의 옆모습을 바라보았다. 그의 표정이 굳어 있었다.

"나 그만 일어날까요?"

내가 물었다.

"그러는 게 좋겠어."

나는 일어나서 접시를 들고 부엌으로 갔다. 손이 떨렸다. 우리의 결혼 약속은 여전히 유효한 것일까? 우리는 앞으로도 계속 사귀게 될까? 결혼할 거라고 아무에게도 말하지 않았으니 결혼이 깨졌다고 말할 필요도 없었다. 어떻게 보면 우리의 관계는 어딘가 비현실적이었다. 만약 이런 식으로 끝나게 된다 해도 길게 설명할 필요조차 없었다. 만약 누군가가 물어본다면 그저 관계가 틀어졌다고 말하면 될 것이었다.

내 아파트로 돌아오면서 나는 어쩌면 차라리 잘된 일인지도 모른다는 생각을 했다. 나는 정말 나의 독립적인 삶을 내조자의 삶으로 바꾸고 싶었을까? 지난번 라이온스 클럽에서 들었던 것 같은 연설을 평생 들으며 살고 싶었을까? 그의 정치적 소신에 동의하는지 아닌지는 제쳐놓고라도 그런 연설은 내게 그저 따분할 뿐이었다. 정치인들이 반복해서 하는 말들, 그들의 은근한 저음과 적절한 조롱 같은 것들은, 그들이 정직하고 신중한 사람인 척하는 꼭 그 정도만큼 한심했고 거짓이었다. 그런데 찰리는 그 자신이 그런 정치인이 되는 것을 내가 견뎌주는 것에서 만족하지 않고 내가 그의 정치 행보에 대해 기대하고 흥분하기를 바라는 것일까? 내가 그에게 도서관에 와서 내가 아이들에게 동화책을 읽어주는 것을 봐달라고 해본 적이 있었던가?

2시간 동안 그런 생각들이 내 머릿속에서 소용돌이쳤다. 나는 《험볼트의 선물》을 읽다가 402페이지에 이르러서 고개를 들었다. 문득 자신감이 사라지면서 무겁고 집요한 불쾌한 감정이 그 자리를 채웠다. 찰리와 내가 다투었던 문제들은 추상적이고 형태가 없는 것들이었다. 갑자기 우리가 다투며 했던 말들이 하나도 기억나지 않았다. 나는 그저 그의 곁에 누워 있고 싶었고 그의 몸 아래 누워 있고 싶었고 내 팔을 그의 팔에 두르고 싶었고 그의 팔이 내 몸을 두르고 있었으면 좋겠다고 생각했다. 그의 존재는 공허하지 않았다. 다른 모든 것은 공허할지언정 그는 실체가 있는 존재였다. 우리가 헤어질지도 모른다고 생각하니 너무도 끔찍했다. 도저히 견딜 수 없을 것 같았다.

나는 그에게 전화하고 싶은 충동을 가까스로 억눌렀다. 내일 아침까지 기다리는 편이 나을 것 같았다. 그가 나처럼 화가 쉽게 풀렸을 거라고 생각하는 것도, 그가 어쩌면 나를 벌써 용서했을 거라고 생각하는 것도 다 어리석게 느껴졌다. 하지만 내가 먼저 전화를 해서 그와 화해할 수만 있다면, 마음이 한결 편안해질 것이고 그렇다면 충분히 해볼 만한 가치가 있는 일이었다. 나는 욕실에서 세수를 하고 이를 닦은 다음 뭔가 집중할 거리를 찾기 위해서 눈썹을 몇 개 뽑았다. 그러고 나서 침실로 돌아와 잠옷으로 갈아입었다. 10시 20분이었다. 11시가 되기 전에는 전화하지 않겠다고 결심했다. 11시가 되기 전에는 전화를 할지 말지조차 결정하지 않을 것이다. 그저 가능성만 열어두기로 했다. 참을 수 있다면 참아볼 생각이었다. 그러나 참을 수 없다면 11시에 전화를 해서 무슨 말을 할지 생각해볼 것이었다.

나는 모로 누웠다. 불을 켜둔 채 창문을 열어두었고 따스한 바람이 불어왔다. 나는 울지 않으려고 애썼다. 앞으로 50년 동안 세금에 관한 그의 연설을 들으면서 의자에 앉아 있는 것이 뭐가 그리 힘든 일일까? 책 한 권 들고 아무도 알아차리지 못하는 각도를 읽고 있으면 될 텐데. 찰리의 아내가 되는 것은 결코 내 삶의 폭이 좁아지는 구속이 아닐 것이다. 그와 함께 있을 때면 내 삶은 항상 더 많은 가능성들로 넘쳤고 더 충만했고 더 시끌벅적했으며 더 재미있었다. 내게 삶이 신나는 모험임을 가르쳐준 사람은 아무도 없었다. 나에게 남아 있는 삶은 언제나 의무의 연속이었고 때로는 보상을 받기도 하지만 때로는 이를 악물고 견뎌야 하는 무언가일 뿐이었다. 그러나 이제 나는 삶의 행복과 환희를 느꼈다. 게다가 나에게 열린 그 행운의 나라를 기꺼이 안내해줄 사람도 있었다.

나는 앤드류 이모프와의 관계에서 항상 내가 던지곤 했던 질문을 던져보았다.

'혹시 나한테 문제가 있는 것일까?'

나는 갑자기 침대에서 벌떡 일어나 부엌으로 달려갔다. 수화기를 들고 전화를 거는데 현관 초인종이 울렸다. 나는 미친 듯이 계단을 뛰어내려갔다. 현관 앞에 찰리가 서 있었다. 우리는 서로 아무 말도 하지 않고 서로를 꼭 끌어안았다.

"다음번에 출마하지 말라고 하면 안 할게, 젠장! 이번에도 당신이 싫다면 안 하겠어!"

"무슨 소리예요! 당신은 출마해야 해요!"

"당신을 세뇌시키려고 하지 않을게! 피델 카스트로를 찍는다고 해도 눈감아줄게!"

나는 울고 있지 않았지만 목쉰 소리로 웃고 나니 갑자기 눈물이 쏟아졌다.

"다시는 이런 일로 싸우지 말자. 도저히 못 견디겠더라고."

양손으로 내 뺨을 감싼 채로 그가 말했다.

나는 안도감으로 미소 지었다.

"찰리, 미안해요."

"우린 아직 서로를 알아가는 시기야. 우리 관계가 조금 빨리 발전한 건 사실이지만, 난 지금껏 한 번도 이런 확신을 가져본 적이 없어. 당신을 서서히 알아가는 것, 앞으로도 언제까지나 항상 당신과 항상 시간을 보낼 수 있다는 것, 그것보다 더 내가 원했던 것은 없어."

"찰리, 당신은 이 일을 위해 태어난 사람이에요. 당신이 하고자 하는 일은 명예로운 일이에요. 당신은 더 나은 세상을 만들 수 있을 거라고 믿는 사람이고 난 그런 당신을 존경해요."

그 말을 하는 순간 나의 말이 진실이 되었다. 그 순간 나는 모든 회의적인 생각들을 떨쳐버렸다. 그 순간의 항복은 오랫동안, 어쩌면 영원히 지속되었다. 격렬한 토론을 벌여볼 수도 있었겠지만 찰리와 나는 그 방면에 소질이 없었다. 우리는 의견 충돌을 못 견뎌 했다. 우리는 서로의 의견에 동의하거나 아니면 토론 자체를 피했다. 두 가지 모두 나는 자신이 있었다. 내가 자란 세대, 나의 성, 내가 자란 고향, 무엇보다도 나 자신의 성향이 순응과 회피에 능숙하게 했다.

내 삶에 대해 이야기할 기회가 있을 때면, 그리고 내가 정직하게 말해야 할 때면, 나는 그날 밤 나의 아파트에서, 잠옷 차림의 나와 빨간 셔츠에 청바지 차림의 찰리가 하나의 선택을 했다고 말하고 싶은 충동을 느끼곤 한다. 나는 우리의 관계를 내 정치적 소신 위에 놓았다. 사랑을 이념보다 위에 놓았다. 그러나 이것 역시 거짓 정직일 수도 있다. 어떻게 보면 정확하다기보다는 만족스러운 설명일 수도 있다. 사실 나의 정치적 소신이라는 것은 그다지 확고한 것이 아니었다. 나는 내 소신을 나 자신에게조차 설명해야 할 필요를 느껴본 적이 없었다. 나의 정치적 소신은 크게 두 가지로 정리될 수 있다. 하나는 가난한 사람을 돕고 싶다는 것이고, 다른 하나는 낙태가 합법화된 것을 다행으로 생각한다는 것이다. 하지만 그 순간 나는 그중 어떤 것도 선택하지 않았다. 찰리를 만난 지 고작 몇 달이 되었지만 그 없이 산다는 것은 상상만 해도 마치 백사장에서 펄떡이는 물고기처럼 힘겹게 느껴졌다. 애매한 미소를 머금고 민주당에서 공화당으로 옮겨가는 것, 적어도 그런 척하는 것은 나에게 다시 물살이 밀려와서 숨을 쉬기 위해 치러야 하는 작은 대가일 뿐이었다.

찰리가 나를 바라보며 미소를 짓고 있었다.

"왜요?"

"지금 방금 깨달았는데."

그가 코를 찡긋거린 뒤 말을 이었다.

"우리 처음으로 화해 섹스를 해야 할 것 같아."

나는 바질을 심어놓은 조그만 테라코타 화분을 찰리의 어머니에게 드릴 선물로 샀다. 그러나 핼시언에 반도 채 가지 못해서 내가 고른 선물에 회의가 들기 시작했다. '위스콘신 주 핼시언'이라는 곳이, 찰리가 지나가며 던진 말들로 내가 짐작했던 바와 달리 하나의 도시가 아니라는 사실을 깨닫는 순간부터였다. 핼시언은 도어 카운티 반도에서 동쪽으로 뻗은 85만여 평 규모의 땅으로, 그곳에 저택을 소유하려면 먼저 핼시언 클럽에 가입해야 한다. 그리고 그 클럽의 회원이 되려면, 니들레프, 히긴슨, 드울프, 타이어, 그리고 블랙웰 다섯 가문 중에 한 가문에 태어나야 한다. 찰리의 첫 키스 상대는, 그가 자랑스럽게 설명한 바에 따르면 크리스티 니들레프였다. 그가 열두 살, 크리스티가 열네 살 때였다. 사라 타이어는 타이어 가문의 노부인으로 휴 드울프의 여동생이고, 휴 드울프는 드울프 가문의 원로이다. 휴 드울프와 찰리의 아버지 해럴드 블랙웰은 프린스턴 대학 동창이다. 에밀리 히긴슨은 찰리의 형인 에드의 대부이다. 그들 가족들 내부의 이야기들은 일일이 다 기억할 수도 없을 정도로 많았고 핼시언에 가까워질수록 찰리는 점점 더 많은 이야기들을 점점 더 열정적으로 쏟아놓았다. 그 다섯 집이 1943년 공동으로 그곳에 땅을 매입했다. 그들은 각자의 저택과 선착장을 소유하고 있었고 다섯 가족 모두가 공동으로 클럽을 소유하고 운영했다. 그리고 이번 주말이 '핼시언 오픈'이 열리는 날이라고 했다. 클럽하우스 벽난로 위에 놓인 은 트로피에 우승자의 이름이 새겨져서 우승자에게 증정된다고 했다. 찰리는 1965년, 1966년, 그리고 1974년에 단식에서 우승을 했고 그의 형 아더가 1969년 복식에서 우승을 했다.

"모두가 클럽하우스에서 식사를 한다고요? 아침, 점심, 저녁 모두 다?"

"굽지 않은 땅콩버터 빵은 정말 천상의 맛이고 애플파이는, 그거 먹어보면 아마 미국인이라는 게 자랑스러울걸?"

"요리는 누가 하는데요? 돌아가면서 해요?"

"아니, 일하는 사람들이 따로 있지."

그가 아무렇지도 않게 말했다.

일하는 사람들이 있는 게 당연하다는 투였다. 나는 그의 말을 빨리, 표시 나지 않게 이해하려 애썼다. 내가 중산층 가정에서 자란 것을 사과해야 한다고 생각한 적이 없었던 것처럼 찰리도 자신이 누리고 있는 특권에 대해 사과하거나 눈치를 봐야 한다고 생각하는 것 같지 않았다.

"어네스토하고 마리가 주로 맡아서 하는데, 둘 다 참 좋은 사람들이야. 싸울 때는 죽기 살기로 싸우지만 서로 미친 듯이 사랑하거든. 두 사람은 항상 조수를 두었는데, 내가 어렸을 때 한번은 조카라는 여자아이를 데려왔어. 이름은 잘 기억이 안 나는데, 어쨌든 그 여자애는 좀…… 지나치게 풍만하다고 해야 할까? 벌써 20여 년 전 일인데, 매일 아침 토스트를 내려놓으려고 몸을 숙일 때마다, 눈알이 밖으로 튀어나올 거 같았어. 형하고 난 한마디로 이게 웬 떡이냐 싶어서 구경을 했지. 그러다가 어느 날 여왕마마가 그 여자애한테 몸에 맞는 유니폼을 사 입으라고 했지."

찰리가 손가락으로 운전대를 가볍게 두드렸다. 그는 유난히 기분이 좋아 보였다.

"이번 주말에 결혼 얘기는 꺼내지 않는 게 어때요? 그래도 괜찮죠? 매디슨으로 우리 엄마와 할머니, 당신 부모님을 모두 초대해서 한꺼번에 알리는 게 어때요?"

찰리가 나를 돌아보며 웃었다.

"생각이 바뀐 거야?"

"한 가족한테만 먼저 알리는 게 왠지 예의에 어긋나는 것 같기도 하고, 당신 부모님한테도 '이쪽은 앨리스예요. 그리고 앨리스는 제 약혼자예요'라고 말하는 게 좀 그렇잖아요?"

"혹시 우리 가족이 당신을 싫어할까 봐 걱정하는 건 아니지?"

그런 걱정이 전혀 없었다고는 말할 수 없었지만 나는 아니라고 대답했다.

우리는 어느덧 키가 크고 가냘픈 자작나무 가로수 길을 달리고 있었다. 다가올 만남에 대한 긴장이 마치 바닷가 가까이를 향해 달리고 있지만 아직 바다가 보이지 않을 때의 불안감과 비슷했다. 우리는 매디슨에서부터 거의 4시간을 달려왔다. 저만치 수풀 사이로 미시건 호수가 보였다. 반짝이는 푸른 수면이 햇살에 반짝였다. 찰리는 길에서 벗어나 사탕단풍나무와 소나무들이 듬성듬성 보이고 불규칙한 간격으로 다양한 크기의 흰 지붕 건물들이 있는 초원을 달렸다. 가장 큰 건물이 클럽하우스인 것 같았다.

"나의 고향 핼시언!"

찰리가 요란하게 자동차 경적을 울렸다.

"저게 '알라모'야."

그가 가장 큰 건물을 가리키며 말했다.

"아버지와 어머니, 손자들이 묵는 곳이지. 당신도 저기서 자게 될지도 몰라. 어쩌면 저 중 한 곳에 묵게 될 수도 있고."

그가 조금 작은 집들을 가리키며 말했다.

"저건 '매기', 저건 '진러미', 저긴 '올드 나소'야. 저거 보여? 저기가 내가 처음 마리화나를 피워본 곳! 하마터면 홀랑 불타버릴 뻔했지. 이름은 '이티비티'."

찰리가 차창 밖으로 고개를 내밀었다. 누군가가 가장 큰 건물에서 나와 우리 쪽으로 다가왔다. 찰리와 거의 흡사한 외모에 머리색이 더 어두운 것만 달랐다. 찰리는 그를 향해 차를 정면으로 몰았다. 시속 25킬로미터였다. 빠른 속도라고 말할 수는 없지만 그렇다고 해서 느린 속도도 아니었다. 찰리가 다가갈수록 남자의 미소도 더욱 커졌다. 그는 눈 하나 깜짝하지 않고 찰리에게 다가왔고 내가 몸을 움츠리기 시작할 무렵 찰리가 브레이크를 밟았다.

"찰리, 이 겁쟁이 녀석!"

찰리는 나무로 벽을 댄 스테이션 왜건(접거나 뗄 수 있는 좌석이 있고 뒷문으로 짐을 실을 수 있는 자동차) 옆에 차를 세웠다. 별장 뒤쪽에 다섯 대의 차가 주차되어 있었다. 우리 쪽으로 다가오던 남자는 자동차 지붕에 한 팔을 올려놓고 열린 창문으로 나를 바라보았다.

"그러니까 당신이 몇 주 동안 찰리 녀석을 코빼기도 못 보게 한 장본인이군요. 이제야 이유를 알겠어요."

"꺼져줄래, 변태?"

찰리가 말했다.

그의 목소리에서 예전에 내가 들어본 적 없는 행복감이 배어났다.

"앨리스, 우리 형 아더하고 인사해."

아더와 나는 창문을 통해 악수를 나누었다.

"존경합니다. 지진아하고 데이트하기가 쉽지 않을 텐데."

어느새 찰리가 차에서 내렸고 눈 깜짝할 사이에 아더를 옆에서 들이받았다. 두 사람이 깔깔거리며 뒤엉킨 채로 잔디에서 뒹굴었다.

위스콘신 북부의 깨끗하고 달콤한 바람의 향기가 '핼시언'이라는 특별한 이름의 가치를 새삼 느끼게 해주었다. 나는 다섯 채의 건물들을 차례로 바라보았다. 찰리는 말하지 않았지만, 나는 내 시야에 들어온 집들이 핼시언 전체가 아닌 블랙웰 가족들의 별장이고 땅이라는 사실을 짐작할 수 있었다. 느릅나무 주위에 화단이 꾸며져 있었고 초록빛 풀밭은 얼마나 싱그러운지 신발을 벗고 싶은 마음이 절로 들었다. 나는 가장 큰 별장의 측면으로 걸어갔다. 잔디 위에 슬레이트를 깔아 만든 보도가 있었고 그 뒤로 잔디가 뒤덮인 언덕과 좁은 자갈밭, 그리고 호수가 펼쳐졌다. 호수 수면 위에 부교가 길게 뻗어 있었고 호숫가 선착장에는 타월 위에 누워 있거나 접이식 의자에 앉아 있는 사람들의 모습이 보였다. 내가 바라보는 동안 빨간 수영복을 입은 남자가 뗏목에서 호수로 뛰어내렸다.

다시 차로 돌아왔을 때, 찰리와 아더가 나란히 씩씩거리며 내 쪽으로 다가왔다.

"앨리스, 찰리의 발기불능은 여전한가요? 아니면 좀 나아졌나요?"

"형 방귀병 치료해준 의사한테 나도 치료받았어. 훌륭한 의사야."

찰리가 웃으며 말했다.

"방귀쟁이가 발기불능보단 나아."

아더가 말했다.

"그거야 방귀쟁이가 하는 소리고."

찰리가 말했다.

"앨리스, 솔직히 말해봐요. 이 녀석 사탕발림에 넘어간 거예요?"

찰리는 한 팔을 아더의 어깨에 둘렀다.

"내가 아는 모든 것은 우리 형한테 배운 거예요."
찰리가 말했다.
두 사람 모두 웃고 있었다. 똑같은 웃음이었다.
"핼시언에 오신 것을 환영합니다! 맥주 한잔 하실래요?"
아더가 말했다.
우리는 차 트렁크를 열고 짐을 들고 집으로 향했다.
"마마가 앨리스를 어디에 재울지 모르니까 일단 짐은 알라모에 두자."
아더가 말했다.
나는 내 핸드백과 화분을 들었고 아더는 내 여행 가방을 들어주었다. 작년 겨울 데나의 가게에서 산 가방이었다.
"누구누구 있어?"
별장 뒤쪽의 덧문 앞에서 찰리가 물었다.
"어디 보자…… 에드 형하고 존 형이 조 타이어하고 낚시를 하고 있고 진저는 편두통 때문에 쉬고 있고."
아더가 미심쩍다는 듯 눈썹을 추켜올리며 말했다.
"아버지 어머니는 꼬마들하고 수영하고 있고 리자, 제이디하고 아기는 시내에 모기약 사러 나갔고……. 조심해, 여기 모기들이 장난이 아니야. 그리고 트립 삼촌은 주무시고 계시고 낸은 마가렛하고 테니스 치고 있어. 빠진 사람 없나?"
"트립 삼촌도 오셨어?"
찰리가 물었다.
"노동절 주말에 삼촌이 안 오신 적 있나?"
아더가 웃으며 말했다.
아더가 문을 열었고 나와 찰리는 그를 따라 안으로 들어섰다. 두 사람의 대화는 내게 포르투갈어나 다름없었다. 그들이 말하는 이름들은 내게 너무도 낯설었다. 그 이름의 주인공들을 다 알려면 엄청난 시간이 걸리겠다고 생각했지만 그렇지 않았다. 주말이 다 가기도 전에 나는 그 암호를 대충도 아니고 아주 정확하게 해독할 수 있었다. 에드는 그들의 맏형이자 하원의원이었고 진저는 그의 아내였다. 진저는 자주 편두통 혹은 편두통을 가장한 꾀병을 앓는 것으로 유명했다. 둘 중 어느 쪽이건 에드를 제외한 블랙웰 가 사람들은 진저가 재미없고 뻣뻣한 여자라는 데 합의한 것 같았다. 그래서인지 모두 내게 진저에 관한 이야기를 하는 것을 조심스러워했다. '꼬마들'은 그들의 아들을 말하는 것이었다. 열 살 해리와 여덟 살 토미, 그리고 네 살 지오프였다. 아더의 아들인 세 살배기 드류도 '꼬마들'로 분류되었다.

제이디는 아더의 아내이고 '아기'는 11개월 된 그들의 딸 위니였다. 존은 찰리의 둘째 형이고 낸이 그의 아내이고, 그들에겐 아홉 살 난 큰딸 리자와 일곱 살 난 둘째 딸 마가렛이 있었다. 트립 삼촌은 실제로는 누구의 삼촌도 아니었지만 해럴드 블랙웰과 휴 드울프의 프린스턴 재학 시절 세 명이 살던 기숙사의 나머지 한 명이었다. 마지막으로 찰리의 아버지 해럴드 블랙웰과 어머니 프리실라 블랙웰이 있었다. 에드, 존과 함께 낚시를 하고 있던 조 타이어는 서른여섯 살로 월트 타이어와 사라 타이어의 장남이고 밀워키의 변호사였다. 조는 11년 뒤, 프린스턴 대학의 캠퍼스에서 내가 키스를 하게 되는 사람이지만 그날 오후, 내가 그 사실을 알 리가 없었다.

우리는 식료품 저장실을 지나 거대한 별장 알라모의 부엌으로 들어섰다. 별장에 부엌이 딸려 있다는 것도, 그 부엌이 너무 수수한 것도 모두 놀라웠다. 냉장고는 흰색이었고 모서리가 둥글었다. 40년대 제품 같았고 소음이 심했다. 커다란 가스레인지와 반들반들한 참나무 테이블이 벽에 붙어 있었고 얇은 남색 쿠션이 놓인 의자들이 줄지어 있었다. 부엌은 빈틈없이 꽉 차 있었다. 마치 대가족을 먹여 살리는 부엌처럼 양파와 감자가 천장에 매달린 바구니에 담겨 있었고 가스레인지 옆에는 양념통

들이 즐비했으며 냉장고 옆에는 시리얼 상자들이 높이 쌓여 있었다. 테이블 위에는 포테이토칩 한 봉지가 뜯어진 채 놓여 있었다.

"식사는 모두 클럽하우스에서 한다면서요."

내가 포테이토칩을 가리키며 물었다.

"앨리스, 남자는 아침, 점심, 저녁만으로는 살 수가 없는 거거든요."

아더가 말했다.

"블랙웰 가 사람들이 먹는 것보다 잘하는 게 한 가지 있다면, 바로 마시는 거야."

찰리가 말했다.

"먹는 얘기가 나왔으니 말인데."

그가 냉장고를 열고 맥주 세 캔을 꺼내 아더와 나에게 내밀었다. 찰리는 캔을 따서 길게 한 모금을 들이켜고는 마저 캔을 비운 다음 "여기 오니까 정말 좋다!"라고 말했다.

"찰리한테 여기 배관시설에 대해서는 충분히 얘길 들었겠지요?"

아서가 나를 바라보며 물었다.

"아차!"

찰리가 말하며 나를 보고 웃었지만 아더에게는 "그 얘기 하면 안 올 것 같더라고"라고 말했다.

"자, 어디 계산 좀 해볼까? 지금 여기 있는 사람이 모두 17명이에요. 아니, 18명인가? 그런데 욕실은 딱 하나예요. 이 별장만 그렇다는 게 아니라 여기 있는 별장들 전체를 다 합해서. 물론 아버지 어머니는 간이 욕실을 따로 쓰시지만 그건 두 분만 사용하는 거고 다른 사람들은 접근 금지죠. 그러니까 내가 하고 싶은 말은, 효율성이 요구된다는 거예요."

"알겠어요."

내가 고개를 끄덕였다.

"배관시설이 썩 훌륭하지 않거든요. 물을 일찍, 자주 내려요. 혹시 엄청 커다란 똥을 누게 되면 철제 옷걸이를 이용하고요."

찰리의 말에 아더가 손을 옆으로 세우고 자르는 시늉을 했다.

나는 아더의 행동에 전혀 충격을 받지 않았다. 그가 나를 놀리려고 일부러 그러는 것인지, 아니면 그것이 본래 그의 모습인지 알 수 없었다. 아더가 유치하게 느껴진 것은 사실이지만 나는 유치한 행동을 그다지 거슬려하는 편은 아니었다. 내가 교사가 된 것은 결코 우연이 아니었다. 게다가 찰리의 가족들에게 좋은 인상을 주고 싶은 마음도 있었다.

우리 세 사람은 부엌에서 거실로 나갔다. 거실은 한마디로 탁 트인 광활한 공간이었다. 한쪽 벽에 내가 태어나서 본 것 중 가장 큰 벽난로가 있었다. 걸어 들어갈 수도 있을 것 같았다. 벽난로 위에는 동물 박제품들이 걸려 있었다. 가장 높은 곳에는 큰 사슴과 중간 크기의 사슴들이 걸려 있었고 낮은 쪽에는 송어와 연어, 꿩, 야생 칠면조 같은 것들이 있었다. 한쪽 구석에는 이 수집품들의 결정판으로 보이는 녀석이 서 있었다. 사납게 입을 쩍 벌리고 있는, 키가 2미터도 넘는 커다란 흑곰이었다. 그런데 흑곰의 머리에 얹어진 카우보이모자가 흑곰의 위용을 한 순간에 무너뜨렸다. 아이들은 흑곰을 무서워하지 않을까?

거실의 가구들은 서로 어울리지도 않을 뿐더러 무척 낡아 있었다. 대나무로 틀을 짠 두 개의 소파에는 한때는 빨간색이었지만 물이 빠져서 짙은 분홍색이 된 것 같은 쿠션이 놓여 있었다. 커다란 대나무 테이블 밑 선반에는 역시 낡은 보드게임 상자들이 쌓여 있었다. 벽에는 커다란 창문들이 나 있었는데, 창문은 대부분 열려 있었고 열린 창문으로 베란다에 깔아놓은 짚을 엮어 만든 러그와 등나무 공예로 만든 의자와 식탁이 보였다. 베란다 끝에는 해먹이 달려 있었고 자세히 보니 중년의 남자가 누워서 잠을 자고 있었다. 베란다 뒤로는 바로 미시건 호수였다.

"침실은 이쪽입니다."

아더가 우리를 두 개의 아담한 방이 있는 복도로 안내했다. 첫 번째

방에도 짚을 엮어 만든 러그가 깔려 있었고 흰 시트가 덮인 낮은 킹사이즈 침대, 두툼한 책들과 신문이 높이 쌓여 있는 두 개의 테이블, 하늘색 페인트가 벗겨지기 시작한 옭은 화장대가 있었다. 두 번째 방에는 민트색 프레임의 더블베드에 오래된 것 같은 TV 세트가 있었다. 복도 반대편 끝에 있는 두 개의 침실은 싱글 침대 몇 개가 있었고 아이들 장난감, 벗어놓은 옷가지가 뒹굴었다. 그제야 나는 처음 본 침실이 찰리의 부모님의 방이라는 것을 깨달았다.

"저, 괜찮다면 지금 그 소중한 화장실을 좀 써도 될까요?"

"저쪽이야."

찰리가 고갯짓으로 가리키며 말했다.

"빨리, 자주 내리는 거 잊지 말아요!"

찰리가 가리킨 방향으로 걷고 있는데 뒤에서 아더가 소리쳤다.

복도에는 낡은 코트들과 플란넬 셔츠들이 고리에 걸려 있었고 플라스틱 연, 방한부츠, 밀워키 전화번호부, 먼지 쌓인 회색 페인트 한 통 같은 잡동사니들이 선반에 아무렇게나 쌓여 있었다. 욕실 문에는 둥근 장식품 위에 멋진 글씨체로 '화장실'이라고 쓰여 있었다. 그러나 문을 열어보니 그곳은 화장실이 아니었다. 화장실 크기가 라일리에 있는 우리 집 거실만 했다. 세탁기와 건조기가 있었고 발이 달린 욕조도 있었다. 검은색 플라스틱 시트가 달린 낡은 변기와 물을 내릴 때 사용하는 줄, 머리 위에 달린 물탱크, 조그만 흰색 세면대, 그 옆에 놓인 작은 나무 테이블, 칫솔 두세 개가 들어 있는 몇 개의 컵, 페이퍼백 책들과 몇 권의 하드커버 책들이 꽂힌 조그만 책장이 눈에 들어왔다. 완전히 불투명하지는 않은 흰색 면 커튼 사이로 밖에 주차된 차들이 보였고 뒷마당에서 부는 바람소리와 호수에서 수영을 하고 일광욕을 하는 사람들의 소리까지 들려왔다. 나는 문을 닫고 스커트를 올렸다. 찰리의 부모님을 만나기 위해 나는 칼라가 달린 노란색 반소매 니트 드레스를 입고 가느다란 벨트를 맨 다음 샌들을 신었다. 스커트를 올리고 볼일을 보려는 순간 문이 저절로 열렸다. 두 번이나 문을 닫아보고 나서야 문이 닫히지 않는다는 사실을 깨달았다. 자물쇠가 제자리에 붙어 있지 않았고 문이 문틀의 낡은 부분에서 쉽게 빠져나왔다. 나는 불안해지기 시작했다. 앞으로 사흘 동안 이 화장실을 18명이 사용해야 하다니! 나는 침을 꿀꺽 삼키고 책장에서 책 두 권을 꺼내 문을 받쳐놓았다. 아무래도 그 두 권의 두툼한 책은 그런 용도인 것 같았다. 나는 커튼 뒤로 열려 있던 창문을 닫았다. 화장실에는 방충문이 없었다.

화장실에서 나와보니 찰리와 아더는 아직 거실에 있었다. 아더가 찰리에게 〈워싱턴〉지에 실린 에드의 기사를 보여주었다. 나에게는 낯선 잡지였다.

"이런! 형 벌써 머리가 벗겨지기 시작하네!"

찰리가 잡지를 내게 들어 보이며 말했다.

"그러게 말야. 앨리스, 수영복 입을래요?"

아더가 물었다.

"그래도 옷을 입고 부모님을 뵙는 게 좀 더 품위 있어 보이지 않겠어요?"

내 말에 아더가 웃었다.

"앨리스, 품위를 원한다면 여기 잘못 온 거예요."

아더가 두 개의 흰색 대나무 의자 사이에 놓인 테이블로 다가가더니 은색 액자 하나를 들고 "증거물 1호로 이걸 제시하죠"라고 말했다.

"형, 제발 그러지 마. 앨리스한테 이 자리에서 차이는 꼴 보고 싶어서 그래?"

아서가 액자를 내게 건네주었다. 액자 위에는 'PBH'라는 모노그램이 박혀 있었다. 사진 속에는 흰 웨딩드레스를 입은 금발 여자와 턱시도를 입은 아더가 한가운데 서 있었고 양쪽으로 환하게 웃고 있는 젊은 남녀들의 모습이 보였다. 신부 쪽에는 핑크색 새틴 드레스를 입은 여섯 명의 여자들이, 아더의 옆에는 똑같이 턱시도를 입은 남자들이 서 있었다. 찰리가 아더와 가장 가까운 자리에 서 있었다.

"멋지네요. 언제 결혼하셨어요?"

내가 물었다.

"71년도에요. 그런데 그게 중요한 게 아니에요. 자세히 좀 보세요."

"가만두지 않겠어! 앨리스, 당신한테 한 말 아니야."

찰리가 말했다.

나는 여전히 사진을 바라보고 있었다. 그리고 마침내 아더가 말하는 것이 무엇인지 깨달았다. 아더가 내 표정을 살폈다.

"대단한 물건이죠? 물론 이미 알고 있겠지만."

사진 속에서 찰리는 바지의 지퍼를 내리고 자신의 페니스를 꺼내놓고 있었다. 너무 상황에 어울리지 않긴 했지만 누가 봐도 알 수 있었다. 셔터를 누르는 순간 일부러 꺼낸 것이 분명했다.

내가 찰리를 바라보았다. 블랙웰 형제들은 리스 초등학교 6학년 남자 애들과 똑같았다. 선생님 귀에 들릴 만한 거리에서 일부러 지저분한 말들을 하면서 선생님의 반응을 기다리는 아이들.

"좀 독특한 포즈이긴 하네요."

내가 웃으며 말했다.

"제이디가 날 용서하기까지 5년이 걸렸지만 그래도 해볼 만한 일이었어."

찰리가 말했다.

"사실 우리 집사람은 찰리를 굉장히 좋아해요."

아더가 말했다.

찰리가 힘주어 내 손을 잡았다.

"우리 결혼식에는 절대 그러지 않겠다고 약속할게."

우리가 약혼했다는 사실을 알 리가 없는 아더가 키득거리며 웃었다. 현관 쪽에서 교양 있는 중년 여자의 목소리가 들려왔다.

"어머님을 프리실라라고 부를까요? 아니면 블랙웰 부인이라고 부를까요?"

내가 작은 소리로 찰리에게 물었다.

"앨리스가 프리실라라고 부를지, 블랙웰 부인이라고 부를지 묻는데요?"

내 말이 끝나기 무섭게 곧바로 현관으로 나가서 찰리가 말했다.

"찰리!"

내가 기겁을 하며 소리쳤다.

"글쎄다. 그건 내가 앨리스를 얼마나 좋아하느냐에 따라 다르지!"

찰리의 어머니가 웃으며 말했다.

그의 어머니는 턱선까지 내려오는 흰 머리카락을 뒤로 빗어 넘겼다. 젖은 머리카락 때문인지 방금 수면에서 떠오른 듯한 인상을 풍겼다. 남색 수영복을 입은 그녀는 다리와 가슴, 어깨가 그을었고 주름이 있었지만 날씬했고 힘이 넘쳐 보였다. 찰리의 어머니는 대학 시절 필드하키 팀 주장이었다고 했다. 그 말을 듣고 나는 실제로 감동을 해서라기보다는 감동을 해야 할 것 같아서 놀라는 시늉을 했다.

그녀는 아직 내 쪽을 보지 않았다. 먼저 찰리에게 손을 뻗어 턱 밑을 잡더니 얼굴을 살펴보았다. 나는 그녀가 찰리를 포옹하지 않는 것이 이상하다고 생각했다.

"머리를 그렇게 자르니까 꼭 유대인 같구나."

찰리의 얼굴을 살피다가 그녀가 다정한 목소리로 말했다.

"그래도 전 아직 머리가 남아 있잖아요. 어머니 장남은 상태가 좀 심각하던데요."

하지만 그의 어머니는 이미 그에게서 시선을 거둔 뒤였다. 그녀는 전혀 감추려 하거나 사과하지 않고 나를 위아래로 훑어보았다.

"예쁘게 생겼구나."

그녀가 말했다.

나는 앞으로 나서면서 바질 화분을 내밀었다.

"초대해주셔서 감사합니다."

"앨리스가 집에서 기른 마리화나를 가져왔어요. 매디슨에서 최고래요."

찰리가 말했다.

"바질이에요."

내가 얼른 끼어들며 말했다.

"물론 넌 마리화나였으면 했겠지."

프리실라가 찰리에게로 돌아서서 말한 뒤 다시 나를 바라보았다.

"내 아들은 다들 구제불능 망나니들이란다. 반듯한 에드만 빼고는. 찰리말로는 라일리 출신이라는데, 그럼 저브러그 집안을 잘 알겠네?"

나는 고개를 끄덕였다.

"프레드하고 내내 같은 학교를 다녔어요."

프레드의 집은 라일리에서 가장 부자였다. 어쩌면 유일한 부자였는지도 모른다. 그들은 라일리에서 가장 큰 농장을 소유하고 있었고 사고가 있던 날 밤도 나는 프레드의 집으로 차를 몰던 중이었다.

"에이다 저브러그가 키우는 글라디올러스는 밀워키의 가든 클럽에서도 모두 탐을 내지. 도대체 비법이 뭔지 모르겠다니까. 하지만 제랄딘 일은 정말 안됐어."

"무슨……."

내가 머뭇거리며 물었다.

제랄딘은 프레드의 누나였고 그녀에게 어떤 불운이 닥쳤는지 나는 알지 못했다.

"그 아인 몸집이 집채만 하잖아!"

프리실라가 소리쳤다.

"아마 체중이 백 킬로그램은 될걸! 정말 끔찍한 일이야."

"몇 년 동안 통 못 봤어요."

내가 말했다.

"만약 비키니 수영복이 불법이 되면 아마 그런 여자들 때문일 거야."

프리실라가 쾌활하게 웃으며 말했다.

"앨리스는 이티비티에 묵는 게 좋겠다. 찰리, 앨리스를 좀 도와주고 화장실 문제에 대해서도 설명해줘라."

그녀는 다시 나에게로 돌아섰다.

"여기가 좀 불편할 수도 있겠지만 그런 것쯤은 괜찮으리라고 믿어. 참, 앨리스는 복식인가? 아니면 단식인가?"

그녀의 말을 알아듣기까지 잠시 시간이 필요했다.

"전 테니스 칠 줄 몰라요. 하지만 찰리한테 토너먼트 경기 얘긴 들었어요. 재미있는 이벤트라고 생각했어요."

내가 멋쩍게 웃으며 대답했다.

"테니스를 못 치면 도대체 뭘 할 줄 아니?"

그녀는 몹시 혼란스럽다는 듯한 표정을 지어 보였다. 그러나 나는 그녀가 전혀 혼란스럽지 않다는 것을 분명히 알 수 있었다. 그녀는 결코 호락호락한 사람이 아니었다.

"전……."

나는 우물거렸다. 은유적인 질문일까? 아니면 직설적인 질문일까?

아무도 나를 거들지 않았다.

"전 책 읽는 걸 좋아해요."

마침내 내가 말했다.

그녀를 만난 이후 처음으로 나는 맞장구를 치거나 열의를 보이지 않으려고 애썼다. 나는 그저 덤덤하게 말했다. 프리실라 블랙웰이 자신에게 잘 보이려고 노력하는 사람을 싫어하는 타입이라는 것을 나는 알고 있었다. 물론 잘 보이려고 노력하지 않아도 싫어할 수는 있겠지만 그나마 그 편이 덜 싫어할 것이었다.

찰리는 한 손을 내 등에 얹었다.

"앨리스는 책에 관해서라면 모르는 게 없어요. 안 읽은 책이 없죠."

조금 터무니없는 얘기이긴 했지만 다정하게 느껴졌다.

"참, 진저는 편두통이 심하다면서요?"

찰리가 말했다.

프리실라가 코웃음을 쳤다.

"진저는 수가 얕아."

그녀가 시계를 보았다.

"6시 정각에 맥주 파티하자. 7시 20분에 클럽하우스로 갈 거야."

그녀가 다시 나를 바라보았다.

"저녁식사 때는 옷을 갈아입고 오너라."

'이티비티'라는 이름의 별장에는 2층 침대 두 개와 미니 냉장고, 빈 옷걸이 몇 개만 걸려 있는 옷장이 있었다. 찰리는 들어서자마자 냉장고에서 맥주를 한 캔 꺼내 마셨다. 물론 욕실은 없었다. 매트리스가 네 개 있었지만 정돈된 것은 한 개뿐이었다. 흰 시트와 흰 베갯잇이 있었고 발치에 밤색 담요가 반듯하게 개어져 있었다.

내가 옷장에 옷을 걸어놓는 동안, 찰리는 담요 위에 앉아서 위쪽 침대에 머리가 부딪치지 않도록 몸을 앞으로 숙였다.

"이렇게 생각해. 혹시 짓궂은 조카들하고 한방을 쓰라고 할까 봐 걱정했거든. 적어도 여기선 혼자 책을 읽고 혼자 잠들고…… 또 한밤중의 방문객도 기쁘게 받아줄 수 있잖아?"

찰리가 싱긋 웃으며 말했다.

"꿈 깨요."

내가 블라우스를 걸어놓으며 말했다.

"그러다 어머니한테 들키기라도 하면 어쩌려고? 핼시언에 여자 데려온 게 처음은 아니죠?"

"어째 지금까지 같이 잔 여자가 몇 명이냐고 묻는 암호 같은데? 그냥 대놓고 물어보지 그래?"

"암호는 아니었지만, 말이 나온 김에 물어보죠. 지금까지 같이 잔 여자가 몇 명이에요?"

내가 장난스러운 미소를 지으며 말했다.

"열한 명. 그러니까 당신이 열두 번째야. 당신은?"

"당신까지 넷."

내가 흰 구두를 옷장 바닥에 놓으며 말했다.

"정말? 겨우 넷이라고?"

찰리가 놀란 표정을 지어 보였다.

"고등학교 때 친구 형이라는 사람하고 나, 그리고 나머지는 누구지?"

"대학 다닐 때 웨이드 트로믈러하고 사귀었고 몇 년 전에 사이먼이라는 사람하고 사귄 적 있어요."

"당신이 웨이드하고 잤다고? 정말 그 친구하고 잤단 말이야?"

찰리는 질투를 한다기보다는 재미있다는 표정이었다.

"어이가 없군. 웨이드 그 친구, 지구상에서 가장 따분한 친구거든. 오해하지 말아요. 웨이드는 아주 좋은 녀석이야. 하지만 솔직히 따분하기가 장난이 아닐걸? 안 그래?"

"정말 이런 얘기를 하고 싶어요?"

얼마 전 케이틀린의 집에서 배드민턴을 칠 때 웨이드와 찰리는 한 팀이었다. 나는 웨이드가 나의 전 남자친구라기보다는 로즈의 남편이라는 생각이 들 뿐이었다.
"그 대답은, 좋았단 뜻이야? 아님 나빴단 뜻이야?"
찰리가 물었다.
"좋은 사람이라는 것도 맞고, 좀 따분한 사람이라는 것도 맞아요."
"찰리 블랙웰하고는 완전 딴판이었지?"
나는 찰리에게 다가가서 두 팔로 그를 끌어안았다. 그는 여전히 침대에 앉아 있었고 얼굴을 내 가슴에 파묻었다.
"찰리 블랙웰 같은 사람은 이 세상에 딱 한 사람뿐이죠."
내가 말한 뒤 잠시 후에 "정말 다행이에요"라고 덧붙였다.
"그리고 사이먼이라는 그 친구는?"
"성이 톤비스트예요. 당신은 모르는 사람일 거예요. 히피족이고 무지하게 심각한 사람이거든요."
"잠자리에선 어땠어?"
"찰리, 그만해요."
"당신의 모든 걸 알고 싶어서 그래. 당신의 과거를 알고 싶어. 함께 미래로 나아가려면 먼저 서로의 과거를 존중해야 하니까."
나는 그의 얼굴을 조금 뒤로 밀어서 나를 바라보게 했다.
"그거 연설에 쓰는 구절이에요?"
그가 능글맞게 웃었다.
"어쩌면."
"사이먼은 베트남전의 망령에 시달리는 것 같았어요."
"그렇다면 히피 중에서도 아주 고약한 히피였네. 헤어지기 잘했어."
"함부로 말하지 말아요. 절대 나쁜 사람은 아니에요. 당신은……."
나는 내가 하려는 질문의 대답을 알고 있었지만 확신이 없었다.
"당신은 베트남에 가지 않았죠?"
"갈 수 없었어. 평발이거든요."

찰리는 맨발이었고 벌써 수영복을 입고 있었다. 그가 다리를 들어 나에게 발을 보여주었다.

"당신 형들은요?"

"에드 형은 법대를 졸업하고 바로 결혼했기 때문에 영장이 나오지 않았고 존과 아더도 평발이야. 얘기 끝난 거지."

찰리가 웃었다.

"그때 난 소위 '서비스업'에 종사하고 있었거든."

찰리는 '서비스업'이라는 말을 할 때 손가락을 따옴표 모양으로 만들었다.

"정확하게 말하면 스키광이었지. 스코밸리에서 스키 강사로 일하면서 산적처럼 수염을 길렀어. 참, 마마한테 그때 사진이 있는지 물어봐야겠네. 사진 보면 믿을 테니까."

찰리 블랙웰의 별장에서 사이먼에 대한 기억을 떠올리는 기분은 무척 낯설었다. 사이먼의 부모님이 살고 있었던 완두콩 농장과 이곳이 얼마나 다른지를 생각하니 더더욱 그랬다.

사이먼이 블랙웰 가 사람들을 알았다면 이들이 대책 없고 천박하고 제멋에 사는 사람들이라고 생각할 것이다. 반면 블랙웰 가 사람들은 사이먼이 음울하고 유머 감각 없는 사람이라 생각할 것이다. 그들 두 사람의 공통점은 거의 없었다. 그렇다면 내가 두 극단의 사람들과 모두 아무 탈 없이 어울릴 수 있다는 것은 과연 어떤 의미일까? 나는 줏대도 없고 정체성도 없는 인간일까? 나는 양쪽 모두의 생각에 공감할 수 있었다. 그러나 나와는 달리, 찰리는 누구와 데이트하느냐에 따라 자신의 생각을 바꿀 것 같지 않았다. 찰리는 내가 자의식이 강한 여자라고 말했지만 내 생각에는 그 반대인 것 같았다. 그가 나의 장점으로 생각했던 것이 사실은 내가 그의 방식에 맞춘 것이라면……. 그가 나를 바라보면서 느낀 것이 사실은 그 자신의 의지와 취향이었다면…….

나는 배울 만큼 배웠고 상냥했으며 그런대로 예쁜 여자였다. 내가 찰리와 결혼하고 싶다는 생각이 들었다면 그것은 나에게 찰리가 그만큼 특별한 사람이라는 의미였다. 아니, 어쩌면 그런 논리는 잘못된 것일 수도 있었다. 찰리는 어떤 여자라도 결혼하고 싶어 했을 사람이었다. 나와 결혼하는 것이 그의 입지에 조금이라도 보탬이 될 거라고 생각하는 것은 얼마나 무모한가? 나를 촌구석의 순박한 교사로 생각하고 있는 프리실라 같은 여자가 들으면 코웃음을 칠 일일 것이다.

실제로 나는 촌구석의 순박한 교사였다. 그러나 수많은 여자들이 찰리와 결혼하고 싶어 했겠지만 그들은 대부분 데나 같은 여자들이었을 것이다. 나 같은 여자는 아니었을 것이다. 나는 찰리의 돈과 사회적 지위 때문에 찰리와 결혼하는 것이 아니었다. 그와 함께 있는 것이 즐거워서 그와 결혼하는 것이었다. 게다가 나는, 그의 눈으로 바라보면, 진지한 사람이었다. 찰리는 내가 사이먼을 보았던 것처럼 나를 보고 있었다. 찰리에게 확신을 주었던 것은 그의 장난기와 산만함을 보완해주는 나의 그런 진지함이리라. 찰리 블랙웰이 그저 돼먹지 못한 망나니였다면 앨리스 린드그렌은 결코 그와 결혼하지 않았으리라.

"서둘러. 저녁 먹기 전에 수영장에 들어가고 싶어."

찰리가 내 등을 두드렸다.

두 시간 뒤, 6시 5분 전 나는 방충문으로 사방을 두른 알라모의 베란다로 올라갔다. 그런데 베란다에는 아무도 없었다. 내가 맥주 파티 장소를 잘못 알았나 하는 생각이 들었다. 그때 저만치에서 찰리의 형인 존이 수영복 차림으로 그의 여덟 살 난 딸 마가렛의 손을 잡고 호숫가의 풀밭 비탈길을 올라오는 것이 보였다. 그는 나를 보면서 미소를 지었다.

"곧 다들 올 거예요. 번개처럼요. 그렇지, 마가렛? 앨리스, 예쁘시네요."

존은 목에 낡은 타월을 두른 채 오른손에는 튜브를 들고 있었고 두 사람 모두 어깨와 목이 그은 상태였다.

그날 오후 호숫가 선착장에서 나는 존을 비롯한 블랙웰 가족들과 인사를 나누었다. 모두 친절했고 아이들은 물장구를 치며 노느라 정신이 없었다. 해럴드 블랙웰을 제외하고는 누가 누구인지 잘 분간이 가지 않았다. 해럴드 블랙웰은 찰리와 내가 도착했을 때 나무로 만든 사다리를 오르며 막 물 밖으로 나오던 참이었다. 그는 내가 고등학교 때나 대학교 때 신문이나 TV에서 언뜻 보았을 때보다 조금 노쇠한 모습이었고 정장 차림이 아니라 하늘색 트렁크 수영복을 입고 있는 것만 달랐다. 가슴에 난 회색빛 털이 젖어서 살갗에 달라붙어 있었고 젖꼭지는 자주색 동전 같았다. 전 주지사의 젖꼭지를 보는 것이 왠지 거북했고 나는 되도록 그 생각을 하지 않으려고 애썼다. 문득 데나가 들었다면 얼마나 재미있어 했을까 하는 생각이 들었지만 이 순간을 결코 데나에게 설명할 수 없으리라는 생각을 하는 순간 너무 기분이 가라앉아서 다른 블랙웰 형제들을 만날 때에는 집중을 할 수가 없었다.

찰리가 나를 소개하자 해럴드 블랙웰은 양손으로 내 손을 잡고 "와줘서 고맙다"라고 말했다. 그는 TV에서 본 것과는 다른 느낌이었다. TV에서 볼 때 그는 차갑고 자신감 넘치고 태어 날 때부터 중년이었고 태어날 때부터 남성적인 사람 같았다. 세월이 그를 변화시켰을까? 그는 따스한 사람 같았다. 그의 따스함에서는 서글픔과 진실함이 배어났다. 그는 마치 슬픔 때문에 선량해진 사람 같았다.

내가 알라모의 방충문을 열고 들어서자 검은 드레스에 흰 앞치마를 두른 중년의 흑인 여자가 유리잔들이 담긴 쟁반을 들고 나와서 베란다의 커다란 둥근 테이블에 놓기 시작했다. 흰 천을 덮은 테이블 위에는 이미 와인과 브랜디, 은색 얼음 그릇, 레몬, 체리, 초록색 칵테일 냅킨, 여러 개의 유리잔들이 준비되어 있었다. 햇살이 유리잔에 반사되어 반짝였다. 얼음이 가득 든 아이스박스에는 맥주 캔들이 누군가가 따주기를 기다리고 있었다.

"안녕하세요. 전 앨리스 린드그렌이에요. 전 찰리의…… 찰리하고 같이 왔어요."

여자가 그다지 상냥하지 않은 표정으로 고개를 끄덕였다.

"어떤 음료 드릴까요?"

"제가 너무 일찍 왔나요? 좀 도와드릴까요?"

대나무 테이블 위에 땅콩과 과자가 담긴 접시가 있었다. 자세히 보니 노란색 공이 그려진 냅킨에 '테니스 광은 무죄!'라고 쓰여 있었다.

"화이트 와인 드릴까요?"

여자가 물었다.

"그거 좋겠네요."

나는 그녀가 새 병을 따는 것을 보면서 왠지 그만두라고 말하고 싶었지만 이미 너무 늦은 것 같았다. 그녀는 유리잔을 내게 건넸고 내가 막 한 모금을 마셨을 때 누군가의 목소리가 들려왔다.

"미스 루비!"

앞치마를 입은 여자가 깜짝 놀란 표정을 지었다. 수선을 떨며 다가오는 사람은 찰리였다. 그는 루비를 안고 한참을 빙글빙글 돌다가 내려놓았다. 여자는 찰리를 바라보며 앞치마를 매만졌다.

"하여간 예의라고는……."

여자가 말하자 찰리가 웃었다.

"미스 루비, 내 약혼녀 앨리스 린드그렌이에요. 앨리스, 이쪽은 내 첫사랑 미스 루비예요."

나는 찰리가 우리의 약혼 사실을 떠벌린 것에 대해 조금 화가 났다. 그는 차 안에서 했던 약속을 어기고 있었다. 어쨌든 나는 '미스 루비'라는 여자와 악수를 했다. 그녀는 찰리가 나타난 이후로 더 이상 나에게는 관심이 없는 것 같았다. 혹시 찰리가 나 말고 다른 여자를 약혼녀로 소개한 적이 있었을까? 그랬을 수도 있다는 생각이 들었다.

"가재소스 건드리지 마세요, 찰리 블랙웰!"

그녀가 소리쳤다.

찰리는 와인 병 옆에 놓인 크리스털 그릇에 손가락을 담그고 있었다.

"문명인처럼 나이프를 사용할 순 없어요?"

미스 루비가 한숨을 쉬며 말했다.

"이래야 더 맛있어요. 앨리스, 한잔할까?"

그가 손가락을 핥으며 말했다.

내가 와인 잔을 들어 보였다.

"좋았어! 그리고 오늘 당신 너무 예뻐!"

그가 내 입술에 키스하기 위해 몸을 숙였다. 그는 연기 모드에 돌입하고 있었다. 매디슨에서 친구들과 함께 만날 때 나는 그의 그런 모습을 몇 번 본 적이 있었다. 그는 가끔 다른 사람들의 말에 귀를 기울이면서도 귀여운 바보처럼 굴 때도 있고, 몇 시간 동안 술을 마시고 나서 지극히 멀쩡한 사람들이 하는 말에는 귀머거리가 될 때도 있었다. 그럴 때면 나는 그저 가만히 앉아서 그가 일어나자고 할 때까지 기다리거나 다른 남자들의 애인 혹은 부인들과 동정의 눈빛을 주고받는다. 찰리가 그러는 것을 좋아하지도 않지만 그렇다고 해서 잔소리를 하고 싶지도 않았다.

"가족 모임에서 내가 가장 먼저 나타난 건 오늘이 처음이라는 걸 미스 루비가 증언해줄 거야. 장소를 잘못 알았나 생각하고 있었지? 블랙웰 타임이라는 게 있는데, 미스 루비, 한 45분 정도 늦다고 보면 되나?"

"턱도 없는 소리!"

미스 루비가 말했다.

찰리가 턱 끝으로 그녀를 가리키며 말을 이었다.

"내가 병원에서 돌아온 날부터 날 돌봐준 분이야. 하늘에 맹세컨대, 내 목숨은 미스 루비한테 달려 있었지."

"그랬죠."

미스 루비가 돌아서서 집 안으로 들어가며 말했다.

"재미있는 분이지? 진짜 좋은 사람이야."

그의 말에 동의해야 할지 나는 확신이 없었다. 미스 루비가 자리를 뜨고 나 혼자만 남게 되자 찰리는 조금 차분해졌다. 그러나 찰리는 여전히 오늘밤 파티 때문에 잔뜩 들뜬 상태였다. 그를 탓할 수만은 없었다. 블랙웰 가 가족 모임에는 매번 스포츠가 포함되어 있는 것은 물론 그들의 만남 자체가 또 하나의 스포츠였다. 나는 그들의 넘치는 에너지, 자신감, 수적으로도 엄청난 규모를 부러운 시선으로 바라보면서도 한편으로는 내가 차분하고 조용한 집안에서 자랐음을 감사했다. 블랙웰 가 사람들 사이에는 그들만의 농담, 그들만의 별명, 오래된 추억들이 너무도 많았고 모두 튀고 싶어 안달이었다. 그런 그들의 성향이 피곤하다고 생각하는 사람이 나 혼자가 아닌 것이 분명했다.

30분 만에 모두가 모습을 드러냈다. 그들은 알라모 별장 안에서 나오거나 다른 별장에서 나왔다. 그들 중 상당수가 머리가 젖어 있었지만 남자는 카키색 바지에 남색 바지를 입거나 가벼운 정장 차림이었고 여자들은 드레스를 입고 아이들의 손을 잡고 왔다. 여자아이들은 가슴에 주름이 잡히거나 사과와 풍선 같은 것들을 수놓은 초록색과 분홍색 드레스를 입고 구두를 신었고 남자아이들은 반바지에 흰 양말을 신고 흰 구두를 신었다.

마실 것이 돌려졌고 미스 루비가 가재소스를 나누어주는 동안 나는 미처 인사를 못했던 다른 가족들과 인사를 나누었다. 나는 그저 웃거나 고개를 끄덕이는 것 말고는 끼어들 수 있는 주제가 거의 없다는 사실을 곧 깨달았다.

"어떤 아가씨인지 너무 궁금했어요."

존의 부인 낸이 말했지만 그 이상 내게 아무것도 묻지 않았다. 존과 찰리는 10여 분간 대화를 이어갔다. 호수에 사는 물고기의 종류로 시작해서 전날 밤 브루어스 팀이 디트로이트 타이거즈를 1대 0으로 누른 것이, 브루어스가 잘해서인지, 타이거즈가 못해서인지에 관한 공방이 이어졌다. 나로서는 어느 쪽이건 전혀 상관이 없었다. 나는 항상 말이 많은 사람들에게 약했다. 그들이 나 대신 애써주는 것 같아서였다. 평상시에 나는 할 말이 많지 않았다. 나는 자신의 의견을 내세우는 사람들의 열정과 확신이 부러울 따름이었고 그저 듣는 것으로 만족했다. 물론 내가 특별히 좋아하는 주제가 있긴 했다. 나와 똑같은 책을 읽은 사람과 책 이야기를 하는 것은 재미있었다. 그러나 내가 아무 의견도 없는 주제에 대해 의견이 있는 척하고 싶지는 않았다. 몇 번인가 그런 대화에 끼어들어보려고 애써본 적이 있었지만 매번 씁쓸한 공허감과 후회만이 남았다.

결국 나는 트립 삼촌이라는 사람과 이야기를 나누게 되었다. 그 역시 무척 수다스러웠다. 그는 밀워키, 키웨스트, 토론토에서 나누어서 산다고 말했다. 세 곳을 오가며 산다는 것이 이상하게 느껴졌지만 블랙웰 가족의 친구라면 불가능한 일도 아닌 것 같았다. 그들은 밀워키와 선밸리, 밀워키와 애디론댁, 미니애폴리스, 피닉스, 시카고, 샌프란시스코를 오가며 살았다. 그들은 섬유를 팔거나, 광석을 채취하거나, 산타페에 미술관을 소유하고 있거나, 컨설턴트 일을 하는 사람들이었고 얼마 전에 알래스카로 여행을 다녀와서 정말 재미있었다고 말하는 사람들이었다.

찰리 형제들의 직업으로 말하자면, 큰형인 에드는 하원의원이었고 둘째 형인 존은 블랙웰 정육의 CEO였고(찰리는 존을 '소시지 왕'이라고 표현했다) 찰리보다 두 살 위인 아더는 블랙웰 정육의 상임 변호사로 일하고 있었다. 그들의 부인들은 모두 직업이 없었다.

베란다는 온통 블랙웰 가 사람들로 북적거렸다. 나는 위스콘신 교육감에 관해 존과 이야기를 나누었다. 아니, 이야기를 나누었다기보다는 존이 위스콘신 교육감인 루카가 마로니 컨트리클럽에서 버디에 성공했다는 이야기를 들려주었다. 그때 존의 두 딸인 리자와 마가렛이 나와 찰리 사이를 비집고 들어왔다가 곧바로 어디론가 사라졌다. 잠시 후 마가렛이 다시 돌아와서 내 팔을 두드렸다. 마가렛은 긴장과 흥분, 비밀스러움이 담긴 얼굴로 나를 쳐다보았다. 언니에게 따돌림을 당한 것이 분명했다.

"찰리 삼촌 여자친구예요?"

"마가렛! 대화에 끼어들 땐 뭐라고 말해야 한댔지?"

존이 물었다.

"실례합니다! 혹시 찰리 삼촌의 여자친구이신가요?"

마가렛이 물었다.

"그래."

내가 대답했다.

"향수 뿌리세요?"

내가 웃었다.

"가끔."

"실뜨기 놀이 할 줄 아세요?"

"할 줄 알아. 넌 할 줄 아니?"

"리자 언니가, 만약 찰리 삼촌 여자친구가 할 수 있으면 저도 하게 해준대요."

"아무래도 호출당한 것 같은데요."

내가 존을 바라보며 말했다.

존은 미안하다는 듯 웃었다. 그가 정말 미안해하는 것인지는 확실치 않았다.

"안 가셔도 되는데."

존이 내게 말한 다음 마가렛에게는 "뭐라고 인사해야 하지?"라고 물었다.

"고맙습니다."

마가렛이 인사하며 내 손을 잡고 계단으로 이끌었고 그곳에서 리자가 우리를 기다리고 있었다. 조금 떨어진 곳에서 남자아이들이 가느다란 막대기로 칼싸움을 하고 있었다.

리자가 '고양이 입'이라고 부르는 실뜨기를 세 번째로 하고 있을 때, 유리잔을 두드리는 소리에 베란다가 잠잠해졌다. 시계를 보니 7시 40분이었다. 아이들도 아직 식사를 하지 않았을까? 식사를 하지 않은 아이들치고는 다들 무척 점잖은 편이었다.

"주책없는 노인네가 한마디 하자면."

해럴드 블랙웰이 입을 열자 베란다에 그를 격려하는 환호성이 울려 퍼졌다. 아더는 손가락을 입에 대고 휘파람을 불었다. 방충문 옆에 앉아 있던 찰리가 문을 열고 나에게 들어오라는 손짓을 했다. 내가 돌아가서 옆자리에 앉자 그가 "괜찮아?"라고 물었고 나는 고개를 끄덕였다.

"너희가 모두 이렇게 모이다니 애비로서 참 흐뭇하구나!"

그가 베란다를 둘러보았다.

"우리 가족은 참 축복받은 가족이라는 생각이 든다."

나는 조금 가식적이고 진부할 거라고 생각했던 그의 연설이 의외로 자상하고 진정 어린 말투여서 또 한 번 놀랐다.

"오늘 이 자리에 모인 우리 가족들을 이렇게 바라보니 얼마나 흐뭇한지."

그가 말했다.

금방이라도 울음을 터뜨릴 것만 같은 표정이었지만 울지는 않았다.

"더구나 오늘 앨리스를 만날 수 있어서 더욱 뜻 깊은 자리인 것 같다.

앨리스, 진심으로 환영한다."

찰리가 얼음이 든 잔을 흔들며 "옳소!"라고 소리쳤다.

"앨리스, 블랙웰 가의 야생마를 길들일 자신 있어요?"

존이 소리쳤다.

"아직은 말발굽에 채이지 않았거든."

찰리가 말했다.

"말발굽에 채인 거야, 아니면 말 거시기에 채인 거야?"

누군가가 소리쳤다.

아더인 것 같았지만 트립 삼촌일 수도 있었다.

"진정들 해라. 내가 하고 싶은 말은, 언젠간 너희도 이렇게 삼대가 함께 모여서 오늘밤 이 애비가 느끼는 것 같은 애정과 긍지를 느끼게 되길 바란다는 거다. 신이 항상 우리 블랙웰 가족을 축복하시고 보호하시기를! 그 영광이 우리 모두를 통해 찬란히 빛나는 그날을 위하여!"

그가 유리잔을 들었고 모두 '위하여!' 하고 소리쳤다. '아멘'이라고 말하는 사람도 있었다. 다시 시끌벅적하게 대화가 시작될 무렵, 아더가 크게 헛기침을 하더니 의자 위에 올라갔다.

"오늘밤 분위기 아주 좋습니다! 찰리 녀석이 여자친구를 데려오겠다고 했을 때, 뭔가 준비해야 할 것 같아서 제가 시를 한 편 썼어요."

그 말에 찰리를 포함한 모두가 환호하며 박수를 쳤다. 아더는 주머니에서 접힌 종이 한 장을 꺼내 잠깐 들여다본 뒤 "외울 수 있을 것 같군요"라고 말했다.

"너무 무리하는 거 아냐?"

찰리가 소리쳤다.

"자, 그럼 이제 읊어보겠습니다."

아더가 침을 삼킨 뒤 고개를 끄덕였다.

"참 5행시예요. 말씀드렸던가요?"

"얼른 읊기나 해!"

존이 소리쳤다.

아더가 나를 바라보며 미소를 지었다.

"색정증 환자 앨리스,

페니스 대신 몸에 박은

다이너마이트가 터져서

질은 노스캐롤라이나에,

젖꼭지는 댈러스에 떨어졌다네."

그 뒤로 이어진 침묵 속에서 나는 바닥을 통해 전달되는 진동을 느꼈다. 밖에 있던 남자아이 하나가 "그거 제가 쓴 거잖아요!"라고 소리쳤다.

뒤이어 베란다에 환호성이 울려 퍼지기 시작했다. 그 환호성이 프리실라에게서 시작된 것이라는 사실을 나는 도저히 믿을 수 없었다. 그리고 모두가 웃으며 박수를 쳤다. 나는 너무 충격을 받은 나머지 금방이라도 눈물이 쏟아질 것만 같았다. 슬픔과 상처가 아닌 충격의 눈물이었다. 그러나 나는 절대로 울어서는 안 되었다. 나는 환하게 웃으며 고개를 꼿꼿이 들고 있었다. 찰리의 얼굴을 보고 싶지 않았다. 그가 너무도 즐거워하고 있을 것 같아 두려웠다. 아이들도 들었을까? 미스 루비도 들었을까?

"앵콜!"

프리실라가 소리쳤다.

혹시 듣지 못한 사람이 있을 때를 대비해서 아더가 '색정증 환자 앨리스……'를 다시 한 번 읊기 시작했다.

"기독교 신자 중에 나보다 더 잘난 아들을 둔 사람 있으면 나와보라고 해! 아더, 정말 훌륭하구나!"

그가 낭송을 마치자 프리실라가 여전히 미소를 머금고 말했다.

"동생을 칭찬하기가 나로서는 쉽지 않은 일이지만, 아더, 정말 대단한 작품이었어."

그들 중에 그나마 점잖다는 에드가 한 말이었다.

"시까지 지어 바치다니 참 영광스럽겠어."

트립 삼촌이 내 팔꿈치를 치며 말했다.

찰리와 나는 나란히, 그러나 서로를 바라보지 않은 채로 앉아 있었다. 그러나 거의 입을 다문 채로 나에게 "지금 기분 아주 더럽죠?"라고 물었을 때 그가 미소를 짓고 있다는 것을 느낄 수 있었다.

"저건 아더가 쓴 시가 아니에요. 1956년도에 로이 짐니아크라는 애한테서 저 시를 처음 들었어요."

내가 속삭였고 찰리가 웃었다.

"구걸하고 빌리고 훔쳐라. 그게 아더 형의 신조예요. 앨리스, 지금 잘하고 있어요. 지금 힘들다는 거 알아요."

그가 나에게로 돌아섰고 나는 그의 얼굴을 바라보았다. 그는 전혀 즐거운 표정이 아니었다. 오히려 조금 난감해하는 것 같은 표정이었다. 그 순간 나는 그의 그 표정이 너무도 친근하게 느껴졌다. 어쩌면 그날 내가 처음 만난 다른 사람들과 대조되었기 때문일까? 어쨌든 나는 찰리의 친근한 표정이 특별하게 느껴졌다. 찰리의 갈색 눈동자와 눈꼬리에 잡힌 주름, 거칠고 곱슬곱슬한 밝은 갈색 머리카락, 밝은 분홍빛 입술, 지난 몇 주 동안 나의 입술 위에서 많은 시간을 보냈던, 지금은 메말라 있는 그의 입술. 그 모든 것이 나에게 위안을 주었다. 그를 만지지 않기가, 내 손바닥을 그의 뺨과 목에 올려놓지 않기가, 그에게 다가서서 키스하지 않기가, 두 팔로 그를 끌어안고 나 역시 그의 품에 안기지 않기가 힘이 들었다. 또 비록 오늘밤은 아닐지라도 머지않아, 그리고 앞으로 오랫동안 나는 그와 단둘이 시간을 보내게 될 것이다. 문득 나는 내가 운이 좋다는 생각이 들었다. 아니, 이건 차라리 기적이라는 생각이 들었다. 이 베란다에 있는 모든 사람들 중에서 그가 나의 짝이라는 사실이! 아더도 아니고(하느님께 감사!) 존이나 에드도 아닌 찰리가 내 짝이라는 사실이! 물론 찰리도 장난을 좋아하지만 그의 형제들보다는 가슴이 더 따듯한 사람이었고 이 세상에 대한, 그리고 인간에 대한 이해가 더 깊었다. 찰리의 농담은 자동반사라기보다는 찰리 자신의 결단이었다. 물론 훗날 나는 궁금해졌다. 어떤 사람의 사랑을 받게 되면 당연히 그가 따듯한 마음을 지녔다고 생각하게 되는 것은 아닐까? 그러한 느낌은 오직 나 자신에게만 적용되는 것은 아닐까? 그가 그런 자질을 갖추었다고 생각하는 것은 내가 바로 그의 사랑의 대상이기 때문은 아닐까?

시끌벅적한 블랙웰 가 사람들 틈에 둘러싸여 서로를 바라보면서, 나는 만약 내가 찰리와 결혼을 약속하기 전에 핼시언을 찾아왔다면 그와 결혼을 하지 않았을 확률이 상당히 높았으리라는 생각을 했다. 그의 가족과 나의 가족은 서로 너무 달랐다. 그 차이를 미리 알지 못했다는 것이 다행이라는 생각이 들었다. 너무 늦어서 다행이었다.

우리는 허름한 클럽하우스 건물로 걸어갔다. 클럽하우스 뒤에는 소나무 숲이 있었고 오른쪽으로 블랙웰의 별장들과 비슷한 또 다른 별장들이 있었다. 그쪽에서도 남자와 여자, 아이들이 머리가 허옇게 센 80대 노인을 따라 클럽하우스 쪽으로 걸어오고 있었다. 노인은 조그만 초록색 거북이 무늬가 있는 남색 바지를 입고 있었고 짙은 색 지팡이에 몸을 의지한 채 오른쪽 다리를 절뚝거리며 걸었다.

"해럴드! 이번에도 고구마 슈크림을 혼자 다 먹으면 가만 안 둘 거야!"

노인이 쩌렁쩌렁한 목소리로 소리쳤다.

"그만 포기하시죠!"

해럴드 블랙웰이 소리쳤다.

아니, 적어도 나는 그렇게 들었다. 클럽하우스의 식당에서 그의 곁에

서기 전까지도 나는 내 귀를 의심했다. 네 개의 커다란 테이블이 식당의 중심으로부터 동서남북 내 방향으로 뻗어 있었다. 마치 거대한 십자가 같았다. 테이블은 내 예상과는 달리 가족 단위로 구분되어 있지 않았다. 네 개의 테이블에 다섯 가족이 앉아야 하니 그럴 수밖에 없었다. 대부분 안주인의 지시에 따라 자리를 잡는 것 같았다. 프리실라는 손자손녀들에게 한 테이블을 가리킨 다음 찰리의 형제 부부들에게 또 한 테이블을 가리켰다. 그러고 나서 나와 찰리를 보고 "찰리, 넌 드울프 부인하고 앉거라. 지미 코너스(80년대 미국의 프로 테니스 선수)에 대한 네 생각이 무척 궁금한 모양이더라. 앨리스는 여기 앉고."

프리실라가 테이블에 남은 두 자리 중 한 자리를 가리키며 말했다.

"커플이 나란히 앉는 건 좀 따분하더라. 안 그러니?"

내가 고개를 끄덕였다. 마지막으로 내가 앉을 자리를 지정받았던 적이 언제였던가? 식탁에는 흰 리넨이 깔려 있었고 완벽하게 세팅되어 있었다. 도자기와 은 식기들은 새것 같진 않았지만 모두 훌륭했다. 클럽하우스는 알라모와 분위기가 비슷했다. 짙은 초록색 커튼도 낡았고 마룻바닥도 긁힌 자국투성이였고 의자도 기숙사에서나 볼 수 있을 것 같은 불편한 의자였다. 네 개의 테이블마다 한쪽 구석에 놓인 커다란 꽃병에 자주색 수국이 가득 꽂혀 있었고 벽난로 위에는 미시건 호수인 것이 분명한 어두운 호수의 유화가 걸려 있었다.

자리가 정해지자 남자들은 여자들이 앉을 때를 기다렸고 여자들은 아이들을 먼저 앉혔다. 내 옆에 서 있던 남색 바지를 입은 노인이 손을 내밀었다.

"럼퍼스 히긴슨이요."

그가 말했다.

"앨리스 린드그렌이에요."

나는 그의 이름을 듣고도 웃거나 입술을 일그러뜨리지 않은 나 자신

이 기특하다는 생각이 들었다.(럼퍼스rumpus는 싸움, 언쟁을 뜻함)

2주 뒤 매디슨으로 돌아갔을 때 나는 우연히 〈위스콘신 저널〉을 읽다가 웰 뱅크의 확장에 관한 기사를 보게 되었다. 웰 뱅크는 나의 아버지가 32년간 근무했던 위스콘신 은행의 라이벌이었다. 거의 우표 크기 정도밖에 되지 않는 흐릿한 사진이 실려 있었지만 나는 곧바로 그를 알아보았다. 내 옆자리에 앉았던 노인은 바로 '레슬리 J 히긴슨'이었고 웰 뱅크의 창립자였다. 어쩌면 나의 아버지도 그의 이름을 들어보았을 것이다. 그러나 그가 '럼퍼스'라는 이름으로 통한다는 사실은 아버지도 알지 못했으리라.

먼저 얇은 흰 그릇에 담긴 수프로 식사가 시작되었다.

"여기 오래 있었나, 앨리슨?"

럼퍼스, 혹은 히긴슨 씨가 내게 물었다.

나는 내 이름을 틀리게 부른 그의 실수를 정정하지 않았다.

"실은, 오늘이 처음이에요. 하지만 정말 명성에 걸맞게 경관이 아름다워요."

"지금이 가장 좋을 때지. 정말 아름다운 곳이야."

처음 자리를 배정받았을 때 나는 혹시 프리실라가 날 배척한 건 아닌가 생각했지만 그녀는 내 바로 맞은편에 앉았다. 혹시 나를 감시하려는 것일까? 그럴 리가 없었다. 문득 나 자신이 바보 같다는 생각이 들었다.

"세실리와 고든 얘긴 정말인가요? 로스앤젤레스로 떠나고 나면 다시는 못 볼 텐데."

프리실라가 말했다.

"별소릴 다 하는군. 캘리포니아로 날아가는 것쯤은 프리실라 같은 여행가한테는 일도 아닐 텐데, 뭘."

그녀가 고개를 저었다.

"말도 마세요. 지난번에 로스앤젤레스에 갔을 때, 이젠 이 짓도 도저히 못 하겠다는 생각이 들더라고요. 교통은 끔찍하고 음식은 형편없고 볼티모어 호텔 직원들은 또 얼마나 한심한지…… 말로는 세계적인 휴양지라고 하던데, 그런 촌구석이 없더라고요."

위스콘신 사람이 그런 말을 하면 믿지 못할 사람들도 있을 것이다.

"지난 여름에 씨아일랜드에서 세실리를 만났는데 그때 제가 말했어요. 혹시 두 사람 서부 해안 쪽으로 가게 되면 해럴드와 난 절대 못 볼 줄 알라고요."

"하지만 안타깝게도 그 소식은 사실이라네. 아시아 투자자들을 좀 더 끌어들일 생각인가 본데……."

메인 요리인 닭 요리가 나왔을 때에도 대화는 계속 사업 이야기로 흘렀다. 그리고 다른 가족들에 대한 이야기를 나누었다. 마지막으로 밀워키 심포니 오케스트라에서 지난 몇 달 동안 연주를 했고, 현재 럼퍼스 히긴슨의 아들 부부와 함께 밀워키에 머물고 있다는 빈 출신의 첼리스트 이야기도 나왔다.

"이탈리아 속담에, 손님은 생선과 같다죠? 사흘이 지나면 냄새가 나기 시작한다고."

프리실라가 말했다.

그 순간 나는 얼른 찰리와 내가 금요일에 도착해서 월요일에 떠날 예정인데 그것이 사흘을 넘기는 건지 아닌지 생각해보았다. 그러나 찰리는 가족이었고 나만 손님이었다. 저녁식사 내내 나는 적절한 때에 고개를 끄덕였고 그들이 미소를 지을 때 같이 미소를 짓고 그들이 웃을 때 같이 웃었다.

"앨리슨, 어떤 음악을 좋아하지? 고전 음악을 좋아하나? 아니면 대중음악을 좋아하나?"

럼퍼스가 내게 물었다.

"말러의 5번 교향곡을 즐겨 들어요."

내가 대답했다.

그런데 그 대답을 하는 순간 조금 술기운이 도는가 싶더니 난생 처음으로 술에 취한다는 생각이 들었다. 나이가 열다섯 살쯤 되어 보이는 웨이터와 웨이트리스가 내 와인 잔을 수시로 채워주는 바람에 디저트가 나올 무렵 나는 이미 두 번이나 화장실을 다녀온 상태였다. 조그만 찻잔에 담긴 커피가 나왔을 때 나는 세 번째로 화장실에 가려고 일어났고 걷는 도중 벽이 빙빙 돌았다.

식당 밖에는 휴게실이 있었고 휴게실 벽과 화장실로 이어진 복도에는 온통 빼곡하게 액자가 걸려 있었다. 사진은 대부분 흑백사진으로 핼시언에서 물고기를 잡고 있거나 테니스를 치고 있는 사람들의 모습이었다. 어렸을 적의 찰리인 것 같은 꼬마의 손을 잡고 우리가 식사를 하고 있는 바로 이 건물 앞에 서 있는 프리실라 블랙웰의 사진도 있었다. 프리실라 블랙웰은 예쁘다고는 말할 수 없었지만 얼굴과 피부가 매끄럽고 탄력이 있는 데다 눈이 고양이처럼 반짝이는 매력적인 여자였다. 화장실에서 돌아오면서 다시 사진을 바라보고 있는데 누군가 다가와 나를 끌어안았다.

"만나서 반가워요!"

그녀가 소리쳤다. 말투에서 찰리처럼 남부 억양이 느껴졌다. 나를 풀어놓은 뒤에도 그녀는 내 팔을 꽉 잡고 잔뜩 기대에 들뜬 표정으로 나를 바라보았다. 그녀는 엷은 금발 머리카락을 뒤로 묶었고 커다란 앞니에 구릿빛 피부를 가진 여자였다. 예쁘긴 했지만 너무 지나치다 싶게 내게 바짝 다가섰다.

"아더가 쓴 허접한 시 들었어요. 창피해서 혼났네. 난 그때 아기하고 진러미에 있었는데 만약 그 자리에 있었으면 분명히 말렸을 거예요. 지금쯤 이 집안사람들이 전 세계에서 가장 교양 없는 사람들이라고 생각하시겠죠?"

그러고 나서 그녀는 갑자기 눈이 휘둥그레지더니 소름이 끼친다는 듯 말 그대로 기겁을 하면서 "어머! 그러고 보니 제가 누군지 모르시겠네! 세상에!"라고 말하며 웃기 시작했다.

"전 제이디예요. 아더가 제 남편이고요. 제이디 블랙웰이에요. 앨리스, 무례하게 군 것 용서하세요."

"만나서 반가워요."

나는 고의적으로 차가운 목소리로 말했다.

"하지만 남편 되시는 분께선 그 5행시의 변형판은 모르시나 봐요."

'5행시'라는 단어와 '변형판'이라는 단어를 발음하기가 쉽지 않았지만 그 단어를 떠올린 나 자신이 자랑스러웠다.

"마지막에 '젖꼭지는 댈러스에 떨어졌다네'라고 하셨는데, 변형판에서는 '항문은 버킹검 궁에 떨어졌다네'이거든요. 표절 전문가하고 결혼하셨다는 거 알고 계셨어요?"

제이디가 나를 빤히 쳐다보다가 갑자기 속삭였다.

"저런! 혹시 취하셨어요?"

나는 고개를 저었지만 그녀는 말을 이었다.

"하긴, 저라도 그랬을 거예요. 지금 제정신이 아닌 거 같은데, 여기서 주말을 보내는 게 어떨지 상상이 가요. 다들 너무 힘들게 하죠? 결혼한 첫 해에 저는 여기 있는 동안 내내 울음을 참느라 혼났어요. 난 이 사람들을 어렸을 때부터 봐왔는데도 그랬어요. 얼마나 지긋지긋하던지…… 아더하고 어쩔 수 없이 결혼하게 됐을 때, 전 혼자 생각했어요. 제이디, 너 미쳤니? 이 집안사람들 한마디로 다 깡패날라리들이잖아!"

제이디는 정말 미쳤던 것일까? 그녀를 만난 지 불과 몇 분밖에 되지 않았는데도 나는 그 질문에 대답할 수 있을 것 같았다.

"여기 가만히 있어요. 찰리 데려올 테니까. 아주 진탕 취했네."

진탕 취한 것이 사실이었기 때문에 나는 아무것도 안 하고 그 자리에서 있는 것이 아무렇지도 않았다. 나는 벽난로 위에 놓인 은색 트로피를 바라보았다. 길이가 30센티미터 정도 되어 보였다. 제이디가 찰리와 함께 돌아왔을 때 나는 품 안에 트로피를 끌어안고 물끄러미 바라보고 있었다.

"당신 이름은 어디 있어요?"

찰리에게 물었다.

찰리의 표정이 재미있어하는 것 같기도 했고 어리둥절한 것 같기도 했다.

"일단 제자리에 놓고 얘기합시다. 손버릇 나쁜 아가씨."

찰리가 트로피를 벽난로 위에 올려놓으며 말했다.

"마마한테 앨리스가 아프다고 해요. 아기들이 잘 걸리는 병 아무거나 둘러대고요."

"배 아프다고 할까요?"

제이디가 물었다.

"아무거나 둘러대봐요. 일단 내가 이티비티로 데리고 갈 테니까."

찰리가 손사래를 치며 말했다.

제이디는 내 어깨에 손을 얹으며 말했다.

"앨리스, 우린 아주 좋은 친구가 될 거예요. 진저하고 낸은 좀 따분하거든요. 나쁜 사람들은 아니지만 너무 소심해요. 하지만 앨리스 얘기를 듣고 난 바로 알았어요. 딱 내 타입이라는 걸."

제이디가 나에 대해 무슨 얘기를 들었다는 것일까? 또 언제 들었다는 것일까? 그날 들었을까? 들었다면 누구한테 들었을까?

"당신은 아주 특별한 사람 같아."

내가 제이디에게 말했다.

그 말을 듣고 찰리가 웃음을 터뜨렸다.

"이런 모습 처음이에요. 맹세코 전엔 한 번도 이런 적 없어요."

찰리가 제이디에게 말했다.

"너무 귀여운데요, 뭘. 넘어지지 않게 조심해요."

제이디가 말했다.

제이디는 우리가 밖으로 나가도록 클럽하우스의 문을 열어주었다.

클럽하우스 앞에 깔린 보도는 별들과 반달만이 밝혀주고 있었다. 우리가 가야 할 길은 올 때와는 달리 무척 멀게 느껴졌다. 찰리는 한 팔로 내 허리를 감싸고 다른 한 팔로 내 팔꿈치를 붙잡았다.

"조심해! 럼퍼스 히긴슨 씨가 저녁식사 파트너로 그렇게 끔찍했어?"

찰리가 말했다.

우리는 클럽하우스에서 가장 가까운 건물을 지나가고 있었다.

"여기 사람들은 전부 다 너무 부자야!"

내가 말했다.

찰리가 웃었지만 전혀 진심으로 웃는 것 같지는 않았다.

"그래서 좋다는 거야?"

잠시 후 그가 물었다.

"부자들은 다 이상해!"

내가 소리쳤다.

"찰리, 난 당신을 사랑해요. 하지만 테니스, 프린스턴, 볼티모어 호텔 같은 것들은 나한텐 너무…… 차라리 당신이 공장의 작업반장이었다면 그게 더 편할 거 같아."

"파스빈더인가 하는 그 치즈공장?"

"치즈 말고 버터도 만들어요. 우리 수영할래요?"

"별로 좋은 생각 아닌 거 같은데."

"당신 그런 거 좋아하잖아."

내가 그의 갈비뼈를 찌르며 말했다.

"언제나 에너지가 넘치는 찰리잖아. 무서워요? 어둠을 무서워한다고 했던가?"

"술 취한 여자친구 때문에 무서운 거 참으려고 애쓰는 중이야."

"어둠을 무서워하는 거 알아요. 왜냐하면 내 다이어리에 적어두었거든. 나의 찰리! 블랙웰! 다이어리!"

내가 그의 이름을 한 자 한 자 힘주어 발음하며 말했다.

"하지만 난 지금 당신을 지켜줄 수가 없어. 왜냐하면……."

나는 제이디의 말을 떠올렸다.

"진탕 취했으니까!"

"진탕 취했지. 그건 확실한데, 얌전하게 취했느냐, 못되게 취했느냐 그게 문제야."

"같이 수영해주면, 둘 다 발가벗은 다음 당신 페니스를 내 몸속에 집어넣게 해줄게. 물속에서!"

"젠장! 좋아. 당신은 앞으로도 죽 술을 마시는 게 좋겠어. 아주 매력적인 술주정뱅이니까."

"나 처음이에요."

내가 말했다.

"미안하지만 그 말은 못 믿겠는데?"

"아뇨, 그게 아니라 술에 취한 거 말이에요."

"내가 보기엔 완전히 술꾼 같아."

"정말이에요. 내 말 안 믿는 거 아는데, 정말 처음이라니까!"

"문제는 사람들이 언제 올지 모른다는 거야. 게다가 제이디가 마마한테 당신이 아프다고 했는데 수영장에서 놀다가 발각되면……."

"이제 보니 어둠을 무서워하는 게 아니라 어머니를 무서워하는 거였군!"

내가 손끝으로 찰리의 코를 두드리며 말했다.

그가 웃었다.

"아마 당신도 무서워하게 될걸?"

찰리는 그 자신이 술을 좋아했고 항상 술을 즐겼기 때문에 다른 사람이 술에 취한 것에 대해서도 너그러운 모양이라고 나는 생각했다.

"페니스를 집어넣게 해준다는 제안은 상당히 솔깃하지만 이티비티에서는 안 될까?"

"우리 여기서 해요."

내가 그를 밀쳐내고 풀밭에 누웠다. 우리는 알라모 앞에 있었다. 미스 루비가 여전히 안에 있을 수도 있었고 어쩌면 퇴근을 해서 헬시언의 다른 직원들이 묵고 있는 숙소로 돌아갔을 수도 있었지만 어느 쪽이든 나는 상관하지 않았다. 풀잎은 차갑고 또 따가웠다.

"도대체 당신, 어떤 여자야!"

찰리가 기가 막힌다는 듯이 물었다.

그는 나를 일으켜서 반은 안고 반은 끌며 풀밭을 가로질러 이티비티로 향했다. 그는 불 꺼진 방 안의 침대에 나를 눕힌 뒤 스위치를 켰다.

"잠깐. 나 물 좀 빼고 올 테니까 여기 꼼짝 말고 있어."

나는 그가 화장실을 가기 위해 알라모까지 돌아가지 않고 근처에서 소변을 누는 소리를 들었다. 나는 돌아오면 놀려줘야겠다고 생각하며 키득거리다가 내 손에 닿는 그의 페니스가 어떤 느낌일지 생각해보았다. 그러나 그것이 나의 머릿속에 마지막으로 떠오른 생각이었다. 나중에 찰리에게 들은 바에 의하면, 그가 이티비티로 돌아왔을 때 나는 이미 코를 골고 있었다.

새벽 4시쯤, 칠흑 같은 어둠이 엷어지고 서서히 아침 해가 밝아올 무렵, 나는 아랫배의 요동과 함께 잠에서 깨어났다. 화장실이 급했다. 차라리 먹은 것을 토하고 싶었다면 더 나았을 것이다. 토하는 것이라면 밖에서도 할 수 있었을 테니까. 하지만 이건 달랐다. 잔디밭을 가로질러 알라모로 달려가서 변기에 앉은 다음 모두가 잠들어 있는데 지저분한 소리를 낼 생각을 하니 차라리 침대에 누워 있는 편이 나을 것 같았다. 이른 새벽 이런 일로 나갈 때는 옷을 갖추어 입어야 하는 것일까? 이런 상황에 맞는 예법이라는 게 따로 있을까? 내가 그 예법을 대충 짐작해야 할까? 더 이상 참을 수 없는 상황이 되자 나는 침대에서 일어났고 그 순간 내가 잠옷이 아닌 어젯밤에 입었던 옷 그대로라는 사실을 깨달았다. 내 옷에서는 온갖 음식 냄새와 술 냄새가 났다. 나는 맨발로 밖으로 뛰쳐나갔다. 서늘하고 촉촉했다. 혹시 알라모의 문이 잠겨 있을까 봐 걱정을 했지만 다행히 잠겨 있지 않았다. 나는 뒷문으로 들어갔다. 부엌 쪽의 뒷문이 아닌 화장실 복도의 뒷문이었다. 예상대로 집 안은 쥐죽은 듯 고요했다. 나는 욕실 문을 닫고 책들을 받쳐놓았다. 그러고 나서 변기에 앉았다. 배 속에서 뱀이 꿈틀거리는 것 같았지만 왠지 일을 볼 수가 없었다. 내가 낼 소리가 너무 끔찍할 것 같아서였다. 나는 몸을 앞을 숙이고 배를 움켜잡고 울지 않으려고 애썼다.

'모두 잠들어 있어!'

나는 속으로 생각했다. 그러나 더 이상은 참을 수가 없었다. 몸속에서 뱀 한 마리가 요란하게 꿈틀거리는가 싶더니 배 속에 있던 모든 것들이, 길고도 끔찍한 소리를 내면서 한꺼번에 쏟아져 나왔다. 나는 변기 물에 관한 경고를 떠올리면서 얼른 물을 내렸다. 하지만 그것으로 끝이 아니었다. 또 한 차례의 흉측한 분출이 일어났을 때는 변기 물이 다 차지도 않은 상태였다. 그렇게 술을 마셔대다니 나 자신이 부끄럽고 한심했다. 마침내 배속은 깨끗해졌지만 여전히 속이 울렁거리고 몸이 후들거렸다. 나는 휴지로 닦은 다음 다시 한 번 물을 내렸다. 변기에서 일어난 순간 나는 물을 내리는 것만으로는 충분치 않다는 사실을 깨달았다. 갈색 변 찌꺼기들이 변기 가장자리에 묻어 있었다. 저 속에 손을 집어넣어야 할까? 나는 세 번째로 물을 내린 다음 물이 빠져 있을 때 화장실 휴지로 변기 안쪽을 닦은 뒤 휴지를 물에 버린 후 네 번째로 물을 내렸다. 혹시 프리실라 블랙웰이 이 집의 배관이 이토록 혹사당하는 소리를 다 듣고 있는 것은 아닐까? 나는 손을 닦았다. 비누는 하늘색 타원 모양이었고 여러 곳에 금이 가 있는 데다 닳고 닳아서 기타 픽처럼 얇았다. 손바닥 안에서 비누를 비비는 순간 비누가 쩍 하고 둘로 쪼개졌다.

'난 여기가 싫어.'

그 순간 본능적으로 나에게 떠오른 생각이었다.

그때까지는 한 번도 해본 적이 없는 생각이었고 그 순간에조차도 나는 곧바로 생각을 고쳤다. 내 배가 탈이 난 것은 이 집 사람들의 잘못이 아니었다. 하지만 그들은 하나밖에 없는 변기를, 낡은 가구들과 이끼 낀 선착장, 이 빠진 그릇, 낡은 사진틀, 딱딱한 매트리스를 얼마나 사랑하는가? 그들은 그 모든 결함을 사랑했다. 오랜 시간에 걸쳐 그들 자신은 익숙해졌지만 방문객들에게는 엄청난 불편을 주는 그러한 결함들을 말이다. 내가 자란 집에도 화장실은 하나밖에 없었지만 우리 가족 중 그 누구도 그 사실에 자부심을 느끼지는 않았다.

그로부터 몇 주 뒤, 찰리의 가족들이 주로 거주하는 밀워키의 저택을 방문했을 때 나는 조금도 놀라지 않았다. 그때 나는 이미 모든 것을 이해하고 있었다. 밀워키의 저택에 비교하면 알라모마저도 초라했다. 크기도 1만 2천 평에 달했고 슬레이트 지붕에 자연석으로 지은 거대한 저택이었다. 수많은 뾰족탑과 굴뚝과 창문들이 어우러진 그곳은 마치 성을 연상시켰다. 골프장처럼 깔끔하게 다듬어진 잔디, 항상 60도로 온도가 맞춰져 있는 풀장도 있었다. 내부에는 단단한 마룻바닥과 광활하게 펼쳐진 러그, 샹들리에, 바닥까지 늘어진 커튼, 거대한 가구, 유화, 거실 벽을 뒤덮은 벽화, 그리고 일곱 개의 욕실……. 핼시언의 결함은 그들에게 아무것도 아니었다. 도시 아이들이 뒷마당에서 캠핑을 즐기는 것처럼 그들은 핼시언에서의 불편을 즐겼던 것이다.

아니, 나는 이곳이 싫지 않았다. 내가 배탈이 난 것은 물론 그 어느 것도 찰리의 가족들을 탓할 수 없었다. 싫다는 것은 너무도 순간적이고 어리석고 멜로드라마적인 감정이었다. 블랙웰 가 사람들이 나에게 부자들에 대한 부정적인 인식을 심어준 것은 사실이지만 장래의 시댁 식구들과 그들의 부유함이 못마땅했던 여자가 내가 처음은 아닐 것이다.

나는 책을 책장에 도로 꽂아놓고 최대한 소리를 내지 않으려 애쓰며 문을 열었다. 문을 여는 순간 누군가의 기침소리가 들렸지만 어느 방에서 나오는 것인지는 알 수 없었다. 나는 다시 밖으로 나와 젖은 풀을 밟으며 이티비티로 향했다. 오른쪽을 돌아보니 고요한 회색빛 호수가, 하늘보다 더 어두운 회색빛 호수가 무척이나 소박하고 사랑스러워서 나는 그만 숨이 멎는 것만 같았다. 블랙웰 가 사람들이 이곳에 온 것은 결코 허영이나 가식 때문이 아니었다. 그렇게 생각했던 나는 얼마나 어리석었던가? 그들은 이곳의 아름다움을 알고 있었고 이 아름다움을 누릴 자격이 있다는 것을 알고 있었다. 나의 부모님도 경제적으로 여유가 있었다면 핼시언 같은 곳에서 매년 여름을 보내고 싶지 않았을까?

내가 블랙웰 사람들에게 관대해질 수 있었던 것은 어쩌면 내가 너무 지쳐 있었던 데다 빨리 침대에 눕고 싶어서였는지도 모른다. 어쩌면 너무 피곤해서 찰리와 내 앞에 놓인 미래에서 나 자신을 구출하기보다는 그냥 항복해버리고 싶었는지도 모른다.

"앨리스, 오늘의 주제는 '각선미'예요. 그 단어를 퍼뜨려주세요."

몇 시간 뒤 클럽하우스에서 아더가 말했다.

"여보, 앨리스는 아직 커피도 안 마셨어요."

그의 옆자리에 아기를 안고 앉아 있던 제이디가 장난스럽게 아더를 치면서 말했다.

전날 밤 일에 대해서 제이디는 아무 말도 하지 않았다. 나는 다행이라고 생각했다. 그러나 제이디의 표정에서 그날 일을 은근히 재미있어하고 있음을 느낄 수 있었다.

아침식사는 저녁식사보다 훨씬 편안한 분위기였다. 사람들은 제각각 다른 시간에 나타나서 긴 뷔페 테이블에서 토스트나 머핀, 차가운 시리얼을 만들어 먹었다. 달걀 요리나 베이컨, 와플 같은 것을 원하는 사람만 웨이터에게 주문했다.

벌써 수영복을 입고 있는 아이들도 있었고 그날 벌어질 경기에 들떠서 흰 테니스 복을 입고 있는 어른들도 있었다. 여자들이 입고 있는 미니스커트가 얼마나 짧은지 몇 년 전만 해도 외설스럽다는 비난을 면치 못했을 것 같았다. 프리실라 블랙웰도 그런 미니스커트에 발목 뒤쪽에 분홍색 방울이 달린 양말을 신고 있었다.

처음 헬시언에 도착했을 때 나는 주말이 너무 길까 봐 걱정을 했지만 막상 이곳에 있어보니 그 반대였다. 아침식사 시간에는 두통이 심했지만 시간이 흐를수록 점점 잦아들었다. 그날 오후 나는 테니스 코트 옆에 담요를 깔고 앉아서 경기를 구경했다. 찰리가 테니스를 칠 때는 찰리를 지켜보았고 그가 게임을 하지 않을 때는 그와 나란히 앉아 이야기를 나누었다. 그는 비 오듯 땀을 쏟으며 테니스를 치다가 네트 쪽으로 와서 커다란 물병에서 물을 따라 한 컵을 들이켠 다음 머리 위에 뿌리고는 마치 강아지처럼 머리를 흔들었다.

그날 아침 그가 이티비티로 나를 데리러왔을 때, 나는 일어나서 옷을 다 차려입고 그를 기다리고 있었다.

"내가 가장 좋아하는 술주정뱅이 어디 갔어?"

그가 들어서며 물었다.

"찰리 어젯밤 너무 미안해요."

내가 사과했다.

"당신이 사과할 건 딱 한 가지밖에 없어. 날 잔뜩 달아오르게 한 다음

기절해버린 거. 그건 다음 기회에 꼭 받아내고 말 거야."

그가 말하며 내게 키스했다.

나는 찰리가 그런 일로 심술을 부리지 않는 남자라서, 적어도 나한테는 그런 일로 심술을 부리지 않는 남자라서 마음이 놓였다.

"칫솔을 들고 클럽하우스로 가요. 마마가 벌써 배관공을 불렀어. 알라모 변기가 벌써 막혔거든. 기적을 일으키려고 끙끙대는 중이지. 거대한 대변의 용의자로는 존이 지목되고 있어."

나는 고개를 끄덕였고 아무 말도 하지 않았다.

"한잠 푹 자고 나니 괜찮아진 모양이네?"

테니스 코트에서 에밀리 히긴슨을 7대 3, 6대 4로 격파한 뒤 프리실라 블랙웰이 내게 물었다. 내가 술을 너무 많이 마셨다는 것을 그녀도 알고 있는 것 같았다. 나는 변기가 막힌 것도 내 잘못이라고 생각하고 있는지 궁금했지만 그저 그녀의 말에 동의하는 뜻으로 우물거렸다.

나는 테니스 코트에 소설책을 한 권 가져갔다. 지난여름에 나보코프가 세상을 떠났다는 소식을 듣고 산 책이었다. 그러나 햇볕이 너무 강한데다 찰리와 이야기를 하느라 결국 한 자도 읽지 못했다. 나는 제이디와 아더의 아기 위니를 돌보며 시간을 보냈다. 30대 독신녀인 나는 다른 사람의 아기에 집착하는 것 같은 인상을 주지 않으려고 항상 조심했다. 왠지 나 자신이 처한 상황의 절박함을 보여주는 것 같아서였다. 그러나 그렇게 조심해야 한다는 사실에 왠지 화가 났다. '난 원래 아기들을 좋아했어요! 내가 어렸을 때부터 그랬다고요!'라고 소리라도 지르고 싶었다. 그러나 제이디는 내가 위니를 내 무릎 위에 올려놓기만 해도 고마워서 어쩔 줄을 몰랐다. 그날, 그리고 그다음 날 수많은 대화와 게임, 식사가 이어졌고 옷도 수없이 갈아입었다. 수영복을 입었다가 벗었다가 채 마르기도 전에 다시 입었다. 모터보트를 타고 시내로 나가서 아이스크림을 사먹고 돌아와서 다시 저녁식사를 위해 옷을 차려 입기도 했다. 그러다가 문득 나는 얼굴과 팔이 검게 그을었음을 깨달았다. 일요일 아침에는 에이럴트 목사가 알라모에서 예배를 진행하기 위해 핼시언으로 찾아왔다. 오직 이 예배를 주관하기 위해 먼 길을 온 것이 분명했다. 예배가 끝난 뒤 그는 클럽하우스에서 프리실라의 옆자리에 앉았다.

"여기까지 와주시다니 참 고마운 분이시네요."

내가 찰리에게 말했다.

"공화당 사람들은 원래 목사라면 사족을 못 쓰거든."

일요일 오후 핼시언 오픈의 시상식이 이어졌다. 나무로 만든 받침대에 공을 서브하는 사람의 형상을 가짜 금으로 만든 조그만 트로피였다. 수상자의 이름이 새겨진 은 트로피는 나중에 다시 전달된다고 했다. 남자 단식 우승자는 로저 니들레프, 남자 복식 우승자는 드와이트 드울프와 그의 처남 포드 로렌스였다. 여자 단식 우승자는 사라 타이어, 여자 복식 우승자는 프리실라 블랙웰과 낸이었다.

테니스 코트에서 알라모로 돌아오면서 다음 날 떠날 생각을 하니 조금 아쉽다는 생각이 들었다. 이제 막 핼시온의 리듬에 적응했는데.

알라모에 거의 도착할 무렵 제이디가 달려와 내 팔을 잡았다.

"나하고 같이 호숫가에 머리 감으러 가요. 아기가 깰 때까지 20분 정도 시간 있거든요."

제이디는 그녀의 가족들이 묵는 진러미로 뛰어갔다.

나는 어리둥절한 표정으로 찰리를 바라보았다.

"들은 대로야. 다녀와."

"호수에서 머리를 감는다고?"

"화장실 앞에서 줄 서기 싫어서 그렇겠지."

찰리가 말했다.

그러나 잠시 후 호숫가에서 제이디와 나란히 머리를 감으면서 나는 제이디는 호숫가에서 머리를 감는 것을 정말로 즐긴다는 것을 깨달았다. 제이디는 양손을 위로 올리고 머리가 온통 하얀 거품으로 뒤덮일 때까지 머리를 문질렀다.

"여름 캠프 때 생각나요?"

그녀가 물었고, 한 번도 여름 캠프에 가본 적이 없는 나는 그저 애매하게 웃을 수밖에 없었다.

"참, 어제부터 말하고 싶었는데, 그 수영복 너무 예뻐요. 어디 거예요?"

"매디슨에 있는 친구 가게에서 산 거예요."

제이디의 수영복은 흰색 비키니였고 내 것은 흰 줄무늬가 있는 빨간 수영복이었다. 그때 나는 제이디가 쇼핑의 고수라는 사실을 아직 모르고 있었다. 제이디는 언제 어떤 물건이 세일에 들어갈지, 또 세일 때까지 기다렸다가는 놓칠 물건이 무엇인지, 어떤 물건이 제값을 주고라도 살 가치가 있는지에 관해서라면 도가 튼 여자였다. 나는 제이디와 데나가 서로를 알았다면 서로를 무척 좋아하거나, 아니면 찰리와 우리 할머니처럼 두 사람의 강한 성격 때문에 충돌하거나 둘 중 하나였을 거라고 생각했다.

"가슴이 아직 탱탱해서 좋겠어요. 서른 넘었어요?"

"서른하나예요."

"이럴 수가! 난 이제 겨우 스물여덟인데, 이건 너무 불공평해!"

"내 눈가의 주름은 어쩌고요!"

내가 그녀에게 내 오른쪽 눈을 들이대며 말했다.

"찰리도 아더처럼 섹시한 속옷을 입으라고 강요하나요? 아더는 나한테 아주 희한한 옷들을 입으라고 해요. 그래서 내가 그랬죠. 아기를 낳아보지 않은 당신은 내 몸에서 무슨 일이 일어났는지 짐작조차 못할 거라고. 다시 옷을 차려입고 싶은 마음이 들기까지 5년은 기다려줘야 한다고."

내가 웃었다. 그러나 나는 우리가 떠드는 소리가 멀리서 들릴까 봐 신경이 쓰였다. 게다가 50미터 정도 떨어진 이웃 별장의 선착장에는 히긴슨 가 남자 한 명이 수영을 하고 있었다. 누구인지는 알 수 없었지만 호숫가에 도착했을 때 우리에게 손을 흔들어주었다.

제이디와 나는 가슴까지 물에 담근 채 호수에 서 있었다. 호수는 짙은 푸른빛이었고 서쪽 하늘은 어두운 노란빛이었다. 제이디는 뒤로 누워서 머리와 어깨까지 물에 담갔다가 다시 일어났다. 물에 젖은 머리카락이 말 그대로 황금빛이었다. 제이디는 뒤로 누워서 발장구를 쳤다.

"마마가 잘해주던가요? 좀 힘들죠?"

나는 손가락을 들고 잠시 기다리라고 한 뒤 코를 막은 뒤 물속으로 들어갔다.

"마마는 딸을 원했다는데 계속 아들만 낳는 바람에 결국……."

다시 수면 위로 떠올랐을 때 제이디가 말했다.

"쉿!"

나는 제이디가 하려는 말이 궁금하긴 했지만 다른 사람이, 특히 프리실라가 들었을까 봐 걱정이 되었다.

"누가 선생님 아니랄까 봐!"

제이디가 웃으며 말했다.

"아니, 그게 아니라 혹시 우리 얘기가 들릴까 봐요."

내가 집 쪽을 가리키며 말했다.

제이디가 고개를 끄덕이며 목소리를 낮추었다.

"어쨌든 그래서 여자들을 싫어한대요. 여자한테 거부당했다는 느낌 때문에. 이런 말 하니까 꼭 프로이드 같지 않아요?"

제이디는 자기가 한 말이 한심하다는 듯 미소를 지었다. 나는 제이디가 블랙웰 가 사람들로부터 다른 사람들을 놀리고 스스로를 조롱하는 습관을 배운 것인지, 아니면 원래 그런 습관을 갖고 있었는지 궁금했다.

그녀는 10대 시절 밀워키의 블랙웰 집에서 네 집 건너의 집에 살았다고 했다. 그녀가 8학년일 때 아더는 고등학교 졸업반이었고 두 사람이 정식으로 데이트를 시작한 건 제이디가 대학에 들어간 뒤부터였다고 했다. 제이디라는 이름은 갓 태어났을 때 그녀의 엄마가 지어준 것이고 진짜 이름은 '제인 데이븐포트 아이그너라거'였다. 제이디는 당연히 결혼하면서 성을 블랙웰로 바꾸었다.

"그러니까 내가 해주고 싶은 말은, 절대 마마를 무서워하지 말라는 거예요. 겉으로만 그렇지 사실 알고 보면 하나도 무섭지 않거든요."

"솔직히 난 별로 무섭지 않아요."

내 말은 진심이었다. 이곳 핼시언은 프리실라의 왕국인 것이 분명했지만 나는 그녀의 동의나 허락을 얻는 것이 그다지 중요하게 느껴지지 않았다. 만약 데나였다면 달랐을 것이다. 솔직히 나는 그저 적절히 유쾌한 관계를 유지하고 싶을 뿐이었다. 그녀와 가까워지고 싶지도 않았고 그녀가 가장 좋아하는 며느리가 되고 싶지도 않았다.

만약 프리실라 블랙웰이 나를 싫어한다면 조금 마음이 불편하겠지만 나를 그럭저럭 괜찮다고만 생각해준다면 별다른 영향력을 행사할 수 없을 것이다. 게다가 시간이 흐를수록 프리실라는 내게 조금씩 상냥해지는 것 같았다. 전날 오후, 칵테일파티가 시작되기 전, 찰리와 내가 알라모 베란다에서 보드게임을 하고 있을 때, 그녀는 "앨리스, 찰리한테 매운맛 좀 보여주렴!" 하고 말했다.

제이디는 뒤로 누워서 배영을 하기 시작했고 나는 감탄하며 그녀를 바라보았다. 나는 수영을 잘하지 못했다. 아버지가 라일리의 파인 호수에서 수영을 가르쳐주긴 했지만 개헤엄 이상은 하지 못했다. 제이디의 우아한 배영이나 히긴슨 가족들의 우아한 자유형은 흉내조차 낼 수 없었다.

제이디가 다시 자유형으로 나를 향해 헤엄쳐 왔다.

"나이가 많아서 운 좋은 줄 알아요. 기분 상해하진 말고요. 하지만 제가 아더하고 결혼했을 땐 겨우 스물한 살이었거든요. 그땐 얼마나 어수룩했는지…… 마마가 소리만 질러도 한구석에 가서 울었어요. 게다가 아더도 툭하면……."

그때 아기 울음소리가 들려왔다. 제이디는 눈을 동그랗게 뜨더니 "아기는 절대 낳지 마세요!"라고 말하고 사다리 쪽으로 향했다.

"제이디!"

내가 부르자 제이디가 돌아보았다.

"금요일 밤엔 고마웠어요!"

내가 말했다.

일요일 저녁, 칵테일파티 도중 나는 처음으로 찰리의 형 에드와 이야기를 나누게 되었다. 지난 며칠 동안 그를 보았지만 단둘이 이야기를 나눌 기회는 없었다. 그가 하원의원이기 때문이기도 했다. 하원의원이라는 이유로 그와 이야기를 하고 싶어서 안달하는 것처럼 보이고 싶지 않았다.

"우리 가족들이 너무 요란하고 시끄럽다고 생각하지 말아주셨으면 좋겠어요."

그가 베란다에 서 있던 내게 다가와서 말했다.

물론 그들은 자신들의 요란하고 시끄러운 가족 문화에 대해 자부심을 갖고 있는 것이 분명했다.

"아뇨, 정말 재미있었어요."

내가 대답했다.

"초등학교 사서 교사라고 들었는데, 전 책을 많이 읽는 편은 아니지만 아이들을 가르치는 건 여자로서 참 좋은 직업이라고 생각합니다."

"자제분들이야말로 참 훌륭한 학생들이에요."

절대 그의 비위를 맞추려는 발언이 아니었다. 그의 아들인 해리, 토미, 지오프는 모두 나이에 비해 점잖은 아이들이었다. 에너지가 넘치긴 했지만 결코 짓궂은 편은 아니었다.

"착한 녀석들이에요. 진저가 좀 힘들어하긴 하지만 녀석들 덕분에 따분할 틈이 없죠."

머리가 벗겨지기 시작한 에드는 아들 중에 그의 아버지를 가장 많이 닮았다. 그는 블랙웰 남자들 중에 유일하게 조금 땅딸막한 체격이었고 안경을 쓰고 있었다.

"아들 셋을 키우다 보니 어머니가 얼마나 힘드셨을지 짐작이 가더군요. 아들 넷을 어떻게 키웠을까 싶어요."

"밀워키와 워싱턴을 오가는 게 힘들진 않으세요?"

결국 나는 대화를 그쪽으로 몰아가고 있었다. 나는 내 질문이 실수가 아니기를 바랐다.

에드는 고개를 저었다.

"그건 특권이죠. 나라를 위해서 일하는 것보다 더 훌륭한 일은 없으니까요. 우리 아들 녀석들도 알고 있어요. 밤에 잠자리에 들 때 아빠가 집에 없다는 게 아이들한테 결코 쉬운 일은 아니겠지만 아빠가 위스콘신 주민들을 위해 일하고 있다는 사실에 자부심을 갖고 있어요."

에드의 말을 들으면서 나는 상투적인 문구들을 사용하고 있다고 해서 그 말이 진실이 아니라고 단정할 수는 없다는 생각을 했다. 그들이 진심으로 그렇게 믿는다면 진실이 아닐까? 그것이 처음으로 떠오른 생각이었다. 두 번째로 든 생각은 '제발 찰리가 선거에서 지게 해주세요'였다.

마치 마음속으로 내가 그를 배신한 걸 알아차린 듯 찰리가 나타났다.

"형, 진 드울프가 방금 전화했는데 10시에 포커 칠 생각 있냐고 묻던데?"

"앨리스, 도박을 좋아하는 남자에 대해서 어떻게 생각해요?"

에드가 안경을 코끝에 걸치고 짐짓 심각한 표정을 지으며 물었다.

"앨리스는 옷 벗기 포커 아니면 안 쳐."

찰리가 말했다.

"찰리!"

내가 소리쳤고 에드가 큰 소리로 웃었다.

"조심해라. 홀랑 털릴지도 몰라. 어이구, 이건 또 뭔가?"

에드의 둘째 아들 토미가 눈물을 글썽이며 다가오고 있었다.

"드류 형이 장난감을 혼자만 가지고 놀아요."

토미의 말에 에드가 나와 찰리를 바라보며 어깨를 으쓱했다.

"호출이네."

에드가 말했다.

"저녁 먹고 드울프네 가서 몇 시간 있다 와도 될까?"

찰리가 내게 물었다.

"그렇게 해요. 난 짐 싸고 있을 테니까."

"빨리 탈출하고 싶어서?"

"찰리, 난 당신 가족들이 좋아요. 주말 내내 다들 정말 친절했어요. 그 5행시 사건만 빼고. 하지만 그것도 이미 극복했어요."

"앨리스, 그거 알아? 난 당신이 좋아. 그리고 지금 너무 예뻐."

찰리가 몸을 숙이며 내 입술에 키스했다.

"저 두 사람 봐! 잠시도 못 떨어져 있네!"

가벼운 키스였지만 누군가가 소리를 쳤다.

내가 뒤로 물러섰다. 우리는 사실 서로 그렇게 붙어 있었던 것도 아니었다. 갑자기 베란다가 조용해졌다.

"찰리! 이제 네가 어떤 집안에서 자랐는지 앨리스가 실상을 낱낱이 알았는데, 그래도 계속 자네 곁에 있어줄까?"

트립 삼촌이 소리쳤다.

"그래주길 바라야죠."

찰리가 말했다.

나는 블랙웰 사람들의 시선을 느꼈다. 나는 억지로 미소를 지었다.

'기죽지 마라!'

제이디가 그렇게 표현하진 않았지만 결국 그런 의미였다.

"앨리스, 조심해요. 아무래도 찰리가 청혼할 것 같은 표정이니까."

존이 말했다.

잠시 짧은 침묵이 흘렀고 나는 누군가가 이 순간을 또 이상한 농담으로 망가뜨리지 않도록 얼른 입을 열어야 한다는 생각이 들었다.

"실은……."

목소리가 갈라지는 바람에 나는 헛기침을 하면서 말을 이어갔다.

"찰리가 벌써 청혼을 했고 저는 승낙했어요."

어쩌면 내가 상상해낸 것인지 모르지만 나는 누군가 숨을 헉 들이키는 소리를 들은 것 같았다. 아마 진저였을 것이다. 찰리가 내 등 뒤에 손을 얹었다.

그물 침대 옆에 서 있던 해럴드 블랙웰이 다가왔다.

"그것 참 기쁜 소식이구나! 잘 생각했다!"

그가 말했다.

곧바로 블랙웰 가족 모두가 한꺼번에 떠들기 시작했다.

"뻥 아니지?"

아더가 말했고 그와 존은 찰리를 포옹했다. 에드는 내 뺨에 키스했고 아더는 한 팔로 내 목을 조르며 끌어안고 "젠장! 우리 가족이 된 걸 더럽게 축하해요, 앨리스!"라고 소리쳤고 해럴드는 내 손등을 두드려주었다.

"그럴 줄 알았어! 우리가 좋은 친구가 될 거라고 했죠? 잘됐네! 이제 우린 가족이 됐어요!"

제이디가 나를 끌어안으며 소리쳤다.

제이디의 품에서 벗어난 순간 프리실라 블랙웰이 내게 다가왔다. 나는 머리를 매만졌다. 갑자기 다른 사람들이 모두 내 시야에서 멀어지는 것 같았다. 프리실라 블랙웰이 두렵지 않다는 나의 말은 진심이었다. 적어도 이론적으로는 그랬다. 그러나 그녀가 나를 쳐다볼 때마다, 그것도 별로 호의적이지 않은 눈길로 쳐다볼 때마다, 주위에 아무도 없고 오직 그녀와 나 둘만 있는 것 같은 기분이 들면서 신경이 곤두서는 것도 사실이었다.

그녀는 나를 포옹하지도, 내게 키스하지도 않았다. 그녀는 아주 오랫동안 재미있다는 듯, 그리고 의도가 미심쩍다는 듯 나를 쳐다보았다.

"참 영리한 아이구나."

마침내 그녀가 내뱉은 말이었다.

"난 화 안 났어. 진짜야. 아버지 어머니한테, 주위에 아무도 없을 때 먼저 말씀드렸다면 더 좋았겠지만 이미 엎질러진 물인걸 뭐."

매디슨으로 돌아가는 차 안에서 찰리가 말했다.

"어머니가 기분이 상하신 게 확실해요? 아니면 그냥 그럴 것 같은 거예요?"

"마마는 특별한 대접을 받는 것을 좋아하셔."

찰리가 싱긋 웃으며 말했다.

"모든 여자들이 다 그렇듯이. 사실 양쪽 부모님을 한자리에 초대해서 동시에 말씀드리기를 원했던 건 당신이었잖아. 하지만 결국 모두 알게 될 거였으니 어떻게 되든 난 상관없어."

그가 조수석 쪽으로 손을 뻗어 내 손을 꽉 잡으며 말했다.

"마마가 기분이 상하셨다면 당신 때문이 아니라 그 소식을 전달한 방법 때문이었을 거야. 당신이 마음에 안 들었던 건 아니었어."

"난 지금껏 인간관계에서 문제가 있었던 적은 없었어요. 하지만 보다

사교적인 집안에서 자란 며느리를 원하셨다고 해도 어머님 잘못은 아니죠. 어머님은 그런 분위기에 익숙하실 테니까. 하지만 결국 이해하실 거예요. 괜히 나서서 중재하려고 너무 애쓰지 말았으면 좋겠어요."

"혹시나 해서 말해두는 건데, 난 가족 대신 당신을 선택할 거야."

찰리가 말했다.

"말도 안 되는 소리 하지 말아요."

"도망가면 되지! 혹시 항상 도망가고 싶었던 곳 있어? 난 멕시코! 그런데 멕시코 갔다가 잘못하면 전염병 걸릴 수도 있으니까 캘리포니아가 안전할 수도 있겠다."

"난 그 정도로 비관적이진 않아요."

"바자 해안에 조그만 오두막 하나 구해서 해먹에서 잠을 자고, 내가 잡은 조개로 끼니를 때우고 당신은 코코넛 브라를 하고……."

그때 만약 내가 정말 그렇게 하자고 했다면 어떻게 되었을까? 그가 말한 것 같은 만화버전이 아니라, 진지하게 다른 주에서 살아보자고 했다면? 우리가 물려받은 삶이 아닌 우리 자신의 삶을 개척하자고 했다면? 우리는, 그리고 찰리는, 그의 가족으로부터 멀리 떠나 과연 어떤 삶을 살 수 있었을까? 그랬다면 그 뒤로 우리에게 일어난 모든 일들을 막을 수 있었을까? 그 순간 그가 하자는 대로 했다면 그렇게 되었을까? 어쩌면 찰리는 내가 생각했던 것보다 훨씬 예지력이 있는 사람이었을까? 어쩌면 찰리는 나보다 우리의 미래를 훨씬 더 분명하게 인식하고 있었던 것일까? 아니면 그저 허세를 부렸던 것일까?

"우린 위스콘신 사람들이에요, 찰리. 우리가 있어야 할 곳은 바로 여기예요."

우리는 10월 8일 토요일, 밀워키에서 결혼식을 올렸다. 오전 11시였고 찰리 부모님의 저택 앞마당에서 웨슬리 널 목사의 주례로 이루어졌다. 결혼식이 끝난 뒤 정찬과 샴페인, 레모네이드, 가장자리를 잘라낸 샌드위치가 준비되었다. 피로연은 미스 루비와 올해 열아홉 살이라는 그녀의 딸 이본느가 준비했다.

혼자 라일리에 가서 어머니와 할머니에게 내가 찰리와 결혼한다고 말했을 때 엄마는 기쁨의 눈물을 흘렸고 할머니는 의자에 앉아서 춤을 추었다. 나는 엄마에게, 결혼식을 찰리의 집에서 그 집 가정부들의 도움으로 치를 것이기 때문에 비용이 많이 들지 않을 거라고 말했다. 정 돈을 부담하고 싶으면 샴페인 값으로 90달러 정도만 보태달라고 했다. 나는 엄마에게 가장 부담이 적은 액수를 말한 것이었다. 찰리의 집에서 실제로 비용을 얼마나 썼는지는 확실치 않지만 나는 그들에게 비용을 부담시켰다. 나는 혹시 결혼식 날 불편한 질문을 받게 될 상황에 대비해 데나와 사이가 틀어져서 결혼식에 오지 않을 거라고 가족들에게 미리 말했다. 그러나 데나의 부모님은 나에게 그릇을 선물해주었다.

하객들은 모두 49명이었다. 찰리 쪽 하객이 29명이었고 찰리의 친구들과 그의 부인이 12명이었다. 내 쪽으로는 엄마와 할머니, 우리 가족의 오랜 친구였던 포크 부인, 그리고 리스 초등학교의 동료 교사인 리타 앨윈이 참석해주었다. 리타는 미스 루비와 이본느를 제외하면 유일한 흑인 하객이었다. 더 크고 성대한 결혼식이 될 수도 있었겠지만 그럴 필요를 느끼지 못했다. 나는 요란한 결혼식을 원하지 않았다. 리자 블랙웰과 마가렛 블랙웰이 들러리를 섰고 춤을 추는 시간도 없었다. 대신 피로연 뷔페 옆에서 하프 연주자가 하프를 연주했다.

제이디가 결혼식 전에 화장과 머리 손질을 해주었다. 몇 주 전에 산 흰색 브이넥 블라우스와 종아리까지 내려오는 흰 스커트에 흰 구두를 신었다. 프리실라 블랙웰은 내가 준비하고 있는 방으로 들어와 "드레스가 아주 멋지구나! 금방이라도 대평원을 가로지를 것 같은 차림이야!"라고 소리쳤다. 나는 백합 다섯 송이를 들었고 찰리는 그의 아버지와 똑같이 흰 백합 한 송이를 가슴에 달았다. 프리실라 블랙웰과 나의 엄마, 할머니도 꽃을 달았다.

나는 흰색 간이의자들 사이에 만들어진 길로 혼자 입장했다. 찰리의 집에는 흰 의자가 거의 2백 개나 있었고 동그란 접이식 테이블도 여러 개 있었기 때문에 의자를 따로 빌릴 필요가 없었다.

목사 옆에 서 있는 찰리를 본 순간 내 감정은 그다지 특별하지는 않았다. 그저 나에게 쏟아지는 관심이 부담스러웠고 찰리와 내가 서로에게 품고 있는 감정에 쏟아지는 관심이 부담스러웠다. 이런 감정을 이렇게 공개해야 하는 이유가 무엇일까? 그 이유는 바로 관습이었다. 그리고 그보다 더 나쁜 이유가 있다면, 결혼식은 다른 사람들을 위해 필요한 것이었다.

입장하며 나는 엄마와 할머니가 환하게 웃는 것을 보았다. 결혼식은 짧았고 예식이 끝난 뒤 찰리의 형제들이 건배를 했다. 나를 불안하게 했던 그들은 여전히 짓궂었지만 다행히 큰 말썽을 피우지는 않았다.

피로연에서 찰리가 엄마와 이야기를 나누고 있을 때 나는 할머니 곁에 앉았다. 포크 부인은 화장실에 갔고 할머니는 피로연장을 둘러보면서 담배를 피우고 있었다.

"대단한 집안이구나. 널 데려가다니 운이 좋은 사람들이야."

할머니가 말했다.

"한 모금 마셔도 돼요?"

할머니 앞에 놓인 샴페인 잔을 가리키며 내가 물었고 할머니가 고개를 끄덕였다.

"엄마가 그러는데, 닥터 위콤을 안 만나신 지 꽤 되셨다면서요? 기차 여행이 힘들어서 그러시는 거면 제가 시카고로 한번 모시고 갈게요. 앞으로 몇 주 내로요. 결혼식이 끝나면 당분간은 좀 한가할 것 같아요."

할머니는 놀란 표정을 지었다.

"물론 할머니가 원하시면요."

내가 얼른 덧붙였다.

"우리가 가도 아마 만나주지도 않을 거다. 몇 년 전에 나하고 완전히 틀어졌거든."

할머니가 서글픈 미소를 지으며 말했다.

"혹시…… 무슨 일이 있었어요?"

내가 조심스럽게 물었다.

할머니와 나는 어느덧 내가 미룰 수 있는 한 최대한 미루어왔던 이야기를 하고 있었다. 나는 이제 불안감과 혐오감에 휩싸이지 않았고 아무래도 상관없다는 마음이었다. 오히려 그동안 왜 이런저런 핑계를 대며 이 얘기를 미뤄왔는지 의문이 들었다.

"글래디스는 내가 시카고로 와주길 원했단다. 네가 대학에 입학한 뒤로 줄곧 그렇게 졸라댔지. 라일리에 살아야 할 이유가 뭐냐면서 날 이해할 수 없다고. 물론 글래디스는 이해할 수 없었을 거야. 아이를 낳은 적도 없고 손녀딸도 없었으니까. 날 보고 자기하고 대도시에서 멋지게 살 수 있는데 시골 촌구석에 갇혀 살면서 황혼을 낭비하고 있다며 화를 냈단다. 하지만 난 글래디스하고 산다는 건 생각해본 적이 없어. 네 아빠도 이해하지 못했을 거고. 글래디스하고 내 아들 중에 선택해야 한다면 내가 어떤 선택을 할 수 있겠니?"

나는 침을 꿀꺽 삼켰다.

"그래서 연락이 끊긴 거예요?"

"새 친구를 사귀었다더구나."

할머니가 얼굴을 찌푸리며 담배 연기를 내뿜은 뒤 말을 이었다.

"더 어린 여자인 거 같아. 하긴, 나보다 어린 여자이기가 어렵겠냐마는, 글래디스보다도 한참 어린 것 같더라. 도둑연애? 요즘 그런 걸 그렇게들 부른다지?"

"할머니, 마음이 많이 아프셨겠네요. 전……."

'전 그때 너무 어렸어요. 제게 피해를 준 일도 아니었는데 이해하지 못해서 죄송해요. 왠지 수치스러운 일 같았어요. 그래서 그렇게 속 좁게 굴었어요. 저 자신이 그렇게 생각해서라기보다는 사람들이 그렇게 생각하는 것 같아서 그랬어요…….'

"이미 오래전 일인데 뭘."

할머니가 샴페인 잔을 내게 들며 말했다.

"좀 독한 걸로 갖다 다오. 공화당 사람들은 위스키 좋아하지 않니?"

"바로 가져다 드릴게요."

"네 시어머니는 보통이 아니겠더라."

내가 일어서자 할머니가 말했다.

"절 별로 안 좋아하시는 거 같아요."

할머니가 담배를 재떨이에 떨었다.

"그건 네가 결혼을 제대로 한다는 뜻이야."

우리는 워키샤의 호텔에서 하룻밤을 묵기로 했다. 빅토리아풍의 푸른 빛이 감도는 회색 건물이었다.

"유령 나올 것 같아."

자갈길이 깔린 진입로로 들어서면서 찰리가 말했다.

동료 교사의 추천으로 내가 고른 호텔이었다.

"그럼 다른 데를 찾아보지 그랬어요?"

내가 말했다.

"결혼식 날엔 항상 그렇게 퉁명스러워?"

찰리가 물었고 우리는 서로 마주보며 웃었다.

새벽 3시쯤 찰리가 나를 흔들어 깨웠다.

"나 화장실 가야 돼."

그가 말했다.
"나 자고 있어요."
내가 그의 손길을 뿌리치며 말했다.
"같이 가줘. 응?"
화장실은 방 밖으로 나가서 6미터 정도 떨어진 곳에 있었다. 그는 내 뒤쪽의 스탠드 불을 켰다.
"같이 가줘. 잠깐이면 돼. 얼른 할게."
"불 꺼요."
내가 팔로 눈을 가리며 말했다.
"부탁이야. 여긴 왠지 음산하단 말이야."
투덜대는 것 같기도 하고 애원하는 것 같기도 한 목소리였다.
"정말 화장실에 같이 가잔 거예요?"
내가 물었다.
"린디, 처음 만날 날부터 내가 어둠을 무서워한다는 거 알고 있었잖아. 난 분명히 미리 말했어."
나는 고개를 저으면서도 미소 짓지 않을 수 없었다. 복도에는 야간 조명에서 엷은 불빛이 새어나오고 있었지만 찰리와 나 모두 스위치를 찾을 수 없었다. 내가 앞서 걸었다.
"당신도 소리 들었어?"
마룻바닥에서 삐걱거리는 소리가 나자 찰리가 물었다.
"제발 진정해요, 찰리. 아마 지은 지 백 년도 더 되어서 그럴 거예요."
그가 볼일을 보는 동안 나는 화장실 라디에이터 위에 앉아서 기다렸다. 볼일을 보고 난 뒤 그가 돌아서서 내 입술에 키스했다.
"역시 내가 결혼은 제대로 했어."
"손 씻고 어서 가서 자요."
내가 말했다.

다시 잠이 들었을 때 나는 몇 년 동안 꾸지 않았던 꿈을 꾸었다. 앤드류 이모프의 꿈이었다. 우리는 조명이 흐릿하고 사람들로 붐비는 넓은 장소에 있었다. 아마 학교 강당인 것 같았다. 우리는 서로 이야기를 하지도 눈을 맞추지도 않았지만 나는 그의 모든 움직임을 의식하고 있었다. 겉으로는 전혀 표를 내지 않았지만 나의 관심은 오직 그에게만 집중되어 있었다. 그러다가 어느 순간 갑자기 그가 사라졌다. 나는 그에게 다가갈 생각이었고 그 역시 내가 다가오기를 기다리고 있었다. 그런데 내가 꾸물거리는 바람에 기회를 영영 놓쳐버렸다.

잠에서 깨어보니 6시 반이었다. 우리는 캐노피가 드리워진 높은 침대에 무거운 조각보 이불을 덮고 있었고 나는 식은땀을 흘렸다. 문득 실망감이 밀려왔다. 그 순간 나는 꿈속에서 보았던 그 사람을 원했다. 고개를 돌려 찰리를 바라보지 않아도 나는 그가 앤드류가 아니라는 사실을 알고 있었다. 나는 이 사람, 찰리가 아닌 앤드류를 원했다. 앤드류와 함께였다면 모든 것이 자연스러웠을 것이다. 그랬다면 모든 것이 제자리로 돌아갔으리라. 나는 모든 것을 순순히 받아들였으리라. 멋진 남자아이의 흠모를 받았던 그 기분, 열일곱 살로 돌아간 그 기분, 금방이라도 무슨 일이 일어날 것만 같은 그 기분……. 그 모든 것이 얼마나 오래전의 일이었던가? 그 이후로 얼마나 많은 변화가 있었던가? 화장실까지 같이 가줘야 해서 찰리에게 실망한 것은 아니었다. 찰리의 그런 면모는 솔직히 사랑스러웠다. 내가 실망했던 이유는, 이제 내가 유명한 집안, 음탕한 농담을 즐기는 집안에서 자란 야심만만한 예비 정치가와 결혼을 했고 나를 탐탁지 않게 여기는 시어머니가 있고, 내가 결혼한 남자는 딱히 직업도 없는 남자라는 사실 때문이었다. 사실 나는 꿈에서라도 그런 생각을 해본 적이 없었다. 나는 내가 라일리에서 자라고 또 늙을 거라고 생각했다. 나 자신이 이런 음탕함과 부유함의 일부가 되리라고는 상상조차 해본 적이 없었다.

찰리가 뒤척이면서 나를 끌어당겼다. 마침내 그의 얼굴을 바라보는 순간 나의 꿈이 열어지기 시작했다. 나는 그에게 가까이 다가갔다. 내 발가락이 그의 발가락에 닿았고 그의 다리에 난 털이 내 다리에 닿았고 그의 뾰족한 무릎이 내 다리에 느껴졌다. 나는 내 몸을 그의 몸에 밀착시키면서 그의 품속으로 파고들었다. 그리고 그의 체취를 맡았다. 그는 멋진 남자였다. 물론 앤드류 이모프만큼 멋질 수는 없었다. 앤드류는 10대였기 때문에 그의 외모는 완벽했다. 그러나 만약 앤드류가 지금까지 살아 있었다면 계속 그런 모습을 지니고 있지는 않았을 것이다.

찰리에 대한 나의 감정이 오래전 앤드류 이모프에게 느꼈던 감정만큼 벅찬 감정은 아닌 것일까? 물론 그럴 수밖에 없을 것이다. 앤드류와의 희망은 실현되지 않았기 때문에 더욱 완벽했을 것이다. 찰리와 나는 이미 앤드류와 내가 서로를 알았던 것보다 훨씬 더 많은 것을 알고 있다. 찰리는 내가 스테이크를 어느 정도 익혀서 먹는지, 내 칫솔 색깔이 뭔지, 비가 쏟아지기 시작하는데 내가 차 창문을 깜빡 잊고 열어두었다는 사실을 깨달았을 때 어떤 표정을 짓는지 알고 있다. 만약 내가 라일리에 머무르고 싶었다면 그럴 수도 있지 않았을까? 나는 찰리 때문에 매디슨으로 이사한 것이 아니었다. 고향을 떠난 것은 10년 전 나 자신의 선택이었고 나는 한 번도 그 선택을 후회해본 적이 없었다. 그리고 매디슨에서 나에게 '결혼'이라는 엄청난 사건이 일어났다.

찰리가 잠결에 몸을 뒤척이다가 눈을 뜨고 나를 바라보았다.

"이제 그 친구를 죽인 당신 자신을 이제 그만 용서해야 해."

밑도 끝도 없이 그가 말했다.

내게 처음으로 '죽인'이라는 표현을 사용한 사람은 찰리였다. 나 혼자 있을 때는 수도 없이 그렇게 말하곤 했지만 다른 사람은 단 한 번도 그렇게 말한 적이 없었다. 오랜 세월이 흐른 뒤 많은 사람들의 입에, 특히 인터넷에서 그 단어가 등장했지만 가장 먼저 그렇게 표현한 사람은 찰리였다.

“당신 자신을 위해서도 그렇고 날 위해서도 그렇게 해줘.”

그의 목소리는 잠결이라 거칠었지만 그러면서도 확신에 차 있었고 고집스러웠다.

“당신이 스스로를 용서하지 못한다는 건 그 사건이 당신한테 그만큼 중요하다는 뜻이고, 그건 다시 말하면 그 친구를 중요하게 하는 것이기도 하니까.”

찰리가 잠시 멈추었다가 다시 말을 이었다.

“난 내가 당신한테 일생일대의 사랑이었으면 좋겠어.”

너무 놀란 나머지 나는 그때 내가 뭐라고 대답했었는지 기억할 수가 없다. 아마 “알았어요”라고 대답했던 것 같다. 그러고 나서 우리는 다시 잠이 들었다. 찰리가 먼저 잠이 들었다. 한 시간쯤 뒤 잠에서 깨어났을 때 우리는 다시 그 얘기를 하지 않았다. 우리는 나른한 목소리로 몇 마디 이야기를 주고받았고 찰리는 섹스를 하자고 졸랐다.

하지만 호텔의 벽이 너무 얇아서 옆방에서 코고는 소리까지 들렸기 때문에 나는 집에 돌아갈 때까지 참으라고 했다. 우리는 아래층으로 내려가서 아침식사로 빵과 잼을 먹었다. 내 꿈이 남기고 간 혼란스러움, 그 아련한 슬픔은 사라졌고 우리는 옷을 입고 산책을 했고 그렇게 여느 날과 다름없는 일상을 보냈다. 그리고 나는 그 꿈이 얼마나 비논리적인 것이었는지 깨달았다. 나는 찰리를 사랑했고 나 자신이 참 운이 좋은 여자라고 생각했다.

그러나 그 꿈은 나를 다시 찾아왔다. 찾아오고, 찾아오고 또 찾아왔다. 결혼생활 내내, 나는 앤드류 이모프의 꿈을 적어도 2주에서 3주에 한 번은 꿨던 것 같다. 꿈에서도 그는 항상 결혼식 날 밤 나타났다. 그의 꿈은 항상 현재이면서 또 현재가 아니었다. 그는 늘 내 곁에 있었고 우리는 이야기를 하지 않았다. 그럴 때면 나의 마음은 그를 향한 그리움으로 가득 채워졌다. 잠에서 깨어나면 꿈을 꿀 때보다도 더 진한 그리움이 오래도록 가슴에 남았다.

그러나 그 꿈은, 어떻게 보면 하나의 선물이었다. 그 꿈속에서만큼은 나는 죄책감에 사로잡히지 않은 채로 앤드류를 만날 수 있었다. 시간이 흘렀기 때문이기도 했고 찰리가 나를 이해해주었기 때문일 수도 있었다. 결혼식 날 밤, 나는 이미 고등학교에 다니던 9월 어느 날의 내가 아니었다. 그 꿈을 꾼 내가 더 이상 그날의 내가 아니었기 때문에 나는 나 자신을 빨리 용서할 수 있었다. 그 차를 몬 아이가 내가 아닌 우리 반 친구였다고 해도 그보다 빨리 용서할 수는 없었을 것이다.

그 꿈 덕분에 나는 처음으로 앤드류와의 이별을, 그의 죽음에 대한 죄책감으로서가 아닌 그에 대한 나의 감정으로 바라보게 되었다. 더 이상은 '널 그렇게 만들어서 미안해'가 아니었다. '내게 돌아와. 14년이 흘렀지만 여전히 나는 네가 그리워'였다.

그 후로도 나는 데나를 만날 수 없었다. 이렇게 말하는 것이 마음이 불편한 이유는 내가 매디슨을 떠나게 되면서 데나를 만날 기회가 영영 사라져버렸기 때문이었다. 점심식사를 하러 갔다가 데나가 화를 내며 나가버렸을 때만 해도 나는 데나와의 우정이 끝났다고 생각하지 않았다. 나는 데나가 나를 용서해줄 거라고 생각했다. 나는 지금도 데나가 어쩌면 나를 용서했을 지도 모른다는 생각을 하지만 지리적으로 우리는 너무 떨어져 있다. 만약 내가 어느 날 무작정 용기를 내어 데나의 가게를 찾아갔다면, 혹은 내가 매디슨에 살고 있을 때 데나가 남자친구를 사귀었다면, 우리는 다시 화해를 하고 예전으로 돌아갈 수도 있었을 것이다.

그러나 이사를 하고 난 뒤 한 번도 데나를 보지 못했기 때문에 나는 그만 용기를 잃어버렸다. 2월 어느 날 찰리에게 줄 발렌타인 선물을 사고 나서 막 가게를 나서는데 길 건너편에 등을 돌리고 서 있는 데나를 보았다. 숨이 멎는 것만 같았다. 나는 가게의 벽돌 벽에 꼼짝도 못하고 얼어붙은 채로 기대어 서서 데나가 지나갈 때까지 기다렸다. 그리고 그 날 이후 30년 동안 데나를 다시 보지 못했다.

1978년 11월, 찰리는 6지구 선거에서 앨빈 윈세크에게 패했다. 58퍼센트 대 42퍼센트였다. 찰리가 사람들의 예상을 깨고 선전한 것은 사실이지만 박빙의 승부는 아니었다. 나는 리스 초등학교의 교장에게 내가 올 여름 내내 '블랙웰을 국회로!'라는 구호가 적힌 트럭에 간이의자를 놓고 앉아 찰리와 여행하게 될 거라는 사실을 미리 알려두었다. 나는 수천 명의 유권자 앞에서 찰리가 자신을 소개하고 똑같은 연설을 수백 번 반복하는 것을 들었다. 목소리가 나오지 않아도 계속 연설을 해야 할 때는 목캔디를 건네주었다. 나는 그의 손을 잡아주었고 박수를 쳐주었고 양파튀김과 감자튀김을 먹은 다음 또 박수를 쳤고 또 양파튀김과 감자튀김을 먹었다. 마침내 선거가 치러지던 날 본부에서 최종 연설을 한 뒤 우리는 함께 조금 울었다. 찰리와 내가 눈물을 흘린 이유가 똑같다고 말할 수는 없지만 그렇다고 해서 전혀 다르지도 않았다. 우리는 함께 큰일을 치렀고 우리 두 사람의 소망은 결혼하기 전보다 훨씬 더 일치되어 있었다.

선거 후 석 달이 지난 2월 어느 날, 우리는 밀워키 외곽 마로니 가에 집을 샀고 1979년 3월 31에 입주했다. 그때 나는 임신 3개월이었고 우리는 새 집에 들어가기 전에 그 사실을 알았기 때문에 찰리는 나에게 짐 푸는 일에 일절 손대지 못하게 했다. 우리 둘 모두 몹시 흥분해 있었다. 우리는 결혼식을 치른 뒤 피임을 하지 않았지만 무려 17개월 만에 아기를 가질 수 있었다. 매달 찾아오는 월경이 실망스러운 일이 되기 시작하면서 우리 부부는 입양까지 생각했었다.

우리가 마로니 가에 산 집은 침실이 다섯 개였고 16만 3천 달러였다. 침실 하나는 우리가 썼고 하나는 아기 방으로 만들었다. 한 방은 찰리의 서재로, 한 방은 손님방으로 꾸몄고 나머지 한 방은 찰리가 운동할 수 있도록 미니 체육관으로 꾸몄다. 한쪽 벽에는 전면 거울도 달았다. 그러나 찰리는 길 건너에 골프 코스가 있는 마로니 컨트리클럽에서 주로 운동을 했다. 찰리와 나 둘 다 새 집에서 내 방을 따로 꾸밀 생각을 하지 못했다. 2층의 복도는 넓었기 때문에 나는 복도 한쪽 끝 창가에 책상을 놓고 그 옆에 아낌없이 주는 나무 모형을 세워놓았다. 그곳에서 나는 영수증을 정리하고 감사 카드를 썼다. 결혼식이 끝난 뒤 나는 감사 카드를 꽤 잘 쓸 수 있게 되었다. 우리는 결혼식에 초대하지 않았던 블랙웰 지인들로부터 선물들을 받아서 그들에게 일일이 감사편지를 써야 했기 때문이었다. 오랜 세월 동안 나는 밀워키의 사람들을 이런 식으로 기억했다. 레그랜드 가족은 우리에게 토스터 오븐을 선물한 사람, 웬도프스 가족은 우리에게 흰 도자기 그릇을 선물해준 사람…….

찰리와 나는 우리의 새로운 삶에 쉽게 적응했다. 우리가 사귄 기간은 짧았지만 함께 살면서 겪은 모든 일들은 운명처럼 느껴졌다. 집 안을 꾸미는 일은 내게 잘 맞았다. 나는 혹시 가정주부로서의 삶이 따분하지 않을까 걱정했지만 새 집에 들어가면서 할 일이 많았다. 페인트공과 수리회사를 감독해야 했고 정원도 관리해야 했다. 매일 아침 찰리가 출근을 하면 나는 한 시간 정도 책을 읽은 다음 그 한 시간이 내가 누리는 가장 큰 호사라는 생각이 들 정도로 하루 종일 일했다. 신혼 시절 책을 읽다가 문득 고개를 들어보면 나를 둘러싸고 있는 것들이 새삼 놀라웠다. 책을 읽는 동안에는 잊고 있던 나 자신의 모습, 내가 결혼한 여자이고 밀워키 교외에 남편과 함께 살고 있다는 사실이 놀라웠다. 이따금 나는 내가 살던 아파트와 내가 가르치던 학생들과 동료 교사들, 데나와 리타를 떠올리곤 했다. 학교를 그만두면서 나는 엄마의 브로치를 리타에게 주었다. 안 좋은 기억이 담겨 있었기에 나는 브로치를 보관하고 싶지 않았다.

신혼 부부였던 찰리와 나는 어느덧 컨트리클럽이나 교회의 다른 부부, 그들의 형제들과 어울리는 또 한 쌍의 부부가 되어갔다. 찰리는 퇴근한 뒤에는 테니스나 스쿼시를 쳤고 일주일에 한 번은 내게 꽃을 선물했다. 일요일이면, 그의 부모님이 밀워키에 있는 경우에는 함께 저녁식사를 했다. 제이디, 아더 부부와 함께 여행을 하기도 했다. 결혼 5년 동안 우리는 콜로라도, 캘리포니아, 북캐롤라이나, 뉴욕, 뉴저지까지 여행을 다녀왔기 때문에 찰리가 하와이 여행을 가시는 부모님을 따라가지 않기로 결정했을 때 나는 솔직히 그다지 실망하지 않았다. 그때 우리의 딸 엘라는 두 살 반이었고 비행기 여행을 하기에는 아직 무리였다.

신혼 시절 우리는 행복했다. 아니, 결혼생활 내내 우리는 행복했다. 그러나 다른 부부들처럼 우리 부부에게도 시련이 있었다.

슬플 때보다는 기쁠 때가 훨씬 많았다는 이야기는 대중이 듣고 싶어 하는 이야기는 아니겠지만 그것은 사실이었다. 우리가 함께하는 시간이 길어질수록 우리가 사귀었던 기간이 짧았다는 사실을 믿기 힘들었다. 6주 만에 약혼을 하다니! 그리고 또 6주 만에 결혼을 하다니! 얼마나 충동적이고 무모하고 어리석은 행동이었던가? 우리가 서로를 제대로 알기나 했던가? 그러나 나는 우리가 서로를 알았다고 생각한다. 훗날 우리의 삶이 급격하게 달라지긴 했지만 나는 우리가 예전과 똑같은 사람들이라고 생각한다.

처음 선거에 출마했을 때, 그리고 그 이후 몇 차례 선거에 출마하는 동안 각계 전문가들과 언론은 찰리를 과소평가했다.

그러나 내가 무슨 할 말이 있겠는가? 우리가 처음 만났을 때 나 역시 찰리를 과소평가한 것이 사실이었다.

행복과 불행, 고요함과 혼란의 경계가 얼마나 아슬아슬한지 나는 알고 있다

제 3 부

마로니가 402번지

American Wife

7시 반에 극장표를 예약해두었기 때문에 찰리는 6시 15분까지 집에 오기로 했고 나는 출발하기 전에 엘라와 먹을 수 있도록 치킨 마살라를 만들어놓고 기다렸다. 그러나 6시 40분이 되어도 찰리는 오지 않았다. 엘라가 좋아하는 대학생 베이비시터 섀넌은 이미 도착해 있었다. 나는 찰리의 사무실로 전화를 걸었다. 자동응답기가 전화를 받았다. 그의 비서가 그가 출장 중이거나 회의에 참석 중이라 전화를 받을 수 없다고 했다. 혹시 연극을 보기로 한 약속을 잊어버리고 스쿼시를 하거나 운동을 하러 간 것일까? 야구를 보러 간 것일까? 5월의 토요일이었고 마커스 센터의 야구 경기 입장권을 항상 갖고 있긴 했지만 금요일이나 토요일 밤에는 항상 함께 공연을 보러 갔다.

나는 신문을 살펴보았다. 브루어스와 디트로이트 타이거즈의 경기가 있긴 했다. 아무래도 찰리는 거기 가 있을 확률이 가장 높았다. 그러나 혹시나 해서 나는 컨트리클럽에 전화를 걸어보았다. 안내원은 남자 라커룸과 여자 라커룸 사이에 있는 바에서 일하고 있는 토니를 연결해주었고 토니는 오늘 찰리를 보지 못했다고 말했다. 옆문으로 들어가서 스쿼시를 칠 수도 있었고 그의 부모님 집에 가서 아더와 함께 마음 편하게 야구 게임을 보고 있을 수도 있었다. 찰리의 아버지 해럴드 블랙웰이 공화당 의장으로 선출되면서 그들 부부는 1986년 워싱턴 DC로 이사를 했지만 밀워키의 집은 여전히 관리를 하고 있었다.

나는 제이디에게 전화를 걸었다. 제이디와 아더 역시 우리 집에서 서쪽으로 조금 떨어진 곳에 살고 있었다. 열다섯 살 된 제이디의 아들 드류가 전화를 받았다.

"엄마는 강아지 산책시키러 나갔는데요."

드류가 말했다.

"아빠는 오셨니?"

"아빠는 오늘 늦으신대요."

전화를 끊고 보니 7시 10분 전이었다. 시내까지 나가려면 30분은 잡아야 했다. 섀넌은 엘라와 부엌 식탁에 앉아 있었고 엘라는 저녁을 먹고 있었다. 나는 부엌으로 들어가서 엘라의 이마에 키스했다.

"8시 30분쯤 2층으로 올라가고, TV는 보면 안 돼!"

내가 두 사람 모두에게 말했다.

나는 분홍색 정장 차림에 분홍색 페라가모 구두를 신고 있었다.

"바비 티파티 세트 정리하는 거 잊지 말고!"

내가 엘라에게 말한 다음 다시 섀넌을 돌아보았다.

"냉장고에 스테이크 있으니까 혹시 배고프면 데워 먹어요. 난 찰리의 부모님 집에 가볼 거예요. 아무래도 거기 있는 것 같아서. 하지만 혹시 남편이 이리로 오면 곧바로 극장으로 가라고 말해줘요."

그러나 찰리는 부모님 집에도 없었다. 궁전 같은 저택의 진입로로 차를 몰고 들어가면서 나는 부엌에 불이 켜져 있는 것을 보고 찰리가 거기 있는 모양이라고 생각했지만 창문으로 안을 들여다보니 미스 루비가 검은 레인코트 허리를 조이고 있었다.

그녀가 문을 열어주었다.

"찰리 여기 없죠?"

"컨트리클럽에 가보셨어요?"

"거기도 없어요. 7시 반에 시작하는 연극을 보기로 했는데……."

미스 루비가 무표정한 얼굴로 나를 쳐다보았다.

지난 몇 년 동안 나는 블랙웰 가 사람들이 너나 할 것 없이 그녀의 신경을 건드리기 위해 경쟁을 벌이고 있다는 사실을 알게 되었다. 예를 들면, 아더가 쟁반을 받치지 않고 거실 테이블에 유리잔을 놓아서 미스 루비에게 야단을 맞으면 아더는 그것을 작은 승리로 여겼다. 물론 나는 그런 경쟁에 동참하고 싶지 않았다. 미스 루비는 조금 퉁명스럽긴 했지만 누구보다도 부지런했다. 때로는 휴일에도 밤 11시까지 접시를 닦았다. 그리고 다음 날 8시 정각이면 어김없이 아침을 차렸다. 몇 년 전에 나는 미스 루비가 부엌 옆에 욕실이 딸린 조그만 방에서 묵곤 한다는 사실을 알게 되었다. 그러나 이 저택에서 잠을 자는 것은 특권이라기보다는 오히려 엄청난 부담일 것 같았다.

정각 7시가 되자 나는 연극의 앞부분을 놓칠 거라는 생각이 들었고 굳이 무리해서 갈 필요가 없다는 생각이 들었다.

"지금 가시나 봐요?"

"집 안 좀 정돈해놓느라고요."

나는 찰리의 부모님이 이번 주말에 오기로 되어 있다는 것을 깜빡 잊고 있었다. 우리는 토요일 저녁식사를 함께하기로 약속했다. 나는 찰리의 어머니에게 전화를 걸어서 무엇을 가져가면 좋을지 물어봐야겠다고 머릿속으로 메모해두었다.

나는 미스 루비에게 먼저 나가라고 손짓을 했지만 그녀는 거의 알아보기 힘들 정도로 살짝 고개를 저었다. 5월 말의 하늘이 어두워지고 있었다. 새로 돋은 잎사귀들이 잔디밭의 나무 위에 장막을 드리웠다. 자갈이 깔린 진입로를 걸으면서 나는 이곳에 주차된 차가 내 차 한 대뿐이라는 사실을 깨달았다.

"태워드릴까요?"

"아뇨, 버스 타면 돼요."

"그럼 정류장까지만이라도 태워드릴게요. 휘팅 가에 버스가 있죠?"

나는 오후나 초저녁 무렵 그곳에 서 있는 그녀의 모습을 몇 번인가 본 적이 있었다.

"그러실 필요 없어요."

그녀가 말했다.

"꼭 그러고 싶어요."

내가 조금 웃으며 말했다.

"기왕 차를 몰고 나왔으니 오늘밤 뭔가 의미 있는 일을 하고 싶어요."

그녀가 내 차에 올라타는 순간 나는 미스 루비가 순전히 나에 대한 배려로 차에 탔다는 사실을 알 수 있었다. 차 안에 잠시 침묵이 흘렀다. 시동을 켜는 순간 내가 듣던 NPR(미국공영방송) 방송이 흘러나왔고 나는 미스 루비가 싫어할 것 같아서 다른 방송으로 돌렸다.

"저, 혹시 저하고 연극 보러 가실래요? 체호프의 〈갈매기〉라는 작품인데, 표를 버리게 생겼거든요. 하지만 억지로 가실 필요는 없어요. 어차피 시간도 촉박하거든요."

미스 루비는 곧바로 대답하지 않았다. 나는 연극의 내용이나 작가에 대해 좀 더 설명을 해야 하나 아니면 미스 루비가 체호프에 대해 전혀 모르고 있다고 가정해야 하나 생각해보았다.

"옷차림이 이래서요."

마침내 그녀가 말했다.

나는 혹시 그녀가 유니폼을 입고 있는지 걱정하며 바라보았다. 그러나 다행히 레인코트 속에 빨간 바지와 검은색 스웨터를 입고 있었다.

"아뇨, 괜찮아요. 사실 제가 좀 지나치게 차려입은 거예요. 마커스 센터에는 가보셨어요?"

"제시카한테 거기서 크리스마스 캐롤 공연을 학교에서 단체 관람했다는 얘기는 들었어요."

제시카는 미스 루비의 손녀딸이자 이본느의 딸이었다. 제시카와 이본느는 미스 루비와 함께 살았다. 이본느는 찰리와 내가 신혼 초에 파티를 열 때 몇 번인가 와서 도와준 적이 있었다. 그때 이본느는 간호 대학에 재학 중이었고 지금은 세인트 마리 병원의 응급실에서 일하고 있었다. 이본느는 엄마보다 활달한 여자였고 나는 이본느가 좋았다. 엘라도 자기보다 몇 살 위인 제시카를 숭배했다. 어쩌다 한 번씩 미스 루비가 제시카를 집으로 데리고 올 때면, 바비 인형을 가지고 프리실라의 부엌에서 몇 시간을 함께 놀았다. 그러고 보니 제시카와 이본느를 한동안 보지 못했다는 생각이 들었다. 해럴드와 프리실라가 워싱턴으로 이사한 뒤로는 거의 본 적이 없었다.

"제시카는 아직 암스트롱 초등학교에 다니나요?"

"네, 거기 다녀요."

그러고 나서 잠시 후, 미스 루비가 "저, 그 연극 보러 갈까 봐요"라고 조금 머뭇거리며 말했다.

나는 놀라기도 했고 기쁘기도 했지만 의도적으로 침착하려 애썼다.

"잘 생각하셨어요. 제시카가 참 똑똑하던데요. 지금 5학년쯤 됐죠?"

"암스트롱 초등학교 6학년이에요. 전 과목이 A이고 학생회 부회장이죠. 교회 청소년부의 부장이기도 하고요."

"대단하네요. 중학교는 어디로 가죠?"

"스티븐스로 가게 될 거예요."

나는 애써 부정적인 반응을 보이지 않으려고 노력했다. 스티븐스는 밀워키의 중학교 중에서 최악이었다. 우리는 엘라를 비들 아카데미라는 사립학교에 보내고 있었다. 지역 신문을 열심히 읽지 않아도 어느 학교가 빈민가 학교인지는 누구나 다 안다. 스티븐스는 그중에서도 가장 심한 빈민촌에 위치한 학교였다. 작년에는 7학년 아이가 학교에 총을 갖고 왔다가 잘못 발사되는 사건이 있었고 연말에는 학생 두 명이 마약을 팔다가 퇴학을 당했다.

"제시카가 가장 좋아하는 과목이 뭐죠?"

내가 물었다.

"다 잘해요. 시간을 절약하시려면 홀랜드 가 쪽으로 가세요."

"다 잘한다니 대단하네요. 이본느는 어떻게 지내요?"

"아기를 낳은 뒤로는 거의 잠을 못 자고 있어요. 아기가 자꾸 안아달라고 보채서요."

"어머, 이본느가 아기를 낳은 줄도 몰랐네! 언제 낳았어요?"

"이름은 안토인 마이클이고 6월 1일에 낳아서 지금 두 달이 됐어요."

"어머나! 너무 좋으시겠어요! 아기 한번 보고 싶네요."

나는 나 자신이 아기를 낳으면 아기들에 대한 나의 유별난 애정이 사라질 거라고 생각했지만 전혀 그렇지 않았다. 나는 아기들의 조그만 손톱과 코, 귓불, 너무도 보드라운 피부를 볼 때마다 여전히 어쩔 줄을 몰랐다. 엘라가 걸음마를 하고 꼬마로 성장하기까지 나는 엘라와 함께한 모든 순간을 사랑했다. 엘라는 항상 우습고 매혹적이고 때로는 나를 화나게 했다. 그러나 가끔은 엘라가 더 이상 갓난아기가 아니라는 사실이 서운할 때도 있었다.

"아기 한번 보러 갈게요."

내가 말했다.

그러나 미스 루비는 곧바로 대답하지 않았다.

"아니면 언제 한번 우리 집에 오세요. 다음 주 일요일 점심 어떠세요?"

내가 얼른 덧붙였다.

나는 교회 예배가 끝나는 시간을 정확히 알지 못했기 때문에 어쩌면 일요일이 어려울 수도 있겠다는 생각이 들었다.

"아니면 월요일은 어때요? 다음 주 월요일은 노동절이죠?"

"그땐 갈 수 있을 거예요."

"엘라가 좋아하겠어요. 이본느는 지금…… 아기 아버지하고……."

"클라이드도 우리하고 같이 살아요. 작년 여름에 결혼했어요."

"미스 루비, 그동안 많은 일들이 있었군요! 이본느와 클라이드는 어떻게 만났어요?"

"클라이드도 병원에서 일해요. 병원 식당에서요. 거기서 매일 이본느한테 파이하고 커피를 팔았다니 뭐 말 다했죠."

"잘됐네요."

마커스 센터에 도착한 뒤 차를 세우고 나서 우리는 서둘러 극장으로 뛰어갔다. 막 문을 닫으려는 찰나, 간신히 들어가서 자리를 잡고 나니 불이 꺼졌다. 〈갈매기〉라는 작품은 나도 처음이었고 그런대로 훌륭했다. 2막이 시작될 무렵에야 서서히 불안감이 밀려들기 시작했다. 찰리는 어디 있는 것일까? 야구장에 갔을 거라고 믿고 있어도 되는 것일까? 혹시 전혀 엉뚱한 곳에 있는 것은 아닐까?

2막이 끝난 뒤 나는 로비의 공중전화에서 그의 사무실로 전화를 걸었지만 여전히 아무도 전화를 받지 않았다. 집에 전화를 걸어보니 섀넌도 찰리로부터 연락이 없었다고 말했다. 나의 마음은 불안과 짜증 사이를 오갔다. 사실 나로서는 뭔가 잘못됐다고 생각하기보다는 그가 연극 약속을 깜빡 잊었거나 아니면 일부러 피했다고 생각할 만한 이유가 있었다. 지난 몇 달 동안 찰리는 나와 연극을 보러 가는 것에 대해 갈수록 시큰둥해졌고 내가 굳이 우기지 않으면 공연 관람 자체를 취소하곤 했다. 지난 2년간의 우리의 삶을 돌이켜보면 찰리는 기분이 썩 좋은 편이 아니었다. 찰리는 항상 불안해했고 까다롭게 굴었다.

사실 찰리는 처음 만났을 때부터 항상 어느 정도는 불안해했다. 디너 파티에 너무 오래 앉아 있다 싶으면 손가락으로 테이블을 두드렸고 교회 예배 중 설교를 듣다가도 "하느님이라도 코 골았겠다"라고 속삭이곤 했다. 그러나 예전의 불안감은 주로 신체적이고 상황적인 불안감이었을 뿐 본질적인 것은 아니었다. 그러나 요즘에는 달랐다. 나로 인한 것은 아니었지만 너무 오랫동안 지속되어서 오히려 불안해하지 않을 때가 특별하게 여겨질 정도였다.

그런 증세가 언제부터 시작되었는지 생각해보면 아마도 1986년 3월, 그가 마흔이 되던 해였던 것 같다. 그는 더 이상 파티를 즐기지 않았고 나는 그런 그를 보고 무척 놀랐다. 마흔을 전후해서 그는 자신이 후대에 남길 유산에 대해 자주 이야기했다.

"어떤 유산을 남겨야 할지 고민이야. 우리 할아버지가 내 나이였을 때는 30여 명의 직원들을 데리고 회사를 설립하셨고 우리 아버지가 마흔이었을 때는 주지사가 되셨는데 말이야."

만약 내가 솔직하기로 작정했다면, 찰리에게 아마 이런 얘기들을 했을 것이다. 사람들은 내가 찰리의 어떤 성격들을 무척 짜증스러워할 거라고 생각한다. 이를테면, 음탕함, 그의 지나친 자부심, 한시도 가만히 있지 못하는 성격. 그러나 사실 나는 그런 것들이 싫지 않다. 그러나 후대에 남길 유산에 대한 그의 집착은 정말 견딜 수가 없다. 내가 보기에 그것은 한가한 고민이었고, 한심했으며, 너무 남성적이었다. 나는 후대에 남길 유산에 대해 고민하는 여자를 본 적이 없었다. 한번은 내가 최대한 예의를 갖추어서 남성과 여성의 이러한 차이에 대해 찰리에게 이야기했다.

"여자들은 아이를 낳잖아."

찰리의 대답이었지만 만족스럽지 않았다. 찰리가 품은 불만의 이유가 무엇이건 간에, 블랙웰 정육의 매출이 3 연속 감소하면서 더욱 심해졌다. 그때부터 회사를 상장할 것이냐 말 냐를 두고 긴 공방이 이어졌다. 찰리는 찬성이었고 회사 대표인 존은 대했다. 블랙웰 정육의 이사회에는 그들 두 사람 외에도, 아더, 해럴드 럴드의 형과 그의 아들, 해럴드의 누나의 남편 등 다섯 명이 있었다. 드가 존의 편을 들면서 표가 반으로 갈렸다. 결국 결정 표는 아더가 고 있었고 아더는 고심 끝에 존의 편을 들었다. 찰리는 아버지와 아더에 한 분노를 존에게 퍼부었다. 덕분에 지난해 11월, 추수감사절은 그 어 때보다도 분위기가 썰렁했다. 프리실라는 존과 찰리를 최대한 멀리 떨 않게 했다. 그러나 두 사람은 거의 매일 회사에서 만나야 하는 처지였 그후 분위기가 조금 나아지긴 했지만 찰리는 이러한 상황이 존의 무 탓이라고 생각했다. 그 사건은, 다른 사람이 블랙웰 가 사람을 비난하는 것은 결코 용납될 수 없지만 블랙웰 가 사람이 블랙웰 가 사람을 공격하 것은 괜찮다는 것을 똑똑히 보여준 사건이기도 했다. 어쨌든 나는 그들 문제로 인해 존의 아내 낸과의 관계가 나빠지지 않도록 나름대로 노력했다. 나는 자주 낸을 점심식사에 초대했고 그녀의 아이들 학부모 모임에도 함께 가주었다. 아빠와 삼촌이 다투고 있다는 것을 알 리가 없는 엘라는 사촌인 리자를 무척 좋아했다. 내가 처음 핼시언에 갔을 때 나에게 실뜨기를 가르쳐주었던 리자는 어느덧 프린스턴 대학 3학년이었고 열일곱 살인 마가렛도 가을에 프린스턴에 입학할 예정이었다.

그러나 찰리는 집안 행사에 참석하기를 점점 더 꺼렸다. 자기가 행사를 만드는 일은 결코 없었고 6주에 한 번 그의 부모님이 밀워키에 오는 경우 브런치나 저녁을 함께하는 경우에만 참석했다. 지난 4월에는 미술관에서 열리는 자선 공연에서 8인용 테이블 표를 존과 낸이 구입해서 우리를 초대했다. 찰리는 마지막 순간에 가지 않겠다고 했다. 토요일 저녁이었고 찰리는 술을 마시면서 서재에서 야구를 보고 있었다.

"저 원숭이 옷은 절 입어."

내가 침실 뒤쪽에 턱시도를 걸어놓은 것을 보고 그가 말했다.

"찰리, 정장을 해 는 자리예요."

"유난 떨지 마! 금 입고 있는 옷을 입고 가든가, 아님 당신 혼자 가든가, 둘 중 하."

그가 말했다

처음에는 을 치는 줄 알았지만 찰리는 절대로 턱시도를 입지 않겠다고 고집 부렸다. 존과 낸에게 뭐라고 말을 하느냐고 물었더니 어깨를 으쓱 면서 사실대로 말하라고 했다. 그러나 나는 존 부부에게 찰리가 배 났다고 말했다. 그날 밤 집으로 돌아와 보니 그는 여전히 TV를 고 있었다.

"한 남편을 용서해줄 거지?"

가 개구쟁이처럼 웃으면서 물었다.

서하지 못할 정도로 끔찍한 행동을 한 것은 아니었지만 월요일 아 나는 알코올 중독 치료센터 두 곳의 팸플릿을 주문했다. 하나는 밀워키에 있었고 하나는 시카고에 있었다. 나는 그 팸플릿을 찰리에게 보여주었다.

"어젯밤에 내가 옷을 안 갈아입겠다고 했다고 이러는 거야? 설마 진담은 아니겠지? 린디, 제발 정신 좀 차려!"

그가 화를 내며 소리쳤다.

봄이 되자 찰리의 불안감은 그의 형제들과의 관계뿐 아니라 6월에 열릴 20회 프린스턴 동창회로까지 번졌다. 동창회를 몇 주 앞두고 두툼한 가죽 제본으로 만든 동창회 연감이 우편으로 도착했다. 동창회 연감에는 졸업생들의 근황이 담겨 있었다. 잠자리에 들기 전 그는 경멸과 불신이 섞인 목소리로 동창회 연감을 읽기 시작했다.

"호블리츠, '카슨 같은 대형 컨설팅회사의 파트너로 일할 수 있었던 것은 결혼 15주년에 아내와 함께 마우이 해안에서 해돋이를 바라볼 때 느꼈던 것만큼이나 가슴 벅찬 일이었다…….' 쳇, 당신 그거 알아? 학교 다닐 때 이 친구, 진짜 개뿔도 모르던 친구였어. 여기 또 있군. '우리 팀의 종양 연구가 실제로 생명을 구할 수도 있다는 생각을 감히 해본다…….' 오브라이언, 이 게이 자식!"

나는 프린스턴 동창회 연감에 대한 찰리의 논평이 그다지 재미있지 않았고 읽고 있던 책에 집중하려고 애썼기 때문에 찰리의 말들은 그저 흘려들었다. 내가 언젠가 동창회에 꼭 나갈 필요는 없다고 했더니 그는 "무슨 소리야! 얼마나 한심한 놈이면 동창회를 빠지겠어?"라고 소리쳤다.

찰리는 그 동창회 연감을 읽다가 신경이 더 날카로워진 것이 분명했다. 집안의 사업을 하는 것도 회사가 호황인 경우에는 나름대로 훌륭한 직업일 수 있었지만 찰리는 그것이 다른 사람들에게 어떻게 보일지를 생각하는 것 같았다. 그의 불편한 심기를 이해할 것 같다가도 나는 그가 복에 겨운 고민을 하고 있다는 생각을 떨쳐버릴 수가 없었다.

지난 몇 주 동안 찰리는 점점 더 퇴근하는 시간이 늦어졌고 자기가 어디 있는지도 잘 알려주지 않았다. 때로는 컨트리클럽에 있었고 때로는 술을 마시고 있었다. 때로는 사무실에서 곧바로 브루어스의 경기를 보러 갔다. 누구하고 갔는지 물으면, 클리프 히켄과 갔다고도 했고 사무실 직원과 함께 갔다고도 했다. 가끔은 혼자 가는 것 같았다. 그는 내가 잠자리에 들 시간에 집으로 돌아왔다. 그쯤이면 나는 화도 나고 걱정도 되어서 하루 종일 안절부절못하다가 더 이상 싸울 기력조차 남아 있지 않은 상태였다.

나는 다음 날 아침까지 대화를 미루었지만 막상 다음 날 아침이 되면 이미 지나간 일로 불쾌하게 하루를 시작하고 싶지가 않았다. 게다가 찰리는 숙취가 너무 심해서 가까스로 일어나 샤워를 했다.

혹시 다른 여자를 사귀는 것이 아닐까 하는 생각도 해보았지만 그런 것 같지는 않았다. 우리는 물론 처음만큼은 아니었지만 여전히 정기적으로 섹스를 하고 있었고 예전에 그랬던 것처럼 그는 수시로 나에 대한 애정을 표현했다. 한밤중에 내 손을 꼭 잡아주기도 했다.

조금 우울한 것은 사실이었지만 그렇다고 해서 그의 성격이 바뀐 것은 아니었다. 그가 여자를 사귀는 것이라고 보기 힘들었던 이유는, 찰리가 무언가를 숨긴다기보다는 무언가에 집착하는 것 같았기 때문이었다.

휴식시간이 끝나자 나는 다시 극장으로 돌아가서 미스 루비의 옆자리에 앉았다.

"어떠세요?"

내가 물었다.

"재미있네요."

미스 루비가 조심스럽게 말했다.

연극이 끝나고 불이 켜지자 찰리와 나를 아는 사람 몇몇이 다가와 인사를 했다. 나는 그들에게 미스 루비를 루비 서튼이라고 소개했다. 몇 사람은 그녀가 누구인지 궁금해하는 것 같았다. 한 나이든 여자 하나가 그녀를 알아보고 "프리실라네 가정부 아니에요?"라고 물었다.

나는 얼른 그 말을 받아서 "참, 두 분이 이번 주말에 오시기로 했어요. 아마 애리조나 주에서 오시는 걸로 알고 있어요. 요즘 워낙 여행을 많이 다니셔서요"라고 얼버무렸다.

극장에서 나오자 보슬비가 내리고 있었고 미스 루비는 자기 집으로 가는 방향을 일러주었다. 그녀는 언덕 위에 지은 단층집에 살고 있었다. 가파른 계단이 현관으로 이어졌다. 그녀를 내려준 다음 커튼 사이로 TV 불빛이 새어나오는 것을 보았다. 아기를 안은 이본느가 커튼을 젖히고 내 차를 바라보았다.

"오늘 함께 가주셔서 감사드려요."

내가 말했다.

"별말씀을요."

그녀는 자동차 문을 닫기 전에 "살펴 가세요, 앨리스"라고 인사했다. 그녀를 만난 지 11년 만에 처음으로 그녀가 내 이름을 불러주었다.

집으로 돌아오면서 나는 묘한 행복감에 젖었다. 엉뚱하게 흘러갔지만 오히려 더 잘된 것 같았다. 찰리였다면 〈갈매기〉를 무척 따분해했겠지만 미스 루비는 재미있어한 것 같았다.

진입로로 차를 몰고 들어오면서 보니 찰리의 차가 있었다. 야구 경기가 취소된 것일까? 나는 최대한 빨리 집으로 들어갔다. 무거운 발소리가 들려왔고 찰리가 나를 맞아주었다.

"연극이 엄청나게 재미있었길 바라."

찰리가 말했다.

"엘라는 괜찮아요?"

"괜찮고말고. 섀넌은 9시에 보냈어."

"극장에서 휴식시간에 전화했는데 그 이후에 들어왔나 보죠?"

"휴식시간에 전화했다고?"

그가 팔짱을 끼었다.

찰리가 출근할 때나 퇴근하고 돌아왔을 때 우리는 항상 포옹하고 키스했다. 어떤 때는 여러 번 반복하기도 했다.

"그래서 오늘 문화적으로 충족이 되셨나?"

나는 아무 말도 하지 않았다.

"내가 어디 있는지는 전혀 궁금하지 않았어? 단 1분이라도 연극을 보다가 그런 생각은 안 들었어?"

"찰리, 난 당신이 야구 경기 보러 간 줄 알았어요. 컨트리클럽에도 전화해봤고 아더와 제이디한테도 전화해봤고 당신 부모님 댁에도 가봤어요. 이런 말 해서 미안하지만 당신이 어디 있는지 알려주지 않은 게 이

번이 처음도 아니잖아요."

"그러니까 뭔가 잘못되었을 수도 있다는 생각은 전혀 안 했단 거군."

"뭐가 잘못됐어요?"

"나도 모르겠어. 당신 생각은 어때?"

그의 표정은 마치 '당신이 다 망쳤어. 얼마든지 기다려줄 테니 당신이 뭘 잘못했는지 한번 잘 생각해봐'라고 말하는 것 같았다.

그의 말을 듣는 순간 나는 뼛속까지 파고드는 끔찍한 두려움과 함께 분노가 솟구치는 것을 느꼈다. 만약 뭔가 잘못됐다면 왜 나에게 이런 잔인한 장난을 하는 것일까?

"제발 이러지 말아요, 찰리."

내가 말했다.

우리는 잠시 서로를 바라보았다.

나는 상황을 무마하기 위한 웃음을 짓지 않았다. 아주 조금도. 찰리가 이 세상의 모든 사람들이 자신의 적이라고 생각할 때에도 나는 기꺼이 그의 편이 되어줄 수 있었다. 그러나 내가 마치 그 세상과 한편이라는 듯이 행동할 때는 그럴 수가 없었다.

"회사가 완전히 망했어."

마침내 그가 아무렇지도 않다는 듯이 말했다.

그가 돌아서서 거실을 지나 서재로 들어갔다. 나는 그의 뒤를 따라 들어갔다. TV가 켜져 있었고 그가 가지 않은 야구 경기가 중계되고 있었다. TV 앞에는 과자 봉지가 뜯어져 있었고 반쯤 비운 위스키 병도 보였다. 찰리는 소파 한복판에 자리를 잡고 몸을 길게 늘어뜨렸다. 같이 앉자는 의미가 아니었다. 나는 소파 양쪽에 놓인 커다란 팔걸이의자에 앉았다.

"닭고기 요리 해놓은 거 있는데……."

내가 과자 봉지를 가리키며 말했다.

"스테이크 먹었어."

그는 옆에 있던 갈색 코듀로이 쿠션을 힘껏 움켜쥐었다. 그가 화가 난 상태만 아니었다면 그의 행동이 너무 어린애 같아서 웃음을 터뜨렸을 수도 있었다.

"인디애나폴리스의 어느 고등학교에서 월요일 저녁 뷔페 식사를 한 아이들 11명이 설사를 했대. 그런데 그 뷔페의 메인 요리가 뭐였는 줄 알아? 딩동댕! 바로 블랙웰 정육의 다진 고기로 만든 칠리 요리! 미국 농무부에서까지도 나서는 바람에 존 형이 리콜 조치를 하기로 했대. 그러니까 다섯 개 주에서 수백만 달러 상당의 고기가 반품되게 생겼어. 진짜 웃기는 게 뭔 줄 알아? 우리 잘못이 아니라는 거야. 그 돌대가리들이 유효기간이 지난 고기를 사놓고 작전을 짠 거야. '이봐, 그 돈 많은 밀워키 친구들한테 이번 일을 덮어씌우자고! 안 될 게 뭐 있어?'"

"찰리, 일이 그렇게 돼서 유감이에요."

그가 고개를 들었다.

"당신도 나도 모두 유감이지. 신문사에서 나온 얼간이 녀석하고 한 시간이나 이 얘기를 했어. 사실 난 어떻게 되든 개뿔도 관심이 없는 일인데 말야. 난 앞으로도 계속 우리 고기를 구울 거고 우리 고기를 먹을 거라고 했지. 더 이상 무슨 말이 필요하겠냐고. 소시지 품질에 관심이 있는 척하기도 이제 지겨워. 소시지 품질관리나 하려고 경영대학원에 간 건 아니거든."

"아더하고 존은 어떻게 대처하고 있어요?"

"둘 다 엿 먹으라고 해."

그가 이야기를 하는 동안 브루어스 팀이 스트라이크 아웃이 되어 이닝이 끝났고 찰리는 쥐고 있던 쿠션을 TV를 향해 던졌다. 그러고 나서 그는 몸을 앞으로 숙여 두 손으로 머리를 움켜쥐었다. 나는 그의 곁으로 다가가 앉았다. 나는 아무 말 없이 그의 등에 손을 대고 흰 셔츠 위로 그를 어루만졌다.

"이제 다 지긋지긋해."

여전히 머리를 움켜잡은 채로 그가 말했다.

"알아요. 당신이 지긋지긋해한다는 거."

"때려치울 거야. 난 할 만큼 했어."

"난 상관없어요. 물론 그만두려면 최대한 외교적인 처신이 필요하겠지만."

결혼 초에 이미 나는 찰리의 수입이 우리의 생활에 그다지 큰 영향을 미치지 않는다는 사실을 깨달았다. 스물다섯의 나이에 이미 찰리는 70만 달러의 재산을 상속받았다. 그중 2만 7천 달러를 78년도 선거에 사용했고 16만 3천 달러를 이 집을 사는 데 썼다. 그 외에는 거의 그 돈에 손을 대지 않았다. 그의 월급만으로도 충분했기 때문이었다. 1987년도에 주식시장이 급격히 하락했던 것을 제외하면 우리의 투자는 그런대로 성공적인 편이었고 현금자산만 해도 백만 달러가 넘었다. 물론 나는 그래도 찰리가 직업을 갖는 것이 중요하다고 생각했다. 그의 자존심을 위해서이기도 했고 사람들이 직업을 물을 때 대답을 하기 위해서이기도 했다. 게다가 그와 내가 둘 다 하루 종일 집에 있게 되면 우리 결혼생활은 끔찍할 것 같았다. 그러나 그가 어떤 직업을 갖느냐는 문제되지 않았다. 나는 정육업보다 그가 더 좋아하는 일을 찾을 수 있을 거라고 생각했다.

나는 결혼식 직후 일을 그만두었기 때문에 집안 경제에 조금도 보탬이 되고 있지 않았다. '우리 돈'이라고 하지만 사실 '우리 돈'이 아니라는 것이 내 생각이었다. 그러나 내가 가계부를 쓰고 회계용 서류를 정리했다. 가끔 나는 찰리의 아파트에서 처음 2만 달러짜리 수표를 보았을 때 내가 얼마나 놀랐는지 생각해보곤 한다. 이제 나는 큰 액수의 돈을 필요로 하는 일들이 얼마나 많은지 알게 되었다. 이를테면 집 외벽을 페인트칠한다든가, 비들 아카데미에 기부를 한다든가, 볼보 스테이션 왜건을 사는 것 같은 일들이었다. 할부라는 것은 찰리에게는 한 번도 해본 적이 없는 낯선 일인 것 같았다.

매년 4월, 우리의 금융소득에 대한 세금은 인플레이션을 감안하더라도 내가 교사생활을 하면서 받았던 월급보다도 많았다. 나는 찰리에게 굳이 말하지 않고 때로는 찰리가 별로 내켜하지 않을 것 같은 곳에도 기부를 했다. 기부액은 대개 2백 달러에서 3백 달러, 혹은 많아야 5백 달러 정도였다. 신문에서 무료급식소나 문맹 퇴치 프로그램, 문 닫기 직전의 위기에 처한 방과 후 교실에 관한 기사를 읽으면 나는 마로니 가에 침실 다섯 개짜리 저택에 살면서 서재나 부엌에 편안히 앉아 있는 것이 무척 불편하게 느껴졌다. 나는 수표를 써서 그들에게 보내주었고 그러고 나면 잠시나마 불편한 마음이 가라앉았다. 찰리는 1년에 한 번 세금 정산을 할 때 외에는 가계부를 보지 않았고 나는 회계사에게 기부금 목록을 제출할 때 내가 낸 기부금은 기록하지 않았다.

찰리가 똑바로 앉았다. 나는 그에게 다가가 앉으며 그의 뺨에 키스했다. 그가 고개를 돌리고 내 입술에 키스했다. 나란히 앉아 포옹을 하는 순간 모든 불쾌한 감정들이 사라졌다.

"회사를 그만두면 무슨 일을 하고 싶어요?"

내가 물었다.

"브루어스 팀 1루수."

그가 웃으며 말했다.

"전에도 말했지만 난 당신이 고등학교 야구팀 코치가 되면 정말 잘할 거라고 생각했어요. 야구에 관해서라면 모르는 게 없고 항상 밖에서 게임을 할 수 있잖아요? 아이들도 당신의 열정을 좋아할 거예요."

그의 얼굴에서 웃음이 사라졌다.

"진지하게 말하는 거예요. 물론 고등학교 팀 감독 자리는 경쟁이 심하겠죠. 하지만 중학교부터 시작하면, 혹시 알아요? 비들에도 자리가 있을지? 목표를 세워서 열심히 노력하다 보면 몇 년 내로……."

"앨리스, 당신 눈엔 정말 내가 그런 일이나 할 사람으로 보여?"

내가 그의 눈길을 피했다.

"내가 당신 기분 상하게 하지 않으려고 노력하는 것처럼 당신도 좀 그래 줄 수 없어? 젠장, 고등학교 야구 코치라니!"

"내 경험에 의하면 교사는 아주 보람 있는 직업이에요."

"앨리스, 난 프린스턴하고 와튼을 졸업했어. 의원 선거에도 출마했었고."

나는 아무 말도 하지 않았다.

"나한테 선택할 것들이 없는 건 아니야. 그게 문제가 아니라고. 아버지는 내가 공화당 전국위원회에 합류하기를 원하실 거고, 에드 형은 내가 여기서나 아니면 워싱턴에서 형을 도와주기를 바라겠지. 하지만 문제는, 그게 나한테 과연 무슨 의미가 있느냔 거야. 내가 가장 보람을 느낄 수 있는 일이 과연 뭘까?"

제발 그 말만은 하지 말아달라고 나는 속으로 생각했다.

"어떻게 하면 나 자신이 자랑스러워할 수 있는 유산을 만들 수 있을까?"

"여기서 형을 돕는 일이라면 찬성이지만 워싱턴으로 이사 가는 문제에 대해서는 내 생각이 어떤지 당신도 잘 알잖아요."

"못 가겠단 거야?"

내가 한숨을 쉬었다.

"기쁜 마음으로 갈 순 없을 거예요. 워싱턴은 라일리에서 너무 멀어요. 증조할머니가 가까이 있다는 건 엘라에게 큰 행운이잖아요."

"대신 마마하고 아버지를 항상 볼 수 있잖아. 잃는 것도 있고 얻는 것도 있겠지."

솔직히 찰리의 생각에 동의할 수 없었지만 그저 이렇게 대답했다.

"당신 부모님은 우리 할머니보다는 여행하기가 훨씬 편하시잖아요."

할머니는 에이미티 가의 집을 거의 떠날 수가 없었다. 엄마는 할머니가 계단을 오르내릴 수 있도록 승강기 의자를 설치했다. 그 승강기 의자를 타고 2층에서 내려올 때마다 할머니는 마치 영국 여왕처럼 손을 흔들곤 했다. 사실 나는 딸의 이름을 할머니의 이름을 따서 짓고 싶었다. 그런데 찰리도 그의 어머니 이름을 따고 싶어 했다. 결국 우리는 두 사람의 이름을 섞는 것으로 타협을 했다. 그 모든 과정에서 나의 엄마는 또 한 번 외면당했다.

찰리가 위스키를 한 모금 들이켰다.

"나이가 이쯤 되면 내 앞길이, 내 운명이 훤히 보일 줄 알았어."

나는 정말이지 찰리와 이런 대화를 나누고 싶지 않았다.

"찰리, 만약 운명이라는 게 존재한다고 해도 그 속에서 찾을 순 없을 거예요."

내가 위스키 병을 가리키며 말했다.

찰리가 싱긋 웃었다.

"다 마셔보지 않고 어떻게 알아?"

나는 더 이상 그 이야기를 하고 싶지 않았다.

"회사에 계속 남아 있고 싶으면 어떻게 하면 상황을 개선할 수 있을지 생각해봐요. 그만두고 싶으면 당신이 즐길 수 있는 일을 찾아보고요. 당신과 우리 앞엔 멋진 삶이 기다리고 있어요. 우리에겐 서로가 있고 또 엘라가 있어요. 그 사실을 좀 기억해줄래요?"

그는 여전히 미소를 짓고 있었다.

"당신이 치어리더 코치가 돼서 엉덩이를 드러내고 춤을 추면 나도 고등학교 야구 코치가 되겠어."

내가 그의 뺨에 키스했다.

비들 아카데미 부근에서 아이들을 태우려는 차들의 행렬 속에서 엘라를 기다리고 있을 때였다. 웬 여자가 다가오더니, 반쯤 열린 내 볼보 승용차의 창문을 두드렸다. 자세히 보니 엘라의 담임 아이다 터노였다.

"잠깐 얘기 좀 할 수 있을까요?"

터노 선생님은 아담한 체구에 분홍빛 피부를 가진 내 또래 여자였고 인상이 온화했다. 나는 학교 활동에 몇 번 참여했었기 때문에 그녀와는 안면이 있었다.

"이런 말씀 드리기가 좀 뭐하지만 어젯밤에 소고기 리콜에 관한 뉴스를 봤어요. 괜찮으시다면 이번 파티에 블랙웰 햄버거를 쓰기로 한 것, 취소해도 될까요? 그렇게까지 하고 싶진 않지만, 그리고 그때쯤엔 문제가 다 해결되겠지만 학부모들이 분명히 문제 삼을 것 같아서요."

비들 아카데미 3학년생들의 파티는 2주 뒤 우리 집에서 열릴 예정이었다.

"그럼요."

나는 찰리가 했던 말을 되풀이하고 싶지 않았다. 사실 블랙웰 정육의 소고기가 상한 것은 블랙웰 회사 측의 문제는 아니었다고 말하고 싶었다. 그러나 문제의 핵심은 그게 아닌 것 같았다.

"그래도 되고말고요."

"그래야 다른 학부모들이 걱정을 하지 않을 테니까요."

그녀가 말했다.

"그럼 그만 가볼게요. 또 뵐게요!"

차량 행렬이 조금 더 앞으로 움직였다. 비들 아카데미의 교사들은 학부모들을 '볼보 마피아'라고 불렀고 나는 그 말이 참 정확한 표현이라고 생각했다. 이따금 나는 엘라의 교사들에게 '실은 나도 당신들과 같은 부류예요! 겉보기에는 나도 볼보 마피아인 것 같지만 사실은 그렇지 않아요!'라고 소리치고 싶었다.

공립학교를 졸업했고 공립학교 두 곳에서 교사 일을 했던 나는 엘라를 비들 아카데미에 입학시키는 것에 대해 약간 거부감이 있었다. 물론 찰리와 내가 그 문제로 다투었던 것은 아니었다. 몬테소리 유아교육으로 시작해서 12학년까지 다니게 되어 있는 비들 아카데미는 엘라의 사촌들이 모두 다녔던 사립학교일 뿐 아니라 찰리의 형 존이 이사장으로 재직하고 있는 학교였다. 찰리는 2학년부터 8학년까지 다녔고 제이디는 1967년도에 이곳을 졸업했다. 마로니 가의 공립 유치원도 나름대로 훌륭했지만 엘라가 비들 아카데미에 입학하는 것은 이미 내려진 결정이나 다름없었다. 나는 혹시 이곳 아이들이 너무 속물은 아닐까, 교사들이 지나치게 오만하지 않을까 걱정을 했지만 결국에는 비들 아카데미의 낮은 흰색 단층 건물과 그들만의 독특한 교육전통을 사랑하게 되었다. 3학년이 되면 모두가 일본인 펜팔 친구를 사귀었다. 엘라의 펜팔 친구 이름은 키오코 아카츠였다. 4학년이 되면 남학생들도 십자수로 책갈피를 만들었다. 나는 주 정부에서 정해놓은 지침을 따르지 않으면 얼마나 교과과정이 창의적일 수 있는지 새삼 절감했다. 특히 5학년이 되면 식민지시대의 미국에 대한 학습과정의 일환으로 아이들 모두 옷을 갖추어 입었다. 남자아이들은 모두 모자에 반바지, 주름 잡힌 셔츠를 입었고 여자아이들은 앞치마 달린 드레스에 모자를 쓰고 옥수수 스튜와 사과술을 만들었다. 나는 해마다 그 수업을 기다렸다.

다시 5분이 흘렀고 마침내 내 차가 정문 앞에 섰다. 차가 멈추자마자 엘라가 앞좌석에 올라탔다. 한쪽 어깨에 보라색 가방을 걸치고 손에는 통신문 몇 장을 아무렇게나 들고 있었다. 엘라는 차에 타자마자 내게 통신문을 내밀었다.

"사인해줘. 우리 집에서 열리는 파티인데도 허락을 받아야만 한대."

"사인해줘?"

내가 엘라의 말을 흉내 내며 말했다.

엘라가 나를 바라보며 미소를 지었다. 엘라는 내가 알고 있는 가장 아름다운 미소를 지을 줄 아는 아이였다. 생기 넘치고 장난스럽고 사랑스러운 미소였다.

"나의 아름다운 어머님, 부디 사인을 해주시기 바랍니다! 과자는?"

엘라가 말했다.

엘라는 이미 좌석 사이에 있는 과자를 뜯어서 셔츠 앞자락에 부스러기를 흘리며 먹고 있었다. '어머님'이라는 단어는 엘라가 빈정거리고 싶을 때 쓰는 새로운 단어였다. 썩 듣기 좋지는 않았다.

"다른 거 틀어도 돼?"

엘라가 물었다.

내가 미처 대답을 하기도 전에 엘라는 라디오 채널을 NPR에서 108.1FM으로 돌렸다. 본 조비의 〈유 기브 러브 어 배드네임〉이 흘러나왔다. 엘라는 코러스와 함께 노래를 신나게 따라 불렀다.

"내 마음을 찢어놓은 당신! 당신은 비난받아 마땅해! 당신은 사랑을 모욕했어!"

오, 나의 시끄럽고 유쾌하고 고집불통에 통제 불능인 외동딸! 나는 그 아이를 사랑했다. 아이를 기르는 일이 이렇게 즐거운 일인 줄은 미처 몰랐다. 사서로 일하면서 나는 아이들이 놀라운 존재임을 알게 되었지만 그 놀라운 아이가 내 아이일 때에는, 그리고 내가 매일 많은 시간을 그 아이와 함께 보낼 때에는, 그리고 그 아이의 표정과 억양, 애정과 근심, 열정을 모두 이해할 때에는 모든 것이 전혀 새로워진다는 것을 나는 미처 알지 못했다. 엘라가 최근에 좋아하는 것들은 스티커, 손톱 매니큐어 바르기, 버터 쿠키, 우노 게임 같은 것들이었고 그중에서도 가장 간절한 소망은 발바리 강아지를 키우는 것(엘라는 개 알레르기가 있어서 강아지를 키울 수 없었다)과 영화 〈더티 댄싱〉(영화가 R등급이기 때문에 7학년이 될 때까지는 허락할 수 없다고 했다)을 보는 것이었다.

이따금 나는 엘라가 그 나이 때의 나보다 얼마나 아는 게 많고 대중문화를 잘 꿰뚫고 있는지 놀라곤 한다. 엘라는 크리스마스 선물로 제인 폰다의 에어로빅 비디오를 사달라고 조르기도 했고 나에게 머리에 약간 물결웨이브를 주는 게 어떻겠냐면서 그러면 훨씬 생기가 있어 보일 것 같다고도 했다. 지난주 저녁식사 때에는 변기에 앉는 것만으로 에이즈에 감염될 수도 있느냐고 물었다.

"빌리 토크가 만든 변기만 아니면 돼."

찰리가 말했다.

빌리 토크는 제이디의 인테리어 디자이너 친구였다.

"그렇게는 옮지 않아. 하지만 그래도 변기 덮개는 까는 게 좋아. 다른 세균들이 많으니까."

내가 찰리에게 눈짓을 한 뒤 설명해주었다.

차 안에서 엘라와 본 조비가 함께 노래를 불렀다.

"난 진지했지만 넌 나하고 장난을 친 거야!"

"아가씨, 볼륨 좀 낮추실래요?"

내가 말했다.

엘라가 몸을 앞으로 숙였고 밝은 갈색 머리카락이 앞으로 쏟아졌다. 물론 내 딸은 머리를 등 중간 정도까지 길게 길렀다. 나는 엄마로서 딸을 두고 했던 단 한 가지 결심마저 관철시킬 수 없었다. 아주 어렸을 때부터 엘라는 머리를 아주 조금만 잘라내려 해도 펄펄 뛰었다. 뒤엉킨 머리카락을 풀어내고 머리카락에 들러붙은 껌을 떼어내느라 애로가 많긴 하지만 엘라는 참 예뻤다. 나를 닮은 푸른 눈동자와 주근깨가 난, 살짝 들린 듯한 코. 그러나 다행히 엘라는 자기가 얼마나 예쁜지 아직은 잘 모르는 것 같았다. 머리를 자르지 않겠다고 우겼던 것은 허영심이라기보다는 고집이었다.

나는 엘라가 조금 버릇이 없다는 것, 어쩌면 많이 버릇이 없다는 것을 알고 있었다. 아빠로부터 화려한 언변을 물려받은 엘라의 요구를 내가 거절하지 못하는 것이 문제이긴 하지만 외동딸이라서 어쩔 수 없는 부분이기도 했다. 엘라 이후 나는 다시 아기를 가질 수 없었다. 인공수정이나 배란 촉진도 생각해보았지만 나는 만약 내 몸이 임신을 허락하지 않으면 분명히 이유가 있을 거라는 생각이 들었다. 무리해서 시도할 일은 아니라고 생각했다. 찰리에게도 그렇게 말했지만 나의 진짜 속마음은 말할 수 없었다. 아기를 한 명 이상 원하는 것은 내가 너무 욕심을 부리는 것이라고 생각했다. 나는 낙태를 한 번 했고 아이를 한 명 얻었다. 아이를 더 가지려고 무리를 하는 것은 내 운을 시험하는 것 같았다. 물론 찰리는 실망이 컸을 것이다. 외동아이를 키운다는 것은 그로서는 받아들이기 힘든 일이었다. 그러나 몇 번 이야기를 나눈 뒤로 찰리도 더 이상 우기지 않았다. 엘라만으로도 우리는 자식 키우는 즐거움을 충분히 누릴 수 있었다.

"학교는 어땠어요, 아가씨?"

좌회전을 하면서 내가 물었다.

"메간이 애들한테 자꾸만 똥 샌드위치 먹고 싶으냐고 물어봐서 선생님이 메간을 교장실로 보냈어."

"무슨 샌드위치?"

"똥 샌드위치. 어! 이거 내가 좋아하는 노래다!"

〈쏘우 이모셔널〉이라는 곡이 라디오에서 흘러나왔다. 엘라는 얼마 전 휘트니 휴스턴의 새 카세트 테이프를 샀다. 자기 돈으로 산 첫 번째 카세트 테이프였다. 엘라는 몸을 앞으로 숙여서 소리를 키웠지만 내가 얼른 라디오를 껐다.

"엄마!"

"엘라, 어른하고 애기할 때는 성의껏 대답해야지!"

내가 엘라를 바라보며 말했다.

"도대체 똥 샌드위치라는 게 뭐니?"

엘라는 어깨를 으쓱했다. 메간은 조와 캐롤린의 딸 메간 타이어를 말하는 것이었다. 그들 역시 핼시언 사람들이었다. 조와 캐롤린은 최근 별거에 들어갔다. 제이디에게 전해들은 바에 의하면 캐롤린이 얼마 전 이혼 소송을 냈다고 했다. 소문에 의하면 캐롤린이 유산을 상속받으면서 결혼생활에 종지부를 찍을 수 있게 되었다는 것이다. 찰리와 나는 캐롤린과 조 부부와 그다지 친한 편은 아니었지만 핼시언 사람들은 밀워키에서 자주 부딪칠 수밖에 없었다. 왜냐하면 우리처럼 그들도 마로니 컨트리클럽 회원이었고 아이들이 모두 같은 학교에 다니기 때문이었다. 찰리와 나는 거의 정기적으로, 엘라와 메간의 축구 경기나 기금모금 파티에서 조와 캐롤린을 만나고 있었다. 그들이 헤어진다는 소문이 퍼지자 모두가 충격을 받은 것 같았지만 나는 그다지 놀라지 않았다. 조는 점잖고 조금 고리타분한 타입이었지만 마로니 클럽의 여자들은 그를 고전적인 미남이라고 생각했다. 그는 키가 크고 마른 편이었고 코가 반듯했으며 은빛 머리카락은 앞부분이 곱슬거렸다. 반면 캐롤린은 다소 복잡한 성격에 항상 기분이 별로 좋아 보이지 않았다. 캐롤린에 관한 유명한 일화가 있다. 한번은 그들 부부가 디너파티를 열었는데, 캐롤린이 메인 요리인 오리 고기를 들고 나오자, 그들 부부의 친한 친구 한 사람이 우스갯소리로 "설마 또 오리 고기는 아니겠죠?"라고 말했다. 캐롤린은 그 자리에서 접시를 바닥에 던지고 돌아서서 밖으로 뛰쳐나갔다.

"음악 다시 틀어도 돼?"

엘라가 물었다.

"아직. 아이들이 메간 괴롭히니?"

"라디오 틀게 해주면 그 질문에 대답해줄게."

"메간한테 잘해줘. 쉬는 시간에 네가 크리스틴하고 놀 때 되도록 메간도 끼워주고."

3학년 학생수가 44명밖에 되지 않는 데다 여름철 내내 몇 집 건너에서 살아서 메간과 엘라는 서로 잘 알았지만 한 번도 단짝 친구가 된 적이 없었다. 메간은 키가 크고 어깨가 넓고 머리색이 검었으며 운동을 잘했지만 항상 지나치게 사람들을 의식했고 욕심이 많아서 어른들이나 아이들을 당혹스럽게 했다. 어느 해 여름, 핼시언에서 메간은 나를 찾아와 엘라가 돌아오는 생일에 잠옷 파티를 할 건지, 만약 하게 되면 자기를 초대할 것인지를 물었다.

"하지만 메간이 똥 샌드위치 먹고 싶으냐고 물어보면 싫다고 해."

"엄마! 벌써 싫다고 했어!"

"잘했어. 하지만 그래도 메간한테 잘해줘. 넌 마음이 넓으니까."

농무부 측의 조사에도 불구하고 인디애나폴리스에서 고기가 부패한 원인은 명확히 밝혀지지 않았다. 찰리는 평상시처럼 퇴근을 해서 습관처럼, 혹은 일종의 반항처럼 숯불을 피우고 바비큐를 준비했다. 나는 제이디와 산책을 하기로 약속했다. 통화를 한 뒤 우리는 두 집의 중간 지점에서 만나 골프장으로 향했다. 주말에 골프코스를 걷는 일은 골프공을 맞을 위험이 있긴 했지만 나는 골프장의 풀밭과 소나무 숲, 황혼 무렵의 봄 하늘을 사랑했다. 공을 때리는 소리를 제외하면 주위는 믿을 수 없을 정도로 고요했다.

"어떻게 하면 다시 아더와의 관계를 회복할 수 있을까 생각해봤는데, 첫째, 체중을 줄여야 돼. 그러고 나서 바람을 피울 거야. 나하고 같이 다이어트할래?"

오리들이 헤엄치는 연못을 지날 때 제이디가 말했다.

"농담이길 바라."

제이디가 왼팔을 들어서 팔 밑의 늘어진 살을 꼬집으며 말했다.

"아더 말이 맞아. 이런 걸 달고 있는 여자하고 누가 바람을 피우겠어?"

몇 주 전 아더는 제이디에게 살을 좀 빼라고 말했고 그날 이후로 제이디는 아더와의 섹스를 거부하고 있었다. 나는 제이디의 편이긴 했지만 제이디의 말은 어딘가 앞뒤가 맞지 않았다. 아더는 음탕하긴 해도 잔인한 남자는 아니었다. 제이디의 주장처럼 아더가 느닷없이 그런 말을 했다는 건 나로서는 믿기 힘들었다. 제이디는 내가 처음 보았을 때보다 13킬로그램 정도 체중이 불어난 것이 사실이지만 여전히 예뻤다. 조금 더 인상이 부드러워졌고 소녀 같은 느낌이 사라진 것은 사실이지만 이제 제이디는 소녀가 아니었다. 서른아홉 살이었다. 나이 들면서 몸이 변화하는 것은 죄가 아니었다. 나 역시 지난 10년 동안 5킬로그램 정도 체중이 늘었다. 엘라를 낳은 이후로 임신 이전의 체중으로 돌아간 적이 없는 셈이었지만 나는 그것이 가치 있는 거래라고 생각했다.

"바람을 피우려는 상대가 누구인지 감히 물어봐도 될까?"

"그냥 모든 후보들을 진지하게 고려하고 있다고만 말해둘게."

"그건 별로 좋은 생각이 아닌 것 같아."

"앨리스, 제발 도덕 선생님처럼 굴지 마."

"도덕적인 문제도 있지만, 논리적으로 생각해봐. 이혼을 하고 양육권을 나누어 갖고 드류, 위니하고 떨어져 사는 거 상상해봤어?"

찰리의 형제들 중에 아이를 기숙학교에 보낸 사람이 없다는 것이 나는 무척 다행이라고 생각했다. 나는 엘라를 결코 기숙학교에 보낼 수 없었을 테니까.

"이런 생각도 한번 해봐. 아더가 다른 여자하고 재혼하는 거."

제이디가 고개를 저었다.

"그러기 전에 내가 아더의 목을 찌를걸? 하지만 어떤 여자를 고를까 궁금하긴 해. 난 항상 아더가 마릴린 그린빌을 좋아한다고 생각했어."

"그 여잔 결혼했잖아."

"그야 나도 마찬가지지."

"제이디가 마릴린보다 훨씬 예뻐."

"그건 그래."

제이디가 나를 보고 마치 남자를 유혹할 때 지을 것 같은 미소를 짓다가 이내 얼굴을 찌푸리고는 "아더가 그렇게 생각하지 않는 게 문제지만" 하고 덧붙였다.

"아더도 제이디가 그렇게 화난 거 알고 있어?"

"제이디 호에 승선을 거부당한 지 한 달이 다 되어가니까 이제 곧 알게 되겠지."

"아더가 하자고 했는데 제이디가 거절했어?"

"거절? 그건 열여섯 살짜리 처녀들이나 하는 거고, 나는 사양을 했지."

"제이디, 결혼생활에서 섹스는 아주 중요한 거야."

"별로 하고 싶지도 않은 걸 뭐. 너무 틀에 박힌 섹스라 시작하기도 전에 벌써 끝난 것 같다니까. 잠들지 않으려면 내 몸을 꼬집어야 할 정도야. 가만히 생각해보니까 내가 아더하고 결혼을 해서 산 게 내 인생의 반이더라고. 믿을 수 있어? 스물한 살이 결혼하기 너무 이른 나이라고, 왜 아무도 말해주지 않았을까?"

"우리 집 주치의가 그러는데 일주일에 두 번은 해야 된대."

"그래서 앨리스는 그 말대로 해?"

"글쎄."

사적인 문제에 대해서 나는 제이디보다는 덜 표현하는 쪽이었다. 제이디는 나의 가장 친한 친구이지만 말이 많은 것이 가장 큰 장점이자 단점이었다. 어쨌든 대화가 여기까지 흘러온 이상, 이제 와서 발을 빼는 것은 옳지 않았다.

"일주일에 한 번은 하려고 노력해."

"좋아?"

"가끔은 별 생각이 없을 때도 있는데 막상 하고 난 뒤에는 기분이 좋

아. 더 가까워진 것 같고."

"항상 느껴?"

"거의. 가끔 너무 피곤할 때도 있지만."

"난 아이들이 집에 없을 때만 느껴."

"그러니까 옛날만큼 좋지 않은 게 당연하지. 책이나 영화 같은 걸 좀 보지 그래?"

"포르노 말하는 거야? 앨리스 블랙웰이 포르노를 보라고 권하는 거야, 지금?"

"제이디!"

내가 제이디를 팔꿈치로 치며 소리쳤다. 남자 둘이 2미터 정도 떨어진 거리에서 골프 카트를 타고 우리 쪽으로 다가오고 있었다. 우리가 아는 사람일 확률이 90퍼센트였다.

"앨리스도 혹시 그런 거 사용하는 거야?"

다행히 제이디는 목소리를 낮추었다.

"찰리는 가끔 잡지를 볼 때도 있어."

"그런 거 거슬리지 않아?"

나는 어깨를 으쓱했다.

"남자들은 여자들보다 시각적인 자극에 민감하니까."

"그런 거 보면서 사정을 하기도 한다는 거야?"

"그런 것 같아."

"그런 것 같다고? 어디서 봐? 찰리가 어디서 그런 거 보는데? 그때 앨리스는 어디 있어?"

"가끔 잠이 오지 않는다면서 찰리가 화장실에 들어가."

그 말과 함께 우리의 대화는 갑자기 제이디가 전혀 상관할 바가 아닌 사생활의 영역으로 접어들고 있었고 나는 포르노를 좋아하는 남자, 자위행위를 하는 남자와 사는 것이 대수롭지 않은 일인 것처럼 말하고 있었다. 실제로 찰리는 〈펜트하우스〉를 보면서 자위를 했다. 〈펜트하우스〉를 정기구독하지는 않았지만 몇 달에 한 번씩 잡지를 직접 구입했다. 그 잡지에 관한 이야기를 나누어본 적은 없었지만 찰리 역시 숨기려고 하지도 않았다. 그가 거실에 잡지를 두었다면, 그래서 엘라가 보았다면 내가 질색을 했겠지만 찰리는 잡지를 항상 침실 서랍장에 두었기 때문에 나는 별로 개의치 않았다.

가끔 내가 주변사람들의 행동에 별로 놀라지 않는 것이 책을 많이 읽어서가 아닐까 하고 생각해본다. 책을 통해서 나는 단편적인 지식들을 상당히 많이 얻고 있었다. 섹스에 관해서는 물론이고 태풍이라든가 포크 댄스라든가, 조로아스터교에 대해서도. 나는 2주에 한 권꼴로 소설을 읽는 것은 물론 〈타임〉, 〈이코노미스트〉, 〈뉴요커〉, 〈하우스 앤 가든〉을 구독하고 있었다. 특별히 관심이 가는 주제가 있으면 마로니 공공 도서관에 가서 직접 자료를 찾아보기도 했다.

"남편이 다른 여자를 쳐다보는 게 모욕적이란 생각은 안 들어?"

"난 대부분의 남자들이 다른 여자를 쳐다본다고 생각해. 대부분의 여자들이 다른 남자를 쳐다보는 것처럼. 제이디도 그러잖아."

제이디가 웃었다.

"사실 그게 문제야. 그런데 누구랑 바람을 피워야 할지 모르겠어."

그때 골프 카트 한 대가 우리 곁을 지나갔다. 타고 있던 사람 중 한 명이 "블랙웰 아가씨들 안녕하세요!"라고 소리쳤다.

제이디는 나를 쳐다보고 다시 골프 카트 쪽을 쳐다보면서 의미심장한 눈빛으로 고개를 끄덕였다.

"저 사람들은 안 돼. 저 사람들보다는 아더가 훨씬 더 매력적이야."

내가 말했다.

"그럼 최소한 내 다이어트라도 도와줄래? 혼자서는 끝까지 간 적이 없어서."

"다이어트는 따로 필요 없어. 음식을 좀 더 가려 먹고 자주 걸으면 돼. 핼시언에서도 같이 걷자."

우리 가족은 7월과 8월을 핼시언에서 보낼 예정이었다. 찰리와 아더는 번갈아서 밀워키로 돌아오곤 했다.

"식사 때마다 포도 반송이 먹는 다이어트 얘기 들어봤어?"

"제이디, 대학교 때 그 다이어트 시도했던 애가 있었는데 사흘째 되는 날엔 포도만 봐도 구역질하더라."

솔직히 나는 제이디의 천진함에 완전히 마음을 빼앗겼다. 제이디의 성장과정은 나보다는 아더나 찰리와 더 비슷했지만 블랙웰 남자들과 결혼한 우리 두 사람은 마치 낯선 나라의 이방인들처럼 마음이 잘 통했다.

"찰리가 술을 너무 많이 마신다고 생각해본 적 있어?"

내가 물었다.

제이디가 이맛살을 찌푸렸다.

"블랙웰 남자들은 워낙 술을 좋아하잖아. 물론 에드는 아니지만 찰리와 아더는 그런 것 같아. 내가 보기에 찰리에게 문제가 있는 것 같진 않아. 맨정신일 때 하지 않는 행동을 술을 마셨다고 한 적 있어? 아더도 그렇고."

"그건 그래."

제이디로부터 그런 말을 듣는 것은 엄청난 위안이 되었다. 사실 제이디가 한 말은 지난 몇 달간 내가 스스로에게 했던 말이었다.

"아더는 매일 밤 어느 정도 술을 마셔? 예를 들면, 저녁식사 때?"

"맥주 몇 병 정도? 하지만 그 정도는 나도 마시는걸 뭐. 어떨 땐 드류까지 마신다니까! 나 정말 형편없는 엄마지? 그러고 보면 위스콘신 출신들이 술주정뱅이 취급을 당하는 것도 무리는 아니야."

제이디가 웃었다.

"그러니까 한 세 캔 정도? 아니면 그보다 더?"

"앨리스, 변죽 그만 울리고 결론부터 말해봐. 도대체 찰리가 얼마나 마시는데 그래?"

"글쎄. 요즘엔 주로 위스키를 마시는데, 한 번에 3분의 1병 정도 마시는 거 같아. 어쩌면 그보다 조금 덜 마실 수도 있고. 가늠하기가 좀 힘들어. 워낙 한꺼번에 많이 들여놓으니까."

"매일 밤 위스키 3분의 1병을 마신다고?"

"그 정도 되는 것 같아."

"그렇게 마시고 나면 술에 취해?"

"지난주에는 부엌에서 이마를 부딪혔어. 부엌 문간의 높이를 잘못 어림했나 봐. 문제는 최근 들어서 항상 기분이 별로 좋지 않다는 거야. 짜증을 내는 건 아니지만 좀 우울해 보여. 아더한테는 말하지 말아줘."

"나 요즘 아더하고 사이 안 좋다니까."

"찰리는 아침에 스쿼시도 안 하고 엘라를 학교에 데려다 주지도 않아. 숙취 때문인지 아니면 다른 이유가 있는지는 나도 잘 모르겠어."

"찰리한테 직접 물어봤어?"

"마음 좀 편히 가지라고는 얘기했는데, 귀담아듣는 것 같진 않아."

"토요일에 부모님 오시면 혹시 무슨 일이 있는지 알아볼게."

제이디가 심각한 표정을 지었다.

"어쨌든 인디애나폴리스 소동 때문에 상황이 좋지는 않을 거야. 혹시 도움이 될까 해서 말해주는 건데, 아더도 어젯밤 늦게 들어왔는데 기분이 아주 안 좋더라고."

"참, 찰리는 계속 고기를 굽고 있는데, 제이디는 요즘 블랙웰 고기 먹고 있어?"

제이디가 고개를 끄덕였다.

"블랙웰 정육이 문제가 아니었어. 그랬다면 그 이후로도 계속 문제가 생겼겠지. 병원마다 난리가 났을 테고. 하지만 그 사람들이 전부잖아?"

제이디가 말했다.

제이디와 나는 봄바람과 흙냄새를 맡으며 잠시 컨트리클럽의 보드라운 잔디를 걸었다.

"이 집안 남자하고 결혼하면 그게 문제야. 소시지가 만들어지는 과정을 훤히 알게 된다는 거."

저녁식사 때 고기를 조금 먹긴 했지만 솔직히 맛있게 먹을 수는 없었다. 나는 찰리에게 말하지 않고 엘라에게 땅콩버터 샌드위치를 만들어주었다. 내가 먹는 것보다 엘라가 먹는 것이 훨씬 더 걱정이 되었다. 찰리는 알아차리지도, 말을 하지도 않았다. 저녁식사 후 엘라는 목욕을 했다. 엘라는 내게 머리를 감겨달라고 했다. 엘라가 그런 부탁을 할 날도 이제 얼마 남지 않았다. 나는 엘라와 침대로 올라가 《백조의 트럼펫》이라는 동화를 읽어주었다. 하루 중 가장 행복한 시간이었다.

불을 끄기 전에 엘라가 찰리를 불렀다.

"아빠! 잘 자라고 인사해줄 시간이야!"

찰리가 들어왔다.

찰리는 엘라를 간질이거나 춤을 추거나 괴상한 소리를 내거나 이상한 표정을 지어서 엘라의 잠을 깨워놓고 엘라가 침대에서 깡충깡충 뛰게 해놓을 때도 있었지만 그날 밤 찰리는 너무 조용했다.

"아빠 나한테 화나셨어?"

찰리가 방에서 나간 뒤 엘라가 물었다.

나는 엘라의 머리를 쓰다듬어주었다. 엘라의 방은 우스꽝스러울 정도로 소녀 취향이었다. 온통 핑크색과 흰색 천지였고 더블베드가 놓여 있었다. 3학년치고는 과분한 것이 사실이었지만 더블베드는 찰리와 결혼하기 전에 내가 쓰던 것이었다.

"아빠 화 안 나셨어."

내가 말했다.

초인종이 울렸고 찰리가 문을 여는 소리가 들렸다.

"주말에 〈더티 댄싱〉 빌려 봐도 돼?"

엘라가 물었다.

"7학년 되면 봐."

"엄마! 제목에 더티가 들어갔다고 꼭 더러운 영화는 아니야!"

나는 엘라의 이마에 키스했다.

"잘 자, 엘라."

서재에 내려가 보니 놀랍게도 행크 어커가 팔걸이의자에 앉아서 찰리와 함께 야구 중계를 보고 있었다. 행크는 앉은 채로 고개를 숙이며 인사했다.

"엄마가 되시더니 얼굴에서 광채가 나네요! 꼭 르네상스 시대의 마돈나(성모마리아) 같습니다!"

그가 말했다.

"가수 마돈나가 아니고?"

찰리가 말하며 싱긋 웃었다.

"오신 줄 몰랐어요. 뭐 먹을 거나 마실 것 좀 드릴까요?"

거의 9시가 다 되어가고 있었고 나는 그가 얼마나 있을 생각인지 궁금했다. 내가 알기로 행크는 아직 매디슨에 살고 있었다. 지난 몇 년 동안 그를 만난 적은 없었지만 그가 어느 공화당의원의 선거본부에서 일하고 있다는 소식을 전해 들었다. 그 공화당의원은 처음에 출마할 때만 해도 거의 승산이 없었지만 최근 여론조사에서 현직 의원을 앞서고 있다고 했다.

"얼음물 한 잔만 주세요."

행크가 말했다.

"여전히 대쪽처럼 살고 있군!"

위스키를 마시고 있던 찰리가 껄껄 웃으며 말했다.

"언제나처럼요."

행크는 묘한 미소를 지으며 말했다.

물을 따라서 서재로 돌아갔을 때 두 사람은 행크가 밀고 있다는 후보자의 맞수이자 현직 의원인 샤론 올슨에 대해 이야기하고 있었다.

"그 여자의 남성편력까지 들춰낸 건 좀 심했어."

찰리가 웃으며 말했다.

행크가 밀고 있는 후보자가 지지를 얻기 시작한 것은 최근에 터진 일련의 폭로 기사의 영향이 컸다. 민주당의원 샤론 올슨은 60년대 후반 흑인 남자와 결혼해서 아이 없이 잠깐 살았던 적이 있었고 지금은 백인 변호사와 결혼해서 두 아들과 딸을 두고 있었다. 그녀의 첫 남편은 오래전에 시애틀로 이사해서 그곳에서 변호사 생활을 하고 있었고 지금 그게 새삼스럽게 왜 문제가 되는지 나로서는 이해할 수 없었지만 최근 샤론과 그녀의 첫 남편이 결혼식장에서 손을 잡고 있는 사진과 음산한 음악이 흘러나오는 비방광고가 TV에 방영되기 시작했다. 마지막 장면에선 짙은 빨간색으로 글씨로 '샤론 올슨이 이 사실을 숨겼다면 지금은 또 무엇을 숨기고 있을까요?'라는 자막이 나왔다.

"정말 안됐지 뭡니까?"

행크가 능글맞게 웃으며 말했다.

"전 그만 올라가 볼게요. 읽을 책이 있어서요. 만나서 반가웠어요."

내가 행크에게 물을 건네주며 말했다.

한 시간쯤 뒤 현관문이 열렸다 닫히는 소리가 들렸고 자동차 시동을 거는 소리가 들렸다. 나는 다시 1층으로 내려가 보았다.

"다시 출마하려고요?"

"앨리스, 제발 진정해."

찰리의 목소리는 술기운으로 불안정했다. 위스키 병이 거의 바닥까지 비워진 상태였지만 원래 어느 정도 있었는지 알 수 없는 것이 문제였다.

"벌써 6월이 다가오는데, 지금 어떻게 뛰어들겠다는 거예요?"

"제발 진정 좀 하라고."

"내가 행크 안 믿는 거 당신도 알죠?"

"선거에 출마하는 사람들은 다 오만한 사기꾼들이고. 그렇지?"

"그런 식으로 내 입을 막을 생각 말아요."

그가 음탕한 눈빛으로 나를 쳐다보았다.

"그 얘기를 듣고 보니 다른 걸로 당신 입을 틀어막고 싶은데?"

"행크가 왜 여기 왔는지 똑바로 좀 말해줄래요?"

그는 소파에 앉아 내 쪽을 바라보고 있었고 나는 조금 떨어진 곳에 서서 그를 바라보고 있었다.

"행크가 오기 전에 아더 형한테서 전화가 왔는데, 소고기 문제는 우리 잘못이 아닌 걸로 판명이 났대. 납품한 소고기에 문제가 있었던 게 아니라 선수의 엄마 중 한 명이 관리하는 지하실의 냉장고가 문제였대. 쥐가 전선을 갉아먹은 모양이야."

찰리가 유리잔을 쳐들었다.

"그 엄마 참 안됐네요."

"덕분에 540톤의 소고기를 리콜 조치했지. 중서부 지역은 오늘밤부터 블랙웰 소고기를 먹을 수가 없어."

"그래도 옳은 일을 한 거예요."

"조금 전에 존 형이 뉴스에 나와서 블랙웰 소고기는 결백하다고 말하더군."

찰리가 몸을 뒤로 젖히며 자기가 한 말을 되씹으며 웃었다.

"잘 해결되어서 다행이네요."

나는 소파에 앉으며 〈뉴요커〉 최신판을 집어 들었다.

"이본느 서튼이 아기 낳은 거 알고 있었어요?"
"이본느 서튼이 누군데?"
"미스 루비 딸이요."
찰리가 놀랍다는 듯 고개를 저었다.
"그 사람들이라고 아기를 낳지 말란 법은 없잖아?"
"이본느한텐 애가 둘이에요. 둘이면 많은 것도 아니죠."
"애 아버지는 제시카의 아버지와 다른 사람이겠지?"
"결혼했대요. 남편도 세인트 마리 병원에서 일한다던데요."
나는 잡지를 덮었다. 어차피 읽고 있지도 않았다.
"노동절 휴일 점심에 그 집 사람들을 초대했어요."
"이제 보니 당신, 대단한 평등주의자였군! 엘라한테 머리를 가늘게 땋는 법도 가르쳐주지 그래?"
몇 년 전 다섯 번째 생일을 앞둔 어느 날 엘라는 바비 인형을 사달라고 졸랐다. 우리는 미니어처 테디베어 인형까지 딸린 바비 인형을 사주었다. 그런데 엘라는 선물상자를 열자마자 눈물을 흘렸다. 엘라는 '제시카 같은' 바비 인형을 원했다. 엘라는 계속 고집을 부렸고 마침내 우리는 엘라가 원하는 것이 검은 피부의 바비라는 것을 알게 되었다. 결국 나는 반짝이는 상의에 얇은 분홍색 스커트를 입고 있는 짙은 갈색 피부에 검은 머리카락을 가진 바비 인형으로 바꾸어주었다. 나는 흐뭇했고 찰리는 재미있어했다. 그러면서도 찰리는 "네 할머니한테 보여드렸다간 너하고 엄마 둘 다 쫓겨날 줄 알아"라고 덧붙였다.
어머니의 인종주의를 비판하면서도 정작 어머니보다 찰리가 더 인종적 편견이 섞인 발언을 자주 한다는 것은 아이러니였다.
"제시카가 내년에 스티븐스 중학교에 진학한다는데 걱정이에요."
"괜찮을 거야."
"공부도 잘하고 과외활동도 많이 하는 것 같던데."

"최근에 만났어?"

"어젯밤에 미스 루비를 만났거든요. 부모님 집으로 당신을 찾으러 갔다가요."

미스 루비와 같이 연극을 보러 갔다는 말은 하지 않았다.

"비들 아카데미 같은 곳에 다니면 제시카도 얼마든지 잘할 수 있을 텐데."

"지금도 잘하고 있는 것 같은데 뭘."

"스티븐스가 어떤 학교인지 알기나 해요?"

"그동안 내가 코카인을 어디서 구해온다고 생각했어?"

찰리가 싱긋 웃으며 말했다.

"이번엔 출마 안 해. 행크는 앞으로의 출마 가능성에 대해 얘기하러 잠깐 들른 거고. 당신 말대로 올해는 너무 늦었어."

"잘됐네요."

내가 말했다.

그가 한쪽 발을 내 무릎 위에 올려놓았다.

"사랑해, 린디. 당신은 비록 나를 진부한 공화당 지지자라고 생각하는 속 좁은 민주당 지지자지만 말이야."

나는 그의 발에 내 손을 올려놓았다.

"만약 내가 정말 속 좁은 여자였으면 당신 같은 사람 사랑하지도 않았어요."

전화벨이 울린 것은 금요일 오후 1시였다. 나는 욕실의 타일을 닦고 있었다. 나는 가정부를 둔 적이 없었다. 프리실라와 다른 동서들은 나를 이상하게 생각했지만 청소를 하다 보면 왠지 마음이 편안해졌다. 나는 오른손에 끼었던 노란 고무장갑을 벗고 수화기를 들었다. 라스 엔더스트라스였다.

"앨리스, 이런 전화를 하게 돼서 정말 가슴이 아프구나."

그 말을 듣는 순간 내 심장이 멎는 것 같았다. 심장이 가슴속에서 꼼짝도 하지 않고 대롱대롱 매달려 있는 것만 같았다.

"엄마한테 무슨 일이……."

"아니. 도로시는 괜찮아. 할머니가 쓰러지셨어. 뇌출혈이라는구나. 지금 루터 병원에 계신다."

그곳은 내가 태어난 병원이었고 앤드류 이모프와 내가 1963년 9월 끔찍한 밤을 보냈던 병원이기도 했다.

"혹시…… 아직 살아계신 거죠?"

"의식이 없으신데 의사들이 어떻게든 살리려고 애를 쓰고 있단다. 네 엄마는 지금 의사들하고 상담을 하고 있어. 집중 치료실에 계셔서 면회 시간을 기다리다가 너한테 알려야 할 것 같아서……."

"지금 집중 치료실에 계세요?"

"워낙 연로하셔서."

"최대한 빨리 갈게요."

사고는 그날 아침 별다른 이유도 없이 일어났다고 했다. 할머니는 부엌에서 거실로 가다가 갑자기 의식을 잃고 쓰러졌다. 의사들은 할머니가 뇌출혈로 인해 쓰러진 것인지 쓰러지면서 뇌출혈이 일어난 것인지 파악하는 중이었다. 엄마는 할머니가 쓰러지는 소리를 들었지만 큰 소리가 나지는 않았다고 했다. 그저 '우편물 떨어지는 소리 정도'였다고 했다. 엄마가 뛰어가 보니 할머니가 바닥에 누워 있었고 엄마는 할머니의 의식이 돌아오게 하려고 애쓰다가 결국 구급차를 불렀다.

병원에서 엄마는 모든 게 자기 잘못이라는 듯 계속 나에게 미안하다고 말했다.

"이렇게 서둘러 오게 해서 미안하다."

"당연히 와야죠."

대기실 공중전화로 나는 찰리에게 전화를 했다. 그다음에는 제이디에게 전화를 해서 학교가 끝난 뒤 엘라를 데려와 달라고 했고 몇 시간 후 제이디의 집에 전화를 걸어서 엘라에게 상황을 설명해주었다. 엘라를 안심시켜야 할 것 같아서였다. 그러나 엘라의 목소리를 듣는 순간 갑자기 내가 불안해졌다. 나는 엘라의 곁에 있고 싶었고 엘라를 안아주고 싶었다. 나는 애써 눈물을 참아야만 했다. 엘라는 심각하면서도 아이다운 목소리로 "엄마, 이제 할머니 죽는 거야?"라고 물었다. 엘라도 나의 할머니를 할머니라고 불렀다. 나의 엄마는 작은 할머니, 라스 씨는 라스 할아버지라고 불렀다. 엄마와 라스 씨는 1981년 조용히 결혼식을 올렸다.

"아니, 할머닌 안 돌아가실 거야."

5분쯤 후 나는 다시 사무실의 찰리에게 전화를 걸었다.

"아직 병원인데, 새로운 소식은 없어요. 엘라를 집으로 좀 데려가 줄래요?"

"제이디가 좀 더 봐주면 안 될까? 5시 반에 스쿼시 게임 있는데."

"엘라를 데리러가 줘요. 엘라가 불안해할까 봐 그래요."

"지금 불안해하고 있어?"

"오늘밤 난 엄마 집에서 자야 할 거 같아요. 아직 면회를 못 했는데 상황이 어떻게 될지 모르는 상태에서 밀워키로 돌아가고 싶지 않아요."

"일단 집으로 돌아왔다가 가야 할 상황이 되면 그때 라일리로 가면 안 될까? 한 35분이면 될 텐데."

찰리처럼 운전을 하면 35분이면 되겠지만 내 식으로 운전하면 35분은 무리였다. 게다가 찰리가 나를 밀워키로 돌아오게 하려는 것은 나를 보고 싶어서라기보다는 어둠이 무서워서였다. 나의 남편은 지금도 나 없이 혼자 집에 있는 것을 두려워했다. 그의 그런 두려움은 때로는 귀여웠고 때로는 짜증스러웠다.

"이러면 어때요? 내가 제이디한테 전화해줄 테니까 오늘밤 엘라하고 같이 제이디네 집에 있어요."

"그 망할 놈의 개가 밤새 얼마나 짖어대는지 잊었어? 얼굴을 침범벅으로 만들어놓는 건 또 어떻고?"

"찰리, 지금 할머니가 집중 치료실에 계세요. 당신이 할 수 있는 선택은 집에 있든지, 아니면 제이디네 집에 있든지 둘 중 하나예요. 엘라를 데리고 우리 엄마 집으로 와도 되고요. 결정할 시간이 필요해요? 좀 있다 다시 전화할까요?"

잠시 침묵이 흘렀다.

"아니, 됐어. 당신 말이 옳아. 지금 엘라를 데리러갈 테니까 제이디한테 전화해줘. 스쿼시 약속은 취소할게. 어머니하고 라스 씨는 어떠셔?"

"괜찮으세요."

"당신은?"

"나도 괜찮아요."

그렇게 말했지만 그 질문을 받는 순간 슬픔이 밀려왔다.

"내가 밤에 혼자 있기 싫어서 그러는 거라고 생각하겠지만 당신이 보고 싶어서 그렇기도 해."

"엘라하고 이리로 올래요?"

하지만 나는 그렇게 물으면서도 그럴 가능성이 희박하다는 것을 알고 있었다.

돌이켜보면 처음 라일리의 우리 집에 인사를 왔을 때 그 집이 너무 작아서 깜짝 놀랐을 텐데도 찰리가 그런 내색을 하지 않았다는 것은 생각할수록 신기했다. 그러나 세월이 흐를수록 찰리는 점점 더 솔직해졌다.

"라스 씨하고 화장실을 같이 쓰는 건 너무 감당하기 힘든 형벌이야."

언젠가 찰리가 한 말이었다. 휴일에 라일리에 올 때에도 자고 가는 일은 거의 없었다. 부활절이나 크리스마스 때에도 되도록 우리 부모님을 그의 부모님 집으로 초대하려 했다. 신혼 초였기 때문에 그런 경우에는 그 누구도 그다지 편안하지 않았다. 찰리의 부모님은 라스 씨가 우체국에서 일했다는 사실을 알지 못했고 나는 부정하지도 않았지만 그렇다고 그들에게 굳이 밝히지도 않았다. 엄마가 라스 씨와 결혼한 이후로 재정적으로 안정을 찾은 것은 아이러니였다. 피트 이모프와의 일 이후로 엄마는 한 번도 내게 돈 얘기를 하지 않았고 라스 씨와 함께 멀리 여행을 다녀오기도 했다.

"솔직히 말하면 아더네 집에서 자는 게 나을 것 같아. 엘라하고 내가 가면 당신 어머님도 번거롭지 않겠어? 필요한 거 있으면 전화해. 아니, 필요한 거 없어도 잠들기 전에 전화해."

"엘라는 내일 크리스틴네 집에 놀러 가기로 했어요. 내일 아침 10시에 준비하고 있으라고 해요. 그리고 아침 먹고 나서 비타민 먹이는 거 잊지 말고요."

"주말에 마마하고 아버지하고 같이 식사하는 자리엔 올 수 있지?"

나는 잠시 망설였다.

"그건 그때 가서 생각해봐요."

찰리는 나에게, 저녁식사에 참석하는 것이 얼마나 중요한지 말하고 싶은 것을 참고 있었다. 솔직히 내가 보기에 블랙웰 가 사람들은 유난히 어떤 모임에건 한 명도 빠지지 않는 것에 집착했다.

"찰리, 다들 이해하실 거예요."

그날 저녁 6시, 집중 치료실의 마지막 면회 시간에 어머니와 나는 할머니를 만날 수 있었다. 한 번에 두 사람만 면회가 허락되었기 때문에 라스 씨는 대기실에서 기다렸다.

할머니는 여전히 의식이 없었다. 할머니는 잔잔한 무늬가 있는 환자

복을 입고 흰 시트를 덮고 누워 있었고 몇 개의 선이 몇 개의 모니터에 연결되어 있었다. 그중 한 모니터에서 규칙적으로 신호음이 울렸다.

"너무 조그맣구나."

엄마가 중얼거렸다.

나도 같은 생각을 하고 있었다. 커다란 침대 위에 누워 있는 할머니는 가슴이 저릴 정도로 노쇠했고 작았다.

"할머니! 저 왔어요. 앨리스, 그리고 엄마도요."

나는 할머니에게 다가가서 애써 명랑한 목소리로 인사를 했다.

"저 도로시예요."

엄마가 끼어들며 말했다.

"어머님, 이렇게 얼굴이라도 보게 되니 좋네요. 오늘 얼마나 무서웠는지 아세요?"

"할머니, 쉬고 싶으실 테니까 오래 있진 않을게요. 의사들이 그러는데, 할머니 걱정 안 하셔도 된대요. 다행이죠?"

할머니가 우리 얘기를 듣고 있는지 알 길이 없었다. 듣지 못할 가능성이 더 컸다.

"기억하실는지 모르겠지만 할머니는 오늘 아침에 쓰러지셨어요. 그래서 병원에 온 거고요. 이제 회복되는 중이래요."

사실 그것은 의사의 진단이라기보다는 나의 바람이었다. 의사가 해준 말들 중에는 '상태가 안정적'이라는 말이 그나마 가장 희망적이었다.

"의사들하고 간호사들이 할머니를 정성껏 돌봐줄 거예요."

그것 역시 나의 낙관적인 추측일 뿐이었다. 치료실 안에서 무슨 일이 벌어지고 있는지 아무도 알지 못했다. 담당의사인 닥터 퍼니시는 할머니가 '뇌엽성 뇌출혈'이라는 진단이 나왔다면서, 몇 차례 수혈을 하긴 했지만 나이와 체력을 고려할 때 수술이 망설여지는 상황이라고 설명해 주었다. 뇌에 충격이 가해졌을 가능성에 대해서도 언급했다. 닥터 퍼니시는 자상한 편은 아니었지만 유능해 보였다. 그가 말하는 동안 나는 핸드백에서 영수증을 꺼내 뒷면에 그의 말을 받아 적었다.

"이곳 대기실은 어머님 마음에는 안 드실 것 같네요. 의자들을 오렌지색 천으로 씌워놓았는데 오렌지색은 촌스럽다고 하셨잖아요."

"라스 씨가 눅눅한 과자를 한 봉지 사왔는데, 엄마나 저나 안 먹었어요. 잘했죠? 그런데 다른 사람들은 정신없이 집어 먹더라고요."

나는 되도록 밝고 명랑한 목소리로 말했다.

"어머님, 빨리 좋아지셔서 〈제시카의 추리극장〉 마지막 시즌 보셔야죠."

엄마가 말했다.

"할머니 덕분에 내일 시부모님하고 저녁식사 하는 거 빠질 수 있게 되면 그 은혜 나중에 꼭 갚을게요!"

"앨리스!"

"농담이에요. 할머니도 아실 거예요."

우리는 이런 식으로 주어진 30분 동안 반은 서로에게, 반은 할머니에게 이야기를 했다. 모니터의 신호음만이 우리가 들은 유일한 대답이었다. 대기실로 이어진 이중문을 나서면서 엄마는 주머니에서 휴지를 꺼내 눈물을 닦았다.

"살 만큼 사셨고, 다 하느님의 뜻이겠지만, 앨리스, 엄만 아직 준비가 안 됐어."

할머니는 기적적으로 혼수상태에서 깨어났다. 다음 날 아침 샤워를 하자마자 병원에 전화를 걸었더니 밤사이 의식이 돌아왔다고 했다. 간호사의 말에 의하면 할머니는 진정제 때문에 졸고 있는 상태였다. 그러나 우리가 9시쯤 병원에 갔을 때 할머니는 또박또박 말을 할 수 있었다.

엄마는 풍선을 사기 위해 병원 로비에 있는 선물가게에 갔고 나는 혼자 할머니 병실에 들어갔다. 할머니는 눈을 감고 있었지만 내가 "똑똑!" 하고 입으로 소리를 내자 바로 눈을 떴다.

"할머니! 다시 돌아오신 것 축하드려요! 얼마나 보고 싶었다고요!"

나는 침대 가장자리에 앉아 몸을 숙여 할머니에게 키스했다.

할머니는 몇 번 눈을 깜빡였다.

"여기서 계속 간이 센 닭고기 요리를 주는 바람에 목이 타는구나."

할머니가 말했다.

혹시 할머니가 나를 못 알아보시는 건 아닐까?

"물 드릴까요?"

내가 물었다.

나는 컵에 빨대를 꽂아 할머니 입술에 갖다 대었고 할머니가 빨대를 빠는 순간 입 가장자리로 물이 흘렀다. 수액을 맞고 있는 것으로 보아 할머니는, 간이 센 닭고기 요리는 고사하고 병원에 도착한 이후 아무것도 먹지 않은 것이 분명했다. 물을 마신 뒤 할머니는 다시 베개에 머리를 대고 누웠다.

"옥상에서 도박을 하고 있더라."

할머니가 말했다.

"누가요?"

내가 망설이며 물었다.

"그 사람들."

나는 손을 가슴에 얹었다.

"할머니, 저 앨리스예요. 할머니는 지금 병원에 계시고 회복되어가는 중이고요. 제가 할머니 병문안을 온 거예요."

할머니는 놀란 표정을 지었다.

"네가 누군지 모를까 봐? 아직 그 정도는 아니란다. 그건 그렇고, 네가 왜 도로시 블라우스를 입고 있니? 너무 촌스럽구나."

내가 미소를 지었다.

“어젯밤 갑자기 여기서 자는 바람에 엄마가 빌려주셨어요.”

“네 나이에 맞게 옷을 입어야지.”

“할머니, 기분이 어떠세요? 쉬고 싶으시면 말씀하세요.”

할머니는 병실 안을 둘러보았다.

“네 아빠 생각을 하고 있었지.”

할머니가 말했다.

문득 불안감이 밀려왔다. 내가 언제부터 천국을 믿었는지는 확실히 알 수 없지만 아빠 생각을 한다는 말이 마치 아빠하고 이야기를 나누었거나 아니면 아빠가 오라고 손짓을 했다는 말처럼 들렸다.

“그러셨어요?”

“네 아빠는 네 엄마를 참 아껴주었지. 오랜 세월 동안 내가 곁에서 지켜봐서 안다. 둘이 끔찍이도 사랑했어.”

할머니가 나를 바라보았다.

“네 남편 이름이 뭐였더라?”

나는 침을 꿀꺽 삼켰다.

“찰리. 찰리 블랙웰이요.”

“참 그렇지! 그 주지사 아들! 너희 둘도 꼭 그렇게 사랑하고 있지!”

나는 미소를 지으려 애썼다.

“그랬으면 좋겠어요.”

할머니가 나를 쳐다보았다.

“대답이 어째 시원치가 않구나.”

“그게 아니고 실은, 최근에 술을 좀 많이 마셔요.”

나는 결국 말해버리고 말았다.

할머니는 말 같지도 않은 소리라는 듯한 표정을 지었다.

“너무 고삐를 조이면 탈이 나는 법이야.”

"그렇지 않아요. 사실 그 반대라서 걱정이죠."

"네가 너그럽다는 거냐?"

내가 고개를 끄덕였다.

"그럼 그게 문제인가 보구나. 어쩌면 찰리는 네가 고삐를 조여주기를 원할지도 몰라."

나는 조금 망설여졌다. 과연 지금이 내 고민을 털어놓을 상황일까? 그러나 할머니는 늘 다른 사람들 이야기를 듣고 싶어 했고 진지하게 고민해주었다.

"좀 우습게 들리겠지만 아무래도 찰리는 중년의 위기를 겪고 있는 것 같아요. 대학 동창회가 곧 열리는데, 동창들한테 밀릴까 봐 걱정이 되나 봐요."

"하버드를 나왔으니까."

할머니가 말했다.

할머니의 어투는 조금 이상했다. 마치 내 남편이 아닌 다른 사람 자랑을 하는 것 같았다.

"동부에서 대학을 다닌 것은 맞지만 프린스턴을 나왔어요. 어쨌든 찰리는 자기가 지금보다는 더 나은 위치에 있어야 한다고 생각하는 것 같아요. 워낙 대단한 집안에서 자랐으니까요. 그의 할아버지와 아버지도 그렇고, 그의 형도 국회의원이잖아요."

나는 할머니가 고개를 끄덕이긴 해도 실제로 기억을 하고 있는지 확신할 수가 없었다.

"하지만 전 찰리가 사업가나 정치가로 성공할 사람 같진 않아요. 물론 그게 싫다는 건 아니지만, 찰리가 그 길로 갈 거라고 생각하고 결혼한 건 아니거든요. 찰리는 재미있고 활기가 넘치고, 친구도 많고, 멋진 아빠이지만…… 왜 그걸로 만족할 수 없는지, 왜 우리 삶이 그걸로 충분하지 않은지 이해가 안 가요. 난 이걸로 충분한데 그 사람한텐 왜 그렇지 않은지 모르겠어요."

"욕심이 재능을 앞섰구나."

나는 할머니 말을 불쾌하게 듣지 않으려고 애썼다.

"그렇게까지 생각하고 싶진 않아요. 찰리는 굉장히 똑똑하고…… 모르겠어요. 어쩌면 제가 문제인지도 몰라요. 제가 너무 고리타분한 여자라서……."

찰리와 내가 처음으로 사랑한다고 말했던 그날을 떠올리는 것이 언젠가부터 나에겐 힘든 일이 되었다. 그날은 찰리가 처음으로 우리 가족을 만난 날이기도 했다. 찰리는 그날 내가 참 재미있는 여자라고 말했다. 그날의 기억이 고통스러운 이유는 찰리가 지금도 그렇게 생각할지 의문이 들어서였다. 찰리가 내게 했던 말은 얼마나 대단한 칭찬이었던가? 얼마나 뜻밖의 칭찬이었고, 또 그때 나는 찰리가 얼마나 나를 잘 이해한다고 생각했던가? 찰리에게 나는 그저 평범한 여자가 아니었다. 그는 내가 생각이 깊고 책을 좋아하는, 주관이 뚜렷한 여자라고 생각했고 그래서 나를 특별하다고 생각했다. 하지만 나와 결혼생활을 하면서 내가 좀 더 재미있는 사람이었으면 좋겠다고 생각한 적은 없었을까? 아홉 살 난 딸아이와 함께 저녁식사를 하고 나서 책을 읽고 잠자리에 드는 것보다 더 근사한 주말 계획을 세울 수 있는 여자를 원하지 않았을까? 어쩌면 결혼생활이 너무 고요한 것도 문제가 되진 않았을까? 나는 소리를 지른 적도 문을 쾅 닫은 적도 없었고 분노를 발산한 적도 없었고 그래서 그러한 분노를 섹스로 풀 기회도 없었다.

"누구나 가끔은 따분한 사람이 된단다. 내가 아는 가장 멋진 여자는 이름이 글래디스 위콤인데, 네가 글래디스를 만나본 적이 있었던가?"

내가 고개를 끄덕였다.

"글래디스는 위스콘신 주에서 여덟 번째로 박사학위를 딴 정말 똑똑한 여자란다. 그런데도 내가 그 친구 집에 가서 며칠이 지나고 나면 결국 둘 다 저녁식사 테이블에서 책을 읽고 있어. 하지만 난 아무렇지도 않았어. 누군가와 함께 따분해질 수 있다는 것보다 더 큰 행복이 어디 있겠니?"

"저도 동감이에요. 하지만 찰리도 같은 생각일지는 모르겠어요."

"네가 찰리에 대해 이런 회의를 품고 있는 거 찰리도 알고 있니?"

"제가 찰리에 대해 회의를 품고 있는 게 아니라, 찰리가 자기 자신이 하고 있는 일에 대해 회의를 품는 거예요. 말하자면……."

나는 잠시 하던 말을 멈추었다.

지금 내가 거짓말을 하고 있는 것일까? 솔직히, 나는 찰리의 능력에 대해 회의를 품고 있었다. 나는 바닥을 내려다보다가 다시 고개를 들었다.

"할머니, 처음 찰리를 만났을 때 찰리를 무척 좋아하셨잖아요. 지금도 그러세요?"

약에 취해 있는 할머니가 마치 결혼 전문 상담가라도 된다는 듯 이런 걸 묻다니, 도대체 내가 제정신일까? 혹시 할머니가 약에 취해 있어서 더 용감해진 것은 아닐까?

"내가 찰리를 좋아했던 건 찰리가 널 사랑하고 있다는 걸 분명히 느낄 수 있었기 때문이란다. 넌 사랑받을 자격이 있는 애니까. 지금 네가 한 얘기들은 내가 보기엔 다 쓸데없는 걱정 같구나. 집으로 돌아가서 예쁜 옷을 입고 립스틱을 바르고 찰리를 유혹하고 즐겁게 해주렴. 그리고 절대 잊지 마라. 남자들이 아주 불안정한 존재라는 걸."

그 순간, 할머니의 처방은 나에게 마치 구명줄과도 같았다. 아주 간단하고도 실천하기 쉬운 처방이었다. 곤경에 처했을 때 어떻게 하면 좋을지 말해주는 사람이 있다는 것은 얼마나 큰 행운인가!

"물 좀 가져다주겠니? 계속 간이 센 닭고기를 가져다주더라고. 영 맛이 없더라."

"여기 있어요."

할머니가 물을 다 마신 뒤, 나는 가방에서 책을 꺼냈다.
"《안나 카레니나》 가져왔는데, 읽어드릴까요?"
"좋지!"
"처음부터 읽어드릴까요? 아님 브론스키하고 만나는 장면부터 읽어드릴까요?"
"만나는 장면부터."
나는 책을 펼쳤다.
"제 얘기 때문에 찰리를 나쁘게 생각하지는 마셨으면 좋겠어요. 할머니 말대로 제가 너무 쓸데없는 일로 걱정한 것 같아요."
할머니는 어느새 눈을 감고 있었고 내 말에 고개를 저었다.
"18장!"
나는 헛기침을 했다.
"브론스키는 안내원을 따라 열차로 향했다. 열차 출입문 앞에서 그는 어느 귀부인이 지나가도록 잠시 길을 멈추었다……."
몇 분 뒤 엄마가 풍선을 들고 병실로 들어왔을 때 할머니는 다시 잠들어 있었다.

밀워키로 돌아오는 길에 나는 주유소에서 잠시 차를 세웠다. 요금을 내고 주유를 하고 있는데 웬 남자의 목소리가 들려왔다.
"앨리스, 이런 데서 보게 되네요!"
고개를 들어보니 반대편에 조 타이어가 한 손을 들고 서 있었다. 노란 폴로셔츠와 반바지를 입고 있는 그의 모습은 꽤 멋졌다. 그런데 자세히 보니 최근 들어 부쩍 살이 빠진 것 같았다. 광대뼈가 두드러져 보였고 키가 180센티미터임에도 불구하고 어깨가 앙상했다. 내 몰골도 형편없었다. 할머니가 지적한 대로 촌스러운 엄마의 블라우스를 입고 있었고 머리도 부스스했다. 15분이면 집에 도착할 수 있었고 그 사이 아는 사람을 만나리라고는 생각하지 못했다.

"조, 어떻게 지내셨어요?"

그의 아들이 있는 것 같아 차를 바라보며 내가 물었다.

"혹시 차에 벤이…… 어머나! 팬케이크였네요!"

팬케이크는 뒷다리로 서서 조의 아버지인 일흔두 살의 월트 타이어와 왈츠를 추는 것으로 유명한 헬시언의 개였다. 그러나 나는 다른 사람들만큼 개를 보고 호들갑을 떨지는 않았다.

"곧 프린스턴 동창회가 있죠? 이번에는 어떤 이상한 옷을 입게 되나요?"

조는 찰리보다 5년 앞서서 1963년도에 프린스턴을 졸업했기 때문에 두 사람은 항상 동창회에서 만나곤 했다.

조는 고개를 저었다.

"이번엔 빠지려고요. 별로 갈 마음이 없네요."

"사람들이 아쉬워할 텐데요."

내가 말했다.

"앨리스, 난 정말 내가 이혼을 하게 될 줄은 꿈에도 몰랐어요."

"네……."

나는 어떻게 대답해야 할지 알 수 없었다.

"솔직히 말해도 될까요?"

조가 물었다.

"그럼요."

"우리 집 얘기가 어떻게 소문이 났는지 모르겠지만 난 사람들이…… 사실 이런 경우에 남자가 여자를 떠나는 걸 거라고 짐작하겠지만 실제로는 그렇지 않거든요. 캐롤린과 제가 전혀 문제가 없었다고 말할 순 없겠지만 전 완전히 날벼락을 맞았어요."

나는 아무 얘기도 듣지 못한 척했다.

"조, 그랬다면 정말 힘들었겠어요."

우리는 잠시 서로를 바라보았다.

나는 그가 울음을 터뜨릴지도 모른다고 생각했다. 그의 눈에 눈물이 고이지는 않았지만 턱에 힘을 주고 눈물을 삼키는 것 같았다. 사실 그와 나는 밀워키와 햄시언을 오가면서 서로를 백 번쯤 만났겠지만 이렇게 단둘이 사적인 대화를 나누어보기는 처음이었다.

"조, 문제 없는 집이 어디 있겠어요. 마로니 가에 산다고 해도 마찬가지죠. 조 혼자만 그런 일을 겪는 건 아닐 거예요. 사는 게 어디 우리 마음대로 되던가요?"

내가 한 말 때문인지, 아니면 내가 그의 이야기를 들어주었기 때문인지 그는 한결 마음이 편안해 보였다.

"정말 그런 것 같네요."

그의 가스 펌프에서 주유가 끝났다는 신호음이 들렸고 그가 노즐을 뽑았다.

"늘 자유 시간을 갖고 싶어 했는데, 이제 제가 원하는 것보다 더 많이 갖게 됐네요. 주말이 참 끔찍하더라고요. 이렇게 될 줄 알았으면 그렇게 간절히 바라지 말걸 그랬어요."

"언제든 놀러오세요. 찰리하고 같이 야구 경기 보고 싶으시면 언제든 환영이에요."

현명한 제안이 아닐 수도 있었지만 그가 너무 낙담한 것 같아 다른 말이 떠오르지 않았다. 게다가 찰리와 조는 평생을 서로 알고 지냈기 때문에 두 사람은 친구라기보다는 사촌 같았다.

"가서 계산해야겠네요. 만나서 반가웠어요, 앨리스. 우울한 얘기 들어줘서 고마워요."

그가 말했다.

"동창회는 그냥 한번 나가보시는 게 어떨까요? 기분 전환도 할 겸."

"생각해볼게요. 찰리한테 안부 전해주세요!"
그가 손을 흔들며 말했다.

찰리와 나, 엘라가 함께 찰리의 부모님 집에 도착했을 때 집 안은 온통 블랙웰의 에너지로 가득했다. 조카인 지오프와 드류는 잔디밭에서 고리 던지기를 하고 있었고 찰리는 그냥 지나치지 못하고 그들에게 다가갔다. 엘라와 나는 찰리를 두고 안으로 들어갔다. 엘라가 이 집안에서 가장 막내라는 사실은 믿기 힘들었다. 다음에 태어날 아기는 엘라의 사촌들이 결혼해서 낳을 아기들이었다. 에드와 진저의 장남은 스물한 살로 며칠 뒤 프린스턴을 졸업할 예정이었고 존과 낸의 큰딸인 리자는 프린스턴 3학년에 재학 중이면서 올 여름 맨해튼의 패션잡지회사에서 인턴으로 일할 예정이었다.

엘라는 곧바로 할아버지 할머니와 포옹한 뒤 사촌 위니와 함께 어디론가 뛰어갔다. 지하실로 내려가는 것 같았다. 지하실은 엘라의 사촌들이 모여서 속닥거리는 장소였다. 그곳에서 큰 아이들이 작은 아이들에게 이상한 소문이나 음란한 단어들을 가르쳐주었다. 어느 추수 감사절엔 엘라가 "엄마, 나 이제 음낭이 뭔지 알아요"라고 자랑스럽게 말하기도 했다.

찰리와 내가 결혼식을 했던 계단에서 나는 시아버지 해럴드 블랙웰과 포옹을 하고 뺨에 키스를 했다.

"할머니가 위독하시다니 걱정이 많겠구나."

"다행히 오늘 많이 좋아지셨어요."

내가 대답했다.

그러고 나서 나는 시어머니에게 돌아섰다. 그녀는 결코 키스를 하는 법이 없었지만 나는 그것을 감정적으로 받아들이지는 않았다. 그런데 어쩐 일인지 프리실라 블랙웰이 내 손목을 잡고 어디론가 이끌었다.

"잠깐 얘기 좀 하자."

그녀가 내 귀에 대고 말했다.

해럴드는 술을 준비하기 위해 부엌으로 들어갔고 마침 제이디가 먹을 것이 담긴 쟁반을 들고 나왔다.

"어머니, 치즈 나이프가 어디 숨었는지 도무지 찾을 수가 없네요. 어머, 그 스카프 정말 예쁘다, 앨리스! 할머니는 좀 어떠셔?"

내 스카프는 제이디가 몇 주 전 쇼핑을 갔다가 사다 준 것으로 청록색 바탕에 금빛 페이즐리 무늬가 있는 것이었다.

"제이디, 식사 전에 입맛 없어지게 왜 그런 걸 내오니?"

프리실라가 말했다.

"조금만 먹고 넣어놓을게요. 저녁식사는 등심 요리 같던데, 걱정 마세요. 이거 먹어도 곧바로 다시 식욕이 살아날 테니까요."

지난 몇 년 동안 제이디는 나에게 프리실라를 어떻게 상대하면 되는지를 온몸으로 보여주었다. 활달하게, 빙 둘러서 말하고, 직접적으로 대답하지 않고, 한 발짝 옆으로 비켜서면서 절대 정면으로 도전하거나 반대하지 않는 것이었다.

"할머니는 많이 좋아지셨어. 거의 예전만큼 기운도 회복하셨고."

"다행이네. 물론 찰리하고 엘라는 얼마든지 우리 집에 있어도 돼. 다른 사람들이 와 있으면 우리 애들이 그나마 좀 나아지거든. 어쨌든 정말 잘됐다. 참, 어머니, 치즈 나이프는……."

"오븐 옆 서랍 둘째 칸에 있다."

제이디와 내가 프리실라의 신속한 대답에 놀라고 있는 사이 그녀가 다시 말을 이었다.

"제이디, 다이어트한다면서, 이런 거 내오면 너도 먹고 싶지 않겠니?"

그때 낸과 진저가 들어와 자칫 불쾌해질 수 있는 분위기를 바꾸었다.

"앨리스! 우리가 앨리스 할머니를 위해서 기도했어."

냰이 말했다.

"많이 좋아지셨대."

제이디가 말했다.

"스카프 너무 예쁘다! 어머니! 저희가 뭘 좀 도와드릴까요?"

진저가 말했다.

"네 망나니 아들들이 내 잔디를 망치지 못하게 좀 해줄래? 저러다가 6월에 아이리스 꽃을 볼 수나 있겠니?"

잠시 침묵이 흘렀다.

"좀 놀다가 들어오겠죠."

진저가 말했다.

진저가 현관으로 나가자 제이디가 나를 바라보면서 눈을 커다랗게 뜨고 놀란 시늉을 한 뒤 부엌으로 돌아갔다.

나는 프리실라를 따라 계단 뒤쪽 조그만 방으로 들어갔다. 밖에서는 찰리의 형제들이 거실로 모여들고 있었다. 문득 지난 며칠간의 긴장을 풀기 위해 찰리와 내게 필요한 것은 시끌벅적한 가족 파티인지도 모른다는 생각이 들었다.

"미스 루비를 마커스 센터로 데려간 건 경솔한 행동이었어."

프리실라가 말했다.

나는 눈을 깜빡였다. 나는 프리실라가 무슨 말을 할 거라고 기대했던 것일까? 그녀의 자식들 간의 불화? 아니면 두 사람이 워싱턴에 있을 때 새 모이를 주라는 것?

"아주 부적절한 행동이었어. 우리 집 가정부는 내 소관이야."

그녀의 목소리는 크지도 않았고 흥분한 상태도 아니었다. 다만 얼음처럼 차가웠다.

"불쾌해하실 줄 몰랐어요. 그런 뜻은 전혀 없었어요."

나는 죄송하다고 말하려다가 입을 다물었다. 왜냐하면 나는 잘못한

게 없었기 때문이었다. 미스 루비는 성인이었고 나 역시 마찬가지였다. 미스 루비와 나는 원하는 사람과 함께 연극을 보러 갈 권리가 있었다.

"문화적으로 계몽이라도 시킬 생각이었니?"

"어머니, 그저 갑자기 그런 생각이 떠올랐을 뿐이에요. 다른 의도는 없었어요."

"미스 루비는 45년 동안 우리 집에서 일했고 그동안 우리는 미스 루비를 잘 보살펴왔어. 그렇지 않았다면 그렇게 오래 여기 붙어 있었겠니? 미스 루비에 대해서 네가 모르는 것들이 있어. 해럴드와 내가 못된 남편한테 시달리던 미스 루비를 구해주었어. 그거 알고 있었니?"

프리실라는 키가 180센티미터에 달했지만 말을 할 때 몸을 앞으로 숙였기 때문에 그녀와 나의 얼굴은 불과 몇 센티미터 떨어졌을 뿐이었다. 나는 프리실라의 입술 가장자리에 생긴 주름을 보았고 그녀의 치아를 보았다. 가까이서 보니 그녀의 치아는 내가 기억하는 것보다 훨씬 작았고 또 갈색이었다. 비뚤어진 위쪽 송곳니도 훨씬 두드러져 보였다.

나는 말을 하려고 입을 벌렸다가 무슨 말을 해야 할지 몰라 다시 입을 다물었다.

"앞으로는 쓸데없이 참견하지 말았으면 좋겠다. 내 말 알아듣겠니?"

프리실라가 말했다.

"이 일로 미스 루비를 야단치지 마셨으면 해요. 그날 일은 순전히 제 생각이었어요."

그러고 나서 나는 도저히 참을 수가 없었다.

"그런데 솔직히…… 전 왜 그렇게 화가 나셨는지 잘 이해가 안 가요."

"앨리스."

프리실라가 뒤로 물러서며 웃었다.

"그걸 꼭 말을 해야 알겠니?"

그녀가 말했다.

저녁식사 전에 나는 와인을 한잔 마셨다. 디저트가 나올 무렵, 프리실라와 나눈 대화로 인한 충격은 어느 정도 잦아들었고 마침내 나는 편안하게 대화에 참여할 수 있었다. 프리실라는 블랙웰 정육에 관한 모든 대화를 차단했다. 현명한 조처였다. 후식으로 버터 쿠키와 바닐라 아이스크림을 먹고 나서 아더가 에드에게 얼마 전 북 캘리포니아 하원의원인 주디스 피글리오치와 함께 마약 관련 법안 통과를 주도했던 일에 관한 이야기를 꺼냈다. 주디스 피글리오치는 의료 기관에서의 마약 사용을 지지하는 것으로 유명한 인물이었다.

"형 혹시 그 여자하고 의사당에서 마약 한번 한 거 아니야?"

아더가 말했다.

"그런데요, 마약이 두통에 효능이 있다는 연구 결과가 나왔대요."

워낙 조용하고 차분한 데다 자주 두통에 시달리는 진저가 한 말이라 모두 폭소를 터뜨렸다.

"진저, 바로 그게 에드 형을 참고 사는 비결이었군요! 항상 궁금하더라고요."

찰리가 말했다.

"하긴, 오후에 들이켜는 마리화나 한 모금보다 더 좋은 게 또 있을까?"

존이 말했다.

"내가 해봤다는 게 아니라, 그런 기사를 본 적이 있다고요."

진저가 항의하듯 말했다.

아더와 찰리가 마리화나를 흡입하는 모습을 흉내 냈다.

"정말이에요! 전 한 번도 안 해봤어요. 잡지에 그런 기사가 났었다니까요."

진저가 무척 당혹스러운 표정으로 말했다.

"앨리스, 마리화나 해본 적 있어요?"

아더가 물었다.

"당신 괜히 앨리스 끌어들이지 마!"

제이디가 말했다.

"그럼 돌아가면서 말해보는 게 어때? 아버지, 아버지 대답은 '노'라고 가정해도 안전할까요?"

해럴드는 얼굴에 엷은 미소를 머금은 채로 고개를 끄덕였다. 어느새 아이들이 지하실에서 돌아와 있었고 나는 엘라가 없는 게 그나마 다행이라고 생각했다. 마리화나가 뭔지 엘라에게 설명해줄 기분이 아니었다.

"진저는 이미 결백을 주장했고, 나야 당연히 '예스', 낸은요?"

낸이 코를 찡긋했다.

"난 이런 대화가 영 마음에 안 들어요."

낸이 말하자 아더가 그 말을 받아 말했다.

"그건 '예스'라는 의미겠고, 형은?"

"난 나이가 많아. 사랑의 여름(Summer of Love, 1967년도에 열린 히피들의 축제) 때 난 이미 법률회사에서 일하고 있었잖아."

에드가 말했다.

"어머니, 어머니 대답은 일단 '노'일 거라고 짐작은 하지만, 워낙 음흉하신 분이라 안심은 못하겠어요. 직접 대답하시겠어요?"

"당연히 '노'지."

프리실라가 말했다.

아더가 찰리를 가리켰다.

"찰리, 우리가 네놈한테 묻고 싶은 건, 네가 마리화나를 판 적이 더 많은지, 아니면 산 적이 더 많은지 그것뿐이다."

찰리가 웃었다.

"형, 곰도 구르는 재주는 있는 법이야."

"마약 거래한 적 없죠?"

내가 물었다.

"앨리스, 대답을 듣고 싶지 않은 질문은 아예 하지를 마세요."

존이 말했다.

"제이디, 당신 대답은 '예스'인 거 알아. 왜냐하면 내가 현장에 있었으니까."

아더가 말했고 제이디는 "그때 난 10대였으니까 그건 빼야지!"라고 소리쳤다.

"그때가 10대였으면 지금 거의 스물다섯 살쯤 됐겠네?"

아더가 능글맞게 말했다.

정말 두 사람은 섹스를 하지 않는 것일까? 저렇게 서로 장난을 치는데? 어쩌면 두 사람의 대화에 내가 알아차리지 못하는 적대감이 배어 있는 것일까?

"존 형은?"

아더가 물었다.

"몇 번 시도해본 적은 있지만 아주 적은 양이었어."

"자, 이제 다시 앨리스 차례로 돌아왔어요."

아더가 진저와 낸 사이에 앉아 있던 나에게 물었다.

"앨리스야말로 다크호스야. 찰리, 우리 내기할까?"

찰리가 눈을 가늘게 뜨고 나를 쳐다보다가 말했다.

"난 '예스' 쪽에 걸겠어. 앨리스는 형이 생각하는 것보다 호기심이 많은 여자거든."

나는 얼굴을 붉혔다. 그의 말에 왠지 성적인 암시가 들어 있는 것 같았다.

"이제 진실을 말할 시간이에요, 앨리스."

아더가 말했다.

"딱 한 번이요. 전 별로 느낌이 없었어요."

나는 1968년 여름, 할머니의 침실에서 할머니와 데나와 함께 장난 삼아 마리화나를 피워본 적이 있었다. 나는 다시 병실에 누워 있는 할머니를 떠올리면서 할머니가 빨리 회복되기를 마음속으로 빌었다.

"앨리스, 그렇게 그만두면 안 되죠. 왜 그렇게 끈기가 없어요? 찰리, 앨리스가 너무 쉽게 포기한 거 같은데?"

아더가 블랙웰 남자들 특유의 미소를 지으면서 말했다.

"갑자기 마리화나가 너무 피우고 싶어지는데 내가 이상한 거야? 정말 한 20년은 된 거 같아."

아더가 말한 뒤 눈썹을 추켜올리며 찰리를 바라보았다.

"찰리, 혹시 지금 나랑 같은 생각 하고 있냐? 혹시 마땅한 사람……."

"르로이라면 혹시 또 모르지."

찰리가 주방 쪽으로 고개를 비스듬히 하고 말했다.

나는 사색이 되었다. 르로이는 미스 루비의 아들이었고 이본느의 오빠였다. 나는 르로이를 만난 적은 없지만 몇 번의 전과기록이 있다는 것은 알고 있었다.

"그거 잘됐네!"

아더가 미스 루비를 부를 때 프리실라가 쓰는 조그만 도자기 종을 들며 말했다. 프리실라가 종을 빼앗았고 나는 마음을 놓았다.

"미스 루비 곤란하게 하지 마라."

프리실라가 말했다.

"그 친구라면 이 근방에서 마리화나를 구하려면 어디로 가야 하는지 훤히 꿰뚫고 있을걸요? 아마 그 정도는 애들 장난일 거예요."

아더는 미스 루비가 이 대화를 듣지 못할 거라고 생각하는 것일까?

"진저하고 저는 그만 이쯤에서 우아하게 일어날까 합니다. 아버지, 어머니, 언제나처럼 푸짐한 저녁식사 고맙습니다."

에드가 말했다.

"형은 너무 비겁해!"
아더가 소리쳤다.
"재선을 다섯 달 앞둔 9지구 의원이 마리화나 피우다가 잡혀봐라. 그 꼴이 뭐가 되겠니! 그것도 전 주지사의 집에서! 내친 김에 〈워싱턴 포스트〉에 전화라도 걸지 그래!"
에드가 말한 뒤 진저를 돌아보았다.
"진저, 우린 그만 일어나는 게 좋겠어. 지오프를 불러와요."
에드가 말했다.
"나도 그만 일어나고 싶은데."
낸이 의미심장한 눈빛으로 존을 바라보며 말했다. 결국 낸과 존 부부도 일어서서 에드와 진저를 따라나섰다.
네 사람이 떠나고 나자 해럴드가 헛기침을 하며 말했다.
"노인네 잔소리같이 들리겠지만, 지금까지 너희가 한 얘기, 별로 좋은 생각이 아닌 것 같구나. 나하고 같이 거실에서 커피 마실 사람?"
그가 말하며 일어섰다.
모두 식탁에서 일어서는 분위기였고 르로이를 통해서건 아니면 다른 사람을 통해서건 마리화나를 사자는 주장은 힘을 잃었다. 나는 안도의 한숨을 쉬었다. 남자들은 거실로 향했고 여자들은 접시를 날랐다.
"이제 어머님은 내가 돼지에다가 마약 중독자라고 생각하시겠네."
그러나 말은 그렇게 하면서도 제이디는 별로 신경 쓰는 것 같지는 않았다.
모두 자리에서 일어서자 마치 마술처럼 미스 루비가 나타났다. 저녁 식사 중에 나는 미스 루비를 몇 번 보기는 했지만 간단한 인사만 주고받았을 뿐이었다. 미스 루비가 식사 준비 때문에 바쁘기도 했고 항상 다른 사람들이 주위에 있었다. 커피가 나오고 프리실라가 거실로 나가자 나는 마침내 미스 루비와 단둘이 있게 되었다.

"연극 보러 간 일에 대해서 어머님이 뭐라고 하시던가요?"

미스 루비는 거의 나를 쳐다보지 않고 "괜찮아요"라고 대답했다.

"괜히 불편하게 해드렸다면 죄송해요. 미스 루비는 잘못한 것 하나도 없어요. 다음 주 월요일에 저희 집으로 오시기로 하신 건 취소하지 않으셨으면 좋겠어요. 이본느의 아기를 보려고 다들 기다리고 있어요."

미스 루비가 눈썹을 추켜올렸다.

"혹시 벌써 블랙웰 부인한테 이야기하셨어요?"

"아뇨, 얘기 안 했어요. 오시기 불편하시면, 이해해요. 하지만 저흰 꼭 와주셨으면 좋겠어요. 찰리하고 엘라, 저만 있을 거예요."

내가 잠시 말을 멈추었다.

"오시는 걸로 알고 있을게요. 하지만 혹시 무슨 일이 생기면 전화 주세요."

혹시 내가 엄청난 실수를 저지르고 있는 것일까? 혹시 내가 미스 루비의 일자리를 위태롭게 하고 있는 것일까? 하지만 나는 프리실라의 말에 순종하는 것이 거역하는 것보다 더 내키지 않았다. 게다가 두 사람은 며칠 내로 워싱턴으로 돌아갈 것이다.

여기 와 있을 때 우리 일에 간섭하는 것도 이상하지만 멀리 살면서까지 그렇게 하려고 드는 것은 납득할 수 없었다.

"저녁식사 고맙습니다. 다 너무 맛있었어요."

부엌을 나서기 전에 내가 말했다.

그 주 일요일, 밀워키 브루어스와 토론토 블루제이스의 경기가 열렸다. 경기는 1시 15분 시작이었다. 아더와 아더의 아들 드류, 찰리와 엘라가 함께 경기를 보러 갈 계획이었지만 아더가 갑자기 전화를 해서, 소고기 사건이 터진 지 얼마 되지도 않았는데 야구 경기장에 앉아 있는 모습이 TV에 잡히기라도 하면 모양새가 좋지 않을 거라고 했다.

"우린 혐의를 벗었잖아!"

찰리가 소리쳤지만 아더는 꿈쩍도 하지 않았다.

"아무래도 이 일에 존 형 냄새가 나."

전화를 끊고 나서 찰리가 말했다.

나는 그날 오후 다음 주에 할 일들을 준비하며 보낼 생각이었다. 라일리로 돌아가서 엄마가 할머니를 퇴원시키는 것을 도와드릴 생각이었고 화요일에는 샐리 길먼의 집에서 열리는 가든 클럽 모임에 가져갈 음식을 준비해야 했다. 나는 30인분의 감자 샐러드를 준비하기로 되어 있었다. 그러나 나는 주저하지 않고 찰리와 야구장에 가기로 했다.

계획이 바뀌었어도 상관없었다. 야구장에 가는 것이야말로 찰리와 나, 그리고 엘라가 함께할 수 있는 가장 즐거운 일이었다. 나는 관중이 모두 하나되어 질서 있게 움직이는 것이 좋았다. 구역이 반듯하게 나누어져 있었기 때문에 수만 명의 사람들이 모여 있어도 전혀 혼란스럽지 않았다. 관객 중에 술에 취했거나 무례하게 구는 사람이 있으면 곧바로 누군가 다가와 데리고 나갔다. 대화를 할 수는 있지만 대화하지 않아도 상관없어서 좋았고 그곳에 온 사람들이 좋았다. 야구장을 찾는 사람들은 주로 우리처럼 아이들과 함께 나온 가족이거나 10대들, 데이트하는 중년 커플들, 20대 후반이나 30대 초반의 사람들이었다. 특히 혼자 온 남자들을 보면 나와 엘라가 없을 때의 찰리를 보는 것 같아 마음이 찡했다.

나는 야구장의 건전하고도 활기찬 분위기와 조금 촌스러운 운영 방식들, 익숙한 노래들, 화창한 오후와 저녁에 마시는 맥주가 좋았다. 야구장에서 내가 가장 싫어하는 부분은 파울볼이나 홈런으로 공이 관중석 쪽으로 날아오면 모두가 공을 잡으려고 난리를 치지만 꼭 한 명만이 그 공을 잡는 것이었다. 그러나 야구 경기를 보는 시간만은 찰리가 완전히 몰입했고 전혀 따분해하지 않았기 때문에 그것만으로도 나는 마음이 편했다. 엘라가 야구를 좋아하는 이유는 따로 있었다. 엘라의 일본인 펜팔 친구는 스포츠 열성팬이었고 그래서 엘라도 스포츠에 관심을 갖게 되었다. 또한 엘라는 조그만 플라스틱 야구모자에 담겨져 나오는 차가운 커스터드를 좋아했다.

4회에 접어들면서 경기는 4대 1로 브루어스가 앞섰다. 찰리는 형제들에 대한 불편한 감정도 완전히 잊은 것 같았다. 그때 제크 랭겐바처가 다가왔다. 제크는 찰리보다 스무 살 정도 위였고 소문에 의하면 밀워키에서, 어쩌면 위스콘신에서 가장 부자라고 했다. 그는 고등학교를 중퇴한 뒤 우유배달 일을 하다가 25세 때 유제품회사를 설립했고 그 후 자동차 보험, 라디오 방송국, 모텔을 인수하면서 사업을 확장했다. 나는 몇 번인가 그를 만난 적이 있었다. 매번 나는 그가 나를 모를 거라고 생각했지만 그는 항상 내 이름을 기억하고 있었다. 찰리는 그와 가끔 테니스를 쳤다. 테니스 코트에서 제크는 워낙 뛰어나기도 하지만 공격적인 플레이를 하기로 유명했다. 그와 테니스를 칠 때마다 비록 게임에서 지더라도 찰리는 자부심을 느끼는 것 같았다.

"제크는 한마디로 거물이야."

언젠가 찰리가 내게 말했다.

제크는 나와 엘라와 인사를 나눈 뒤 찰리의 빈 옆자리를 가리키며 "자리 비었나?"라고 물었다.

"앉으시라고 일부러 비워뒀어요."

찰리가 의자를 두드리며 말했다.

그의 자리는 우리 자리보다 몇 줄 앞이었고 나는 경기 초반에 그가 다른 두 남자와 함께 관람석에 앉아 있는 것을 보았다.

엘라는 찰리와 나 사이에 앉아 있었고 제크는 찰리 옆에 앉았기 때문에 그들이 무슨 얘기를 하는지 나는 알아들을 수가 없었다. 그가 7회까지 경기장에 머물러 있는 것은 의외였다. 브루어스 팀은 3점을 더 낸 상태였다. 나는 엘라를 데리고 화장실에 갔다가 감자튀김을 사려고 줄을 서서 기다렸다. 감자튀김을 들고 돌아오다가 엘라가 또래 남자아이와 부딪치는 바람에 감자튀김이 반 이상 바닥에 쏟아져버렸다.

"똑바로 보고 다녀!"

엘라는 남자아이에게 야단치는 투로 쏘아붙였다.

남자아이가 겁에 질린 표정이 되었다.

"엘라! 그럴 수도 있지. 네 잘못이 아닌 것처럼 그 애 잘못도 아니야."

내가 말했다.

남자아이 곁에도 어른 남자가 서 있었고 고개를 들어보니 미안한 표정으로 미소를 짓고 있는 사람은 다름 아닌 사이먼 톤비스트였다. 나는 우리가 서로를 모르는 척하기로 합의를 했다고 생각했다. 그는 렌즈가 큰 안경을 쓰고 있었고 턱수염도 없었다. 그러나 한쪽 끝이 쳐진 왼쪽 눈만은 그대로였다.

"세상 참 좁네요. 내 딸 엘라예요."

내가 말했다.

"내 아들 카일이에요."

그가 말했다.

"야구장 오기 좋은 날씨죠?"

내가 말했다.

"우린 오슈코시에 사는데 친구를 만나러 왔어요."

사이먼의 말투는 내가 예상했던 것보다 훨씬 더 따스했다.

"본래 오슈코시가 고향이었죠?"

"기억력 좋네!"

그가 말했다.

기억력이 좋다고? 우린 1년이나 사귀었는데!

"내가 결국 교직에 몸담게 됐다는 걸 알면 아마 놀랄걸요? 나도 고등학교에서 역사를 가르치고 있어요."

"잘됐네요!"

그는 마치 내 근황을 말해주기를 기다리는 것 같은 표정이었다.

'난 도서관하고는 거리가 먼 삶을 살고 있어요.'

문득 나는 내가 더 이상 일하고 있지 않다는 사실을 그에게 말하고 싶지 않았다. 게다가 그가 내가 누구와 결혼했는지, 특히 전 주지사의 아들과 결혼했다는 사실을 그가 모르는 것이 다행이라는 생각이 들었다. 그는 나를 얼마나 한심하게 생각할까? 내 삶이 얼마나 부르주아적이라고 비난할까?

"그만 가볼게요. 만나서 반가웠어요."

내가 말했다.

"다음에 여기 올 때 가족들하고 한번 만나죠."

그가 말했다.

나는 그가 나를 찾아내지 못할 거라고 생각하면서 미소를 지었다.

"그래요."

자리로 돌아와 보니 제크 랭겐바처가 보이지 않았다.

"조금 전에 엘라하고 내가 누구를 만났었는지 말하면 아마 믿지 못할걸요? 사이먼 톤비스트!"

내가 말했다.

"그 히피 친구?"

찰리는 내 설명을 듣고 사이먼을 그렇게 불렀다. 찰리와 사이먼은 한 번도 만난 적이 없지만 찰리는 사이먼을 긴 머리에 기타를 맨 반전운동가로 생각하고 있었다.

"아들하고 같이 왔던데요?"

"걔 때문에 내 감자튀김을 다 쏟았어!"

엘라와 내가 동시에 말했다.

"다 쏟은 것 같진 않은데?"

찰리가 손을 뻗어 몇 개를 집었고 엘라가 화를 내며 그의 팔을 때렸다.

"그 친구, 아이는 원치 않는다더니! 그래서 헤어졌다고 하지 않았나?"

나는 다시 한 번 사람의 기억력에 놀랐다.

"사람은 변하니까요."

내가 말했다.

어쩌면 카일이라는 아이의 존재 자체가 나에게 모욕일 수도 있었다. 카일 말고도 아이가 또 있는지 누가 알겠는가? 아마 그럴 것이다. 그러나 내가 사이먼이 아닌 찰리와 결혼해서 말로 표현할 수 없을 정도로 다행이라는 생각이 들었다. 사이먼은 얼마나 경직되어 있고 냉정했던가? 또 얼마나 따분했던가? 나는 오랜 세월이 흐른 뒤에 마침내 깨닫게 되었다. 수많은 결점에도 불구하고 찰리가 사이먼보다는 훨씬 나은 사람이라는 것을. 나는 손을 뻗어 찰리의 목을 쓰다듬었다.

"제크 랭겐바처하고 무슨 얘기 했어요?"

찰리가 어깨를 으쓱했다.

"그냥 이런저런 얘기."

브루어스가 7대 1로 앞서고 있었고 우리는 모두 어느 정도 햇볕에 그을고 지친 상태로 집으로 향했다.

집 안으로 들어서는데 전화벨이 울렸다. 처음에는 응답기가 받게 할까 생각하다가 산책을 하자는 제이디일 것 같아 수화기를 들었다.

"여보세요?"

잠시 침묵이 흐른 뒤 누군가 훌쩍이는 소리가 들려왔다.

"앨리스! 할머니가 돌아가셨단다."

엄마의 목소리였다.

할머니 없는 라일리는 너무도 낯설었다. 할머니가 시카고에 갔을 때나 낮잠을 잘 때조차도 라일리에 오면 항상 할머니의 기운을 느낄 수 있었다. 그러나 이제 할머니는 어디에도 없었다.

사후세계라는 것이 과연 있을까? 어쩌면 할머니는 바로 내 곁에 서서 조문객들에게 인사를 하고 있는 내 모습을 바라보고 있는 것은 아닐까? 마치 팽팽한 벨트로 묶은 것처럼 가슴을 조이는 듯한 슬픔이 떠나지 않았지만 한편으로는 사람들을 만나는 설렘도 있었다. 장례식에서 죽은 자를 위해 진심으로 슬퍼하는 시간은 아주 짧다. 모두가 죽은 사람을 생각하기보다는 교회에 있는 자신의 모습, 조문객의 한 사람으로서 기도하고 인사를 나누는 자신의 모습을 의식할 뿐이다.

인사를 마치고 나서 신도석의 내 자리로 돌아오면서 나는 두 번째 줄에 앉아 있는 해럴드 블랙웰과 눈이 마주쳤다. 그를 보자마자 괜히 눈시울이 뜨거워졌다. 나는 제이디에게조차 올 필요가 없다고 했고 제이디는 내 말에 안심하는 눈치였다. 해럴드는 이 장례식에 참석하기 위해 일부러 위스콘신까지 날아왔다. 나의 할머니는 정치인으로서의 해럴드 블랙웰을 별로 좋아하지 않았지만 나는 그의 성의에 큰 감동을 받았다.

나는 맨 앞줄 신도석에 앉아 있는 라스 씨와 엄마를 지나 찰리와 엘라 사이에 앉았다.

"수고했어."

찰리가 내 손을 꼭 잡으며 말했다.

목사는 설교를 끝낸 뒤 추모사를 낭송했다. 할머니를 제대로 평가한 글 같지는 않았다. 목사는 할머니가 라일리의 정신적 지주였다는 말로 마무리한 뒤 사도신경, 주기도문, 위탁기도를 했고 마지막으로 〈십자가 드높이〉라는 찬송가를 불렀다. 나는 다시 한 번 목이 메었다. 그 찬송가는 어렸을 때부터 듣던 곡이었고 오르간 소리가 교회 안에 울려 퍼지고 우리 가족을 아는 사람들의 목소리가 실내를 채우는 순간 걷잡을 수 없는 슬픔에 사로잡혔다.

할머니 없이 자랐더라면 나는 얼마나 옹졸하고 따분한 인간이 되었을까! 내가 책을 좋아하게 된 것도 할머니 덕분이었다. 책 읽는 습관이야말로 지금의 나를 만든 가장 중요한 밑거름이었다. 책을 읽으면서 나는 호기심과 동정심을 갖게 되었고 이 세상이 신기하고 흥미로우며 온갖 모순으로 가득 찬 곳이라는 것을 알게 되었다. 할머니가 아니었다면 과연 내가 찰리와 결혼할 수 있었을까? 아마 그렇지 않았을 것이다. 처음 만났을 때부터 할머니가 찰리를 좋아했기 때문은 아니었다. 내가 좋아했던 찰리의 모습들이 바로 할머니의 모습이기 때문이었다. 장난기와 유머, 불경스러움, 그리고 노골적이라기보다는 은근하게 드러나는 지성…….

찰리는 내 곁에 서 있었다. 그의 회색 슈트를 곁눈질로 바라보면서 나는 할머니가 찰리에 대해 했던 모든 말들이 다 옳은 것일까 생각해보았다. 패션에서 교육에 이르기까지, 심지어는 나의 잘못된 임신까지 해결해주었던 할머니. 할머니가 내 문제를 해결해줄 수 없었던 적이 한 번이라도 있었던가? 할머니가 나에 대해 잘못 짚었던 적이 한 번이라도 있었던가? 그렇다면 찰리에 대해서도 할머니가 옳았던 것은 아닐까? 할머니의 관이 운반차에 실렸고 사람들이 할머니의 관을 끌었다. 찬송가 마지막 소절을 부르는 동안 그들은 제단을 내려와 목사 앞을 지났고 그 다음 가족들 앞을 지났다. 엄마는 사람들에게 인사를 하느라 엷은 미소를 띤 채 울고 있었다.

장례식이 끝난 후 집에서 다과회가 열렸다. 거실에서 샐러드를 먹고 있는데 찰리가 내 곁으로 다가왔다.

"여기 조금 더 있고 싶어? 아니면 바로 출발할까?"

"바빠요?"

내가 물었다.

"괜히 독촉하고 싶지 않아서. 여기 남아서 뒷정리하고 싶으면 그렇게 해. 엘라하고 난 아버지 차 얻어 타고 먼저 갈까 해."

장례식에 참석했던 대부분의 사람들이 거실과 식당에 남아 있었다. 묘지에서 치른 예식은 짧고 간결했고 집으로 돌아온 지 아직 15분밖에 되지 않았다. 그때 해럴드가 다가와 찰리와 내 등에 양쪽 손을 하나씩 얹었다. 집으로 돌아온 뒤 다른 조문객들이 해럴드 블랙웰을 알아보며 서로 수군거렸지만 해럴드는 눈치를 채지 못한 것인지 아니면 워낙 익숙해서인지 전혀 신경을 쓰지 않았다.

"앨리스, 우리 가족 모두가 오늘 너와 네 할머니를 기억하고 있다는 말을 전하고 싶구나."

"와주셔서 정말 감사드려요."

내가 말했다.

"이보다 저 중요한 일이 어디 있겠니? 더 오래 머물지 못해 미안하다. 오늘 저녁에 샌디에이고에서 연설이 있거든. 너도 알겠지만 프리실라가 같이 오지 못해서 무척 속상해했단다."

"괜찮아요. 신경 쓰지 마세요."

내가 말했다.

"앨리스, 우리 가족 모두 더 이상 사랑할 수 없을 만큼 너를 사랑한다는 거 알지?"

해럴드 블랙웰과 포옹하면서, 나는 이 세상의 그 무엇도, 해럴드 블랙웰의 따듯한 마음씨만큼 감동적이진 않을 거라고 생각했다. 그에 대해서 내가 잘못 생각했던 것처럼 다른 정치인들에 대해서도 내가 오해하고 있었던 것은 아닐까? 정치를 하려면 정직하고 고상한 척하는 대신 무조건 잔인하고 냉정한 사람인 척해야 하는 것일까? 혹시 미디어의 왜곡으로 인해, 혹은 사회적 압력 때문에, 그들이 지닌 본래의 품위와 친절한 마음씨가 왜곡될 수도 있는 것일까?

나와 포옹한 뒤 해럴드는 찰리의 어깨를 두드리면서 "잘 돌봐줘라"라고 말했다.

"아버지, 배트모빌(영화 〈배트맨〉에 등장하는 배트맨의 전용차)에 두 사람 자리 있어요?"

찰리가 물었다.

"그러지 말고 좀 더 있어요. 아무도 불편해하지 않아요."

내가 말했다.

"실은, 일이 좀 생겼어. 사실 좀 중요한 일이야. 그렇지 않으면 미뤄보겠는데……."

찰리는 내 눈길을 피하며 말했다.

"네 형들도 오늘 앨리스 곁에 있는 걸 이해해줄 거다."

해럴드가 말했다.

"무슨 일인데요?"

내가 묻자 찰리가 망설였다.

"아직은 구체적으로 말할 단계가 아니야. 때가 되면 말해줄게. 몇 시쯤 집에 올 거 같아? 5시? 5시 반?"

"지금 말해주면 안 돼요?"

그가 미안하다는 듯 입술을 일그러뜨렸다.

"한 이틀만 기다려줘. 그래 줄 수 있지? 갑자기 닥친 일이기도 하고 일이 성사되기도 전에 터뜨리고 싶지 않아서 그래."

찰리는 몸을 숙여 내게 키스한 뒤 엘라를 데리러갔다. 찰리가 자리를 비우자 해럴드와 나는 둘 다 똑같이 곤혹스러운 표정을 짓고 서 있었다. 우리는 찰리의 아버지였고 아내였다.

"아버님, 집으로 가시는 길에 뭔지 알아내셔서 저한테도 좀 알려주세요!"

내가 애써 가벼운 목소리로 말했지만 그런 일이 일어날 리 없다는 것을 잘 알고 있었다.

"저 녀석이 도대체 무슨 꿍꿍이인지 모르겠다."

그가 고개를 저으며 말했다.

"어떻게 대처해야 할지 같이 연구해보자꾸나."

그가 덧붙였다.

마지막까지 남아 있던 사람들 중에는 데나의 엄마도 있었다. 접시와 유리잔을 부엌으로 나르고 있는데 그녀가 다가와 인사를 건넸다.

"앨리스, 잠시도 쉬지 않고 일하는 모습이 꼭 네 엄마 같구나!"

"와주셔서 감사드려요."

내가 말했다.

오후 내내 수도 없이 그 말을 되풀이했기 때문에 어느덧 일종의 자동반사처럼 나오고 있었다. 그 말끝에 나는 내 삶에 대한 간단한 요약과 함께 할머니에 대한 기억을 곁들였다. 네, 찰리와 전 아직 밀워키에 살고 있어요. 엘라는 올해 아홉 살이 됐고요. 이제 3학년을 마쳤어요. 저기 있네요. 머리가 긴 아이요. 방금 떠났어요. 보셨으면 좋았을 텐데. 찰리와 전 정말 운이 좋아요. 할머니는 정말 대단한 분이셨어요…….

장례식 이후의 절차 역시 할머니와 관련이 있다기보다는 너무 형식적인 절차 같았고 내가 하는 말들이 왠지 할머니를 배신하는 일 같아서 가슴이 아팠다. 하지만 달리 어쩔 수 있겠는가? 어떻게 다른 사람들과 할머니에 관한 솔직한 이야기들을 나눌 수 있겠는가?

할머니는 라일리를 무척 따분해하셨어요. 할머니는 브리지 게임의 명수였죠. 집안일에는 손 하나 까딱 안 하셨어요. 젊어서 기운이 있었을 때부터 그랬죠. 항상 담배를 물고 사셨어요. 손녀딸이 있어도 개의치 않으셨어요. 《안나 카레니나》를 무척 좋아하셨어요. 그 소설의 주인공들을 좋아하셨거든요. 《전쟁과 평화》가 은근히 정치적인 소설이라고 생각하셨어요. 90대에 접어들어서도 패션 감각을 잃지 않으셨고 '로라 애쉴리' 드레스는 농장 여자들이나 입는 옷 같다고 하셨어요. 오랫동안 사귀던 여자가 있었는데 가족 중 누구에게도 그 이야기를 한 적이 없었고 결국 헤어졌을 때에도 누구에게도 그 일에 대해 이야기하지 않았어요…….

진짜 할머니의 모습을 이곳에 있는 사람들이 알 리가 없었다. 사실 우리의 본래 모습을 아는 사람들은 가족이나 소수의 친구들뿐이다. 떠난 사람을 그리워해도 그들이 돌아오지는 않는 것처럼 상투적인 말을 한다고 해서 그들을 모욕하거나 그들이 남긴 흔적을 퇴색시키는 것은 아닐 것이다.

데나의 엄마가 내 손을 꼭 잡았다. 따듯한 5월의 오후인데도 그녀의 손은 너무 차가웠다.

"너하고 데나가 이렇게 된 걸 생각하면 너무 속상하구나. 데나는 다시 라일리로 돌아왔단다."

"가게는 그만뒀나요?"

"옷가게 일이 워낙 힘들잖니? 젊은 애들이 너무 까다롭게 굴어서 말이야. 매디슨은 온통 대학생들 천지이고."

그녀가 푸념하듯 말했다.

데나의 가게에 항상 손님이 많다고 생각했던 나는 무척 놀랐다. 그러나 마지막으로 데나의 가게에 들른 것이 벌써 10년 전의 일이었다. 리스 초등학교 시절 교사 친구인 리타 앨윈을 만날 때나 전시회에 가기 위해 몇 번인가 매디슨에 간 적은 있었지만 데나의 가게 근처에는 가지 않았다. 그곳을 생각하면 왠지 서글퍼졌다.

"데나는 새로 들어선 상가에서 스테이크 식당을 오픈했단다. 하지만 진짜 뉴스는 데나한테 남자친구가 생겼다는 거야. 어쩌면 너도 알겠구

나. 피트 이모프라고…….”

내 표정이 순식간에 얼어붙었는지 그녀가 얼른 손을 입으로 가져갔다.

“이런, 앨리스! 그때 그 아이 형이 바로…… 내가 미처 그 생각을 못 하고 그만…… 미안하다.”

“괜찮아요. 오래전 일인데요 뭐.”

내가 말했다.

그 순간 나는 할머니에게 들었던 미안한 마음이 앤드류에게도 들었다. 마치 내가 '나의 사교적 즐거움을 위해 나의 슬픔을 최소화할 거야. 이러한 사소한 대화가 우리의 지난날보다, 그리고 너에 대한 기억보다 더 중요해'라고 말한 것 같아서였다. 그러나 나는 데나의 엄마가 전한 소식에 몹시 충격을 받았다. 데나가 피트와 데이트를 한다고? 하지만 피트는 형편없는 남자였다. 데나는 재미있고 예쁘고 부지런했지만 피트는 불성실한 부랑자였고 얼간이였다. 나는 심지어, 혹시 데나가 그 인간을 먹여 살리는 것은 아닐까 하는 생각마저 들었다. 어떻게 만났을까? 엄마한테 사기를 친 이후 혹시 조금이라도 달라졌을까? 데나를 위해서라도 그래야 할 텐데. 만약 데나가 피트와 사귄다면 내가 낙태를 했다는 이야기를 데나가 그에게 했을 테고, 피트는 오랜 세월이 지난 뒤 내가 임신했었다는 사실을 알게 되었을 것이다. 그 얘기를 듣고 나에게 화가 났을까? 아니면 불쾌해했을까? 아니면 실망했을까? 아니면 나 혼자 처리한 것을 다행이라고 생각했을까?

“두 사람이 사귄 지 얼마나 됐나요?”

내가 물었다.

“아마 1년쯤 됐다지? 언제 결혼할 거냐고 제발 묻지 말라더라. 결혼하게 되면 말해주겠다고.”

만약 피트가 날 찾기로 결심했다면, 그리고 나에게 와서 따져야겠다고 생각했다면 몇 달 전에 그렇게 하지 않았을까? 만약 데나가 그에게 말하지 않았다면 혹시 그 일을 기억하지 못해서일 수도 있을까? 그럴 것 같진 않았지만 전혀 불가능한 일도 아니었다. 나는 그 일을 데나와 찰리 단 두 사람에게만 털어놓았다. 제이디에게 말하는 것은 너무 위험할 것 같았다.

"데나가 가까이 있어서 좋으시겠어요."

내가 말했다.

"콜에이 가에 살고 있단다. 너희 둘 사이에 무슨 일이 있었는지는 모르겠지만 데나도 네 소식을 궁금해할 거야. 데나 전화번호는 전화번호부에 있어. 5시가 되어야 일을 시작하니까 아마 지금은 집에 있겠구나."

"어떡하죠? 전 바로 밀워키로 돌아가야 하는데."

마치 평상시의 나의 삶으로, 내 집과 침대, 부엌, 나의 일상으로 돌아가고 싶지 않다는 듯 내가 얼굴을 찌푸리며 말했다.

"엘라하고 찰리는 벌써 떠났어요. 어쨌든 데나가 잘 지내고 있다니 참 다행이네요."

우리 우정이 끝난 이유를 데나가 엄마에게 말하지 않았다는 사실이 놀라웠다. 만약 그 얘기를 했다면 데나의 엄마가 지금처럼 나를 다정하게 대했을까? 나는 데나가 생각하는 것처럼 내가 잘못했다고 생각한 적은 한 번도 없었지만 그렇다고 해서 전혀 잘못이 없다고 생각하지도 않았다. 데나와의 우정을 희생시키고 대신 찰리를 선택했다는 사실은 나로서는 떠올리고 싶지 않은 기억이었다. 이제 데나가 피트 이모프와 사귀고 있음을 알게 된 지금, 내가 유산했다는 사실을 제쳐두고라도, 두 사람이 나를 두고 과연 어떤 얘기들을 주고받을지 궁금해지지 않을 수 없었다.

"다음번에 올 때 연락할게요."

내가 애써 아쉬운 표정을 지어 보이며 데나의 엄마에게 말했다.

모두가 떠난 뒤, 라스 씨와 엄마와 나는 거실에서 휴식을 취했다. 엄마는 소파에 누워 라스 씨 무릎 위에 검은 스타킹을 신은 발을 올려놓았고 라스 씨는 무심한 표정으로 엄마의 발을 마사지했다. 나는 두 사람의 친근함이 불편하기도 했고 좋아 보이기도 했다. 라스 씨가 있다는 사실이 오늘처럼 편안하게 느껴진 적은 없었다. 내가 밀워키로 돌아간 뒤에도 그는 이곳에 있을 테니까.

"이런 말 하기 좀 그렇지만 헬렌 마틴이 가져온 나초 먹어봤니? 나는 그렇게 맛없는 나초는 처음 먹어봤다."

엄마는 이상할 정도로 기분이 좋아 보였다. 조문객들이 모두 떠난 뒤 긴장이 풀린 모양이었다.

"난 맛있던데? 톡 쏘는 맛이 지나치지 않고 딱 적당하더라고."

라스 씨가 말했다.

"말도 안 되는 소리예요."

엄마가 흔들의자에 앉아 있는 나를 바라보았다. 라스 씨가 우리 집으로 가지고 온 몇 가지 안 되는 물건들 중 하나였다.

"너도 먹어봤니?"

엄마가 물었다.

나는 고개를 저었다.

"노프키 부인이 가져온 초콜릿칩 쿠키는 실컷 먹었어요."

그때 전화벨이 울렸다.

"호두를 넣은 것 같던데……. 여보세요?"

내가 부엌으로 가서 전화를 받으며 말했다.

"아직 거기 있어?"

찰리였다. 나는 시계를 보았다.

"5시 반도 안 됐어요."

"지금 곧 출발할 거야? 아니면 좀 더 있을 거야?"

"찰리, 저녁식사 시간까지 간다고 했잖아요."

"혹시 섀넌 전화번호 있어? 엘라 좀 맡아달라고 하게."

"이렇게 갑자기 부탁하면 곤란할 것 같은데."

엄마가 궁금하다는 듯한 표정으로 부엌으로 들어섰다. 나는 한 손으로 수화기를 막고 "별일 아니에요. 찰리예요"라고 말했다.

"별일 아니라고?"

수화기 너머로 찰리가 물었다.

"무슨 뜻인지 알잖아요."

잠시 침묵이 이어졌다.

"수상한 용무가 뭐였는지 말해봐요."

내 말에 찰리가 한숨을 쉬었다.

"일요일에 제크하고 얘기했던 거 알지? 제크가 한잔하자는데, 어쩌면 엄청난 기회가 될 거 같아. 지금은 그 이상은 말할 수 없어. 하지만 내 말 믿어. 이건 아주 큰 사건이야."

"그 사람 회사에서 일할 거예요?"

"그런 건 아니고. 섀넌 전화번호 있어? 나중에 다 설명할게."

"냉장고에 붙어 있어요. 아니, 찰리. 전화 걸지 말아요. 내가 지금 바로 출발할게요. 제크하고 몇 시에 만나기로 했어요?"

나는 시계를 보았다. 5시 20분이었고 밀워키까지는 50분 정도 걸렸다.

"6시 반."

"알았어요."

"컨트리클럽이 아니라 시내에 있는 그 사람 사무실에서."

"절대 엘라 혼자 두고 나가지 말아요. 혹시 내가 도착하기 전에 출발하게 되면 엘라를 제이디한테 맡겨요."

"그럴게. 거기 상황은 어때?"

"다 좋아요."

"당신 화났어?"

"바로 출발할게요."

"빨리 와. 알았지? 이럴 때 나쁜 놈처럼 굴고 싶진 않지만 이건 나한테 정말 중요한 일이야."

"최대한 빨리 갈게요."

내 목소리에 냉정함과 심지어는 조롱이 담겨 있는 것을 나 자신도 느낄 수 있었지만 이번만은 찰리도 토를 달지 않았다.

나는 부엌에 두었던 핸드백을 들고 거실로 갔다.

"전 그만 가봐야 할 거 같아요."

"무슨 일 있는 건 아니지?"

라스 씨가 물었다.

"찰리가 남은 음식들을 몰래 싸서 밀워키로 올 수 있느냐고 묻는데요? 두 분은 절대 알아차리지 못할 거라면서."

라스 씨는 껄껄 웃었지만 엄마는 기분이 가라앉은 것 같았다. 내가 부엌에 있는 동안 분위기가 바뀐 것 같았다.

"엄마, 괜찮으세요?"

"자꾸만 어머님이 위층에서 책을 읽고 있는 것 같아."

엄마는 고개를 한쪽으로 비스듬히 하며 말했다. 엄마의 기분을 나는 충분히 이해할 수 있었다. 장례식을 치르면서 잠시 잊을 수는 있었지만 이제 엄마에게는 할머니 없는 혼자만의 긴 시간이 남아 있었다. 라스 씨가 그 공백을 채워줄 수 있을까? 엄마의 동반자가 되어줄 수 있을까?

"어쩌면 정말 위층에 계실지도 몰라요."

실제로 느끼는 것보다 조금 더 큰 자신감과 조금 더 큰 희망을 담아, 내가 말했다.

마로니 가의 우리 집은 1922년 지어진 조지안 양식의 식민지시대 건물이었다. 평상시 집으로 들어올 때 우리 집은 그저 평범한 집일 뿐이었지만 가끔 멀리 나갔다가 밤늦게 들어올 때면, 특히 라일리에서 돌아올 때면 우리 집이 세 사람이 살기에 너무 크다는 생각이 들었다. 1200평의 잔디 위에 자리 잡은 집 주위로 참나무와 느릅나무, 포플러 나무가 불규칙한 간격으로 들어서서 도로와 마당을 구분해주었다. 자동차 진입로에는 아스팔트가 깔려 있었고 세 대의 차를 넣을 수 있는 차고 역시 노란색 페인트를 칠한 독립 건물이었다.

찰리와 엘라는 앞마당에서 프리스비 게임을 하고 있었다. 엘라는 맨발이었지만 장례식 때 입었던 드레스를 그대로 입고 있었다. 차가 진입로로 들어서자 찰리가 왼손을 들었다. 인사를 하는 것 같기도 했고 차를 세우라는 것 같기도 했다. 엘라가 자신이 직접 안무를 한 괴상한 춤을 추기 시작했다. 엘라는 양손을 머리에 올리고 집게손가락을 촉수처럼 세운 뒤 몸을 양 옆으로 흔들며 깡충깡충 뛰었다. 나무 사이로 스며든 초저녁 햇살이 알록달록한 황금빛을 띠었다. 찰리에게 화가 나 있었음에도 불구하고 나는 우리가 축복받은 사람들이라는 생각을 하지 않을 수가 없었다. 우리만 이렇게 큰 축복을 누려도 되는 것일까?

나는 발을 브레이크 위에 올려놓고 창문을 내렸다. 그때 엘라가 소리쳤다.

"엄마! 아빠가 엄청 빠르게 던졌는데 내가 잡았어!"

"엘라, 드레스를 벗어놓고 놀아야지! 어서 들어가서 옷 갈아입자."

"와줘서 고마워, 린디! 당신은 생명의 은인이야."

찰리가 말했다.

"당신은 정말 멋진 여자야, 린디!"

엘라가 찰리의 말투를 흉내 내며 말하자 찰리가 웃으며 엘라의 이마를 툭 쳤다.

"당신 차로 가도 돼?"

그가 물었다.
내가 차에서 내리자 그는 얼른 내 입술에 키스한 뒤 차에 올라탔다.
"있다 보자, 엘라!"
그가 엘라에게 소리쳤다.
"10시쯤 들어올 거야."
찰리는 이미 후진을 하고 있었다.
엘라와 나는 안으로 들어가서 반바지로 갈아입은 다음 다시 밖으로 나왔다. 엘라가 프리스비 게임을 더 하고 싶어 했다.
"엄만 아빠만큼 잘 못해!"
몇 번을 던지고 나서 엘라가 아무렇지도 않게 말했다.
"엄만 많이 안 해봐서 그래."
내가 대답했다.
엘라가 피곤해지자 우리는 안으로 들어갔다. 나는 목욕 준비를 해주었다. 엘라가 머리를 감겨달라며 나를 불렀다. 전에는 내 딸의 머리를 짧게 잘라줘야겠다고 생각했었지만 엘라의 머리를 감겨주는 것은 이제 내가 가장 좋아하는 의식이 되었다. 나는 존슨즈베이비 샴푸로 머리를 감겨주었다. 샴푸 병에는 분홍색 물방울 그림 위에 '더 이상 눈물은 없어요'라고 쓰여 있었다. 엘라가 이 샴푸에 적힌 '베이비'라는 단어를 싫어할 거라고 생각했지만 아직까지는 별다른 말을 하지 않았다. 엘라는 책상다리를 하고 욕조 안에 앉아 머리를 뒤로 젖혔다. 나는 평화로운 침묵 속에서 엘라의 머리에 샴푸거품을 냈다. 엘라는 이따금 손가락으로 물을 첨벙거렸다. 샤워기로 샴푸를 씻어낸 뒤 나는 수건으로 엘라를 감싸 품에 꼭 끌어안았다.
"엄마!"
"응?"
"나 발가락으로 연필 들 수 있어."

나는 엘라를 여전히 꼭 안고 있었다.

"언제부터?"

"크리스틴한테 배웠어. 볼래?"

"잠옷 입고 나서 보여줘."

그날 밤 내가 엘라에게 읽어준 책은, 물론 그날이 처음은 아니었지만 《아낌없이 주는 나무》였다. 소년이 나무에서 사과를 따는 대목에서 엘라는 잠이 들었다. 엘라와 나 둘 다 침대 머리에 기대어 앉아 있었다. 나는 조금 더 읽고 나서 엘라를 바라보았다. 엘라는 잠에 푹 빠져 있었다. 책을 덮고 불을 꺼야 했겠지만 나는 그 책을 끝까지 읽었다.

시계가 1시를 넘겼을 때 찰리가 침대로 올라와 내 옆에 누웠다.

"타이어 펑크라도 났어요?"

내가 잠결에 중얼거렸다.

"쉿! 어서 자."

그가 속삭였다.

그러나 어둠 속에서 다시 잠에 빠져드는 대신 나는 오히려 말똥말똥해졌다. 머리가 맑아지면서 하나의 질문이 떠올랐다. 찰리는 어디 있었던 것일까? 오늘은 내 인생에서 가장 고단한 날이었다.

"도대체 무슨 일인지 말해봐요."

전혀 졸음이 섞이지 않은 또렷한 목소리로 내가 말했다.

그는 내 곁으로 바싹 다가와 나를 끌어안았다. 내 얼굴에 그의 따듯한 숨결이 느껴졌다. 그가 몹시 흥분한 상태라는 것을 느낄 수 있었다.

"일이 아주 잘됐어."

그의 행복감이 어두운 방 안을 채우고 있었다.

"밀워키 브루어스 구단을 살 거야."

컨트리클럽 수영장은 토요일에 개장했다. 현충일이 있는 주의 주말이었다. 엘라는 9시 정각에 도착해야 한다고 고집을 부렸다. 먼저 우리는 제이디와 위니를 데리러갔다. 두 사람이 집에서 걸어 나오고 있었다. 위니는 빨간 비키니 수영복을 입고 있었다.

"열여섯 살 되기 전엔 비키니 안 된다고 했잖아!"

이제 열두 살인 위니의 납작한 가슴을 덮은 비키니를 보고 뒷자리에 앉아 있던 엘라가 소리쳤다.

"집집마다 규칙이 다르니까."

"하지만 위니도 우리 가족이잖아!"

"그 얘긴 나중에 하자."

제이디와 위니가 차 가까이로 걸어오는 것을 보고 내가 말했다. 항상 체중을 줄여야 한다고 투덜대던 제이디도 투명한 가운 안에 비키니를 입고 있었다.

'잘했어!'

내가 속으로 생각했다. 제이디는 선글라스로 금발 머리카락을 뒤로 넘겼고 남색 끈에 남색 무늬가 있는 커다란 가방을 어깨에 메고 있었다. 자동차 문을 여는 순간 나는 제이디와 위니가 똑같이 발톱에 빨간 매니큐어를 칠한 것을 보았다.

위니와 엘라는 곧바로 뒷좌석에서 수다를 떨기 시작했다.

"장례식은 잘 치렀어? 물론 장례식을 잘 치른다는 게 말이 좀 안 되긴 하지만."

내 옆자리에 앉으며 제이디가 말했다.

"그런대로 잘 치렀어."

"할머니가 참 멋진 분이셨던 것 같더라. 살아 계셨을 때 좀 친해졌으면 좋았을 텐데."

제이디가 가방에서 다이어트 콜라를 꺼내 뚜껑을 땄다.

차가 마로니 가로 접어들자 제이디는 뒤를 돌아보았다.

"엘라, 올해 수영 팀에 들어갈 거라면서? 수영코치가 아주 마음에 들 걸? 올여름은 너희 생애 최고의 여름이 될 거야."

7월과 8월의 반을 햄시언에서 보내기 때문에 수영 강습 중 반을 날려야 했지만 컨트리클럽의 다른 가족들도 휴가를 떠나기 때문에 크게 손해 본다고 말할 수는 없었다. 수영장 개장 시간에 맞춰 나온 사람은 우리 가족만이 아니었다. 주차장에는 아이들과 엄마들, 소수의 아빠들과 10대들로 북적였다.

마로니 컨트리클럽은 하나의 왕국이었다. 아주 작고 조금은 이상한 왕국. 대지 면적이 7만 3천 평에 달하는 규모의 컨트리클럽의 대부분은 18홀의 골프장이 점유하고 있었고, 클럽하우스는 엄청나게 긴 직사각형 모양의 흰색 건물이었다. 클럽하우스를 바라보고 있자면 웨딩케이크가 떠올랐다. 건물 앞쪽에 커다란 흰색 흔들의자들이 놓여 있었고 돔 위에는 성조기가 흩날렸다. 내가 차를 세울 수 있는데도 항상 클럽의 종업원이 달려나와 차를 대신 주차해주는 것이 가끔 우습다는 생각이 들었다. 클럽하우스 1층에 위치한 식당에서는 결혼 피로연이나 성인식 파티가 열렸고 가을이나 겨울에는 의자와 테이블을 치우고 6학년, 7학년 아이들을 대상으로 한 댄스 강습이 열렸다.

물론 오늘 아침의 가장 큰 관심사는 수영장이었다. 현충일과 노동절 사이의 주말에 개장하는, 거대하고 웅장하며 반짝이는 푸른 수영장은 아이들은 물론 어른들의 마음까지 완전히 사로잡아버렸다. 수영장은 클럽하우스 뒤쪽에 자리 잡고 있었다. 황혼 무렵, 식당 창밖에서 내다본 수영장은 마치 동화 속에 나오는 호수처럼 아름다웠다.

컨트리클럽의 장점이자 단점은 이곳에 있는 사람들이 거의 다 아는 사람들이라는 것이다. 그날 기분에 따라 그런 특성은 장점이 되기도 하고 단점이 되기도 했다. 식사를 하러 식당에 가면 마치 우연히 내가 아는 사람들이 모두 모여 있는 레스토랑에 들어선 것 같은 기분이었다. 물론 라일리에서조차 느끼지 못했던 강한 소속감 같은 것을 느낄 때도 있긴 하지만 때로는 아주 다급한 상황인데도 식당에서 만난 7명에게 일일이 인사를 건네야 했다. 이를테면, 조안니 색스에게 "프랑스 잘 다녀오셨어요?"라고 묻거나 샌드라 말버그에게 "어제 샌드라 시누이가 만든 송어 요리는 기가 막혔어요!"라고 말해야 했다. 가끔은 이 거대한 왕국의 배타적인 분위기가 혐오스러울 때도 있었다. 나는 나 자신을 포함한 클럽의 모든 사람들이 부끄러웠고 우리의 부유함이 부끄러웠고 아무 생각 없이 누리는 특권이 부끄러웠다.

어느 해 여름, 나는 신문을 들고 수영장에 갔다. 테라스에 제이디와 나란히 앉아 신문을 넘기다가 간염에 걸렸는데 약을 살 돈이 없다는 남자에 관한 기사를 읽게 되었다. 고개를 들어보니 어린 여자아이가 배에 오일을 바르고 있었고 근처에 있던 어떤 여자는 다시는 영국엔 안 가겠다고 투덜대고 있었다. 문득 나는 죄책감에 사로잡혔다. 이런 경우에는 돈을 부칠 수가 없었다. 그 기사에는 어떤 단체도 명시되어 있지 않았다. 게다가 그는 앞으로 몇 년간 약이 필요할 것이다. 2백 달러를 보내줘 봐야 새 발의 피일 것이다. 자선단체를 통하지 않고 그를 직접 찾아내서 돈을 건네줄 용기는 나에게 없었다. 내 주소가 적힌 수표를 보내고 싶지도 않았고 그가 그 주소를 보고 나를 찾아내는 것도 원치 않았다. 문득 나는 나 자신이 절벽 꼭대기에 세워진 거대한 성에 사는 것 같았고 우리의 삶이 아름답지만 한편으로는 무척 공허하고 불확실하다는 생각도 들었다.

신문을 읽다가 나는 다른 사람들의 문제에, 그들의 비애에 가슴 아파하는 것이, 그리고 그러한 슬픔을 참으려고 애쓰지 않으면 금방이라도 눈물이 쏟아질 것 같은 이 나약함이, 내가 성숙하지 못하다는 뜻일까 하는 생각도 들었다. 수많은 사람들이 힘겨운 삶을 살고 있었고 수많은 난

관들이 그들 앞에 놓여 있다. 그러나 내 주위 사람들은 그러한 삶의 부조리에 대해 그다지 신경을 쓰지도, 놀라지도 않는다. 그런데 왜 나만 항상 놀라고 또 분노하는 것일까?

"혹시 죄책감 같은 거 느껴본 적 없어?"

나는 제이디를 돌아보며 물었다.

"죄책감이라니?"

"월넛힐에 산다는 간염 환자에 대한 기사를 읽었어. 그런데 내 인생에서 가장 큰 고민은 어떻게 하면 내 딸아이한테 채소를 먹일 수 있느냐 하는 것뿐이잖아. 혹시 이렇게 살면 안 된다는 생각해본 적 없어?"

"아, 그거!"

제이디가 잘 안다는 듯이 고개를 끄덕였다.

"전에 평화봉사단에 들어가 볼까 생각했던 적이 있어. 그런데, 잠비아 같은 데 파견된 내 모습 상상할 수 있겠어? 헤어드라이어 없이 10분도 못 버티는 내가?"

제이디는 다정하게 말하고 있었지만 내 요점을 비켜가고 있었다. 제이디는 시어머니의 모욕을 비켜가듯 내 말의 핵심을 비켜갔다. 어쩌면 나야말로 나 자신을 아주 사려 깊고 정의감 넘치는 사람으로 왜곡하고 있는지도 모른다는 생각이 들었다. 수영장에서 선탠을 하면서 다른 사람의 가난을 슬퍼하는 것은 옳지 못했다. 수영장이 아닌 다른 곳에서 그 가난을 해결하기 위해 무언가를 하거나, 아니면 그저 일광욕을 즐기거나 둘 중 하나여야 했다.

현충일 주말 토요일, 제이디와 엘라, 위니와 나는 수영장에 사인을 하고 들어가자마자 수영장의 구석진 의자에 자리를 잡았다. 위니와 엘라는 제이디와 나에게 선크림을 등에 발라달라고 했다. 선크림을 바르자마자 엘라는 위니를 따라 수영장 안으로 들어갔다. 제이디는 의자 등받이를 뒤로 젖히고 눈앞의 광경을 바라보았다.

“날씨 기가 막힌다. 그치?”

정말 기가 막힌 날씨였다. 화창하고 평화로웠고 기온도 적당했다. 제이디는 가방에서 두 권의 잡지를 꺼냈다. 하나는 〈피플〉이었고 하나는 〈아키텍처럴 다이제스트〉였다.

“어느 거 볼래?”

제이디가 물었고 나는 〈아키텍처럴 다이제스트〉를 가리켰다.

“그래주길 바랐어. 왜냐하면 난 다이애나 비가 이번 주에 무슨 옷을 입었는지 꼭 알아야만 하거든.”

제이디가 말했다.

우리는 나란히 앉아서 잡지를 뒤적이면서 가끔 서로에게 잡지 기사를 읽어주거나 사진을 보여주었다. 나는 앤티크 책상이나 예쁜 베개 같은 것을 보여주었고 제이디는 괴상한 옷차림을 한 셰어의 모습이나 브루스 윌리스와 데미무어가 손을 잡고 있는 사진을 보여주었다. 나는 찰리가 야구단을 사려고 한다고 말하고 싶었지만 할 수 없었다. 찰리가 아무한테도 말하지 말라고 부탁했고 나 역시 그래야 한다고 생각했다. 내가 제이디에게 말하면 제이디는 아더에게 말할 것이고 아더는 다시 존과 그의 부모님에게 말할 것이었다. 그럼 결국 위스콘신 사람들 전체와 워싱턴 사람들 절반이 알게 될 터였다.

“농담이죠?”

전날 밤 찰리가 그 말을 했을 때 내가 물었다.

“농담 아니야. 아침에 다시 얘기하자고.”

찰리가 말했다.

“우리한테 그런 돈이 어디 있어요?”

사실 야구단을 사려면 어느 정도의 돈이 있어야 하는지 알지 못했지만 수백만 달러에 달할 것이 분명했다.

"나 혼자 사는 게 아니야. 일종의 투자 그룹인데, 나는 공동 구단주로 들어갈 거야. 밀워키 브루어스의 구단주, 멋지지 않아? 나는 60만 달러에서 70만 달러 정도만 투자할 거고 나머지는 제크 랭겐바처하고 클리프 히켄이 채울 거야. 이건 일생일대의 기회야, 린디. 이제야 내가 할 일을 찾은 거라고. 형들이 아마 약 올라 죽을걸?"

60만 달러에서 70만 달러 정도라고? 그러나 나는 그의 말에 대꾸하지 않았다. 놀라운 소식이긴 했지만 그의 비밀이 골치 아픈 일이 아니라는 것을 깨닫는 순간 나는 다시 잠에 빠져들었다.

"야구 경기를 관람하는 게 내 직업이라고 생각해봐."

그가 흥분한 목소리로 말했다.

나는 쏟아지는 잠에 굴복하고 있었다. 그의 말을 듣긴 했지만 대답을 하기가 쉽지 않았다.

"버니 브루어가 어떻게 됐는지 알죠?"

버니 브루어는 콧수염을 기르고 무릎까지 오는 가죽 바지를 입은, 브루어스 팀의 마스코트이자 몇 년 전 은퇴한 구단주였다. 은퇴하기 전 그는 팀에서 홈런이 나올 때마다 커다란 맥주 통에 풍덩 빠졌고 엘라는 그 장면을 보고 무척 즐거워했다.

찰리가 키득거리는 소리가 들렸고 나는 곧바로 잠이 들었다.

다음 날 아침 눈을 떠보니 6시가 조금 지나 있었다. 찰리는 눈을 감고 모로 누워 있었다. 숨결이 규칙적이고 평화로웠다.

"깼어요?"

내가 자주 쓰는 수법이었다.

그가 대답을 하지 않자 내가 다시 물었다. 그는 눈을 감은 채로 고개를 저었다.

"제크하고 브루어스 구단 산다고 한 거 내가 꿈꾼 거 맞죠?"

그로부터 몇 시간 뒤 아침식사 시간이 되어서야 우리는 진지한 대화를 나눌 수 있었다. 엘라도 부엌에 있었지만 친구 크리스틴하고 통화를 하는 중이었다. 찰리의 설명에 따르면, 화요일쯤에는 8천 4백만 달러를 구단 매입가로 제시할 거라고 했다. 현재 브루어스 구단을 소유하고 있는 사람은 리스만인데 그는 이미 그 사실을 알고 있고 긍정적으로 검토하고 있다고 했다.

찰리는 토스트를 먹고 있었고 나는 뒤쪽 싱크대 앞에 서 있었다.

"축하해요."

"어째 시큰둥하게 들리는데?"

"아니에요. 정말 잘됐어요. 그런데 잘 이해가 안 가는 건, 8천4백만 달러라면 도대체 몇 명이 같이 투자를 한다는 거예요? 그렇다고 당신이 더 많이 투자해야 한다는 뜻은 아니지만 당신 투자액이 70만 달러나 80만 달러 수준이라면 투자가가 적어도 수십 명이 된단 뜻이에요?"

사실 찰리가 투자한다는 액수도 결코 적게 느껴지진 않았지만 내 돈도 아니었고 그 돈을 다 잃는다고 해도 우리 생활에 큰 지장은 없었다. 우리는 대부금도 없고 자동차 할부금도 없었다.

"그 사람들은 돈 때문에 날 끌어들인 게 아냐."

찰리가 말했다.

"그 친구들에 비하면 우린 부자 축에도 못 들어 제크 랭겐바처가 이 일에 날 끌어들이고 싶어 하는 이유는 블랙웰이라는 이름으로 대중의 신뢰를 얻기 위해서야. 솔직히 나도 그런 식으로 이용당하는 게 전혀 불쾌하지 않고. 나도 눈 똑바로 뜨고 사인하는 거니까. 그 사람들도 내가 경영을 공부했다는 걸 알고 있고 내가 뭘 할 수 있는지도 알고 있어."

"구단주가 되면 어떤 일을 하게 되는데요?"

"우리 팀 응원하기!"

찰리가 싱긋 웃은 뒤 말을 이었다.

"화이트 삭스 팀이 원정 왔을 때 야유하기! 애국가도 이젠 좀 외워야 되겠지? 투자 그룹에는 클리프까지 모두 여섯 명이 있는데, 이름을 대면 당신도 알 만한 사람들이야. 다들 나름대로 성공한 사람들이지만 카리스마가 있는 인물은 없어. 무슨 뜻인지 알겠지? 말하자면 지역의 다른 유지들하고 교류할 수 있는 얼굴 마담이 필요한 거야. 아직 일급비밀이지만 우리의 경영 목표 중에는 새 스타디움을 짓는 것도 있어. 그 일이 성사되려면 할 일이 많겠지만."

"리스만 측에서 구단을 팔 생각은 있는 거예요?"

"로이드 리스만은 이 지역 토박이들이 구단을 인수하는 것만으로도 좋아서 어쩔 줄을 몰라. 브루어스의 본거지가 바뀌는 건 엄청난 타격이거든. 당신 혹시 돈 때문에 걱정하는 건 아니지? 내 말 믿어. 8천 4백만 달러는 완전 헐값이야. 이건 거저 돈 버는 거라고."

"난 당신이 그런 생각을 하고 있는 줄 전혀 몰랐어요. 당신이 야구를 좋아하는 건 알고 있었지만 그걸 직업으로까지 생각할 줄은…… 그래서 조금 놀란 것뿐이에요."

"지난 일요일에 야구장에서 제크하고 내가 얼마나 중요한 대화를 나눴는지 이제 알겠지? 1년에 81번 야구 경기 구경할 준비나 해. 어쩌면 그보다 더 많을지도 몰라. 왜냐하면 가끔 원정경기도 따라가야 하니까."

"얼마든지요."

내가 웃으며 대답했다.

찰리가 프로 야구단의 실무책임자가 되는 것, 찰리가 그렇게 열광하지만 그렇다고 해서 특별히 유명하거나 대단할 것도 없는 밀워키 브루어스의 구단주가 되는 것이 나에겐 그가 말하던 '유산'의 보증수표처럼 느껴지지는 않았다. 그러나 자기만의 '유산'을 남기는 것이 찰리에게 왜 그렇게 중요한지 이해하지 못했던 나로서는 찰리만 좋다면 그것만으로도 족했다.

찰리는 식탁에 앉아 있었다. 내가 그의 곁으로 다가가자 그가 한 팔로 내 허리를 감고 끌어안았다.

"당신 같으면 어떻게 하겠어? 고등학교 야구팀 코치를 하겠어? 아니면 프로 야구단 구단주가 되겠어?"

"혹시 프린스턴 동창회 때문에 이러는 건 아니죠?"

찰리는 내 배에 자기 얼굴을 파묻고 웃었다.

"날 그렇게 한심하게 보는 거야?"

정오가 되자 우리는 수영장 부근의 스낵바에서 점심을 먹기로 했다. 제이디와 나는 참치 샌드위치와 다이어트 콜라를, 엘라와 위니는 그릴드 치즈와 레몬에이드를 주문했다. 스낵바는 카운터 뒤에 조그만 주방이 딸린 예쁜 건물이었다. 갑자기 비바람이 몰아치면 대부분의 사람들은 차를 타고 집으로 돌아가지만 낙천적인 사람들은 스낵바 앞에서 비가 지나가기를 기다렸다.

음식이 담긴 쟁반을 들고 의자로 돌아가 보니 엘라와 위니가 물이 뚝뚝 떨어지는 몸으로 서로 몸을 부둥켜안은 채로 앉아 있었다.

"앨리스 숙모! 빨리 오세요! 배고파 죽겠어요!"

나를 보고 위니가 소리쳤다.

"엄마, 이거 먹고 나서 아이스크림 먹어도 돼?"

내가 쟁반을 내려놓자 위니가 제이디에게 물었다.

"엄마 것도 하나 사다주면 허락해줄게."

제이디가 말했다.

우리는 아이들을 바로 물속에 들여보내지 않고 조금 기다리게 했다. 아이들은 풀장 근처의 풀밭을 걸어 다녔다.

"내가 저 나이 때는 한 번도 쉬지 않았어."

아이들이 멀어지자 제이디가 속삭였다.

제이디는 찰리와 아더처럼 컨트리클럽 회원으로 자랐다. 제이디는

1968년 클럽에서 성인식 파티를 했다고 했다. 파티는 하와이풍으로 기획했기 때문에 끈 없는 꽃무늬 드레스를 입고 목에 야생화 꽃목걸이를 둘렀다고 했다.

"앨리스가 음식 가지러 갔을 때 누가 지나갔는지 알아? 조 타이어! 그 사람하고 바람피우면 어떨까 잠깐 생각해봤어."

"제이디, 그 사람 지금 이혼 수속 중이야."

"난 상처 입은 남자가 좋더라. 가끔 난 아더가 상처가 좀 있었으면 좋겠다는 생각이 들거든. 조의 딸이 그렇게 재수 없는 게 둘 중 누굴 닮아서 그런 건지 궁금해."

"메간은 재수 없지 않아. 이제 겨우 아홉 살이야."

"난 정말 개 도저히 못 봐주겠더라."

"제이디!"

"이거 진짜 내가 지어낸 얘기 아닌데, 작년에 핼시언에서 선착장 쪽으로 걸어가다가 과자하고 음료수가 잔뜩 든 가방을 떨어뜨렸거든. 가방 안에 있던 게 사방으로 다 흩어졌어. 욕을 하면서 정신없이 주워 담고 있는데, 그 애가 날 빤히 쳐다보고 있는 거 있지? 웃지도 않고 그냥 가만히 쳐다보더라고."

"아직 어린애야."

"사회부적응자야. 게다가 위니가 그러는데 메간이 똥 샌드위치 먹겠느냐고 그랬대."

나는 엘라에게 같은 이야기를 들은 적이 있다고 말하려다가 그만두었다. 나까지 보태지 않아도 다들 메간에 대해 할 말이 많은 것 같았다.

"아더하고 얘길 해봐. 어쩌면 아더도 제이디가 화난 걸 알면서도 먼저 그 얘길 꺼내지 못하는 걸 수도 있어."

제이디는 의자 등받이를 평평하게 펴고 엎드린 다음 내 쪽으로 고개를 돌렸다.

"결혼생활이 이렇게 힘들다는 거 알고 있었어?"

제이디는 갑자기 생각난 듯 덧붙여 물었다.

"참, 아직도 찰리 술 마시는 것 때문에 걱정해?"

"내가 너무 과민 반응했던 거 같아."

"지난번에 부모님하고 식사할 때 관찰한다는 걸 깜빡 잊었네. 나도 와인 마시느라 정신이 없었거든. 와인 마셨어?"

"한 잔."

제이디가 팔꿈치로 지탱하며 몸을 일으켰다.

"한 잔? 딱 한 잔 마셨다고?"

내가 고개를 끄덕였다.

"내가 보기엔 찰리가 주량을 줄일 게 아니라, 앨리스가 주량을 늘려야 돼."

월요일 아침 찰리에게 미스 루비의 가족들이 올 거라고 말했을 때, 찰리는 화장실 세면대 앞에서 면도를 하고 있었다.

"난 나가야 돼. 11시에 제크하고 클리프 만나기로 했거든."

"찰리, 일주일 전에 말했잖아요."

"린디, 내일 리스만한테 금액을 제시해야 한다고. 8천 4백만 달러가 걸려 있는 마당에 내가 그런 자질구레한 일에 신경을 써야 되겠어?"

"골프장에서 회의라도 한다는 거예요? 날 잔소리꾼으로 만들지 말아요."

내가 팔짱을 끼고 말했다.

"당신이 잔소리꾼이 되든 말든 그건 당신이 알아서 할 일이지만 난 11시에 약속이 있고 그 약속을 놓치는 건 전혀 프로답지 못한 일이야."

그가 입술을 왼쪽으로 일그러뜨리며 오른쪽 뺨을 면도하는 것을 보고 나는 걷잡을 수 없이 화가 치밀었다. 결혼이란 결국 이런 것일까? 상대방을 필요 이상으로 잘 알게 되는 것? 가끔 찰리의 행동이나 말투 같은 것들은 너무도 익숙해서 마치 그가 또 하나의 나인 것 같은, 내가 완전히 통제할 수 없는 나의 일부인 것 같은 생각이 들었다.

"빠지고 싶으면 빠져요. 하지만 있겠다고 해놓고 나가버리면 그 사람들한테 무례한 거잖아요. 미안해서 그래요."

찰리가 나를 바라보았다. 내 말의 의미를 파악한 것과는 거리가 먼 표정이었다. 내 말은 그에게서 부딪쳐 튕겨져 나갔다.

"그러니까 이러면서도 잔소리꾼은 되고 싶지 않다 이거지?"

"난 당신이 미스 루비를 위해서 다른 일을 취소할 수도 있다고 생각했어요."

그는 면도날을 수돗물에 몇 초간 닦은 뒤 다시 얼굴로 가져갔다.

"내가 있겠다고 언제 그랬는데? 이건 내가 만든 일이 아니잖아. 당신한테 이 자리가 그렇게 중요하면 차라리 다른 날로 옮겨보지 그래? 다음 주말은 어때? 지금 내가 아는 건, 내가 곧 야구단을 사게 된다는 것뿐이야."

"다음 주는 프린스턴 동창회잖아요."

나는 한 걸음 뒤로 물러섰다. 나는 아래층으로 내려가서 점심식사를 준비할 생각이었다. 미스 루비의 가족들을 우리 집에 초대할 것이다. 찰리가 없더라도, 그의 어머니가 싫어하더라도.

"세면대 닦아놔요."

내가 들어도 섬뜩할 정도로 차가운 목소리로 내가 말했다.

제시카 서튼은 내가 마지막으로 보았을 때보다 30센티미터는 더 자란 것 같았다. 현관에서 그들을 맞이하면서 나는 제시카가 아직 어른은 아닐지언정 더 이상 어린애도 아니라는 사실을 알게 되었다. 6학년 아이들 중에는 어린애들도 많았다. 주로 남자애들이 그랬다. 그러나 그 나이의 아이들 중에는 자기 자신과 세상에 대한 낯설고 불안한 깨달음을 얻은 아이들이 있었다. 그 깨달음은 때로 공손함으로 표출되기도 한다. 그런 아이들에게 어떻게 지내느냐고 물으면, 반드시 나에게도 안부를 물어준다. 제시카도 그랬다.

"초대해주셔서 고맙습니다."

내 안부를 물은 뒤 제시카가 덧붙였다.

제시카의 말을 듣는 순간 나는 엘라를 생각하며 가슴 한쪽이 무너졌다. 엘라는 누가 보아도 아직 어린애였고, 앞으로도 제시카처럼 반듯하고 어른스러워지지는 않을 것이다.

그때까지 내가 기억하고 있는 제시카의 이미지는 몇 년 전 부활절 사냥 때 찰리의 부모님 집 앞에서 본 모습이었다. 제시카는 보라색 별무늬가 있는 빨간 스커트에 빨간 별무늬가 있는 보라색 셔츠를 입고 있었다. 머리핀까지도 색깔을 맞추었다. 제시카는 머리카락을 여러 개의 조그만 네모로 가른 다음 땋았고 빨간색이나 보라색 핀으로 고정했다. 달걀 바구니를 들고 돌아다닐 때 머리핀들이 부딪쳐서 소리가 났다. 이제 제시카는 키가 크고 침착했으며 예뻤다. 제시카는 분홍색 탑에 흰 바지를 입고 있었고 분홍색과 흰색 줄무늬 블라우스를 걸치고 있었다. 제시카는 전혀 어린애 같지가 않았다.

"엄마, 제시카 언니한테 내 콜라병 보여줘도 돼?"

미스 루비와 이본느, 아기 안토인이 뒤뜰의 테이블에 자리를 잡자마자 엘라가 물었다.

"엘라, 이제 막 들어왔잖니."

"아뇨, 저도 보고 싶어요."

엘라가 말한 콜라병은 비들 아카데미의 가을 축제에서 받은 상품으로, 펩시 콜라병의 목을 가열해서 일그러뜨리고 콜라 대신 내가 보기에 아주 해로울 것 같은 푸른 액체를 담아놓은 것이었다. 엘라는 그 골칫거리 상품을 6개월 전에 받았는데도 아직 애착이 대단했다. 사람들을 깜짝 놀라게 해주고 싶을 때면 지금도 그 콜라병을 가져왔다.

"10분 뒤에 식사할 거니까 내려와."

집 안으로 달려가는 두 아이에게 내가 소리쳤다.

"제시카가 몰라보게 컸네요! 우리 안토인도…… 안토인, 넌 세상에서 제일 예쁜 아기구나!"

내가 몸을 앞으로 숙이고 눈을 커다랗게 뜨며 말했다.

하늘색 우주복을 입은 안토인은 커다란 갈색 눈에 갈색 머리카락이 곱슬거렸고 피부가 비단결 같았다.

"앨리스, 안아보셔도 돼요."

이본느가 재미있다는 듯한 목소리로 말했다.

"머리 조심하세요."

내게 아기를 내어주면서 미스 루비가 퉁명스럽게 말했다.

내 품에 안긴 안토인은 믿을 수 없을 정도로 가벼웠다. 태어난 지 두 달이 되었으니 아마도 4킬로그램에서 5킬로그램 정도밖엔 나가지 않을 것이었다. 나는 온갖 괴상한 소리를 내고 이상한 표정을 지어가며 아기를 바라보았다. 아기의 미소를 볼 수만 있다면 품위 따위는 잃어도 상관없었다.

"하나 더 낳으세요."

이본느가 말했다.

"난 너무 늙었어요."

내가 웃으며 말했다.

"제가 보기엔 두 분은 아직 충분히 아기를 만들 수 있을 것 같은데요?"

이본느가 음흉한 표정을 지으며 물었다.

"말조심해라, 이본느!"

미스 루비가 말했고 그 말에 이본느와 내가 웃었다.

미스 루비는 청록색 리넨 바지에 청록색 민소매 스웨터, 청록색 끈이 달린 평평한 샌들을 신고 있었고 이본느는 꽃무늬 티셔츠에 긴 데님 스커트 차림이었다. 미스 루비가 가냘픈 데 반해 이본느는 엉덩이가 펑퍼짐하고 팔뚝이 굵고 치아와 입술도 큼직했다. 짧고 부스스한 머리카락에, 모유를 먹이느라 가슴이 크게 부풀어 올라 있었다.

"찰리가 없어서 미안해요. 서로 사인이 안 맞았어요. 오늘 회의에 참석해야 한대요."

"클라이드도 오늘 근무예요. 의사하고 간호사들이 현충일에도 식사를 해야 하니까요."

"두 사람은 지난여름에 결혼했어요?"

내가 물었다.

"네, 좋은 남자예요."

이본느가 말하며 내 무릎 위의 안토인에게로 몸을 숙였다.

"그렇지, 아가? 아빠는 좋은 사람이지? 안토인은 영락없이 제 아빠예요."

이본느가 말했다.

"저렇게 어릴 땐 다 그래."

미스 루비가 말했다.

몇 분 뒤 엘라와 제시카가 돌아왔고 나는 아스파라거스와 닭고기를 넣은 차가운 파스타 샐러드를 내왔다.

"제시카 언니가 가르쳐준 거 해볼까?"

엘라는 입 안에 샐러드를 가득 넣고 말했다.

"삼키고 말해라, 엘라."

내가 말했다.

엘라는 자리에서 일어나 포크를 든 채로 양팔을 공중에 쳐들고 엉덩이를 옆으로 내밀었다.

"농구 그것은 우리의 인생! 농구를 위해! 우린 외친다! 흔들어라 높이! 흔들어라 낮게! 그물 속으로! 들어가는 공!"

"잘하네!"

내가 박수를 치며 말했고 이본느와 제시카도 박수를 쳤다. 미스 루비만은 박수를 치지 않았다.

"치어리더 하니?"

제시카에게 내가 물었다.

"아뇨, 그냥 배웠어요. 중학교에 가면 할지도 몰라요."

"할머니가 그러는데 책을 아주 많이 읽는다면서? 올해 문학시간에 무슨 책을 읽었니?"

제시카는 미소를 지으며 고개를 저었다.

"할머니는 워낙 제 자랑을 많이 하세요. 올해 문학시간엔 책을 별로 많이 안 읽었어요. 주로 학습 교재로 수업을 했거든요. 제대로 읽은 책은 《황야의 부르짖음》뿐이에요. 그 책 아세요?"

나는 고개를 끄덕였다.

"버크라는 개가 알래스카로 가는 이야기지?"

"학교 수업하고 상관없이 읽는 책들도 있는데 다 정말 재미있어요. 요즘엔 아가사 크리스티에 푹 빠졌어요. 아가사 크리스티 읽으셨어요?"

"그럼! 미스 마플하고 프아로 형사가 나오지? 읽은 지 좀 오래되긴 했지만 너보다 조금 더 컸을 때 한참 재밌게 읽었지."

"얼마 전에 《오리엔트 특급 살인사건》을 읽었어요. 너무 재밌었어요. V.C. 앤드류스도 아세요?

"제시카! 그 사람 소설은 너무 음산하지 않니?"

나는 책망하는 듯한 목소리를 숨길 수가 없었지만 한편으로는 조금 웃고 있었다.

"맞아요. 하지만 한번 읽기 시작하면 도저히 내려놓을 수가 없어요. 할머니, 얼마 전에 새벽 3시에 들어오셨을 때 제가 책 읽고 있었잖아요? 그때 그 책을 읽고 있었는데, 도저히 멈출 수가 없었어요. 저기요. 이건 분명히 안 좋아하실 것 같은데, 혹시 할리퀸 로맨스도 읽어보셨어요? 그중에 어떤 건 정말 재미있어요. 《구름 위의 폭풍》이라는 소설이 있는데, 그게 제가 가장 좋아하는 작품이에요. 여자주인공이 이탈리아 로마에 가거든요."

"무슨 책이든 많이 읽으면 좋지!"

내가 말했다.

"엄마, 제시카 언니하고 같이 수영장 가면 안 돼?"

엘라가 물었다.

"수영장 물이 너무 차갑더라. 지난번에도 손가락 하나만 넣다가 얼른 뺐어."

제시카가 말했다.

"가도 돼? 응?"

엘라가 졸랐다. 나는 엘라가 말하는 수영장이 해럴드와 프리실라의 집 수영장이 아니라 마로니 컨트리클럽의 수영장이라는 것을 다른 사람들이 알아차리지 못하기를 바랐다. 공식적으로 흑인의 입장을 금하고 있는 것은 아니었지만 1988년도까지 흑인 회원은 한 명도 없었다. 아마 클럽 관리부에서는 인근에 흑인이 살지 않아서 아무도 가입 신청을 안 하는 것일 뿐이라고 말할 것이다. 클럽의 직원들, 웨이터와 웨이트리스, 바텐더, 구조 요원, 헬스클럽의 트레이너들도 모두 백인이었고 청소부 중 딱 한 명만 라틴계였다. 여름철이면 한두 명 정도 흑인 아이들이 눈에 띄기도 했다. 대부분 생일파티에 초대된 아이들이었다. 수영을 하는 사람들, 일광욕을 하는 사람들 틈에서 그 아이들은 아마도 불편한 깨달음으로 당혹스러웠을 것이다. 그 깨달음은 클럽에서 그들을 받아주지 않는다는 사실에 대한 수치심일 수도 있고 분노일 수도 있었다.

"수영장에 가면 밀크셰이크도 먹을 수 있어."

엘라가 제시카에게 말했다.

"할머니, 엘라한테는 밀크셰이크 만들어주시면서 왜 저한텐 안 만들어주셨어요?"

"그게 아니고! 클럽 수영장 말이야."

엘라가 소리쳤다.

"엘라, 오늘은 수영장에 사람 아무도 없을걸. 루바브 파이 먹을 사람!"

내가 엘라의 말을 자르며 말했다.

조금 전까지만 해도 하늘이 맑았지만 차츰 어두워지고 있었다.

디저트는 미스 루비가 가져온 것이었다. 제시카가 루바브 파이를 나에게 내밀었을 때 나는 한참 동안 탄성을 지른 다음, 그날 아침 엘라와 내가 만든 쿠키를 숨겼다. 우리는 거실에서 디저트를 먹었다. 디저트를 먹은 뒤 엘라가 달려가서 얼마 전에 사둔 안토인의 선물을 가져왔다. 노란색 우주복과 발끝에 야구공이 달린 빨간 가죽 신발 한 켤레였다. 신발은 엘라가 고집을 부려서 산 실용적이지 못한 선물이었다. 제시카의 선물로는 투명한 분홍색 플라스틱 끈에 꽃이 그려진 스와치 손목시계를 준비했다. 제시카가 시계를 손목에 차고 우리에게 보여주고 있을 때 현관에서 찰리의 목소리가 들렸다.

"아이고, 이거 실례합니다!"

모두가 찰리를 바라보았다. 그는 미소를 짓고 있었다.

"숙녀 분들의 식사를 좀 방해해도 되겠습니까?"

"회의에 참석하시는 걸로 알고 있었는데 옷차림이 영 아니시네요."

이본느가 말했다.

"이 자리에 내가 빠질 수 없지!"

찰리가 말했다.

그는 하늘색 반바지에 흰색 폴로셔츠, 흰 양말을 신고 있었다. 그는 현관 옆에 골프 신발을 벗어두었고 거실 벽에 골프 가방을 기대어놓았다. 머리와 셔츠는 축축하게 젖어 있었다. 창밖을 내다보니 어느새 비가 내리고 있었다.

"이렇게 늦게 나타나는 걸 보니 내가 주인공인가?"

찰리는 거실에 놓인 카시트 쪽으로 다가갔다. 그곳에 안토인이 잠들어 있었다.

찰리가 몸을 숙이더니 "더럽게 잘생긴 아기네! 잘했어, 이본느!"라고 말하면서 한 손을 들었다. 그러나 이본느가 그와 손을 마주치기도 전에 찰리는 테이블 위에 놓인 파이를 보고 "파이!" 하고 소리쳤다. 그 순간 나는 그가 술에 취한 상태임을 알았다. 그는 파이를 커다랗게 한 조각 자른 뒤 손가락으로 뜯어먹기 시작했다. 나는 아무 말 없이 그에게 접시와 포크를 주었다. 그는 접시와 포크를 받았지만 사용하지는 않았다.

"찰리 블랙웰! 예의범절이 헛간의 짐승만도 못하시군요!"

미스 루비가 말했고 엘라와 제시카가 키득거렸다.

찰리도 웃고 있었다.

"이본느, 우리 어머니가 너무 까다롭지만 않았다면 내가 당신을 오래전에 훔쳤을 텐데!"

그는 다른 사람의 냅킨을 가져가 입을 쓱 닦은 뒤 한 손을 미스 루비의 어깨에 얹었다.

"제시카, 네 할머니는 미국의 보물이란다."

찰리가 말했다.

나는 미스 루비가 찰리에게서 술 냄새를 맡을까 걱정이 되었다.

"아빠, 나 좀 봐."

제시카가 선물을 열어보는 동안 제시카 곁에서 참견을 하며 으스대던 엘라는 막상 사람들의 시선이 자기에게로 쏠리자 쑥스러워졌는지 고개를 옆으로 비스듬히 하면서 속눈썹 사이로 사람들을 쳐다보았다.

"못 하겠어……."

엘라가 기어들어가는 목소리로 말했다. 엘라는 연기를 하고 있었다. 엘라의 반에 민디 케픈이라는 아이가 선생님이 부를 때마다 그 자리에 얼어붙는다는 얘기를 듣고 내가 수줍어서 그런 거라고 설명해준 뒤로 엘라는 계속 그 아이 흉내를 냈다.

오! 나의 술 취한 남편과 나의 사랑스럽고 가증스러운 딸!

"그거 보여드리려고? 우리 같이 할까?"

제시카가 말했다.

엘라가 얼른 고개를 끄덕였다. 제시카가 일어섰고 두 아이가 함께 팔을 쳐들고 엉덩이를 양 옆으로 흔들기 시작했다. '흔들어라 높이!'라고 외칠 때에는 있지도 않은 응원 도구를 위로 흔들었고 '흔들어라 낮게!'라고 외칠 때에는 무릎 아래에서 흔들었다.

"대단한데! 훌륭해!"

아이들의 구호가 끝나자 찰리가 말했다.

그가 테이블을 돌아 두 아이 앞에 앉는 순간 나는 마음이 무거워졌다.

"그러니까 어떻게 한다고? 농구는 나의 인생……."

두 아이들이 키득거리면서 찰리에게 구호를 가르쳐주었다. 엘라는 잔뜩 흥분한 상태였다. 엘라에게는 아마 이보다 더 신나는 일은 없을 것이다. 좋아하는 언니와 함께 아빠에게 치어리더 구호를 가르쳐주고 관객까지 있었으니까. 제시카도 물론 좋은 마음으로 구호를 가르쳐주고 있었지만 아마 찰리가 무슨 생각으로 이러는지 의아할 것이다. 제시카와 찰리는 서로를 봐왔지만 정식으로 대화를 나눠본 적은 없었다.

찰리가 구호를 다 외우자 세 사람은 함께 일어서서 구호를 외쳤고 마지막엔 찰리가 "브루어스 파이팅!" 하고 외쳤다.

"아빠! 이건 야구가 아니라 농구라니까!"

엘라가 웃으면서 찰리의 벨트를 잡고 소리쳤다.

찰리는 엘라를 두 팔로 번쩍 안아들었다. 나는 더 이상 할 수 없는 일이었다. 두 사람은 함께 웃었다. 그 순간이 그날 오후의 절정이었고 미스 루비의 가족들도 그 사실을 감지하는 듯했다. 그들은 바로 일어서서 안토인의 기저귀 가방과 카시트, 선물, 파이 접시 같은 것들을 챙기며 떠날 채비를 했다. 나는 겉옷을 입고 그들과 함께 나갔다.

"여름방학 계획은 세웠니?"

현관 앞에 서서 내가 제시카에게 물었다.

제시카는 고개를 끄덕이면서 품에 안고 있던 안토인을 바라보았다.

"제 여름방학 계획은 안토인하고 V.C. 앤드류스예요. 참, V.C. 앤드류스는 뺄게요."

"와줘서 고맙다."

내가 말했다.

나는 방학 때 엘라가 할 일들을 생각해보았다. 수영 강습, 미술 캠프. 그러고 나서 7월에는 핼시언으로 떠날 것이었다.

나는 집 안으로 들어와 현관문을 닫았다. 찰리는 거실에 없었다. 쟁반과 유리잔을 부엌으로 나를 때 서재에서 TV 소리가 들렸다. 식기 세척기에 그릇을 넣고 있는데 머리가 지끈거리기 시작했다. 갑자기 커다란 집이 텅 빈 것 같은 기분이 들었다.

내가 싱크대를 정리하고 있을 때 찰리가 들어와 냉장고에서 맥주를 꺼냈다.

"그 깜둥이 아기, 아주 잘 생겼던데?"

그가 말했다.

그가 나를 자극하려는 것인지 아니면 그저 솔직하게 말하는 것인지 분간이 가지 않았다. 우리는 2미터 정도 간격을 두고 떨어져 서서 서로를 마주보았다. 그에게 화를 낼까도 생각해보았지만 그럴 기운이 없었다. 몇 달에 한 번씩 그에게 화를 낼 수는 있었지만 하루에 두 번은 무리였다.

"오늘 따라 당신 이상하게 조용하네."

그가 말했다.

"머리 아파요. 올라가서 책 읽을래요."

"클리프하고 제크하고 골프 치면서 무슨 얘기했는지 안 궁금해?"

"날씨 때문에 취소된 거 아니었어요?"

창밖에는 비가 내리고 있었다.

"나를 끌어들였다고 제크가 얼마나 좋아하는지…… 그 제안을 한 사람이 바로 클리프거든. 그 친구한테 내가 평생 못 갚을 빚을 졌어. 나는 워낙 브루어스의 열성팬인 데다 경영까지도 꿰뚫고 있으니 더 이상 뭘 바라겠어?"

찰리의 뺨은 벌겋게 달아올라 있었다. 기분이 좋아서이기도 했고 술 때문이기도 했다.

"혹시 내가 빠져서 화난 거야? 그래도 마지막엔 나타나서 찰리 블랙웰의 매력을 마음껏 발산해줬잖아."

"사실 당신이 나타난 건 오히려 이상했어요. 당신이 회의 때문에 나갔다고 했거든요."

"그건 사실이야."

"진짜 회의 말이에요."

"린디! 진짜 회의였다니까!"

"제크 랭겐바처는 업무 중에 술을 마시는 건 별로 개의치 않는 사람인가 보군요."

찰리가 코웃음을 쳤다.

"도대체 당신 왜 그래? 내 꿈이 실현되려는 찰나에 꼭 그렇게 찬물을 끼얹어야겠어?"

"물론 일이 잘된 건 기뻐요."

그의 크고 열정적인 목소리와 균형을 맞추듯 내 목소리는 평상시보다 훨씬 더 작았다.

"말했잖아요. 두통 때문이라고. 별로 축하할 기분이 아니에요. 할머니가 돌아가신 지도 얼마 안 됐고요."

그 말을 내뱉은 순간, 비록 사실일지라 해도 그 말을 하지 말았어야 한다는 생각이 들었다. 유치한 발상이었다. 그 말은 찰리를 후회하게 할 수도 있고 한편으로는 수치심을 느끼게 할 수도 있었다. 그러나 걱정할 필요는 없는 것 같았다. 그가 나를 노려보고 있다는 것을 느낄 수 있었다.

"젠장, 린디! 아흔 살이셨어. 그 정도면 사실 만큼 사신 거 아니야?"

그날 저녁 나는 약속했던 대로 제이디의 집으로 갔다.

"오늘 아침에 아더가 와서 킁킁거렸는데 싹 무시했어."

골프 코스로 접어들며 주위에 인적이 없어지자 제이디가 말했다.

"제이디, 너무 그러지 마. 아더한테도 기회를 줘야지."

"도대체 누구 편이야?"

"두 사람 다."

대답을 하면서도 나는 제이디와 이런 대화를 이어갈 에너지가 남아 있는지 의문이 들었다. 산책을 취소할 걸 그랬다는 생각이 들었다. 미스 루비 가족들이 떠나고 난 뒤 나는 두 가지 가능성 사이에서 망설였다. 눈물을 쏟거나, 아니면 전부 다 집어치우거나. 이런 기분은 20년 만에 처음이었다. 앤드류 이모프의 죽음 이후로 나는 모든 것을 다 포기하고 싶었던 적이 한 번도 없었다. 그러나 그때보다 지금의 충동이 훨씬 더 위험하다는 것을 나는 알고 있었다. 나는 이제 성인이었고 무엇보다도 엘라의 행복에 대한 책임이 있었다. 하지만 모든 걸 다 집어치운다면,

찰리와 맞춰보려고 애쓰지 않는다면, 또 찰리가 내게 맞춰주기를 기대하지 않는다면 얼마나 편안할까?

"난 내 남편이 다시 내 사랑을 얻기 위해서 조금 더 노력해야 한다고 생각해."

잠시 침묵이 흘렀다. 어느덧 먹구름이 사라지고 나뭇잎 사이로, 잔디 위로 햇살이 반짝였고 매미들이 목청껏 울고 있었다.

"아더하고 이런 게임 하는 게 재미있어?"

내가 물었다.

"사람들이 다 앨리스처럼 완벽한 결혼생활을 하는 건 아니야."

"지금 비꼬는 거야?"

이것은 평상시에 제이디와 내가 주고받는 것보다 훨씬 더 날카로운 대화였다. 두 사람 모두, 우리가 이런 대화를 할 수도 있다는 사실에 놀라는 것 같았다. 이런 상황에서 이 대화의 힘을 잃게 하는 것이야말로 제이디의 장기였다.

"심하게 말하고 싶진 않지만, 내가 보기에 앨리스는 남들보다는 훨씬 편하게 사는 것 같아."

그 순간 나는 눈물을 터뜨렸다.

"어머! 앨리스! 왜 그래? 내 말이 그렇게 심했어?"

나는 두 손으로 얼굴을 가렸고 제이디가 내 등을 어루만졌다.

"앨리스, 내가 앨리스 사랑하는 거 알지? 할머니 때문에 그래? 아니면 무슨 다른 일이라도 있는 거야?"

나는 눈물을 닦았다.

"내가 편하게 사는 것 같다고?"

"찰리는 앨리스를 숭배하잖아. 물론 찰리가 술을 좀 마시는 건 사실이지만 그 정도야 이해할 수 있는 거 아냐? 게다가 앨리스도 아직 찰리를 사랑하고 있고."

"제이디, 난 찰리하고 헤어질까 생각 중이야. 우리 결혼은 완벽한 것과는 거리가 멀어."

"헤어지다니, 이혼이라도 하겠다는 거야?"

"모르겠어. 이혼을 어떻게 하는 건지도 몰라. 내가 이 집에서 나가야 할까?"

제이디에게 그 말을 하는 순간, 나는 진심으로 내 결혼생활을 끝내는 것에 대해 생각해보았다. 지난 몇 달 동안 별거, 이혼이라는 말을 셀 수 없을 정도로 머릿속으로 되뇌었지만 그저 내 머릿속에서만 맴도는 말들이었다. 그때까지만 해도 별거와 이혼은 추상적인 개념이었고 마지막 탈출구일 뿐이었다.

"마마가 어떻게 나올지 한번 생각해봐. 펄펄 뛰시겠지? 아마 이혼 따위는 용납도 하지 않으실걸?"

"마마가 우릴 통제할 순 없어. 앨리스 말이 무슨 뜻인지는 알지만 우린 성인이야. 앨리스한테 무슨 짓을 할 수 있겠어?"

프리실라가 어떻게 생각하든 그게 과연 나와 상관이나 있을까? 그럴 것 같지 않았다. 그런데 제이디의 말을 듣는 순간 이번에는 나의 재정 상황이 앞으로 어떻게 달라질까 하는 의문이 들었다. 위자료를 받을 수 있을까? 이 부근에 집을 장만할 수 있을까? 아주 작은 집이라도? 마로니 가에 있는 집이 작아봐야 얼마나 작을까? 이 동네에도 전세라는 것이 있을까? 어떻게든 다시 취직을 해야겠지? 어쩌면 그것은 좋은 일일 수도 있었다. 그러나 나 자신과 엘라의 생계를 책임진다는 것은, 게다가 엘라와 나 둘 다 최상류층의 삶에 길들여져 있다는 점을 감안하면, 나 혼자 생계를 꾸려가는 것과는 전혀 다른 차원의 얘기일 것이었다. 그렇다고 해서 엘라의 양육권을 포기한다는 것은 상상조차 할 수 없는 일이었다.

"찰리한테 치료를 받아보라고 하면 어떨까? 미네소타에 알코올 중독 치료소가 있다던데. 거기 가면 되잖아."

"그런 덴 가지 않을 거야."

나의 남은 삶을 우울한 찰리와 보내는 것이 그와 헤어지는 것보다는 나은 선택일까? 막상 진지하게 생각해보니 이혼이라는 것은 불가능한 일은 아니었지만 참으로 끔찍했다.

"금요일엔 프린스턴 동창회가 있어. 며칠 여길 떠나 있으면 좀 나아질지도 모르지."

내가 말했다.

"맙소사! 동창회라고?"

제이디가 겁에 질린 듯한 표정을 지었다.

"프린스턴 동창회에 가면 다들 미친 듯이 퍼마시는 거 알지? 동창회에서는 절대로, 어떤 결정도 내리면 안 돼!"

"계속 걸을까?"

내가 앞을 가리키며 물었다.

우리는 어느덧 아스팔트 도로로 접어들었다.

"가만, 벌써 20회지? 세상에! 아더의 동생이 졸업한 지 20년이나 됐다니! 그러니 우리가 나이를 먹지!"

제이디는 평상시의 호들갑스러운 목소리로 돌아가 있었지만 그 속에는 애처로움이 깔려 있었다.

"앨리스, 찰리하고 절대 이혼하면 안 돼. 그건 있을 수 없는 일이야."

나는 아무 말도 하지 않았다.

"왜냐하면 앨리스가 없으면 나도 이 집안에서 살 수가 없을 테니까."

화요일, 엘라와 내가 부엌에 있을 때 찰리가 퇴근해 들어오는 소리가 들렸다.

"가서 아빠 좀 안아드려."

내가 엘라를 떠밀며 말했다.

미스 루비 가족이 떠난 뒤 24시간 동안 찰리와 나는 서로 시선을 피했지만 드러내놓고 부딪치지는 않았다. 낮에도 찰리는 전화하지 않았다. 드물긴 해도 전에도 있었던 일이었다. 브루어스 구단 일로 바빴을 수도 있었다. 찰리를 축하하기 위해 무언가 해야 한다는 생각도 들었다. 이를테면 야구공 모양의 케이크를 만든다든가. 그러나 그러기에는 전날 있었던 일로 너무 기분이 가라앉은 상태였다.

"사랑하는 아빠! 아빠의 아름답고 사랑스러운 딸 보고 싶었지!"

엘라가 소리쳤다.

정확히 내가 원했던 것이었다. 엘라의 열정은 상대적으로 부족한 나의 열정을 상쇄하고도 남았다. 그러나 찰리가 부엌으로 들어서는 순간, 나는 그가 입을 열기도 전에 그의 일이 틀어졌다는 것을 알 수 있었다.

"로이드 리스만, 그 여우 같은 자식!"

그가 넥타이를 풀고 자리에 앉았다. 엘라는 얼른 찰리의 무릎 위에 앉아 그의 귓불을 잡아당겼다. 엘라는 아빠의 거친 말투에 전혀 반응을 보이지 않았다. 그런 말에는 이미 오래전에 익숙해진 터였다.

찰리가 엘라의 손을 밀어냈다.

"제크 랭겐바처한테 했던 거하고 전혀 딴 소리를 하더군. 액수가 적다느니 어쩌느니 하면서 헛소리를 해대더라고."

찰리가 고개를 저은 뒤 "한잔해야겠어"라고 덧붙였다.

"그럼 어떻게 되는 거예요?"

"다 집어치우라고 할까 생각 중이야. 사겠다는 사람이 또 있는 척하는데, 이 친구, 내가 보기엔 완전히 실수하는 거야."

"제크하고 클리프도 같은 생각이에요?"

찰리는 코웃음을 쳤다.

"클리프는 굽히고 들어갈 생각이 있어. 간이라도 빼줄 셈인 거 같아.

제크는 며칠 더 기다리면서 속을 태워보자는데, 난 이런 식으로 질질 끄는 건 딱 질색이거든. 우리한테 팔 거면 빨리 팔든가. 이런 식으로 사람을 묶어놓으면 안 된다 이거지."

"하지만 리스만이 시간을 끌고 있는 건 아니잖아요? 그 사람은 액수를 올리고 싶어 하는데 제크가 시간을 끌고 싶어 한다면서요."

찰리가 손을 내저었다. 더 이상 얘기하고 싶지 않다는 뜻이었다.

"버거 구울까요?"

"좋아. 내가 그릴 준비할까?"

"버거만은 안 돼요. 제발 부탁입니다."

엘라가 로봇 같은 목소리로 말했다.

엘라는 찰리의 무릎 위에 앉아 찰리의 한쪽 콧구멍에 손가락을 넣고 있었다. 엘라는 아빠가 기분이 좋지 않다는 것을 모르는 것일까? 아니면 아빠의 기분 따위는 안중에도 없고 자기 기분만 중요한 것일까? 이런 상황에서 나는 차라리 엘라가 부러웠다.

"입 다물어."

찰리가 말했다.

"입 다물지 않겠습니다. 무슨 뜻인지 이해할 수 없기 때문입니다. 우리 별은 캔디로 만들어져 있고 귀에다 신발을 신거든요."

엘라가 또다시 로봇 같은 목소리로 말했다.

"애 좀 어떻게 해봐."

찰리가 나를 바라보며 말했다.

"엘라, 엄마 좀 도와줘."

내가 손을 내밀었고 엘라가 찰리의 무릎에서 내려와 내 손을 잡았다. 그와 가까이 있음에도 불구하고 나는 그에게 키스를 하지도 포옹을 하지도 않았다. 그 역시 나에게 키스도, 포옹도 하지 않았다. 낮에 제이디와 했던 대화가 마치 비행기처럼 우리 머리 위로 지나가는 것 같았다.

다음 날 아침, 엘라를 학교에 데려다 주고 바로 낸시 드와이어를 만날 수도 있었지만 일단 집으로 돌아왔다. 약속도 하지 않은 채 들이닥치고 싶진 않았다. 낸시 드와이어는 비들 아카데미의 행정실장이었다. 집으로 돌아와 보니 찰리는 출근한 뒤였고 나는 곧장 2층으로 올라가서 내 책상에 자리를 잡은 다음 낸시에게 전화를 걸었다.

"앨리스 블랙웰인데요, 지금 바쁘신가요?"

낸시가 전화를 받자 내가 물었다.

다음 날이 학기 마지막 날이었지만 행정실 직원들은 교사나 학생들만큼 정신이 없지는 않을 것 같았다.

"전혀요. 무슨 일이신가요?"

"어떻게 생각하실지 모르겠지만, 실은 저희 가족과 아주 가까운 집안의 여자아이가 이번에 6학년을 마치고 졸업을 하는데요. 참 똑똑하고 당찬 아이인데, 혹시 가을학기에 7학년에 자리 하나를 마련해주실 수 있나 해서요."

"그러니까 3개월 뒤, 이번 가을학기 말씀이신가요?"

낸시가 웃었지만 전혀 불쾌한 웃음은 아니었다. 사실 낸시와 나는 서로를 잘 알지 못했다. 나는 엘라가 세 살 때 비들 아카데미에 입학신청을 하면서 그녀를 처음 만났다. 당시 입학신청서는 지금 생각하면 조금 우스운 내용을 담고 있었다. 주로 엘라가 대소변을 가릴 줄 알고, 다른 아이를 물어뜯지 않고, 존이 비들 아카데미의 이사회 회장이라는 내용이었다. 찰리는 엘라가 낸시의 사무실 앞에서 똥을 싸면 또 모를까, 심지어는 똥을 싼다고 해도, 입학할 수 있을 거라고 농담을 하곤 했다.

"물론 힘든 일이라는 건 알아요."

내가 말했다.

"그렇다고 전혀 불가능한 일은 아니에요."

낸시가 말했다.

"그뿐이 아니에요. 전액 장학금 혜택을 받을 수 있어야 해요."

"앨리스!"

"그리고 흑인이에요. 혹시 그 점이 오히려 도움이 되지 않을까요? 정말 똑똑하고 착한 아이예요. 교회 청소년부 회장이고 학생회 임원인 데다가 엄청난 책벌레예요. 해리슨 초등학교를 졸업하고 스티븐스에 진학하게 되는데, 낸시, 우리끼리 얘기지만 이렇게 똑똑한 아이를 그런 학교에 보낸다는 게……."

"알아요. 끔찍한 일이죠."

낸시는 긴 한숨을 내쉬었다.

"좀 생각해보고 다시 연락드릴게요. 지금으로서는 장학금 문제가 조금 걸려요. 7학년 학생들 숫자가 많긴 하지만 한 명 정도는 무리 없이 넣을 수 있을 거예요. 다만 장학금 수혜자는 몇 달 전에 이미 다 결정된 상태라……."

비들 아카데미가 받는 기부금 액수는 5백만 달러에 달했다. 거기서 7학년 학비인 5천 5백 달러를 쓴다고 해서 그리 큰 타격이 있을 것 같진 않았다.

"89년 가을학기 지원자 중 최우선으로 고려할게요. 하지만 장학금 문제가 해결 안 되면 아예 지원 절차를 밟지 않는 게 좋겠어요. 괜히 그 아이를 불렀다가 돌려보내는 일이 있어서는 안 되니까요."

"그럼요. 어쨌든 고려해주시는 것만으로도 감사드려요."

"이름이 뭐죠?"

낸시가 종이를 뒤적거리는 소리가 들렸다.

"제시카 서튼이요."

"앨리스, 이렇게 노골적으로 말해도 되는지 모르겠지만 존 이사장님한테 직접 말씀하지 그러세요? 얘기해보셨나요?"

"낸시와 먼저 상의하고 싶었어요."

"솔직히 말씀드리죠. 시기적으로는 별로 좋지는 않아요. 하지만……."

냅시가 소리 내어 웃었다.

"비들 아카데미는 블랙웰 사람들을 정말 좋아해요."

비들 아카데미의 학기 마지막 수업은 정오에 끝났고 수업이 끝나자마자 아이들은 버스를 타고 종업식 파티장으로 몰려가기로 되어 있었다. 우리 집으로 몰려올 3학년 아이들을 위해서 나는 햄버거 고기(물론 블랙웰 상품이 아닌 것으로)와 '즐거운 여름방학 보내세요!'라는 글귀가 적힌 조금 부자연스러운 모양의 케이크, 아이스크림, 비들 아카데미를 상징하는 색깔인 주홍색과 남색 풍선들을 준비했다. 풍선을 사러 가게에 갔을 때, 가게 점원은 내가 그런 배합으로 풍선을 주문한 두 번째 고객이라고 했다. 집으로 돌아와서 나는 위니의 친구들을 위해 7학년 파티를 준비하고 있는 제이디에게 전화를 걸었다.

"혹시 파티용품점에서 남색하고 주홍색 풍선 산 사람이 제이디였어?"

제이디가 웃었다.

"안 그래도 내가 주문하면서 앨리스 것도 같이 할까 생각했지."

조이스 서터와 수잔 레비가 파티를 돕기 위해 와주었다. 우리는 뒷마당으로 가서 슬립앤 슬라이드(비닐 천을 깔고 물을 뿌려서 미끄러지도록 만든 일종의 놀이기구)를 펼쳤다. 조이스가 호스를 준비하는 동안 수잔은 다진 고기를 햄버거 패티로 빚었다.

버스가 들어오는 소리를 듣고 우리는 모두 앞마당으로 달려나갔다. 장난꾸러기 3학년 아이들이 한꺼번에 쏟아져 나왔다.

"내가 제일 먼저 타야지!"

남자아이 하나가 옷을 벗어던지며 말했다. 아이들 중에는 벌써 수영복을 입고 타월을 목에 두르고 있는 아이들도 있었다. 아이들은 잔디밭에 아무렇게나 가방을 던져놓았다.

"모두 뒷마당으로 가세요! 뒷마당으로!"
내가 최대한 크고 권위 있는 목소리로 소리쳤다.
"엄마! 내 불가사리 타월 어디 있어?"
엘라가 달려와 내게 물었다.
"부엌에 있어. 엘라, 너 오늘……."
"알아. 양보 많이 할게."
엘라가 사라지자 수잔이 내게 다가와 말했다.
"엘라는 갈수록 예뻐지네! 아빠 엄마를 꼭 닮았어요."
뒷마당에서 나는 슬립앤 슬라이드를 타는 아이들을 지켜볼 수 있는 위치에 그릴을 준비했다. 조이스는 슬라이드가 최대한 미끄럽도록 계속 물을 뿌렸다. 아이들은 노란 비닐 위에 배를 깔고 미끄러졌다. 나는 아이들이 나무뿌리나 돌멩이에 걸려 앞니가 부러지지나 않을까 조바심을 내며 지켜보았다.
엘라는 젖은 수영복을 입고 부들부들 떨면서 내 옆에 서서 햄버거를 먹었다.
"타월 걸쳐라, 엘라."
그러나 엘라는 고개를 저었다.
"또 탈 거야."
"그러다가 배탈 나겠다. 그런데, 메간 타이어는 어디 있니?"
내가 마당을 둘러보며 물었다.
엘라는 어깨를 으쓱했다.
"오늘 학교엔 왔니?"
엘라는 잠시 생각해본 뒤 고개를 끄덕였다.
"버스엔 탔어?"
엘라는 다시 어깨를 으쓱했다.
나는 그릴의 밸브를 잠그고 음료수 테이블을 지키고 있는 조이스에게

다가갔다. 호스는 수잔이 잡고 있었다.

"잠깐 집에 들어갔다 올게요. 그동안 그릴 좀 지켜봐 줄래요?"

나는 집 안으로 들어가서 1층을 둘러보았다. 거실에는 남자아이 둘이 피아노 건반을 두드리며 놀고 있었다. 그 아이들을 보니 왠지 흐뭇해졌다. 엘라는 피아노 레슨을 지겨워했고 결국 1년 동안 레슨을 쉬기로 한 상태였다.

"피아노 잘 치네!"

내가 아이들에게 말했다.

2층에 올라가 보니 방마다 문이 열려 있었다. 2층의 가장 끝 방인 우리 부부의 침실에 들어가 보니 메간 타이어가 바닥에 앉아서 무표정한 얼굴로 〈펜트하우스〉를 뒤적이고 있었다. 메간 주위에는 잡지 몇 권이 널려 있었고 자세히 보지 않아도 나는 상황을 짐작할 수 있었다. 처음부터 잡지를 본 것 같지는 않았다. 먼저 내 구두 몇 켤레를 신어보았고 그 다음에는 찰리의 구두까지 신어보았다. 그러고 나서 내 향수를 뿌려본 것이 분명했다. 화장대 위에 있던 향수병 뚜껑이 열려 있었고 향수 냄새가 방 안에 진동했다. 그다음엔 찰리가 창틀에 놓아둔 동전 그릇을 침대 위에 쏟아놓고 25센트짜리를 골라냈다.

메간이 고개를 들었다. 그 순간의 메간의 표정은 마치 뭔가를 아는 듯한, 너무도 어른스러운 표정이었지만, 그렇게 생각하는 것은 어쩌면 나 자신의 감정을 합리화하는 것일 수도 있었다. 메간은 뭔가를 알 리도 없을뿐더러 어른도 아니었다. 그저 다리를 벌리고 커다란 가슴을 드러내고 있는 여자들의 사진을 바라보고 있는 아홉 살짜리 여자애일 뿐이었다.

나는 메간에게 다가가 잡지들을 빼앗았다. 메간은 반항하지 않았다.

"메간, 이건 네가 볼 책들이 아니야."

메간은 아무 말도 하지 않고 나를 바라보았다.

"저 서랍을 뒤졌니?"

나는 찰리의 침대 옆에 놓인 서랍장을 가리켰다. 자물쇠가 있긴 했지만 잠가두지 않은 모양이었다.

"이런 잡지들은 어른들이 보는 거지 애들이 보는 게 아니란다. 네가 이해하기 어려운 사진들이야."

"여긴 발가벗고 볼링 치는 여자 사진도 있어요."

메간이 바닥에 있는 잡지를 가리키며 물었다.

도대체 이럴 땐 무슨 말을 해야 할까? 메간의 엄마가 데리러오면 나는 이런 일이 벌어지게 된 경위를 설명해야만 할 것이다. 캐롤린 타이어에게 내 남편의 포르노 잡지를 그녀의 딸이 보게 된 경위를 설명하는 것이야말로 내가 상상할 수 있는 최악의 시나리오였다.

"메간, 이 잡지들에 대해서 궁금한 게 있으면 엄마하고 얘기해봐. 네가 서랍장을 뒤진 게 아니었으면 좋겠다. 왜냐하면 이건 네 물건이 아니고 우리 물건들이니까. 하지만 어쨌든 네가 이런 걸 보게 된 것에 대해서는 정말 미안해. 아홉 살짜리 애들이 봐서는 안 되는 건데. 그리고 어른이라고 해서 다 이런 잡지를 보는 건 아니야. 사실 아줌마도 별로 좋아하진 않아."

"그럼 왜 이렇게 많아요?"

나는 머뭇거리며 잡지들을 다시 서랍장에 넣었다. 물론 자물쇠가 어디 있는지 내가 알 리가 없었다. 밖에서 아이들이 소리를 지르고 뛰어노는 소리가 들렸다. 돌아보니 메간이 아직 그 자리에 앉아 있었다.

"엘라한테나 다른 아이들한테는 이 일에 대해 얘기하지 말았으면 좋겠다. 다들 괜히 마음이 불편해질 테니까. 알았지?"

내가 메간을 바라보았다. 나는 눈을 맞추고 하는 이야기의 위력을 믿는 사람이었다. 아이들도 예외는 아니었다.

"파티가 따분해요. 수영장도 없고."

"넌 집에 수영장이 있어서 좋겠구나."

내가 억지로 미소를 지어 보이며 말했다.
"엄마 집에만 있어요."
"아래층으로 내려가자. 케이크 자를 건데, 네가 좀 도와줄래?"
메간이 일어서서 옷매무새를 가다듬었다. 생각했던 것만큼 통제 불능은 아니라고 생각하는 순간 메간이 결정타를 날렸다.
"저 여자들이 아줌마보다 훨씬 예쁘니까 아저씨가 저런 잡지를 보는 거예요."
메간은 제이디가 주장하는 것처럼 사회부적응자는 아니었다. 그러나 좋아하기 힘든 아이인 것만은 분명했다. 나는 화가 났다기보다는 메간이 딱하다는 생각이 들었다. 평범한 가정에서 자랐다면 저렇게 되지 않았을 텐데. 중학교와 고등학교 생활이 메간에게 무척 고달플 것이라는 생각이 들었다.
"메간, 너희 집과 우리 집은 오랫동안 서로 잘 알고 지냈단다. 그래서 네가 요즘 아주 힘들다는 것도 잘 알아. 하지만 넌 아주 착하고 특별한 아이야. 4학년이 되면 다 좋아질 거야. 엘라하고 다른 아이들이 게임을 할 건데, 거기 가볼래? 케이크 자르는 것보다 그게 더 신날 것 같니?"
우리는 거실로 나왔다.
"저 3점 슛 성공했어요."
계단을 내려가기 직전에 메간이 말했다.
"그래? 대단한데!"
"우리 집 주차장에서였는데, 오빠는 안 믿어요."
나는 메간의 어깨를 다독였다.
"아줌만 믿어."

"당신 얼른 옷 입어! 밀워키의 새 구단주하고 외출해야 하니까!"
전화를 받는 순간 찰리가 말했다.

"축하해요! 잘됐네요!"

"클럽에서 저녁을 먹을까 하는데, 예약 좀 해줄래?"

"찰리, 정말 축하할 일이긴 한데, 오늘 저녁은 집에서 먹을 수 없을까요? 프린스턴에 갈 짐도 챙겨야 하고 엘라 친구들이 오후에 우리 집에서 파티를 했어요."

"우리가 마지막으로 둘이 외출한 게 언제지?"

그것은 사실이었다. 야구장에 간 것을 제외하면 몇 달째 외출을 하지 못했다.

"린디, 오늘은 축하를 해야 돼. 내일이면 신문에서 온통 떠들썩하겠지만 당신은 오늘 이 소식을 들었잖아."

"가족들한테도 알렸어요?"

"아버지한테는 방금 말씀드렸고 아더 형하고 존 형한테는 아직 말 안 했어. 다들 엄청 배 아파 할걸? 7시 반 어때?"

"정말 축하해요. 진심이에요. 하지만 오늘만은 집에서 식사하면 안 될까요? 아직 집도 다 못 치웠어요. 그리고 당신하고 할 얘기도 있고요."

"뭔데?"

"집에 와서 얘기해요."

캐롤린 타이어는 메간을 데리러오지 않았고 메간은 조이스 서터의 차를 얻어 타고 가게 되었다. 결국 내가 캐롤린에게 전화를 해야 한다는 의미였다. 캐롤린과의 통화는 예상했던 대로 최악이었다.

"어떻게 그런 일이 있을 수 있죠? 다시는 그 집에 메간을 보내지 않겠어요!"

그걸 협박이라고 하는 걸까 하는 생각이 들긴 했지만 어쨌건 나는 진심으로 사과했다. 그러나 캐롤린과 이야기를 나누는 동안 이번 일이 마로니 가 사람들이 씹어대기에 얼마나 좋은 이야깃거리인지 깨달았다. 메간이 그 일을 친구들에게 떠벌리는 건 막을 수 있을지 몰라도 캐롤린이 과연 입을 다물어줄까? 메간을 보호하기 위해 그 이야기를 안 할 수도 있지만 누군가에게 떠벌리고 싶은 욕구를 참기 어려울 것이었다. 캐롤린과 전화를 끊은 뒤 나는 마로니 가 생활에 대한 폐쇄 공포증 같은 것을 느꼈다.

"심각한 거야?"

찰리가 물었다.

"이따 밤에 얘기해요."

"힌트 좀 줘. 몇 음절이야?"

"메간 타이어가 2층에 올라가서 당신 〈펜트하우스〉를 봤어요."

찰리가 웃음을 터뜨렸다. 전혀 예상 못 했던 반응은 아니었다. 어쩌면 나 자신도, 별일 아니라는 말, 그런 일로 죄책감을 느끼다니 참 바보 같다는 말을 듣고 싶었던 것일까?

"메간이 동성연애자였어? 하긴, 체격이 수비수 같긴 하더라."

"아까 캐롤린하고 통화했는데, 한마디로 끔찍했어요. 이 일로 이 동네에서 이상한 소문이라도 나면……."

"캐롤린 타이어와의 대화는 항상 끔찍해. 내가 〈펜트하우스〉를 본다는 소문이 나더라도 그게 헛소문은 아니잖아? 앨리스, 내가 보기엔 전혀 걱정할 일이 아니야. 마로니 가 남자들이 그런 잡지들을 안 볼 것 같아?"

"혹시 제이디가 알게 되면, 혹시 낸의 귀에 들어가기라도 하면……."

찰리가 다시 웃었다.

"그 여자들 남편들이 나를 포르노의 세계로 안내해준 작자들이야. 진정해. 그리고 클럽에 전화해서 7시 반으로 예약해."

나는 잠시 기다렸다가 입을 열었다.

"찰리, 미안해요. 주말에 큰 행사를 앞두고 있고 아침에 비행기 탈 때 소란 피우고 싶지 않아요. 오늘밤은 조용히 준비를 하고 싶어요."

"린디! 난 오늘 야구단을 샀다고! 젠장!"

"나한테 욕하지 말아요."

"그럼 나한테 이렇게 못되게 굴지 마!"

마치 전류에 감전된 듯 나는 수화기를 귀에서 멀리 떼어냈다. 어쩌다 여기까지 오게 되었을까? 찰리가 거친 말을 하는 것은 놀랄 일이 아니었다. 그러나 나에게 이런 말을 하는 것은 처음이었다. 나는 항상 그가 나에게만은 자상하고 따듯한 남자라고 믿어왔다. 그래서 그의 무례함이 오히려 더 매력적으로 느껴지기도 했다. 그러나 결국 나는 다른 사람들과 똑같은 처지로 전락하고 말았다. 그가 등을 세게 치고 맥주잔을 부딪치고 음탕한 농담을 주고받는 다른 사람들과 같은…….

어쩌면 찰리도 나만큼이나 자신이 던진 말에 대해 언짢아하고 있을지도 모른다고 생각했다. 그러나 다시 들려온 그의 목소리에서는 후회보다는 분노가 느껴졌다. 바로 나를 향한 분노였다.

"그럼 당신은 집에서 조용한 밤을 즐기셔. 난 오늘 일을 축하해줄 재미있는 사람을 찾아볼 테니까."

전화벨이 울린 순간 나는 분을 삭인 찰리가 다시 전화한 것이기를 바랐지만 전화를 건 사람은 조 타이어였다.

"파티에서 있었던 일에 대해 캐롤린한테서 얘기를 들었어요."

"조, 정말 창피해서 어쩔 줄 모르겠어요. 어떻게 사과해야 할지……."

"안 그래도 지금쯤 당신이 자학하고 있을 것 같더군요. 캐롤린이 보나마나 펄펄 뛰었겠죠. 앨리스, 캐롤린이 요즘 신경이 많이 날카로워요. 물론 이런 일이 없었으면 더 좋았겠지만, 솔직히 오늘 봤다는 게 지금까지 메간이 본 것 중에서 가장 충격적인 거였다면 메간이 운이 좋은 거죠. TV를 봐요. 별의별 게 다 나오잖아요?"

"조, 이해해줘서 고마워요. 하지만 어쨌든 정말 미안해요."

"물론 그 잡지들은 앨리스가 보는 건 아니겠죠?"

조의 목소리에는 유머가 담겨 있었다. 그러고 보니 줄곧 그랬던 것 같았다.

"아니에요. 제가 즐겨보는 책은 따로 있어요."

"앨리스의 남편을 내가 아주 오랫동안 봐왔다는 거 잊지 말아요. 어렸을 때부터 핼시언에서 버터 포장지에 나온 인디언 여자 그림으로 장난을 쳤어요."

찰리는 불과 몇 달 전에 엘라에게 똑같은 장난을 친 적이 있었다. 찰리의 그런 장난을 귀엽다고 생각해야 할지, 한심하다고 생각해야 할지 나는 판단이 서지 않았다. 찰리는 인디언 여자의 무릎을 동그랗게 오린 다음 여자가 들고 있는 버터를 위에만 붙여놓고 오려냈다. 그리고 오려놓은 부분을 그 뒤에 붙여놓았다. 버터를 위로 들추면 여자가 자기 젖가슴을 들고 있는 것처럼 보이게 하기 위해서였다. 30년이 지난 지금도 변하지 않는 것은 분명히 있었다.

"캐롤린한테 그 얘기를 들었을 때 제가 무슨 생각을 했는지 아세요? 만약 나한테 앨리스 같은 아내가 있었다면 나는 그런 허접한 잡지 따윈 들춰보지도 않았을 거란 생각을 했어요. 찰리는 자기 곁에 있는 사람의 가치를 몰라요. 전화 끊고 나서 그 친구한테 그대로 말해줘요."

조는 가볍게 말하고 있었기 때문에 나 역시 가볍게 말하려고 애썼다.

"별 말씀을 다 하시네요."

"더 중요한 얘기가 있어요. 지난번에 주유소에서 당신을 만나고 나서, 프린스턴 동창회에 가기로 결정했어요. 처음엔 혼자 가는 게 너무 쓸쓸할 것 같았는데, 생각해보니 지금 저한텐 친구들하고 어울리는 것보다 더 좋은 게 없겠더라고요."

"조, 잘하셨어요. 혹시 검은색하고 주황색 섞인 기모노 입으시는 거예요?"

"너무 늦게 신청해서 복장은 가서 골라야 해요. 퍼레이드 때 만나요. 어쩌면 앨리스가 거기서 제정신인 유일한 사람일지도 모르겠네요."

"절 과대평가하시네요. 저도 구호 연습했어요."

"캐롤린은 절대 그 구호를 외우지 않았어요. 그게 일종의 암시였을까요?"

전화를 끊자마자 또다시 전화벨이 울렸다.

"찰리가 브루어스 구단 샀다는 거 정말이야?"

제이디의 목소리였다.

나는 조금 머뭇거렸다.

"말하자면 그래."

내가 대답했다.

"언제 말하려고 했어?"

"어제까지 확실치가 않았어. 나도 방금 알았는걸. 찰리 혼자 산 건 아니야. 투자 그룹이 있고 찰리는 그중 한 명이야. 제이디가 생각하는 것처럼 대단한 건 아니야."

제이디도 상속받은 재산이 따로 있었기 때문에 만약 제이디와 아더가 투자에 참여했다면 우리보다 훨씬 더 큰 금액을 투자할 수 있었을 것이었다. 그날 아더가 야구장에 가지 않았던 것은, 그래서 그 계약에 참여하지 않았던 것은 단순히 우연이었을까?

"우리한테 귀빈석 줄 거지?"

"지금 자리도 그렇게 나쁘진 않은데 뭐."

내가 말했다.

"프린스턴에서 돌아오자마자 전화해. 아더의 20회 동창회 때는 날씨가 무지하게 더웠는데, 그래도 재미있었어. 이번엔 찰리가 술을 엄청 마시더라도 좀 봐줘. 다른 사람들도 다 그럴 테니까."

나는 메간 타이어 일과 찰리가 나에게 거친 말을 했다는 얘기를 할까 생각했지만 그렇게 되면 통화가 45분이 될 테고 그러기에는 할 일이 너무 많았다. 게다가 엘라가 듣는 것도 원치 않았다.

"월요일에 전화할게."

내가 말했다.

엘라의 저녁으로 나는 치즈를 녹인 피자 토스트를 만들었다. 토마토소스는 넣지 않았지만 우리는 그렇게 불렀다. 나는 낮에 먹다 남은 버거를 데워서 머스타드소스에 찍어 먹었다. 찰리가 돌아와서 출출해하면 찰리에게도 버거를 줄 생각이었다. 학기가 끝났기 때문에 나는 엘라에게 〈코스비 가족〉을 봐도 좋다고 했다. 내가 엘라의 방과 내 방을 오가며 짐을 싸는 동안 엘라는 검은색 드레스를 입고 우리 침대에 누워 TV를 보았다.

"곰돌이 가져갈 거지?"

내가 물었다.

"아직 가방에 넣지 마! 오늘밤에 필요하거든."

엘라의 곰돌이는 전형적인 곰 인형이 아니었다. 붉은색 천 조각들을 이어서 만든 곰 인형으로 엘라가 태어났을 때 나의 엄마가 만들어준 것이었다. 곰돌이는 아직도 엘라의 침대에서 함께 자는 유일한 동물 인형이었다.

〈코스비 가족〉이 끝나고 두 프로가 더 끝날 때까지도 찰리는 들어오지 않았다. 얼마나 많은 밤을 이렇게 보내야 할까? 얼마나 많은 밤을 찰리가 이렇게 늦는 것을 이해해줘야 할까? 전화벨이 울렸을 때 나는 다시 한 번 찰리라고 생각했고 다시 한 번 실망했다.

"저…… 블랙웰 부인이시죠?"

여자의 목소리였고 나는 목소리의 주인공이 누구인지 바로 알아차릴 수 있었다. 젊고 조심스러운 목소리였다.

"섀넌이에요."

"어머! 어쩐 일이에요?"

"늦은 시간에 죄송한데요……."

"무슨 일 있어요?"

내가 물었다. 침대에 앉아 있던 엘라가 고개를 들었다. 나는 무선전화기를 들고 밖으로 나갔다.

"왜 전화를 드렸냐 하면, 조금 전에 찰리 블랙웰 씨를 만났거든요."

마치 뜨겁고 가느다란 전선줄이 몸을 휘감듯 가슴속에서 불안감이 소용돌이치기 시작했다. 찰리의 차가 전신주를 들이받았다는 얘기가 나올 것만 같았다. 실제로 내가 들은 이야기는 그보다 나을 것이 없었다.

"허먼스에서 만났어요."

"허먼스가 뭐 하는 데죠?"

"술집이에요."

"거기서 우연히 만났다고요?"

"아뇨, 거기 같이 갔어요. 저한테 몇 시간 전에 전화를 하셨더라고요. 시간이 있냐고요. 데리러오겠다면서 얘기를 하고 싶다고 하셨어요. 전 엘라에 관한 일이라고 생각했어요. 제가 차에 탔더니 한잔하겠느냐고 하시더라고요."

"허먼스가 어디 있어요?"

"웰스 가예요. 캠퍼스 근처에 있어요. 제가 전화를 드리는 이유는, 술을 몇 잔 하셨더라고요. 무슨 뜻인지 아시죠?"

몸속에서 소용돌이치던 전선이 폭발해 작은 조각으로 내 혈관을 타고 흐르기 시작했다. 전신주에 차를 들이받을 가능성은 여전히 존재했다. 베이비시터와 데이트를 한 것은 그 사고의 전초전일 뿐이었다. 게다가 캠퍼스라면…… 섀넌은 마르케트 대학 2학년이었고 그곳은 우리가 사는 곳에서 6킬로미터 정도 떨어진 거리였다.

"몇 잔이나 마셨어요?"

내가 최대한 침착한 목소리로 물었다.

"아마 다섯 잔에서 여섯 잔 정도요? 한 시간 정도 있었어요. 죄송해요. 왠지 아셔야 할 것 같아서."

"아니에요. 전화해줘서 고마워요. 집으로 간다고 하던가요?"

"잘 모르겠어요. 밀워키 브루어스를 샀다고 하셨어요. 무척 흥분한 상태이신 것 같았고요."

섀넌이 멋쩍게 웃으며 말했다.

"혹시……."

도저히 말이 나오지 않았다.

"혹시 제 남편이……."

누군가 목을 조르는 것처럼 목소리가 제대로 나오지 않았다.

"아뇨, 전혀요. 그냥 얘기만 하셨어요. 주로 야구에 대해서요. 기분이 굉장히 좋으시더라고요. 저도 여기까지 데려다 주셨어요."

한 시간 동안 술을 대여섯 잔 마시고 엘라의 베이비시터를 옆자리에 태우고 운전대를 잡고 집으로 데려다 주었다고?

"섀넌, 뭐라고 사과해야 할지 모르겠네요. 제 남편이 실수를 한 것 같아요. 섀넌은 제대로 처신한 거예요."

"솔직히 두렵지는 않았어요. 찰리 블랙웰 씨를 잘 아니까요. 집에 무사히 돌아가셔야 할 텐데 걱정이 되더라고요."

섀넌이 그 말을 하는 순간 찰리가 들어오는 소리가 들렸다. 그가 자동차 경적을 일곱 번 정도 울렸다. 자기가 들어왔다는 것을 알리기 위해 가끔 하는 행동이었다.

"다신 그런 일 없을 거예요."

수화기를 내려놓고 나니 가슴이 걷잡을 수 없이 두근거렸다.

"누구야?"

엘라가 물었다.

"엄마 친구야. 네가 모르는 사람."

TV에서 세제 광고가 나오고 있었고 아래층에서 찰리가 노래를 흥얼거리며 계단을 올라오는 소리가 들렸다. 그가 방으로 들어와 내게 키스하려고 몸을 숙였다. 내 잘못은 이미 용서된 모양이었다. 엘라가 침대에서 뛰어 내려와 아빠에게 달려들었다. 찰리는 엘라를 거꾸로 들어 올렸다. 엘라의 드레스가 머리를 덮자 찰리가 엘라의 배를 간질였다. 엘라가 비명을 지르며 찰리의 몸을 움켜잡으려 했다.

찰리가 엘라를 침대 위에 던졌고 엘라는 드레스를 바로잡고는 곧바로 다시 찰리에게 기어오르려 했다. 뜻대로 되지 않자 두 팔을 벌리면서 "아빠! 안아줘!"라고 소리쳤다.

"엘라, 아빠 허리 부러진다. 너 이제 체중이 장난이 아니야. 한 45킬로그램 나가니?"

찰리는 다시 엘라를 간질이기 시작했다.

"킁킁! 아이스크림을 너무 많이 먹은 아가씨가 어디 있을까! 엑스트라라지 피자를 혼자 다 먹어치운 아가씨는 또 어디 있을까!"

찰리의 장난에 엘라는 눈물이 날 정도로 웃어댔다. 숨을 헐떡이면서 비명을 지르면서, 얼굴이 벌겋게 달아오르도록.

나는 한 번도 그렇게 웃어본 적이 없었다. 찰리에게 몹시 화가 나 있음에도 불구하고 나는 묘한 감동을 느꼈다. 전에도 느꼈던 감동이었다. 썰렁했던 집 안을 갑자기 시끌벅적하게 하는 것, 어디를 가든 그 자신이 파티의 주인공이 되게 하는 것은 분명히 찰리만이 지닌 특별한 능력이었다. 남편과 딸은 무척 행복해 보였고 나는 도저히 그를 질책할 수 없었다. 나는 두 사람이 장난을 치는 모습을 조용히 바라보았다.

"엘라, 아빠가 오늘 뭘 샀는지 알아?"

"열기구!"
엘라가 소리쳤다.
"열기구보다 더 좋은 거!"
찰리는 그다지 술에 취한 것 같아 보이지는 않았다. 기분이 조금 들떠 있는 것은 사실이지만 정신은 멀쩡했다.
"아빠가 오늘 밀워키 브루어스 구단을 샀어. 매일 야구장 갈 준비됐어?"
"야호!"
엘라가 소리쳤다.
"적어도 한 사람은 좋아하니 다행이군."
찰리가 나를 바라보며 말했다.

침대에 누워 시계를 보니 12시 15분 전이었다. 찰리는 똑바로 누워서 눈을 감고 있었다. 잠들지 않은 것이 분명했지만 그래도 눈을 감고 누워 있는 사람을 붙잡고 싸움을 걸 수는 없었다.
"제시카 서튼을 비들 아카데미에 입학시키고 우리가 학비를 대야겠어요."
그가 눈을 뜨고 얼굴을 찌푸렸다.
"도대체 무슨 뚱딴지같은 소리야?"
화가 났다기보다는 이해가 안 간다는 듯한 목소리였다.
"제시카가 스티븐스에 입학하는 건 용납 못해요. 낸시 드와이어한테 가을학기 입학이 가능한지 알아보려고 전화해봤어요. 7학년에 자리는 있는 것 같은데, 장학금은 좀 어렵겠대요."
"그러고 보니 생각이 나는데."
그가 몸을 옆으로 돌리며 말을 이었다.
"내가 오늘밤 누굴 만났는지 알아?"

"말 돌리지 말아요."
"한번 알아맞혀 봐."
그가 싱긋 웃었다.
"당신이 누굴 만났는지 알고 있고 난 하나도 재미있다고 생각하지 않아요."
내가 차갑게 쏘아붙였다.
"에이! 당신이 어떻게 알아!"
찰리가 장난스러운 목소리로 말했다.
"찰리, 당신이 내려주고 나서 섀넌이 나한테 전화를 했어요. 아주 곤혹스러워하더군요. 그럴 만도 하죠. 당신이 섀넌한테 어떻게 보였을지 생각이나 해봤어요? 당신은 섀넌보다 나이가 두 배나 많고 섀넌을 고용한 사람이에요. 앞으로 다시 엘라를 부탁할 수 있을지 모르겠어요. 부탁한다고 해도 섀넌이 와줄지도 의문이고요. 나라면 오지 않을 거예요."
"억지 부리지 마. 얼마나 재미있었는데 그래? 아주 괜찮은 아가씨더군. 섀넌 아버지가 배관수리공이라는 거 알고 있었어?"
나는 일어나 침대 머리에 기대어 앉은 다음 팔짱을 끼었다. 누가 보아도 잘못된 행동이었지만 그의 말에 어떻게 대답해야 할지, 어떻게 설명해야 할지 난감했다. 나는 숨을 몰아쉬었다.
"섀넌은 엘라를 봐주는 대학생이에요. 당신은 마흔두 살이고요. 그런데 당신이 섀넌을 술집에 데리고 갔어요."
"당신이 미스 루비를 극장에 데리고 간 건 괜찮고?"
그가 코웃음을 쳤고 그제야 나는 상황을 이해했다. 나는 덫에 걸린 것이었다. 그는 내가 미스 루비와 연극을 보았다는 얘기를 프리실라에게 듣고 나서 나에게 이 질문을 던지기 위해 저녁 내내 일을 꾸몄던 것이다. 다른 사람이 아닌 섀넌을 선택한 것은, 섀넌이 좋아서가 아니라 나에게 교훈을 주기 위해서였다. 섀넌의 전화를 받고 나서, 내가 찰리의 아내로서 위협을 느끼거나 배신감을 느끼지는 않았지만, 반대로 몹시 괴로웠던 것도 바로 그런 감정 때문이었다. 찰리는 여자를 밝히는 타입은 아니었다. 음탕한 농담을 즐기는 것은 사실이었지만 다른 여자와 연애를 하는 것은 상상할 수가 없었다. 나 몰래 다른 여자를 만나서 복잡한 상황에 휘말리는 것은 그답지 않았다. 찰리는 나를 조롱하고 모욕할지언정 나를 배신할 사람은 아니었다.

"그건 전혀 다른 얘기예요."

내가 말했다.

"가정부하고 베이비시터가 뭐가 달라? 내가 보기엔 똑같은데?"

찰리와 나는 잠시 서로를 쏘아보았다. 나는 그의 뺨을 갈기고 가슴을 밀어내고 싶었다. 그러나 대신 나는 이불을 홱 젖히고 일어섰다.

"도대체 당신 왜 그래요? 지금 농담하잔 거예요? 당신이 술에 취한 것 같다고 섀넌이 그러더군요. 그러다가 경찰에 걸리기라고 하면, 다른 차를 들이받아서 죽기라도 하면, 다른 사람을 죽이기라도 하면!"

그가 팔꿈치로 몸을 지탱하며 바로 누웠다.

"앨리스, 당신이 나한테 운전에 대해 훈수를 둘 자격이 있다고 생각해?"

찰리가 침착한 목소리로 말했다.

나는 기가 막혔다. 지난 몇 주 동안, 찰리에게서 가장 끔찍한 말을 들었다고 생각할 때마다 그로부터 며칠 뒤 찰리는 그보다 더 끔찍한 말을 했다. 나는 있는 대로 화가 나서 침대 발치를 돌아 그의 서랍장으로 갔다. 나는 서랍을 열고 〈펜트하우스〉를 꺼내 그에게 하나씩 던지기 시작했다.

"나쁜 자식!"

내가 소리를 지르고 있고, 엘라가 같은 층의 방에 잠들어 있다는 생각을 어렴풋이 하긴 했지만 도저히 억누를 수가 없었다.

"당신은 망나니야! 자기밖에 모르는 망나니라고! 당신은 사는 게 신나고 재미있지? 하지만 그건 당신이 부자로 태어났기 때문이야! 항상 주위에 당신 치다꺼리를 해주는 사람들이 있었겠지! 좋은 학교에 보내주고 집안 사업으로 편안한 일자리가 있고 이제 프로 야구 구단까지 당신한테 있으니까! 나한테 그 철없는 짓거리들을 다 참아달라는 거야? 다 지겨워! 알겠어? 이제 지긋지긋하다고! 살면서 고생을 한 번도 안 해봤다고 해서 그게 당신이 한 번도 잘못한 적이 없다는 뜻인 줄 알아!"

더 이상 던질 잡지가 남아 있지 않았다. 찰리는 여전히 손으로 얼굴을 가리고 있었다. 손가락 사이로 보이는 그의 표정은 놀란 것 같기는 해도 여전히 심각하지는 않았다. 찰리는 내가 장난을 치는 거라고 믿고 싶은 눈치였다.

나는 돌아서서 밖으로 나갔다.

"린디! 제발 이러지 마."

나는 손님방으로 가서 문을 쾅 닫았다. 그리고 온몸으로 흐느끼며 울었다. 찰리와 내가 앞으로 결혼생활을 지속할 수 있을까? 복도에서 발소리가 들렸다. 그가 싸움을 끝내려고 와준 것이 고맙다는 생각이 들었다. 적어도 그것은 어른스러운 행동 같았다. 조그만 엘라의 목소리가 들릴 때까지 나는 그렇게 생각하고 있었다.

"엄마?"

문을 여는 순간 엘라가 울음을 터뜨렸다.

뉴어크로 향하는 비행기에서 우리 세 사람은 조용했다. 그날 아침 집에서도 조용했고 공항으로 가는 길에도 조용했고 렌터카를 타고 남쪽으로 향하는 동안에도 조용했다. 찰리는 내가 신호를 보내주기를 기다리는 것 같았지만 나는 신호를 보내지 않았다. 나는 그와 거의 눈을 맞추지 않았다. 엘라 역시 엘라답지 않게 찰리와 나 사이에서 눈치를 보았다. 그날 아침 부엌에서 찰리는 엘라에게 신문에 난 기사를 보여주었다. 캐피탈 그룹이 브루어스를 매수했다는 기사가 실려 있었다. 내색은 하지 않았지만 나에게 보여주려는 것이 분명했다. 나는 그 기사를 읽지 않았다.

나는 공항에서 조 타이어를 만날지도 모른다고 생각했지만 다른 비행기를 탄 모양이었다.

비행기에서 엘라가 찰리와 나 사이에 앉았다.

"생각해봤는데, 제시카 서튼이야말로 장학금을 받을 적임자야."

엘라가 읽고 있던 책에서 고개를 들었다.

"적임자가 무슨 뜻이야?"

찰리와 내가 둘 다 대답을 하지 않자 엘라가 내 소매를 잡아당기며 다시 물었다.

"제시카 언니가 적임자라는 게 무슨 뜻이야?"

"자격이 있다는 뜻이야. 내 말이 그 말이에요. 그런데 이미 가을학기 장학금은 수혜자가 정해졌대요."

내가 엘라에게 대답한 뒤 찰리에게 말했다.

나는 흥분한 내색을 하지 않으려고 애써 침착하게 말했다. 그를 떠날 거라면 그에게 너그럽지 못할 이유가 어디 있겠는가?

"당신이 그런 생각을 한 건 훌륭하지만 시기적으로 좋지가 않아. 구단을 인수하느라 엄청난 돈을 썼으니 다른 곳에는 지출을 줄여야 해."

"비들 아카데미 학비가 얼마나 되는지는 알아요?"

나는 그가 모르기를 바랐다.

"5천에서 6천 달러 정도?"

내 바람은 빗나갔다.

"5천 5백 달러요. 하지만."

나는 최대한 침착하고 사무적으로 말하려 애썼다.

"브루어스 구단을 인수하는 돈에 비하면 새 발의 피예요. 거의 표시도 나지 않을 액수죠."

왜 내가 아직도 이런 실랑이를 해야 하는 걸까? 설령 내가 그를 설득할 수 있다고 해도 만약 내가 찰리를 떠나겠다고 말한다면 그는 결코 장학금을 주지 않을 것이었다.

"하지만 1년만 대는 게 아니잖아."

그 역시 최대한 나를 설득하려는 투로 말했다.

"제시카가 가을학기에 등록하고 우리가 5천 5백 달러를 내준다고 쳐. 그러고 나서 낸시 드와이어가 '이런, 내년 학기에도 제시카가 장학금을 못 받겠네요'라고 하면, 우리가 다시 제시카를 거기서 끌어내야 할까? 이번에 학비를 대주면 앞으로 적어도 6년 동안은 대줘야 한다는 뜻이야."

그의 말은 틀리지 않았다. 하지만 4만 달러 정도는 어떻게든 마련할 수 있었다. 물론 적은 액수는 아니었지만 우리는, 아니, 찰리는 그 돈을 마련할 수 있었다. 게다가 브루어스 구단을 인수하기 위해 그와 다른 투자자들이 함께 투자한 것은 결국 수익을 내기 위해서가 아니었던가? 나의 인내심이 한계에 달했다. 그가 하는 말들은 그가 내 제안을 충분히 검토했음을 보여주기 위한 수단일 뿐이었다. 결국 허락하지는 않을 거면서 다양한 각도에서 진지하게 생각해보았다고 말하고 싶었던 것이다.

"당신 말이 옳아요."

내가 말하고 다시 〈뉴요커〉를 읽기 시작했다. 렌터카를 타고 캠퍼스에 도착할 때까지 우리는 거의 말을 하지 않았다.

"배고파!"

뒷좌석에서 엘라가 말했다.

"가면 먹을 게 있을 텐데, 일단 이거 먹을래?"

내가 가방에서 프레첼을 꺼냈다.

"프레첼 싫어."

"언제부터?"

"원래부터."

"엄만 몰랐어."

"그럼 아빠가 먹어도 상관없겠구나."

운전을 하던 찰리가 말했다.

그는 내 무릎 위로 손을 뻗어 봉지를 뒤져서 프레첼을 거의 다 꺼내서 입 안에 한꺼번에 넣은 다음 빰을 불룩하게 만들고 부스러기를 셔츠에 흘리면서 먹기 시작했다.

"냠 냠 냠……."

그가 우스운 소리를 냈다.

엘라가 깔깔거리며 웃었고 찰리는 엘라를 바라보며 웃었다. 그는 프레첼을 다 먹은 뒤 나를 바라보았다.

"혹시 나중에 먹으려고 아껴둔 건 아니지? 만약 그렇다면 다시 돌려줄 수도 있어."

그가 몸을 앞으로 숙이며 토하는 시늉을 했다.

"더러워!"

엘라가 소리쳤다.

엘라는 아빠의 장난이 재미있는 모양이었다.

"운전 똑바로 해요."

내가 말했다.

주차를 한 뒤 우리는 20회 동창회 행사장으로 향했다. 나는 결혼한 지 1년이 채 안 되었던 78년도에 찰리와 10회 동창회에 참석했었고 그 이후로 83년 엘라가 네 살이었을 때 15회에도 프린스턴에 왔었다. 당시 나의 반응은 지금의 반응과 별로 다르지 않았다. 이곳 캠퍼스는 실제 대학 캠퍼스라기보다는 마치 영화에 나오는 세트장처럼 완벽해서 처음에는 그 아름다움을 애써 외면하고 싶어졌다. 마치 모든 여자들과 시시덕거리는 잘생기고 카리스마 넘치는 남자를 파티에서 외면하고 싶어지는 것처럼.

프린스턴 대학의 건물들은 튜더 양식이거나 빅토리아 고딕 양식으로 벽돌과 대리석, 수많은 창문들, 돋을새김 무늬와 용마루 장식, 담쟁이덩굴로 뒤덮인 돌담으로 이루어져 있었다. 크고 작은 탑들과 매혹적인 그늘을 만들어주는 아치문에서는 배움과 희망의 향기가 풍겼다. 잔디밭에는 대각선으로 보도가 나 있었다. 정문으로 들어오면 가장 먼저 눈에 띄는 건물이 바로 나소 홀이다. 사암으로 지어진 웅장하고 반듯하게 뻗은 건물의 입구는 은빛을 띠는 청동 호랑이가 지켰다. 동창회를 진행하기 위해 학생들과 졸업생들이 분주하게 움직였다. 그들 중에는 우리 사촌인 해리와 리자도 있었다. 두 아이 모두 똑똑하고 발랄하며 특권을 지닌 아이들이었다. 프린스턴에 올 때마다 나는 밀워키에서 느꼈던 것처럼 우리가 부당한 특권을 누리고 있는 것 같은 기분이 들었다.

20회 동창회의 텐트는 '홀더 코트야드'라는 이름의 정원에 마련되어 있었다. 캠퍼스 곳곳에 거대한 흰색 캔버스 텐트가 세워졌고 텐트 입구에는 검은색 나무판에 오렌지색으로 졸업 연도를 적어놓은 간판이 달려 있었다. 1968년 뒤쪽으로 1966년, 1967년, 1969년, 1970년 텐트가 보였다. 텐트 안으로 들어가면 댄스홀처럼 나무로 바닥을 깔아놓았고 그날 밤과 그다음 날까지 연주를 해야 하는 밴드의 무대, 오렌지색 종이를 깔아놓은 긴 뷔페 테이블, 접이식 의자들과 둥근 테이블 들이 있었다. 테이블마다 오렌지색 트레이닝복에 흰 모자를 쓴 사람들이 벌써 자리를 잡고 맥주를 마시며 큰 소리로 웃고 떠들고 있었다.

메인 텐트 옆에는 조그만 두 개의 텐트가 있었고 그곳에서 맥주를 무제한으로 공급했다. 젊은 대학생 바텐더들이 오렌지색 두건을 쓰고 시중을 들었다. 찰리는 프린스턴이 남녀공학이 되기 이전에 졸업했다. 검은색과 오렌지색 실크 스카프나 블라우스, 랩 스커트를 입은 졸업생의 부인들, 오렌지색 리본이 달린 핸드백을 들고 다니는 여자들도 많았지만 전반적으로 남성적인 분위기가 느껴졌다. 아이들은 프린스턴의 상징이 들어 있는 액세서리를 했고 텐트 한구석에 마련된 페이스페인팅 부스에서 얼굴에 오렌지색과 검은색 줄을 그리고 다녔다.

우리는 접수 데스크로 갔다. 긴 금발을 하나로 묶고 오렌지색 티셔츠를 입은 예쁜 아가씨가 우리에게 캠벨 기숙사의 방을 지정해주었다. 우리는 수건을 받는 줄로 안내되었고 그곳에서 또 다른 예쁜 아가씨가 시트와 타월을 나눠주었다.

찰리는 이미 스무 명 남짓한 동창들과 인사를 나누었다. 내가 아는 사람도 있었고 모르는 사람도 있었다. 부인과 함께 온 사람도 있었고 혼자 온 사람도 있었다. 그들은 서로를 보고 환호하고 끌어안고 등을 치고 장난을 쳤다.

"재수 없는 자식! 이 재킷이 아직도 맞는단 말이야?"

데니스 고든이라는 친구가 찰리의 재킷 밑단을 잡고 물었다.

찰리는 밀워키에서부터 프린스턴을 졸업할 때 입던 소위 '맥주 재킷'을 입고 있었다. 친구들은 찰리와 인사를 한 뒤 나와 엘라의 뺨에도 키스를 했다. 그들은 찰리에게 화를 내는 척하며 옛날 일을 들먹였다.

"68년 여름, 다들 맥주를 마시면서 휴가를 즐기는데, 이 친구가 나한테 자기 논문을 전부 다 타이핑하게 시켰어요. 120페이지나 되는 걸 다 내가 쳤다니까요. 철자법까지 고쳐가면서!"

토비 맥키라는 사람이 한 말이었다.

"이 친구가 글쎄, 나소 홀 종탑에 올라가서 종 속에 달린 추를 훔치자고 했지 뭡니까!"

킵 스펜서라는 사람이 말했다.

그들은 밀워키에서 어떻게 지내냐며 우리 안부를 물었다. 찰리도 그들에게 아직도 약국을 운영하고 있는지, 아직도 뉴욕의 광고대행사에서 일하고 있는지를 물었다. 그들의 대답을 듣고 나서 찰리는 "사실, 내가 이번에 좀 큰일을 저질렀어. 우리 투자 그룹에서 밀워키 브루어스 구단을 인수했거든" 하고 말했다.

"밀워키 브루어스 프로 야구단 말이야?"

"대단한데!"

"어렵쇼!"

그들의 반응이었다.

"아이고 배 아파라!"

리처드 기본스라는 사람이 말했다.

상대방의 반응이 열렬할수록 찰리는 더 겸손해졌다.

"운 좋게 투자 그룹에 끼게 된 거지 뭐. 지난 시즌에 성적 기복이 심해서 앞으로 부담이 좀 되긴 해."

테오 셸든이라는 사람은 그의 겸손을 무시했다.

"헛소리하고 있네! 네가 폴 몰리터 같은 선수들하고 노닥거릴 때 사무실에서 브리핑이나 하고 있어야 하는 내 신세를 생각해봐!"

나는 찰리가 정말 동창회 때문에 야구단을 인수한 건 아닌가 하는 의문이 들었지만 아무리 생각해도 찰리의 일정에 맞추어 그런 큰 일이 진행되었을 가능성은 희박했다. 아마도 찰리의 삶에서 일어난 다른 일들이 그랬던 것처럼 그저 운이 좋았던 것이리라.

우리는 짐을 풀기 위해 기숙사로 갔다. 기숙사는 화장실이 따로 있는 것을 제외하면 훌륭한 숙소였다. 다시 텐트로 돌아와 보니 불과 몇 분이 흘렀을 뿐인데도 사람이 두 배로 늘어나 있었다. 나는 엘라에게 먹을 것을 챙겨주었다. 킵 스펜서와 그의 아내 애비게일이 엘라 또래의 딸 베키를 데리고 왔다. 엘라와 베키는 바로 친해져서 함께 뛰어다녔다. 둘은 곧 얼굴에 페인트칠을 하고 나타나더니 또 조금 있다가 페인트가 번져서 돌아왔다. 열 명 남짓한 아이들이 모여들자 엘라는 신이 난 것 같았다.

마음이 편안해진 나 자신이 놀라웠다. 내 주위로는 온통 오렌지색과 검은색 옷을 입고 기분 좋게 취해 있는 남자들이었다. 찰리도 기분이 좋아 보였다. 나는 여자들과 너그러운 미소를 주고받았다. 오후 4시가 되자, 찰리와의 결혼생활을 끝내겠다는 생각은 단호한 결심이라기보다는 한순간의 망상처럼 느껴졌다. 찰리와 나 사이의 긴장감도 어느덧 사라졌다. 우리의 대화는 겉돌았지만 나는 개의치 않았다. 나는 시끄럽게 웃고 떠드는 다정한 사람들에 둘러싸여 있는 것이 좋았다. 프린스턴의 응원구호를 외치는 그들의 모습은 너무도 사랑스러웠고 찰리에게서도 최근에 볼 수 없었던 다정함이 느껴졌다. 찰리는 맥주를 더 가지러 갈 때마다 나에게 더 마시겠느냐고 물어주었다.

저녁식사는 텐트 안에 준비된 소박한 뷔페였다. 닭고기와 감자 요리, 샐러드와 빵 같은 것들이었다. 밴드가 연주를 시작했다. 푸른색 정장을 입은 7명의 흑인 남자와 흰색 드레스를 입은 흑인 여자가 노래를 불렀다.

먼저 춤을 추기 시작한 것은 아이들이었다. 엘라와 베키를 포함한 아이들은 리듬을 타기보다는 손을 흔들고 펄쩍펄쩍 뛰었고 곧 어른들도 춤을 추기 시작했다. 찰리는 타고난 춤꾼이었다. 나는 결혼하고 몇 달 후에야 그 사실을 알게 되었다. 그의 형 존의 서른다섯 번째 생일파티에서였다. 물론 어느 자리에서나 최고의 춤꾼이 될 정도는 아니었지만 어쨌든 그의 춤 솜씨는 훌륭했다. 그러나 찰리가 춤을 추는 모습을 바라보는 것이 즐거운 이유는, 그가 전혀 거리낌이 없고, 마음껏 즐기고 있는 데다, 자신감이 넘치면서도 한편으로는 너무나 천진스러웠기 때문이었다. 동창들 틈에서 찰리가 얼마나 젊어 보이는지 나는 새삼 놀랐다. 찰리의 친구들 중 상당수는 대머리거나 뚱뚱하거나 체력이 달려 보였지만 찰리는 우리가 결혼했을 때와 똑같이 매력적이었다. 그의 외모는 조금도 변하지 않았다.

9시 반이 되자 엘라가 기다리던 사촌 해리와 리자가 왔다. 해리는 그 해 졸업식 때 입을 맥주 재킷을 입고 있었다. 두 아이 모두 조금 취한 것 같았다. 리자와 찰리가 춤을 추는 동안 해리와 엘라가 춤을 추었고 그다음에는 해리와 내가 춤을 추었다. 삼촌처럼 해리 역시 춤을 잘 추었고 부유한 집안의 자신감 넘치는 스물두 살짜리 남자아이답게 여자들에게 무모하지만 사랑스럽게 집적거렸다. 해리는 알래스카에서 여름을 보내고 돼지사육장에서도 일하게 될 터였다. 블랙웰 사람들과 한 가족이 되기 전에는 알지 못했던 세계였다. 그들은 항상 큰돈을 투자해서 먼 곳으로 여행을 했고 고생스러운 모험을 자처했다. 그런 것들이 결국에는 엄청난 이야깃거리가 되었다. 해리의 형인 토미는 고등학교 여름방학을 그리스의 건설현장에서 보냈고 리자는 온두라스의 고아원에서 자원봉사를 했다. 돼지사육장 잡역부 일을 마치고 나면 해리는 그의 두 형과 에드와 합류해 2주 동안 북부 알래스카로 낚시 여행을 떠날 것이다. 그리고 돌아와서 맨해튼의 메릴린치에서 연구원 일을 시작할 것이다. 그의 눈에 비치는 세상은 참으로 신나고 매혹적인 곳이리라. 그는 졸업식을 앞두고 동창회 파티에서 술에 취해 즐거워할 만했다.

해리와 리자가 다른 텐트로 간 뒤 시계를 보니 11시가 넘어 있었다. 나는 엘라를 찾아보았다. 엘라는 어떤 남자아이와 아이들 버전의 탱고를 추고 있었다. 나는 찰리에게 엘라를 데리고 가서 재우겠다고 말했다.

"엘라 재우고 나서 다시 나와!"

찰리는 음악소리 때문에 거의 고함을 지르다시피 말했다.

"여긴 아주 안전하니까! 알았지?"

나는 고개를 저었다.

"엘라 혼자 둘 수는 없어요. 하지만 당신은 마음껏 즐기다 들어와요."

내가 그렇게 말하지 않아도 찰리는 마음껏 즐기리라는 것을 알고 있었다. 오늘만은 나도 찰리에게 너그럽고 싶었다.

밴드가 〈댄싱인더스트릿〉을 연주하기 시작했다.

"정말 다시 안 올 거야? 당신이 있어야 더 재미있는데!"

찰리의 말이 따듯하고 고마워서 나는 잠시 움찔했다. 나는 더 이상 재미있는 여자가 아니었다. 적어도 찰리의 관점에서 보면 그랬다. 나는 그에게 다가서서 키스했다.

"나도 그러고 싶어요. 당신도 너무 무리하지 말아요. 내일도 일이 많을 테니까."

그가 알았다는 듯 경례를 한 다음 "엘라 데려와. 잘 자라고 인사하게"라고 말했다.

나는 새로 사귄 친구들 틈에 있는 엘라를 찾았고 엘라는 아빠에게 키스했다. 엘라와 나는 기숙사 건물로 향했다.

"난 프린스턴이 좋아!"

아치문 밑의 계단을 내려갈 때 엘라가 말했다.

동창회의 하이라이트인 퍼레이드는 토요일 2시에 시작되었다. 수천 명의 졸업생들이 학번별로 잔디밭에 모였다. 기다리는 동안 분위기는 시끌벅적했고 모두들 술을 많이 마신 상태였다. 프린스턴 사람들은 위스콘신 사람들만큼이나 술을 많이 마시면서도 여전히 유쾌하고 정신이 맑은 유일한 사람들인 것 같았다. 동창들은 끊임없이 서로 인사를 나누며 반가워했다. 너무 덥지는 않을지, 비가 오지는 않을지, 날씨는 항상 동창회의 큰 관심사였다. 마침내 퍼레이드가 시작되자 관중의 에너지가 통제할 수 없는 상태로 치솟았다. 동창회에 참석한 사람 중 가장 나이가 많은 사람이 퍼레이드를 이끌었다. 올해에는 1910년도에 졸업한 에드윈 패리쉬라는 사람이 은색 지팡이를 짚는 영예를 누렸다. 에드윈 패리쉬는 재학생이 끄는 마차에 탔고 그가 지나갈 때 사람들이 환호했다. 그 뒤로 25회 동창회를 맞이한 63년 졸업생이 행진했다. 그들은 겨우 47명이었다. 나는 조 타이어를 찾아보았다. 햇살과 인파 속에서 나는 그의 얼굴을 찾을 수 없었다. 졸업 연도가 소개될 때마다 오렌지색으로 가장자리를 두른 검은색 바탕에, 오렌지색으로 숫자를 쓴 깃발이 보였다. 나이가 많은 졸업생들을 위해서 대학생들이나 동창회원의 손자들이 깃발을 들었고 젊은 졸업생들은 그들 자신이 깃발을 들었다. 나이 든 졸업생들은 골프 카트를 탔고 미망인이 타고 있는 경우도 있었다. 그들을 보면서 가슴이 뭉클해지는 사람이 나 혼자만은 아니었으리라. 1916년 졸업생 중에서 유난히 힘이 넘치는 90대 노인 한 명이 탭 댄스를 추었고 관중은 귀가 먹먹해질 정도로 환호성을 질렀다. 모두가 오렌지색 트레이닝복이나 오렌지색 혹은 검은색 재킷, 야구모자를 쓰고 있었고 호랑이 꼬리를 달고 있는 어른과 아이들도 눈에 띄었다.

"부자들은 다 이상하다고?"

찰리가 내게 몸을 숙이며 물었다. 핼시언에서 내가 술에 취해 했던 말이었다. 그는 내 손을 꽉 쥐었다가 1943년 졸업생이 지나가는 것을 보고 박수를 치기 위해 손을 놓았다. 그 순간 나는, 적어도 한 가지에서만은 찰리와 결혼하길 잘했다는 생각이 들었다. 찰리 덕분에 나는 참으로 다양한 경험을 할 수 있었다.

한참을 기다리자 65년 졸업생들이 지나갔고 그 뒤로 66년, 67년 졸업생들이 지나가고 마침내 우리 차례가 되었다. 우리는 그들 뒤를 따라 행진하기 시작했다. 엘라와 찰리가 86년도 졸업생들의 구호를 외치기 시작했다. 아직 행진하지 않은 졸업생들이 우리에게 박수를 쳐주었고 우리는 마치 왕족처럼 손을 흔들었다. 동창회장이 마지막 행진임을 선포할 때까지 졸업생들의 행진은 계속되었다.

"난 프린스턴 대학에 오게 되면 저 아치문 위에 살고 싶어."

엘라가 말했다.

"그러려면 줄 서야 할걸."
찰리가 말했다.
"공부도 열심히 해야겠네."
내가 말했다.

질서정연한 것을 좋아하는 나는 다른 사람에게서도 질서정연함을 발견했을 때 기분이 좋아지곤 한다. 그런 면에서 볼 때 프린스턴 동창회는 훌륭하게 진행되었다. 텐트와 임시 펜스, 접이식 의자와 테이블, 맥주통과 복장들, 학구적인 연설, 그리고 캠퍼스 곳곳에서 연주하는 아카펠라 그룹들까지 모든 것이 완벽했다. 저녁식사를 하는 동안 찰리는 몹시 흥분한 상태였지만 그러면서도 무척 다정했다. 나는 미미 브라이스라는, 찰리 동창의 부인과 긴 대화를 나누게 되었다. 우리는 10회 동창회 때도 만난 적이 있었고 그녀는 보스턴 외곽 여자 사립학교의 4학년 교사였다. 우리가 40여 분 정도 이야기를 나누는 동안 찰리는 몇 번이나 내게 다가왔다.

"린디, 이제 춤 좀 출 때가 된 거 같은데?"
"부인, 찰리 블랙웰 씨가 기다리고 계십니다!"
마침내 그가 내 손을 잡아끌었고 나는 미미에게 양해를 구한 뒤 댄스 플로어로 올라갔다.
"한참 재밌게 얘기하고 있었는데……."
내가 말했다.
"지금 〈캔 바이 미 러브〉가 나오는데 4학년 커리큘럼 얘기나 하겠단 거야?"
〈캔 바이 미 러브〉는 거의 끝나가고 있었고 새로운 곡 〈트위스트 앤 샤우트〉가 이어졌다. 찰리는 그 노래의 가사를 다 외우고 있었다. 찰리는 과장스러운 몸짓으로 노래를 부르며 손가락으로 나를 가리키고 괴상하게 얼굴을 일그러뜨렸다. 그가 손끝으로 내게 오라는 손짓을 했고 내가 한 발자국 그에게 다가가자 그가 나를 빙빙 돌렸다. '흔들어요!' 라는 대목에서는 두 팔을 위로 올리고 몸을 흔들었다. 그는 오렌지색 트레이닝 바지에 검은색 폴로셔츠를 입고 있었다. 노래가 끝날 무렵 그가 나를 잡아당기면서 한 손으로 내 엉덩이를 움켜잡고 입술에 키스했다.

"엘라 오기 전에 얼른 기숙사에 가서 한 번 할까?"

"찰리!"

그가 싱긋 웃었다.

"뭐가 어때서? 금방 끝낼게. 약속해."

그가 내 왼쪽 가슴을 움켜쥐며 말했다.

"아마 짜릿할걸?"

나는 뒤로 한걸음 물러섰다. 댄스 플로어는 사람들로 북적였고 텐트 안도 꽉 차 있었다. 아무도 우리를 쳐다보지 않았지만 나는 깜짝 놀랐다.

"찰리, 우린 짐승이 아니에요. 사람들 앞에서 그러지 말아요."

"당신은 짐승이 아닌지 몰라도 난 호랑이거든!"

그의 얼굴은 벌겋게 달아올라 있었다.

"이제 술 그만 마셔요."

그가 코웃음을 쳤다.

"당신은 그만 돌아가서 미미하고 얘기나 하는 게 좋겠어. 책에 대해 할 말이 많은 것 같던데."

내가 숨을 몰아쉬었다.

"당신 기분을 망치지 않으려고 노력하는 중이니까 당신도 내 기분을 망치지 말았으면 좋겠어요."

내가 말했다.

"린디, 당신이 아무리 노력해도 내 기분을 망칠 수는 없어."

찰리는 여전히 빈정거렸다.

그 순간 윌버 모간이라는 찰리의 동창이 우리에게 다가왔다. 그는 우리가 다투고 있던 것을 눈치 채지 못한 듯 엄지손가락으로 찰리의 옆구리를 찌르며 물었다.

"야구단을 인수했다는 소문이 있던데, 사실이야?"

"네가 유격수 좀 맡아줘야겠다. 바로 훈련 들어가자."

"이건 불공평해!"

윌버가 웃으며 고개를 설레설레 저었다.

"세계 최고의 직업을 갖게 되다니 이건 너무 불공평해! 그런 직업을 가질 수만 있다면 내 왼쪽 불알이라도 내줄텐데."

"왼쪽 불알이 있기는 하고?"

찰리가 말했다.

"이 친구 철 좀 들었어요?"

내가 희미한 미소를 지으며 "실례할게요"라고 말했다.

음료수 텐트로 가서 플라스틱 컵을 받아들고 있는데 드니스 고센의 부인인 홀리 고센이 다가왔다.

"이런 날엔 물을 많이 먹어야 해요."

드니스와 홀리는 뉴욕에서 살고 있었다. 드니스는 월스트리트의 증권 중개인이고 홀리는 에어로빅 강사였다. 우리는 80년대 초반에 두 사람의 결혼식에 참석했었다. 홀리는 에어로빅 강사답게 날씬하고 매력적인 금발머리 여자였다. 우리는 잠시 나란히 서서 음료수를 마셨다.

"내일 아침에 뉴욕으로 가시는 거죠?"

딱히 할 얘기가 없어서 내가 물었다.

홀리가 고개를 끄덕였다.

"앨리스, 이런 말 하면 어떻게 생각할지 모르지만, 아직도 코카인을 흡입하는 사람이 남편 혼자가 아니라는 사실이 다행스러운 거 있죠. 앨리스는 너무 착하고 반듯한 사람이라 보는 것만으로도 마음이 놓여요."

"남편이…… 뭘 한다고요?"

"그러니까 내 말은……."

그녀가 조금 애매하게 웃었다. 내가 불쾌해한다고 생각하는 것이 분명했다.

"남자들은 어쩔 수 없다는 거죠. 제 남편 친구들 중에는 매일 밤 코카인을 흡입하는 사람들도 있어요. 그러면 안 되잖아요? 이젠 마흔둘인데!"

"드니스하고 찰리가 오늘밤 코카인을 했어요?"

"그게……."

홀리는 당황하는 기색이 역력했다.

"저녁 먹기 전에 어디로 가는 것 같더라고요. 그래서 그렇게 짐작했죠. 아무래도 제가 실수한 것 같네요. 제 말 못 들은 걸로 하세요. 네?"

찰리는 절대 코카인을 할 사람이 아니라고 말하고 싶었다. 그러나 그 말을 하려는 순간, 찰리의 이상한 행동들, 특히 잔뜩 흥분한 모습이 떠올랐다.

홀리의 잘못이 아니었다. 홀리와는 전혀 상관없는 일이었다. 그러나 그 순간 나는 홀리와의 불편한 분위기를 바로잡을 에너지마저 완전히 잃었다. 나는 플라스틱 컵을 내려놓았다.

"실례해요."

내가 말했다.

텐트 밖에서 조 타이어와 마주친 순간에도 나는 잠시 그를 알아보지 못했다.

"안 그래도 당신을 찾고 있었어요. 퍼레이드 때 보긴 했는데, 인파에 떠밀려가는 바람에…… 괜찮아요? 무슨 일 있어요?"

나는 울지 않으려고 애썼지만 도저히 눈물을 참을 수가 없었다. 어쩌면 낯익은 조의 얼굴, 그의 갈색 눈동자, 연민이 담긴 표정 때문이었을 수도 있었다. 사람들은 끊임없이 텐트를 들락거렸고 그들 중에는 아는 얼굴도 있는 것 같았다. 이미 몇 방울의 눈물이 떨어진 뒤였지만 나는 입술을 깨물며 고개를 저었다.

"제가 도움이 될 수 있다고 생각하게 해주세요. 절 위해서라도요. 좀 걸을까요?"

나는 고개를 끄덕였다. 말을 할 수가 없었다. 그는 내 팔꿈치에 손을 얹고 나를 아치문 밑 계단으로 이끌었다. 우리는 계단을 내려간 다음 우리의 숙소인 캠벨 기숙사에서 왼쪽으로 방향을 틀어 나소 홀로 향했다. 캠퍼스는 어두웠고 밤공기는 따듯했고 초여름의 향기가 풍겨왔다. 10여 분 동안 두 사람 모두 말을 하지 않았다. 처음에는 뭔가 말을 해야 할 것 같은 기분이 들었지만 어느 순간, 나는 조가 내 설명을 기다리고 있다기보다는 그저 내 곁에 있어주고 싶어 한다는 생각이 들었다. 도서관 건물 앞에 이르렀을 때 눈물이 완전히 멈추었다.

"코카인 해본 적 있어요?"

내가 물었다.

"네? 뭐라고 하셨어요?"

"코카인을 대단치 않게 생각하는 곳도 있는 모양이지만 전 아직 한 번도……."

데나는 20대 때 스튜어디스로 일하던 시절 몇 번 시도해본 적이 있다고 했지만 내가 아는 사람 중에는 코카인을 흡입해본 경험이 있는 사람은 데나와 데나의 여동생 마조리뿐이었다.

"왜 그런 질문을 하시는지 물어보면 실례가 될까요?"

조 타이어가 물었다.

우리는 도서관과 예배당 사이에 서 있었다. 어둠 속에서 예배당 건물은 조금 으스스하게 느껴졌다.

"저기 앉을까요?"

내가 예배당 계단을 가리키며 물었다.

우리는 나란히 앉았다. 반달이 떠 있었고 작은 별들이 밤하늘에서 반짝였다.

"찰리가 지금 코카인에 취한 거 같아요. 코카인은 코로 흡입하는 거라면서요? 흡입했다는 게 정확한 표현이겠죠?"

"형태에 따라 다르겠지만 어쨌든 그렇다고 봐야죠."

내 말을 듣고 그가 놀랐는지는 알 수 없었다. 어쨌든 그는 어떤 내색도 하지 않았다.

"혹시 위험한 건 아니죠? 심장마비라든가…… 의사를 불러야 할까요?"

내가 물었다.

"그쪽으론 전혀 아는 게 없네요. 지나치게 많이 흡입하는 경우에는 위험하겠지만 정신이 또렷하고 대화를 지속할 수만 있다면……."

조가 다리를 포개며 말했다.

"찰리와 함께 있으면 항상 제가 바보처럼 느껴져요."

내 말에 조는 바로 대답하지 않았다.

"걱정하는 게 바보 같은 건 아니죠. 혹시 습관적으로 흡입하나요?"

그가 물었다.

"그야 모르죠. 저도 방금 알았으니까요. 찰리한테 들은 것도 아니에요. 전 도저히…… 조, 하필 조한테 이런 말을 하게 된 것 용서하세요. 전 도저히…… 찰리와 살 수 없을 것 같아요. 하루에도 몇 번씩 마음이 왔다 갔다 해요. 그 사람이 하는 모든 말과 행동이, 내가 그 사람하고 계속 살아야 할지 말아야 할지를 생각하게 해요. 이젠 정말 미쳐버릴 것 같아요."

조는 이번에도 잠시 아무 말도 하지 않았다.

"결혼생활의 속내는 절대 알 수가 없는 건가 봅니다. 전 항상 두 사람이 완벽한 커플이라고 생각했거든요. 앨리스와 찰리가 약혼하던 날 다들 얼마나 놀랐는지 몰라요. 그 소식을 들었을 때가 당신을 막 알게 되었을 때였는데, 그런 생각이 들더군요. 그 아름다운 아가씨가 찰리하고 결혼한다고?"

그 말과 함께 나는 다시 입술을 깨물었고 눈물이 와락 쏟아졌다. 나는 손등으로 눈물을 닦았다.

"핼시언에서 약혼한 건 아니었어요. 이미 약혼을 한 상태였는데 아직 사람들한테 말하지 않았어요."

"그때 호숫가 선착장에서 당신을 봤어요. 기억해요? 에드, 존하고 같이 낚시를 하고 돌아오는 길이었는데, 당신이 노란색 드레스를 입고 서 있더군요. 그때 전…… 제가 지금 이런 말을 하는 건 이미 너무 오래전 일이기도 하고 오늘밤 맥주를 너무 많이 마셔서이기도 해요. 그때 전, 도대체 저 굉장한 미인은 누굴까 생각했어요. 완전히 할 말을 잃었죠. 잠시 후에 찰리가 다가와서 당신 손을 잡더군요."

솔직히 나는 조와의 첫 만남을 기억하지 못했다. 그날 찰리의 부모님을 만난 일, 저녁때 제이디를 만난 일, 술에 취했던 일은 기억했다. 그 뒤로 조를 알게 되었다. 그는 미남이었고 차분해 보였으며 어쩌면 조금 따분해 보이기도 했지만 내가 그에게 친구의 아내 이상으로 기억되었다는 사실은 알지 못했다. 그에겐 내가 그저 친구의 아내가 아니었던 것일까?

"핼시언에 처음 갔던 날은 정말 잊을 수가 없어요. 블랙웰 사람들은 정말…… 당신도 알 거예요. 조, 당신하고 얘기할 땐 굳이 설명할 필요가 없어서 좋네요."

조가 고개를 저었다.

"우리 모습이 우습네요. 여기 학생들을 붙잡고, 평생을 함께할 배우자를 선택할 땐 조심하라고 말이라도 해줘야 할까요?"

"그런다고 우리 말을 들을까요?"

우리는 편안한 침묵 속에서 그렇게 앉아 있었다. 멀리서 밴드들이 연주하는 음악소리가 들려왔다.

"남몰래 앨리스한테 특별한 감정을 품고 있었어요. 하지만 일부러 거리를 두었죠."

나는 대답을 하지 않았다.

"저 때문에 괜히 마음 불편해진 건 아닌지 모르겠어요."

"조, 그런 말 하지 말아요. 오히려 영광이에요."

나는 그의 무릎을 살짝 건드리며 말했다. 친근한 표현을 하고 싶었지만 왠지 그를 유혹한 것 같은 기분이 들었다. 어쩌면 나는 정말 그를 유혹한 것일 수도 있었다. 나는 그를 너무 허물없이 대하고 있었다. 정확히 어느 시점부터인지는 알 수 없지만 나는 전혀 거리낌이 없었다.

"찰리와의 일에 대해서는 조언을 하고 싶지 않아요. 그건 제가 상관할 일이 아니니까요. 하지만 혹시 저에게 기회가 주어진다면, 핼시언, 우리 가족, 찰리의 가족을 생각하면 그야말로 벌집을 쑤시는 꼴이 되겠지만, 그걸 다 알고 있으면서도 혹시라도 우리 두 사람이 함께할 수 있다는 희망을 제게 주신다면……."

나는 그의 말을 자르며 갑자기 몸을 앞으로 숙여 그의 입술에 내 입술을 포갰다. 우리는 굶주린 듯 키스했다. 열정적인 키스였고 금지된 키스였으며 해서는 안 되는, 그래서 더 짜릿한 키스였다. 그런데 시간이 흐를수록 그가 키스하는 방식과 찰리가 키스하는 방식이 얼마나 다른가에 대한 불쾌한 깨달음이 밀려왔다. 조는 찰리처럼 능숙하지 않았다. 남편 이외의 다른 사람과 키스를 한 지 너무도 오래되었기 때문에 나는 키스라는 것이 전혀 다른 것일 수도 있다는 사실을, 키스에도 기술이 필요하다는 사실을 잊고 있었다. 그런데 조와의 키스는 왠지 너무 질퍽거렸고, 그의 혀와 입술에는 침이 너무 많았다. 나는 얼른 뒤로 몸을 빼고 자리에서 일어났다.

"엘라를 찾아봐야겠어요. 조, 전……."

내가 가슴을 손에 얹고 말했다.

그가 열정이 담긴 눈으로 나를 바라보았다.

무슨 말을 해야 할지 몰라 망설이다가 나는 "절 용서하세요"라고 말한 뒤 서둘러 돌아섰다. 나의 행동을 알코올 탓이라고 말할 수는 없었다. 조는 그 자신이 말한 것처럼 술에 조금 취한 상태였지만 나는 맨정신이었다.

나는 엘라를 데리고 기숙사로 돌아와서 엘라를 재운 다음 짐을 싸기 시작했다. 뉴어크에서 일요일 1시 비행기를 타야 했다. 그때 내 머릿속에 떠오른 생각은, 영화나 TV, 혹은 광고에서 들었던 것 같은 진부하고 식상한 질문이었다.

'몇 번이나, 얼마나 자주? 왜?'

'왜?'라고 말할 때 아마도 내 목소리는 떨릴 것이다. 그리고 그 떨림으로 내가 느낀 배신감이 표출되리라.

아니, 나는 그런 아내가 되고 싶지 않았다. 그런 유의 대화를 나누고 싶지 않았다. 이야기할 가치조차 없는 일이었다. 그는 끔찍한 짓을 저질렀고 그런 관심을 받을 자격이 없었다.

그는 내가 생각했던 것보다 일찍, 자정 전에 기숙사로 돌아왔다.

"도대체 어디 갔었어?"

화가 났다기보다는 궁금하다는 듯이 그가 물었다.

나는 손가락을 입술에 대며 엘라가 잠들어 있음을 알렸다.

"밴드가 형편없더라고. 비틀즈를 흉내 내는 밴드라니! 다른 밴드를 흉내 내는 밴드라는 발상 자체가 한심하지 않아? 다른 사람의 영광으로 먹고 사는 사람들이잖아!"

혹시 그가 알고 있는 것은 아닐까? 알 리가 없었다. 그의 말에 다른 의미가 있을 리가 없었다. 나는 그의 바지를 접어서 가방 안에 넣었다.
그가 내게 다가와서 반쯤 속삭이는 목소리로 말했다.
"지난번 일로 나한테 화난 거 아니지?"
그는 내가 화가 난 이유를 알고 있긴 했지만 그가 알고 있는 내용은 지극히 일부였기 때문에 결국 전혀 모르는 것이나 마찬가지였다.
"옛날 친구들 다시 보니까 얼마나 반가운지, 다시 열여덟 살로 돌아간 것 같아."
찰리는 웃고 있었다.
우리의 감정이 어떻게 이렇게 다를 수 있는지 놀랍기도 했고, 그를 추궁하지 않기로 한 것이 얼마나 잘한 결정인지 다시 한 번 생각했다. 그는 나에게 다가와 내 뺨과 목에 키스하면서 손을 내 허리에 얹었다. 섹스를 원한다는 의미였다.
"엘라가 자고 있잖아요."
"소리 안 내면 되잖아. 물론 당신은 그러기 힘들지도 모르겠지만."
그는 나의 살구색 블라우스를 흰색 바지 속에서 끌어낸 다음 손을 집어넣었다. 잠시 후 그는 내 브래지어 끈을 풀었다.
나는 그를 받아들였다. 말보다는 섹스가 쉬웠고 어쩌면 주말의 불편한 감정들을 그런 식으로 치유할 수도 있을 것 같았다. 매트리스의 스프링이 삐걱대는 소리 때문에 정신이 분산되었지만 어차피 나는 딴 생각을 하고 있었다. 땀 냄새와 맥주 냄새, 나에게 너무도 익숙한 찰리의 냄새가 풍겨왔다.
나는 조 타이어와의 키스를 떠올리며 수치심을 느꼈다. 그에게 키스했던 것은 그에게 끌려서라기보다는 동정심 때문이었다. 그를 위로하기 위한 키스였고 그의 고백에 대한 보상의 키스였다. 그 키스를 통해 나는 말하고 싶었다. 상황이 달랐다면, 비록 그것이 거짓말일지라도, 우리가 함께할 수도 있었을 거라고. 그것은 어떻게 보면 항상 예의바른 사람,

항상 남을 배려하는 사람이 보여주는 극단적인 예의바름과 배려였을 것이다. 아니, 어쩌면 그것조차 내가 편의로 만들어낸 설명일 수도 있었다. 내가 그에게 키스한 것은 보다 이기적인 이유 때문이었을 것이다. 단지 그러고 싶어서 그랬고, 막상 해보니 그 키스가 내가 기대했던 것처럼 짜릿하지 않아서 마음을 바꿔버린 것이었다.

찰리의 숨결이 거칠어졌다. 그의 입이 내 귓가에 있었고 나는 그의 얼굴을 볼 수가 없었다. 그의 움직임이 느려지면서 신음소리가 잦아들었고 마침내 그가 내 몸 위로 쓰러졌다. 나는 그를 끌어안았다.

"해줄까?"

그가 물었다.

내가 오르가슴을 느끼지 못할 때마다 그는 손으로 나를 애무해주었다. 나는 말없이 고개를 저었다. 나는 한편으로는 그를 내가 저지른 일로부터 보호해주고 싶었고 한편으로는 그런 일을 저지를 수 있도록 나 자신을 강하게 하고 싶었다.

나는 일단 라일리로 가기로 결심했다. 엘라도 데리고 갈 생각이었다. 그러나 떠나기 전에 해야 할 일이 있었다. 나는 내가 가장 좋아하는 '테아'라는 서점에 들렀다. 서점 주인인 테아 덴글러는 내 또래의 여자로, 헐렁한 검은색 바지에 스웨터를 입고 얇은 스카프나 청록색 목걸이를 즐겨 했다. 테아의 서점은 메퀸 가에 있는 2층짜리 건물이었다. 대형 서점은 아니었지만 항상 조용히 책을 볼 수 있는 곳이었고 책을 선정하는 안목도 훌륭했다. 테아는 항상 책을 읽었고 내가 고른 책 중에 테아가 읽지 않은 책은 거의 없었다. 만약 찾는 책이 서점에 없으면 곧바로 주문해주었고 주문한 사람과 똑같이 조바심을 내며 책을 기다렸다. 테아의 서점에서는 잡지도 팔았지만 요즘 서점에 반드시 있는 머그잔이나 액자, 카드, 액세서리, 캘린더, 초콜릿 같은 것들은 일절 팔지 않았다.

나는 제시카에게 책을 서너 권 사줄 생각이었다. 그러나 세 권의 책을 옆구리에 끼고 서점을 돌아다니다가 아무래도 다섯 권은 사줘야겠다고 마음을 바꾸었다. 잠시 후 나는 턱 밑까지 쌓인 열두 권의 책을 들고 간신히 균형을 잡고 있었다. 당초 계획했던 것보다 아홉 권이 초과되었지만 한 권도 뺄 수가 없었다.

"여름방학에 엘라가 책을 많이 읽을 모양이네요."

내가 책들을 계산대에 올려놓자 테아가 말했다.

"엘라한테 줄 책이 아니고 제가 아는 7학년 여자아이한테 선물할 거예요."

잠시 후 나는 서점에서 나와 제시카의 집으로 차를 몰았다. 마침 제시카가 안토인을 안고 나왔다. 제시카가 옆으로 비켜서며 들어오라고 했다.

"잠깐 들른 거야. 제시카, 아줌마가 사서였던 거 알지? V.C. 앤드류스보다 더 멋진 작가를 소개해주고 싶었단다."

나는 책이 담긴 종이 쇼핑백을 그녀에게 열어 보여주었다. 제시카가 안토인을 안고 있었기 때문에 나는 쇼핑백을 문 옆에 내려놓았다.

"누구니, 제시카?"

이본느의 목소리가 들렸다.

"엘라의 엄마가 오셨어요!"

제시카가 대답했다.

"이게 다 제 거예요?"

제시카가 나에게 물었다.

"네가 학교에서 그렇게 열심히 하고 있다니 너무 기특해서. 언제든지 너하고 이 책 이야기를 하고 싶지만 그렇다고 해서 억지로 읽을 필요는 없어. 그냥 읽고 싶을 때 읽으렴. 다 재미있는 책들이야."

"고맙습니다."

제시카는 어리둥절해하면서도 어떤 책들인지 궁금한 표정이었다.

"잠깐 들어오시겠어요?"

"아니, 할 일이 많아."

내가 손을 뻗어 안토인의 다리를 만졌다. 안토인은 노란색 우주복을 입고 있었다.

"엄마하고 할머니한테 대신 인사 전해주렴."

제시카의 집 계단을 내려오면서 맞은편 집 현관에 앉아 있는 두 남자를 보았다. 둘 중 한 명은 제시카 또래였다. 그는 그물로 된 셔츠를 입고 있었고 또 한 사람은 머리를 가늘게 땋았고 셔츠를 입고 있지 않았다. 두 사람이 나를 쳐다보았다. 나는 한 번 고개인사를 한 뒤 말없이 내 차로 향했다. 내 차는 흰색 볼보였다. 그곳에서 빠져나오면서 안전장치가 작동되는 순간 나는 불편한 안도감을 느꼈다.

그날 밤 나는 찰리가 엘라를 재울 때까지 기다렸다. 무릎 위에는 〈이코노미스트〉를 올려놓고 있었지만 잡지를 읽기에는 너무 머릿속이 복잡했다.

"집에 아이스크림 있어? 오늘밤엔 왠지 단 음식이 먹고 싶네."

찰리가 서재로 들어서며 말했다.

"캐러멜은 있을 거예요. 잠깐 앉아봐요."

내 말을 듣고 그가 부엌으로 가려는 순간, 내가 말했다.

내 목소리는 내가 의도했던 것보다 훨씬 더 심각하게 들렸다. 사실 나는 심각했다. 찰리와 나는 이렇게 심각한 대화를 나눠본 적이 없었다. 그가 궁금하다는 듯한 표정으로 소파 팔걸이에 앉았다.

찰리와 함께 있으면서 긴장했던 적이 언제였던가? 그가 사람들 앞에서 너무 거친 말을 할 때나 그래서 그 말이나 행동을 수습해야 할 때가 아닌, 그가 보일 반응에 대해서 긴장한 적이 언제였던가?

"우리 별거해요."

내가 말했다.

"뭐?"

그는 정말 내 말을 못 알아들은 것일까?

"시험 삼아 한번 그렇게 해봐요. 법적으로 그렇게 하자는 건 아니에요. 아직은요."

"이혼하자는 거야? 지금 농담하는 거지?"

그는 믿을 수 없다는 듯한 표정이었지만 그 와중에도 아주 조금은, 정말이지 아주 조금은 이 상황을 재미있어하는 것 같았다. 찰리다웠다. 물론 찰리는 정말 재미있다고 생각한 것은 아니었을 것이다. 그러나 찰리의 표정은 항상 너무 천진난만해서 모든 상황을 재미있게 바꾸어놓곤 했다.

"그런 뜻이 아니에요. 잠시 떨어져 지내보자는 거예요. 찰리, 난 당신을 사랑해요. 그것만은 알아주었으면 좋겠어요. 하지만 난 더 이상 이렇게 살 수가 없어요."

가슴속에서 무언가가 무너지는 것 같은 기분이 들었다.

"난 우리가 아주 멋진 저녁을 보내고 있다고 생각했는데……."

"오늘밤이 문제가 아니에요."

나는 그의 곁으로 다가가서 그를 위로해주고 싶은 충동을 느꼈다. 그러나 그것이 현명한 생각일까?

"프린스턴에서 드니스 고센하고 코카인을 흡입했던 거 알아요. 홀리한테 들었어요. 지난주에 섀넌하고 술을 마셨던 것도 그렇고…… 당신은 요즘 내가 도저히 감당할 수 없는 행동들을 했어요. 더 이상 당신에 대한 내 책임을 다할 수가 없어요. 당신의 아내라면 아내로서의 책임을 다해야 하는데, 당신이 다른 사람을, 아니면 당신 자신을 다치게 할까봐 너무 두려워요. 그렇게 되면 우리 삶은 다 망가질 테니까요. 그게 어떤 건지 난 알아요. 그게 얼마나 끔찍한 일인지 안다고요. 가장 끔찍한 건, 당신이 막을 수도 있는 실수를 한다는 거예요. 난 그게 견딜 수가 없어요. 위스키를 마시고 운전대를 잡는 건 상상만 해도 현기증이 나요. 그런 당신 곁에 있고 싶지 않아요. 엘라도 당신 곁에 두고 싶지 않고요."

"엘라까지 데리고 가겠다고?"

엘라 문제로 실랑이를 해야 하는 것일까?

"내일 엄마한테 갈 생각이에요. 엘라도 같이 데려가겠어요. 어차피 일 때문에 당신은 힘들 테니까."

"난 앞으로는 훨씬 더 시간이 많고 자유로워질 거야."

나는 침을 삼켰다.

"엘라를 데려갈 거예요. 짧은 여행이 될 수도 있고 바캉스가 될 수도 있겠죠. 엘라한텐 아직 아무 말도 하지 않을 거예요. 괜히 엘라를 불안하게 하고 싶지 않아요. 하지만 당신과 나는 좀 떨어져 지낼 필요가 있어요. 내 말 무슨 말인지 알겠어요?"

찰리는 잠시 가만히 있었다.

"갑자기 이러는 법이 어디 있어?"

그의 목소리에서 분노가 배어났다.

"학교에서도 그렇게 하지 않아? 선생님이 칠판에 이름을 적어서 미리 경고를 한 다음에 나중에 교실 밖으로 데리고 나가잖아. 처음 잘못했을 때 바로 교장실로 불려가진 않잖아!"

"찰리."

나의 눈에 눈물이 차올랐다. 슬픔의 눈물이라기보다는 분노의 눈물이었다. 나는 애써 눈물을 참았다.

"바로 그게 문제예요! 내가 하고 싶은 말이 바로 그거라고요. 난 당신 선생님이 아니에요. 당신이 온다고 약속하고 오지 않는 게 싫고, 당신이 술을 너무 많이 마시는 것도 싫고, 당신이 나한테 거친 말을 하는 것도 싫어요. 그동안 당신이 내 말에 귀를 기울였다면 지금 이런 상황이 닥친 것에 대해 그렇게 놀랄 이유가 없어요."

"물론 우리가 다투긴 했지만 별거 얘기까지 나온 적은 한 번도 없었어."

"그래서 지금 하잖아요."

"그리고 코카인은 몇 년 만에 처음이었어. 고센이 같이 하자고 해서 몇 번 들이마셨을 뿐이야. 솔직히 린디, 당신이 꽉 막힌 여자만 아니었어도 그게 이렇게 호들갑 떨 일이 아니란 걸 알 텐데! 그걸 한다고 해서 죽는 것도 아니고 다른 사람을 다치게 하는 것도 아니라고! 앞으로 당분간은 또 그럴 일도 없고."

"코카인만이 아니에요. 모든 게 다 문제예요. 메간 타이어가 그 잡지를 보았을 때도 당신은 조금도 개의치 않았어요."

"다른 사람이 어떻게 생각하는지 당신만큼 신경 쓰지 않는다고 해서 내가 잘못이란 거야?"

"찰리, 당신과 내가 다르다는 건 누구나 다 아는 사실이에요."

소리 지르고 싶은 마음이 굴뚝같았지만 그래 봐야 전혀 득 될 일이 없었다.

"오랫동안 나는 나와 다른 당신 성격이 좋았어요. 당신은 장점이 많은 사람이에요. 그렇게 생각하지 않았다면 당신과 결혼하지 않았을 거예요. 하지만 이제 난 천박한 망나니 찰리가 싫어요. 더 이상은 참을 수가 없어요. 그런 찰리는 전혀 멋지지 않아요. 이제 우린 마흔둘이고 난 당신한테 넥타이를 매달라고 애원하는 게 싫어요."

"내가 당신을 존중하지 않는다는 뜻이야?"

나는 어깨를 으쓱했다.

"난 이 세상 누구보다도 당신을 존중해. 그리고 당신을 사랑해."

그의 목소리가 갈라졌다. 나는 다시 한 번 그에게 다가가 그를 위로하고 싶은 충동을 느꼈다.

"나도 당신을 사랑해요."

"내가 당신 인내심을 시험한 건 사실이지만, 우린 가족이야. 우리가 헤어지면 엘라는 어떻게 되겠어?"

"잠깐 따로 지내자는 거예요. 내가 원하는 건 그것뿐이라고요. 당신 없이 한번……."

"이 얘기를 누구한테 했지? 제이디한테 했어?"

나는 조금 망설였다.

"구체적으로는 안 했어요."

"상담을 받아보고 싶다면 같이 갈게."

"좋은 생각이지만 그건 나중에 생각해요. 일단 지금은 좀 떨어져 있고 싶어요."

"그럼 난 어떻게 하라고?"

"나도 모르겠어요. 하지만 최근에 난 너무 힘들었어요."

그 말과 함께 눈물이 쏟아져 나왔다. 아주 단순한 사실을 인정한 나 자신의 말에 스스로 감동받은 것일까? 나는 서럽게 울었다.

잠시 후 내가 다시 그를 쳐다보았을 대, 그는 너무도 이상한 표정으로 나를 바라보고 있었고 나는 그 표정의 의미를 헤아릴 수가 없었다. 잠시 후에야 깨달았다. 그가 두려워하고 있다는 것을.

"좋아. 엘라를 데려가. 하지만 반드시 돌아온다고 약속해. 나한테 잘못이 있다면 꼭 고칠게. 지금은 내 말을 믿지 않겠지만 꼭 그렇게 할게."

나는 눈물을 닦으며 말없이 고개를 끄덕였다.

하지만 그의 말이 옳았다. 나는 그를 믿지 않았다.

라일리에서의 둘째 날, 라스 씨는 엘라와 나를 파스빈더 치즈 박물관에 데려갔다. 12년쯤 전, 치즈공장 설립자가 자신의 집을 치즈 박물관으로 개조해놓은 것이었다. 치즈 박물관은 공장 주차장 맞은편에 자리

잡고 있었다. 방문객들은 커다란 창문으로 우유나 치즈가 응고되는 과정을 구경했다. 온기가 남아 있는 치즈 샘플도 얻을 수 있었고 상점에서 젤리와 소시지, 크래커, 다양한 종류의 치즈는 물론 파스빈더의 로고가 그려진 조그만 열쇠고리도 살 수 있었다.

"여기 너무 따분해."

열쇠고리를 구경하고 있는데 엘라가 내 팔꿈치를 치며 말했다. 나는 엘라에게 눈짓을 했다.

"네 엄마가 아침에 토스트에 발라 먹기 좋을 것 같아서."

라스 씨가 구스베리 잼을 들어 보이며 말했다.

"엄마, 수영하러 간다고 했잖아!"

엘라가 칭얼거렸다.

사실 나는 엘라에게 수영을 하게 해주겠다고 약속했지만 아침식사 시간에 라스 씨가 치즈공장을 구경하러 가자고 했을 때 차마 그의 제안을 뿌리치지 못했다.

우리는 수요일 정오쯤에 라일리에 도착했다. 라일리로 출발하기 몇 시간 전에 나는 엘라에게 라일리에 갈 짐을 싸라고 했다. 엘라가 챙긴 가방을 보고 나는 좀 더 실용적으로 다시 챙기게 했다. 네 개의 수영복은 두 개로, 한 켤레의 양말은 여섯 켤레로 다시 넣고 검은 드레스는 짐에서 뺐다. 갑자기 떠나는 것에 대해 엘라는 별로 놀라지 않았고 심지어는 신이 난 것 같았다.

도착하자마자 엄마는 피넛 버터 퍼지(초콜릿 · 버터 · 밀크 · 설탕 따위로 만든 무른 캔디)를 만들어주었다. 엘라와 내가 간식을 먹는 동안 라스 씨가 가방을 들고 위층으로 올라갔다. 엘라는 예전에 내가 쓰던 방을, 나는 할머니의 방을 쓰기로 했다. 할머니의 방에 들어서는 순간 나는 가슴 한구석이 무너져 내렸다. 시간은 쏜살같이 흘렀고 문득 고개를 들고 주위를 둘러보니 모든 것이 너무도 달라져 있었다. 할머니의 싱글 침대는 그대로였지만 그 위에 덮인 침대보는 바뀌었다. 할머니의 화장대 위에 있던 물건들과 화장품, 향수병, 재떨이, 휴지는 엄마가 모두 치웠다. 서랍을 열어보니 비어 있었다. 그러나 네페르티티의 흉상은 여전히 그 자리에 있었고 책꽂이도 책들로 가득 차 있었다. 나는 손끝으로 책등을 쓸어내렸다. 나는《훌륭한 앰버슨가》를 꺼내 들고 172페이지를 펼친 다음 책 속에 코를 파묻고 냄새를 맡아보았다. 그러나 오래된 종이와 오래된 집의 향이 풍길 뿐 할머니의 향기는 맡을 수 없었다.

“치즈도 소리를 낸다는 거 아니?”

파스빈더에서 라스 씨가 엘라에게 물었다.

“그래서요?”

엘라가 퉁명스럽게 말했다.

“엘라, 그렇게 말하면 못 써!”

엘라는 내 블라우스를 잡아당기며 나에게 기대어 서 있었다.

“낮잠 잘 시간인 모양이구나.”

라스 씨가 말했다.

“전 이제 낮잠 안 자요.”

엘라가 말했다.

“엘라, 라스 할아버지가 사신 잼을 할머니가 좋아하실 것 같니?”

낮잠을 안 잔다는 말은 사실이 아니었지만 나는 엘라에게 그렇게 물었다. 엘라는 대답을 하지 않았고 나는 미안한 표정으로 라스 씨를 바라보았다.

그날 밤 11쯤 찰리가 전화를 했다. 그 시간에 깨어 있는 사람은 나 혼자뿐이었다. 침대에서 책을 읽고 있는데 전화벨이 울렸다. 전화선은 엄마와 라스 씨의 침실과 아래층 부엌에만 연결되어 있었다. 엄마 침실로 들어갈 수도 없었고 부엌으로 내려가서 받기에도 시간이 짧았다. 그때 엄마가 내 방문을 두드렸다. 엄마는 베이지색 나이트가운을 입고 있었고 머리가 부스스했다.

"얘, 찰리 전화다."

"엄마, 죄송해요. 아래층에 내려가서 받을게요."

부엌에서 전화를 받는 순간 2층 전화를 내려놓는 소리가 들렸다.

"찰리, 지금 몇 시인 줄 알아요?"

"지금 막 들어왔어. 린디, 제발 돌아와. 내가 이렇게 빌게."

"이런 식으로 전화하면 안 돼요."

"나 지금 미치겠다고! 나 혼자 집에 못 있는 거 알잖아. 간밤에 어디서 잤는지 알아? 라마다 호텔에서 잤다고! 내가 잘못했어. 난 형편없는 남편이야. 하지만 난 당신이 필요해, 린디."

그 말이야말로 실패 확률이 거의 없는, 위력적인 말이었다. 나는 한숨을 쉬었다.

"찰리, 지금 내가 돌아가면 하나도 달라질 게 없어요."

"어린애 같은 짓 하지 않을게. 당신 말이 무슨 뜻인지 다 알아. 하지만 앞으론 모든 게 달라질 거야. 야구단 일은 정말 나한테 맞는 일이고 이제 난 새로 시작할 거라고."

"술은 계속 마실 거고요?"

나는 찰리가 지금도 술을 마신 상태임을 알 수 있었다. 발음이 이상하진 않았지만 목소리가 달랐다.

"이게 다 술 때문이라는 거야?"

"잘 모르겠어요. 가끔은 차라리 다 술 때문이었으면 좋겠다고 생각하지만 확실히는 모르겠어요."

잠시 침묵이 흘렀다.

"언제부터 내가 싫어진 거야?"

"그런 식으로 말하지 말아요."

"5월? 1월? 2년 전?

"당신은 나이 드는 걸 힘들어하는 것 같아요. 마흔 번째 생일, 20회 동창회…… 하지만 난 당신이…… 그러니까 내가 하고 싶은 말은, 세상에는 조용히 견뎌야 할 일들도 있다는 거예요."

그가 웃음을 터뜨렸다. 기분 나쁜 웃음이었다.

"맞아. 당신이야말로 그 방면의 전문가지."

"난 그만 잘래요. 모두 잠들었어요. 깨우고 싶지 않아요. 더 할 얘기 있으면 내일 얘기해요."

"당신 정말 더럽게 쌀쌀맞군."

"말조심해요."

"당신이 원하는 게 뭐지? 내가 어떻게 하면 돼?"

"말했잖아요. 떨어져 있고 싶다고."

"앨리스, 이 집에 내가 혼자 못 있는 거 알잖아. 제발 돌아와. 이렇게 부탁할게. 같이 방법을 생각해보자고. 밤에 안 건드릴게. 다른 방에서 잘게. 이 집은 너무 으스스하단 말이야."

"라마다 호텔에 있는 거 아니었어요?"

"거기도 이상해. 하룻밤 자고 바로 나왔어."

"지금 집이에요?"

"집 아니면 어디겠어?"

"우리 집은 으스스하지 않아요. 안전한 동네고요."

"내가 지금 그리로 갈까?"

나는 부엌 식탁에 앉아 눈을 감았다.

"아더나 제이디한테 전화해보지 그래요? 빨리 해보는 게 좋을 거예요. 곧 잠자리에 들 시간이니까."

"거기 가면 개 짖는 소리 때문에 밤새 뒤척여야 한단 말이야."

"그럼 존이나 낸, 진저한테 전화해봐요."

"형들 집엔 가고 싶지 않아! 내 사생활을 중계방송하고 싶지도 않고. 우리 집에서, 내 아내 옆에 누워서, 우리 딸이 자고 있는 우리 집에서 자고 싶단 말이야. 당신 그거 알아? 아마 이게 그렇게 무리한 요구라고 생각하는 사람은 별로 없을걸!"

나는 아무 말도 하지 않았다. 찰리도 잠시 말이 없었다.

"엘라가 나 안 찾아?"

그가 한결 누그러진 목소리로 물었다.

"아빠 보고 싶대요. 내일 낮에 전화하면 통화할 수 있을 거예요."

"당신은 지금 내 가슴을 칼로 베고 심장을 꺼내서 쥐어짜고 있어. 당신이 무슨 생각으로 이렇게까지 하는지 모르겠지만, 이게 우리 결혼생활에 도움이 되는 일이길 바라. 이럴 만한 가치가 있는 일이길 바란다고."

"난 이제 그만 잘 거예요. 당신도 오늘밤 편안히 잘 수 있는 방법을 찾아봐요."

"전화 끊지 마."

"전화 안 끊어요. 잘 자요. 잘 자라고요. 나한테도 인사해줄래요?"

"우리 결혼생활이 당신한테는 아무 의미도 없는 거야?"

"찰리, 나 전화 안 끊어요. 하지만 당신이 잘 자라고 인사를 안 할 거면 그냥 끊을 거예요. 마지막으로, 잘 자요."

"엿 먹어."

그가 말하고 먼저 전화를 끊었다.

파인 호숫가에서 여자아이의 울음소리가 들렸을 때, 나는 그것이 내 뒤쪽에서 들려오는 소리이고 엘라의 울음소리임을 바로 알 수 있었다. 나는 호숫가 백사장 위에 타월을 깔고 앉아 있었고 엄마는 내 옆에 접이식 의자를 놓고 앉아 있었다. 엄마는 수영복을 입지 않고 반소매 블라우스에 바지 차림이었다. 바닥이 평평한 신발을 신은 맨발이 호숫가의 분위기와 유일하게 어울렸다. 엄마는 한국전쟁 기념관에 관한 이야기를 들려주었다. 기념관의 위치를 라일리 강변으로 할 것인지 아니면 시내 카머스 가로 할 것인지를 두고 말이 많았다고 했다. 그런 이야기를 하던 중에 울음소리가 들렸고 나는 자리에서 벌떡 일어났다.

"엄마, 잠깐만요."

파인 호수 백사장은 그다지 크지 않았다. 기껏해야 100미터 정도였다. 내가 어렸을 때와는 달리 구조원이 대기하고 있었고 수영 금지 구역을 표시하는 밧줄도 있었다. 이곳은 파인 공원의 일부였고 백사장 부근의 풀밭에는 야외용 테이블과 그릴이 있었다. 자갈밭으로 이루어진 주차장 한쪽에 아이스크림 트럭 한 대가 서 있었다. 바로 그 트럭 옆에 엘라가 수영복에 슬리퍼를 신고 젖은 머리카락을 헝클어뜨린 채 울고 있었다. 내가 다가가자 엘라가 나에게 달려왔다.

"엄마!"

그 소리를 듣는 순간 가슴이 내려앉았다. 그러나 흰 앞치마를 입은 10대 남자아이가 엘라의 손을 잡고 멈춰 세웠다.

"얘가 날 괴롭혀!"

엘라가 소리쳤다.

"내가 얘 엄만데, 무슨 일이니?"

"얘가 아이스크림을 훔쳤어요!"

남자아이가 잔뜩 화가 난 목소리로 소리쳤다. 165센티미터 정도 되는 키에 무척 마르고 창백했으며 금발 머리카락은 짧게 잘랐고 성근 수염 자국이 있었다.

나는 남자아이의 손을 단호하게, 그러나 너무 감정적이지 않게 떼어 놓았다.

"내가 데려가마."

다행히 남자아이가 손을 놓았다. 엘라는 곧바로 내 팔 뒤로 얼굴을 숨겼다.

"무슨 일인지 말해보겠니? 내가 해결해줄게."

내가 말했다.

"쟤가 아이스크림을 훔쳐갔어요!"

그가 자갈밭을 가리키며 다시 한 번 소리쳤다. 녹아서 뭉개진 바닐라 아이스크림 덩어리가 떨어져 있었다.

"돈도 안 내고 가져갔다고요!"

엘라가 내 배에 대고 뭐라고 중얼거렸다.

"뭐라고, 엘라?"

엘라는 눈물로 얼룩진 벌건 얼굴을 들었다.

"사인을 하겠다고 했는데 안 해주잖아!"

엘라는 다시 내 팔 뒤로 얼굴을 숨겼다.

"오해가 있었던 것 같구나. 우리는 라일리에 살지 않아. 우리가 사는 곳에서는 아이스크림 값을……."

설명할 필요가 없었다. 컨트리클럽의 방식을 설명해봐야 상황은 악화될 뿐이었다.

"조금만 기다려줄래? 내가 가서 지갑 가져올게. 아이스크림 말고 다른 것도 먹었니?"

엘라가 고개를 들었다.

"아이스크림도 못 먹었어! 먹기도 전에 빼앗아갔단 말이야!"

"조금 핥아 먹었잖아!"

남자아이가 말했다.

"얼마지?"

"1달러 75센트요."

"아줌마 가방이 저기 차 안에 있거든? 하얀색 볼보 보이지? 저기 갔다 오는 동안 우릴 지켜보고 있어. 엘라, 엄마하고 같이 갈래?"

내가 남자아이에게 미소를 지어 보인 다음 엘라의 손을 잡았다. 차가 있는 쪽으로 걸어가는 동안 엘라의 머리카락이 앞으로 흘러내려 얼굴을 가렸다.

"난 여기가 싫어."

엘라가 중얼거렸다.

집으로 돌아와 보니 제이디가 세 번이나 전화했었다고 라스 씨가 알려주었다. 라스 씨는 전화가 온 시각까지 부엌에 있는 메모지에 일일이 기록해두었다.

나는 제이디에게 전화를 걸기 위해 2층으로 올라갔다. 딱히 제이디와 이야기를 하고 싶지는 않았다. 지금 상황에서 무슨 말을 해야 할지도 알 수 없었다. 그러나 내가 전화를 하지 않으면 제이디가 계속 전화할 것이고 그러면 엄마가 의심할 것이었다. 사실 엄마는 이미 의심을 하고 있었지만 내가 갑자기 들이닥친 이유를 노골적으로 묻지 않았을 뿐이었다.

"결국 일을 저질렀네!"

제이디가 말했다.

강아지 짖는 소리가 들렸고 제이디가 누군가에게 "애 좀 밖으로 데리고 나갈래?"라고 말했다. 위니가 뭐라고 투덜대는 소리가 들렸다.

"위니! 네 오빠한테 말한 거 아니야! 너한테 말한 거야! 앨리스, 찰리가 어젯밤 자정이 다 돼서 우리 집에 왔어."

"몰골이 어때?"

"아주 잠깐 봤어. 오늘 아침엔 일찍 나갔더라고. 아더한테는 앨리스가 자기한테 굉장히 화가 났다고만 하더래. 혹시 이혼할 생각은 아니지?"

"아니. 우린 당분간…… 엘라와 난 여기서 좀 있을 생각이야."

"앨리스, 찰리한테 전하지 않을 테니까 나한테 편하게 말해. 혹시 그걸 걱정하는 거라면."

사실 나는 내가 한 말을 제이디가 다른 친구들한테 할까 봐 더 걱정이 되었다.

"동창회가 그렇게 끔찍했어? 내가 한 말 기억 안 나? 프린스턴 캠퍼스에 들어가면 남자들은 다 미쳐버린다니까. 그 순간을 즐기겠다는 생각밖엔 없어."

"그 정도는 아니었어. 적어도 그것 하나 때문만은 아니야. 제이디, 걱정해주는 건 고맙지만 일단 지금은 좀 떨어져서 지내보고 싶어."

"그럼 당연히 그렇게 해야지."

제이디가 목소리를 낮추며 말했다. 아마 위니가 방으로 돌아온 모양이었다.

"하지만 돌아올 준비가 되면 언제든지 환영이야."

그날 밤 엘라와 라스 씨는 비슷한 시간에 잠자리에 들었다. 나는 엄마와 함께 연속극을 보았다. TV를 보면서 엄마와 이야기를 할까 생각했지만 놀랍게도 엄마는 연속극에 완전히 몰입했고 나는 광고가 나올 때를 제외하면 잠자코 있어야만 했다. 연속극이 끝나자 엄마가 나를 바라보면서 겸연쩍은 미소를 지었다.

"좀 유치하지?"

"나름대로 재미있어요."

"낮에 엘라가 그런 일을 당해서 속상하더라. 엘라를 야단치던 아이가 팀 짐니아크였다는 거 알고 있었니? 내가 나오면서 아이스크림 트럭을 흘긋 봤거든."

"로이하고 패티의 아들이요?"

로이는 나와 줄곧 같은 반이었던 친구였고, 나는 그의 아버지의 치과에 다녔다. 패티도 고등학교를 나와 같이 다녔지만 우리보다 몇 년 늦게 졸업했다.

"나쁜 뜻은 없었을 거야. 그래 봐야 열네 살이나 열다섯 살쯤 됐을까? 자기 일을 열심히 하다 보니 그런 일이 있었겠지."

"엘라는 괜찮아요."

내가 말했다.

"엘라를 보니 어릴 때 네 모습이 생각나더라."

"엘라가 저보다 훨씬 씩씩해요. 에너지가 넘치는 아이죠."

"너는 참……."

엄마는 잠시 말을 멈추었다. 엄마의 목소리에서 어쩔 수 없는 슬픔이 배어났다. 엄마가 기억하는 나의 과거가 슬프기 때문이리라.

"착하고 사랑스러운 아이였지."

그 순간 나는 엄마에 대한 말할 수 없는 애정을 느꼈다. 엄마처럼 조용하고 단순한 엄마에게 사랑받으며 살았던 나는 정말이지 행운아였다. 화려하고 재미있는 할머니의 그늘에 가린 엄마의 고마움을 그동안 나는 잘 알지 못했다. 그러나 나이가 들어갈수록, 그리고 가족 안에서도 질투, 무지, 혹은 개인적인 좌절감, 혹은 그저 장난으로 서로에게 얼마나 잔인할 수 있는지를 알게 된 지금은 더더욱 그런 생각이 들었다.

나는 엘라를 그렇게 키우고 싶지 않았다. 나는 엘라를 찰리의 이기심과 미성숙함 속에서 키우고 싶지 않았다. 아무 생각 없이 충동적으로 행동하고 그렇게 해도 아무도 나무라지 않는 집안에서 키우고 싶지 않았다. 그런 집안 분위기는 아이에게 세상에 대한 잘못된 인식을 심어줄 뿐 아니라 논리적인 사고능력을 기르는 데에도 지장을 줄 것이었다. 엘라가 프린스턴 대학에 가지 못해도 상관없었다. 예쁜 여자로 자라건, 부잣집 남자와 결혼을 하건, 혹은 결혼을 하지 않건 그런 것은 중요하지 않았다. 엘라가 자라서 무엇이 되든 나는 포용할 수 있었다. 히피가 되어도 좋고 가정주부가 되어도 좋고 커리어우먼이 되어도 좋았다.

그러나 내가 절대 양보할 수 없는 것이 한 가지 있다면, 이 세상은 열심히 노력하면 보상받는 곳이라는 진실을 아는 것이었다. 친절이 친절을 낳는다는 것, 겸손은 필요할 때만 꺼내 입는 비옷 같은 것이 아니라 이 세상을 살아가는 방식이라는 것, 행운과 불운은 누구에게든 찾아올 수 있는 것이며 그 누구도 그 둘을 완전히 통제할 수 없다는 것을 아는 것이었다. 또한 그 무엇보다도 나는 내 딸이, 세상에는 그저 분풀이를 하기 위해 사는 사람들이 있고 그들은 피하는 것이 상책이라는 사실을 알기를 바랐다. 그들의 기분이나 행동은 마치 벌집 같아서 그저 지나쳐 버리고 무시하는 것 외에는 달리 방법이 없다는 것을 알기를 바랐다. 나는 엘라를 사랑했다. 말로 다 표현할 수도 없을 정도로. 그러나 혹시 찰리가 지닌 가장 나쁜 면모와 그러한 것들에 대한 나의 관대함에 엘라가 영향을 받은 것은 아닐까 걱정이 되었다. 모든 아이들이 그렇듯이 엘라는 우리를 닮아갈 것이다. 엘라는 찰리의 우울함을 흉내 낼까? 아니면 나의 무던한 인내를 흉내 낼까? 내가 찰리의 모든 것을 포용하는 모습을 엘라가 보는 걸 원치 않았다. 그렇다면 찰리를 떠나는 것 말고 내 소신을 지킬 방법이 무엇이 있을까?

"찰리가 오늘밤에도 전화할 것 같니? 그럼 우리 방 전화선을 뽑아놔야겠다."

거실 소파에 나와 나란히 앉아 있던 엄마가 말했다.

"번거롭게 해드려서 죄송해요, 엄마."

내가 말했지만 엄마는 벌써 자리에서 일어났다.

"뭐 어려운 일이라고."

엄마가 없는 동안 나는 거실을 둘러보았다. 50년대에 산 가죽 소파와 의자들, 주황색 책등의 브리태니커 백과사전, 라스 씨의 안락의자, 아빠도 엄마도 별로 좋아했을 것 같지 않은 할머니가 산 복제품 피카소 그림…….

"어젯밤에 찰리 전화 때문에 잠 설치셨어요?"

"별 소리 다 한다. 찰리는 언제 오기로 했니? 언제든 저녁식사 같이 할 수 있으면 우린 대환영이다. 라스는 야구단에 대해 조언할 게 있다면서 기다리는 눈치던데?"

"그런 것 같더라고요."

우리가 서로 눈웃음을 주고받았다.

"요즘 워낙 일이 바빠서 올 수 있을지 모르겠어요."

내가 말한 뒤 잠시 망설이다가 용기를 냈다.

"엄만 아빠하고 싸운 적 없으시죠? 두 분은 항상 사이가 좋아 보였어요."

"얘, 싸우지 않는 부부가 어디 있니?"

엄마가 자리에 앉으며 테이블 밑에 놓여 있던 레이스 틀을 들었다. 엄마는 장미꽃을 수놓은 쿠션을 만들고 있었다.

"하지만 심각하게 싸운 적은 없으시잖아요. 이를테면, 이혼을 생각할 정도로."

"그때만 해도 이혼을 한다는 건 흔한 일이 아니었으니까."

엄마가 레이스 틀에 시선을 고정한 채 침착한 목소리로 말했다. 그러나 나는 엄마가 내가 무슨 말을 하고 있는지 정확히 이해하고 있을 거라고 생각했다.

"지금은 이혼이 흔한 일이 되었지만 그때만 해도 내 주위에 이혼했다는 사람이 한 명도 없었단다. 내가 아는 사람 중에는 헤이즐 부부가 처음 이혼을 했지 아마? 헤이즐하고 윌리엄 기억하지? 윌리엄이 도박을 했다더라. 헤이즐은 참 괜찮은 여자였는데……."

엄마가 틀을 뒤집어 이리저리 살펴보며 말을 이었다.

"네 아빠 때문에 정말 속이 상했던 적도 있었지만 헤어질 생각은 한 번도 안 했어. 그것만은 절대 할 수 없다고 결심했지. 내가 어릴 때 우리 집안에는 워낙 복잡한 문제들이 많아서 힘들었거든. 결혼하고 나서, 난 네 아빠가 옳은지 그른지 굳이 따지지 않기로 마음먹었단다. 그저 내가 네 아빠를 사랑하고 있다는 걸 일깨워주고 네 아빠도 나한테 그래 주기를 원했지. 다행히 난 운이 좋았어. 네 아빠는 워낙 다정한 사람이었으니까."

엄마는 고개를 들고 내게 다정한 미소를 지어 보였다.

"세상 남자들이 다 그런 건 아니거든."

'찰리와 이혼하라고 부추기는 건 아니지만, 설사 네가 그런 결정을 한다고 해도 엄만 이해한단다'라고 말하고 싶었던 것일까?

엄마는 다시 천을 뒤집고 수를 놓기 시작했다. 나는 가까이 들여다보았다.

"참 예뻐요."

나는 잠옷으로 갈아입은 뒤 책을 들고 부엌으로 내려가서 전화를 기다렸다. 10시 반. 11시 5분. 11시 20분. 11시 30분. 시간이 흐를수록 나는 초조해졌다. 이렇게 늦은 시간에 찰리가 전화할 리가 없었다. 1시 20분 전이 되어서야 나는 찰리가 전화하지 않으리라는 사실을 깨달았다. 엄마의 집은 너무도 조용했다. 나의 초조함은 어느덧 외로움과 실망감으로 변해 있었다.

다음 날 아침 전화벨이 울렸을 때 우리는 아침식사를 거의 마치고 있었다. 엘라가 전화를 받았다. 찰리인 모양이었다.

"엄마가 스케이트장 데려간대요. 그런데, 저 스케이트 타고 뒤로 갈 줄도 알아요."

엘라가 말했다.

잠시 후 엘라는 "네, 엄마 여기 있어요"라고 말했다. 엘라는 수화기를 내게 내밀며 "할머니야"라고 말했다.

"나 참, 기가 막혀서, 앨리스! 당장 차 타고 밀워키로 돌아와라. 방금 찰리하고 통화했는데, 애가 아주 말이 아니더구나."

내가 수화기를 들자마자 프리실라가 말했다.

프리실라의 말에 말문이 막힌 데다 엘라와 라스, 그리고 엄마까지 부엌 식탁에 앉아 있었기 때문에 어떻게 대답해야 할지 알 수 없었다.

"저, 죄송하지만 잠깐만 기다려주시겠어요? 다른 전화로 받을게요."

2층 전화기는 코드가 뽑힌 채 그대로 있었다. 나는 다시 코드를 꽂은 뒤 수화기를 들었다. 아래층에서 수화기를 내려놓는 소리가 들렸고 나는 침대 가장자리에 앉았다.

"여보세요?"

"이건 도저히 말이 안 돼. 찰리가 술을 좋아한다는 걸 알고 결혼하지 않았니? 당장 돌아와서 상황을 해결해라."

"어머니, 전 찰리의 술버릇을 단지 성격적인 문제라고 생각하지 않아요. 잘 모르시겠지만 찰리와 한집에 사는 저로서는……."

나는 잠시 망설였다.

"찰리는 거의 매일 밤 술에 취해서 잠들어요. 찰리는 알코올 중독이에요."

프리실라는 내가 아주 중요한 사실을 폭로했다는 듯 잠시 반응이 없었다.

"그래서 넌 그게 누구 잘못이라고 생각하니?"

프리실라가 물었다.

"찰리가 술을 마시는 게 제 잘못이라고 말씀하시는 거라면, 전 동의할 수 없어요. 찰리는 결혼하기 전부터……."

"한 가지만 물어보자. 네 직업이 뭐냐?"

"무슨 말씀이신지 모르겠군요."

"내가 보기에 넌 네 직업이 뭔지를 모르는 것 같아. 넌 가정주부야. 집안의 모든 일들이 원활하게 돌아가게 하는 것이 네 책임이야. 그 집에서 네가 호사스러운 생활을 하고 있는 건 누구 덕분이라고 생각하니?"

"어머니, 저도 집에 앉아서 초콜릿이나 먹고 연속극이나 보며 살진 않아요. 하지만 실망시켜드렸다면 죄송해요."

"사실 난 전혀 놀라지 않았다. 결국 이런 날이 올 줄 알았어. 네가 밑지는 결혼을 했다는 건 누구나 다 아니까."

나는 프리실라의 말실수를 바로잡고 싶은 충동을 억누를 수가 없었다.

"찰리가 밑지는 결혼을 했다는 거겠죠."

"아니, 찰리는 분에 넘치는 결혼을 했어. 앨리스, 찰리는 서른한 살 노총각이었고 하원의원 출마를 준비하고 있었어. 그게 다였지. 웨이트리스하고 데이트를 하던 녀석이었는데, 우린 도대체 네가 뭘 보고 찰리와 결혼했는지 이해가 안 가더라."

프리실라가 큰 소리로 웃었다. 나는 어리둥절했다.

"하지만…… 제가 찰리를 구워삶아서 결혼에 골인했다고 생각하지 않으셨어요? 처음 약혼했다고 말씀드렸을 때 그런 식으로 말씀하셨잖아요."

"난 그런 말한 적 없다."

"저한테 영리한 아이라고 하셨잖아요."

"네가 대단하다고 생각했지."

프리실라는 거의 감탄하는 듯한 말투였다.

"찰리와 약혼한 상태로 핼시언에 주말 내내 있었으면서 한마디도 하지 않고 때를 기다리다가 적절한 순간이 되자 모자 속에서 숨겨놓았던 토끼를 꺼내 보이다니, 그건 완벽한 한 편의 드라마였어."

"전 어머님이……."

내가 그렇게 긴 세월 동안 오해했던 것일까? 혹시 지금 프리실라가 거짓말을 하고 있는 것은 아닐까? 혹시 프리실라는 나를 좋게 생각했다기보다는 찰리를 못마땅하게 생각했던 것일까?

"전 어머님이……."

나는 다시 입을 열었지만 이번에도 말끝을 흐렸다.

"내가 이해할 수 없는 대목은 타이밍이야. 왜 하필 찰리가 인생 최고의 기회를 잡은 이 시점에서 그걸 문제 삼아야 하지? 브루어스 구단 일은 정말 잘됐더라. 찰리한테 그것보다 더 잘 맞는 일은 없을 거야. 지난 몇 년 동안 회사 일을 하기는 했지만 제 형제들한테 해고당하지 않은 건 다 해럴드가 막았기 때문이었어. 제크 랭겐바처가 우리한테 아주 큰 짐을 덜어주었어. 이제 너하고 찰리는 관람석에 앉아서 홈런이 나올 때마다 박수를 치면 될 텐데, 그 정도는 할 수 있는 거 아니니?"

나는 현기증을 느꼈다. 그러니까 블랙웰 사람들은 모두 찰리가 무능하고 한심하다고 생각하고 있었던 것일까? 다른 사람들도 그렇게 생각했던 것일까? 조 타이어가 찰리를 그렇게 보고 있다는 것은 최근에 알았다. 그렇다면 그와 결혼한 나도 무능하고 한심한 여자일까? 그 순간 나는 찰리를 두둔하고 싶은 마음이 솟아났다. 찰리가 경망스럽고 외설적이긴 해도 그건 아더도 마찬가지였다. 찰리는 망나니도 아니었고 멍청이도 아니었다.

"네가 결혼생활을 끝내고 싶은 마음은 우리도 잘 안다. 그러고 싶은 이유를 난 열 가지도 넘게 댈 수 있어. 솔직히, 어느 것 하나 만족스럽지 못하겠지. 네가 찰리보다 똑똑한 아이라는 사실에 이의를 제기할 사람은 없어. 넌 처음 찰리를 만났던 그때부터 찰리보다 훨씬 품위 있고 세련된 아이였어. 그런데 이제 와서 찰리가 그렇지 않다는 걸 문제 삼고 있어. 이렇게 된 건 찰리의 잘못이 아니고, 내 잘못은 더더욱 아니야. 어쨌든 너희에겐 가정이 있고 그보다 더 중요한 건 외동딸이 있다는 거야. 형제자매도 없는 그 아이한테 너희가 줄 수 있는 건 부모 노릇을 제대로 하는 것 말고 뭐가 있겠니?"

프리실라의 말이 내가 모르고 있던 사실을 일깨워준 것인지, 아니면 내가 모욕감을 느낀 것인지, 아니면 둘 다인지, 둘 다 아닌지, 나 자신도 확실히 말할 수가 없었다. 나는 숨을 깊이 들이마셨다. 사실 내가 프리실라와 이야기할 때 냉정하려고 노력했던 이유는, 감정을 억눌러서 후회하는 경우도 있지만 감정을 폭발시켜서 후회하는 경우가 더 많기 때문이었다.

"어머니, 전 좀 생각할 게 많네요."

라일리의 스케이트장에 가기로 한 결정은, 말하자면 우리가 할 수 있는 선택들을 하나씩 지워가는 과정에서 나온 결론이었다. 엘라는 파인 호수에는 다시 가지 않겠다고 했다. 파스빈더 치즈공장도 이미 다녀왔다. 엘라는 밀워키에서도 스케이트장에 가고 싶어 했지만 나는 한 번도 데려간 적이 없었고 라일리에는 다른 갈 곳이 많지 않았다. 아직 초여름이었고 날씨가 덥지 않았기 때문에 실내 스케이트장에는 사람이 별로 없었다. 지붕 밑에 달린 스피커에서 요란한 음악이 흘러나왔다. 내가 마지막으로 스케이트를 탄 것은 엘라가 태어나기 전 어느 겨울 핼시언에서였다. 나는 스케이트에 별로 소질이 없었다. 나는 엘라와 함께 스케이트를 탔다. 엘라가 자매인 것 같은 두 여자아이를 바라보았다. 엘라보다 조금 위인 것 같았다. 두 아이 모두 스케이트를 꽤 잘 탔고 서로 티격태격하기도 했고 웃기도 했다.

"재들하고 놀고 싶니?"

내가 물었다.

엘라는 고개를 힘껏 저었고 나는 왠지 미안한 생각이 들었다. 스케이트를 반납한 뒤 우리는 상가의 푸드 코트에서 닭튀김을 먹었다. 그러고 나서 액세서리 가게에서 엘라에게 팔찌와 돌고래 핀을 사주었다.

상가를 거닐면서 도대체 내가 엘라에게 무슨 짓을 하고 있는 건지 생각해보지 않을 수 없었다. 엘라와 내가 라일리에서 얼마나 더 버틸 수 있을까? 밀워키와 라일리는 하루에 오갈 수 있는 거리였기 때문에 이렇게 오랫동안 라일리에 머문 적은 한 번도 없었다. 나는 이 여행을 일종의 휴식으로 생각하고 있다고 쳐도 엘라가 파스빈더에서 했던 말은 틀리지 않았다. 이곳은 따분했다. 나는 이곳에서 자랐고 그 사실에 감사하고 있지만 이곳의 하루는 밀워키에서의 하루보다 세 배는 길었다. 하지만 지금 집으로 돌아간다고 해도 뭐가 달라질까? 처음에는 찰리도 노력을 하겠지만 길어야 몇 달일 것이다. 어쩌면 그것마저도 지나친 기대일 수도 있었다. 찰리는 반성도 하겠지만 그만큼 화도 낼 것이었다.

그날 오후 나는 제이디에게 전화를 걸었다. 제이디가 전화를 받았다.

"앨리스, 지금 집으로 돌아와서 전화하는 거라고, 산책할 수 있냐고 물어보려고 전화한 거라고 제발 그렇게 말해줘. 대답은 물론 '예스'야. 앨리스가 보고 싶어서 벌써 2킬로그램이나 늘었어. 운동도 못하고 과자를 한 접시씩 먹어 치우고 있단 말이야."

"이 집안사람들은 다 찰리를 한심한 얼간이라고 생각하고 있었던 거야?"

"도대체 그게 무슨 소리야?"

"아까 어머님이 전화하셨어. 물론 짐작대로 나한테 단단히 화가 나셨어. 그런데 어머님이 그런 식으로 말씀하시더라. 기분이 이상했어. 아더하고 존이 찰리를 해고하고 싶어 하는 거야?"

제이디는 바로 대답하지 않았지만 나에게는 그것이 대답이나 마찬가지였다. 물론 결코 내가 듣고 싶은 대답은 아니었다.

"근무시간에 테니스를 치잖아. 그게 가장 큰 이유인 것 같아. 어디 있는지 모를 때도 많고. 찰리가 업체 사람들을 불러놓고는 사라져버려서……."

"왜 얘기 안 했어?"

"우리가 찰리 보모도 아니잖아? 제발 화내지 마, 앨리스. 화난 거 아니지? 찰리는 항상 그런 식이었어. 물론 찰리가 멍청하다고 생각하는 사람은 없어. 찰리는 단지…… 일 중독자는 아니란 거야. 그게 가장 적절한 설명일 거 같다. 일 중독자는 누군지 알아? 바로 에드야. 하지만 누가 에드 같은 남자하고 결혼하고 싶겠어?"

우리의 결혼이 얼간이와 고상한 여자의 결합이었을까?

어떻게 보면 내 삶은 온갖 특권과 활기 넘치는 일들로 가득 차 있었다. 물론 자잘한 문제들이 있긴 하지만 그런 것들은 내가 누리고 있는 특권에 비하면 아무것도 아니었다. 그러나 또 다른 각도에서 보면, 내 결혼은 엉터리였고 내 남편은 웃음거리였다. 행복과 불행, 고요함과 혼란의 경계가 얼마나 아슬아슬한지 나는 이미 알고 있었다. 그러나 내가 실제로 그 경계를 걸었던 것은 얼마나 오래전의 일이었던가?

"오늘밤 찰리 오거든 나한테 전화하라고 좀 해줄래?"

"요즘 여기서 안 자. 하루만 여기서 잤어."

"그럼 어디서 자?"

"이제 철이 들기로 결심하고 집으로 돌아간 거 아닐까?"

갑자기 섬뜩한 기분이 들었다. 소름이 돋기 직전의 기분이었다. 찰리는 집에 없었다. 그것만은 확신할 수 있었다.

"듣고 있어? 뭐라고 말 좀 해봐."

"듣고 있어."

내가 한숨을 쉬며 말했다.

그 주 일요일, 엘라와 나는 엄마, 라스 씨와 함께 교회에 갔다. 엘라는 예배시간 내내 몸을 뒤틀었다. 집으로 돌아와서 나는 라스 씨와 스위스 알프스의 기차 그림이 그려져 있는 5백 피스짜리 퍼즐을 시작했다. 엄마는 앞마당에서 샐러드 볼을 닦고 있었다. 바비의 수영장을 만들어주기 위해서였다. 엄마와 라스 씨는 바비의 피부색에 대해 조금 할 말이 있었을지 몰라도 두 사람 다 표현을 하지 않았다.

"바비 인형 타월을 만들어줘야겠다. 오 분도 안 걸릴 거야."

엄마가 서둘러 안으로 들어가며 말했다.

"그 시간에 좀 쉬지 그러세요."

하지만 엄마의 얼굴에는 벌써 곰곰이 생각하는 표정이 역력했다. 엄마에겐 하나의 프로젝트였다. 엄마는 2층으로 올라갔다. 재봉틀은 예전에 내가 쓰던 방에 있었다.

거실 창문으로 엘라가 바비 인형에게 말을 거는 소리가 들렸다.

"자, 이제 배영을 해볼까?"

그러고 나서 엘라는 한동안 조용했다. 잠시 후 무슨 일인가 보려고 밖으로 나가보았더니 엘라가 샐러드 볼 수영장 옆에 쪼그리고 앉아 있었다.

"엘라?"

엘라가 고개를 들었다. 엘라는 보라색 왕관 머리띠와 그와 똑같은 빛깔의 귀걸이를 하고 있었다.

"그거 어디서 났니?"

"저 집 아줌마가 주셨어."

엘라가 건너편 집을 가리키며 말했다.

"아줌마?"

엘라가 고개를 끄덕였다.

"아줌마가 너한테 달아주셨어?"

엘라가 다시 고개를 끄덕였다. 물결무늬 머리띠 한 가운데는 가짜 자수정 왕관이 달려 있었고 왕관 끝에는 반짝이는 별이 달려 있었다. 클립으로 고정하게 되어 있는 귀걸이도 역시 자수정 색의 눈물방울 모양으로 가짜 다이아몬드가 박혀 있었다. 이런 액세서리를 살 만한 사람이 누구인지 짐작이 갔지만 확신할 수는 없었다. 내 짐작이 맞다면 이 선물은 과연 어떤 의미일까? 꼬마 소녀를 기쁘게 해주기 위한 사심 없는 선물이거나 화해의 제스처일까? 아니면 정반대로 '네 딸은 공주야'라는 의미의 조롱일까?

"자기 이름을 말해주든?"

내가 물었다.

엘라가 어깨를 으쓱했다.

"할머니가 바비 타월 만들어주신대."

"할머니한테 '고맙습니다' 하고 꼭 인사해. 너한테 이거 준 아줌마가 자기 이름을 말해주든?"

엘라가 기억하려 애쓰는 듯한 표정으로 눈을 찌푸렸다.

"그랬던 거 같아."

"어떻게 생겼니?"

"엄마, 그 아줌마 저 집에 살아. 저기 가보면 되잖아."

"그 아줌마 나이가 엄마하고 비슷하니? 아니면 할머니하고 비슷하니?"

"나이가 많아 보였는데, 엄마하고 비슷해."

나는 데나의 집 현관을 바라보았다.

이것은 초대일까? 시비일까? 아니면 둘 다일까? 데나의 엄마가 집 안을 치우다가 우연히 발견한 것들을 엘라가 좋아할 것 같아서 가져다준 것일까?

나는 엘라의 곁에 앉아서 데나의 집에서 혹시 누가 나오지 않을까 기다렸다. 잠시 후 엄마가 마당으로 나왔다. 엄마는 조그만 타월에 B라는 이니셜까지 새겨서 가져왔다. 큰 타월의 한 귀퉁이를 잘라낸 것이 분명했다. 엄마는 엘라의 왕관과 귀걸이에 대해 묻지 않았다. 아마 내가 사준 거라고 생각했을 것이다. 한 시간쯤 뒤 우리가 집 안으로 들어갈 때까지 데나의 집에서는 아무도 나오지 않았다.

나는 마로니 가의 집으로 여러 차례 전화를 걸었다. 낮에도 했고 밤에도 했지만 찰리는 전화를 받지 않았다. 마침내 내가 응답기에 메시지를 남겨놓았고 찰리는 몇 시간 뒤 전화를 했다. 우리는 다음 날 라일리와 밀워키 사이에 있는 공원에서 만나 점심식사를 하기로 했다. 공원 피크닉은 내 아이디어였다. 레스토랑에서 만나는 것보다 그 편이 나을 것 같았다. 혹시 그가 이성을 잃고 소리를 지를 때를 대비하기 위한 것이었고, 엘라와 찰리가 함께 뛰어놀 수 있을 것 같아서였다. 전화 통화는 짧았고 특별히 감정적이지는 않았지만 여전히 긴장감이 감돌았다.

엘라와 나는 치킨 샐러드 샌드위치를 만들었고 엄마는 한사코 비스킷을 구웠다. 엘라와 내가 막 집을 나서려는데 아더에게서 전화가 왔다.

"일단 아무도 다치지 않았고 찰리도 무사하단 말씀 먼저 드릴게요. 어젯밤에 찰리가 음주운전으로 걸렸어요. 나한테 대신 전화를 해서 오늘 약속은 지킬 수 없다고 전해달라네요. 앨리스가 엄청 화를 낼 거라고 하더군요. 하지만 앨리스, 내가 조금 전에 찰리를 보고 왔는데, 앨리스가 찰리한테 하고 싶은 말은 이미 찰리가 자기 자신한테 다 했어요. 감방에 몇 시간 있어보더니 정신이 번쩍 난 모양이더라고요. 무슨 말인지 알겠죠?"

"그럼 지금……."

이번에도 나는 부엌에 있었고 마음 놓고 말을 할 수가 없었다.

"아직 자유롭지 못한 상황인가요? 그래서 직접 전화를 못하는 건가요?"

"감방에서 나와서 우리 변호사 사무실에 있어요. 소문이 나서 제크 귀에 들어갈까 봐 노심초사하고 있죠. 아버지하고 에드 형이 지금 여기

저기 틀어막고 있어요. 찰리가 내일 점심에 볼 수 있는지 물어봐 달래요. 이따가 직접 통화를 해보셔도 되고요."

엘라와 엄마를 놀라게 할 단어를 사용하지 않고는 아더에게 아무것도 물어볼 수가 없었다. 피해. 사고. 변호사. 감방. 그때 문득 모든 상황을 찰리 혼자서도 얼마든지 해결할 수 있을 거라는 생각이 들었다. 내가 나설 필요가 없었다. 그의 차가 폐차가 되건, 신문에서 그 기사가 다루어지건 시작도 해보기 전에 일을 그르친 사람은 그 자신이었다. 모든 것이 그의 책임이었다.

"전화해주셔서 고마워요. 하지만 내일 점심에 대한 대답은 '노'예요."

"앨리스, 찰리는 지금 무척……."

"대답은 '노'예요. 제가 드릴 말씀은 그것밖엔 없네요."

전화를 끊고 나서 나는 엘라에게 밝은 목소리로 말했다.

"아빠가 야구단 회의 때문에 오늘 못 나오신대. 그런데 아빠가 엘라를 위해서 멋진 생각을 해내셨단다. 엄마도 그러자고 했어. 엘라가 그동안 아주 말을 잘 들어서 아빠가 엘라한테 〈더티 댄싱〉 비디오를 사줘도 된대."

엘라는 잠시 미심쩍은 표정으로 나를 쳐다보다가 〈더티 댄싱〉이라는 말을 듣는 순간 비명을 지르며 두 팔을 번쩍 들었다. 나는 엄마의 표정은 애써 보지 않으려고 외면했다.

"지금?"

엘라가 눈이 휘둥그레져서 물었다.

"우리 뒷마당에서 피크닉 할까? 엄마, 엄마도 같이 가셔야겠어요. 샌드위치가 너무 많아요."

나는 그제야 엄마를 바라보았다. 엄마는 조심스럽게 웃고 있었다. 내가 진실을 말하고 싶어 하지 않은 것처럼 엄마도 진실을 알고 싶어 하지 않았다.

"점심 먹고 나서 비디오 사러 가자."

"앨리스, 우리 집엔…… 그걸 뭐라고 하더라?"

"찰리가 그것까지 생각해두었어요."

내가 환하게 웃으며 말했다.

"저희 때문에 엄마가 너무 애쓰신다고 두 분께 비디오 플레이어를 사 드리라네요."

그로부터 2주 동안 나는 본의 아니게 〈더티 댄싱〉의 대사를 전부 다 외웠다. 〈더티 댄싱〉은 내가 생각했던 것과는 전혀 달랐다. 패트릭 스웨이지가 알몸으로 침대에서 내려오면서 섹스를 암시하는 장면이 있긴 했지만 내가 생각했던 것처럼 음란한 영화가 아니었다. 낙태를 암시하는 장면도 있었지만 엘라는 이해하지 못하는 것 같았다. 똑같은 영화를 수십 번 보는 것이 지루해지자 나는 다른 영화들을 빌려서 보기 시작했지만 놀랍게도 나는 〈더티 댄싱〉이라는 영화가 꽤 마음에 들었다.

거실에서 비디오를 보면서 나는 내가 무언가를 기다리고 있다는 생각이 들었다. 하지만 무엇을 기다리는 걸까? 나는 찰리에게 전화하지 않았고 찰리도 내게 전화를 하지 않았다. 엘라의 미술 캠프가 시작되는 날 아침, 나는 전화를 걸어서 엘라가 참석할 수 없다고 통보했다. 결정해야 할 일들이 있었고 실행해야 할 일들이 있었다. 곁에서 조언해줄 할머니가 있었더라면 얼마나 좋았을까? 나는 그저 망설이고 있을 뿐이었다.

"이 얘길 해야 하는지 말아야 하는지 모르겠는데."

제이디가 말했다.

그러나 그렇게 시작하는 얘기치고 뒤에 문제의 이야기가 따라 나오지 않는 경우는 거의 없었다.

"요즘 찰리가 랜디 목사라는 사람하고 어울리나 봐. 두 사람이 어떻게 만났는지는 아무도 몰라. 물어봐도 대답을 안 한대. 낸이 간밤에 두 사람이 스포츠클럽에 함께 있는 걸 봤대. 야구장에도 같이 간다나 봐."

"그 사람이 누군데?"

"바로 그게 수상해. 아는 사람이 없거든. 얘기를 들어본 적도 없고. 듣기로는 밀워키의 쿠다이에 교회가 있다던데. 어쩌면 내가 괜히 심각하게 받아들이는 걸 수도 있고."

"찰리는 어때?"

"저녁 먹으러 오라고 했더니 내가 잡아먹을까 봐 무서웠는지 안 오더라고."

"제이디, 제발 그러지 마."

"아더한테 얘기 다 들었어. 앨리스가 떠난 이유하고 음주운전 사건 등등."

나는 그런 얘기를 하고 싶지 않았다. 찰리를 두둔하고 싶은 생각도 없었지만 제이디가 찰리에게 설교를 늘어놓는 것도 원치 않았다. 제이디의 설교는 효력이 없을 뿐 아니라 두 사람 사이를 불편하게 할 것이었다. 게다가 시간이 흐를수록 찰리에 대한 나의 분노는 잦아들었다. 나는 찰리가 그리웠다. 그의 곁에 앉아 이야기를 나누던 시간이 그리웠고 식기 세척기에 그릇을 넣는 동안 그가 서재에서 야구를 보는 시간이 그리웠고, 불을 끄고 침대에 누워서 잠들기 전까지 그가 던지는 음탕한 농담이 그리웠다. 찰리는 항상 우리가 아는 모든 사람들을 신랄하게 비판했기 때문에 나는 그럴 필요가 없었다. 찰리 덕분에 나는 그들을 두둔하는 착한 역할을 맡을 수 있었다.

"랜디 목사라는 사람이 누군지 모르겠어."

제이디에게 내가 말했다.

"아무도 모른다니까."

제이디가 말했다.

마침내 찰리가 전화를 했다. 그때 이미 우린 라일리에서 3주 반을 머물고 있었다. 찰리가 전화했을 때 라스 씨와 나는 시드니 오페라 하우스 퍼즐을 맞추고 있었다.

"다 잘 해결됐어. 제시카는 올해 비들 아카데미에 입학하게 될 거야. 전액 장학금으로. 단, 우리가 지급하는 전액 장학금. 물론 그 집에서는 모르게 할 거야. 당신이 그렇게 하길 원할 것 같아서. 엘라는 잘 지내?"

"제시카 서튼을 비들 아카데미에 입학시키기로 했다고요?"

"낸시 드와이어가 제시카 가족을 불러서 학교를 구경시켜줬어. 우리한테 제시카 이야기를 들었다고 하면서. 우리가 손을 썼다는 걸 이본느나 미스 루비가 모르면 바보지. 오늘 제시카가 입학시험을 통과해서 이제 확정이 됐어. 엘라 학비를 내면서 제시카 학비도 같이 내면 돼."

"찰리! 정말 잘됐네요! 무슨 말을 해야 할지! 정말 고마워요."

"당신이 옳았어."

찰리의 목소리는 그 어느 때보다도 열정적이었고 의욕적이었다. 술을 마신 것 같지도 않았다. 적어도 많이는.

"이번 일이야말로 우리가 좋은 일을 할 기회라고 생각해. 우리가 도와줄 사람이 있다면 미스 루비 말고 또 누가 있겠어? 당신이 그런 생각을 해줘서 고마워. 라일리 가족들은 다들 어때?"

마치 엘라와 내가 그 없이 휴가를 떠나 있는 것 같은 기분이 들었고 찰리와 나는 하루를 마감하면서 서로의 안부를 묻는 커플 같았다.

"여긴 다들 좋아요."

나는 목소리를 낮추었다. 나는 부엌에 있었고 엄마와 라스 씨는 거실에 있었다.

"솔직히 말하면 엘라는 조금 따분해하는 것 같아요."

찰리가 웃었다.

"어쩌면 엘라한텐 그게 필요한지도 몰라."

"당신 목소리가 아주 좋네요."

"달리기를 시작했어. 여자 같은 스판덱스를 입는다고 존을 놀렸었는데 말야. 린디, 달릴 때 나오는 엔도르핀은 정말 뭔가 다르더라고. 다른 스포츠하고는 달라."

"며칠이나 됐어요?"

"한 열흘쯤? 하지만 벌써 새로 태어난 것 같아. 6시에 일어나서 쿠다이의 고등학교로 차를 몰고 가서 달리는데, 정말 상쾌해."

찰리가 6시에 일어나서 남쪽으로 차를 몰고 가서 고등학교에서 달리기를 한다고?

"앨리스, 난 그만 가봐야 해. 지금은 일단 끊고, 나중에 엘라한테 전화할게."

"지금 어디 있어요?"

내가 물었다.

"TV 보고 있어. 브루어스가 애너하임하고 붙거든. 스타디움 안에 있는 새 사무실은 아주 좋아. 당신이 한번 와서 봐야 되는데."

마치 이웃집 여자에게 말하듯 다정하고 편안한 말투였다.

"잘 자, 린디. 사랑해. 당신도, 엘라도."

나는 그에게 어디서 묵고 있는지 묻고 싶었다. 집인 것 같았지만 믿을 수가 없었다. 랜디 목사라는 사람이 누구인지도 궁금했다. 그러나 그와의 대화는 전에 없이 순조로웠고 나는 결국 그 대화의 리듬에 굴복하고 말았다.

"사랑해요."

다음 날 저녁, 동화책 한 챕터를 읽고 나서 불을 끄려고 일어서는데 엘라가 물었다.

"엄마, 앤드류 크리스토퍼 이모프가 누구예요?"

나는 그 자리에 얼어붙었다.

"누구한테 들었니?"

나는 침착하려 애쓰며 물었다.

엘라는 침대 옆 책장에서 남색 하드커버의 커다란 책을 한 권 꺼냈다. 은색 흘림체로 '1964년'이라는 제목이 박힌 고등학교 졸업앨범이었다.

"여기요."

엘라가 책을 펼친 다음 몇 장을 넘겼다. '추모합니다'라고 적힌 페이지에 앤드류의 이름과 그의 흑백사진이 실려 있었다. 그의 금발 머리카락과 긴 속눈썹, 가슴이 저릴 정도로 매혹적인 미소……. 사진 밑에는 그의 출생 연도와 사망 연도가 적혀 있었다. 1946-1963. 너무도 오래전 일처럼 느껴졌다.

"이건 죽었다는 뜻이야?"

엘라가 사망 연도를 짚으며 물었다.

"앤드류는 엄마하고 같은 반 남자아이였는데 3학년 때 죽었어. 정말 슬픈 일이었단다."

"어떻게 죽었어?"

마치 심장이 부풀어 올라 목을 막은 것처럼 숨이 막혔고 말하기가 힘들어졌다. 엘라 나이 정도면 이해할 수 있을까? 아기가 어디서 나오느냐고 물었을 때 엘라는 유치원생이었지만 나는 간결하고 단순하게, 그러나 분명하게 알려주었다. 나는 '음경'이나 '질' 같은 단어를 사용했다. 제이디에게 그 얘기를 했을 때 제이디는 믿을 수 없다는 듯한 표정을 지었다. 드류는 열두 살이었지만 제이디의 집에서는 아직 한 번도 그런 단어를 직접적으로 사용한 적이 없었다고 했다. 그러나 나는 아이들의 질문에 직접적인 대답을 회피하는 것이 반드시 좋지만은 않다고 생각했다.

나는 심호흡을 했다.

"차 사고가 났거든."

"안전벨트를 안 맸나 보지?"

"그땐 안전벨트가 없는 차들이 많았단다. 요즘처럼 안전하지 않았어."

"이 아저씨가 죽었을 때 엄마도 많이 울었어?"

"응, 아주 많이 울었어."

나는 문득 내가 판단을 잘못한 것은 아닐까 걱정이 되었다. 또 한편으로는 이렇게 담담하게 이야기하는 것이 잘못은 아닐까 하는 생각도 들었다.

"그 사고는 엄마가 낸 거란다. 엄마가 차를 몰고 가다가 앤드류의 차를 들이받았어."

엘라의 눈이 휘둥그래졌다.

"엄마도 병원에 갔어?"

"갔어. 하지만 엄만 많이 다치지 않았어. 운이 좋았지. 앤드류는 운이 나빴어. 앤드류는 아주 착한 사람이었단다. 엄마는 그 아저씨를 아주 많이 좋아했어. 처음 그 아저씨를 만난 건 너보다 더 어릴 때였어. 그 아저씨가 죽은 건 엄마가 겪은 일들 중에 가장 슬픈 일이었어."

"할아버지하고 할머니가 돌아가신 것보다 더 슬펐어?"

"그건 좀 다르지. 젊은 나이에 죽는 건 흔한 일이 아니거든. 그래서 안전벨트를 매야 하고, 길을 건널 때 차가 오는지 잘 살펴야 하는 거야. 항상 조심해야 하니까. 나이가 들어서 죽는 것하고 젊은 나이에 죽는 건 아주 달라. 누구나 자라서 결혼을 하고 아이를 낳아야 하는데, 그럴 수 없게 되는 건 아주 큰 불행이니까."

"예수님처럼?"

엘라의 표정이 그렇게 진지했던 적은 없었다. 엘라는 나에게 온 신경을 집중했고 내가 하는 말 한마디 한마디를 귀담아들었다.

"예수님이 돌아가셨을 때는 어른이었지만 결혼을 하지 않고 아이를 낳지 않으셨던 건 사실이야. 예수님의 죽음도 아주 슬펐지."

엘라는 잠시 생각에 잠겼다.

"앤드류 크리스토퍼 이모프는 우리 할머니하고 함께 있을까?"

나는 미소를 지었다.

"우린 그 아저씨를 그냥 앤드류 이모프라고 불렀단다. 그런데 앤드류하고 할머니는 서로 만난 적이 있어. 너도 알겠지만 라일리는 아주 작은 동네라 서로 모르는 사람이 없었거든. 앤드류하고 엄마가 너보다 어렸을 때, 할머니하고 마트에 갔다가 우연히 앤드류하고 앤드류의 엄마를 만났는데, 할머니는 앤드류가 여자애라고 생각했단다. 머리가 좀 길고 곱슬곱슬했거든."

"할머니가 앤드류 아저씨를 여자라고 생각했다고?"

엘라는 놀라면서도 한편으로는 재미있다는 표정이었다.

"그래도 앤드류는 그렇게 기분 나빠 하진 않았어."

엘라는 졸업앨범 속 사진을 찬찬히 살펴보았다.

"엄만 앤드류 아저씨를 사랑했어?"

"응, 그랬어."

앤드류에 관한 이야기를 할 수 있다는 사실이 왠지 싫지 않았다. 엘라는 그 누구도 나에게 하지 못했던 질문들을, 오직 어린아이만이 할 수 있는 질문들을 하고 있었다. 문득 내가 얼마나 앤드류에게서 멀리 떠나왔는지를 생각했다. 나는 여전히 앤드류 꿈을 꾸었다. 그러나 꿈속에서 우리는 그저 또래 친구일 뿐이었고, 그래서 나는 너무도 분명한 사실을 잊곤 했다. 나는 그가 죽었던 당시의 나이보다 스물다섯 살이나 더 들었다. 그 사고 이후 나는, 그가 사고로 죽기까지 살았던 시간보다 훨씬 더 긴 시간을 살았다. 당시 그의 나이는 내 나이보다 엘라의 나이에 더 가까웠다. 마흔둘인 내가, 처음 그와 춤을 추던 순간의 떨림을 아직도 생생하게 기억한다면, 유니폼을 입은 그가 얼마나 긴장하고 멋졌는지를 기억한다면, 내 손끝에 닿는 그의 피부가 얼마나 따듯할 것 같았는지를 기억한다면 부끄러운 일일까? 이제 나는 회색 머리카락을 염색해야 하고 눈가와 입가에 주름이 있고, 보기 흉할 정도는 아니었지만 얼굴도 예전 같지는 않았다. 앤드류가 죽은 이후로 너무도 긴 시간이 흘렀다. 그렇게 긴 세월이 흘렀는데도 그날의 사고는 여전히 이해하기 힘들었다. 지금도 나는 그 사고를, 끔찍하지만 이미 다 지난 일인 듯 설명할 수가 없다. 그날 일을 떠올릴 때면, 1963년도에 그랬던 것처럼 나는 도저히 이해할 수가 없다. 내가 어쩌다가 앤드류의 차를 들이받았을까? 앤드류는 어떻게 그 사고로 그렇게 죽었을까?

"아빠보다 더 사랑했어?"

엘라가 물었다.

"엘라, 그건 다르단다. 앤드류는 엄마 남자친구가 아니었어. 우린 그냥 친구였어. 몇 년 동안 서로 알고 지냈지만 데이트를 한 적은 한 번도 없었지. 같은 동네에 살았고 같은 학년이었으니까 서로 알긴 했지만, 그건 같이 살면서 서로를 잘 아는 것과 비교할 수는 없는 거야. 우린 아빠의 모든 것을 알지 않니? 아빠 코고는 소리가 어떤지, 아빠가 가장 좋아하는 셔츠가 뭔지, 저녁식사 때 물에 얼음을 몇 개 넣는지."

엘라가 웃었다.

찰리의 코골이 이야기가 나오면 엘라는 웃지 않고 지나치는 법이 없었다.

"엄마가 네 모든 걸 다 아는 것처럼 말이야. 그건 엄마가 네 엄마이기 때문이고 엄마가 널 사랑하기 때문이고, 엄마가 이 세상에서 가장 좋아하는 여자애는 바로 너이기 때문이야."

내가 몸을 숙여 엘라의 이마에 키스했다. 그 순간 나는 찰리가 결혼식 날 밤, 내가 앤드류의 꿈을 꾸다가 깨어났을 때 했던 말을 떠올렸다.

'난 내가 당신한테 일생일대의 사랑이었으면 좋겠어.'

어쩌면 그는 자신의 뜻을 이룬 것이 아닐까? 서로 떨어져 있는 지금도 나의 기분은 그에 의해 결정되고 있었다. 나의 기분은 그와 함께할 미래가 주는 희망 혹은 실망에 의해 지배되었다. 조 타이어와의 키스는 짧고 서툴렀지만 나에게 새로운 깨달음을 주었다. 나의 삶에 찰리 이외의 다른 남자는 있을 수 없었다. 너무 지쳐서도 아니었고 찰리를 향한 열정 때문도 아니었다. 다만 새로 시작하고 싶은 마음이 들지 않았다. 나는 나의 남편을 진심으로, 그리고 습관적으로 사랑했다. 나는 아내로서 그를 사랑했고 은밀한 꿈속에서는 앤드류를 사랑했다. 다른 사랑을 위한 자리는 없었다. 적어도 로맨틱한 사랑을 위한 자리는 없었다. 만약 찰리와 이혼한다 해도 나는 다시 결혼하지는 않을 것이다. 다시 결혼하는 것은 상상조차 할 수 없었다. 그렇다면 혼자 사는 것이, 속 썩이는 남편을 다독여가면서 살아야 하는 잔소리꾼 아내가 되는 것보다 덜 힘들까? 다시 독신으로 돌아간다면 경제적으로도 고달파질 것이다. 나는 어쩔 수 없이 찰리와 블랙웰 가 사람들의 도움을 받아야 할 것이다. 그렇게 되려면 지금보다 훨씬 뻔뻔해져야 할 것이다.

내가 알고 싶었던 것은, 1963년 9월의 그날 밤, 만약 그날 내가 조금만 더 일찍, 혹은 조금만 더 늦게 집을 나섰더라면, 만약 프레드 주브러그의 파티가 취소되었다면, 만약 내가 데나와 말다툼을 하지 않고 혼자 차를 몰고 나가지 않았더라면, 아니면 그 말다툼으로 내가 기분이 너무 상해서 파티에 가지 않았더라면, 그래서 만약 사고가 나지 않았다면 앤드류와 내가 사귀게 되고 결국 결혼을 하게 되었을까 하는 것이었다. 아주 오랜 세월 동안 나는 나 자신에게, 아마 그랬을 거라고 말해왔다. 만약 이것이 소설이라면 당연히 그렇게 끝나야 할 것이다. 너무도 당연해서 굳이 설명할 필요조차 없는 결말일 것이다. 그러나 나는 이제 그 결말에 회의가 들기 시작했다. 나는 라일리가 따분해졌다. 나는 이제 집으로 돌아갈 준비가 되었다. 이곳은 나의 집이 아니었다. 만약 앤드류와 결혼했다면 이런 곳에 영원히 머물면서 소박한 삶을 사는 것에 만족했을까? 넓은 세상에서 살다 보니 세상에 대한 나의 생각이 달라진 것일까? 만약 이곳에 머물면서 농부의 아내로 살았다면 너무 답답하지 않았을까?

"앤드류 이모프를 위해서 기도했어."

엘라가 말했다.

"기특하기도 하지!"

내가 불을 끄며 말했다.

라일리에는 기독교와 가톨릭의 묘지가 강에서 남서쪽으로 2킬로미터 떨어진 지점에 나란히 자리 잡고 있었다. 아침 일찍 나는 먼저 가톨릭 공동묘지인 세인트 마리 묘지로 향했다. 꽃가게에서 흰 튤립 두 다발을 사서 하나를 앤드류의 묘비 앞에 놓았다. 앤드류의 묘비는 직사각형 모양의 평평한 회색 화강암이었다. 아름다운 6월의 아침이었고 산들바람이 부는 따스한 날씨였다. 나는 앤드류의 장례식에도 참석하지 않았고 그의 묘비를 찾은 적도 없었다. 엘라와 그에 대한 이야기를 나누지 않았더라면 영영 오지 못했을 것이다. 엘라와의 대화는 무언가를 증명하는 것 같기도 했고, 어쩌면 증명할 것이 남아 있지 않은 것 같기도 했다.

성심껏 외울 수 있는 기도문이라도 있었으면 좋겠다고 생각했지만 아무것도 생각나지 않았다. 나는 묘비 앞에 쪼그리고 앉아 차가운 묘비를 어루만졌다. 마치 한 번도 만져보지 못한 앤드류 이모프를 만져보듯이.

'평화로이 잠들어 있길 바라. 정말 미안해.'

나는 다시 주차장으로 가서 할머니의 묘지가 있는 그레이스 공동묘지로 향했다. 그곳에는 아빠와 할머니의 묘비가 있었다. 아버지의 묘비에는 '필립 워렌 린드그렌 1920-1976년. 사랑받는 아들이자 남편, 아버지'라고 적혀 있었고 할머니의 묘비에는 '에밀리 워렌 린드그렌 1896-1988'이라는 글과 펼쳐진 책 모양의 그림이 새겨져 있었다. 할머니가 책을 좋아하셨기 때문이라고 엄마가 말했다. 할머니 묘비가 세워진 자리의 흙은 검고 축축했다. 할머니는 겨우 한 달 전에 이곳에 묻혔지만 나는 금방이라도 할머니를 다시 만날 수 있을 것만 같았다. 나는 두 개의 묘비 사이에 꽃을 놓았다. 사후세계에 대해서는 생각해본 적이 없지만 두 사람이 함께 있다고 생각하니 왠지 마음이 편안해졌다. 할머니는 당신의 외아들보다 12년이나 더 사셨다. 나로서는 엘라보다 더 오래 사는 것을 상상조차 할 수 없었다.

아빠가 살아 있다고 해도 내 결혼생활의 고민을 털어놓지는 않았을 터였다. 아빠는 그런 직접적인 질문을 좋아하지 않았다. 하지만 할머니라면 어설프게 돌려 말할 필요조차 없었을 것이다. 묘지에서 나는 잠깐이라도 찰리와 헤어질 생각을 했던 나 자신이, 다른 선택이 있다고 생각했던 나 자신이 부끄러웠다. 부유한 사람들과 함께하다 보니, 산다는 것이 본래 힘든 것이라는 사실을 잊고 지냈던 것도 같다. 어쩌면 시대가 달라진 것일 수도 있다. 무엇이든 상관없었다. 중요한 것은 내가 잊고 있었다는 사실이었다. 그러나 11년 전, 나는 많은 사람들 앞에서 서약을 했다. 나는 아빠의 신조를 떠올렸다. 무슨 일을 하든 제대로 하라. 한때 나는 필립과 도로시 린드그렌의 딸이었고 에밀리 린드그렌의 손녀딸이었지만 이제 찰리 블랙웰의 아내이고 엘라 블랙웰의 엄마였다. 내가 결혼생활을 포기한다면 그들 모두가 크게 실망하리라. 돌아가는 것 외에 나에게 무슨 선택이 남아 있을까? 오래전에 엄마가 결심했던 것처럼 나의 남편을 포용해주는 것 외에 나에게 어떤 선택이 있을 수 있을까?

집으로 돌아와 보니 엄마가 라스 씨가 남긴 메모를 내밀었다.

'이본느 서튼에게 바로 연락할 것'이라는 메모와 함께 전화번호가 적혀 있었다. 전화를 걸자 안토인의 울음소리가 배경음악으로 들려왔다.

"앨리스, 제시카가 엘라의 학교에 다니게 되어서 너무 기뻐요. 어떻게 해서 제시카가 장학금을 받게 손을 쓰셨는지는 모르겠지만 정말 진심으로 감사드려요."

"비들 아카데미는 엘라 학교가 아니에요. 이제 제시카의 학교예요. 이본느, 제시카 스스로의 힘으로 입학한 거예요. 우리도 얼마나 기쁜지 몰라요. 혹시 궁금한 게 있으면 언제든 전화해서 물어보세요."

"고마워요. 참, 책 선물도 고마웠어요. 그 책을 받은 이후로 제시카가 한 번도 손에서 책을 놓지 않았어요."

내가 대답을 하려는 순간 이본느가 바로 어투를 바꾸고 말을 이었다.

"앨리스, 미안하지만 제가 전화를 한 건 다른 일 때문이에요. 엄마는 절대 말 못 한다고 고집을 부리셔서 하는 수 없이 제가 총대를 메게 됐네요. 더 이상 엄마는 그 집에서 주무실 수가 없어요. 두 분 일에 끼어들고 싶은 생각은 눈곱만치도 없지만 예순셋이나 된 노인한테 다 자란 어른 치다꺼리를 하게 하는 건 옳지 못하다고 생각해요."

"그럼 미스 루비가…… 미안하지만 뭐가 어떻게 돌아가는 건지 이해가 안 가네요. 혹시 찰리가 미스 루비한테 집에 와 있어달라고 했나요?"

"지금 그 집에 계세요. 앨리스, 엄마는 찰리를 위해서라면 무슨 일이든 하실 분이세요. 찰리가 구슬려서 엄마를 거기 있게 한 지가 벌써 꽤 됐는데, 그러기엔 연세가 있으시잖아요? 잠은 편한 데서 주무셔야 하는 거 아닌가요?"

물론 찰리는 마로니 가의 우리 집에 있지 않았다. 그는 어린 시절 쓰던 침실이나 거실에서 잠을 자고 있었고 미스 루비는 그 집의 부엌 쪽방에서 잠을 자고 있었던 것이다. 미스 루비가 찰리에게 아침을 해주고 있는 것이 분명했다.

"이본느 말이 옳아요. 정말 미안해요. 그리고 전화해줘서 고마워요.

혹시 미스 루비한테서 들었는지 모르겠지만, 좀 우습게 들리겠지만, 찰리는 어둠을 무서워해요."

"들었고말고요. 찰리의 침대 밑 괴물 이야기라면 누구나 다 알고 있어요."

"좀 특이하다는 건 나도 인정해요."

"그거야 뭐 그럴 수도 있는 거 아닌가요?"

말은 그렇게 하면서도 이본느의 목소리는 정반대의 의미를 담고 있었다.

"전 단지 엄마가 걱정될 뿐이에요. 그러니까 찰리한테 전화를 해주시든지, 아니면 제가 전화를 할 수도 있고요. 제 말보다는 앨리스 말을 더 잘 듣겠지만 혹시 제가 하길 원하신다면……."

"내가 해결할게요. 오늘밤엔 다들 제자리에서 잠을 잘 거예요."

마로니 가로 돌아와서 나는 엘라를 제이디 집에 데려다 놓았다. 제이디는 비명을 지르며 뛰어나왔고, 내가 엘라를 데리고 수영장에 가달라고 부탁하자 저녁때 같이 산책하기로 약속해주면 그렇게 하겠다고 말했다. 나는 그길로 집으로 가서 우편물과 자동응답기를 확인하고 냉장고 안의 상한 음식들을 버리고 쓰레기통을 비운 다음 찰리가 겨우 하룻밤을 잠들었을, 아니, 잠들려고 노력했을 침대를 정돈했다. 그다음에는 바로 찰리의 부모님 집으로 향했다. 미스 루비는 부엌에 있는 조그만 TV를 보고 있었다. 나는 미스 루비에게 퇴근을 하고 일주일을 쉬라고 했다. 프리실라에게는 따로 말할 생각이었다. 나는 찰리의 물건들을 챙겼다. 찰리는 어렸을 때 쓰던 침대에서 자지 않고 해럴드의 서재 소파에서 잔 모양이었다. 아마도 미스 루비의 방과 가까워서였으리라. 미스 루비가 찰리의 물건들을 정돈해주었던 것 같았다. 나는 테이블 위에 놓인 알람시계와 침구를 챙긴 다음 화장실에 있던 치약과 칫솔도 챙겼다. 2층을 살펴보았지만 샤워는 컨트리클럽이나 우리 집 욕실에서 한 모양이었다.

집 안을 다 정돈하고 나니 오후 4시였다. 나는 카운티 스타디움으로 차를 몰았다. 잠기지 않은 출입구를 찾느라 헤매고 있는데 마침 관리부 직원이 눈에 잘 띄지 않는 철문에서 나오는 것이 보였다. 그가 나를 안으로 안내해주었다. 잠시 후 그보다 조금 나이가 많은, 보조 코치 정도로 보이는 사람을 만났고 그가 또 다른 남자에게 손짓을 했다. 짧은 소매 셔츠에 회색 바지를 입고 있는 사람이었다. 그들 모두에게 제각기 내가 누구인지 소개한 다음 남편을 찾아왔다고 설명했고 마침내 나는 찰리의 사무실을 찾을 수 있었다. 찰리의 사무실은 내가 생각했던 것보다 작았고 복도 쪽으로는 창문이 있었지만 바깥쪽으로는 창문이 없었다. 비들 아카데미의 교장실 옆 비서실 정도의 크기였다. 벽에는 아무것도 걸려 있지 않았고 책상 위에도 신문 몇 개를 제외하면 거의 비어 있었다. 찰리는 다리를 포개어 책상 위에 올려놓고 파일을 읽고 있었다.

문이 열려 있었지만 나는 노크를 했다.

"바빠요?"

찰리는 고개를 들었다. 그는 무척 반가워하면서도 한편으로는 경계하는 듯한 표정이었다. 그는 일어서지 않았지만 다리를 책상에서 내렸다.

"깜짝 놀랐어."

마지막으로 통화할 때 그가 얼마나 기분이 좋았는지를 생각하면서 문득 나는 그 이후로 그가 마음이 변해서 더 이상 나를 기다리지 않았는지도 모른다는 생각이 들었다.

"잘 지냈어요?"

내가 물었다.

그러나 그가 대답을 하기도 전에 말을 이었다.

"엘라하고 내가 집으로 돌아올 때가 된 것 같은데, 당신 생각은 어때요?"

찰리는 고개를 숙였다. 내 질문에 어떻게 대답해야 할지를 고민하는 것일까? 나는 갑자기 긴장이 되었다.

"찰리?"

침묵 속에서 1분이 지난 뒤, 내가 물었다.

그가 마침내 고개를 들었다. 그는 감정이 복받친 모양이었다.

"너무 뜻밖이라서…… 물론 집으로 돌아와야지. 린디, 당신한테 정말 미안해. 난 그동안 정말 형편없는 남편이었어."

"그런 말 말아요. 찰리, 그런 말 하려고 온 게 아니에요. 얼마든지 함께 노력해서 해결할 수 있는 문제였는데 내가 너무……."

나는 말을 이을 수 없었다.

그가 고개를 저었다.

"하느님이 당신을 통해서 일을 하신 것 같아. 당신을 떠나게 해서 내 잘못을 돌아보게 하신 거야. 난 분명히 잘못을 했어. 하지만 난 이제 새 사람이 됐어. 거듭난 거야. 하느님이 날 용서하신다면 당신도 날 용서할 수 있겠지? 지난 일주일 동안 난 술을 한 방울도 안 마셨어."

나는 그가 웃음을 터뜨리면서 "농담이야!"라든가 "속았지!"라고 말할 거라고 생각했다. 그러나 그는 그러지 않았다. 그의 말은 모두 진심이었다.

"당신 혹시……."

내가 잠시 말을 멈추었다.

"당신이 랜디 목사라는 사람을 만난다고 제이디한테서 들었어요."

"정말 대단한 분이야. 당신도 만나보면 아마 무척 놀랄걸? 랜디 목사는 이 문제에 대해 아주 오랫동안 깊이 생각해온 분이야. 이게 얼마나 큰 고통인지, 죄를 짓지 않는 게 얼마나 힘든 일인지 아주 잘 알고 계셔. 구세주 예수를 받아들이는 행복에 관한 랜디 목사의 설교는 정말 감동적이야."

"그분을 어떻게 만났어요?"

"미스 루비가 소개했어. 우습지?"

"그럼 그분도…… 흑인인가요?"

찰리가 웃었다.

"당신 표정 좀 봐! 그 사람은 흑인이 아니야."

"그게 나쁘다는 게 아니라, 그냥 궁금해서요. 당신 말투로 봐서 그 사람도 거듭난 사람인가 봐요"

그날 스타디움으로 찰리를 찾아가면서 나는 찰리의 반응에 대해 몇 가지 가능성을 생각하고 있었다. 찰리는 나를 달래려 할 수도 있었고 조금 화가 나 있었을 수도 있었고 자상할 수도 있었고 무덤덤할 수도 있었다. 그러나 그렇게 오랫동안 그와 함께 살아온 나로서도 그날 찰리가 보여준 모습은 전혀 뜻밖이었다. 찰리가, 나의 찰리가 종교를 갖게 되었다고? 가끔 그런 사람들을 보긴 했지만 찰리에게 그런 일이 일어날 수도 있다고는 상상조차 해본 적이 없었다. 하지만 그가 술을 끊을 수만 있다면, 그리고 조금 더 책임감 있는 사람이 될 수만 있다면. 그날 오후 나는 잠시 그의 종교에 대해 회의적인 생각을 품었던 것이 사실이었지만 애써 그런 마음을 감추었다. 나의 그런 생각도 어쩌면 또 하나의 속물근성일 수도 있다는 생각이 들었다. 내가 아는 사람들은 대부분 교회를 다녔지만 '거듭난' 사람은 없었다. 그러나 나는 이미 깨닫지 않았던가? 이 세상은 내가 한때 생각했던 것보다 훨씬 더 크고 복잡한 곳이라는 사실을 나는 반복해서 배우지 않았던가? 그 진리를 아는 것이야말로 가장 중요한 것이 아닐까?

"부인이 남편한테 키스하는 건 죄가 아니겠죠?"

내가 말했다.

그리고 그 말이 끝나기 무섭게 그가 일어서서 나를 끌어안았다. 다시 그를 안을 수 있다는 것, 내가 아는 그의 몸, 그의 무게, 체취, 피부, 머리카락을 다시 느낄 수 있다는 것은 참으로 큰 위안이었다. 몇 주 만에, 아니, 몇 년 만에 내 삶이 비로소 제자리를 찾은 것 같았다.

"얼마나 보고 싶었는지 몰라."

내 귓가에 대고 찰리가 속삭였다.

나는 고개를 들어 그의 얼굴을 바라보았다.

"엘라는 지금 제이디가 수영장에 데려갔어요. 지금 퇴근하긴 힘들겠죠?"

내가 물었다.

"한번 물어볼까?"

찰리는 싱긋 웃으며 귀에다 손을 대고 귀 기울이는 시늉을 했다.

"당신처럼 아름다운 아내를 두고 사무실에 있는 건 범죄라는데?"

찰리는 책상 위에 있던 서류들을 가방에 챙겨 넣었다. 사무실을 나서면서 그가 내 손을 잡았다.

40분 뒤 우리는 침대 위에 알몸으로 누웠다. 나는 등을 대고 있었고 그가 내 몸 위에서 나를 바라보았다. 내 몸속으로 들어오기 직전, 그는 잠시 멈추었다. 나는 이미 그를 받아들일 준비가 된 상태였다. 아니, 그 이상이었다.

"지금부터는 당신한테 부족하지 않은 남자가 될게."

그가 진지한 목소리로 말했다.

나는 고개를 끄덕였다. 나는 온몸이 달아오른 채로 숨을 헐떡였다.

"어서요!"

내가 재촉했다.

오랜 세월이 흐른 지금 사람들은 내가 그에게 '술이야? 아니면 나야?' 라고 다그쳤다고들 한다. 그러한 최후통첩은 그럴듯해 보이지만 사실 찰리에게 그렇게 말한 것은 아니었다. 술을 끊지 않으면 떠나겠다고 말한 적은 한 번도 없었다. 그를 잠깐 떠났던 것은 사실이고 그는 술을 끊었다. 그 두 가지는 분명 연관이 있지만 다른 사람들이 생각하는 것처럼 분명하고 직접적인 관계라고는 말할 수 없었다.

그를 비판하는 사람들은 지지자들보다 이 왜곡된 설명을 더 좋아한다. 그들의 주장을 듣다 보면 다 나의 잘못인 것 같다. 그가 선거에 출마한 것도 내 잘못이고 그가 대통령이 된 것도 내 잘못이고 그가 전쟁을 일으킨 것도 내 잘못인 것 같다. 왜 나는 그냥 그가 술을 마시게 내버려 두지 않았을까? 수많은 여자들이 그런 것쯤은 참고 사는데…….

찰리의 그러한 과거만 보아도 그가 어떤 대통령인지 알 수 있다고, 그를 비난하는 사람들은 말한다. 찰리는 형편없는 대통령이라고. 그렇다면 나도 찰리가 형편없는 대통령이라고 생각하고 있을까? 그러나 진실은 사람들이 아는 것보다 훨씬 더 복잡하다.

비판자들은 내가 결국 이렇게 되리라는 것을 다 알고 있었다고 말한다. 그러나 1988년, 나는 우리의 삶이 앞으로 얼마나 급격하게 달라질지 상상조차 할 수 없었다. 누군가 나에게 그런 말을 했다고 하더라도 나는 계시록의 한 구절을 들고 거리에 서서 외치는 사람의 말처럼 무시했을 것이다.

'당신 남편은 곧 대통령이 됩니다! 머지않았어요!'

나는 그저 웃으며 가던 길을 계속 갔을 것이다.

집으로 돌아온 주의 첫 번째 주말에 우리는 친구의 결혼기념일 파티에 갔다. 조 타이어도 와 있었다. 뷔페 테이블 쪽으로 걸어가는데 그가 나에게 다가왔다. 그가 말을 하기도 전에 나는 그가 몹시 긴장하고 흥분한 상태라는 것을 느낄 수 있었다.

"앨리스, 부담 주고 싶진 않지만 프린스턴에서 내가 한 말 생각해봤어요?"

나는 그의 말을 그와 나의 관계가 발전할 수 있음을 암시하는 진지한 제안으로 생각해본 적이 없었다. 그저 취중에 한 말이라고 생각했다. 그러나 그는 진심으로 한 말이었던 모양이었다. 그는 우스울 정도로 심각하고 열정적인 눈빛으로 나를 바라보았다. 그의 눈빛 속에는 조금 무섭게 느껴질 정도로 무거운 감정이 깔려 있었다.

나는 단호하지만 너무 차갑지 않은 목소리로 말했다.

"조, 난 찰리를 떠날 수 없어요."

"하지만 프린스턴에선……."

나는 고개를 저었다.

"제가 너무 경솔했어요."

"앨리스! 나한테 키스했잖아요! 아무나 붙잡고 키스하는 사람 아니잖아요! 아니면, 내가 틀렸나요? 당신 그런 사람인가요?"

조 타이어는 그답지 않게 몹시 흥분한 표정이었다. 아마도 그는 나한테 좋은 말로 안 되면 우겨서라도, 우겨서도 되지 않으면 비방을 해서라도 나를 설득할 셈인 듯했다. 그 순간 나는 우리가 서로에게 추한 모습을 보였다는 사실을 깨달았다. 중요한 것은 추한 모습을 참아줄 수 있는 사람과 결혼해야 한다는 것이었다. 그런데 조 타이어의 추한 모습을 나는 참아줄 수 있을 것 같지 않았다. 문득 캐롤린 타이어의 괴팍한 행동에도 그런 이유가 있을지 모른다는 생각이 들었다.

"제가 실수했어요."

그의 자존심을 지켜주기 위해서 내가 후회하고 있음을 그에게 알려주려 애썼다. 그 순간 나를 구해준 사람이 찰리라는 사실은 아이러니였다.

"조! 언제 야구장 한번 오세요! 티켓 준비해놓을게요."

찰리가 다가와 한 손을 내 등에 얹으며 말했다.

조는 화들짝 놀랐다.

"고맙군요."

조는 왠지 책망하는 듯한 말투로 대답했다.

"남자들만 모이도록 하죠. 이 아가씨는 야구장에 평생 앉아 있어야 하는 신세가 됐으니 한 번쯤 빼줘야 되지 않겠어요? 우리 형한테 일정을 물어보세요. 다들 시간 맞춰서 날짜를 잡아보죠."

찰리가 그에게 몸을 숙이고 한결 낮은 목소리로 말했다.

"참, 데이트할 준비가 되셨나요? 제크가 아주 멋진 아가씨 하나를 알고 있는데, 괜찮은 집안에서 자란 예쁜 아가씨래요. 괜찮으시면 제가 한 번 두 분의 만남을 주선해보죠. 앨리스, 잠깐 귀 막아봐. 가슴이 꽤 크더라고요."

"찰리!"

그를 가볍게 치긴 했지만 그 순간 나는 찰리가 정말 사랑스러웠다. 조의 빈정거림은 제쳐두고라도 나는 찰리가 얼마나 마음이 넓고 따듯한지 새삼 깨닫게 되었다. 조는 언짢은 표정으로 돌아섰다. 내가 찰리를 더 사랑하게 되었던 것만큼 조는 찰리를 더 경멸하게 되었을 것이다. 그때부터 마로니 가에 사는 내내 조는 나를 피했다. 그것도 내가 알아차릴 정도로 노골적으로. 나를 바라보다가도 내가 그를 돌아보면 시선을 돌렸고 한 번도 말을 걸지 않았다. 내가 아는 한 그는 찰리의 스타디움에 한 번도 온 적이 없었다.

밀워키로 돌아와서야 나는 내가 라일리로 떠나고 난 뒤 아더가 몹시 불안해했다는 사실을 알게 되었다. 찰리가 그들의 집에서 어쩔 수 없이 하룻밤을 묵고 난 다음 아더는 대낮에 집으로 돌아와서, 만약 제이디가 떠나면 자기는 죽어버릴 거라고 울며 매달렸다고 했다. 그날 두 사람은 황홀한 섹스를 하게 되었고 그 뒤로 아더는 제이디에게 애정공세를 퍼부었다고 했다. 두 번이나 아무 이유 없이 꽃을 사 들고 왔다고 했다.

"그중 한 번은 글쎄 카네이션 꽃다발을 사왔지 뭐야. 그래도 나름대로 노력은 하고 있는 것 같아. 앨리스, 종종 집을 나가는 게 좋겠어. 아더한텐 그게 성욕 촉진제인 것 같아."

그로부터 6년은 찰리와 엘라와 나에게, 가족으로서 가장 행복한 시간이었다. 찰리는 모두의 기대를 저버리지 않고 브루어스 구단주로서의 새로운 임무를 멋지게 해냈다. 그는 구단의 모든 홈경기에 참석했고 원정경기의 일부도 참석했다. 엘라와 나도 찰리와 함께 많은 경기를 보았지만 엘라는 커갈수록 아빠 엄마와 야구장에서 저녁 시간을 보내는 것에 시들해졌다.

그러나 나는 토요일 밤과 일요일 오후, 바람이 불거나 화창한 날, 때로는 너무 더워서 벌겋게 그을려서 돌아왔던 그 시간들이, 우비를 입고 서로 부둥켜안은 채 심판이 경기를 취소하기를 기다렸던 그 시간들이 그립다. 우리는 핫도그와 프렌치프라이를 먹었고 경기를 보러 온 사람들과 이야기를 나누었다. 때로는 일부러 일반석에 앉기도 했다. 찰리가 사람들과 어울리고 사인을 해주는 것을 좋아했기 때문이었다. 나는 브루어스의 승패를 진심으로 걱정했다. 새 스타디움은 1992년에 완공되었다. 기존의 스타디움을 허물고 그 자리에 새로 지은 것이었다. 새 스타디움은 관람석이 훨씬 고급스러울 뿐 아니라 지붕도 접을 수가 있었다. 두 개의 스타디움이 모두 에드 블랙웰의 선거구에 있다는 사실은 놀라운 일이 아니었다. 새 스타디움의 재원확보는 공개적으로 이루어졌고 그 과정에서 논란이 끊이지 않았지만 나는 찰리가 그러한 논란에 신중하고 이성적으로 대처했다고 생각한다. 찰리는 그때만큼 열심히 일했던 적이 없었다. 새 스타디움에서 첫 경기가 열리던 날, 나는 그가 정말 자랑스러웠다.

1993년, 찰리는 주지사 선거 출마를 선언했다. 말할 것도 없이 행크 어커가 곁에서 그를 도왔고 1994년, 그는 주지사에 당선되었다. 그것 역시 우리 삶의 큰 전환점이 되었지만 2000년도의 대선에 비하면 그렇게 말할 수도 없었다.

종교가 찰리에게 얼마나 큰 변화를 일으킬지 그 누구도 예측하지 못했다. 종교를 통해 그가 얻은 가장 큰 자산은 성실함이었다. 그것이야말로 찰리가 유권자들에게 가장 크게 어필했던 부분이었다. 장난치기 좋아하고 오만할지언정 찰리는 항상 성실했다. 근엄한 표정을 지어야 할 때면 찰리는 자신이 연기를 하고 있다는 사실을 일깨워주었다. 윙크를 하거나 이상한 표정을 짓거나 그럴 수도 없으면 이상한 표정을 짓고 싶다는 시늉이라도 했다. 첫 대통령 선거 캠페인에서 그는 친근한 대통령으로서의 자신의 이미지를 부각시켰다. 그의 그런 모습은 교활하고 가식적인 것으로 인식되기도 했다.

"당신이 보는 모습 그대로입니다!"

그는 개구쟁이 같은 미소를 지었다. 가끔 나는 유권자들에게 이런 말을 해주고 싶다는 충동을 느꼈다. 찰리는 당신들에게나 나에게나 자신의 본모습을 숨긴 적이 없었다고.

주지사 선거에 출마하기 전, 우리의 삶이 고달파지기 시작할 무렵, 그의 가족들은 찰리가 '거듭난' 것이 문제라고 말했다. 저녁식사 때 아더가 최근의 야구 경기에 대해 이야기하다가 "썩어빠진 놈들!"이라고 욕이라도 하면 찰리는 정색을 하고 "형, 그런 식으로 말하는 거 거슬린다"라고 말했다. 그러면 아더는 "젠장, 찰리, 당장 집어치우지 못해?"라든가 "찰리, 너 유머감각을 완전히 잃었구나!"라고 받아쳤다. 찰리는 포르노 잡지도 사지 않았다. 나는 흐뭇했다. 그가 포르노 잡지를 보고 싶어할 거 같아서 나는 여자의 나체가 담긴 흑백 누드사진집을 사주었지만 썩 훌륭한 대체품이 되지는 못했다는 것이 나의 짐작이었다.

찰리는 일주일에 한 번 남자들의 기도 모임에 참석했는데 가끔은 우리 집에서 모이기도 했다. 랜디 목사는 우리 삶의 일부가 되었다. 우리는 매주 일요일 헤븐리 로스 교회의 예배에 빠지지 않고 참석했고 식사 때마다 기도를 했다. 찰리는 레스토랑이나 디너파티에서도 기도를 했고 나는 너무 종교적인 과시가 아닌가 하는 생각도 들었지만 입 밖으로 내지는 않았다. 찰리는 매일 밤 잠자리에 들기 전 성경을 읽었다.

1988년 여름, 우리는 핼시언에서 긴 휴가를 보내는 대신 주말에만 그곳에서 지냈다. 찰리가 브루어스 구단 일로 바쁘기도 했지만 그의 형제들, 특히 아더와 함께 있으면 술을 마시고 싶은 유혹을 이기지 못할까 봐 두려워서이기도 했다. 내가 라일리에서 돌아온 뒤 한 달쯤 지난 어느 날 밤, 자정이 넘었는데 찰리가 곁에 없었다. 아래층에서 소리가 나는 것 같아 계단에 서서 귀를 기울여보았다. 서재 쪽에서 누군가의 목소리가 들렸다. 아래층으로 내려가서야 누가 무슨 이야기를 하는지 분명히 알아들을 수 있었지만 선뜻 방으로 들어설 수는 없었다. 나의 남편과 건장한 체구의 랜디 목사가 무릎을 꿇고 손을 잡고 눈을 감고 있었다. 찰리는 울고 있었고 두 사람은 함께 기도를 하고 있었다.

다음 날 아침 찰리는 위스키 한 잔이 너무도 마시고 싶어서 잠을 잘 수가 없었다고 말했다. 그는 바로 랜디 목사에게 전화를 했고 랜디 목사는 그런 유혹을 너무도 잘 알고 있는 사람이었다. 두 사람은 함께 기도를 했고 그러한 욕구는 사라졌다. 그 후로도 랜디 목사가 한밤중에 나타나는 일은 종종 있었지만 나는 내려가지 않았다. 부끄럽지만 그날 서재에서 목격한 장면이 나는 영 불편했다. 랜디 목사 때문도 아니었고 내가 결코 공감할 수 없는 열정적인 기도 때문도 아니었다. 찰리가 나와 함께 갈 수 없는 세계로 멀리 떠나버린 것 같아서였다.

그러나 분명히 밝혀두고 싶은 것은, 종교에 대한 나의 심한 거부감에도 불구하고, 찰리가 종교의 힘이 아니었다면 결코 술을 끊을 수 없었으리라고 나는 믿는다. 종교는 그에게 자신의 행동을 다스리는 틀을 제공해주었고 그러한 행동을 스스로에게 설명하는 방법을 알려주었다. 어떻게 보면 나에게는 소설이 그런 역할을 했는지도 모르겠다. 책에 대한 열정이야말로 나의 종교가 아니었을까?

그로부터 몇 년이 지난 뒤에야 나는 미스 루비가 찰리에게 어떻게 랜디 목사를 소개했는지 알게 되었다. 미스 루비는 전화번호부에서 교회를 찾았다. 그 자신이 독실한 신자였던 미스 루비는 찰리가 종교의 도움을 받을 수 있을 거라고 판단했다. 랜디 목사와 통화가 되자 그녀는 집으로 방문해줄 수 있느냐고 물었다. 모두 제시카 서튼이 들려준 이야기였다.

"부근에 사는 목사님한테 부탁할 수도 있었잖아?"

이제 제시카는 서른한 살이고 키가 크고 몸가짐이 단정하며 총명한 여자로 성장했다. 예일 대학과 하버드 케네디 스쿨을 졸업했으며 찰리의 첫 번째 재임기간 동안 비서실 차장으로 일했고, 비서실장이 은퇴한 뒤 내가 제시카를 부장으로 승진시켰다. 나는 제시카가 민주당을 지지한다는 것을 확신하지만 우리는 그런 쪽으로는 되도록 대화를 피한다. 나의 질문에 대한 그녀의 대답은 대범했지만 그녀의 말투는 따듯했다. 마치 나를 놀리는 것 같았다.

"흑인 목사 말은 듣지 않을 거라고 생각하셨어요."

● 그러나 진실은 사람들이 아는 것보다 훨씬 더 복잡하다 ●

제 4 부

펜실베이니아 가 1600번지

American Wife

워싱턴에서 맞이하는 모든 아침에 그랬듯이 오늘 아침에도 찰리의 전화벨이 6시 15분 전에 울린다. 전화를 받고 나서 그는 자리에서 일어나 화장실로 향한다. 나는 반쯤 잠에서 깨어난 상태로 그의 움직임을 느낀다. 그가 복도 쪽으로 난 문을 열자 비서가 신문을 전해준다. 신문이 바닥에 놓여 있지 않고 직접 사람이 전해주는 것이 호텔과 똑같다. 미합중국의 대통령은 몸을 숙이거나 손을 뻗는 것이 금지되어 있다.

찰리가 신문을 침대 위에 던진다. 〈뉴욕타임스〉, 〈워싱턴 포스트〉, 〈월스트리트 저널〉. 그가 휘파람을 불며 다가왔고 나는 몸을 일으켜 세운다.

"'연민의 아버지'에 관해 설교하지 않겠다고 약속하면 신문을 읽게 해주지."

찰리는 신문들을 내 손이 닿지 않는 곳으로 치우며 말한다.

'연민의 아버지'는 에드거 프랭클린이라는 미군의 퇴역 대령에게 찰리가 붙인 별명이다. 그는 2년 전 길가에 매설된 폭탄으로 스물한 살 아들을 잃었다. 에드거 프랭클린은 백악관 남쪽이자 워싱턴 기념관 북쪽에 위치한 일립스 공원에서 텐트를 치고 하룻밤을, 의사당 뒤쪽의 잔디밭에서 나흘 밤을 묵었다. 그는 찰리를 만나겠다는 일념으로 낮에도 자리를 뜨지 않고 있다. 6월이었고 워싱턴의 습한 공기와 함께 어제 기온은 30도가 넘을 정도로 더웠다. 이렇게 이른 시간이라고 해도 바깥 온도는 이미 26도를 넘겼을 것이다.

나는 신문을 달라는 의미로 두 팔을 벌렸지만 찰리는 고개를 젓는다.

"아직 약속 안 했잖아."

"혹시 다른 낌새가 있나요?"

그는 역겹다는 표정을 지어 보인다.

"아무래도 민주당 쪽에서 꾸미는 수작 같아. 분명히 그쪽에서 돈을 받고 있을걸?"

"그렇지는 않을 거예요."

내가 말한다.

"약속해. 나한테 로비하지 않겠다고."

"약속할게요."

그제야 찰리가 내게 신문을 건네준다.

"비즈니스 쪽 좀 봐. 제너럴 일렉트릭하고 알리탈리아가 합병된다는 루머가 있었거든."

찰리는 화장실로 들어가며 말한다.

"그래요?"

이미 여러 번 들었던 농담이다. 제너럴 일렉트릭과 알리탈리아가 합병되면 그 회사 이름은 제니탈리아(genitalia, 생식기를 뜻함)가 된다. 찰리가 신문을 던지면서 하는 농담 중에 두 번째로 좋아하는 농담은 "북부 제지가 바닥(bottom, 엉덩이라는 뜻도 있음)을 쳤다는 소식 들었어? 수천 명을 닦았다던데!"이다.

나는 먼저 모든 신문의 1면을 훑어보고 사설란을 읽은 다음 특집 면을 훑어본다. 그러고 나서는 〈뉴욕타임스〉를 보고 특별한 기사가 없으면 예술 면으로 가서 꼼꼼히 읽는다. 〈뉴욕타임스〉의 오늘 헤드라인은 어부 여섯 명의 목숨을 앗아간 헬리콥터 추락사고와 연방 대법원 대법관 내정자 인그리드 산체스가 인준청문회에 앞서 상원의원들을 만난다는 소식, 새로운 에너지 법안에 대한 의회 표결에 관한 소식, 사우스다코타의 폭우 피해 소식, 에드거 프랭클린에 관한 기사와 그리고 마지막으로 최근 인기를 끌고 있다는 '질성형수술'에 관한 기사다.

찰리와 나는 대통령의 침실에서 잠을 잔다. 수많은 대통령과 영부인들은 각자의 방을 사용했다. 영부인의 방은 거실과 욕실이 따로 있어서 대통령의 방보다 더 크다. 나는 나의 거실에 '아낌없이 주는 나무'의 모형과 할머니의 유품인 네르페티티 흉상을 두었다.

내가 신문을 읽는 동안 찰리는 샤워를 하고 면도를 하고 이를 닦는다. 그의 욕실 벽에 걸려 있는 스테레오에서 모차르트의 음악이 흘러나온다. 찰리는 바로크 음악과 낭만파 음악을 구분할 줄 모르고 누구의 작품인지도 관심이 없다. 주지사 재임 시절, 매디슨의 오스카 메이어 극장에서 교향악단의 연주를 듣고 나서 찰리는 클래식 음악을 좋아하게 되었다. 찰리가 뒤늦게 음악에 빠진 것에 대해 나는 묘한 감정을 느꼈다. 그가 음악을 좋아하게 된 것은 다행이었지만 그렇게 음악을 즐기게 된 것이 어쩌면 정신없이 돌아가는 그의 일상과 그에게 지워진 온갖 부담 때문이라는 생각이 든다. 어쨌든 찰리가 클래식 음악을 좋아하는 것만은 분명하다. 하지만 그것은 클래식 음악이 가사나 요구나 비판 같은 것을 담고 있지 않기 때문이라고 나는 확신한다. 클래식 음악은 멜로디와 분위기가 전부이고 너무 우울한 분위기만 아니면 그것으로 족하다.

에드거 프랭클린이 일립스 공원에 처음 텐트를 쳤을 때 〈뉴욕타임스〉는 그에 관한 기사를 대대적으로 다루지 않았다. 그러나 오늘은, 어제 실린 두 개의 사설에 이어 가장 크게 그의 기사를 실었다. 그는 아직 시위를 철회할 계획이 없고 이제 수백 명의 지지자들까지 가담하고 있다. 워싱턴 전역의 주택과 아파트에서 많은 지지자들이 그와 함께 밤을 지새웠고 호텔과 모텔, 심지어는 공원을 비롯해 집 마당에서도 시민들이 텐트를 치고 밤을 새우다가 매일 아침 의사당으로 모여들고 있다. 에드거 프랭클린 대령은 수십 개의 꽃다발과 엄청난 양의 음식들, 수천 달러의 기부금을 받았다. 〈뉴욕타임스〉는 백악관의 대변인 마가렛 카프니의 말을 인용하고 있다.

"대통령께서는 전사한 병사들과 그들의 가족들을 위해 기도하고 있으며, 그들의 희생이 미국을 비롯한 전 세계의 자유를 수호하기 위한 것이었음을 주지하고 계십니다."

에드거 프랭클린은 56세의 점잖은 흑인이다. 지난 닷새 동안 그는 군복을 입지 않았다. 만약 그가 군복을 입었다면 그의 과시욕에 거부감이 들어서 찰리의 편을 들기가 훨씬 쉬웠을 것이다. 그러나 그는 카키색 바지와 흰색과 푸른색이 섞인 셔츠를 입고 있었다. 텐트에서 자는 사람치고는 단정한 모습이었다. 그는 부근에 있는 집에서 매일 샤워를 하는 것 같았다. 처음 일립스 공원에 텐트를 쳤을 때 그는 철거명령을 받았다. 체포도 가능한 상황이었지만 벌금형으로 풀려났다. 그 후로 의사당 부근에 사는 사람들 중에서 그를 지지하는 사람들이 자기 집 마당에 텐트를 치게 해주었다. 에드거 프랭클린 대령이 캠핑 관련법을 위반하고 있는지에 관해서는 의견이 분분하지만 시민단체는 그에게 무척 관대할 뿐 아니라 그 점에 대해서 추궁할 생각이 없는 것 같았다.

에드거 프랭클린이 원하는 것은 한 가지 뿐이다. 나의 남편을 만나서 왜 이 전쟁이 무모한지, 왜 미국이 군대를 철수시켜야 하는지 이야기를 나누는 것이다. 2005년 봄, 에드거 프랭클린의 외아들 네이트 프랭클린은 전쟁 지역에서 작전을 수행하다 도로에 매설된 폭탄이 터지는 사고로 사망했다. 에드거는 이미 1996년, 부인 완다를 대장암으로 잃었다. 에드거 자신은 베트남 참전용사였다. 그는 19세에 군에 징집되어 30여 년을 복무했으며 여섯 곳의 전투지역에 파견되었다. 날이 갈수록 늘어가는 TV와 신문 인터뷰를 통해서 그는 나의 남편을 대놓고 비난하지는 않았다. 그는 말이 많은 사람이 아니었고 말을 함부로 하는 사람도 아니었다. 그는 양심상 도저히 가만히 있을 수가 없었다고 말했다. 당연히 그의 군 동료들 중에는 그를 비난하는 사람들도 있었다.

에드거의 안타까운 처지와 단정하고 깔끔한 옷차림, 군더더기 없는 말투를 나는 쉽게 떨쳐버릴 수가 없다. 나는 비서 한 명을 시켜서 에드거 프랭클린 자신도 그의 아들처럼 외동아들인지 알아보게 했다. 그가 외동아들이 아니라는 소식을 듣고 나는 비로소 마음을 놓았다. 에드거는 다섯 남매의 둘째였고 유일한 아들이었다. 58세의 데보라는 벨도스타에 살면서 집에서 놀이방을 운영하고 있었고, 살았다면 올해 53세가 되었을 파멜라는 당뇨병으로 세상을 떠났다. 50세인 신시아는 댈러스에서 가정주부로 살고 있고, 47세인 셰릴은 애틀랜타에서 변호사 비서로 일하고 있었다. 신시아 역시 군인 가족이었다. 그의 아들은 특수부대원으로 해외에 파견되어 있었다. 그녀는 댈러스 모닝 뉴스에서 에드거 프랭클린의 행동을 비난했지만 그 뒤로는 일절 언급을 피하고 있었다. 〈뉴욕타임스〉의 오늘 기사에 의하면, 셰릴이 어제 워싱턴으로 에드거를 찾아왔다고 한다.

지난주 이 이야기가 처음 방송을 탔을 때 찰리는 이 논쟁의 주도권을 빼앗기면 안 된다고 말했다. 그리고 그날 오후, 나는 행크 어커를 만났다.

"대통령께서 지금 프랭클린 대령 때문에 몹시 심기가 불편하신 건 사실인데, 내 말 믿어요. 그의 요구에 응하는 것은 아주 위험한 선례가 될 거예요. 논쟁의 주도권을 빼앗기면 안 돼요."

행크가 말했다.

누가 누구의 말을 인용한 것인지 뻔하다. 우리는 서로를 너무 잘 안다.

찰리가 허리에 타월을 감고 맨몸으로 욕실에서 나온다. 대통령이 되고 나서 찰리도 많이 늙었다. 그의 머리카락은 회색빛에 더 가까워졌고 얼굴에도 주름이 늘었다. 그러나 그는 여전히 흔치 않은 몸매와 외모를 유지하고 있다. 그가 다가와 키스한다.

"오늘은 또 내가 세상을 어떻게 망가뜨려 놓을까?"

"브로드웨이에서 〈유리동물원〉이 아주 좋은 평을 받았네요."

"인그리드에 대해선 뭐라고들 해?"

"주로 낙태 문제를 걸고넘어지고 있어요."

나는 애써 침착한 목소리로 대답한다.

찰리의 대법관 내정자인 인그리드 산체스는 미시건 주의 지방검사 출신이고 6지구 항소법원의 판사를 지냈다. 가톨릭 신자였고 지역 성당의 사목위원장이었으며 낙태 문제에 대해서는 공식입장을 밝힌 바가 없지만 낙태를 반대하는 것으로 알려져 있다. 흠잡을 데 없는 경력에 여성이기 때문에 여성단체를 의식해서라도 반대하기가 껄끄러운 것이 사실이지만 그렇다고 해서 야당에서 잠잠할 리는 없다. 마지막으로 찰리가 지명한 대법원장은 2006년에 인준청문회가 있었다. 그는 보수적인 성향이 강했지만 첫 임기를 마친 지금까지도 낙태에 관한 그의 견해는 모호한 채로 남아 있다. 만약 인그리드 산체스가 대법관으로 취임하게 되면 연방 대법원에서는 '로 대 웨이드 판결(낙태를 합법화한 1973년 미 연방 대법원의 판결)'을 뒤집는 표결이 강행될 것이고 그 점에 대해서 나는 마음이 편치 않은 것이 사실이었다. 그러나 그 인준 문제는 내 권한 밖이고 찰리가 내 견해를 모를 리가 없다. 사실 이 나라 국민 모두가 나의 견해를 알고 있다. 찰리가 취임하기 직전 어느 아침 방송 프로그램에서 나에게 낙태의 합법화에 찬성하느냐고 물었고 나는 '그렇다' 고 대답했다. 2004년 같은 앵커가 나에게 혹시 마음이 바뀌었느냐고 물었고 나는 여전히 같은 생각이라고 대답했다. 그러나 두 번 다 나는 그 문제에 관해 길게 이야기하지는 않았고, 두 번 모두 사전에 그 질문을 해도 되겠느냐고 물어 와서 내가 그렇게 하겠다고 대답했다.

"역시 〈뉴욕타임스〉야."

찰리가 코끝을 씰룩거리며 짜증스럽게 말한다.

"삼십 년 가까이 법조계에서 경력을 쌓아온 사람에 대한 평가를 단 한 가지 주제로 집약하고 있잖아."

"여보, 예상했던 일이잖아요. 우리가 궁금한 것처럼 공화당 사람들도 궁금하겠죠."

찰리는 매일 챙겨서 읽는 신문이 따로 없었고 대신 브리핑을 받지만 〈뉴욕타임스〉에 대해서는 유독 불만이 많다. 80년대 핼시언에 있을 때 찰리와 아더가 한 시간 반 동안 차를 몰아 그린베이까지 나가서 〈뉴욕타임스〉 일요일판을 사곤 했다는 것은 아이러니였다. 그들은 가판대 주인한테 한 부를 따로 보관해달라고 부탁하곤 했다.

나는 이불을 젖히고 일어서서 찰리를 끌어안고 그의 목과 어깨의 냄새를 맡는다.

"깨끗한 냄새가 나요."

나는 그의 침대 옆 테이블에 놓인 얇은 가죽 노트를 펼친다. 내 쪽 테이블 위에도 똑같은 것이 하나 놓여 있다. 그 노트에는 우리의 하루 일정이 들어 있다. 잠자리에 들기 전에 우리는 일정표를 받는다.

오늘 그의 일정은 정보국과 FBI 브리핑, 콜럼버스 중소기업 경영자들을 위한 조찬 연설, 버팔로에서 기금모금 정찬, 백악관 집무실에서 자문단 회의가 있고, 그 전후로 인그리드 산체스 내정자와 관련한 전화 통화를 해야 한다. 오늘밤 8시에는 '영부인을 위한 교사 학생 합동 축제'라는 이름의 행사가 백악관에서 열린다. 쑥스러운 일이다. 지난 4월, 행크 어커는 나에게 그 행사를 허락해야 한다고 설득하면서 찰리의 지지율은

32퍼센트지만 나의 지지율은 83퍼센트에 달한다는 사실을 상기시켜주었다. 나는 미국에서 두 번째로 존경받는 여자였다. 오프라 윈프리 다음이다. 우스운 일이긴 하지만 나는 그보다 더 우스운 일들도 많이 겪었다.

"미국인이 얼마나 영부인을 사랑하는지를 일깨워주는 것은 곧 미국인들이 얼마나 대통령을 사랑하는지를 일깨워주는 것과 같죠. 두 사람 모두를 위해 희생한다고 생각하세요. 그 자리에 참석하셔서 그저 당신이 그 사람들하고 똑같은 사람이라는 걸 보여주기만 하면 돼요."

행크가 나에게 한 말이다.

찰리가 자기 일정을 훑어본 다음 내 일정표를 들춰 본다.

"오늘 멀리 안 가지?"

나는 고개를 끄덕인다.

"유방암 학회가 알링턴에서 있어요."

"젖가슴 회의라…… 유방암 자가 진단법 시범에 쓸 조수는 필요 없고?"

"어서 옷 입어요."

나는 그를 밀어내고 침대를 정돈한다. 백악관의 가정부들은 침대를 정돈하는 내 습관을 재미있어하지만 나는 그 충동을 억누를 수가 없다. 6년 전, 백악관에 처음 들어왔을 때는 침대 시트를 매일 갈았지만, 나는 물을 아끼는 차원에서 일주일에 한번만 시트를 갈자고 했다.

찰리는 흰색 옥스퍼드 셔츠와 검은색 재킷, 조그만 노란 점이 있는 빨간 타이를 매고 돌아온다.

"멋지네요."

"오늘 행사의 주인공이라 긴장돼?"

"기절할 정도로요."

나는 덤덤하게 대답한다.

"그렇게 싫어? 린디, 당신은 그런 관심을 받을 자격이 있어. 우리 행정부를 위해서뿐 아니라 이 나라를 위해서 당신이 얼마나 많은 일을 했는지 사람들은 잘 모르잖아."

나는 이런 식의 대화를 좋아하지 않는다. 마치 다른 사람들이 내 이야기를 해주기를 바란다는 듯이, 언론에서 떠드는 말을 곧이곧대로 믿어도 된다는 듯이 말하는 것……. 사람들 앞에서는 칭찬과 비판을 모두 품위 있게 받아들이려고 노력하지만, 내 지위와 관련해 이룬 것에는 크게 가치를 두려고 하지 않는다. 마찬가지로 나를 비방하는 사람들이 주장하는 나의 온갖 실수에 대해서도 나 자신을 심하게 책망하지 않는다. 다른 사람들에게 나는 하나의 상징이지만, 나 자신에게는 그저 나 자신일 뿐이다.

나는 찰리의 어깨에 내 손을 얹는다. 우리는 치약의 민트향이 밴 키스를 나눈다.

"엘라가 4시에 올 거예요. 그 이후에 3학년 합창단 아이들한테 백악관을 구경시켜주기로 했어요. 그것만 아니면 엘라하고 둘이 쉴 수도 있을 텐데……."

엘라는 오늘밤 행사 때문에 오기로 되어 있다. 엘라가 온다는 것이 이 행사에서 가장 내 마음에 드는 대목이다. 엘라를 사람들 앞에 내세우는 것은 별로 내키지 않았지만 엘라가 오는 것은 언제나 반갑다.

"당신도 잠깐 시간 낼 수 있으면 알려줘요."

"와이어트도 같이 온대?"

와이어트는 1년 반 정도 사귄 엘라의 남자친구다. 엘라와 와이어트는 맨해튼의 골드먼삭스에서 컨설턴트로 일하고 있다. 찰리는 와이어트와 테니스 치는 것을 좋아한다. 와이어트도 테니스를 꽤 잘 치지만, 찰리에게 자기 나이의 반밖에 안 되는 젊은 청년을 이기는 즐거움을 안겨주곤 한다.

"엘라는 내일 돌아가요. 잠깐 들르는 거잖아요. 여보, 오늘 하루도 멋지게 보내고 조심할 거죠?"

나는 날마다 찰리에게 그렇게 묻는다. 사람들은 대통령과 영부인이 뭔가 특별한 단어를 사용해가며 이야기를 나눌 거라고 생각한다. 언제 일어날지 모르는 재난이라든가 국가적 책임의 무게를 실어 이야기를 나눌 거라고 생각한다. 그러나 우리는 대체로 평범한 단어를 사용한다.

"사랑해, 린디."

찰리가 말한다.

6시 20분이 되었다. 이제 그는 가족 식당에서 아침식사를 할 것이다. 수석 고문인 행크 어커와 데비 벨이 그를 기다리고 있다. 그들은 날마다 만나 아침식사를 하기 때문에 서로를 '아침식사 친구'라고 불렀다. 찰리는 그곳에서 바로 집무실로 가서 브리핑을 받은 다음 대통령 전용헬기 마린 원을 타고 앤드류스 공군기지로 향할 것이다. 그리고 다시 그곳에서 콜럼버스로 조금 더 긴 비행을 할 것이다.

매일 아침 찰리의 모습은 무대에 오르기 전 배우의 모습이나 보험 외판원, 혹은 우연히 주립극장의 연극에 출연하게 된 철물점 주인을 연상시킨다. 나는 얼마나 그를 지켜주고 싶은가! 이제는 모든 것이 일상이 되었건만 우리의 삶은 아직도 얼마나 낯설고 이상한가!

"나도 사랑해요."

내가 말한다.

모두가 아는 이야기지만 2000년 찰리는 미국 역사상 가장 근소한 차이로 대통령에 당선되었다. 찰리와 경합을 벌였던 후보가 대중적으로는 더 큰 지지를 얻었지만 찰리는 선거권이 있는 사람들의 지지를 얻었다. 연방 대법원은 5대 4로 찰리의 승리를 선언했다. 2001년 1월 취임사에서 그는 초당적 포용정책을 펼칠 것을 약속했고, 나는 그가 그 약속을 지킬 생각이었다고 믿는다. 그리고 8개월 뒤 테러리스트들이 뉴욕과 워싱턴 DC를 공격했고 수천 명이 목숨을 잃었다. 첫 번째 테러는 2001년 10월에 일어났고 두 번째 테러는 2003년 3월에 일어났다. 미국 의회는 테러 주도자들을 보호하거나 대량 살상 무기를 보유한 국가에 대한 무력의 사용을 승인했다. 찰리 행정부는 전쟁은 신속하게 종결될 것이며 6주 정도면 주요 작전을 완수할 수 있을 것이라고 국민을 설득했다. 찰리는 초대형 항공모함에서 유명한 연설을 했다. 그러나 4년이 지난 지금, 전쟁의 양상은 그 어느 때보다도 끔찍하고 혼란스러웠다. 3만여 명의 미군병사들이 전사했다. 테러리스트들에게 희생된 미국인들의 숫자와 맞먹는 숫자였다. 2만 5천 명의 병사들이 부상을 당했다. 무고한 시민들의 죽음은 7만 명에서 10만 명 정도로 추산됐다. 매일 차량폭파와 자살폭탄, 경찰서 총격, 가정집과 학교의 폭발사고, 회교사원 부근의 총격전, 검문소에서의 참수 소식이 들려왔다.

찰리와 찰리의 지지자들은 자유와 새로운 세계 구도, 새로운 이념을 위해 그들이 시작한 전쟁을 중도에 그만두고 달아나지 않고 끝장을 봐야 한다고 주장하고 있지만, 그를 비판하는 사람들은 그가 미국을 수렁에 빠뜨렸고 내란을 일으켰다고 주장했다. 한때 그를 지지했던 사람들조차도 이제 그를 비판하고 있다.

2000년 11월 8일, 새벽 4시에 잠들면서 나는 찰리가 선거에서 패배했다고 생각했다. 한편으로는 그가 안됐다고 생각했지만 한편으로는 우리 가족을 위해서 다행이라고 생각했다. 나는 찰리가 주지사 선거에 출마하는 것도 원치 않았고, 대통령 선거에 출마하는 것도 원치 않았다. 우리는 이미 많은 것을 잃었다. 마트에서 장을 본다든가 레스토랑에서 조용히 저녁식사를 한다든가, 혼자서, 혹은 친구와 함께 산책을 한다든가, 특별한 계획 없이 집 안을 치우고 책이나 읽으면서 토요일 오후를 보내는 것 등등. 만약 찰리가 대통령이 된다면 그 모든 것을 완전히 잃게 될 것이 분명했다. 나는 우리의 생활이 전부 노출되고 사생활이 없어지고 평범한 삶의 궤도에서 완전히 벗어나는 것을 원치 않았다. 선거 결과가 한 달 넘게 나오지 않았을 때 우리는 매디슨에 있는 주지사 관저에서 조용히 지냈다. 나는 책을 읽었고 친구들과 점심식사를 했고 위스콘신 주자사의 아내로서 참여해야 하는 몇몇 모임에 참석했다. 찰리와 행크 어커와 그의 여러 고문들, 변호사들, 친지들은 수시로 언론을 피해 비밀회의를 열었다.

12월 12일, 재개표와 소송이 끝난 뒤 찰리의 대통령 당선이 확정되었다. 그 순간 나는, 어떻게든 우린 이겨낼 거라고 생각했다. 온갖 시련이 있었지만 주지사 임기를 견뎌냈듯이, 그 온갖 폭풍을 견뎌냈듯이, 우리는 찰리의 대통령직을 견뎌낼 것이다. 머리를 숙이고 두 팔로 머리를 감싸고서라도. 물론 실제로 그렇게 한다는 뜻은 아니었다. 나는 공인으로서의 의무를 다할 것이고 나타나야 할 곳에 나타날 것이다. 그러나 내 진심은 달랐다. 나는 4년 동안, 어쩌면 8년 동안, 숨을 참으며 그 시간이 지나가기만을 기다릴 생각이었고 결국 시간은 흐르고 있었다. 제 아무리 끔찍한 폭풍이라도 반드시 지나가기 마련이니까.

어쩌면 나는 찰리와 약혼했던 그날을 잊고 있었던 것 같다. 왜 그 생각을 하지 못했을까? 찰리는 폭우가 몰아칠 때 번개와 돌풍 속에서 차를 몰고 우리 집으로 달려왔고 내가 사는 아파트 계단에서 청혼을 했다. 찰리는 폭우에 맞섰고 달아나지 않았다. 그리고 그의 판단은 옳았다. 그래서 우리는 지금까지 긴 세월을 행복한 부부로 살고 있다.

찰리가 대통령에 당선되었을 때 나는 내가 원하는 것만을 생각했다. 나는 물의를 일으키지 않고 불필요한 관심을 끌지 않고 나 자신을 내세우고 싶지 않았다. 물론 찰리는 자기주장이 강한 사람이었다. 그가, 혹은 그의 행정부의 누군가가 테러리스트의 공격을 사주했다고 믿는 사람들이 있지만 논쟁의 가치조차 없는 어리석은 주장이라고 생각한다. 그러나 그가 테러리스트의 공격에 대응했다는 사실만은 논쟁의 여지가 없다. 그는 도전을 받아들였다. 찰리는 왜 테러리스트들의 공격을, 2003년 3월 미국이 침공한 바로 그 나라에서 도발한 것으로 규정했던가? 실제로는 테러리스트의 공격과 전쟁은 별 상관이 없는 것인데도? 그 침공은 원유 때문일 뿐이고, 민주주의를 전파하겠다는 찰리의 약속은 단지 립서비스에 불과한 것일까? 만약 그가 60년대 후반과 70년대 초반에 스키 강사를 하지 않고 대신 군에 복무한 경험이 있었다면 그렇게 쉽게 전쟁을 일으키지는 못하지 않았을까?

이것이 그의 반대자들이 하는 주장들이다. 물론 정당한 질문들이긴 하지만 내가 정치논쟁에서 가장 싫어하는 부분은, 정치인들이 마치 정답이라는 것이 존재한다는 듯이, 결국 모든 것이 애매모호하고 주관적인 해석이 아니라는 듯이 행동한다는 사실이다. 나는 2003년 3월, 미국이 침공을 감행할 때까지 그 공격이 옳은지 그른지 알지 못했다. 나는 호전적인 사람들을 지지해야 할지, 촛불을 들고 밤샘 시위를 벌이는 사람들을 지지해야 할지 알지 못했다. 대학 시절 베트남전을 지지하지도 비난하지도 않았던 것처럼. 나의 소극적인 자세는 무관심이라기보다는 불확실성에 기인한 것이었다. 아무것도 모르면서 남편에게 어떤 식으로든 영향을 주고 싶지 않았다. 그에게 조언을 하는 사람은 수없이 많았고, 그들 모두 수십 년간 대외정책 전문가로 활동했던 사람들이고 그 나라를 직접 가보았고 그 독재자를 직접 만나본 사람들이었다.

그러나 침공 이후 4년이 흘렀다. 한때 미국인의 70퍼센트가 지지했던 전쟁은 이제 비판의 대상이 되었고 인기가 없어졌지만 찰리는 그래서 더 단호했다. 모든 것이 변했지만 찰리만은 변하지 않았다. 보통의 미국인들은 찰리 행정부가 알고 있는 정보들을 알지 못하고 있다고 찰리는 지적했다. 보통의 미국인들은 나약하고 쉽게 잊어버리고 피와 희생에 익숙하지 못하다고 생각했다. 독립전쟁을 생각해보라고, 남북전쟁을 생각해보라고, 그리고 2차 세계대전을 생각해보라고 찰리는 말했다. 민주주의를 위해 우리는 대가를 치렀고 지금까지 항상 그래 왔다. 2006년 9월, 그러니까 9개월 전, 찰리는 어느 기자회견에서, 지금 철수하는 것은 곧 항복을 의미한다면서 '앨리스와 눈송이만이 나를 지지한다고 해도 나는 항복하지 않겠다'고 선언했다.

눈송이는 우리가 기르는 고양이였고 나의 첫 번째 저서《애완동물: 내가 펜실베이니아 1600번 가에서 목격한 것들》의 공동저자이기도 하다.

찰리의 취임 이후, 나는 항상 계산을 했다. 백악관 생활이 10퍼센트가 끝났다, 앞으로 394주 남았다, 5년 반이 남았다……. 그가 재선되리라는 것을 나는 알고 있었다. 내가 원해서라기보다는 그 반대였다. 사람들은 일어나지 않을 것 같은 일을 가장 갈망하기 마련이고, 피하고 싶었지만 어쩔 수 없는 운명이라고 생각하는 편이 훨씬 쉽기 때문이다.

나의 연설과 찰리의 연설들, 기금모금이나 장례식, 방문행사나 파티, 리본커팅, 내가 매주 쓰고 또 받는 수백 통의 편지와 글들. 그 모든 것들이 나에게는 항상 커다란 목록에서 하나씩 지워나가야 할 것들일 뿐이다. 물론 내가 영부인으로서의 의무들을 전혀 즐기지 않는다는 의미는 아니다. 사실 나는 그 임무를 즐기고 있고 감사히 여기고 있다. 나는 문학과 예술의 거장들을 만났고 왕과 여왕, 추장, 황제를 만났다. 64개의 나라를 방문했고 네바 강의 배 위에서 최고급 철갑상어알 요리를 먹어보았고 낙타를 타고 이집트의 피라미드를 구경했고 인도 뱅갈로의 고아원에서 나는 사리를 입고 통역사와 나란히 앉아서 아이들에게《아낌없이 주는 나무》를 읽어주었다. 리스 초등학교를 방문한 것도 특별한 경험이었다. 리스 초등학교는 내 이름을 따서 앨리스 블랙웰 초등학교로 이름이 바뀌었다.

이러한 특별한 경험들을 할머니와 나눌 수 없다는 생각을 하면 가슴이 저렸다. 할머니가 계셨다면 얼마나 내 이야기를 재미있게 들어주었을까? 온갖 가십들을 얼마나 신나게 퍼뜨려주었을까? 찰리와 나는 친지들이나 오랜 친구들과 우리의 특별한 경험들을 나누려고 노력했다. 한번은 매디슨 가 시절 친구였던 리타 앨윈을 워싱턴으로 초대해서 링컨 침실에 묵게 했다. 나를 만나러 온 날 리타는 내가 선물한 엄마의 브로치를 하고 나와서 나를 감동시켰다. 크리스마스 때에는 찰리와 엘라, 나의 엄마, 제이디, 아더, 아더의 다 자란 아이들과 함께 백악관 볼링장에서 볼링을 쳤다. 찰리는 클리프 히켄을 프랑스 대사로 임명했다. 나는 몇 번이나 파리를 방문해서 케이틀린 히켄과 함께 멋진 레스토랑과 박물관, 화려한 상가를 둘러보았다.

찰리와 나의 삶은 구속이 많고 요구도 많지만 그만큼 특권의 삶이고 화려한 삶이었다. 우리는 앞으로도 영원히 소수의 특권자로 살게 될 것이다. 이러한 생활이 내 마음에 들고 안 들고는 중요하지 않았다. 이것은 이미 존재하는 삶이고 돌이킬 수도 없다. 우리는 유명인이고 찰리가 백악관을 떠나도 우리는 여전히 그 명예를 누릴 것이다.

오늘 하루 역시 온갖 사건들과 의무로 채워지겠지만 어떻게 보면 다른 날과 다를 것도 없다. 어차피 우리의 모든 날들은 크고 작은 사건들과 의무로 이루어져 있다. 백악관에서 5킬로미터 떨어진 곳에 에드거 프랭클린이 기약도 없이 찰리와 이야기해보겠다고 기다리고 있고 인그리드 산체스는 상원의원들을 방문할 준비를 하고 있다. 콜럼버스로 향하는 전용기 에어포스 원에서 찰리는 법안을 거부하거나 수십 억 달러의 세금지출을 줄이거나 늘리면서 영국 수상과 전화통화를 하고 있을 것이다. 알링턴의 호텔 연회장에서 열리는 유방암 학회에 참석하기 위해 나는 빨간 리넨 슈트를 입고 여자들에게 담배를 끊고 정기적으로 운동을 하고 마흔 살이 넘으면 유방 엑스선 촬영을 하라고 말할 것이다. 오후에는 딸과 함께, 나를 위해 마련된 행사에서 〈미국이여 영원하라〉라는 곡을 합창할 40여 명의 3학년생들에게 백악관을 구경시켜줄 것이다. 나는 대중 앞에 나서고 조언하는 것을 좋아하지 않았다. 교육을 받긴 했지만 아주 조금 나아졌을 뿐이다. 그러나 필요하면 앞으로 나서야 했다. 나는 미합중국 대통령의 부인이고 그 역할을 잘 해내고 싶었다.

찰리는 앞으로도 19개월을 더 백악관에서 지내야 한다.

유방암 학회 행사가 끝나고 토론 참가자들, 방청객들과 사진을 찍고 있을 때 행크 어커가 무대 쪽 벽에 기대어 서 있는 것이 보인다. 어디를 가든 항상 나를 따라다니는 두려움, 너무도 쉽게 고개를 들곤 하는 두려움이 밀려온다. 꼭 한 번, 2001년 9월, 나의 두려움은 현실이 되었다. 뭐가 잘못되었건 행크 어커가 알링턴의 연회장에 나타났다면 찰리의 목숨이 위태로운 상황은 아닐 것이다. 만약 그런 상황이었다면 그는 곧바로 나를 벙커로 데리고 가서 방탄조끼를 입혔을 것이다. 나는 방탄조끼를 몇 번 입어보았다. 무엇보다도 방탄조끼는 너무 무거웠다.

나는 나와 사진을 찍으려고 줄을 서 있는 사람들을 둘러본다. 마흔 명이 넘었다. 나는 나의 개인 비서 애쉴리에게 손짓한다. 애쉴리는 아주 유능한 스물다섯 살 아가씨다. 그녀가 다가와 내게 몸을 숙인다.

"행크한테 왜 왔냐고 물어봐."

내가 말한다.

애쉴리는 바로 돌아온다.

"할 얘기가 있으시대요. 돌아가는 길에 차 안에서 얘기하실 거래요. 무슨 내용인지는 말씀 안 하셨어요."

"남편이 정말 잘하고 있어요. 날마다 두 분을 위해 기도한답니다."

곱슬곱슬한 회색 머리카락에 키가 작고 흰색 폴리에스테르 바지를 입은 여자가 나와 악수를 하며 말한다.

"고맙습니다."

"이렇게 사진을 찍게 되어서 정말……."

그녀가 말을 하려 했지만 다음 차례인 여자가 밀어내는 바람에 말을 이을 수가 없다.

"와주셔서 감사합니다."

나는 그녀에게 소리쳐 인사한다.

다음 여자도 나이가 지긋하다.

"테러리스트들의 위협에 물러서면 안 된다고 꼭 전해주세요."

"그럴게요."

내가 말하는 순간 플래시가 터진다. 다음 여자는 내 나이 또래다.

"여기 오려고 하루 결근했어요."

"비밀 지켜드릴게요."

이런 자리는 조금 가식적이고 인위적인 기분이 든다. 찰리 행정부에서 하는 일이라면 무조건 반대하는 사람들의 부정적인 에너지와는 대조적으로 이렇게 직접 만나는 자리에서 사람들은 항상 애정이 넘치고 따듯하다. 물론 공화당을 지지하는 사람들 중에도 전쟁을 반대하는 사람들이 많지만 그들은 이런 자리에 나타나지 않는다. 그들이 접근하지 못하게 철저한 통제가 이루어지기 때문이다. 안전상의 이유로 나는 이 호텔에 올 때도 뒷문으로 들어왔다. 하지만 나는 길 건너편에 서 있는 시위자들의 모습을 보았다. 대부분 전쟁 반대 구호를 외치는 사람들이었지만 인그리드 산체스의 대법관 인준을 반대하는 플래카드도 보였다.

"엘라는 남자친구하고 언제 결혼한대요?"

다음 여자가 묻는다.

"하게 되면 알려드릴게요."

나는 웃으며 대답한다.

카메라 플래시. 카메라 플래시. 또 카메라 플래시. 그리고 마침내 마지막 사람이다. 주최 측에서 나에게 고맙다며 선물을 내밀고 애쉴리가 대신 받는다. 우리는 차를 타기 위해 호텔 뒷문으로 향한다. 애쉴리와 언론 담당 비서 샌디, 백악관의 공식 사진기자인 빌 로슨, 보건정책 전문가인 지니아, 비밀경호원 여섯 명이 함께 움직인다.

행크가 나에게 다가온다.

"미국인들은 영부인을 정말 사랑하는군요."

개인적으로 영부인이라는 단어를 좋아할 수 없는 여러 가지 이유가 있지만 다른 대안이 없어서 나 자신도 사용하게 되곤 한다. 영부인이라는 말은 왠지 과시하는 것 같고 조금 진부하다. 백악관 사람들은 나를 앨리스, 혹은 블랙웰 부인으로 부른다. 나는 행크에게 긴장된 미소를 지어 보인다. 호텔에서 나와 자동차 쪽으로 이동하는 동안 6월의 열기가 느껴진다. 경호원인 칼이 자동차 뒷문을 열어주었고 행크가 뒤따라 차에 오른다.

"애쉴리, 뒤 차로 와줘요. 우리도 동관으로 갈 테니까."

애쉴리가 차에 오르려는 순간 행크가 말한다.

애쉴리는 항의하려는 듯 나를 잠깐 바라보았지만 행크의 말투가 왠지 나를 멈칫하게 한다.

"행크, 오하이오에 있는 줄 알았는데, 아니었어요?"

"일정을 바꿨어요."

"찰리는 무사하죠?"

"대통령은 무사합니다."

행크는 혀끝으로 어금니를 더듬는다. 그는 항상 동요하지 않는 것처럼 보이기를 좋아한다. 그런 그가 일부러 격의 없는 제스처를 취하는 것은 뭔가 단단히 잘못되었다는 뜻이다.

"오늘 아침에 전화를 한 통 받았어요. 노렌 데이비스라는 사람 혹시 아세요?"

나는 기억을 더듬어본다. 언젠가부터 내가 만나는 모든 사람들의 이름을 기억할 수 없다.

"노렌 데이비스라는 이름은 기억이 나지 않는데, 혹시 아는 사람일지도 모르겠어요."

행크가 헛기침을 한다.

"그 여자가 앨리스가 63년 10월에 낙태수술을 받았다고 주장하고 있어요."

숨을 훅 들이마신 뒤에야 그 거친 숨소리가 나의 것임을 깨닫는다. '예측할 수 없는 일을 예측하라.' 이것이 백악관에서의 내 생활신조였지만 이것만큼은 정말 예상하지 못했다. 찰리가 주지사 선거에 출마했을 때, 그리고 대통령 선거에 출마했을 때에도 어느 정도는 이 문제가 불거질 것을 예상했고 나 자신의 체면보다는 찰리의 선거에 영향을 미칠까 봐 걱정했다. 그러나 걱정했던 일은 일어나지 않았고 나는 그 일이 그렇게 묻혀버릴 거라고 생각했다. 만약 그 사실이 폭로된다면……. 만약 데나가 나한테 그 사실을 담보로 대가를 요구하려 했다면 오래전에 그랬을 것이다. 그래서 나는 그런 걱정을 접어두었다. 그것 말고도 걱정할 일은 얼마든지 있었다.

"그런 주장을 하는 이유를 짐작할 수 있으신가요?"

행크는 애써 덤덤한 목소리로 내게 묻는다. 차 안에는 조수석에 앉아 있는 칼과 운전을 하고 있는 월터 외에는 아무도 없다. 나는 월터의 뒤통수와 칼의 옆모습밖에 볼 수 없었지만 두 사람 다 우리의 대화를 듣고 있는 것이 분명하다. 어쨌든 그들은 우리가 백악관에 도착할 때까지 한 마디도 하지 않을 것이다. 그들은 안전에 관한 문제가 아니면 절대 말을 하지 않았다. 인파 속에서 그들은 나의 귓가에 "왼쪽이요", "멈추세요" 하고 속삭이곤 했다. 체중이 110킬로그램에 달하는 거구의 남자들치고는 놀라울 정도로 품위 있는 사람들이었다.

"여자 이름이 노렌 데이비스가 확실한가요?"

나는 행크에게 묻는다.

행크는 재킷 안주머니에서 블랙베리(인터넷, 이메일, 휴대폰, 일정관리,

무전기 기능을 갖춘 개인 단말기)를 꺼내 화면을 읽는다.

"나이는 서른여섯, 최근 주소는 일리노이, 시서로 가 맨체스터 5147번지로 되어 있지만 거기서 살지 않는 것 같아요. 이혼녀고 아이는 없고 글렌뷰 건강센터라는 곳에 간호보조사로 소속되어 있네요."

"혹시 가명을 썼을 가능성도 있나요?"

"어떤 가능성도 배제할 수 없어요. 배후에 누군가 있는 것 같은데, 그자가 누구냐는 거죠. 지금 조사 중인데, 먼저 그 전에 앨리스한테 직접 물어보고 싶었어요. 문제는 이겁니다. 이 여자는 자기는 협박을 하는 게 아니라고 주장하고 있어요. 적어도 상투적인 협박은 아니래요. 앨리스가 대법관 후보 인그리드 산체스의 인준을 공개적으로 반대해달라는 게 요구사항이래요."

나는 혼란스럽다.

"그러니까 그 사람은 내가……."

그의 말을 되풀이해보기도 전에 나는 이미 상황을 파악한다. 2000년과 2004년, 아침 방송에서 낙태에 대한 간결한 나의 답변은 낙태 지지자들을 만족시킬 수 없었다. 어쩌면 그들은 조용히 낙태를 옹호하는 영부인보다는 차라리 낙태를 반대하는 영부인을 원했는지도 모른다. 그렇다면 자신들의 적으로 규정할 수 있었을 테니까. 두 번의 인터뷰에서 그 질문이 던져졌고 두 번 다 찰리도 지지해주었다. 다시 말해서 행크가 동의했고 그의 행정부가 동의했다는 의미였다. 공화당원들 중에도 낙태를 지지하는 사람들이 꽤 많았기 때문이었다.

앵커는 그 뒤로 추가 질문을 하지 않겠다고 약속했다. 첫 번째 인터뷰에서는 진행자가 "자, 이제 좀 더 가벼운 주제로 넘어가 볼까요? 대통령의 가족 중에 영부인보다 더 언론을 피하는 사람이 있다고 하던데, 우리 눈송이 이야기를 좀 들려주시죠."라고 말했다.

찰리의 첫 주지사 선거 때 행크의 측근 한 명이 나를 인터뷰했다. 그는 내 삶의 전반을 되짚어보면서 논쟁의 소지가 있거나 은밀한 부분을 파헤쳤다. 우리는 앤드류 이모프에 대해서도 긴 이야기를 나누었다. 그로부터 몇 년 뒤 1999년에, 타블로이드 신문에 그 이야기가 실렸고 나는 당시 홍보 담당자에게 곧바로 그 사실을 시인했다. 나는 모든 질문에 답했다. 그러나 그들에게 불필요한 정보를 주지는 않았다. 찰리와 나는 전날 밤 그 문제를 논의했고 찰리는 내가 낙태 문제를 얘기할 필요가 없다고 말했다. 그 문제는 불거진 적이 없었고 이제 와서 터뜨릴 필요도 없으며 언젠가 불거지게 되면 그때 다루면 된다고 했다. 그러나 나는 그때 먼저 밝히는 것이 가장 확실한 방법이라고 생각했었다.

그러나 차 안에 앉아 있는 지금 마침내 그 문제가 불거져서 해결해야 할 상황이 온 것이다. 바로 지금, 오늘.

"이런 식의 협박은 불법이 아닌가요?"

내 질문에 행크가 미소 짓는다.

"노렌 데이비스 문제는 어떻게든 해결할 겁니다. 하지만 왜 그 여자가 그런 이야기를 떠들고 다니는지 궁금해서요."

행크가 말을 아낀다는 것은 그가 이러한 비난이 사실이라고 짐작하거나 아니면 확신하고 있다는 의미다. 가끔 나는 행크가 나에게 예의를 지켜야만 하는 상황이 재미있다는 생각이 든다. 그는 찰리를 대통령 각하라고 불렀고 내가 방에 들어서면 자리에서 일어선다. 그럴 때마다 나는 '당신이 우릴 이렇게 만들었는데, 이제 우리에게 경의를 표해야 하는군요' 하고 속으로 생각하곤 한다.

행크가 노렌 데이비스의 말을 근거 없는 주장이라고 생각했다면 그는 이곳에 오지 않았을 것이다. 백악관은 매일 수십 통의 편지와 이메일과 전화를 받는다. 이를테면 '나는 대통령의 아버지가 1950년 몰래 낳은 숨겨진 이복형제지만 2백만 달러만 주면 입을 다물어주겠다'는 식이다. 그러한 중상모략은 우리 삶에 존재하는 위험처럼 항상 따라다녔지만 우리는 일일이 다 알지도 못했다.

"찰리도 상황을 알고 있나요?"

내 질문에 행크는 고개를 끄덕인다.

"직접 가보라고 하셨어요."

찰리가 행크한테 그 루머가 사실이라고 말했을까? 직접적으로 말하지는 않았겠지만 아마 그런 힌트를 주었을 것이다. 나는 창밖을 내다본다. 우리는 알링턴 대로에서 동쪽으로 향하고 있다. 우리가 지나가는 동안 워싱턴으로 향하는 다른 차량들이 잠시 멈추어 선다.

"앨리스, 이건 해결할 수 있는 문제예요. 노렌 데이비스가 혼자 이 일을 꾸민 거라면 제정신이 아닌 거죠. 하지만 배후에 누군가가 있을 가능성이 높아요. 자, 먼저 노렌 데이비스가 혼자 이 일을 꾸며서 결국 감옥에 가게 된다고 칩시다. 감옥에 가면서 기자한테 발설을 하거나 아니면 절대 그럴 생각이 없었는데, 잠깐, 그러고 보니 언니한테 말했네, 그러고 보니 남자친구한테 말했네, 이렇게 나올 수도 있겠죠. 어느 쪽이건 소문이 퍼지기 시작하면 막을 수가 없어요. 그 경우에, 래리킹 쇼 정도를 생각하고 있는데, 물론 곧바로 출연할 건 아니에요. 즉각 방어를 시작하는 인상을 주고 싶진 않으니까. 한 열흘이나 보름 정도 기다려보다가, 다른 주제로, 이를테면 문명 문제나 유방암 같은 거. 주제는 앨리스가 선택해요. 거기서 한 번 그런 질문이 툭 튀어나오게 하는 거예요. 그럼 앨리스는 그저 부정하면 되는 거죠."

그의 시나리오에는 여전히 물음표가 존재한다. 나는 잠시 그 물음표가 허공에 맴돌게 한다.

"그러다가 언론에서 시시콜콜 캐묻기 시작하면요?"

"근거 없는 중상모략이나 비방은 인정하지 않는 게 관례지만……."

"생명 경시니 하는 말은 제발 하지 말아요."

"앨리스, 지금은 낙태옹호론을 펼칠 시기가 아니라고 봐요."

"국민들이 받아들였다고 말했잖아요. 국민들이 내 생각을……."

"대중은 영부인이 낙태의 권리를 옹호하는 사람이라는 사실을 받아들였을 뿐이죠. 그 사람들이 영부인이 낙태를 했다는 사실을 받아들였다고 착각하지 말아요."

이례적으로 행크가 내 말을 자르며 단호하게 말한다. 그는 나와 얼굴을 마주보도록 돌아앉는다. 그러니까 그는 그 주장이 사실이라고 생각하고 있다. 짐작은 하고 있었지만 막상 그의 입으로 그 사실을 인정하게 만들고 보니 묘한 쾌감 같은 것이 느껴진다. 앞좌석에 앉은 월터와 칼은 마치 스핑크스처럼 꼼짝도 하지 않는다.

나는 행크의 눈을 똑바로 쳐다본다.

"노렌 데이비스가 누구인지는 몰라요. 하지만 그 배후에는 예전에 내 친구였던 데나 제나추스키가 있을 거예요. 데나를 만난 지는 삼십 년도 넘었고 십오 년 정도는 거의 소식도 듣지 못했어요. 내가 낙태를 한 적이 있다는 사실을 아는 사람은, 찰리를 제외하면 데나와 데나의 남자친구뿐이에요."

"두 사람 이름을 정확히 말해주세요."

행크가 다시 블랙베리를 꺼낸다. 내 말을 듣고 충격을 받았을지 몰라도 겉으로는 드러내지 않는다.

"이름을 바꾸었는지는 모르겠지만 적어도 서른여섯 살은 아니에요. 저와 나이가 같아요. 결혼을 했었고 그땐 성이 치미노였어요. 그러고 나서 이혼을 했고 다시 결혼했을 수도 있어요. 남자 이름은 아마……."

나는 잠시 말을 멈춘다.

"80년대 후반부터 데나는 피트 이모프라는 남자와 사귀고 있었어요. 두 사람이 그 이후로 헤어졌는지 아니면 아직도 같이 살고 있는지는 나도 몰라요. 피트는 앤드류의 형이에요. 앤드류는……."

"압니다."

행크는 고개를 끄덕인다.

"그리고 피트는…… 그 사람과의 관계로 임신을 했었어요. 그 사람은 그 사실을 알지 못했고요."

"데나가 말했겠죠."

행크는 질문을 하는 것이 아니라 단정을 하고 있다.

"데나를 조사할 때는 각별히 신경 써주세요. 전 데나가 이 일을 꾸민 당사자가 아니기를 바라요. 저 때문에 데나의 삶이 엉망이 되고 감옥에 가는 건 절대 원치 않아요."

"임신을 한 게 앤드류의 사망 전입니까? 후입니까?"

행크는 이리저리 머리를 굴리며, 죽음이 낙태를 정당화할 수 있지 않을까 궁리하고 있다. 그럴 수 없음을 분명히 알려줌으로써 그의 수고를 덜어주어야 한다.

"그 후예요."

행크는 잠시 아무 말 없이 방금 수집한 정보들을 정리해보고 나서 마침내 입을 연다.

"적절한 대책을 세워봐야죠."

다시 생각해보니 그는 우리를 숭배하는 것이 아니다. 그가 이러한 지저분한 문제들의 해결사 노릇을 즐기고 있다는 사실은 의심할 여지가 없다. 그는 위기 자체를 즐긴다기보다는 이러한 상황에서 그 자신이 찰리에게 없어서는 안 될 존재가 되는 것을 즐기고 있다. 찰리가 행크를 '오물 처리반'이라고 부르는 데는 그럴 만한 이유가 있다.

"조사과정에서 데나를 협박하지 않도록 해주세요. 내 말 들었어요, 행크? 예의 바르게 행동하라고 지시해주세요."

"앨리스, 그 여잔 연방 대법원 대법관 내정자의 인준을 방해하고 있고 미국 대통령과 영부인에 관한 흑색선전을 하고 있어요."

그의 말에 내가 얼굴을 찌푸린다.

"과장하지 말아요."

나는 창밖으로 고개를 돌린다.

"한때는 둘도 없는 친구였어요."

유명세라는 것은 사람들이 당신의 이름을 TV나 신문, 잡지에서 보기 시작하게 되면서 시작되는 것이다. 어떤 큰 일이 이제 막 일어났거나 아니면 곧 일어난다는 것이 알려지면 우리가 아는 사람들이, 아주 잘 아는 사람들이 아니더라도, 갑자기 연락을 해오기 시작한다. 컨트리클럽 사람들, 당신을 집으로 초대했던 사람들, 당신의 집에 초대되었던 사람들이 자동응답기에 "부디 우리 같은 평범한 사람들을 잊지 말아요!", "TV에서 당신을 봤어요. 당신이 날 아주 잊어버리기 전에 한번 연락하고 싶었어요"라는 농담 섞인 메시지를 남겨놓는다.

무슨 일이 곧 일어나는 상황이건 아니면 이미 일어난 상황이건 시간은 정신없이 흘러간다. 일일이 열거할 수조차 없는 이유로 사람들이 찾아오지만 성의껏 응대해주지 않으면 당신이 변했다고 서운해한다. 치과의사, 딸아이의 고등학교 수학 선생, 과거에 알았던 사람들, 어린 시절의 친구들, 예전에 같은 반이었던 친구, 과거의 직장 동료들이 소식을 전해온다. 어쩌면 그렇게 잘도 찾아내는지.

전혀 모르는 사람들까지도 도움을 청한다. 모임에 나와서 연설을 해달라고 하고, 참석해서 자리를 빛내달라고 하고, 이사회의 회원이 되어달라고 하고, 함께 저녁식사를 할 수 있는 티켓을 경매에 붙이게 해달라고 하고, 야구 경기의 티켓을 구해달라고 하고, 월드 시리즈의 티켓을 달라고 하고, 야구장에서 결혼식을 하는 것을 허락해달라고 하고, 주지사 저택을 둘러볼 수 있는 티켓을 팔게 해달라고 한다. 그들의 요구를 모두 들어주는 것은 불가능하지만 거절하면 거들먹거린다는 비난을 면치 못한다. 그런 요구를 하는 사람들 거의 대부분이, 자기들 말고도 그런 요구를 하는 사람들이 많다는 사실을 알지 못한다. 그들은 자기들이 원하기만 하면 내가 들어줄 의무가 있다고 생각한다. 그래서 편지를 쓰고 이메일을 보내고 전화 응답기에 메시지를 남긴다. 그들의 청을 들어주지 않는 것도 나쁘지만 그들의 청을 아예 무시하는 것은 결코 용서받지 못할 일이다. 어떻게 보면 그들이 나의 일정과 의무를 지정하고, 나는 공동자산이 된다.

그렇게 서서히 유명인사로서의 삶이 자리를 잡아간다. 마치 새 코트나 새 차에 적응하는 것처럼. 나의 유명세는 다른 사람들에게 이상한 행동을 유발한다. 공식행사에서 내가 결코 알지 못하는 사람, 친구의 친구의 친구, 대학 동창의 이모, 배관공의 이웃이 몇 다리 건너 나를 안다고 주장한다. 나의 신분이나 유명세와 전혀 상관없는 결혼식이나 칵테일파티, 학교의 기금모금 행사에 일반인 자격으로 참석해도 사람들은 계속 나를 쳐다본다. 나는 그 사람들이 나를 전부 다 나를 알 리가 없다고 나 자신에게 말한다. 그래서 처음 만나는 사람에게는 일부러 소개를 하고 꽃이나 음식, 날씨 이야기를 한다. 하지만 사실은 모두가 나의 사생활에 대해 얘기하고 싶어 하고 모두가 나와 어떤 관계인지를 말하고 싶어 한다. 그들은 나에 관한 기사나 TV 프로그램을 보았다고 말하고 사람들이 나에 대해 무슨 이야기를 하는지 알려주고 싶어 한다. 그들은 유명인사가 되면 얼마나 고달플지 이해한다고 말한다. 그들이 나를 더 힘들게 하고 있다는 생각은 하지 못한다.

그러다가 정말 유명인사가 되면, 지역 유명인사가 아닌 국가의 유명인사가 되면 차라리 홀가분해진다. 서서히 수행원들의 숫자가 늘어나고 그 규모가 너무도 커서 나와 다른 사람들 사이에는 일종의 완충장치가 생긴다. 대중 앞에 설 때에는 항상 눈에 보이는, 혹은 보이지 않는 수행원들이 있고 안전에 관한 세심한 배려가 따른다. 사람들은 나에게 쉽게 다가설 수도 없고 설령 그런 상황이 발생하더라도 철저하고 계획적으로 통제된다. 그래서 아주 유명한 것보다는 조금 유명한 것이 더 힘들다. 조금 유명할 때에는 여전히 식료품을 사러 가야 하고 전에 하던 일들을 해야 하지만 어디서나 사람들이 쉽게 알아보고 다가와 말을 걸기 때문이다. 아주 유명해지게 되면 사진 촬영을 하기 위해서가 아니면 그런 곳에는 가지 않는다. 어디를 가든 사람들이 곧바로 말을 걸거나 핸드폰으로 사진을 찍기 때문이다. 그래서 찰리의 재임기간 동안 우리는 워싱턴의 레스토랑에서 거의 식사를 하지 못했다. 필요할 때 잠깐 얼굴을 비추는 것이 전부였다. 그럴 때마다 너무 도도하게 구는 게 아니냐는 비난을 받곤 하지만 우리가 그곳에 오래 머물면 다른 사람들에게 피해를 준다. 그들은 아마 승진이나 생일 같은 특별한 날을 기념하기 위해 식당에 왔을 것이다. 빵에 버터를 바르다가 우리가 들어서면 식당 안이 어수선해진다. 승진을 축하하기 위해 식당에 왔지만 결국 대통령과 영부인을 만나러 식당에 온 것이 돼버린다. 그것은 공평치 못하다. 우리에게 주어진 것 이상의 산소를 마시는 것 같은 기분이다.

처음에는 영부인으로서 주어진 새로운 역할에 주눅이 들었다. 나는 어쩌면 이 나라에서, 아니, 전 세계에서 가장 유명한 여자지만 나 자신이 이런 명예를 추구하지는 않았다고 스스로를 설득했다. 거짓말이다. 명예를 추구하지 않았다기보다는 유명세를 원하지 않았다는 것이 더 정확한 표현이다. 나는 마지못해서, 아주 조심스럽게, 명예를 추구했다. 인터뷰를 허락했고 사진 촬영을 위해 포즈를 취했으며 찰리와 함께 버스와 비행기를 탔고 연설을 했다. 나는 교회와 병원, 노천 식당들을 방문했다. 모든 유명인들이 그렇듯이 나는 내 유명세의 공모자다. 물론 1년에 몇 번 평범한 사람들이 유명인이 되는 경우도 있다. 끔찍한 범죄의 희생자라든가 아니면 플레이오프전에서 홈런볼을 잡은 어린아이라든가. 그러나 그들의 유명세는 지나간다. 그러나 진짜 유명세는 끊임없이 갈고 닦아서 얻어지는 것이다. 결코 우연의 산물이 아니다.

우리의 유명세는 1977년, 찰리가 처음 하원의원에 도전했을 때부터, 어쩌면 그 훨씬 이전, 해럴드 블랙웰이 1954년 위스콘신 지방검사에 출마하면서 시작되었는지도 모른다. 우리는 우리 자신을 사람들에게 내던졌다. 물론 좀 더 고상하게 표현할 방법을 찾아볼 수도 있겠지만 그것이 정확한 표현이다. 우리는 사람들을 찾아다녔고 그들의 집 앞에, 자동차 유리에 홍보전단을 끼워놓았고, TV 광고로 그들에게 말을 걸었고, 그들의 학교로, 마을회관으로, 농부들의 직거래 장터로 찾아갔다. 우리는 그들에게 우리 얘기를 들어달라고 애원했고 온갖 약속과 계획을 쏟아 부었다. 우리는 그렇게 우리 자신을, 그리고 찰리를 팔았다.

우리는 사람들의 관심을 끌기 위해 우리가 할 수 있는 모든 일을 했고 결국 우리의 작전은 성공했다. 그런데도 우리는 지금 불평을 한다. 우릴 좀 내버려두라고. 우리에게도 사생활이 있다고.

콜럼버스에서 연설을 하기 직전, 찰리는 내게 전화해서, 데나는 믿을 수 없는 인간쓰레기라고 비난한다.

"진정해요."

나 역시 애써 두려움을 억누르고 있다. 이번 스캔들은, 만약 이것이 정말 스캔들이 된다면, 이제 시작일 뿐이다. 분노하기 전에 상황을 먼저 파악해야만 한다.

개인 비서인 애쉴리와 대외 접견실로 향하고 있는데 또 다른 비서인 니콜 헤스코트가 다가온다.

"따님 전화예요. 받으시겠어요?"

"집무실로 돌아가서 받을게요."

동관의 내 집무실에서 나는 전화벨이 울리자마자 수화기를 든다.

"엄마, 아빠한테 프랭클린 대령을 좀 만나보라고 해주시면 안 돼요? 5분만이라도?"

엘라가 말한다.

"엘라, 논쟁의 주도권을 야당에 넘겨줄 순 없어."

"엄마 꼭 행크 아저씨 같아."

오, 나의 엘라. 엘라는 이제 스물여덟 살이고 골드만삭스의 컨설턴트다. 엘라의 스케줄은 찰리보다 더 빡빡하다. 엘라는 일주일에 90시간을 일한다. 가끔 엘라와 엘라의 남자친구가 고급 레스토랑에 들어가거나 나오는 모습이 잡지에 실리곤 한다. 나는 그런 엘라의 모습이 딱히 마음에 들진 않는다. 내가 스무 살 때 방세로 지출했던 돈보다 더 많은 돈을 엘라가 와인에 지출하고 있다는 사실을 생각하면 조금 떨떠름하다. 하지만 엘라가 부적절한 행동을 하다가 기자들에게 발각될까 봐 걱정하진 않는다. 엘라는 우리 삶의 기적이다. 영리하고 침착하며 명랑한 아이. 찰리의 장난기와 나의 차분함을 적절하게 물려받은 아이다. 내가 엘라에게 가장 특별하다고 느끼는 점은, 엘라는 나와 찰리에 대한 반감이 전혀 없다는 사실이다. 물론 여느 가족들처럼 우리에게도 사소한 말다툼이나 불화가 있었고 엘라가 고등학교에 다닐 때 갈등은 절정으로 치달았다. 엘라가 8학년 때, 찰리가 위스콘신 주지사 선거 출마를 선언하자 엘라는 아빠가 자기 삶을 망치려 한다며 원망했다. 그 후로 엘라가 우리 가족을 위해 자신의 생각을 바꾸었는지는 알 수 없지만 어쨌든 엘라는 우리 부부를 용서한 것 같다.

2001년 6월, 엘라는 프린스턴 대학을 졸업했다. 졸업식 때 찰리가 캠퍼스에 나타나는 바람에 한바탕 소동이 있었다. 우리 때문에 졸업식에 참석하는 모든 사람들이 금속 탐지기를 통과해야 하는 불편을 감수해야 했기 때문에 졸업식에 빠질까도 생각해보았지만 찰리도 나도 그렇게는 도저히 할 수 없었다. 앞줄에 앉아 나소 홀을 바라보면서 나는 조 타이어와의 불편한 기억을 떠올리지 않을 수 없었다. 조는 10년 전, 상냥해 보이는 비들 아카데미의 음악 교사와 결혼했고 그녀와의 사이에서 아이를 둘 낳았다. 그의 골칫덩이 딸 메간도 결혼해서 마로니에서 아이 둘을 낳고 살고 있다. 엘라는 찰리가 걸었던 길을 따라 와튼 스쿨에 진학해 경영을 공부했다.

엘라는 정치 문제에 대해서 열정적이지도 무관심하지도 않다. 어렸을 때는 엘라를 언론에 노출시키지 않았다. 엘라는 지금도 인터뷰를 하지 않는다. 맨해튼에 사는 엘라 또래의 여자들이 대부분 그렇듯이 엘라는 친구들이나 남자친구와 시간을 보내고 싶을 텐데도 휴일에는 집으로 온다. 작년에 내 예순 번째 생일에도 갑자기 찾아와서 나를 놀라게 했다.

"엄마, 그 아저씨 저러다가 통구이 되겠어요."

"그러게 말이야. 하지만 상황이 그렇게 간단치가 않아."

"군대를 철수하자는 그 사람 주장에 동의해서 그러는 게 아니에요."

프린스턴에서 엘라는 국제관계를 전공했고 처음부터 이 전쟁의 지지자였다. 이슬람 테러조직을 소탕하는 방법은 정권을 교체시키는 방법밖에 없다고 엘라는 말하곤 했다. 그럴 때면 나는 엘라의 학식과 확신에 놀라곤 했다.

"아빠가 너무 냉혈한으로 보이잖아요. 아빠를 반대하는 사람들한테 괜한 구실을 주는 게 싫어요. 저러다가 열사병이라도 걸리면 어떡해요?"

"엘라, 에드거 프랭클린은 네 아버지나 나보다 젊어."

"제 말 무슨 뜻인지 아시잖아요. 어쨌든 두 분은 햇볕에 하루 종일 서 있진 않잖아요. 참, 엄마, 오늘 섹시한 힐 신으실 거죠?"

90년대 후반에 엘라는 나를 변화시켰다. 공식행사에서만이라도 뭉툭한 힐 대신 섹시한 힐을 신어야 한다고 했다. 그런 힐이 체중을 줄여주는 효과가 있다고 했다. 두 명의 트레이너의 자극과 격려 덕분에 나는 서른 살 때보다 체중이 덜 나가지만 TV 화면에서는 10킬로그램 정도 더 나가 보인다는 말은 헛소문이 아니었다. 나는 도움을 받을 수 있으면 받기로 했다.

"그러려고 해."

문 밖에 행크의 모습이 보인다. 그는 내 비서실장인 제시카 서튼과 이야기를 나누고 있다. 만약 엘라가 나의 낙태 사실을 알게 된다면, 결국 그 사실을 알게 되겠지만, 어떤 반응을 보일까? 어떻게 보면 엘라는 가슴이 따듯한 아이다. 게다가 엘라 자신도 섹스를 한창 즐기고 있을 것이다. 그러나 또 어떻게 보면 엘라는 찰리처럼 '거듭난' 기독교 신자이고 소녀 시절에는 화장대에 '그것은 선택의 문제가 아닙니다. 생명의 문제입니다'라는 낙태 금지 홍보용 스티커를 붙여놓은 적도 있었다.

"낙태를 원해서 하는 여자는 없다고 생각해. 하지만 때로는 보살필 준비가 되어 있지 않은 상황에서 아이를 낳는 것보다 아이를 포기하는 것이 책임 있는 행동이라고 생각하는 사람들도 있단다."

내가 그 스티커를 보고 말했다.

엘라는 놀란 표정으로 나를 쳐다보았다.

"그래서 입양이라는 게 있는 거잖아요."

내가 아침 방송에서 낙태에 대한 나의 입장을 밝혔을 때 엘라는 아무 말도 하지 않았다. 그러나 그 방송을 보지 못해서 입을 다문 것은 아니었을 것이다.

제시카가 열린 문을 조용히 노크한다.

"수석 고문님께서 잠깐 드릴 말씀이 있으시대요."

눈이 마주치자 제시카가 말한다.

"괜찮으세요?"

제시카가 내 쪽으로 다가오면서 낮은 목소리로 묻는다.

나는 차 안에서 제시카에게 전화를 걸어 상황을 얘기하면서 아직은 아무에게도 말하지 말아달라고 했다. 다른 사람들도 모두 훌륭하지만 제시카는 그중에서 내가 가장 신뢰하는 사람이다. 태어났을 때부터 그 아이를 알았기 때문에 어쩌면 당연한 일인지도 모른다.

"그만 끊어야겠다. 공항에서 전화해줄래?"

나는 엘라에게 말하고 전화를 끊는다.

"들어오라고 해. 제시카도 들어오고."

두 사람이 들어오자 행크가 문을 닫는다. 비밀경호원들은 문 밖에 있으라는 의미다.

"조사해보니 데나가 아니었어요. 혹시 글래디스 위콤이라는 이름 기억나세요?"

글래디스 위콤? 닥터 위콤? 내 할머니의 애인?

"하지만 닥터 위콤은 이미……."

나는 생각을 정리하려 애쓴다.

"백 살도 넘었을 텐데……."

"백네 살이더군요. 아직 시카고에서 살고 있고 노렌 데이비스라는 간호사의 도움을 받고 있어요."

행크가 눈을 부라리며 말한다.

"전혀 신분을 숨기려고 하지 않더군요. 찾아주기를 바랐다는 표현이 맞겠어요. 방금 그 할머니하고 통화했는데, 아마 나 같은 악마하고 통화한 게 그 할멈 평생에서 가장 신나는 일이었을걸요."

"직접 통화를 했다고요?"

행크가 고개를 끄덕인다.

"백 살 넘은 할머니치곤 성깔이 좀 있더군요. 영부인이 예전에 앨리스 워렌이라는 이름으로 낙태수술을 받았다고 주장하더군요."

"히포크라테스 선서에 명시된 환자 사생활 보호에 위배되는 거 아닌가요?"

"재미있는 게 뭔지 알아요?"

행크의 말투에서 나는 그가 하려는 말이 결코 재미있는 얘기가 아니라는 사실을 알 수 있다.

“사실 히포크라테스 선서에 어긋나는 건 바로 낙태예요. 물론 환자의 비밀을 유지하는 것도 중요하죠. 하지만 그거 알아요? 백네 살쯤 되면 눈에 뵈는 게 없다는 거.”

나는 글래디스 위콤의 동그란 안경과 건장한 체격, 그녀의 운전사, 멋진 아파트, 황금색 꽃무늬 벽지로 장식된 복도, 40여 년 전에 내가 먹은 것을 토했던 크리스마스 꽃병을 떠올린다.

“그러니까 그분이 나한테 원하는 게 인그리드 산체스를 공개적으로 비난하라는 건가요?”

“그래요. 대단할 것도 없죠. 그렇게 되면 미국인들에게 당신이 여성의 낙태권리를 얼마나 중요하게 생각하는지 상기시켜줄 수 있을 테니까.”

“내가 낙태를 지지한다고 말했던 걸 그분도 알고 있나요?”

“지난 3년 동안은 없었죠. 두 번 다 너무 간략하게 말했기 때문에 만족스럽지 않았나 봐요. 제 생각엔 의회 방송을 너무 많이 보는 것 같아요. 더 늦기 전에 자기가 나서야겠다고 생각했겠죠. 이게 양심의 문제라고 보고 있더군요.”

“그래서 날 협박하는 거군요.”

“다시 한 번 강조할게요. 이 여잔 백네 살이고, 법적으로 조처가 이루어지기 전에 자기가 숨이 끊어질 수도 있다는 걸 알고 있어요. 그러니까 다른 것 따윈…….”

행크는 잠시 머뭇거리다가 말을 잇는다.

“개뿔 안중에도 없어요.”

“닥터 위콤 때문에 노렌 데이비스가 구속될 위험은 없나요?”

“문제는, 앨리스가 낙태를 했다는 사실이에요. 나는 당신을 비난할 생각이 없지만 미국인들은 그럴 겁니다. 노렌 데이비스가 구속된다면 몇 년 복역하고 나오겠죠. 그다음에 언론이나 출판사와 계약을 할 거예요. 그러면 여권신장의 기수로 나서게 될 거고, 보수진영에서는 앞으로 몇 년 동안 그 일을 물고 늘어질 거예요."

"그럼 어떻게 하죠? 내가 사실을 부정해야 하나요? 닥터 위콤을 거짓말쟁이로 몰아세우란 말인가요?"

"직접 그럴 필요는 없어요."

행크가 제시카를 바라며 말한다.

"제시카가 날 좀 도와줄 수 있겠어요?"

"다른 대안은요?"

제시카가 묻는다.

제시카는 키가 크고 날씬하며 검은색 바지에 노란 민소매 블라우스를 입고 있다. 내가 그녀를 좋아하는 이유는 여러 가지가 있지만 무엇보다도 그녀의 침착함과 따듯함이 좋다.

"이건 썩 좋은 생각인 것 같진 않은데, 대통령도 별로 좋아하실 것 같지는 않고요. 하지만 이렇게 한번 해보면 어떨까요? 인터뷰를 잡아서 조금 모호하게 인그리드 산체스를 비판하는 거예요. 마치 뜻밖의 돌출 질문처럼 보이게 하는 거예요. 여자 대 여자로 얘기하는 게 가장 좋겠네요. 다이안 소여의 토크쇼에 출연해서 요즘 장미 정원이 얼마나 아름다운지 얘기하다가, 갑자기 소여가 대법관 내정자에 대해 어떻게 생각하느냐고 물어요. 그때 앨리스가 여성의 낙태권리에 대해 좀 더 분명한 입장을 보여줬으면 좋겠다고 하는 거예요."

행크의 말에 제시카가 고개를 젓는다.

"그걸로 충분하지 않으면요? 그야말로 최악이죠. 그런 식으로 요구에 굴복했는데도 계속 그쪽에서 주장을 하면요?"

"직접 만나볼게요."

내가 일어서며 말한다.

갑자기 떠오른 생각이었지만 반드시 그래야만 할 것 같았다.

"지금 바로 떠나면 행사가 시작되기 전에 돌아올 수 있을 거예요. 닥터 위콤을 직접 만나보고 싶어요. 그분은……."

나는 잠시 말을 이을 수가 없다.

"내 할머니의 둘도 없는 친구였어요."

"하긴, 얼마나 친했으면 이런 짓을 하겠어요?"

행크가 말한 뒤 손목시계를 바라본다.

"다른 일이 없으시면 바로 출발할 수 있어요. 제시카, 제시카만 수행하도록 해요. 안전을 위해 칼이 지명하는 사람 한 명하고요."

행크가 나를 보며 덧붙인다.

"이 할머니를 달랠 사람은 앨리스밖에 없어요. 사교술을 발휘해서 아부하고 진실한 사람인 척해요. 만약 달랠 수 없다고 해도 영부인이 찾아왔다는 것만으로도 아마 우쭐해질 거예요. 알츠하이머를 앓고 있는 할망구로 몰아세울 수도 있어요. 만난 건 사실이지만 낙태 어쩌고 하는 건 사기라고요."

"행크."

나는 행크가 나를 똑바로 쳐다볼 때까지 기다린다.

"나는 진실한 척하지 않아요. 나는 진실해요."

내가 말한다.

"그게 바로 앨리스의 약점이에요."

행크가 들릴 듯 말 듯한 목소리로 조롱하듯 말한다.

글래디스 위콤은 예전과 다른 아파트에 살고 있다. 내가 1962년도의 며칠과 1963년도의 하루를 머물렀던 곳에서 몇 블록 떨어진 곳에 있는 그녀의 아파트는 역시 화려하지만 훨씬 작다. 노렌 데이비스의 안내로 나는 닥터 위콤의 거실로 들어선다. 노렌 데이비스는 공모자라기보다는 닥터 위콤이 고용한 사람인 것 같았다. 닥터 위콤의 그림들 중에는 오래

전에 보았던 것들도 있었다. 나는 이제 그 그림들의 출처를 알고 있다. 모두 뉴욕 학파 화가들의 그림이다. 드 쿠닝의 작품도 있었다. 지금까지 나는 수많은 화려한 저택과 호텔을 가보았고 나 자신도 거대한 박물관에 살고 있는 것이나 다름없었지만 닥터 위콤의 집이야말로 내가 지금까지 방문해본 그 어떤 집보다도 우아하다. 그녀의 집에는 돈으로 살 수 없는 무언가가 있다. 바로 뛰어난 안목이다. 그래서 나의 할머니가 닥터 위콤을 사랑했으리라.

닥터 위콤은 거실의 벨벳 의자에 앉아 있다. 아파트 안은 더웠지만 그녀는 무릎에 담요를 덮고 있다. 조금 지나치게 크다 싶은 플라스틱 안경에 화려한 실크 원피스를 입고 있다. 더 이상 체격 좋은 여자의 모습이 아니다. 아마 내가 마지막으로 보았을 때 체중의 반 정도밖에 나가지 않을 것 같다. 얼굴은 쪼글쪼글하게 주름이 잡혀 있고 머리카락은 짧고 은빛이다. 안경 뒤에서 날카로운 두 개의 눈동자가 반짝인다.

내가 들어서자 닥터 위콤은 TV의 볼륨을 줄인다. 행크가 예측했던 대로 의회방송이 켜져 있다.

노렌 데이비스가 내가 왔음을 알리지만 그녀는 일어서지 않는다. 몸이 불편해서일 수도 있지만 어쩌면 그것이 하나의 메시지일 수도 있다. 나는 몸을 숙이며 그녀에게 다가간다.

"오랜만에 뵙네요."

나는 지나칠 정도로 크고 명랑한 목소리로 말한다. 내가 손을 내밀었지만 그녀는 내 손을 잡지 않는다. 나는 악수 대신 그녀의 팔을 가볍게 두드린다.

"집이 참 예뻐요."

내가 말하자 그녀의 입가에 엷은 미소가 번진다.

"앨리스, 내 나이가 됐다고 다 귀가 먹는 건 아니란다."

느리지만 똑똑하게 알아들을 수 있는 발음으로 그녀가 말한다.

그 말을 듣는 순간 나는 곧바로 안도한다. 유명해지기 전에 나를 알았던 사람들을 만나게 되면 단 몇 초 만에 그들이 나에게 무엇을 기대하는지 알게 되었다. 그들은 나를 예전의 나로 생각하고 예전처럼 대해주기를 원하거나, 아니면 전혀 다른 사람으로 생각하고 나에게 아첨하며 경의를 표하거나 둘 중 하나였다. 오래된 친구나 친척이 나에게 예의를 갖추면 나는 거리를 두게 되었고, 그런 나를 보면서 그들은 나를 스스럼없이 대하면 안 된다는 생각을 더욱 굳혔다. 그러나 처음부터 나를 편안하게 대하면 나도 그럴 수 있었다. 글래디스 위콤에게 나는 미합중국의 영부인이 아닌 에밀리 린드그렌의 손녀딸인 것이 분명했다.

"앉아도 될까요?"

내가 황금색 잎사귀가 새겨진 팔걸이의자를 가리키며 말한다.

"마침내 연락이 닿았구나."

닥터 위콤이 말한다.

"노렌이 백방으로 너와 연락을 하려고 했건만 매번 퇴짜를 맞았지. 그래서 내가 행크 어커한테 직접 연락해보라고 했다."

"죄송해요."

노렌이 몇 사람과 이야기를 했을까? 그리고 또 그들에게 무슨 말을 했을까?

닥터 위콤의 입가에 엷은 미소가 번진다.

"우리가 정신병자들이 아니라는 사실을 알고 그제야 관심을 좀 보이더군. 노렌과 나는 행크 어커가 트롤(북유럽 신화에 등장하는 초자연적 괴물)을 닮았다고 생각한단다."

행크는 찰리의 행정부에서 찰리와 부통령을 제외하면 가장 눈에 띄는 인물이었고 당연히 그를 비판하는 세력들은 항상 존재해왔다. 사람들 눈에는 그가 권력욕이 강한 사람으로 보이겠지만, 사실 행크 어커가 찰리의 대통령 당선과 재선, 찰리의 정책에 숨은 공로자인 것을 아는 사람은 다 알고 있었다. 찰리는 행크가 다른 사람들이 생각하는 것처럼 음흉하고 베일에 싸인 인물이 아니라는 사실을 알고 있었다. 행크가 찰리를 주지사 선거에 출마하도록 설득하고 그 이후의 선거에 출마하도록 격려하지 않았다면 찰리는 결코 대통령이 될 수 없었을 것이다.

"할머니와 제가 이곳에 왔을 때 전 대도시에 처음 와본 거였어요. 그 때 이후로 줄곧 시카고는 왠지 친근하게 느껴졌어요."

그 말을 하면서 당시 닥터 위콤의 나이가 지금의 내 나이와 비슷했을 거라는 사실을 새삼 깨닫는다.

"시카고를 떠날 생각은 한 번도 안 했지."

그녀가 말한다.

나는 잠시 망설이다 이야기를 시작한다.

"제가 왜 여사님을 찾아왔는지 잘 아실 거예요. 걱정하시는 부분은 잘 알고 있어요. 제가 여사님 의견을 존중하고 있다는 점을 분명히 말씀드리고 싶어요. 하지만 제가 받은 시술에 대해 언론에 얘기하시는 건 옳지 않다고 생각해요. 저한테도 분명히 심각한 타격이 있겠지만 여사님께도 타격이 있을 테니까요."

"겨우 그 정도의 타격이 걱정된다면 지금 어떤 일이 벌어지고 있는지 한번 둘러봐라."

글래디스 위콤의 어투는 조금 전 안부를 주고받을 때와는 사뭇 다르다.

"네 남편과 부통령은 전범으로 재판에 회부돼야 해."

내가 대답하려는 순간 그녀가 말을 잇는다.

"대통령이야 태어날 때부터 멍청했다 쳐도, 지난 6년 동안 내가 궁금했던 건, 도대체 넌 그동안 뭘 하고 있었냐는 거야. 밤에 잠이 오든?"

그런 생각을 하고 있는 사람들이 있다는 사실을 모르는 바는 아니지만 이렇게 노골적으로 가까이에서 표출되는 경우는 드물다. 적어도 내가 아는 사람들의 입에서, 그것도 이렇게 나이 많은 사람의 입에서 나올 얘기는 아니다.

"이런 비판을 할 수 있는 나라에서 살고 있는 우리는 참 운이 좋은 사람들이 아닌가요? 여사님, 대통령의 결단에 반대하는 것은 자유예요. 하지만 대통령의 행정부는 저와 별개의 존재라는 사실을 잊으시면 안 되죠."

"참 편리하구나. 하지만 네 존재는 정치적일 수밖에 없지. 여성운동이 한창일 때 어디 가 있었니?"

그녀는 나와 눈을 맞춘다.

"몇 번이나 너에게 편지를 쓰려다가 그만두었지. 그래 봐야 소용없다고, 그 아인 절대 깨닫지 못할 거라고 혼자 마음을 삭였어. 그러면서도 한편으로는 언제든 때가 되면 네가 나서주기를 기다렸어. 네가 남편을 설득하고 네 목소리를 내는 날이 오기를 기다렸어."

"제가 남편과 나누는 모든 대화를 다 공개할 순 없어요."

"네 남편의 주장에 반대해본 적은 있고?"

"저는 제 양심에 따라 행동해요. 제가 믿는 것만 말하죠."

"나도 내 양심에 따라 행동해. 네 비밀을 폭로한 것에 대해 혹시 오해가 있을까 봐 말해두는데, 난 조금도 후회하지 않는다. 후회가 있다면 조금 더 일찍 밝히지 않았다는 것뿐이야."

잠시 침묵이 흐른다. 아파트의 다른 방에서 TV 소리가 들려온다.

"이제 와서 로 대 웨이드 판결을 뒤집으면 누가 타격을 받게 되겠니? 우리가 아는 여자들은 전혀 상관이 없을 거야. 네가 날 찾아왔듯이 그 사람들은 전문의를 찾아가서 전문적으로 깔끔하게 뒤처리를 하겠지. 하지만 가난한 여자들은 누굴 찾아가겠니? 낙태를 금지해봐야 낙태가 사라지는 게 아니라 오히려 더 위험해진다는 걸 의사들은 다 알아. 73년도 이전에, 불법으로 시술을 받은 환자들이 날 찾아왔어. 패혈증, 감염 같은 온갖 끔찍한 증상들이 나타난 뒤에야 날 찾아왔지만 그나마 그들은 운이 좋은 편이야. 대부분은 도움을 받기도 전에 죽었으니까. 그런데 내가 가만히 앉아서 그렇게 되는 꼴을 지켜봐야 하겠니?"

그녀는 온몸을 떨고 있다.

"내가 이 행정부의 태도에서 도저히 참을 수 없는 부분은, 마치 자기들과는 아무 상관없는 일인 양, 어떻게 되든 상관없다는 듯 굴고 있다는 거야. 솔직히 나야말로 낙태와는 전혀 상관이 없는 사람이야. 나는 이제 나이도 많고, 앞으로 어떻게 되든 그 결과를 살아서 보지도 못할 테니까. 하지만 그렇다고 해서, 살아 있는 너희는 될 대로 되라고 놔둘 수는 없었어."

"여사님, 이 나라의 국민들이 찰리 블랙웰을 대통령으로 선출했다는 사실을 기억하셔야죠. 여사님이 대통령의 생각에 동의하지 않는다고 해도 그 사실은 변하지 않아요. 여사님이 동의하지 않는다고 해도 많은 사람들이 그의 정책에 동의하고 있어요. 모든 사람을 만족시키는 건 불가능해요."

"그 선거는 완전히 조작됐어."

그녀는 얇은 입술에 힘을 준다. 그녀는 나에게 몹시 화가 나 있다.

"화가 나셨다면 정말 유감이지만……."

"넌 꼭두각시야. 네가 하는 말들조차도 다 누군가 써준 대본대로 읽는 것 같더구나."

영부인에게 이런 식으로 말하는 사람은 없다. 연설에서 누군가가 나를 비판하기 시작하면 곧바로 조처가 취해진다. 닥터 위콤의 말은 모욕적이기도 하고 거북하기도 하다. 오만하면서도 한편으로는 겨울바람처럼 매서운 진실과 순수함이 느껴진다. 이렇게 일대일로 마주앉아 꾸중을 듣는 기분은 낯설기도 하고 차라리 후련하기도 하다.

이미 답을 알고 있지만 나는 닥터 위콤에게 묻지 않을 수 없다.

"제가 인터뷰에서 낙태를 지지한다고 몇 차례 밝힌 적이 있다는 건 알고 계신가요?"

"단답식으로 대답한 것 말이냐?"

"여사님과 제가 만족할 수 있는 해법을 찾아야 할 것 같은데, 어떻게 하면 좋을까요?"

"인그리드 산체스의 인준을 반대해."

"그건 제가 통제할 수 있는 영역이 아니에요."

"이거야 원! 넌 미국 대통령하고 결혼했어! 네 말이 아니면 누구 말을 듣겠니?"

내가 인그리드 산체스 내정자의 후보 지명을 철회하도록 찰리를 설득할 수 있을까? 아니면 관례대로 그녀 자신이 스스로 물러나도록 설득할 수 있을까? 설령 그럴 수 있다고 해도 내 정치적 소신 때문이 아니라 공개적으로 망신당하는 것을 피하기 위해 그런 짓을 하는 건 너무 비열하다.

물론 앞으로 내가 낙태 합법화를 지지하지 않겠다는 뜻은 아니다. 산체스가 임명되면 낙태의 합법화가 어려워지리라는 것을 모르는 바도 아니다. 내가 혼란스러운 것은, 비록 나 자신은 동의할 수 없지만, 내가 위선자로 비쳐지고 있다는 사실이다. 지금까지 나는 한 번도 내 말과 다른 행동을 해본 적이 없다. 낙태 합법화를 강력하게 주장하는 것이 나의 책임이고 권리라고 생각해본 적도 없다. 내가 아무리 그 문제에 관해 떠들어대도, 내가 대통령이 아니라는 사실은 누구나 알고 있다. 내가 어떤 식으로든 찰리를 설득하려고 노력했던 적이 있었던가? 물론 있었다. 주로 교육 예술 분야의 재원 확충, 문맹퇴치 프로그램 같은 것들이었다. 대부분 논란의 소지가 적은 분야, 찰리가 내 도움을 필요로 하는 분야였다.

"여사님, 지금 절 협박하시려는 건지는 확실히 모르겠지만, 저한테는 그와 비슷하게 들리네요. 노렌 데이비스도 이미 이 일에 연루됐어요. 저는 절대 여사님을 협박하고 싶지 않지만 이런 식으로 나오시면 우리 모두에게 이로울 게 없어요. 저는 저 자신을 지키자고 대법관 임명을 반대할 수는 없어요. 그런 일은 하고 싶지도 않고 제 권한 밖의 일이니까요. 결국 앞으로 어떻게 될지는 다시 여사님한테 달려 있어요. 하지만 저에게 하셨던 그 시술을 언론에 공개하는 것은 환자 사생활 보호법 위반이에요."

"'그 시술'이 아니라 '낙태수술'이었어."

그녀가 나를 똑바로 쳐다보며 말한다.

"네가 다급할 때는 법을 어기는 것 따윈 안중에도 없었지. 너희 같은 사람들은 낙태라는 건 다른 사람이 할 때만 불법이라고 생각하니까."

나는 느낄 수 있다. 그녀가 정말 밀어붙일 생각이라는 것을. 그녀는 아무것도 두려워하지 않는다. 앞으로 어떤 일이 벌어지든 개의치 않는다. 노렌 데이비스가 어떻게 되든 그것조차 개의치 않는다. 한 세기에 걸친 그녀의 삶은 지금 이 한 가지로 집약되고 있다. 그녀는 찰리를 증오하고 그가 주장하는 모든 것을 증오하고 그 무엇보다도 나를 증오한다. 그녀가 나를 증오하는 것은 찰리의 대리자로서가 아니다. 어쩌면 내가 찰리보다 더 나쁘다고 생각하는 것 같다. 그녀는 민주당 지지자들에게, 그리고 일부 공화당 지지자들에게 찰리가 덜떨어진 멍청이라는 주장을 퍼뜨리고 그를 곤경에 빠뜨릴 것이다. 그러나 나는 지혜롭게 행동해야 한다. 문득 전혀 뜻밖의 생각이 떠오른다.

'좋아. 나는 낙태를 했어. 사람들이 알면 어때? 미주리, 유타, 루이지애나, 아일랜드, 이집트, 엘살바도르 사람들이 다 알아버리면 또 어때?'

적어도 헛소문은 아니다. 나는 낙태수술을 받았다. 나는 비난을 받을 것이다. 토크쇼에서 난도질을 당하고 조롱의 대상이 될 것이다. 나를 두둔하거나 혹은 처절하게 짓밟는 기사들이 넘쳐날 것이다. 〈뉴욕타임스〉에서 내 문제를 놓고 세 편의 서로 다른 논설을 게재할 것이다. 낙태를 지지하는 사람들조차도 나를 위선자라고 비난할 것이다. 여성단체들은 나를 이용할 것이다. 지금부터 내 인생이 끝나는 날까지 나는 내가 왜 낙태를 했는지, 왜 그토록 오랫동안 그 사실을 밝히지 않았는지, 왜 나의 사생활과 내 남편의 정책이 일치하지 않는지 설명해야 할 것이다. 내가 하는 모든 말은 결국 이 한 가지로 요약될 것이다. 나는 내 신념과 모순되는 삶을 살지 않았다. 모순으로 가득 찬 삶을 살았을 뿐이다. 하지만 누군들 그렇지 않은가?

만약 데나가 말하지 않았다면 이번 기회에 피트 이모프도 알게 될 것이다. 나의 엄마, 불쌍한 나의 엄마도 비록 노쇠해 정신이 예전처럼 맑지 못하지만 그 소식을 이해하지 못할 정도는 아니다. 낙태를 경험한 다른 여성들은 어떤 기분일까? 덜 외로울까? 죄책감이 덜해질까? 그러나 그들이 지금 외롭고 죄책감을 느끼고 있으리라는 보장도 없다. 개인적으로 나는 낙태수술을 받은 것을 한 번도 후회한 적이 없었다. 낙태를 하게 되기까지의 과정을 후회한 적은 있어도 반드시 필요한 조처였다는 생각에는 변함이 없었다. 만약 임신 4주나 5주가 아니라 20주쯤 됐을 때 낙태를 했다면 마음이 훨씬 불편했을까? 아마 그랬을 것이다. 그러나 언제부터 태아를 생명체로 인식해야 하는가에 대한 논쟁은 부질없는 것이다. 나는 나 자신의 건강과 관련해 개인적인 결정을 내렸을 뿐이다.

만약 그 사실이 언론에 공개되면 찰리가 얼마나 큰 타격을 입게 될지는 알 수 없다. 그의 행정부는 온갖 스캔들을 견뎌왔지만 요즘 들어 레임덕 현상이 나타나고 있고 상원 하원 의회도 다수의 민주당원들이 장악하고 있어서 사사건건 그의 정책들을 저지하고 있다. 찰리의 관심사는, 결국 자신이 후대에 남길 '유산'으로 다시 되돌아왔다. 나를 그렇게도 괴롭혀왔던 그것. 물론 지금은 그의 '유산'에 대한 집착이 예전보다 훨씬 정당화되었지만 나는 여전히 거부감을 느낀다. 유산이라는 것을 몇 가지 위대한 업적으로 보는 것은 오히려 그 의미를 축소하는 것이다.

유산이라는 것은 한두 가지 특별한 행동이 아니라, 해마다, 매일, 우리 자신의 행동과 처신으로 봐야 하는 것은 아닐까?

일이 어떻게 되든 찰리는 나를 용서할 것이다. 그것만은 확신할 수 있다. 내가 인그리드 산체스의 후보 지명을 철회하라고 찰리를 설득하는 것은 일종의 배신이다. 영부인으로서 나 자신의 낙태를 시인하고 나 혼자 희생양이 되는 것으로 족하다. 기독교 신자인 보수 지지층을 달래기 위해 나 자신의 행동을 공개적으로 사죄하고 나 자신이 죄인임을 고백하는 인터뷰를 찰리가 원할 수도 있다. 그러나 내가 거부하면 더 이상 밀어붙이지 않을 것이다. 그것은 우리 부부의 서로에 대한 무언의 약속이다. 상대방에게 어떤 제안을 할 수는 있지만 절대 강요하지 않는 것, 그것을 최후통첩으로 이용하지 않는 것. 그것이 우리가 서로를 증오하지 않는 이유다.

어쩌면 내 양심 깊은 곳 어딘가에서 나는 이 폭로를 원하고 있었는지도 모른다. 글래디스 위콤의 꾸짖음이 반가웠던 것처럼. 우리 가족이 믿었던 루터 교의 하느님은 복수에 불타는 하느님이라기보다는 엄격한 하느님이다. 우리가 예수를 믿으면 영원한 구원을 얻지만 지상에서는 수많은 난관과 시련에 부딪치고 그 과정에서 성장하는 것이라고 믿는다. 내가 기도를 한 지는 너무도 오래되었지만 어린 시절의 환경은 평생 나를 따라다닌다. 과거에 내가 저지른 죄를 생각하면 지금 시련을 겪는 것이 전혀 이상할 것도 없다. 앤드류 때문이 아니라 끔찍한 잘못에도 불구하고 내가 누려온 안락한 삶을 생각하면 그렇다. 그 모든 일들이 내 인생을 망칠 수도 있었다. 그러나 나는 운이 좋았다. 나는 결혼과 모성의 행복을 누렸고 부의 안락을 누렸으며 정치적으로도 최고의 지위에 오른 자만이 누릴 수 있는 엄청난 특권을 누렸다.

행운은 언제든 뒤집힐 수 있다는 생각을 하면서도 나는 나 역시 다른 사람들만큼 행복할 권리가 있다고 생각했다. 이 불평등한 세상에서 내가 누린 만큼의 특권을 누릴 수 있는 사람은 없었다. 나는 찰리가 주지사가 된 이후, 많은 유명인들이 정서적으로 불안하다는 사실을 알게 되었다. 유명세가 심해질수록 사람들은 대체로 둘 중 하나로 변해갔다. 그런 유명세를 누릴 자격이 있다고 생각하면서 무분별하게 추태를 부리든가, 아니면 유명세를 누릴 자격이 없다고 생각하면서 사람들에게 비치는 자신의 모습이 가짜라고 생각하며 괴로워하든가.

내가 어떻게든 평범한 일상을 지키려고 하는 것은 그래서인지도 모른다. 나는 아직도 침대를 내 손으로 정리하고 찰리 없이 위스콘신을 여행할 때 호텔 대신 제이디와 아더의 집에 머문다. 브리핑을 받는 대신 신문을 직접 읽고 경호원들과 함께이긴 하지만 쇼핑을 직접 하고 생일 카드나 기념일 카드도 직접 고른다. 이런 작은 노력들이 부질없는 것임을 알면서도 아무것도 하지 않는 것보다는 그렇게라도 할 수 있는 것이 좋다.

"여사님과 전 아무래도 합의에 도달하기가 힘들 것 같네요. 그렇죠?"

닥터 위콤의 거실에서 내가 말한다.

"뒷골목에서 여자들이 낙태수술을 받게 될 텐데, 그렇게 돼도 넌 아무렇지도 않다는 거냐?"

그녀는 여전히 떨고 있다.

"여사님 말씀은 잘 알겠어요. 하지만……."

"역사를 바꿀 힘을 지니고 있는데도 상관하지 않겠다는 거구나. 여성의 낙태권리를 주장하는 게 그다지 근사하게 보이지 않을까 봐서? 동성결혼은 어때? 환경문제나 인권문제, 이 전쟁에 대해서는 어떻게 생각하니? 너희 부부는 그냥 이 모든 문제들을 못 본 척 눈감고 있다가 다음 대통령이 해결하도록 떠넘길 셈이냐?"

"무슨 말씀인지 잘 알겠어요."

나는 자리에서 일어선다. 더 이상은 도저히 들을 수가 없다.

“그만 가보겠어요. 건강하시길 바랄게요.”

나는 작별인사를 할 생각이 들지 않는다. 그녀 역시 마찬가지일 거라고 생각한다. 나는 그녀에게서 돌아선다.

“네 할머니가 널 봤다면 몹시 실망했을 거야.”

거실 문을 나서려는데 그녀가 말한다.

닥터 위콤의 목소리는 화가 났다기보다는 서글픈 목소리이고 그래서 더욱 가슴이 저리다. 나는 돌아선다. 글래디스 위콤이 나에 관한 악의적인 기사를 쓰는 기자와 같다는 사실을 알면서도, 그녀가 하는 말이 진실이 아님을 알면서도 나는 대답하지 않을 수 없다.

“아뇨, 그렇지 않으실 거예요.”

“에밀리는 정치에 관심이 없었지만 옳고 그름은 분별할 줄 알았어.”

“할머니를 실망시킨 사람은 여사님이에요.”

내 목소리에 듣기 거북한 잔인함이 배어난다.

“할머니는 여사님과 우리 가족 사이에서 선택을 해야 했다고, 그런데 우리를 선택했다고 말씀하셨어요. 할머니는 우리를 선택하셨어요.”

“너와 네 부모는 에밀리를 그 암울한 집에 죄수처럼 가둬놓았어. 에밀리의 성 정체성을 완전히 말살했지. 하긴, 그런 부모 밑에서 자랐으니 네가 이렇게 된 것도 놀랄 일은 아니지.”

그것이 사실일까? 할머니가 정말 그렇게 생각했고 닥터 위콤에게 그렇게 말했을까? 아니면 닥터 위콤이 혼자 생각한 것일까?

“전 할머니를 사랑했고 할머니도 저를 사랑하셨어요. 그 사랑을 더럽히지 마세요.”

문을 나서기 전에 내가 말한다.

1994년 10월 어느 날 저녁, 찰리가 위스콘신 주지사로 당선될 확률이 꽤 높게 점쳐지던 시기였다. 우리 부부의 오랜 친구인 하워드가 아내 페틀과 함께 우리를 찾아왔다. 대학을 갓 졸업했을 때 처음 우리와 만났던 페틀은 결국 하워드와 결혼했다. 당시 우리 가족은 몹시 지쳐 있었다. 찰리와 나, 행크를 비롯한 다른 선거운동원들은 위스콘신 북부의 작은 마을들을 돌아다녔다. 이름 없는 모텔이 아니라 체인 모텔에만 묵어도 엄청난 호사처럼 느껴졌다. 빡빡한 일정 때문에 친구를 만나는 것은 상상조차 할 수 없던 때였다. 나는 하워드 부부의 방문이, 우리 가족에게, 특히 찰리에게 기분전환이 될 거라고 생각했다. 선거운동을 시작한 이후 시간이 흐를수록 찰리는 인내심을 잃었고 신경이 날카로워졌다. 그날 아침도 뉴리치몬드에서 세 자녀를 둔 미혼모라는 여성이 찰리에게, 미혼모의 고충을 아느냐고 물었고, 그때 찰리는 "제가 모를 것 같습니까? 그럼 절 찍지 마세요"라고 말했다. 토요일 오후 우리는 밀워키로 날아왔다. 처음에는 거한 식사를 준비할 계획이었지만 나에겐 스파게티를 만들 기운밖에 없었다. 다행히 그날 저녁은 모두가 즐거웠다. 하워드와 페틀, 찰리와 엘라, 그리고 나는 부엌에서 실컷 웃고 떠들며 즐거운 시간을 보냈다.

다음 날 아침, 하워드와 찰리는 조깅을 하러 나갔다가 돌아왔고 우리는 예배시간에 맞춰 매디슨으로 떠났다. 여느 때처럼 교회에는 기자들이 기다리고 있었고 찰리는 기자들과 잠시 인터뷰를 했다. 그날 저녁 찰리는 그린베이에서 연설이 있었고 나는 밀워키에 남아 있다가 월요일 저녁 모임에서 그를 만나기로 되어 있었다. 6백여 명의 공화당원들이 우리 부부와 점심식사를 하기 위해 백 달러씩을 낸 정찬모임이었다. 꼭 24시간이 지난 뒤에야 찰리가 나에게 이야기를 했다. 아침에 조깅할 때 하워드가 자기 형 데이브를 한번 만나달라고 부탁했다고. 데이브는 엔지니어링회사의 CEO인데 주에서 추진하는 계약을 따내고 싶어 한다고 했다. 하워드의 말에 의하면 데이브의 회사는 현재 위스콘신 교통부에서 하청을 주는 다른 건설회사보다 훨씬 더 우수하다고 했다.

"결국 그 말을 하려고 온 걸까?"

찰리가 물었다.

"설마요."

내가 말했지만 나 자신도 확신할 수 없었다.

"그러니까 결국 이런 거였군. 우리는 우리가 아는 모든 사람들한테 기부금을 내달라고 하고, 우리가 아는 사람들은 우리한테 도와달라고 하고."

찰리가 웃었다. 행복한 웃음은 아니었다.

"한마디로 우린 고급 매춘부들이야."

"정말 그렇게 생각한다면 왜 굳이 출마하려는 건지 모르겠네요. 주지사라는 건 아주 훌륭한 일을 할 수 있는 자리예요. 고급 매춘부라는 말은 적절치 못해요. 당신이 만약 주지사가 된다면, 그럴 확률이 아주 높아 보이지만, 많은 사람들의 삶을 더 나아지게 할 기회를 얻게 될 거예요. 그래서 출마하는 거 아니에요?"

내가 말했다.

나 혼자만의 낙관론은 아니었다. 여론조사 결과 그의 지지율은 50퍼센트를 웃돌았다.

오랜 세월이 흐른 지금도 나는 찰리가 왜 주지사 선거에 출마했는지, 그리고 왜 대통령 선거에 출마했는지 여전히 확실히 알지 못하지만 그때 나에게는 그것이 너무도 중요한 문제였다. 마치 내가 가만히 들여다보면 해결할 수 있는 퍼즐 같았다.

"찰리 블랙웰은 그것을 자신의 소명으로 생각하고 있습니다"라고 행크는 기자들에게 말하곤 했다. 찰리 자신은 절대 심각한 대답을 하는 법이 없었다.

"개가 자기 불알을 핥는 것하고 같은 이유야. 내가 할 수 있으니까 한번 해보는 거지."

찰리가 자기 형들 못지않게 똑똑한 야심가라는 것을 증명하고 싶었다는 분석도 있었고 68년도 대선 예비선거에서 고배를 마신 아버지의 수모를 만회하기 위해서라는 분석도 있었다. 두 가지 설명 모두 썩 훌륭하진 않지만 내가 그 누구에게도 말하지 않았던 나만의 분석보다는 그나마 훨씬 나았다. 나는 찰리가 그 길을 선택한 것이 어둠을 무서워하기 때문이라고 생각했다. 주지사가 되고, 대통령이 된다면, 경관들이, 그리고 경호원들이 따라붙게 되고 항상 밖에서 누군가가 보초를 서고 있을 것이기 때문이다. 암살을 당할 수는 있어도 어두운 복도를 혼자 걸어 다닐 필요는 없다. 암살에 관해서라면 내가 찰리보다 더 두려워하는 것 같다. 그가 대통령 선거에 출마하기 직전에, 나는 케네디 대통령이 암살되었을 때 내가 느꼈던 묘한 안도감에 대해 털어놓았다. 만약 내 남편이 똑같은 방식으로 암살된다면, 그것이야말로 그런 생각을 했던 나 자신에 대한 완벽한 형벌이 아닐까? 내 말을 듣고 찰리는 조금도 망설이지 않고 "그런 말도 안 되는 얘기가 어디 있어! 어린애들이나 하는 생각이야"라고 말했다.

찰리가 출마한 이유로는 찰리의 자존심을 비롯한 여러 가지 요인이 있었다. 찰리는 국가를 위해 일해보고 싶었다고 표현했다. 게다가 '못할 게 뭔가?' 하는 생각도 있었을 것이다. 그는 자기 자식과 가족과 이 세상에 무언가를 보여주고 싶었다. 그리고 특권을 원했다. 그러한 동기들에 대해서는, 비록 훌륭하다고는 말할 수 없지만, 나는 조금도 불쾌하지 않다. 그런 이유들로 인해 찰리가 정치에 입문했다는 것이 반드시 옳다고 생각하지는 않지만 다른 사람들이라고 해서 찰리보다 더 숭고한 동기를 갖고 있었을 거라고 생각하지 않았다.

2000년 대통령 선거 때, 찰리는 데비 벨의 아이디어로 '포용하는 보수'로 자신을 내세웠다. 비주류와 하층민을 포용하겠다는 공약을 내걸고 좌파 유권자들의 지지를 얻게 된 데에는 주지사 시절 그가 중도적인 입장을 일관했으며 급식소라든가 방과 후 학교, 가정폭력 피해 여성과 어린이를 위한 보호시설, 에이즈 환자 치료시설에 10년 넘게 기부를 해왔다는 사실이 큰 역할을 했다. 물론 찰리 모르게 내가 해왔던 기부였다. 우리의 회계장부를 조사하는 과정에서 그러한 사실이 발견되자 찰리와 행크는 펄쩍 듯이 기뻐했다.

"젠장, 그동안 나 몰래 엄청 선심을 쓰고 있었군!"

찰리가 소리쳤다.

또 다른 아이러니는, 찰리의 '포용하는 보수'는 성 정체성에까지는 적용되지 않았음에도 불구하고 찰리의 오른팔인 데비 벨이 레즈비언이라는 사실이었다. 데비 벨에게 사귀는 사람이 있는지는 확실치 않았다. 애인 얘기를 한 적도 없고 결혼했던 적도 없었다. 그러나 나는 데비가 남자들보다 여자들과 함께 있을 때 긴장하고 시시덕거리기를 좋아한다는 사실을 일찌감치 눈치 채고 있었다. 데비는 키가 컸고 금발 머리카락은 짧게 잘랐다. 바지정장을 입고 있지 않을 때조차도 그녀는 마치 바지정장을 입은 듯이 행동했다. 그녀의 목소리와 자세와 주장들, 그녀의 모든 것에서 남성적 자신감이 배어났다. 가끔 그녀가 잘생긴 남자에 대해 이야기하거나 노처녀 신세를 한탄할 때조차도 나는 그녀가 레즈비언이라는 사실을 의심하지 않았다.

나의 생각을 처음에는 제이디에게, 그다음에는 제시카에게 말했고 두 사람 모두 내 생각에 동의했지만 찰리에게는 한 번도 말하지 않았다. 만약 찰리에게 그 얘기를 했다가는 그날부터 데비 앞에서 이상하게 행동하면서 그녀를 놀리거나 농담을 던질 것이 분명했다. 찰리가 데비의 성 정체성을 깨닫지 못했다는 사실이 나로서는 놀라울 뿐이었다. 찰리는 자신에 대한 데비의 헌신에 감동한 나머지 굳이 그런 것들을 알아내려 하지 않았던 것 같다. 솔직히 나는 데비가 대부분의 사람들이 배우자나 자식에게 쏟아 붓는 애정을 찰리에게 쏟아 부었다고 생각한다. 나는 몇 번이나 그녀를 붙잡고 '데비, 데비는 이렇게 누군가의 대리인으로 살 사람이 아니에요. 내 남편의 그늘에서 살지 말고, 뭔가 더 큰 일을 해봐요!'라고 말하고 싶었지만 입술을 깨물고 참았다. 그저 내가 알지 못하는 그녀만의 사생활이 있기를 바라면서.

데비는 브루어스 구단에서 홍보 담당으로 처음 찰리를 만났다. 그녀 역시 찰리처럼 대단한 야구광이었고 위스콘신 대학의 소프트볼 선수 출신이었으며 찰리의 도움으로 거듭나는 체험을 했다. 찰리가 브루어스를 떠날 때 그녀는 찰리를 따랐다. 처음 정치계에 입문하던 당시, 얼마나 많은 사람들이, 얼마나 기꺼이 찰리를 따라나섰는지를 생각하면 놀랍기만 하다. 그는 그의 부모와 형제, 형수들에게 신임조차 얻지 못하고 있었고 나 역시 그를 조금 한심하게 보았던 것이 사실이었다. 그러나 브루어스를 인수한 뒤로 사람들은 그에게서 이상적인 면모를 보기 시작했다. 찰리는 자신의 삶을 연기하는 스타가 되었다. 그는 미남이고 재미있고 선하면서 프린스턴 대학을 졸업했고 성공적인 커리어를 쌓은 남자였다. 그는 자신감이 넘쳤고 건강했으며 독실한 기독교 신자였다. 스캔들 없는 결혼생활에 외동딸과도 원만한 관계를 유지하고 있었다. 다시 말해서, 남자들이 친구가 되고 싶어 하는 사람이었고 여자들이 남편으로 꿈꾸는 사람이었다. 물론 찰리의 아내로서 내가 찰리를 다른 사람처럼 이상화할 수는 없을 것이다. 그러나 정치인의 아내로 살면서 내가 가장 놀랐던 것은 미국인들이 참으로 잘 속는 사람들이라는 것이다. 우리 자신조차 확신이 없던 시기에도 얼마나 많은 사람들이 자기들이 들은 말들을 곧이곧대로 믿었던가? 그런 그들의 모습은 어떻게 보면 감동적이었고 어떻게 보면 애처로웠다. 정치인들의 TV 광고를 보고 그들이 하는 말을 곧이곧대로 믿는 사람들이 이 세상을 어떻게 헤쳐나갈 수 있을까? 현관에서 초인종을 누르는 사기꾼들에게 매일 당하고 사는 것은 아닐까?

나는 내가 아는 모든 사람들이, 특히 정치를 하는 사람들이, 말과 행동의 괴리에 대해 나와 비슷한 회의를 품고 있을 거라 생각했다. 그런 회의를 숨기는 것이 서로에 대한 예의일 거라고 생각했다. 그러나 내 생각은 틀렸다. 나는 찰리를 사랑한다. 그러나 데비가 찰리를 숭배하는 것과는 달리, 나는 찰리의 결함들을 알면서 그를 사랑한다. 찰리가 대통령 선거에 출마한 이유가 어둠에 대한 두려움 때문이라고 해도, 나는 그런 동기마저도 사랑할 수 있다. 그러나 데비는, 찰리가 하느님의 부름을 받고 선거에 출마했다고 믿고 그를 영웅으로 떠받들었다.

"오늘 내가 깨달은 게 뭔지 알아?"

찰리가 말했다.

"사람들하고 점심식사를 하고 악수를 하면서, 앞으로는 절대 친구를 사귀지 못할 거란 생각이 들었어. 만약 내가 당선이 되면, 지금부터는 나한테서 무언가를 얻어내려는 사람들만 만나게 될 거야."

나는 그의 말이 틀렸다고 말할 수가 없었다.

"당신은 운이 좋아요. 이미 친구들이 많으니까요. 우린 둘 다 운이 좋아요."

"하워드가 나한테 건설 계약 건으로 청탁을 한 이상 어떻게든 도와줘야지. 하지만 앞으로는 항상 마음의 준비를 하고 있어야 할 것 같아. 우리가 잘 아는 사람들이나, 심지어 아더 형, 존 형, 에드 형까지도 앞으로 만날 때 그저 단순히 즐거운 모임이라고 생각해서는 안 될 것 같아. 생각해보니 나도 예전에 스타디움 문제로 에드 형을 엄청 쪼아댔거든."

"가족들한테, 특히 아버님한테 그 이야기를 해봐요. 다들 이해해주실 거예요."

에드는 여전히 국회의원이었고 92년에 상원의원 선거에 출마할 것을 고려했지만 무슨 이유에서인지 그만두었다.

"절대로 나를 이용하지 않을 사람이 있다면 그게 누군지 알아?"

찰리가 말하며 손가락으로 나를 가리켰다.

"나 혼자만은 아닐 거예요. 우리 친구들 중에 물론 당신을 이용하려는 사람들도 있겠지만 다 그런 건 아닐 거예요."

"사람이 얼마나 우스워지는지. 오늘 아침에야 생각이 났는데, 아버지가 주지사가 되고 나서 아버지 옛날 친구 중에 한 명이 횡령죄로 걸렸어. 아버지한테 중재를 요청했지. 아버지가 부탁을 거절했더니 그 집 자식들이, 내가 컨트리클럽에서 알았던 친구들인데, 나한테 말을 안 걸더라고. 결국 감옥에도 안 갔는데 왜 그렇게까지 해야 했는지……."

나는 그의 손을 잡고 손가락 끝으로 그의 손을 어루만졌다. 그리고 그의 귓가에 내 입술을 가져갔다.

"사랑해요. 아주 많이."

내가 속삭였다.

제시카는 차에서 행크와 통화 중이다.

"그렇게는 안 하실 거예요."

제시카가 침착한 목소리로 말한다. 제시카의 매너는 흠잡을 데가 없다. 달래는 듯하면서도 한편으로는 완강한 행크의 목소리가 들린다. 나와 직접 통화를 하고 싶어 하는 모양이다.

"아뇨, 그런 것 같진 않아요. 글래디스 위콤 여사는 그 점에 대해선 별로 우려하지 않는 것 같았어요. 아뇨, 그렇진 않아요. 네, 비행기에서 다시 전화드릴게요."

제시카가 핸드폰의 종료 버튼을 누르고 곧바로 블랙베리를 꺼내 엄지손가락으로 무언가를 타이핑한다.

미드웨이 공항까지는 3킬로미터 정도가 남았다. 제시카와 칼, 그리고 내가 한차를 타고 있고 운전은 시카고 요원이 하고 있다.

"워싱턴으로 돌아가기 전에 위스콘신에 잠깐 들렀으면 좋겠어."

제시카가 눈썹을 추켜올린다.

"어머님 만나시려고요?"

엄마는 두 번째 남편보다도 오래 살았다. 라스 씨는 신장병을 앓다 1996년에 세상을 떠났다. 엄마는 라일리 외곽의 요양원에서 살고 있고 알츠하이머를 앓고 있다. 그러나 그나마 다행스러운 것은 엄마가 여전히 선량하고 행복해 보인다는 사실이다. 그 병을 앓고 있는 환자들이 극도로 우울해지거나 폭력적으로 변하곤 하는 것을 생각하면 그저 감사할 따름이다. 그러나 오늘 내가 만나려는 사람은 엄마가 아니다.

오늘 아침, 나는 행크에게 연락을 취한 사람이 데나였을 거라고 생각했다. 당연히 그럴 것 같았다. 데나와 나 사이에는 아직 해결되지 않은 문제가 남아 있었고 마침내 올 것이 온 거라고 생각했다. 그러나 막상 데나와 전혀 상관없는 일이었다는 사실을 알게 되었을 때 내가 느낀 감정은 차라리 실망에 가까웠다. 나는 라일리에서 데나가 엘라에게 왕관을 주었던 일을 자주 생각했다. 시간이 흐를수록 엘라에게 왕관을 준 사람이 데나의 엄마가 아니라 데나였고, 그것이 조롱이라기보다는 화해의 제스처라는 확신이 들었다. 어떤 식으로든 데나의 호의에 답하지 않은 것이 후회스러웠다. 그러나 그 일이 일어났을 당시 내 삶은 뒤죽박죽이었고 찰리와의 관계 이외의 다른 인간관계는 하나도 중요하게 느껴지지 않았다. 오랜 세월 동안 나는 내가 기회를 놓쳤음을 후회했다. 내가 다시 만들지 않는 한 그런 기회는 다시 오지 않을 것이다. 대부분의 사람들이 그렇듯이, 나는 나이가 새로운 10년에 접어들 때마다, 아직은 그렇게 늙지 않았다고 스스로에게 말하곤 했다. 서른에서 마흔, 마흔에서 쉰이 되도록 나는 나의 젊음을 믿었다. 예순에 접어든 이후에도 여전히 그렇게 믿고 싶었다. 번지점프를 하고 영국해협을 횡단하는 예순 살 노인들도 있지 않은가!

그러나 이제 내 나이는, 설혹 죽음이 찾아온다고 해도 슬프기는 하지만 비극적일 수는 없는 나이다. 나는 젊은 편이긴 하지만 아주 조금 젊어 보이는 것일 뿐이다. 만약 언젠가 데나가 죽었다는 소식을 듣게 된다고 해도 나는 심한 충격을 받진 않을 것이다. 동갑 친구들 중에는 이미 세상을 떠난 사람들도 있다. 그러나 데나가 죽었다는 소식을 듣게 되면 나는 슬프다기보다는 양심의 가책을 느낄 것 같았다. 30여 년 동안 데나는 나의 가장 친한 친구였다. 물론 데나에게도 결점이 있지만 그렇지 않은 사람이 어디 있을까? 데나는 발랄하고 재미있고 나보다 용감했다. 우리는 서로를 너무도 잘 알았다. 그보다 훨씬 못한 조건으로도 우정은 얼마든지 지속될 수 있었다.

그러고 보니 지금 나의 가장 친한 친구는 제시카인 것 같다. 제이디와 나는 여전히 일주일에 한 번 통화를 하고 1년에 몇 차례 제이디가 워싱턴으로 나를 만나러 온다. 제이디가 백악관에 머물 때면 나는 숨통이 트이는 것 같은 기분이 든다. 제이디는 찰리에게 "절 '마담 제이디' 라고 불러주시면 저도 '대통령 각하' 라고 불러드리죠"라고 말하곤 했다. 나를 만나러 올 때마다 변비에 걸린다면서, 자기는 백악관의 고풍스러운 분위기 때문에 화장실에 가지 못한다고 했다. 그러나 세월이 흐르면서 제이디와 나 사이에는 말로 표현할 수는 없지만 불편한 감정들이 싹트기 시작했다. 제이디는 공화당을 지지했지만 찰리가 동성애자의 결혼을 반대했을 때는 몹시 화를 냈다. 제이디에게는 친한 게이 친구가 있었다. 제이디와 나의 문제는, 우리가 한때 비슷한 삶을 살았지만 더 이상은 그렇지 않다는 것이다. 제이디는 아직 가든 클럽 모임에 나가고 밀워키 미술관의 이사로 일하고 있으며 드류와 위니가 오래전에 졸업했음에도 불구하고 비들 아카데미의 기금모금 행사에 참여한다. 그 모든 것이 내가 부러워하는 그녀의 삶이고 제이디가 그런 이야기를 하면 나는 무척 재미있지만 제이디는 내가 마로니 가 이야기를 따분하고 시시해할 거라고 생각한다. 내가 제이디에게 절대 그렇지 않다고 해도, 제이디는 항상 자기 이야기보다는 내 이야기를 하려고 한다.

"됐어. 이제 스페인 국왕 만난 얘기나 좀 해봐."

가족들이나 친구들에게도 더 이상 불평을 할 수가 없다. 언젠가 찰리가 처음 주지사에 당선되고 나서 동서지간인 진저에게 매디슨에서 열리는 파티에 쓸 꽃장식이 걱정된다고 푸념한 적이 있었다.

"지금 그걸 불평이라고 하는 거야? 정작 주지사가 되어야 할 사람은 에드인데, 찰리가 당선된 상황에서?"

진저가 말했다.

평상시 온화한 성격이었던 진저의 입에서 나온 말이라 그 말은 더욱 충격적으로 느껴졌다. 그러나 진저보다 더 놀라운 변화를 보인 사람은 프리실라였다. 나는 프리실라야말로 우리의 유명세에 가장 동요하지 않을 사람일 거라고 생각했다. 찰리가 주지사로 당선된 직후 프리실라는 내게, 사실은 자기가 가장 좋아하는 며느리는 나였다고 말했다. 오래전부터 나와 뭔가 통하는 게 있다고 생각했다고. 찰리가 대통령에 당선된 뒤로는 나에게는 물론 온 가족에게, 심지어는 기자들에게까지도 내가 가장 좋아하는 며느리였다고 말했다.

마로니 가나 매디슨 가에서 내가 알았던 사람들, 가든 클럽 친구들, 엘라 친구의 엄마들은 지금 내가 살고 있는 삶이 너무도 화려해서 내가 여전히 똑같은 사람이라는 것을, 내가 그들처럼 사소한 걱정을 하며 살고 있다는 것을 잊고 있는 것 같다. 그들은 내가 전쟁이나 테러리즘에 대해서 걱정하느라 그들의 관심사 따위는 더 이상 신경 쓰지 않는다고 생각한다.

바로 그런 이유로 내게는 제시카의 존재가 참으로 소중하다. 물론 나는 제시카의 고용주이기 때문에 우리 둘의 관계도 아주 순수하다고는 말할 수 없다. 그러나 우리가 동년배가 아니라서 편한 점도 있다. 제이디와는 달리 제시카는 자기 남편을 나의 남편과 비교하지 않는다.

2002년, 제시카는 세계은행에서 일하는 키스라는 남자와 결혼했다. 찰리와 나는 제시카의 결혼식과 피로연에 참석했고 피로연에서 찰리는 미스 루비와 춤을 추었다. 80대에 접어든 미스 루비는 은퇴했지만 퉁명스러움은 여전하다.

제시카와 나는 우리 둘만의 북클럽을 만들었다. 우리는 항상 책을 바꾸어 본다. 반드시 소설이어야 한다는 것 외에는 특별한 규칙이 없다. 우리는 방문 일정이 잡혀 있는 국가의 작가별로 책을 읽는다. 물론 영부인으로서의 고충을 제시카에게 털어놓을 수는 없다. 그럴 필요가 없다. 제시카는 내게 일어나는 모든 일을 함께 겪기 때문이다. 제시카는 내 삶이 얼마나 각본에 따라 움직이는지, 얼마나 구속이 많으면서 한편으로는 얼마나 화려한지 알고 있고 그 외에도 일반인들이 잘 알지 못하는 이상한 측면까지 알고 있다.

"어머니는 다음에 뵙고, 오늘 내가 만날 사람은 데나 제나추스키야. 약속을 잡을 수 있다면."

제시카가 깜짝 놀랐는지 모르지만 내색은 하지 않는다. 제시카는 프로답게, 작은 일에는 놀라움을 표현하지만 큰일에는 결코 자신의 감정을 표현하지 않는다. 내가 낙태를 했다? 제시카는 그저 고개를 끄덕인다. 하지만 내가 빨간 하이힐을 신는다? 제시카는 '우와!' 하고 탄성을 지른다.

"지금 중부 시계로 1시 20분이니까 워싱턴은 2시 20분이네요. 여기서 돌아가려면 1시간 20분 정도가 걸릴 테고 라일리에 도착하면 4시 20분이에요. 합창단과 백악관을 둘러보는 게 5시 15분으로 잡혀 있는데, 미루시겠어요? 취소하시겠어요? 아니면 다른 사람을 보내시겠어요?"

제시카가 시계를 보고 침착한 목소리로 말한다.

시간의 엄수는 찰리가 자랄 때 가족들이 중시했던 덕목은 아니었지만 술을 끊은 뒤 찰리가 스스로에게 부여한 책임이었다. 찰리를 본받아 나 역시 항상 시간 약속을 지키려고 노력한다. 그렇게 하지 않으면 오만하게 비치기 때문이다. 부탁이나 초대를 거절하는 것은 그다지 힘들지 않지만 일단 약속을 하면 반드시 지킨다. 더구나 아이들이 연관된 약속이라면 더더욱 그렇다. 그러나 나는 오늘 데나를 만나야만 한다. 나는 데나를, 그리고 아직 두 사람이 함께 있다면, 피트를 꼭 만나고 싶다.

낙태 이야기가 불거지면 그 사실을 확인해줄 수 있는 사람은 데나와 피트뿐이다. 그러나 나는 그들의 입을 막고 싶지 않다. 만나서 앙금을 풀고 싶다. 나는 6주에 한 번 어머니를 만나러 이곳에 온다. 어쩌면 다음에 올 때 그들을 찾아볼 수도 있을 것이다. 그러나 이번에 미루면, 영영 기회가 사라지는 것은 아닐까? 지금 하지 않으면 다시는 용기를 낼 수 없는 것은 아닐까?

"백악관 구경은 다른 사람을 보내는 게 좋겠어."

내가 말한 뒤 잠시 후 "엘라! 아이들은 엘라를 좋아해!"라고 소리친다.

"수행원을 붙여주면 화내겠지?"

내가 묻는다.

"오히려 좋아할걸요? 그렇게만 되면 완벽하겠네요."

제시카가 말한다.

문득 이것이 내가 엘라한테 할 수 있는 마지막 부탁이라는 생각이 든다. 내가 낙태를 했다는 사실을 알게 되면 엘라는 나와 거리를 두려 할 것이다.

"데나라는 분의 성이 제나추스키라고 하셨나요?"

"이모프일 수도 있어. 두 사람이 아직 같이 살고 있는지 아니면 다른 사람하고 결혼했는지는 모르겠어. 데나의 생일은 46년 12월 6일이야."

어린 시절 친구는 바로 이런 점에서 다르다. 절대 생일을 잊어버리지 않는다는 것. 반면 어른이 되어서 사귄 친구들은 절대 생일을 기억하지 못한다. 생일 카드를 보내주고 싶지만 달력에 기록해놓지 않으면 잊어버리고 만다.

"비행기로 오시게 할까요? 아니면 집으로 찾아갈까요? 아니면 공공장소에서 만나시겠어요?"

우리가 가게 될 라일리의 비행장은 개인 비행기들만 이용하는 조그만 비행장이다.

"집으로 가는 게 좋겠어."

내가 말한다.

"데나의 주소를 알아내는 동안 엘라하고 통화하시겠어요? 아니면 제가 할까요?"

"내가 할게."

제시카가 핸드백에서 또 다른 핸드폰을 꺼내 전화를 건다.

"제시카예요. 어머니하고 통화하세요."

제시카가 잠시 기다렸다가 "얼마나요?"라고 묻는다. 그리고 또 잠시 후 "네, 기다릴게요"라고 대답한다. 전화를 끊고 제시카는 "5분 뒤에 전화하신대요"라고 말한다.

엘라 블랙웰.

미국 대통령과 영부인의 전화를 매번 퇴짜 놓는 유일한 사람. 엘라가 아니라면 누가 우리를 겸손하게 하겠는가? 농담이 아니라 정말 그렇다.

다시 처음의 핸드폰을 들고 제시카가 버튼 하나를 누른다.

"벨린다, 내가 벨린다하고 애쉴리한테 방금 메일을 하나 보냈어요. 라일리에 사는 사람인데 주소하고 전화번호가 필요해요. 아주 급해요."

제시카가 나에게 전해들은 데나의 정보를 알려주고 전화를 끊는다.

"라일리에서 출발하는 시간을 알아야 하는데, 데나와 만나는 시간은 어느 정도로 예상하세요?"

"30분 정도? 하지만 일단 데나가 시간이 되는지 확실히 알기 전에는 시카고에서 떠나지 않는 게 좋겠어. 라일리에 살지 않을 수도 있고 뉴멕시코 같은 곳으로 이사했을 수도 있으니까."

"만약 행사 때문에 오늘 만날 수 없으시면, 전화번호를 알아내서 통화를 하셔도 될 것 같아요. 먼저 만날 수 있는지 확인해보겠지만요. 제가 통화하는 동안 라디오 들으실래요?"

제시카의 목소리와 표정에는 연민이 담겨 있다. 나는 글래디스 위콤과 나눈 대화를 그녀에게 자세히 말하지 않았다. 단지 결과만을 말해주었을 뿐이다. 하지만 내가 마음이 약해진 상태라는 것을 제시카가 모를 리가 없다.

"그럴게."

내가 말한다.

갑자기 오느라 책도 가져오지 않았다.

"칼, NPR 좀 틀어줄래요?"

제시카가 말한다.

라디오를 켜자마자 나는 곧바로 에드거 프랭클린의 인터뷰가 진행되고 있음을 알아차린다. 죽은 병사의 아버지, 의사당 뒤에서 캠핑을 하는 사람. 제시카도 인터뷰의 주인공을 파악하지만 바로 또 누군가와 통화를 한다.

"잠깐만요."

제시카가 말하고 나서 핸드폰을 막은 뒤 "다른 채널로 돌릴까요?"라고 묻는다.

나는 고개를 젓는다.

"여기 영원히 계실 셈인 것 같은데요. 맞습니까?"

기자가 묻는다.

"대통령이 만나주실 때까지 여기 있을 겁니다."

에드거 프랭클린이 말한다.

"만약 대통령께서 만나주지 않으시면요?"

“대통령이 만나주실 때까지 여기 있을 겁니다.”

에드거 프랭클린이 반복해서 대답한다. 그의 목소리는 단호하지만 호전적이지는 않다. 그는 기자보다 더 침착하게 말하고 있다. 온화한 남부의 억양이다.

“정말 블랙웰 대통령을 설득해서 군대를 철수시킬 수 있다고 생각하십니까? 아니면 그저 상징적인 행동을 하시는 겁니까?”

“너무 많은 젊은이들이 목숨을 잃었습니다. 대통령께서도 더 이상은 미군의 주둔을 정당화할 수 없을 거라고 생각합니다. 제가 보기에 대통령께서는 선별된 정보만을 듣고 계시고, 그래서 개인이 치르는 희생에 대해 이해하지 못하고 계신 것 같습니다.”

“프랭클린 씨께서는 직접 대통령을 만날 기회가 없으셨는데요. 지난 며칠 동안 백악관 측에서는 대통령이 희생자 가족들을 지속적으로 방문하고 계신다는 점을 언급했습니다. 그렇다면 당신과 비슷한 처지에 있는 사람들의 이야기를 전혀 못 들었다고는 볼 수 없을 텐데요.”

“아들이 죽고 나면 그 죽음에 어떤 의미가 있다고 믿고 싶은 법이죠. 아들이 숭고한 사명을 위해 희생되었다고 믿고 싶을 겁니다.”

에드거 프랭클린이 잠시 망설이다가 말을 잇는다.

“다 전쟁을 포장한 현란한 수식어구들일 뿐입니다. 네이트의 죽음이 헛되다고 생각하는 것은 제 아들과 조국에 대한 배신인 것 같았어요. 나 자신이 애국자가 아니었구나 하는 생각도 들었고요. 이제 저는 깨달았습니다. 군대를 철수하는 것이 곧 애국의 길이라는 것을요. 많은 가족들이 제가 겪었던 것과 똑같은 고통을 겪고 있고 지금은 슬픔 때문에 정치적인 측면을 생각하지 못하고 있는 것뿐입니다.”

“지난 수요일 워싱턴에 들어온 이후 많은 도움을 받으셨는데, 그 점에 대해서는 어떻게 생각하십니까?”

“이제 변화가 시작되었습니다. 미국인들은 정직한 대화를 나눌 때가 되었다는 것을 깨닫게 될 것입니다."
"에드거 프랭클린 대령님, 인터뷰에 응해주셔서 감사합니다."
"감사합니다."
"여러분은 지금……."
여자의 목소리가 들려오는 동안 차가 공항으로 접어든다. 우리가 탄 차는 포장된 도로를 달리고 있고 중서부의 따가운 햇살이 우리가 탄 전용기 걸프스트림의 몸체에서 반사된다. 지상으로 내려진 비행기의 계단이 우리를 기다리고 있다.

"지난 30년 동안 얼굴 한번 본 적 없는 성질 고약한 친구를 도대체 이제 와서 왜 다시 만나겠단 거야? 이번 일하고도 아무 상관없는 것으로 밝혀졌잖아."
찰리가 전화기에 대고 말한다.
"데나는 아직 피트 이모프하고 같이 산다니, 두 사람 다 만날 수 있을 것 같아요."
내가 말한다.
벨린다는 제시카에게 데나와 피트 이모프가 함께 살고 있지만 내가 도착했을 때 피트가 있을지는 확실히 알 수 없다고 했다.
"오후에 엘라하고 계획 있는 거 아니었어?"
찰리가 물었다.
"오늘밤에 만날 거예요. 엘라가 화내지 말았으면 좋겠는데……."
나는 잠시 망설이다가 말을 이었다.
"내가 낙태를 했다는 이야기를 듣고 엘라가 어떤 반응을 보일지 걱정이 돼요. 행크가 닥터 위콤한테 내일까지만 기다려달라고 했대요. 내가 인그리드 산체스에 대해 반대 성명을 발표할 가능성이 있는 척한 모양이에요. 그래서 오늘밤 엘라한테 직접 말하려고요. 당신이 옆에 있어줄 수 있어요? 누군가 이야기할 사람이 필요할 거 같아서요. 어쨌든 나한테 화는 내겠죠?"

"그래서 바로 돌아오지 않는 거야?"

"그런 거 아니에요. 데나는 언젠가는 꼭 한번 만나볼 생각이었어요."

"엘라는 강한 애야. 괜찮을 거야."

찰리가 말한다. 그리고 유쾌한 목소리로 덧붙인다.

"혹시 인신공격이 시작되더라도 난 어차피 다시 출마할 일도 없으니까 나한테 미안해하진 마."

나는 창밖을 바라본다.

"그렇게 단순한 문제가 아니에요. 이번 일이 조용히 지나갔으면 좋겠는데, 인그리드 산체스의 인준 문제하고 맞물릴까 봐 걱정이 돼요."

"산체스를 포기하란 얘기야?"

"아뇨, 하지만 언론이 이 타이밍을 놓칠 리가 없잖아요."

"기가 막히는 건 이 노망난 노인네가 갑자기 당신의 과거를 까발리겠다고 나서는 바람에 모두가 벌벌 떨어야 한다는 거야. 이런 협박이 어디 있어?"

"백네 살 먹은 노인이에요."

"다들 그렇게 말하더군. 열혈 민주당의 산 증인인 셈이야. 민주당을 지지하면 그렇게 오래 산다는 얘긴가? 그럼 당신이 나보다 오래 살겠는걸?"

잠시 침묵이 흐른다. 창밖으로 비행기 엔진의 소음이 들린다. 제시카는 조금 떨어진 곳, 그녀의 자리에 앉아서 샐러드를 먹고 있었고 칼과 호세는 뒤쪽에서 이야기를 나누고 있었고 월터는 스릴러 소설을 읽고 있다. 나는 목소리를 최대한 낮춘다.

"닥터 위컴의 방식은 마음에 안 들지만, 내가 낙태를 옹호한다는 거 당신도 알죠?"

"이봐, 그래서 미국이 위대한 거야. 누구나 다른 의견을 말할 수 있다는 거."

찰리의 웃음소리가 들린다. 그러고 나서 그의 방귀 소리가 들린다. 예의가 아니라고 그렇게 여러 번 말했건만 찰리는 경호원들 옆에서 수도 없이 방귀를 뀐다.

"자유국가의 대통령이 방귀를 뀌면 사람들이 얼마나 좋아하는데 그래!"

내가 핀잔을 줄 때마다 그가 말한다.

"방금 들었어요."

내가 말한다.

"뭘 들었단 거야? 참, 그 이혼녀한테 안부 전해줘."

전화를 끊기 전에 찰리가 말한다.

간혹 기자들이 내가 해온 일 중에 감히 상상조차 하지 못했던 일이 있느냐고 물으면, 나는 '연설!'이라고 대답한다. 그 대답은 항상 웃음을 유발한다. 만약 친구들이 똑같은 질문을 하면 나는 '고양이를 기르는 것'이라고 대답한다. 사실 고양이는 행크의 아이디어였다. 90년대 초반 그가 실시한 여론조사 결과, 위스콘신의 유권자들은 우리 가족이 애완동물을 기른다면, 특히 개를 기른다면 더 이상적이라고 생각할 거라는 결과가 나왔다. 하지만 엘라가 알레르기가 있어서 개는 기를 수 없었고 결국 눈송이를 갖게 되었다.

우리 고양이가 쌀쌀맞은 것이 나는 차라리 다행스럽다. 눈송이가 내 무릎 위에 앉지 않아도 솔직히 나는 조금도 서운하지 않다. 찰리는 눈송이를 안고 녀석의 배에 얼굴을 파묻고 코를 털 속에 문지르면서 "날 진심으로 사랑하는 건 너뿐이야. 그렇지? 넌 진정한 공화당 고양이야"라고 말하곤 한다.

내가 고양이를 싫어하는 이유는 다섯 살 때 고양이가 내 뺨을 할퀴었기 때문이지만 나는 사람들 앞에서 그 사실을 밝힌 적이 없다. 찰리는 7천만 명의 고양이 애호가들이 그 사실 하나만으로도 자기를 찍지 않을지도 모른다고 농담했다. 고양이에 대한 나의 애정은 거짓 고백이며 위조된 친밀함이다. 그것은 내가 백악관 홍보 담당자들로부터 배운 기술이다. 그들은 정기적으로 우리의 사생활에 관한 정보를 흘린다. 사소하지만 사실인 정보들이 우리를 인간적으로 보이게 한다고 그들은 말한다. 찰리 블랙웰은 〈앵커 맨〉이라는 영화를 좋아한다, 앨리스 블랙웰은 크리스마스 선물로 남편한테 디지털 카메라와 내복을 선물했다, 엘라 블랙웰이 가장 좋아하는 음식은 멕시코 음식이다…….

내가 절대로 하지 않을 거라고 생각했던, 그러나 결국 하게 되었던 일이 무엇이냐는 질문에 대한 진짜 대답은 바로 '주름제거수술'이다. 그 문제에 대한 기자들의 집요한 추궁에도 불구하고 나는 물론이고 우리 직원들 누구도 그 사실을 확인해주지 않았다. 사실을 확인해줄 수 있는 사람이 거의 없기 때문이기도 했다. 찰리는 1997년, 주지사에 재선되기 직전 2000년 대선에 출마하기로 결심했다. 1998년, 우리는 그의 직원들과 가까운 친구들을 위해 주지사 관저에서 파티를 열었다. 나는 데비 벨과 행크의 아내 브렌다, 케이틀린 히켄과 함께 있었다. 그때 찰리의 홍보 담당이었던 데비 벨이 말했다.

"우리끼리 얘긴데 혹시 성형수술 생각해본 적 있으세요? 어제 옷을 사러 갔었는데, 옷 갈아입는 방 거울이 너무 잔인하게 솔직하더라."

"데비, 데비는 아직 젊어요!"

내가 말했다.

데비는 나와 찰리보다 10년이나 젊었다. 그러니까 당시 데비는 40대였을 것이다.

"들어보니까 무지하게 간단하대요. 그러니까 뭘 집어넣거나 깎는 게 아니고…… 그냥 좀……."

데비가 양손을 얼굴 양쪽에 대고 뒤로 잡아당긴 다음 말을 이었다.

"잡아당기는 거래요."

그녀가 나를 돌아봤다.

"하실 생각 있으세요?"

나는 그때 알았어야 했다. 나는 정말 눈치가 없었다. 하지만 정말 나는 알지 못했다.

"회복하는 데 오래 걸리지 않아?"

데비는 고개를 저었다.

"전에는 그랬는데, 요샌 의술이 엄청 좋아졌어요. 혹시 제가 수술을 하더라도, 앨리스, 절 비난하지 않으시겠죠?"

나는 이상한 생각이 들었다. 데비와는 그렇게 가까운 사이도 아니었다. 우리는 서로를 잘 알았고 데비는 찰리의 측근 중 한 명이었다. 그러나 나는 그녀와 단둘이 만난 적이 한 번도 없었다.

"그럼요. 의사가 뭐라고 했는지 꼭 말해줘요. 내 생각엔 너무 젊다고 돌려보낼 것 같은데."

그게 제1단계였다. 2단계로 제이디가 내게 전화를 했다.

"이런 말 하면 안 되는데, 행크가 앨리스가 주름제거수술을 받았으면 하는 거 같아. 플로리다에 가서 같이 받아보면 어떨까? 내 아이디어인 것처럼."

"행크가 내가 주름제거수술을 받기를 원한다고?"

"행크가 뒤에서 조종하는 게 불쾌하겠지만……."

"행크가 전화를 했어?"

"데비가 전화를 했어."

"바로 다시 전화할게."

나는 전화를 끊고 곧바로 찰리에게 전화했다.

"지금 의원님들과 회의 중이세요. 잠시 후 다시 걸어주시면……."

비서인 마샤가 말했다.

"급한 일이라고 해요."

찰리가 전화를 받으면서 다급한 목소리로 "혹시 엘라한테……"라고 말했다.

"엘라는 아무 일 없어요. 나도 별일 없어요. 행크가 돌아다니면서 내가 주름수술을 받아야 한다고 떠들고 다니는 것 말고는요."

"당신이 싫어할 거라고 경고했는데."

"당신도 알았어요?"

"TV 때문에 그래. 내가 당신이 예쁘다고 생각하는 건 알지? 하지만 행크는 만약 내가 대선에 나가게 되면……."

"당신도 주름제거수술 받을 거예요?"

"린디, 사람들이 이중적인 잣대를 갖고 있다는 거 당신도 알잖아. 그 친구들, 당신한테 직접 말하는 편이 나았을 텐데."

"그 친구들이라고요?"

"그러니까, 우리 팀원들 말이야. 행크 말은, 혹시 하고 싶으면 지금 해야 한다는 거야. 선거 유세 도중에 할 수는 없으니까."

"이게 어디서 나온 얘기예요? 행크가 내 외모에 대해서 여론조사를 했대요?"

찰리가 망설였다.

"이건 당신이 결정할 일이야, 린디. 기분 상했다면 미안해. 당신은 아직도 내 마누라들 중에서 가장 예뻐."

"이건 정말 너무 모욕적이에요."

"오늘밤 집에 돌아가면 당신이 나한테 얼마나 매력적인 여자인지 보여주지. 그 생각 때문에 거기가 단단해지기 전에 빨리 돌아가 봐야겠어."

나는 찰리의 부하직원들이 내 외모를 가지고 이야기를 나누었다는 사실만으로도 불쾌했지만 그 제안이 내 자신감을 약화시켰다는 사실이 더욱 불쾌했다. 나는 한 번도 내 외모에 대해 걱정해본 적이 없지만 입가와 이마에 주름이 깊어지고 있고, 목도 예전처럼 매끄럽지 않다는 사실이 신경 쓰이긴 했다. TV에 나오면 그런 결함들은 훨씬 더 부각되었다. 그러나 메이크업에 좀 더 신경 쓸 문제로만 생각했다.

나는 사흘 동안 씩씩거리다가 나흘째 되는 날 비서인 셰릴에게 성형수술에 관한 책을 사오라고 했고 다섯째 날 의사와 상담을 했다. 그러나 그 의사에게 수술을 받지는 않았다. 한 달 뒤 제이디와 나는 플로리다의 네이플스로 날아가서 그 분야에서 최고 권위자라는 의사에게 수술을 받은 다음 2주 동안 바다가 내다보이는 외딴 별장에서 머물렀다. 우리는 수영을 할 수도, 햇볕을 쬘 수도 없었기 때문에 별장 주변의 아름다운 경관은 그저 눈으로만 봐야 했다. 서른 살인 셰릴이 우리와 함께 있어주었고 우리는 셰릴에게 바닷가로 나가서 스노클링을 하라고 했다.

제이디와 나는 책을 읽고 TV를 보고 이런저런 불평을 하고 우리 자신을 조롱하면서 시간을 보냈다. 우리는 항상 고개를 높이 들고 있어야 했다. 엿새가 지나고 우리는 절개 부위의 실밥을 뽑으러 다시 병원을 갔다.

제이디와 나는 아무에게도 말하지 않기로 약속했다. 남편들과 셰릴은 알고 있었지만 다른 동서들이나 프리실라, 아이들에게도 말하지 않기로 했다. 엘라를 생각하면서 나는 조금 주춤한 것이 사실이었다. 만약 엘라가 알게 된다면 나는 엘라에게 얼마나 한심한 역할모델이 될까? 나이가 드는 것을 받아들이지 못하는 것은 얼마나 한심한가? 다행히 엘라는 그때 프린스턴에 있었다.

수술을 받고 처음 이틀 동안은, 얼굴이 너무 엉망이라 혹시 실수를 한 게 아닐까 걱정이 되었다. 젊음을 잃지 않으려고 발악하는 동화 속의 마녀가 된 기분이었다. 그러나 시간이 흐르면서 우리가 욕심을 부리다가 벌을 받은 것이 아니라는 사실이 분명해졌다. 일주일이 지나자 멍이 사라지고 붓기가 빠졌고 위스콘신으로 돌아가기 전날 밤, 우리는 근사한 멕시코 레스토랑에서 셰릴과 함께 저녁식사를 했다. 집으로 돌아와서 우리는 사람들에게 얼마나 많은 칭찬을 들었는지 서로 비교하기에 바빴다. 바닷바람을 쏘이고 와서 얼굴이 좋아졌다고 말하는 사람들도 있었다. 잘만 되면 정말 훌륭하다는 것이 성형수술의 가장 큰 문제였다. 수술을 받고 나면 다른 사람들도 수술을 받아야 한다는 생각이 든다. 가끔 수술을 받은 표시가 너무 심하게 나는 경우도 있긴 하지만, 대부분의 경우에는, 특히 대중의 눈에는 표시가 나지 않기 때문에 그들의 건강과 젊음은 숭배의 대상이 된다.

책에서 읽은 바로는, 주름제거술의 유효기간은 평균 5년에서 10년 정도라고 한다. 그러나 나는 다시 수술을 받지 않았고 받을 계획도 없다. 내 허영심이 사라져서라기보다는 제이디와 나는 보톡스를 더 선호하기 때문이다. 제이디는 석 달에 한 번씩 워싱턴으로 날아와서 찰리의 주치의로부터 백악관에 있는 진료실에서 시술을 받는다. 10분 정도 걸리고 마취도 필요 없다. 내가 그 시술을 꾸준히 받는 이유 중에는 제이디와의 관계를 유지하기 위한 것도 있지만 그것은 부분적으로만 진실이다. 나는 인터넷 블로그나 심야 토크쇼 진행자들이 내 외모를 도마 위에 올려놓고 난도질하는 것이 싫다. 내가 정기적으로 내 얼굴에 독한 박테리아를 주입하고 있다는 것은 정말 소스라치게 놀랄 일이지만 내가 미국 대통령의 부인이라는 것, 그래서 백악관에 살고 있다는 것, 우습기 짝이 없는 영부인이라는 이름의 직책에 비교하면 놀랄 일도 아니다.

두 사람은 아델피아 가 어느 건물의 1층에 살고 있다. 두근거리는 가슴을 억누르고 나는 계단을 올라가서 문을 두드린다. 에어컨 바람과 담배 연기가 안에서 먼저 나와 나를 맞이한다. 잠시 후 방충문을 열고 데나가 나온다. 가느다란 목에 가느다란 입술, 주름진 얼굴, 한때는 밝은 갈색이었지만 이제는 메마른 빛바랜 금발 머리카락. 곱슬곱슬한 머리는 귀밑에서 짧게 잘랐다. 데나는 늙었다. 그러나 그래도 데나는 데나다. 나는 울음을 터뜨린다. 데나는 재미있다는 듯한 표정을 짓는다.

"그렇게 드라마 주인공처럼 굴 건 없잖아?"

데나가 말한다.

우리는 서로를 끌어안고 나는 그녀에게 매달려 운다.

우리는 거실로 들어선다. 검은색 가죽 소파와 같은 색 의자 한 개, 낮은 테이블이 모두 TV를 향하고 있다. 세 개의 책장 중심에는 거대한 TV가 자리 잡고 있다. 책장에는 스테레오와 스피커, CD와 DVD 진열장, 그리고 말이나 아메리카 원주민을 그린 소장용 접시들이 진열되어 있다. 거실 벽은 나무로 판을 댔고 카펫은 크림색이다.

"목마르니?"

데나가 묻는다.

"좀 독한 걸 내오고 싶지만 몇 년 전에 끊어서, 그나마 마실 만한 거라곤 다이어트 콜라뿐이야."

"그거 마실게."

그녀가 부엌으로 들어가고 나는 휴지를 찾는다. 테이블 위에 휴지가 한 통 놓여 있다. 나는 코를 푼다. 테이블 위에는 장미꽃잎을 말린 방향제와 〈피플〉 한 권, 담배 한 갑이 놓여 있다. 부엌에서 물소리가 나다가 잠시 후 데나가 거실로 돌아오는 길에 방에 있던 누군가와 이야기를 나누는 것 같았지만 TV 소리 때문에 알아들을 수가 없다. 피트인 모양이다. 경호원이 나에게 피트 이모프도 집에 있다고 말해주었다. 그러나 어쩌면 고양이에게 말을 건 것일 수도 있었다. 창밖으로 경호원 호세의 모습이 보인다. 그는 현관 앞에 서서 팔짱을 끼고 거리를 바라보고 있다.

데나가 유리잔을 들고 온다. 데나가 내게 콜라를 건네주고 TV를 끈 다음 의자에 앉으면서 나에게 소파에 앉으라고 손짓한다.

"네 비서가 나한테 네가 우리 집으로 오는 중이라고 했을 때 난 누가 장난치는 줄 알았어."

데나의 말투는 차갑지도 조롱이 담겨 있지도 않은 그저 평상시의 말투다. 오늘 들어 두 번째로 나는 앨리스 블랙웰이 아닌 앨리스 린드그렌이다. 어쩌면 둘 다일 수도 있다. "대통령하고 사는 기분이 어때?" 하고 데나가 묻고 있기 때문이다.

"그때그때 달라."

내가 최대한 밝은 목소리로 대답한다.

데나가 다리를 포개어 앉는다. 데나는 청바지에 소매 없는 검은색 브이네크 셔츠를 입고 풍만한 젖가슴 사이의 골을 드러내고 있다. 나는 데나가 수술을 했는지 아니면 패드를 댄 브라를 입고 있는 것인지 궁금하다. 데나는 은색 귀걸이에 은색 목걸이, 두 개의 은색 반지를 끼고 있다. 그러나 약지에는 아무것도 끼고 있지 않다.

"네가 공화당인 줄은 몰랐다."

데나가 말한다.

"공화당 아니야."

"그래? 그런데 어쩌다가 그렇게 됐니?"

데나가 웃는다.

잠시 침묵이 흐른다.

"데나, 그동안 네 생각을 얼마나 많이 했는지 몰라. 난 정말……."

'너하고 그렇게 끝내고 싶지 않았어. 이렇게 오랫동안 서로 안 보고 살게 될 줄은 몰랐어…….'

내가 미처 하지 못한 말이다.

"알아. 나도 그랬어."

데나가 말한 뒤 조금 웃는다.

"나도 네 생각 많이 했어. 아니 생각했다기보다는 봤다고 해야겠지.

찰리의 취임식 때 입었던 캐시미어 코트, 두 번째 취임식 때 말이야. 그거 정말 멋지더라. 난 생각했지. 나하고 친했을 땐 옷 사는 데 그렇게 돈을 아끼더니, 이제 좀 쓸 줄 아는구나."

사람들은 대통령을 '찰리'라고 부른다. 그러나 백악관에서 그를 찰리라고 부르는 사람은 나 혼자뿐이다.

"그 옷 예쁘다. 어느 디자이너 거니?"

데나가 있는 대로 구겨진 나의 빨간 리넨 재킷과 스커트를 바라보며 묻는다. 오늘 아침 유방암 학회 행사를 위해 입은 옷이다. 수십 년 전 일만 같다.

백악관에 있을 때는 이보다 훨씬 편안하게 옷을 입는다. 데나처럼. 물론 셔츠는 좀 더 점잖게 입는다.

"오스카 드라렌타."

내가 말하자 데나가 고개를 끄덕인다.

"그 사람 아니면 캐로리나 헤레타 둘 중 하나라고 생각했어."

데나가 현관 앞에 서 있는 경호원을 가리킨다.

"저 사람은 네가 오줌 누는 소리도 옆에서 듣니?"

나는 웃는다.

"화장실에는 같이 안 들어가고 밖에서 기다려. 경호원 중에는 여자들도 있어. 오늘 같이 온 사람 중에는 없지만. 남자가 수행하는 게 조금 불편한 상황이 되면 여자가 따라와."

데나가 고개를 젓는다.

"난 그렇게는 못 살아."

"정말 이상한 생활이야."

내가 잠시 후 다시 묻는다.

"데나, 피트 여기 있지?"

"날 보러 온 거 아니었니?"

"널 보러 온 거 맞아. 하지만 괜찮다면 두 사람 다 만나고 싶어."
"피트, 앨리스가 당신도 보고 싶대요!"
데나가 소리친다.
"네가 자길 싫어한다고 생각해. 내가 우릴 야단치려고 여기까지 올 리는 없다고 말했어. 영부인인데 그보다 중요한 일이 많을 거라고. 하지만 너도 피트를 알잖아."
그것은 사실이 아니다. 설령 예전에 그를 알았다고 해도 나는 더 이상 그를 알지 못한다.
"피트!"
데나가 다시 조금 짜증스러운 목소리로 그를 부른다.
잠시 후 그가 모습을 드러낸다. 그 역시 청바지에 회색 티셔츠, 갈색 슬리퍼를 신고 있다. 그의 발가락에 난 갈색 털! 열일곱 살 때 보았던 그것! 한때나마 내가 피트 이모프의 육체에 익숙했다는 사실이 너무도 낯설다. 피라미드 조직 때문에 화가 나서 마지막으로 그를 보았을 때, 그는 이미 상당히 체중이 불어 있었다. 그 이후로도 체중이 많이 불었다. 비대한 것은 아니지만 건장한 것 이상이다. 그의 머리카락과 수염은 은빛이다. 사실 그는 섹시한 타입의 잘생긴 남자다. 내가 일어선다. 그리고 우리 두 사람은 어색한 악수를 나눈다. 이렇게 말하는 것이 잔인할지 모르지만 서툰 쪽은 피트다. 나는 여러 가지 분야에서 서툴지만 악수만은 그렇지 않다.
"앨리스, 오늘 데나를 깜짝 놀라게 했더군요."
그가 말하며 데나의 의자 옆으로 서서 의자 팔걸이에 앉는다. 나는 다시 소파에 앉는다.
"피트, 부엌에 가서 의자 가져와요."
데나가 말하고 그가 의자를 가져와서 데나 옆에 놓는다.
"나 때문에 일에 지장을 받은 건 아닌지 모르겠어요."

피트가 앉자 내가 말한다.

나는 제시카로부터 그들의 직업을 들었다. 피트는 화이트리버 유업의 야간경비원으로 일하고 있고 데나는 피부관리실의 시간제 마사지사로 일하고 있다.

"가까스로 시간을 냈지."

데나가 담담하게 말한다.

"내가 갑자기 찾아온 이유가 궁금할 거야."

"물론 궁금해."

데나가 대답한다.

"데나, 무엇보다도 난 널 다시 보고 싶었어. 네가 어떻게 살고 있는지 알고 싶었어. 하지만 앞으로 뉴스에 나오게 될 이야기는 당신하고도 연관이 있어요, 피트. TV에 먼저 나올지 신문에 먼저 나올지는 모르지만 며칠 내로 나올 거예요. 내가 1963년에 낙태를 했다는 기사가요. 물론 기자들은 절대 알 리가 없겠지만 난 당신의 아기를 임신했었어요. 데나에게 들었는지 모르겠지만."

"내가 말했어."

데나가 덤덤하게 말한다. 피트는 데나의 말을 부정하지 않는다. 그는 거의 무표정한 얼굴로 나를 바라본다. 앤드류도 나이가 들면서 이렇게 뚱뚱해졌을까? 그렇진 않을 것 같다. 앤드류는 피트와는 체격이 달랐다.

"만약 그때로 다시 돌아갈 수 있다면 피트한테 말을 했을 거예요."

내가 말한다.

"누가 그 사실을 폭로하고 있지? 네가 아는 사람이야?"

"누구냐 하면……."

글래디스 위콤을 설명할 방법은 여러 가지가 있지만 나는 할머니 이야기는 빼기로 한다.

"그 수술을 했던 사람이야. 지금 굉장히 나이가 많은데, 일종의 협박을 하고 있어. 두 사람이 대법관 내정자에 대해서 알고 있는지 모르겠지만 그 의사가 그 사람의 임명을 반대하고 있어."

나는 다시 피트를 바라본다.

"너무 일이 커지지 않기를 바라고 있지만 혹시라도 기자들이 아이 아버지가 누군지 캐려고 할 수도 있을 거야. 우리 세 사람 중 한 명이 발설하지 않으면 알아내기 힘들겠지만. 그래서 미리 알려주고 싶었어. 기자들한테 말하지 말아주었으면 좋겠어. 하지만 그건 당신이 결정할 일이에요, 피트. 만약 말하고 싶으면 백악관 언론 담당한테 연락하면 돼요."

너무 생색을 내는 것 같아 나는 덧붙인다.

"나도 그쪽으로 엄청난 교육을 받고 있긴 하지만 아직도 많이 부족하거든요."

"타블로이드 신문사에서 일한다는 사람들이 정기적으로 연락을 하긴 하더라. 피트, 얼마 전에 어디서 전화가 왔었지? 크로아티아라고 했던가? 어쨌든 지도에서 찾을 수조차 없는 나라였어."

놀랄 일도 아니다. 찰리 행정부나 그의 가족, 그의 어린 시절에 관한 기사는 정기적으로 신문이나 책, 타블로이드 신문, 유명 잡지에서 정기적으로 다루어졌다. 앤드류 이모프가 죽은 사건이 처음 알려졌을 때 나는 〈USA 투데이〉의 기자와 인터뷰를 했다. 나는 "정말 슬픈 일이었지요. 그의 가족과 우리 반 친구들, 저를 포함한 우리 마을 사람들 모두에게 견디기 힘든 일이었어요"라고 말했다. 그 후로 그 이야기가 나올 때마다 나는 더 이상 부연 설명을 붙이지 않고 그렇게만 말했다. 내 전기 중에 데나를 내 어린 시절의 단짝 친구라고 말한 전기는 꼭 한 권 있었다. 아마도 그 전기를 보고 기자들이 데나를 찾았을 것이다. 그 전기 작가는, 앤드류가 죽고 난 뒤 나를 스피리트 클럽에서 쫓아낸 마리 하프리거로부터 그 이야기를 들었다고 했다.

나는 데나와 피트가 나에 대해서 한 번도 기자들에게 얘기한 적이 없다는 사실을 이제야 깨닫는다. 오랫동안 나는 데나가 이미 그랬을 거라고 추측했다. 오늘 아침만 해도 행크가 나의 낙태 사실이 폭로될 거라고 했을 때, 가장 먼저 생각한 사람이 바로 데나였다. 그러나 데나는 이 일과 아무런 관련이 없다. 데나와 피트는 오랜 세월을 함께 살면서도, 그리고 두 사람 모두 내가 잘못되기를 바랄 만한 이유가 있었는데도, 그리고 서로의 그런 원한을 정당화시킬 수 있었는데도 그렇게 하지 않았다. 그러나 나는 한 번도 그들에게 고마워하지 않았다. 두 사람에게는 내 얘길 폭로할 수 있는 기회가 무수히 많았는데도 두 사람은 그 기회들을 모두 거절했다.

"기자들이 연락할 때마다 인터뷰를 다 거절한 거야? 왜 그랬어?"

"지금 무슨 소리를 하는 거야? 그럼 내가 한심한 기자들한테 네 이야기를 떠벌릴 거라고 생각했니?"

데나가 코웃음을 친 뒤 말을 잇는다.

"앨리스, 우린 그렇게 되먹지 못한 애들은 아니잖아? 게다가 난 네 남편을 찍지도 않았어!"

데나가 담배 한 개비를 꺼내 불을 붙인 다음 한 모금 들이켠다.

"적어도 난 안 찍었어. 피트는 아예 투표를 안 했고."

피트가 웃는다.

찰리가 유난히 크게 방귀를 뀌었을 때 짓는 미소와 비슷하다. 반은 창피해하면서 반은 기뻐하는 모습.

"그나저나 찰리는 왜 그 군인 아저씨를 안 만나주는 거야? 웬만하면 한번 만나주라고 해라. 데나가 그러더라고 전해."

에드거 프랭클린을 두고 하는 말이다. 그러나 글래디스 위콤과는 달리 데나는 비난하는 투로 말하지 않는다. 그보다는 자신의 의견 따위가 뭐가 중요하겠냐는 듯한, 애정이 담긴 말투이다. 어쩌면 데나도 결혼을 했었기 때문에 남편을 통제하는 것이 쉽지 않다는 것을 아는 것일까?

그래서 찰리의 결정을 내가 통제할 수 없다고 생각하는 것일까?
데나가 테이블 밑의 선반에서 유리 재떨이를 꺼내 담뱃재를 턴다.
"앨리스, 사진 좀 찍어도 돼? 그럼 네 조폭들이 나한테 덤빌까?"
"찍어도 되고말고."
"사진을 찍어두지 않으면 내 동생들이 네가 왔었다는 걸 믿지 않을 테니까."
데나가 일어선다.
"동생들은 잘 지내?"
"그럭저럭 지내. 마조리의 큰아들이 158중대 소속이라 많이 힘들지."
이번에도 데나의 목소리에는 나에 대한 비난이 담겨 있지 않다. 데나는 도대체 어떻게 나의 과거와 현재를 모두 용서할 수 있었을까?
데나가 카메라를 가지러 잠깐 자리를 비운다. 거실에는 피트와 나 둘만 남는다. 에어컨 소리 말고는 아무 소리도 들리지 않는다.
"참 많은 일들이 있었지요?"
피트가 말한다.
"정말 그렇네요."
잠시 후 우리는 둘 다 동시에 말을 시작했고 내가 "먼저 해요"라고 말한다.
"지금 돌이켜보면 다 잘못한 거 같아요. 그땐 힘든 시절이었지."
그가 말한다.
앤드류의 죽음을 말하는 것일까? 아니면 피라미드 조직을 말하는 것일까?
"신문에서는 왜들 그렇게 가만히 내버려두질 않는지 모르겠어요. 잠잠해지는가 하면 또 끄집어내고. 하지만 앤드류가 어떤 아이였는지에 대해서는 누구도 관심이 없더라고. 앤드류는 그저 태어나서 아무것도 안 하고 살고 있다가 그날 차를 몰고 그 교차로로 간 게 그 애 인생의 전부라는 듯이."

"난 아직도 앤드류를 생각해요. 그럴 수만 있다면 돌이키고 싶어요."

"앨리스가 착한 사람이라는 건 항상 알고 있었어요. 겉으로 내색은 하지 않았지만 분명히 알고 있었지."

갑자기 눈물이 솟구친다. 그러나 이 집에 들어서자마자 눈물을 보였던 것을 생각하면서 나는 쏟아지려는 눈물을 억지로 삼킨다.

"그땐 너무 철이 없었어요. 당신도 그랬겠죠."

내가 말한다.

"앤드류는 앨리스를 정말 좋아했어요. 앨리스도 알았겠지만. 시내에서 두 사람이 만난 적이 있었지? 그때 둘이 정말 어쩔 줄을 몰랐잖아요. 앨리스가 임신했다는 걸 그때 알았더라면…… 그때 책임을 지고 앨리스와 결혼했을 수도 있지 않았을까 생각해보지만, 어쩌면 내가 모르는 편이 차라리 잘된 것 같기도 하고. 그때 난 너무 철이 없었으니까요."

나와 결혼을 한다고? 나는 한 번도 그런 생각을 해본 적이 없다. 아이를 낳아서 입양을 시킨다면 또 모를까. 그러나 그랬다면 우리 가족에게 견딜 수 없는 상처를 남겼을 것이다. 그러나 아무리 생각해도 피트 이모프와 결혼한다는 것은 상상조차 할 수도 없는 일이었다.

"아이 아빠가 앤드류라고 하면 어떨까? 그럼 더 그럴듯하지 않을까?"

만약 앤드류가 아이의 아버지였다면, 그 사실을 그가 죽기 전에 알았더라면, 나는 낙태를 하지 않았을 것이다. 그러나 앤드류는 아이의 아버지일 수가 없었다. 우리는 결코 그렇게 충동적인 섹스를 하지 않았을 것이다. 어쨌든 피트 이모프는 나를 생각해서 한 말이고 나는 그저 그를 향해 슬픈 미소를 짓는다.

그는 바지 주머니에서 담배 한 갑을 꺼낸다. 한 개비를 꺼내지만 바로 불을 붙이진 않는다.

"데나가 아니었으면 난 아직도 정신을 못 차렸을 거야. 데나의 식당으로 계속 찾아갔더니 어느 날 나를 자기 집으로 데리고 가더라고. 날 구해준거지."

그가 몸을 앞으로 숙인 뒤 말을 이었다.

"내가 말했다고는 하지 말아요. 난 앨리스 남편을 찍었어요. 폭력에 강하게 대처하는 모습이 마음에 들어서. 데나는 몰라요."

그는 담배에 불을 붙인다.

"뭐 먹을 거라도 좀 내오라고 할까요?"

"괜찮아요."

데나가 나와서 카메라를 피트에게 넘긴다.

"작동이 안 되네. 뭐가 문제인지 한번 봐요."

피트가 카메라를 만졌고 줌이 움직이는 소리와 함께 렌즈가 솟아오른다.

"두 사람 함께 서봐요."

피트가 말한다.

나는 데나와 나란히 선다. 밖에서 찍으면 조명이 더 낫겠지만 나는 아무 말도 하지 않는다. 데나가 나에게 한 팔을 두른다. 나는 감동하며 나의 한 팔을 그녀에게 두른다.

피트가 몇 차례 셔터를 누르자 데나가 "이제 두 사람 차례야"라고 말한다.

피트와 내가 나란히 선다. 미소를 짓지만 서로의 몸에 손을 대진 않는다. 이런 사진을 찍게 될 거라고는 상상조차 하지 못했다. 사진을 찍은 다음 조그만 스크린으로 사진을 확인한다.

"참 좋은 세상 아니니?"

데나가 말한다.

"급하게 일어나서 미안한데 워싱턴에 내가 참석해야 할 행사가 있어. 두 사람 모두 만날 수 있어서 너무 반가웠고, 앞으로 계속 연락하자. 내 비서 전화번호 적었지?”

“부엌에 적어놨어.”

데나가 말한다.

“무슨 일이 생기거나 물어볼 게 있으면 전화해.”

내가 말한다.

“너무 걱정하지 마세요, 영부인 아줌마. 우린 괜찮으니까. 너도 별일 없을 거야.”

데나가 내 팔을 가볍게 치며 말한다.

“잠깐만, 앨리스! 줄 게 있어요.”

피트가 방으로 들어간다.

“데나, 두 달에 한 번씩 엄마를 만나러 여기 오거든. 다음번에는 점심 식사라도 같이 하자.”

피트가 자리를 비운 사이 내가 말한다.

“그럼 좋지! 약속 꼭 지켜!”

그리고 데나는 덧붙여 말한다.

“전에 엘라한테 왕관 준 거 나였어. 나인 줄 알았지? 난 네가 와서 인사라도 할 줄 알았어.”

“그랬어야 했는데, 미안해.”

내가 말한다.

찰리와 나는 마로니 가에 집을 짓고 있다. 워싱턴을 떠나면 살 집이다. 가까이에서 살게 되면 데나와 다시 친구가 될 수 있을까? 데나를 다시 만나니 잃어버렸던 삶을 되찾은 것 같아 마음이 편안해진다.

피트가 돌아와 내게 봉투 하나를 내민다.

“그게 뭔데?”

데나가 묻지만 그는 고개를 젓는다.

“혹시 연애편지는 아니지?”

데나가 내 쪽으로 돌아서서 장난스러운 표정을 짓는다.

"만약 누가 너하고 나를 곁에서 죽 지켜봤다면 이 세상에 데이트할 남자가 딱 세 명밖에 없냐고 했겠다. 우린 계속 같은 남자 주위를 맴돌았잖아."

내가 웃는다.

데나가 피트와 팔짱을 낀다.

"하지만 우리 둘 다 결국 제 짝을 찾은 것 같아."

데나가 말한다.

내가 알았던 사람들 중 TV나 잡지를 통해 찰리와 나에 대한 이야기를 한 사람은 초등학교, 중학교, 고등학교 친구들의 3분의 1 정도다. 1969년과 1974년에 나와 데이트를 했다는 두 남자의 증언도 있다. 나는 그들을 전혀 기억하지 못하지만 데이트를 하긴 했던 것 같다. 한 사람은 내가 "예쁘긴 했지만 너무 새침했다"고 말했고 또 한 사람은 "세상 돌아가는 일에 전혀 관심이 없었고 자기가 가르치는 학생들 이야기만 하고 싶어 했다"고 말했다. 그러나 그들이 한 말은 사이먼 톤비스트가 출판한 《내가 알던 그녀: 영부인이 되기 전 앨리스 블랙웰은 나를 사랑했다》와는 비교가 되지 않는다. 사이먼은 대필작가의 도움으로 우리의 관계를 털어놓았다. 그는 내가 결혼해서 아이를 낳고 살기를 간절히 원했다고 했고 심지어는 당시에도 굉장히 보수 편향이었다는 터무니없는 주장을 펼쳤다.

'활기 넘치고 자유분방한 대학가에 살면서 그녀는 답답할 정도로 성실하게 테두리 안의 삶을 살고 있었다'라고 썼고 '그녀는 나의 베트남 참전 경험에 대해 이야기하기를 두려워했고 그러한 문제들을 회피했다. 그림 같은 집에서 아이를 낳고 살기를 꿈꾸었지만 나와는 그런 꿈을 꿀 수 없었고 결국 그 꿈을 다른 사람과 이루었다. 그녀가 주지사의 아들과 결혼한다는 소식을 들었을 때, 나는 마침내 그녀의 꿈이 이루어졌다고 생각했다'라고도 썼다.

수치스러운 대목도 있었다.

'섹스에 관해서는 상당히 무미건조한 편이었다. 내가 이해할 수 없었던 대목은 그녀가 상위에 있을 때 절정을 느끼기가 쉬웠음에도 불구하고 항상 정상위를 선호했다는 점이었다.'

30여 분 동안 그 책을 훑어보다가 읽은 대목이었다. 나는 책을 덮은 뒤 비서에게 치워버리라고 했다. 내가 특히 기분이 상했던 이유는 1988년 야구장에서 그를 만난 이후 1995년에 그가 접촉을 해왔기 때문이었다. 그는 그 자신과 아내, 두 아이를 위한 VIP 티켓과 함께 그의 부모님을 주지사 관저에서 열리는 크리스마스트리 점화식에 참석할 수 있게 해달라고 요구했다. 그는 사무실로 요청을 해왔고 나와는 직접 통화를 하지 않았지만 나는 그렇게 해주라고 사인을 했다. 그러나 그는 그 뒤로 나에게도, 그 누구에게도 고맙다는 인사를 하지 않았다. 그다음에 그의 소식을 들었던 것이 백악관 홍보 담당이 몇 달 전 나왔다며 그의 회고록을 가져왔을 때였다.

"그 친구 왠지 저질 히피일 거 같더라고."

찰리가 그 책을 보고 한 말이었다.

나를 잘 아는 사람들일수록 오히려 말을 아꼈다. 신중함은 신분이나 계층과도 상관관계가 있었다. 데나와 피트를 만날 때까지 나는 그렇게 믿고 있었다. 마로니 가에서 우리가 알았던 사람들과 컨트리클럽 사람들이 가장 입이 무거웠다. 그러나 찰리의 첫 취임 당시에 캐롤린 타이어가 보여준 행동만은 예외였다. 캐롤린은 재혼을 하지 않아서 성을 그대로 쓰고 있었다. 그녀는 어느 집중 취재 프로그램에서 찰리의 알코올 중독 시절에 관한 이야기를 했다.

"우리는 모두 그 사실을 알고 있었고 그 얘기를 했어요. 음주운전으로 걸리기 1년 전쯤, 크리스마스 파티에서 그가 술에 취해서 바닥에 그대로 고꾸라진 적이 있어요. 그때 도움이 필요한 것 같다고 했더니 그냥 웃더라고요."

아마 케이틀린네 파티였을 거라고 나는 생각했다. 나는 그 프로가 방영될 때는 보지 않았지만 마로니 가 사람들이 캐롤린이 친구에 대한 예의를 지키지 않았다며 비난하기 시작했고 그제야 그 프로를 보았다. 캐롤린은 10년 전에 마로니에서 시카고로 이사했기 때문에 그 일로 따돌림을 당하지는 않았을 테니 다행이라고 생각했다. 인터뷰를 하지 않았다면 더 좋았겠지만 그녀가 한 말 중에 틀린 말은 한마디도 없었다. 그러나 마로니 가 사람들 중에 방송에서 우리 이야기를 한 사람은 캐롤린이 유일했고 익명으로 말한 사람조차도 지극히 드물었다.

한편 찰리는 그런 일에 상당히 익숙해져 갔다. 그는 자신에 대한 비판에 그다지 신경 쓰지 않았고 전략적으로 공격을 비켜갔다. 찰리는 비판에 익숙해졌다. 나는 찰리만큼 둔감해지진 않았지만 반박하는 경우도 거의 없었다. 예전 같았으면 며칠씩 신경이 쓰이던 일도 지금은 10분, 혹은 2분 정도만 신경이 쓰인다.

최근에 내가 몹시 화가 났던 것은 몇 년 전이었다. 5월의 어느 날 아침, 〈뉴욕타임스〉를 펼쳤더니 내가 사랑했던 서점의 주인 테아 덴글러가 쓴 글이 있었다. 영세한 서점들의 숫자는 점점 더 줄어들고 있었지만 테아의 서점은 여전히 명맥을 유지하고 있었다. 테아는 독립 서점 운영자들 중에 단연 눈에 띄었고 정기적으로 서점 산업과 관련한 글을 기고했다. 그런데 그날 그녀가 쓴 기사의 제목은 '앨리스 블랙웰, 이제 제발 뭐든 좀 해보세요!'였다.

'위스콘신 주에서 앨리스 블랙웰을 알았던 사람들은 지난 5년 동안 머리를 긁적여야 했다. 80년대와 90년대 초반까지 우리 서점의 단골고객이었던 앨리스 블랙웰은 학구적이고 가슴이 따듯하며 열린 마음을 가진 사람이었다. 그러던 그녀가 어떻게 시민의 자유를 말살하는 데 혈안이 된 남자와 행복한 결혼생활을 하고 있는 것일까? 앨리스 블랙웰은 정찬모임에나 참석하는 영부인이 되기 위해 태어난 여자 같지만 사실 그녀는 민주주의에서 지적인 권리와 자유가 얼마나 중요한지 누구보다도 잘 알고 있는 전직 사서 출신이다.'

침대 위에서 그녀의 글을 읽으며 나는 분노가 솟아오르는 것을 느꼈다. 자주 있는 일은 아니었다. 테아의 주장 때문이 아니었다. 그녀의 주장이라면 나는 이미 여러 차례 접한 터였다. 그러나 테아는 캐롤린 타이어나 사이먼 톤비스트와는 달리, 한때 나와 각별한 관계로 지냈던 사람이었다. 그런데 왜 나를 좀 더 믿어주지 못했을까? 왜 내가 주어진 상황에서 나름대로 최선을 다하고 있다고 생각해주지 않았을까? 내가 무엇을 말하고 누구에게 말하고 어떻게 말할지 결정할 권리가 테아에게 있는 것일까? 나는 오래전에 했던 결심을 떠올렸다. 내가 만든 쿠키에 관한 〈밀워키 센티널〉의 한심한 기사를 보고 나는 절대로 다른 사람에 의해 정의될 수 없는 존재며 활자화되었다고 해서 모두가 진실인 것은 아니라고 생각했다. 그러나 이 글을 쓴 사람은 테아였고 이 글이 실린 잡지는 〈뉴욕타임스〉였다.

사람들은 그들이 나를 흔든다고 생각하겠지만 사실은 그 반대다. 그런 식으로 사람들이 나에게 압력을 행사하면 할수록 나에게 그들은 그저 하나의 패턴이 될 뿐이다. 사람들은 저마다의 관심사로 나에게 로비를 한다. 테아는 테러 대책법에 반대하고 있다. 그러나 그것이 국가적 관심사라고 해도 그들은 결국 자신들의 영리를 추구하고 있는 것일 뿐이다. 이런 점이 잘못됐다, 이런 점이 부족하다……. 그런 비판을 받으면 불쾌한 것은 사실이지만 그 다양성이 오히려 서로의 영향력을 상쇄한다. 내가 무언가 긍정적인 성과를 달성했다고 해도 그것만으로는 충분치 않다. 중요한 것은 내가 무엇을 간과했느냐, 무엇을 외면했느냐다.

게다가 나는 인기가 있다. 나의 지지율은 찰리의 지지율보다 두 배가 높다. 찰리가 자신에 대한 비판을 완전히 무시하는 것은 어떻게 보면 당연해 보인다.

내가 관심을 갖는 문제들은 이런 것들이다. 유방암 예방과 조기 발견, 문화재 보존, 국내외 특히 아프리카 지역의 아동 에이즈 감염 방지 대책, 문맹 퇴치 등등. 내가 홍보하는 문제들이 논란의 여지가 없는 것은 그것이 정당하고 가치 있는 일이기 때문일 것이다. 그러나 영부인으로서 가장 견디기 힘든 부분은 너무나 커진 의무감, 죄책감, 서글픔이다. 글래디스 위콤이나 테아 덴글러를 비롯한 많은 사람들이 주장하는 것처럼 내가 남편을 설득해야 한다는 주장에는 동의할 수 없지만, 내가 어떤 단체를 방문하거나 그들을 백악관으로 초청하면 그들은 엄청난 기부금을 받고 언론에 노출된다. 나는 사람들의 삶을 실제로 변화시킬 수 있다. 그러나 차라리 나에게 그런 능력이 없었으면 좋겠다고 생각한 적이 한두 번이 아니다. 그 부담이 너무도 견디기 힘들다. 내가 한 일이 다른 사람들의 눈에 흡족하지 않아서가 아니라 나 자신의 눈에 흡족하지 않아서 힘들다. 나는 항상 바쁘게 움직이고 여행을 하고 사람들을 만난다. 누군가를 돕고 싶다면 말보다는 행동으로 도와야 하기 때문이다. 만약 나의 권력이 지금보다 미미했다면 이 세상에 대한 나의 기여도에 훨씬 만족감을 느꼈을지도 모른다. 만약 내가 결혼하지 않고 혼자 교사로 살았다면 아마 마흔 살쯤에 고아원에서 아이를 입양했을 것이다. 꼭 백인 아이를 입양하려 하지는 않았을 것이다. 그리고 지금쯤 도요타 한 대를 구입했을 것이다. 그러나 전쟁 반대 스티커를 범퍼에 붙이지는 않았을 것이다. 지금보다 훨씬 시시한 일들을 하면서도 그보다 더 큰일을 할 수도 있다는 생각은 하지 않았을 것이다.

찰리가 싫어서 나도 싫다는 사람들에게 묻고 싶은 것이 있다. 내가 어느 시점에서 어떤 행동을 잘못했는가? 내가 그와 결혼을 하지 말았어야 하는가? 내가 그의 알코올 중독을 내버려두었어야 하는가? 그가 주지사에 출마한다고 했을 때, 나는 그가 출마하지 말았으면 좋겠다고 했다. 어리석게도 그때 나는 주지사가 상원의원이나 하원의원보다는 낫다고 생각했다. 위스콘신에 살 수 있어서였다. 나의 그런 생각을 알고도 그가 출마를 고집했을 때 내가 그를 떠났어야 했을까? 아니면 그래도 그의 곁에 남아 있되 선거운동은 하지 말았어야 했을까? 내 관점은 찰리의 관점과는 다르다고 분명히 밝혔어야 했을까? 아니면 그가 대통령에 출마하겠다고 했을 때 그를 떠났어야 했을까? 결혼을 해본 사람이라면, 그리고 수십 년 동안 결혼생활을 했던 사람이라면 결혼이라는 것이 일종의 타협임을 알 것이다. 멀리서 그 타협을 평가하기란 결코 쉽지 않다.

내가 결단력이 없는 것은 부분적으로는 성급한 결론을 내리고 싶지 않아서이기 때문이기도 하다. 전쟁을 선포하기까지의 과정에서 나는 어떤 행동을 취해야 할지 알지 못했다. 나는 양측의 주장을 들었고 양측 모두 일리가 있다고 생각했다. 그것은 워낙 위험한 도박이었다. 2003년 초 나는 몹시 불안했지만 사람들이 생각하는 것처럼 그 문제에 관해 찰리와 많은 이야기를 나누지는 않았다.

지금이야 모든 사람들이 찰리 행정부가 전쟁에 실패했고 이제 그만 군대를 철수시켜야 한다고 쉽게 말할 수 있다. 그리고 찰리 행정부가 그 나라를 얕잡아 보았고 그 반란군과 그들이 지닌 무기를 얕잡아 보았다고 비판한다. 그러나 그 모든 것은 지금에 와서야 분명해진 것이다. 문제는 앞으로 어떻게 하느냐다. 미국으로서는 지금 철수하는 것이 이로울 수도 있지만, 그들은 어떻게 해야 할까? 우리가 침공한 그 나라는?

엘라가 비들 아카데미의 몬테소리 수업을 듣던 때였다. 당시 수업 내용 중에 블록 쌓기와 퍼즐 맞추기, 그리고 찰리가 재미있어하던 플라스틱 컵과 접시를 가지고 노는 싱크대놀이가 있었다.

"그러니까 결국 여기서 설거지를 가르친다는 거였군!"

찰리가 말했다.

그 수업의 교사들이 하는 역할은 이런 것들이다. 한 가지 놀이를 끝내고 다음 놀이를 할 것, 그리고 놀이가 끝나면 뒷정리를 할 것.

1만 킬로미터 떨어진 뜨거운 사막 한복판에서 전쟁이 한창이고, 그 나라의 예술과 문화, 언어와 과학이 초기 문명의 상태로 돌아가 버렸다. 나는 우리가 널어놓은 것들을 치워야 할 책임이 있다는 생각이 자꾸만 든다. 지난 4년 동안, 나는 철수하면 상황이 더 악화되는 것인지 궁금했고 처음부터 침공하는 것이 옳았는지에 대해서도 혼란스러웠다. 독재자를 축출하기 위해 침공을 감행했다면, 예상보다 많은 사망자가 발생했다고 해서 그것이 틀렸다고 말할 수 있을까? 만약 침공하는 것은 옳았지만 전쟁의 실행력이 문제였다면 그래도 그 전쟁은 잘못된 것일까?

TV에 나오는 전쟁 전문가들이나 백악관 안팎에서 만나는 공화당 사람들을 볼 때마다 나를 가장 놀라게 하는 것은 그들의 확신이다. 그들의 확신은 카메라 앞에서 과장되는 것일까? 하루 일과를 마치고 집에 혼자 있을 때면, 그 가면을 벗어던질까? 아니면 항상 그렇게 과장스럽고 확신에 차 있을까? 나는 남편을 포함해 신앙이 독실한 사람, 확신에 차 있는 사람들이 부럽다. 그러나 나는 아무리 애를 써도 그들처럼 될 수 없었다. 나는 누가 보아도 옳은 일, 그 옳음을 굳이 내가 증명할 필요가 없는 일이 아니면 밀어붙일 수가 없었다. 유방암 예방이나 에이즈 퇴치는 좋은 것이고 문맹은 나쁜 것이다. 문화재를 보호하는 것은 후대에 우리가 어떤 삶을 살았는지를 보여주고 그들의 앞날을 설계하게 도와줄 것이다.

그보다 복잡한 결정들은 그 방면에 보다 확신을 갖고 있는 사람들의 몫으로 남겨두었다. 나는 찰리가 퇴임한 후 긴 세월이 흐르고 나면 이 전쟁이 옳았는지 알 수 있을 거라고, 그러나 지금은 모른다고 생각했다. 나에게 이 전쟁은 내가 끝까지 읽지 않은 소설이나 다름없었다. 적어도 그것이 내가 나 자신에게 해왔던 말이었다.

앤드류의 죽음은 내 삶에서 일어난 하나의 비극이었다. 그리고 그날의 비극 이후 난 나의 실수를 만회하기 위해 노력해왔다. 그리고 내가 살아남은 이유를 증명하려 애쓰며 살아왔다. 앤드류의 죽음이 내가 상상할 수 있는 가장 끔찍한 비극이라면, 수천 명의 미군과 타국 시민들의 죽음에 내가 과연 무슨 말을 할 수 있겠는가?

나를 비판하는 사람들의 말대로 내가 찰리 행정부의 정책에 책임을 나누어야 한다면, 그래서 전쟁을 일으키기로 한 결단에도 책임을 져야 한다면, 앤드류 이모프의 죽음은 그나마 내가 일으킨 가장 덜 끔찍한 비극이었으며 아무것도 아닌, 덜 중요한 죽음이었다. 그러나 전쟁의 참상 역시 나의 책임이라면…….

아칸소 주의 핫스프링스 출신의 고교 운동선수인 19세 청년은 적국의 수도 나부에서 가정집을 수색하다가 권총 사살되었다. 유타 주 오그던 출신의 25세 병장은 딸이 태어난 지 한 달 만에 세 번째 복무에서 전사했다. 그는 재입대를 원치 않았지만 주택 할부금을 갚기 위해 2만 4천 달러의 보너스가 필요했다. 미주리 주의 19세 케이프 지라디유는 열여덟 번째 생일 날 입대했다가 시장에서 폭발사고로 숨졌다. 수만 명, 수십만 명의 시민들, 국회의원, 어느 자영업자와 그의 아내, 그리고 세 딸, 기자들, 미군에서 일하는 카메라맨, 통역사들, 신부와 그녀의 시어머니, 스무 명의 하객……. 모두가 죽고, 죽고, 또 죽었다. 만약 그들이 흘린 피가 내 손에 달려 있었다면, 만약 그런 희생을 막을 수 있는 그 무언가가 나에게 있다면, 아마도 그저 평범한 삶을 살고 싶었을 수많은 성인들과 10대들, 어린아이들의 목숨이 내게 달려 있다면, 만약 그 모든 것을 바꿀 수 있는 힘이 있다고 생각하면서도 그동안 침묵을 지켜왔다면…… 그렇다면 내가 어떻게 그 고통을 참을 수 있었을까?

“그 3학년 애들은 한마디로 테러집단이었어요. 엄만 저한테 평생 빚지신 거예요.”

엘라가 전화로 말한다.

“벨린다 말이 네가 일을 아주 멋지게 해냈다고 하더구나. 아이들이 너한테 홀딱 반했다면서?”

“어떤 남자아이가 레드 룸에서 로프를 타고 올라갔고 또 어떤 녀석은 여자아이를 벽에 세게 밀었어요. 애들이 이런 곳에 오면 주눅이 들지 않을까 걱정했는데, 그 아이들은 완전히 짐승들이었어요. 오늘 무대에서 어떻게 할지 궁금해 죽겠네.”

동부 시간으로 6시가 넘었고 나는 이미 비행기를 타고 구름 위에 떠 있다. 워싱턴까지는 30분 정도 남았고 차로 백악관까지 돌아가는 시간을 빼면 공연까지 한 시간 정도 옷 갈아입을 시간이 남았다.

“나 대신 애써줘서 고맙다, 엘라. 오늘 아주 좋은 일을 했구나. 돌아가면 너하고 할 얘기가 있어.”

내가 말한다.

“엄마 혹시 유방암 걸렸어요?”

엘라가 곧바로 따지듯이 묻는다.

“얘는! 엄만 암 안 걸렸어.”

“목소리가 너무 심각하셔서요. 엄마, 오늘밤에 신을 구두 골라놨어요. 준비되셨어요?”

제시카가 나에게 메모를 건넨다.

‘행크 전화예요. 급한 용무랍니다.’

“엄마?”

엘라가 말한다.

“바로 다시 전화할게.”

나는 종료 버튼을 누른다. 제시카가 내게 전화기를 건넨다. 나는 전화기를 손으로 가린 뒤 '무슨 일이래?'라고 제시카에게 묻는다.

"직접 얘기하시겠대요."

제시카가 말한다.

나는 전화기를 귀에 댄다.

"여보세요?"

"축하해요! 그 마녀가 죽었어요!"

행크의 목소리는 더없이 명랑하다.

"글래디스 위콤이 한 시간 전에 하늘나라로 갔다고요."

"그게 대체 무슨 소리예요?"

제시카가 입 모양으로 '무슨 일이에요?'라고 묻는다.

"그 할망구 숨이 끊어졌다고요. 아뇨, 난 아무 짓도 안 했어요. 혹시 그게 궁금한 거라면."

"정말이에요?"

온몸에 소름이 돋는다. 나는 음모이론에 열광하는 사람은 아니지만 대통령의 임기 중에는 유권자들이 경악할 만한 일들이 심심찮게 일어난다는 것 정도는 알고 있다. 그러나 찰리의 임기 중에 어떤 일이 일어날지 생각해본 적은 없다. 세상에 알려지는 합법적인 일만으로도 감당하기 벅차다.

"앨리스, 맹세하는데, 난 아무 짓도 하지 않았어요. 대자연의 섭리라고요. 정말 기쁜 소식 아닌가요?"

"하지만 노렌 데이비스가……."

"신경 쓸 것 없어요. 일리노이 주에서 마약 운반책 일을 했었고 전과 기록이 팔 길이만큼 길더라고요. 그 늙은 페미니스트는 잃을 게 없었지만 그 여잔 아주 잃을 게 많죠."

"그러니까 자연사라는 얘긴가요?"

제시카는 여전히 내 앞에 입을 쩍 벌린 채로 서 있다.

"글래디스 위콤 여사가 죽었다고요?"

제시카가 묻자 나는 고개를 끄덕인다.

"백네 살 노인이잖아요. 놀랄 일도 아니죠. 혹시 앨리스가 차에 독약을 탄 건 아니죠?"

"지금 그걸 농담이라고 하세요?"

"진짜 심각하게 말하는 건데, 그 여자가 협박했으면 아주 골치 아팠을 거예요. 진짜 크게 사고 칠 여자 같았어요. 그런데 이제 다 끝났어요. 이제 낙태 얘기는 이걸로 끝이에요. 어서 돌아와서 학생들과 교사들의 축하를 받으시죠?"

"노렌 말고 다른 사람한테 떠벌렸을 수도 있지 않을까요?"

"그랬으면 어때요? 그저 근거 없는 헛소문일 뿐인데. 낙태수술을 직접 자기가 집도했다고 주장하는 의사가 있다면 언론에서도 귀를 쫑긋 세우겠지만 죽은 의사의 가정부의 친구라고 하면 차라리 리처드 기어가 취하고 그 짓을 했다는 얘기가 더 솔깃할걸요?"

"찰리한테는 얘기했나요?"

"축하한다고 전해달라고 하더군요."

나는 전화를 끊는다.

"행크가 쏴 죽였대요?"

제시카가 농담조로 묻는다.

"그러게 말야. 마지막이 다가온 걸 알고 행동을 개시했던 모양이야. 그런데 기분이 묘하네. 행크는 골칫거리가 없어졌다고 춤이라도 추고 싶은가 봐."

제시카는 잠시 침묵하다가 "그럴 만도 하네요"라고 말한다.

찰리가 대통령이 되고 나서 그의 노선이 확정되었던 때가 언제인지 생각해볼 때마다 나는 그가 부통령 임명 문제로 고민하던 때를 떠올린다. 2000년 여름, 공화당 전당대회를 앞두고 부통령 후보가 두 명으로 좁혀졌다. 프랭크 로건과 아놀드 프루에트였다. 프랭크는 찰리보다 두 살 아래로 콜로라도 주 하원의원의 세 번째 임기를 수행하는 중이었다. 그는 부유한 침례교 가정에서 자랐고 여덟 아이를 둔 아버지였으며 동성 결혼과 낙태를 반대하는 입장을 분명히 하고 있었다. 나는 프랭크를 부통령 후보로 지명하는 것에 반대했고 프랭크의 아내와 함께하는 자리도 되도록 피했다.

한편 아놀드 프루에트는 70년대와 80년대 초반에 네바다 주 하원의원을 지냈고 그 이후 대통령 보좌관을 두 차례 역임한 사람이었다. 그는 쾌활하다기보다는 신중한 사람이었고 찰리보다 열한 살이나 위였다. 몇 차례 만나면서 나는 그가 진지하고 입이 무거운 사람이라는 느낌을 받았다. 그의 그러한 면모가 장난치기 좋아하는 찰리의 성격과 조화를 이룰 거라고 생각했다.

행크는 아놀드 프루에트의 지명에 반대했다. 프랭크 로건에게 찰리와 비슷한 젊은 열정이 있다고 생각했다. 아놀드는 너무 나이가 많고 완고한 인상인 데다 찰리와 함께 있으면 자칫 찰리가 부성을 그리워하는 불안정한 사람으로 비칠 수 있다고 했다. 반면 나는 아놀드의 외교적 노련함도 무시할 수 없다고 주장했다. 또한 프랭크 로건은 그 자신이 너무 야심가여서 찰리와 함께 일하는 데 지장을 줄 수도 있다고 했다. 만약 그가 부통령이 된다면 그다음에 대통령 선거에 출마할 것이 분명했다. 반면 찰리가 두 번의 임기를 마치면 아놀드 프루에트는 73세가 될 것이고 다시 대선에 도전하기는 힘들 것이라고 했다. 행크 이외의 찰리의 고문단은 저마다 다른 의견을 갖고 있었지만 나는 찰리가 프랭크 로건을 선택할 거라고 생각했다. 그러나 찰리는 프랭크 대신 아놀드를 선택했다.

"당신 말이 옳은 것 같아. 로건은 남의 침실 문제에만 관심이 많고 창의적이지 못해."

그 이후로 일어난 일들에 대해서도 나에게 어느 정도 책임이 있는 것일까? 혹시 프랭크 로건이 더 나은 부통령이 될 수 있었을까? 그가 부통령이 되었다면 인명피해를 줄일 수 있었을까? 그는 동성애자를 혐오하고 여성의 낙태권리를 반대했지만 일방적인 무력의 사용과 선제공격에는 반대했을까? 찰리가 아놀드에게 많은 영향을 받았다는 사실에 대해서는 반론의 여지가 없다. 찰리는 아놀드 프루에트처럼 전쟁을 강력히 주장했고 절대 물러설 수 없다고 했다. 자신의 부하직원의 의견에 의지했다면, 그것도 잘못된 판단에 의지했다면 그것 또한 얼마나 수치스러운 일인가? 찰리는 얼마나 그 자신에게, 그리고 모두에게 한심하게 비쳐질 것인가? 어쩌면 바로 그런 이유 때문에 찰리는 자신이 잘못 판단했을 가능성을 고려하기보다는 잘못된 길일지언정 계속 가려는 것은 아닐까?

70년대 후반, 찰리와 내가 밀워키로 이사한 직후 어느 날 밤 우리는 컨트리클럽으로 저녁식사를 하러 갔다. 클럽의 식당은 1층이었고 나는 식사 도중 잠시 양해를 구하고 일어섰다. 식당에는 대기실처럼 꾸며진 예쁜 방이 있었는데, 그곳에는 소파와 화장대, 코트를 걸어놓는 옷걸이가 있었다. 파티가 열리면 여자들이 화장을 고치고 수다를 떠는 장소였다. 그때 나는 그런 방에 처음 들어가 보았다. 방에 들어서자마자 황금색 손잡이가 달린 또 다른 문이 두 개 보였다. 하나는 내가 들어선 문의 정확히 맞은편에, 또 하나는 내가 들어선 문의 바로 왼편에 있었다. 나는 화장실을 찾고 있었다. 나는 소파에 앉아 있던 세 명의 여자들에게 물어보지 않고 그들을 지나쳐서 맞은편 문을 열었다. 그러나 문을 열어보니 내가 찰리와 함께 식사를 하던 식당의 홀이었다. 휴게실로 통하는 문이 양쪽으로 두 개 있었던 것이 분명했고 화장실은 내가 열어보지 않은 문이었다. 곧바로 다시 휴게실로 들어가야 했겠지만 왠지 창피하다는 생각이 들었다. 나는 컨트리클럽 구조에 익숙하지 않았고 휴게실에 있는 여자들이 그 사실을 알아차리고 내가 한심하다고 생각할 것 같아서였다. 소변이 급했는데도 나는 찰리 곁에 앉아서 한 시간 뒤 집으로 돌아올 때까지 화장실을 가지 않았다. 이 얘기를 하는 이유는 내가 찰리의 행동을 어느 정도는 이해한다는 것이다. 그를 사랑하기 때문에 나는 그를 이해한다. 정부 관계자들이나 언론에서 보는 것과는 달리 나는 고결한 자리에 있다고 해서 항상 고결한 동기를 갖고 있을 거라고는 생각하지 않는다.

내가 보기에 2001년도 테러리스트의 공격을 당한 직후 찰리는 당황했다. 테러 국가들에 대해 나름대로 전문지식이 있었던 아놀드는, 이미 10여 년 전에 그들 중 한 국가와 무력충돌의 경험이 있었고 기민하고도 자신감 넘치는 모습으로 그에게 조언했다. 그는 호전적이었고 초강대국으로서 미국의 지위를 지켜야 한다고 믿었으며 승리를 확신했다. 그는 찰리를 설득했고 찰리는 자기 자신을 설득했다. 중동지역에 민주주의 정착! 찰리에게 그 얼마나 훌륭한 유산으로 비쳤을까! 그리고 다른 사람들이 그 뒤를 따랐다. 당시 미국 국민들과 미국 언론들이 얼마나 그를 부추겼는지를 생각하면 참으로 놀라울 뿐이다.

〈뉴욕타임스〉는 '테러리스트의 공격이 블랙웰 대통령에게 그동안 찾아볼 수 없었던 심각한 목적의식을 안겨주었다'라고 썼고 〈워싱턴 포스트〉는 '만약 이 끔찍한 재난에 한 가닥 희망이 있다면 찰리 블랙웰이 마침내 우리의 지도자로 일어섰다는 사실이다'라고 썼다. 그들은 심리학 개론도 배우지 않았던가? 그들은 정말 찰리가, 혹은 누군가가 며칠 만에 딴 사람이 되었다고 생각했던가? 맨해튼의 건물 잔해 속에서 소방차 위에 올라가 메가폰으로 단호하고도 연민이 담긴 연설을 했다고 해서 그가 다른 사람이 되었다는 뜻일까? 찰리는 언제나 단호했고 언제나 연민이 넘쳤지만 그런 것들은 다른 나라를 침공하는 것이 옳은지 그른지와는 전혀 상관이 없다.

물론 테러의 참상을 축소할 생각은 없다. 참으로 끔찍한 일이었다. 모두가 네 번째 비행기는 백악관으로 향할 거라고 추측했고 나와 아놀드 프루에트는 헬리콥터를 타고 캠프 데이비드로 이동했다. 찰리는 오하이오 주에서 연설을 하던 중이었고 나는 그날 밤 늦게야 그를 볼 수 있었다. 우리가 서로를 포옹하는 순간 나는 그날 처음으로 울었다. 백악관으로 돌아온 뒤 며칠 동안 우리는 몇 차례 피난을 했다. 탄저균이 우편으로 배달되었고 천연두균을 살포하겠다는 위협도 있었다. 찰리와 나는 폭격 화상자들을 방문했고 사망자들의 유가족을 만났다. 그들 중에는 어린아이들도 있었다. 매일 아침 〈뉴욕타임스〉에 실린 사고 희생자들의 이야기를 읽었다. 그 시기에 아놀드와 찰리가 강하게 대처할 수밖에 없었다는 것, 그리고 당시 그들이 보여주었던 강인함은 단지 남성적인 과시욕이 아닌 내적인 강인함이었고 이타적인 강인함이었다는 것만은 결코 의심하지 않는다.

그러나 나는 찰리가 이 전쟁을, 오래전에 마로니 컨트리클럽에서 내가 화장실을 가지 못했던 것과 같은 이유로 포기하지 못하는 것은 아닐까 하는 의심을 떨쳐버릴 수가 없다. 그나마 찰리에게는 그의 마음을 이해해주는 내가 있지만 오래전 그날 밤 나의 어리석음으로 고통받은 사람은 나 혼자였다.

"돌아가기 전에 한 군데 더 들를 곳이 있어. 에드거 프랭클린을 만나봐야겠어."

비행기가 앤드류스 공군기지에 착륙하자 나는 제시카에게 말한다.

제시카의 눈이 휘둥그레진다.

"지금요?"

"지금 꼭 만나보고 싶어."

"얼마나 오래전부터 생각하셨는지 모르겠지만, 한 시간 반 뒤에 행사가 시작되는데, 지금 가셔도 준비할 시간이 빠듯하실 텐데요."

"그 사람을 만나지 말았으면 좋겠어?"

"아뇨, 그건 아니고요……."

우리 두 사람은 착륙을 위해 안전벨트를 맨다.

"이런 말씀 드리면 행크가 절 죽이려고 들겠지만, 잘 생각하셨어요. 그런데 오늘보다는 내일이 낫지 않을까요?"

"그 사람은 닷새째 저러고 있어. 그 정도면 긴 시간이야."

제시카가 잠시 나를 바라보다가 "알겠습니다"라고 대답한다.

"경호원들한테만 말해. 찰리나 행크한테는 알리지 마. 보나 마나 펄쩍 뛸 테니까."

그렇게 해서 우리는 무장한 리무진을 타게 된다. 반짝이는 불빛과 사이렌 소리가 언제나처럼 창피할 정도로 극적인 효과를 연출하겠지만 다른 대안이 없다. 나에게는 에드거 프랭클린을 백악관으로 초청할 권한이 없다. 만약 내가 그런 제안을 한다면, 설령 찰리와 그의 고문들을 설득할 수 있다 하더라도, 치밀하게 짜인 각본대로 움직여야만 할 것이다.

나는 홀가분하다. 글래디스 위콤의 협박이 사라진 것은 위로가 되었지만 한편으로는 실망스럽기도 하다. 물론 에드거 프랭클린을 만나려는 것이 하마터면 터질 뻔했던 폭로를 대신할 수 있는 것은 아니다. 어쨌든 미국 국민들은 나의 낙태 전력에 관한 기사 대신 내가 반전운동가를 만났다는 기사를 읽게 될 것이다. 찰리가 백악관에 입성한 이후 나는 나에게 주어진 가장 큰 임무가 그를 돌봐주는 것이라고 생각했다. 그저 편안한 친구가 되어주는 것이라고 생각했다. 그러고 보니 내가 찰리와 다른 생각을 갖고 있어도 내 견해를 겉으로 드러낼 수 없다는 사실이 왜 한 번도 불편하게 느껴지지 않았을까? 그것이 과연 우리 두 사람에게 최선이었을까?

만약 엘라가 나에게 와서 이런 하소연을 했다면, 나는 엘라에게 "엘라, 너도 네 의견을 말할 수 있어"라든가, "엘라, 너 자신의 생각을 감춰야 하고 네 신념을 검열해야 한다면 그건 부부라고 말할 수 없어"라든가, "어떤 문제이건, 어떤 상황이건 숙녀답게 너 자신의 의견을 말하는 방법도 얼마든지 있단다. 물론 어떤 경우에는 입을 다무는 것이 최선일 때도 있지. 하지만 양심의 문제라면 말을 하는 것은 선택의 문제가 아니라 반드시 필요한 일이야"라고 조언하지 않았을까? 나 자신이 아닌 누군가가 내게 물어왔다면 나는 그렇게 대답하지 않았을까? 목적지에서 두 블록을 남겨놓고 차량의 행렬이 멈추어 선다. 우리 차에 탄 경호원들과 다른 차에 탄 경호원이 무전으로 의논을 한다. 우리 차에는 칼과 월터가 뒷좌석에 타고 있고 앞좌석에는 조세와 또 한 명의 경호원이 타고 있다. 제시카의 전화 두 개가 동시에 울린다. 창밖을 쳐다보니 TV 뉴스 차량들이 보인다. 길 양쪽에 차들이 빼곡하게 주차되어 있고 사람들도 모여 있다. 그들 중에는 피켓을 들고 있는 사람들도 있다.

"더 이상은 앞으로 나갈 수가 없겠습니다. 길이 너무 복잡해요. 아무래도 돌아가시는 게 좋겠습니다."

칼이 말한다.

제시카와 내가 서로를 쳐다본다.

"다른 방법이 없을까?"

"에드거 프랭클린을 차로 데리고 오면 어떨까요?"

제시카가 칼에게 묻는다.

"우회해서 돌아간다."

낮은 목소리로 칼이 말한다.

"제시카 말대로 하면 안 될까?"

"사람이 너무 많습니다."

칼이 말한다. 우리는 이미 우회를 하고 있고 여전히 사이렌이 울린다.

"칼, 차 멈춰요. 다음 블록에서 차를 세우고 거리를 통제해줘요. 그가 차로 올 생각이 있으면 그렇게라도 만나야겠어요."

나는 그를 만나는 것이 이렇게 복잡할 거라고 미처 생각하지 못했다. TV로 볼 때는 이렇게 복잡해 보이지 않았다. 아마 오늘 지지자들이 많이 모여든 모양이다. 나는 에드거 프랭클린과 내가 단둘이 가로수 길을 걷는 상상을 했다. 그러나 나의 헛된 공상이었다. 지난 몇 년 동안 나는 가로수 길을 거닐어본 적이 없었다. 교통을 차단하고 독일 셰퍼드가 폭탄이 설치되어 있는지 수색하기 전에는.

제시카가 리무진에서 내려 에드거 프랭클린을 데려오기로 한다. 두 블록 건너 에드거 프랭클린이 텐트를 쳐놓은 곳까지 걸어가는 동안 경호원들이 제시카를 수행한다. 씩씩한 제시카 서튼. 해럴드와 프리실라의 집 부엌 바닥에서 바비 인형을 가지고 놀던 아이. 할리퀸 소설을 읽던 소녀. 비들 아카데미를 차석으로 졸업하고 예일 대학을 파이 베타 카파(성적이 우수한 미국 대학생과 졸업생들의 모임)로 졸업한 재원. 이스라엘과 남아프리카를 나와 함께 여행했던 나의 가장 믿음직한 동료이자 가장 진실한 친구. 그녀가 에드거 프랭클린을 데리고 온다. 그가 리무진을 타기 전에 경호원이 그의 몸을 수색한다.

"전 저기서 기다릴게요."

제시카가 내 뒤쪽 리무진을 가리키며 말한다.

에드거 프랭클린이 내 맞은편에 앉는다. 그와 나의 무릎은 불과 몇 센티미터 떨어졌을 뿐이다. 그에게서 눅눅하고 후덥지근한 바깥 공기가 배어난다. 리무진 앞좌석에 칼이 앞을 보고 앉아 있다. 단둘이 대화를 나누겠다는 것은 무리한 요구이리라.

"프랭클린 대령님, 앨리스 블랙웰이에요."

내가 말한다.

"에드거 프랭클린입니다."

우리는 악수를 나눈다.

"직접 가서 뵙고 싶었지만 여의치가 않네요."

내가 말한다.

그는 엷게나마 재미있다는 듯한 표정으로 차 안을 둘러본다.

"여기도 나쁘지 않습니다."

"물 좀 드릴까요?"

내가 차 안에 있던 생수 한 병을 그에게 내밀자 그가 받아든다.

"프랭클린 대령님, 저는 대통령을 대신해서 말을 할 권한이 없어요. 그 점을 분명히 밝혀두고 싶습니다. 여기는 제가 개인적으로 찾아온 거예요. 대령님이 겪어야 했던 고통에 깊은 유감을 표하는 바입니다. 아드님이, 네이트가, 외아들이었다죠. 저 역시 외동아이를 두었지만 얼마나 상실감이 크실지 잘 알고 있습니다."

"직접 겪어보지 않고는 결코 모르실 겁니다."

그는 빈정거린다기보다는 사실을 말하듯 덤덤하게 말한다.

"스물한 살이었죠?"

그가 고개를 끄덕인다.

"복무를 마치고 약사가 되겠다고 했지요."

"저희 할아버지도 약사였어요. 뵌 적은 없지만요."

"네이트가 자랄 때 여러 곳을 옮겨 다니며 살았어요. 네이트는 조지아 주 콜럼버스에서 고등학교를 졸업했어요. 제가 전역한 뒤로 디케이터에 살았고요."

에드거 프랭클린이 헛기침을 했다.

"저는 말이 없는 편입니다. 이런 관심을 끌고 싶진 않았어요. 하지만 이 전쟁은 제가 지금껏 이 나라에 살아오면서 본 것 중 가장 끔찍한 실수라고 생각합니다."

"이 전쟁에 대해서 논란이 끊이지 않고 있는 건 사실이죠."

"우리는 왜 싸웁니까? 무엇을 위해서 싸웁니까?"

"다시 한 번 말씀드리지만 저는 대통령을 대변할 수 없어요. 하지만 제 남편에게 그런 질문을 던지신다면 아마 민주주의 수호 때문이라고 답할 것 같군요."

"영부인께서도 그렇게 대답하시겠습니까?"

나는 침을 꿀꺽 삼킨다.

"전 군사 전문가가 아니라서요. 그 질문에는 어떻게 대답해야 할지 모르겠습니다."

"그 사람들은 미군이 주둔하는 것을 원치 않아요."

그가 침착하게 말한다.

"우리가 그들을 지켜준다고 생각하지도 않고 우리 덕분에 그들의 삶이 나아졌다고 생각하지도 않아요. 그들은 우리를 점령군이라고 생각해요. 저도 전투 경험이 있습니다. 전쟁이란 것이 워낙 무질서하고 실수가 있기 마련이지만 그게 문제가 아니에요. 미군은 지금 다른 나라의 내란에 끼어들어 우리와 아무 상관도 없는 곳에서 싸우고 있는 겁니다. 대통령은 전사한 자들의 영광을 기리기 위해서라도 임무를 완수해야 한다고 말씀하시지만, 만약 이 전쟁이 처음부터 잘못된 것이었다면 같은 방향으로 계속 밀고 나간다고 해서 그 길이 옳은 길이 되지는 않습니다."

내가 어떻게 대답해야 할까? 나에게 무슨 할 말이 있을까? 나는 그저 그의 눈을 똑바로 바라보면서 내가 듣고 있음을 일깨워줄 뿐이다.

"대통령 임기는 아직 19개월이나 남았습니다."

나는 말하고 싶다. '알아요. 저도 정확히 알고 있어요'라고.

"그동안 얼마나 많은 미군들이 목숨을 잃겠습니까? 2천 명, 3천 명? 저는 무모한 죽음을 막는 것이야말로 전사한 병사들의 넋을 위로하는 길이라고 생각합니다."

"미국은 당신과 당신의 가족들 같은 분들에게 큰 빚을 졌어요. 네이트의 희생을 보상할 방법은 없다는 건 잘 알아요. 하지만 상황이 그렇게 간단하지 않고 만약 미국이……."

"블랙웰 여사님!"

그가 내게 소리를 지르는 순간 그와 나 둘 다 놀란다. 그는 아주 예의 바른 사람이라는 인상을 주었지만 인내심이 한계에 달한 것 같은 표정이다. 그는 지금 그가 생각했던 것보다 말을 많이, 그리고 날카롭게 하고 있지만 그래도 그가 실제로 느끼는 감정만큼은 아니다.

"이런 말씀 드려서 죄송하지만, 여사님은 절대로 저의 고통을 보상할 수 없습니다. 네이트도 다시 살릴 수 없고요. 하지만 14만 5천 명의 미군이 아직도 그곳에 있어요. 그들 모두에게는 사랑하는 가족들이 있습니다. 그들이 무사하기만을 매일 기도하고 있지요. 남편한테 말하세요. 그들에게도 가족이 있다고."

오늘 글래디스 위콤에게 내가 무슨 말을 했던가? 찰리의 행정부와 나는 별개라고? 그리고 미국인들은 그를 대통령으로 선출했다고?

"몇 달 전에 인터뷰 기사를 보았습니다. 기자가 여가를 어떻게 보내시냐고 물었더니 책을 읽고, 게임을 하고, 스포츠 경기를 본다고 하셨지요. 그것이야말로 우리 모두가 원하는 것입니다."

"유감스럽습니다."

"네이트의 엄마가 1996년에 세상을 떠났어요. 요리를 잘했죠. 아내가 만든 건 전부 다 맛있었어요. 아내가 떠나고 나서 네이트와 저만 남았지요. 그때만 해도 네이트는 아직 어려서 저는 가정부를 두었어요. 네이트를 돌봐주고 식사를 준비해줄 사람으로요. 네이트와 전 스파게티를 주로 해 먹으면서 독신용 식단이라고 불렀어요. 일단 스토브에 올려놓기만 하면 요리한 걸로 치기로 했죠."

우리는 엷은 미소를 짓는다. 그는 나를 싫어하지 않는다. 적어도 글래디스 위콤만큼은 아니다.

"그러다가 은퇴를 했고 그 뒤로도 몇 년이 흘렀어요. 저는 이제 요리를 배울 때라고 생각했죠. 책을 보고 열심히 공부해도 할 줄 아는 건 몇 가지뿐이었어요. 용어조차 잘 이해가 가지 않았어요. 하지만 시간이 흐를수록 나아졌죠. 물론 수도 없이 음식을 망치긴 했지만 점점 나아졌어요. 네이트가 돌아오면 근사한 요리를 만들어주기로 결심을 했어요. 녀석이 놀랄 걸 상상하면서 행복했죠. 버섯과 올리브를 곁들인 돼지고기 안심구이와 샐러드, 집에서 만든 빵…… 인터넷에서 제빵기를 주문했어요. 사람들은 집에서 만든 빵이라면 다들 깜짝 놀라지 않습니까? 사실 재료를 넣고 버튼을 누르기만 하면 되는데 말입니다. 저는 가장 맛있는 빵을 만들기 위해 여러 번 실험을 했어요. 네이트는 건포도를 좋아하지 않아서 허브빵 같은 것들을 만들었죠."

그가 다음에 무슨 말을 할지 나는 짐작할 수 있다. 내 짐작은 결국 빗나가지 않는다. 다만 그의 말이 더 절제되어 있고 덜 감상적이라는 것 외에는.

"결국 아들을 위해 식사를 준비할 기회는 없었어요."

리무진 안은 고요하다. 리무진 네 귀퉁이에 경호원들이 서 있다.

"젊어서 죽는 사람을 지켜본다는 게 얼마나 고통스러운 일인지 잘 알아요. 다른 죽음과는 달리 아주 끔찍하죠. 견딜 수 없을 정도로 괴롭지만 견디는 것밖에 다른 선택이 없기 때문에 견디는 거죠. 아드님을 살릴 수만 있다면, 돌이킬 수만 있다면 무슨 일이라도 하고 싶어요."

"어떻게 죽었건 괴로웠겠지만 아들의 죽음은 가치 있는 명분을 위한 것이 아니었어요. 누구도 결국 찾아내지 못한 대량살상 무기 때문인가요? 원유를 확보하기 위해서인가요? 카우보이와 인디언 흉내를 내는 정치놀음 때문인가요? 전쟁터에서 싸우는 군인이 내 아들이 아닐 때에는 그 모든 것이 그럴듯해 보이겠죠."

에드거 프랭클린은 카키색 바지에 흰 반팔 셔츠를 입고 있다. 그는 검은 가죽 끈이 달린 시계를 차고, 손가락에 수수한 검은 반지를 끼고, 술이 달린 갈색 가죽 신발을 신고 있다. 내 시선이 가죽 신발에 달린 술에 멈추는 순간 나의 가슴이 찢어지는 것만 같다.

나는 그를 똑바로 쳐다본다.

"대령님 말씀이 옳아요. 이제 전쟁을 끝내고 모두 집으로 돌아갈 시간이에요."

2000년 7월, 선거가 있던 날, 투표장을 개장하자마자 찰리와 나는 투표를 했다. 투표장은 주지사 관저 근처에 있는 한 초등학교에 설치한 부스였다. 우리는 손을 잡고 나오면서 다른 한 팔로 기자들과 사진사들, 우리의 지지자들에게 손을 흔들었다. 우리는 곧바로 비행기를 타고 마지막 유세장인 오레곤 주 포틀랜드로 향했다. 오레곤 주는 박빙의 승부처였다. 다시 미니애폴리스에 들렀다가 위스콘신 주로 날아가서 당원들과 함께 선거 개표 결과를 보기로 한 장소인 호텔 스위트룸으로 향했다. 아놀드 프루에트와 그의 부인, 가족, 그리고 블랙웰 가족이 모두 모여 있었다. 사촌인 해리와 드류는 초반부터 선거운동을 도와주었고 해럴드와 에드는 기금모금에서 큰 활약을 했다. 엘라와 해럴드, 프리실라, 찰리의 모든 형제들과 그들의 아내들, 그들의 결혼하고 아이까지 둔 그들의 자식들이 모두 와주었고 나는 가슴이 뭉클했다. 누군가가 피자 수십 판을 주문했고 스위트룸은 긴장과 흥분의 도가니였다. 피자를 먹기 직전 랜디 목사의 기도시간이 유일하게 조용한 순간이었다. 선거가 박빙의 승부가 될 거라는 사실은 누구나 알고 있었지만 행크는 찰리의 승리를 확신했고 찰리 역시 자신감이 넘쳤다. 그런 말을 주고받지는 않았지만 나는 찰리의 아버지와 내가 유일하게 승리에 확신이 없는 사람이라고 생각했다. 해럴드는 은퇴한 이후였지만 공화당 내부에 튼튼한 인맥이 있었기 때문에 그의 회의론은 어느 정도는 근거가 있는 것인 반면,

나의 회의론은 그저 직관에 의한 것이었다.

내가 찰리의 승리를 원하는지는 중요하지 않았다. 물론 나는 찰리의 승리를 원했고 또 원하지 않았다. 나는 우리 야구단이 승리하기를 원하는 것처럼, 혹은 딸이 뛰는 축구팀이 승리하기를 바라는 것처럼 찰리가 승리하기를 바랐다. 또한 결전의 그 순간, 우리 모두가 낙담하기보다는 승리의 희열에 휩싸이기를 원했다. 그러나 장기적으로 그 승리의 결과를 원하는 것은 아니었다. 나는 찰리가 선거에서 이기기를 바랐지만 대통령이 되는 것은 원치 않았다. 18개월 동안 우리 두 사람은 붉은색과 푸른색 깃발을 들고 구호를 외치는 사람들 사이를 헤치고 다녔고 전략 분석가, 여론조사원, 기자, 취주악단, 비행기, 공항, 행사장에 파묻혀 지냈다. 즐거운 시간도 있었지만 힘든 시간은 그보다 더 많았다. 이제 그 모든 것이 끝날 참이었다. 호텔 연회장은 승리를 축하하는 파티 준비가 한창이었다. 낙선의 가능성이 충분히 있는데도 파티 준비는 해야 했다.

시간이 흐를수록 선거의 결과는 플로리다의 승패로 쏠렸다. 7시가 조금 못 되어서 플로리다의 25개 선거구의 승리가 찰리의 경쟁자에게로 돌아갔음을 선포했다. 리자의 석 달 된 아들 파커의 칭얼대는 소리를 제외하면 방 안이 쥐 죽은 듯 고요했다. 모두가 찰리를 쳐다보았고 나는 찰리를 쳐다보지 않으려 애썼다. 그는 커다란 TV 앞에 앉아 있었고 한쪽에는 엘라가, 다른 한쪽에는 행크가 앉아 있었다. 몇 분 뒤 엘라가 다가와 내 귀에 대고 "아빠가 그만 일어나고 싶대요"라고 말했을 때 나는 그다지 놀라지 않았다.

해럴드와 프리실라, 행크, 데비 벨이 우리를 주지사 관저로 데려다 주었고 다른 사람들은 모두 호텔에 남았다. 로비를 지나 SUV 차량에 올라탄 뒤 집으로 향하는 동안 우리에게 고함을 질러대는 기자들에게 그 누구도 응답하지 않았다. 그들은 결국 우리를 쫓아올 것이고 우리는 결국 그들을 집 안으로 들여야 할 것이고 찰리는 그날 밤이 지나가기 전 그들과 인터뷰를 해야 할 것이었다.

집으로 돌아와서 우리는 2층 거실에 모였다. 저마다의 성격이 그 순간만큼은 축소되거나 확대되거나 증류되어 원액만 남은 것 같았다. 데비 벨은 화가 났고, 행크는 플로리다에서 찰리가 질 리가 없다고 뭔가 잘못된 것이 틀림없다고 우겨댔다. 해럴드는 말을 아꼈으며 프리실라는 찰리의 경쟁자를 경멸하면서 어떤 바보 천치들이 그를 뽑았냐고 투덜거렸다. 엘라는 아빠를 감싸주려 했다. 나는 침묵했고 찰리는 마치 상처받은 어린아이 같은 모습이었다. 찰리가 가장 말이 없었고 프리실라가 가장 말이 많았다.

"쳇, 저 고상한 척하는 환경운동가 나부랭이!"

찰리의 경쟁자 얼굴이 TV에 나오자 프리실라가 소리쳤다.

"미국 국민들이 원하는 대통령이 겨우 저 수준이라면 할 수 없지."

선거 날 저녁은 해럴드와 프리실라에게 특히 만감이 교차하는 날이었을 것이다. 우리는 주지사 관저에 모여 있었고 그곳은 그들이 8년이라는 시간을 보냈던 곳이며 찰리가 자신의 청년기 대부분을 보냈던 곳이다.

나는 가정부를 시켜서 땅콩과 팝콘을 준비하게 했다. TV 두 대가 켜져 있었고 찰리는 자신의 경쟁자에게 전화를 해서 패배를 인정할 준비를 하고 있을 때 행크와 데비, 해럴드의 전화가 한꺼번에 울리기 시작했다. 그러고 나서 3분이 채 안 되어, 방송 기자들이 플로리다의 승부가 미궁에 빠졌다고 보도했다. 새벽 1시 30분에, 찰리는 플로리다에서 몇만 표를 앞서고 있었고, 3시 30분 현재, 표차는 2천 표 미만으로 좁혀진 상태에서 남은 선거구의 표는 거의 상대측으로 가는 것으로 점쳐졌다. 우리는 4시쯤 잠자리에 들었지만 결과를 전혀 예측할 수 없었다. 분명한 것은 표차가 너무 적어서 재개표를 해야 한다는 것, 결과를 정확히 알기 위해서는 며칠을 기다려야 한다는 것 정도였다. 그렇게 박빙의 승부가 펼쳐지는 긴장된 상황에서 잠이 올 것 같지 않았지만 마지막 며칠

간의 유세로 지칠 대로 지쳐 있던 내 몸이 이제 그만 쉬게 해달라고 애원했다. 놀랍게도 찰리 역시 똑같은 상태였다. 밤이 지나고 우리는 다시 가족들과 만났고 신문과 방송 기자들과 인터뷰를 하고 카메라맨과 사진 기자들을 위해 포즈를 취하는 동안 찰리는 나에게서 좀처럼 떨어지려 하지 않았다. 한번은 화장실에 가려고 일어섰는데, 그가 내게 "금방 올 거지?"라고 물었다. 나는 고개를 끄덕였다. 다시 다음 날 새벽 4시가 되자 그는 "나 들어가서 쉬고 싶은데 용서해줄 거야?"라고 물었다.

"나도 들어갈래요."

거실에서 일어나자 30명 남짓한 사람들이 박수를 쳤고 그는 수줍은 듯 미소를 지었다.

이를 닦고 불을 끈 다음 잠자리에 들었을 때 그는 내 가슴에 고개를 파묻었고, 나는 그의 머리를 쓰다듬어주었다.

"어떻게 될까?"

"글쎄요. 그야 아무도 모르죠."

"당신 직감은 어때?"

"여보, 난……."

그가 내 말을 잘랐다.

"그냥 야구 위원회 위원장이나 될 걸 그랬나 봐. 그게 나한테 딱 맞았을 텐데. 안 그래?"

처음 듣는 얘기였지만 그럴듯했다.

"그러게요."

"재미있었을 거야. 힘들긴 해도 견딜 수 없을 정도는 아니었겠지. 내가 갖고 있는 모든 재능을 발휘할 수도 있고. 하지만 이 썩어빠진 정치판은 기껏 지하수나 노동문제, 1850년부터 있어온 낙농법 가지고 세 시간씩 회의를 해야 하니, 아주 지긋지긋해."

"야구 위원회 자리가 조만간 날 거 같아요? 지금은 윈 스미스가 맡고 있죠?"

"한번 알아봐야지. 스미스 나이가 일흔에 가깝잖아. 젊은 피를 수혈할 때도 됐지."

"주지사 임기도 아직 2년이나 남았어요."

찰리가 잠시 침묵했다.

"이번에 은퇴하면 어떨까? 그러면 보나마나 몬티가 나설 텐데."

몬티는 랠프 몬타네티 부주지사를 두고 하는 말이었다.

"임기를 마치지 않고요?"

내가 물었다.

"선거 유세가 너무 힘들었어. 당신도 잘 알겠지만. 당신한테만 하는 얘긴데, 이제 스릴이 없어. 행크는 벌써 2004년 선거를 준비하고 있겠지만 그럴 가치가 있는 일인지 모르겠어. 대선에서 이긴다는 건…… 요즘 그런 생각이 들더라고. 로펌에서 변호사들이 파트너가 되려고 경쟁하잖아? 그게 말하자면 파이 먹기 대회에서 우승해서 상금으로 더 큰 파이를 먹는 식이잖아."

"여보, 내 말 잘 들어요. 앞으로 어떻게 되든 난 상관없어요. 정치를 계속해도 좋고 야구로 돌아가도 좋고 또 그냥 쉬고 싶으면……."

찰리는 쉰네 살이었고 더 이상 일하지 않는다고 해도 창피할 나이는 아니었다. 그가 일찍 은퇴하면 우리는 함께 여행을 다닐 수도 있고 핼시언 외의 다른 곳에 별장을 하나 살 수도 있을 것이다. 그는 낚시를 하고 나는 책을 읽을 수 있을 것이다.

"은퇴해도 할 수 있는 일들이 많다는 건 당신이 운이 좋은 거예요. 아직 당신을 지지하고 숭배하는 사람들도 많고요. 중요한 건 그거예요"

찰리가 고개를 들어 어둠 속에서 나와 얼굴을 마주했다. 2층에서 켜놓은 TV 소리와 사람들의 목소리가 들려왔다.

"처음에 플로리다에서 졌다는 걸 알았을 때 정말 화가 나더라고. 작년에 거길 수도 없이 갔는데…… 열다섯 번이나 갔잖아. 방송에선 다들 신이 난 것 같더라고. '찰리. 넌 졌어' 했다가 '잠깐만, 기다려봐. 아직 진 게 아니네' 하더니 또 '그래, 다시 보니까 진 거 맞네' 이런 식이잖아. 재미가 두 배겠지. 내가 아는 모든 사람들을 위해 품위 있는 패자처럼 웃어줄 생각을 하니 죽을 맛이더라고. 하지만 생각했어. 만약 이 세상에서 일어나는 모든 일에 어떤 의미가 있는 거라면 이 일에도 어떤 의미가 있겠지. 일이 잘 풀릴 때만 하느님을 믿는다면 어떻게 내가 신자라고 말할 수 있겠어?"

"아직은 이길 가능성도 있어요. 아직 끝나지 않았으니까."

그가 고개를 저었다.

"당신도 내가 졌다는 걸 알잖아. 나도 알고. 느낌이 와. 하지만 린디, 난 괜찮아."

그가 내 입술에 키스한 뒤 말했다.

"미친 소리처럼 들리겠지만, 날아오는 총알을 피한 것 같은 기분이야."

나는 바로 백악관으로 돌아갈 생각이었다. 사실 잠시라도 내게 일어난 일들을 생각하며 혼자만의 시간을 갖고 싶었지만 에드거 프랭클린이 차에서 내리자마자 곧바로 제시카가 핸드폰을 들고 차에 오른다.

"대통령이십니다."

찰리가 아니었다면, 엘라나 심지어는 나의 어머니 전화였다고 하더라도 받지 않았을 것이다. 나는 전화를 받는다.

"외계인이 내 아내를 빼앗아가서 딴 사람으로 바꾸어놓았나?"

그의 목소리는 거칠다. 걷고 있는 것 같다. 아마 행사장에 가기 위해 옷을 갈아입으러 가는 길인 모양이다.

"찰리, 당신을 놀라게 할 생각은 없었어요. 하지만……."

"아니, 아주 훌륭했어. 행크는 잔뜩 열이 받아 있는데, 왠지 알아? 자기가 그 생각을 왜 못했는지 분해서야. 부모 대 부모로 만나는 거. 아주 좋은 생각이야."

"화 안 났어요?"

"특별히 시간을 내준 당신한테 그 친구가 고마워했으면 좋겠어. 소문에 의하면 당신 옷 갈아입을 시간이 없다던데. 당신이 옷도 안 갈아입고 땀 냄새 풍기면서 왔다고 학생들이나 교사들한테 말하지 않을 테니까 걱정하지 마."

그제야 나는 찰리가, 내가 대통령을 대신해서 그를 만났다고 생각하고 있다는 사실을 깨닫는다. 그를 대신해서 장례식이나 외국 정상들을 만날 때처럼.

"찰리, 에드거 프랭클린한테, 전쟁을 중단하고 군대를 철수해야 한다는 생각에 동의한다고 말했어요."

10초 동안 침묵이 흐른다.

"전쟁을 중단하고 군대를 철수해야 한다는 생각에 동의한다고 말했다고!"

찰리는 몹시 화가 난 목소리로 소리친다.

"정부를 대변해서 하는 말이 아니라고 분명히 말했어요. 당신을 대신해서 말한 것도 아니고 그 사람하고 앉아서 정부 정책에 대해 토론을 한 것도 아니에요. 주로 그 사람이 자기 생각을 말했고 저는 들었어요."

"린디, 미안하지만 당신은 나와의 신의를 저버렸어. TV 카메라에 둘러싸인 반전운동가 앞에서 당신은 날 제치고 그의 편을 든 거야."

나는 아무 말도 하지 않는다.

"잘했어, 린디."

"여보, 당신과 나는 서로 다른 의견을 가질 수도 있는 거잖아요. 낙태 문제만 해도……."

"결국 그거였어? 오늘 어떤 식으로든 문제를 일으킬 생각이었어? 그래서 그 의사 할망구 숨이 넘어가자마자 다른 일을 꾸민 거야?"

나는 그와 한방에 있고 싶다는, 그래서 나의 한 손을 그의 뺨에 얹고 그를 포옹하고 싶다는 충동을 느낀다. 나답지 않은 행동을 한 건 사실이지만 여전히 그를 존경하는 아내임을 보여주고 싶다.

"지금 TV 카메라 앞에 나가는 중이야."

그가 말한 뒤 잠시 후 다른 누군가에게 "그냥 얘기 좀 한 거라는데?" 하고 말한다.

"사방에서 떠들고 있군. 그만 가봐야 돼. 내가 추진하는 이민자법도 뒤에서 방해할 셈이야? 사회보장 개혁법은 어때?"

사방에서 떠든다고? 에드거 프랭클린이 내 차에서 불과 몇 분 전에 내렸는데? 아마도 기자들은 그가 내 리무진 안에 있는 동안에도 상황을 파악하고 전국에 생중계를 한 모양이다.

"5분 내로 들어갈 거예요. 공격당하기 전에 잠깐 기다려줄래요?"

"깜빡 잊고 있었어. 당신이 10년에 한 번씩 날 바닥에 눕히고 강제로 입을 벌리고 똥을 처넣는다는 걸."

사생활을 잃은 지 오래됐지만 나는 아직도 엿듣는 사람이 있을까 봐 두렵다.

내가 서른한 살이고 찰리가 처음 하원의원 선거에 출마했을 때, 그가 연설하는 동안 읽으려고 소설책을 들고 다녔다. 그런데 그게 잘못이었다. 기자들이나 청중들은, 후보가 연설할 때 그 아내의 표정을 관찰했다. 그때는 찰리와 내가 막 사랑에 빠졌을 때였고 나는 정치인으로서가 아닌 한 인간으로서 그를 도와주고 싶었다. 나는 그에게 그렇게 말했고 그도 그렇게 생각한다고 했다.

"다른 사람들 앞에서는 절대로 내가 당신과 정치적으로 다른 견해를 갖고 있단 말을 하지 않을게요. 그건 우리 둘만 아는 비밀로 해요."

나를 위해 마련된 행사는 3백여 명의 하객이 참석하여 성황을 이루었고 조금 지나칠 정도로 화려하다. 찰리와 나는 앞줄에 나란히 앉는다. 3학년 아이들이 〈미국이여 영원하라〉를 부르고 휠체어를 탄 조그만 남자아이가 국기에 대한 경례를 낭독한다. 어느 공립 고등학교 교장과 5학년 교사, 교육과 관련한 법안을 추진하고 있는 것으로 알려진 민주당 상원의원의 연설이 이어진다. 타이츠를 입은 아홉 살짜리 꼬마 세 명이 브로드웨이에서 공연 중인 연극 〈헬렌 켈러와 앤 설리반〉 한 장면을 연기하면서 알 켈리의 노래 〈아이 빌리브 아이 캔 플라이〉를 부른다.

세 명의 교사가 상을 받았고 제자들이 나와서 축하해준다. 마지막으로, 공연을 했던 학생들이 모두 무대에 오르고 그중 두 명이 무려 12미터에 달하는 플래카드를 펼친다.

'우리의 영원한 후원자 블랙웰 여사님, 감사드립니다!'

교사들이 수상을 하는 동안 나는 계획대로 무대 뒤쪽으로 이동했다가 미소를 머금고 손을 흔들며 걸어 나온다.

"오늘밤 이 자리에 참석해주신 모든 분들께 감사드립니다. 정말 특별한 밤이었어요. 여러분의 놀라운 재능을 엿볼 수 있는 영광스러운 시간이었습니다. 앞으로 어떤 삶을 살게 되건 그 티켓은 교육을 통해 얻어지는 것임을 잊지 마세요. 오늘 저녁 집으로 돌아가서 숙제를 꼭 끝내는 것도 잊지 마시고요."

연설이라고도 말할 수 없지만 그나마 내가 작성한 연설문도 아니다.

평상시에는 이런 요란한 행사에 참석하는 것이 불편하지만 오늘 하루 동안 겪은 일들을 생각하면, 오히려 잠시나마 복잡한 일들을 잊을 수 있다는 사실이 다행스럽다. 나는 학생들과 교사들을 위해 포즈를 취한다. 찰리는 어느새 자리를 뜨고 없다. 우리는 오늘밤 각자의 역할을 다했다. 유쾌한 표정으로 나란히 앉아서 무대 위에서 누군가가 나에 대해 찬사를 바칠 때마다 찰리는 환하게 웃었지만 나에게 귓속말을 하지도, 손을 꽉 잡아주지도, 무릎을 두드려주지도 않았다.

에드거 프랭클린과의 대화 이후 옷을 갈아입을 시간도 없었지만 나는 화장실이 급해서 얼른 내 방으로 돌아갔다가 엘라와 마주쳤다. 엘라와 나는 포옹을 했다.

"바로 나가야 돼요. 화장 고쳐야 되지 않아요?"

엘라가 물었다.

"엘라, 시간이 없어."

"엄마 없이 시작할 것 같아요?"

엘라가 웃었다.

메이크업 담당 미렐과 헤어 담당 킴이 나를 기다리고 있지만 미렐의 도구로 내 입술에 립글로스를 바르고 브러시로 뺨을 칠해준 사람은 엘라였다.

"고개 들어봐요."

엘라가 눈썹 위로 마스카라를 칠했다.

"이제 아래를 보세요."

나는 엘라가 시키는 대로 했다.

"엄마, 프랭클린 대령하고 얘기하신 건 잘하신 거예요. 그런데 지금 군을 철수하면 중동지역은 무법천지가 될걸요."

엘라가 말했다.

엘라의 말투는 10대 시절, 내가 반드시 알아야 하는데 모르고 있는 것을 알려줄 때의 바로 그 말투였다. 어떻게 보면 내 기분을 상하게 하지 않으면서도 자신의 말이 옳음을 주장하는 외교적인 말투이기도 했다. 엘라의 말은 뜬금없었지만, 한편으로는 엘라의 직설적인 태도가 편안했다. 나의 실수를 어떻게 바로잡아야 할지에 대해서라기보다는 전쟁 자체에 대해 이야기한다는 사실이 편안했다. 어쩌면 엘라를 제외한 다른 사람들은 모두 대책을 고심하고 있을 것이다. 제시카와 함께 백악관으로 돌아오는 동안 제시카의 핸드폰 두 개가 여섯 번 울렸다. 행크는 이미 기자들과 인터뷰를 한 모양이었다. 그는 상황을 바로잡으려고 애쓰고 있는 것이 분명했다. 제시카와 엘라, 그리고 나는 아래층으로 내려가서 찰리와 합류했다. 나와의 마찰을 피하기 위해서인지 데비 벨, 행크도 와 있고 찰리의 비서 마이클과 나의 비서 애쉴리도 와 있다. 찰리는 나에게 키스를 하는 대신 엘라를 포옹하면서 나는 외면한다. 우리 여덟 사람은 함께 행사가 열리는 이스트룸으로 향했다. 행크가 뒤로 물러서고 찰리는 내 손을 잡고 억지로 미소를 지었다. 우리의 모습에 깔린 자막은 '우리에겐 아무 문제도 없음. 백악관에서 영부인의 실언에 대해 걱정하는 사람은 아무도 없음' 정도였을 것이다.

공연이 끝난 뒤 무대 위에 줄을 서 있는 모든 사람들과 일일이 악수를 하고 사진을 찍은 뒤 엘라, 제시카 그리고 나는 칼의 경호를 받으며 밖으로 나온다. 애쉴리가 내 손에 세정제를 뿌려준다. 우리는 행사에 참석했던 몇 십 명의 기자들에게 아무 말도 하지 않고 그들 곁을 지나친다.

"행크의 작전은 이거예요."

우리가 엘리베이터로 향하는 동안 제시카가 낮은 목소리로 말한다.

"앞으로 몇 주 동안 일절 인터뷰를 하지 않는다. 공적인 장소에서 절대 질문을 받지 않는다. 그리고 상황이 진정되는지 지켜본다."

나는 고개를 끄덕인다. 나쁘지 않다. 나로서는 내가 에드거 프랭클린에게 했던 말을 강화하는 것이건 약화하는 것이건 침묵이 훨씬 수월하다. 앞으로 인터뷰를 하게 되면 기자들은 분명히 내가 에드거에게 한 말에 대해 물을 것이다. 에드거는 내가 한 말을 이미 기자들에게 했을 것이고 나는 그가 그렇게 하리라는 것을 알고 있었다.

엘리베이터가 멈추자 제시카는 앞으로 나서지 않고 엘라와 나에게 손을 흔든다. 마치 이제 퇴근을 하려는 듯이. 그러나 나는 제시카가 다시 동관으로 돌아가서 일을 하리라는 것을 알고 있다.

"수고했어. 오늘 고생 많았지?"

내가 말한다.

"정말! 제시카한테도 상 줘야 하는 거 아니에요?"

엘라가 말한다.

그러나 엘라는 글래디스 위콤의 협박에 대해 알지 못한다. 얼마나 긴 하루였는지 알지 못한다. 나는 이미 행사장에서 받은 사과 배지가 어디로 갔는지도 알지 못한다. 제시카의 비서인 벨린다가 어디론가 치웠을 것이다.

"푹 쉬세요."

제시카가 내게 말한다. 그리고 엘라에게 "편히 쉬게 해드려"라고 말한다.

"제시카도 푹 쉬어."

내가 말한다.

"제가 피곤할 게 뭐가 있겠어요?"

제시카는 갑자기 엘리베이터에서 내려서 나를 포옹하면서 내 귀에다 대고 "옳은 일을 하신 거예요"라고 속삭인다.

엘라와 나는 가족 식당에 앉는다. 엘라가 치즈와 후머스(이집트콩을 삶아 양념한 중동 음식), 주스용 당근을 냉장고에서 꺼낸다. 엘라는 백악관 음식을 좋아하지 않아서 엘라가 온다고 하면 나는 직원들을 시켜서 냉장고를 채워놓게 한다. 우리는 코브 샐러드(닭고기, 베이컨, 오이, 치즈, 계란 등을 얹은 샐러드)를 주문한다. 엘라와 나는 그날 저녁의 공연에 대해 이런저런 이야기를 나눈다.

"제시카는 워낙 완벽해서 한 번도 엄마를 화나게 한 적이 없어요?"

엘라가 묻는다.

내가 미소 짓는다.

"너는 제시카가 완벽해서 화가 나는가 보구나."

"전혀요!"

엘라가 찰리와 똑같은 미소를 짓는다.

"나하고 나이도 비슷하고 하루 종일 우리 엄마하고 같이 있고 엄마가 나보다 더 좋아하는 제시카를 제가 왜 질투하겠어요? 전혀요!"

"제시카를 사랑하는 건 사실이지만, 하나밖에 없는 우리 딸보다 더 사랑하는 사람은 없어. 내 무릎에 앉을래?"

반 장난으로 한 말이었지만 엘라는 정말 자리에서 일어나 몇 초 동안 내 무릎 위에 앉는다. 나는 엘라의 등을 쓰다듬고 긴 캐러멜빛 머리카락을 쓰다듬는다. 엘라는 일어서서 후머스에 당근을 찍은 다음 깨물어 먹으면서 어깨 너머로 말한다.

"아빠하고 싸우셨어요?"

엘라가 묻는다.

"왜?"

"에드거 프랭클린 때문에 좀 부딪치셨을 것 같아서요."

"우리 걱정은 하지 마. 괜찮으니까."

"참, 아까 하시려던 말씀은 뭐였어요?"

"아, 그거."

말을 해야 할까? 글래디스 위콤이 죽었기 때문에 이제 엘라에게 말할 필요도 없어졌다. 이제 와 다 지난 일을 들춰서 엘라의 마음을 상하게 하고 싶지 않다. 엘라에게 말을 하는 것은 옳지 못하다. 엘라의 종교적 믿음 때문이기도 하지만 외동딸인 엘라가 자기에게도 오빠나 언니가 있을 뻔했다고 생각할 수도 있다.

"아무것도 아니야."

엘라가 몸을 숙여 내 뺨에 키스한다.

"와이어트한테 전화할게요. 아빠한테 유투브에 뜬 아주 재미있는 동영상 보여드린다고 전해달래요."

엘라가 가고 난 뒤 나는 서쪽 거실로 향한다. 나는 그곳 소파에 앉아서 한 시간 반 동안 책을 읽는다. 11시가 되기 직전 나는 책을 내려놓고 피트 이모프가 건넨 봉투를 떠올린다. 재킷 주머니 속에 그 봉투를 넣어 두었다. 나는 봉투를 꺼낸다. 편지봉투 뒤쪽에 열일곱 살 소녀인 나의 글씨로 '앤드류의 부모님께'라고 적혀 있다. 나는 그 편지봉투에 무엇이 들어 있는지 바로 깨닫는다. 나는 엄지손가락 끝으로 편지봉투의 불룩한 표면을 문질러본다.

나는 봉투 속에 들어 있던 편지를 꺼낸다. 피트가 그 편지를 부모님께 전하지 않았을 거라는, 어쩌면 그 자신조차 읽지 않았을 거라는 생각이 든다.

'어떻게 사죄를 드려야 할지 모르겠어요.'

열일곱 살의 내가 푸른 잉크로 말하고 있다.

'두 분께 엄청난 고통을 안겨드렸다는 것 잘 알고 있습니다.'

봉투에 들었던 펜던트를 꺼내는 순간 심장박동이 빨라진다. 펜던트는 녹슬어 있다. 나는 결코 다시 광을 내지 않으리라. 손바닥 위에 펜던트를 올려놓는다. 은색 하트 모양이다. 연습을 하러 나가기 전에, 내 목에 걸려 있던 이 목걸이를 앤드류가 만졌었다. 내 열여섯 번째 생일에 할머니가 내게 준 선물이었다. 오, 나의 지나간 날들이여! 사랑했던 사람들의 기억은 언제나 나를 아프게 한다.

그 펜던트를 어떻게 해야 할지 알 수가 없다. 예순한 살 할머니에게, 그것도 영부인에게는 어울리지 않지만, 줄이 길어서 옷 속에 넣고 다니면 보이지 않으리라. 나에게 이것보다 더 소중한 물건은 없다. 나는 그 펜던트에 얽힌 추억을 생각하면서 경이로운 눈빛으로 바라본다. 어쩌면 내가 에드거 프랭클린을 만날 수 있었던 것도 이 펜던트 때문이 아니었을까? 피트 이모프가 나의 사랑을 돌려주었기 때문이 아니었을까?

나는 침실 밖에서 찰리를 만난다. 그는 반대편에서 걸어오고 있고 나를 어떻게 대해야 할지 아직 마음을 정하지 못한 것 같다. 나와 눈이 마주치는 순간, 그는 바로 시선을 피한다. 그러나 우리 두 사람밖에 없을 때, 혹은 우리 두 사람과 눈송이만 있을 때 서로 시선을 피하는 것이 우습다는 사실을 깨닫는다.

"제발 침묵으로 날 벌주진 말아요. 화가 났으면 얘기를 해요."

내가 말한다.

"화가 났으면? 린디, 어떻게 이렇게 내 뒤통수를 칠 수가 있어? 이제 내가 부부 사이에서조차 합의를 도출하지 못했다고 생각할 거 아니야! 오늘밤 난 전 세계의 웃음거리가 됐어. 그런데 애들 공연이나 보면서 박수나 치고 있어야 했다고!"

"여보, 당신이 너무 과민 반응하는 거예요. 내가 에드거 프랭클린한테 한 말은 전혀 정치적인 발언이 아니었어요."

"도대체 당신 어느 별에서 사는 거야? 미국 영부인이 하는 말은 항상 다 정치적이야!"

찰리와 내 침대 사이에 놓인 벽난로 위에는 평면 TV가 걸려 있었고 그 맞은편에는 두 개의 등받이 의자와 소파가 있다. 찰리는 테이블 위에 있던 리모컨을 든다.

"어디, TV에서 뭐라고 떠들어대는지 한번 볼까? 공중파에서까지 떠들어대진 않겠지? 왜냐하면 당신은 그저 평범한 시민으로서 말한 것일 뿐이고, 전혀 정치적인 발언이 아니었고, 언론에서도 그 미묘한 차이를 충분히 구분할 수 있을 테니까."

화면이 켜지자 폭스 뉴스가 나온다. 찰리의 홍보 담당인 매기 카페니가 인터뷰를 하고 있다.

"우리 모두 군대를 철수시키고 싶어요. 미국인 모두 그럴 겁니다. 철수하는 것 자체가 문제가 아니라 언제 철수할 것이냐가 문제죠. 하지만 영부인도 다른 사람들처럼 경솔한 군의 철수가 끔찍한 결과로 이어질 수 있다는 걸 잘 알고 있어요. 영부인과 대통령 모두 언젠가는 우리가 승리해서 안정과 자유를 쟁취할 거라고 확신하고 있다는 뜻입니다."

"제가 보기엔 당신을 웃음거리로 만드는 것 같지 않은데요."

내가 말한다.

매기가 내 말을 오도하는 것이 나는 그다지 신경에 거슬리지 않는다. 어떤 사람이 내가 한 말에 대해서 부연 설명을 한다고 해도, 그로 인해 내가 한 말 자체가 진실이 되거나 거짓이 되는 것은 아니다. 한 번이라도 내가 말을 했다는 것, 그것만으로도 지금은 충분하다. 매기나 행크는 내가 한 말의 의미를 축소할 수는 있어도 그 말을 지울 수는 없다. 내가 한 말은 남아 있다. 미국의 대중이 얼마나 쉽게 매체에 현혹되는지 매번 놀라긴 하지만 그들 중에 몇 명은 진실을 가려낼 수 있으리라. 프랭클린이 내 말을 정확히 인용했고 내가 의도한 대로 말했다는 것을. 내 말이 내 남편에게도 긍정적인 영향을 미칠지는 두고 봐야 알 것이다.

CNN을 틀자 '반전운동하던 아버지, 집으로 돌아가다'라는 자막이 보인다. 프랭클린은 수십 개의 마이크에 둘러싸여 있다. 그의 뒤로 그의 누나 셰릴의 모습이 보인다. 배경이 낮인 것으로 보아 몇 시간 전에 촬영된 장면인 것 같다.

"저로서는 대통령에게 다가갈 수 있는 만큼 다가갔던 것 같습니다. 오늘 블랙웰 여사와 진솔한 대화를 나누었고 그분이 제 말을 들으셨으니 남편을 설득하실 거라 믿습니다. 부인의 말을 들으실지 말지는 대통령이 결정하실 문제지요. 오늘은 집으로 돌아가지만 전쟁이 끝나지 않는 한 저는 계속 반전운동을 할 것입니다."

화면은 다시 에드거 프랭클린에서 스튜디오로 돌아왔다. 자막은 다시

'앨리스, 당신마저도!'로 바뀌어 있었다.

"시청자 여러분도 모두 기억하실 겁니다. 블랙웰 대통령은 앨리스와 눈송이가 자신을 지지하는 유일한 사람이라고 해도 군대를 철수하지 않겠노라고 공언한 바 있습니다. 블랙웰 대통령은 먼저 큰 고양이부터 챙기셔야 할 것 같군요."

나비넥타이를 맨 전쟁 전문가 중 한 사람이 말한다. 좁고 긴 테이블에 네 명의 전문가가 앉아 있고 모두가 나비넥타이를 맨 사람의 농담에 웃음을 터뜨린다.

"문제는, 대법관 임명을 앞두고 있는 현 상황에서 민주당이 이번 사건을 이용해 대통령을 곤경에 빠뜨릴 것이냐 말 것이냐 하는 건데요."

"계속 볼 거예요?"

내가 묻는다.

찰리는 TV 뉴스는 되도록 보지 않는다. 대부분의 프로듀서나 기자들은 진보적인 편견을 갖고 있다고 믿기 때문이다.

"당신이 한 짓 때문에 오늘밤 난리가 난 걸 인정하기 싫은 모양인데, 그런 식으로 자신을 속이지 마."

찰리가 TV를 끄며 말한다.

"그래도 에드거 프랭클린이 집으로 돌아간 건 잘된 거 아닌가요?"

"당신이 날 팔아서 그 사람한테 원하는 걸 주었기 때문이지."

"사랑해요."

내가 말한다.

"당신은 다른 방에서 자."

"내가 한 말 들었어요?"

"키스나 하고 다 잊어버리자고? 내일은 나 몰래 또 무슨 짓을 하려고? 그린피스에 가입할 셈이야? 난 아직도 당신이 무슨 생각을 하는지 통 모르겠어."

"찰리, 프랭클린 대령하고 이야기를 한 건 나로서는 그렇게 엉뚱한 행동이 아니었어요. 그 사람은 아버지였고 그의 아들이 죽었어요. 백악관에서 그 사람을 외면하고 있다는 사실이 나로서는 너무 불편했어요."

"그랬다면 행크나 나한테 먼저 말했어야지."

"당신한테 말했잖아요. 아니, 말하려고 했어요. 하지만 오늘 아침만 해도 당신이 신문을 가지고 오면서, 그 사람 얘기를 하지 않겠다고 약속하면 신문을 주겠다고 했잖아요."

"그래서, 내가 당신한테 내 외교정책을 뭉개버리는 것 말고는 선택의 여지를 주지 않았다는 거야?"

그의 표정은 냉소적이다.

그는 검은색 슈트에 흰 셔츠, 붉은색 타이를 매고 있다. 그러고 보니 그와 나 모두 공연을 위해 옷을 갈아입지 않았다. 그는 셔츠 단추를 풀고 타이를 느슨하게 했다. 어쩌면 내가 너무 쉬운 여자인지 모르겠지만 나는 남자들이 타이를 잡아당기는 모습, 특히 찰리가 그러는 모습이 너무도 사랑스럽다.

"이제 그만 내가 대통령이 된 걸 용서할 때도 되지 않았어?"

그가 말한다.

우리는 잠시 서로를 바라본다. 나는 아무 말도 하지 않는다. 목에 무언가 걸린 것 같다.

"당신이 대통령이 되기를 원하지 않았던 건 바로 이렇게 될까 봐 두려워서였어요."

"이렇게 될까 봐? 당신과 나 얘기야?"

나는 고개를 젓는다.

"우리 말고요. 이 책임감. 뭔가를 결정해야 할 때마다 느껴야 하는 막중한 책임감이요."

우리는 한 번도 이런 대화를 나눈 적이 없다. 우리는 그가 언제 연설을 하는지, 언제 어디로 가야 하는지, 나는 언제 출발해야 하는지에 관해 이야기한다. 미국이라는 나라가 어떻게 돌아가는지에 관한 작고 순간적인 대화들, 이를테면 비행기가 요동이 심하다든가, 그의 감기가 많이 나아졌다든가, 그런 사소한 이야기들을 나눈다. 그러나 우리 삶의 무게에 대해서는, 그 의미와 파장에 대해서는 감히 이야기를 나눌 수 없었다. 어쩌면 바로 그런 식으로, 말을 아끼고 평범한 대화만을 이어가면서 한 발 한 발 내딛는 방식으로, 깊이 생각했다면 결코 걸을 수 없었을 길을 우리가 걸어왔는지도 모른다. 찰리는 항상 그런 식으로 대통령직을 수행해왔다. 그의 결단은 언제나 그가 듣고 싶어 하는 말만을 해주는 자문위원들의 조언을 바탕으로 도출된 것들이다. 그는 항상 기도를 했지만 나는 그가 기도를 통해 얻은 응답이 신의 응답이라기보다는 행크의, 어쩌면 찰리 자신의 목소리가 메아리로 들려온 것이 아닐까 하는 의심을 떨쳐버릴 수 없었다.

그러나 찰리는 그런 식으로 바라보지 않는다.

"내가 미국의 지도자로서의 책임을 단 한순간이라도 잊어본 적이 있는 줄 알아? 린디, 만약 대통령이 엄청난 부담을 안고 살아가는 사람이라는 걸 이제야 알았다고 말한다면 도대체 지난 6년 반 동안 당신이 어디서 뭘 했느냐고 묻고 싶어."

그가 믿을 수 없다는 표정으로 나를 바라본다.

"하지만 당신은……."

나는 잠시 말을 멈추었다가 다시 말을 잇는다.

"죄책감 안 들어요?"

그가 나를 바라본다.

"죄책감?"

"수많은 젊은이들이 엘라보다 어린 나이에 죽어가고 있어요. 그들 중에는 결혼한 사람도 있고 아이들 둔 사람도 있어요. 마침내 집으로 돌아왔는데 스물여섯 살이고 양 다리를 잃었고 제대로 교육도 받지 못했다면 어떻게 하죠? 그 사람은 어떻게 살아야 하죠?"

찰리가 평상시보다 더 심하게 코를 찡긋거린다. 내 말이 기가 막힌다는 뜻이다.

"당신 오늘 시카고에서 반전운동가 집회라도 다녀온 거야? 린디, 제발 어린애 같은 소리 좀 그만해. 자유는 대가를 치러야 하는 거야. 그리고 그거 알아? 많은 사람들은 기꺼이 그 대가를 치를 준비가 되어 있다는 거."

"여보, 당신을 추궁하려는 게 아니에요. 난 기자가 아니라고요. 제발 마음을 터놓고 대화할 순 없어요?"

"뭐에 대해서?"

그의 얼굴이 일그러진다.

"어쩌다가 이렇게 됐는지 모르겠지만……."

이제 와서 바꾸려는 것은 어쩌면 찰리의 말대로 너무 늦은 것일까? 나는 되도록이면 분란을 일으키지 않으려고 애쓰며 살아왔다. 나는 남편을 설득하려고 애쓰지 않았다. 그렇다면 이제 와서 나 자신의 의견과 판단으로 찰리와 맞서는 것은 옳지 않은 일일까? 하지만 그렇게 하지 않는 것 또한 너무 몸을 사리는 것이 아닐까?

"20년쯤 됐을 거예요. 제이디하고 컨트리클럽에서 신문을 읽다가 돈이 없어서 약을 먹지 못한다는 간염 환자의 기사를 보았어요. 그 사람 이름은 기억나지 않지만 참 슬픈 사연이었어요. 기사를 읽다가 고개를 들어보니 아이들이 수영장에서 물장난을 치고 있고 제이디하고 나는 의자에 누워 있었어요. 제이디한테 이렇게 살면 안 된다는 생각을 해본 적이 있냐고 물었죠."

거의 알아차리기 힘들 정도로 미묘하게 찰리의 표정이 부드러워진다. 그의 코끝도 더 이상 심하게 일그러져 있지는 않다.

"문득 내가 영부인 역할을 잘못했던 게 아닌가 하는 생각이 들었어요. 물론 나도 알아요. 6년이라는 시간이 흘렀고 이제야, 아, 이렇게 돌아가는 거구나 하고 깨닫게 된 것들이 있는 거겠죠. 내가 사서였을 때는, 수업이 끝나고 나서야 어떻게 토론을 이끌어가야 했는지, 어떤 활동을 했어야 했는지 떠오르곤 했어요. 뭔가 잘못하고 나면 그다음에 어떻게 해야 할지 깨닫는 식이었어요."

"린디."

그가 팔짱을 끼고 말을 잇는다.

"당신은 훌륭한 영부인이야. 지지율이 하늘을 찌르고 있잖아."

"그런 숫자들은 아무 의미도 없어요."

그가 어깨를 으쓱한다.

"미국인들은 당신을 사랑해. 오늘 당신이 받은 박수는……."

"내가 얼마나 대단한지 당신까지 말해줄 필요는 없어요."

내가 말한다.

"정말? 난 당신이 나한테 그렇게 해주면 진짜 신날 것 같은데!"

침실에 들어온 이후 처음으로 그가 웃는다.

나는 벽난로 위에 놓인 도자기 꽃병들을 바라보다가 다시 남편을 바라본다.

"오늘 비행기를 타고 돌아오면서, 앤드류 이모프가 죽은 뒤 내 삶에 일어난 모든 좋은 일들은 모두 내가 용서받았다는 증거인 것 같았어요. 특히 당신을 만나고 당신하고 결혼했다는 게…… 내가 과연 그런 행운을 누릴 자격이 있는지 의문이 들었어요. 당신이 주지사 선거나 대통령 선거에 출마한다고 했을 때 솔직히 의심이 들었지만 당신을 말리지 않았어요. 나한테 그럴 권리가 없다고 생각했죠. 어떻게 살아야 한다고 당신을 포함한 다른 사람한테, 내가 말할 자격이 있나요? 나 자신이 완벽하지 않은데?"

내가 잠시 말을 멈추었다. 말하기 어려운 부분이었다. 나 자신을 비난하는 것이 아니라 그도 비난해야 하는 대목이기 때문이었다.

"하지만 당신이 어떤 결정을 내릴 때 내가 그저 곁에서 보기만 했다면 나도 어느 정도는 그 결정에 책임이 있는 거 아닌가요? 어떻게 보면 자동차 사고로 사람을 죽게 한 건 전쟁 희생자들의 숫자와 비교하면 아무것도 아니죠. 한 사람을 죽인 것에 대한 죄책감도 견딜 수 없었는데, 이제 수천 명이…… 미국인뿐 아니라 다른 나라 사람들까지도……."

"말도 안 되는 소리야."

찰리가 내게 다가와서 나를 일으키더니 양손으로 내 머리를 잡고 나를 똑바로 바라본다. 그는 단호한 표정이지만 화가 난 것 같지는 않다.

"당신 지금 제정신이 아니야. 내 말 잘 들어. 누가 대통령을 하건 희생자들은 존재해왔어. 단 한 명도 예외 없이. 당신은 착한 사람이라 이 전쟁에 책임감을 느끼지만 사실 당신하고는 아무 상관이 없는 일이야. 민주주의를 전파하는 과정에서 희생이 발생하는 것은 어쩔 수 없어. 너무 잔인하게 들리겠지만 지금까지의 희생자 수는 베트남전이나 2차 세계대전과는 비교할 수 없을 정도로 미미한 숫자야. 전쟁 축에도 들지 못한다고. 그 전쟁이 일어날 때도 비판하는 사람들은 있었지만 지금, 그때 히틀러를 그냥 내버려두고 유럽을 통치하게 했어야 된다고 말하는 사람은 아무도 없잖아? 당신이 혼란스러워하는 건 이해해. 나도 가끔은 괴로우니까. 하지만 미래 세대는 우리한테 감사할 거야. 난 확신해, 린디. 내 마음속엔 한 점의 의심도 없어."

나는 그에게 내 영혼까지 모두 드러내 보인 것일까? 그래서 그가 내 생각을 더 강력하게 반대함으로써 나를 위로할 수 있도록? 찰리만큼 나의 결백을 믿어주는 사람이 있을까? 찰리만큼 나를 잘 아는 사람이 있을까? 오래전에 나는 이와 비슷한 방식으로 데나가 아무리 싫어하더라도 우리는 만나야 한다고 그가 나를 설득하도록 만들었다.

"오늘 여러 사람이 당신을 괴롭혔지? 그 마녀 의사도 그렇고 연민의 아버지도 그렇고. 당신이 너무 착해서 그들을 뿌리칠 수 없었던 거야. 하지만 듣기 좋은 이야기를 한다고 해서 다 옳다고 말할 순 없어."

오, 찰리!

나의 소중하고도 사랑스런 남편, 흰 셔츠를 입고 빨간 넥타이를 느슨하게 풀고 내 앞에 서 있는 따스하고 열정적이며 익숙한 나의 남편! 내가 모든 표정과 몸짓과 피부 속까지 꿰뚫고 있는 사람! 이 이상한 삶의 동반자! 내가 끝없이 행복하게 해주고 싶은 사람! 항상 나를 즐겁게 해주고 사랑해주는 사람! 듣기 좋은 말을 한다고 해서 다 옳은 건 아니라고? 당신은 정말 내가 그 사실을 모를 거라고 생각하는 건가요?

이따금 나는, 내가 숲 속의 작은 오두막집에서 어두운 숲을 바라보고 있는 고독한 사람인 것 같은 기분이 든다. 아주 어렸을 때부터 나는 이 조그만 오두막집에 살았다. 나는 고통받는 사람들이 있다는 것을 알았고 지금의 내 남편과 내 딸이 외면하는 것처럼 그들을 외면하며 살 수 없었다. 나는 사실을 말하는 것뿐이다. 찰리와 엘라가 전혀 그런 쪽으로 생각하지 않는다는 의미는 아니다. 다만 두 사람은 그런 생각들에 빠져들지 않는다. 불운한 사람들은 내 양심을 자주 두드린다. 그들은 숲 속에서 나와서 수시로 내 오두막의 문을 두드렸지만 내가 문을 열어준 것은 고작 몇 번뿐이다. 아무것도 안 한 것은 아니었지만 내가 할 수 있는 것보다는 적게 했다. 나는 편안한 소파에 퀼트 이불을 덮고 누워 몽상에 잠기다가 누군가가 내 오두막을 두드리면, 때로는 동전이나 먹을 것을 주고, 때로는 그들을 외면한다. 내가 외면하면 그들은 돌아서서 숲으로 들어가는 수밖에 없다. 그들이 지치고 길을 잃어서 늑대들에게 둘러싸이면, 그리고 그들이 내 이름을 부르면 나는 못 들은 척한다. 20대였을 때, 가난한 집 아이들을 가르치던 시절, 나는 그것이 단지 시작일 뿐이라고, 언젠가는 이 사회에 큰 공헌을 할 수 있을 거라고 믿었다. 그러나 사실 그 시절이 나의 전성기였다. 그 이후 나는 점점 더 높은 곳으로 올라갔다. 나 자신의 선행을 보도해줄 더 많은 카메라와 함께.

나는 다른 삶을 살 수도 있었다. 그러나 이런 삶을 살았다. 어쩌면 내 결함을 들춰내지 않는, 심지어는 내 결함을 알지도 못하는 남자와 결혼한 것은 우연이 아닐지도 모른다. 어쩌면 나는 내가 돋보일 수 있는 사람과 결혼한 것은 아닐까? 내가 조금밖에 못 하더라도 그가 나보다 더 적게 할 테니까. 나는 우연히, 그리고 간접적으로 사람들에게 상처를 주는 사람이지만 그는 조금도 주저하지 않고 무한한 확신으로 상처를 주는 사람이다.

그와 이야기를 나누는 동안 내 눈에 눈물이 차오른다. 찰리가 엄지손가락으로 내 눈물을 닦는다. 그가 몸을 숙여 내 오른쪽 눈썹에 키스한다.

"울지 마."

나를 완전히 용서하지 않았을지도 모르지만 용서하는 것은 시간 문제다. 오늘 나의 행동이 아주 이례적인 것이었던 만큼 그는 나를 금세 용서할 것이다.

"린디, 당신과 나 모두, 하느님의 도구일 뿐이야."

그가 말한다.

내가 엄청난 실수를 저지른 것일까?

내 곁에 남편이 잠들어 있다. 그의 숨소리는 깊고 고르다. 눈을 뜨기 전에, 나는 앤드류 이모프의 꿈을 꾸고 있었다. 오래된 꿈이다. 우리 둘은 조명이 흐릿한 커다란 방에 여러 사람들과 함께 있다. 나는 그를 계속 의식한다. 그러나 오늘밤 꿈은 다른 날과 조금 다르다. 수십 년 동안 서로를 그리워한 끝에 마침내 우리는 서로를 찾는다. 그 행복감이란! 우리는 둘 다 수줍고, 둘 다 어리다. 어색하게 서로에게 다가가지만 그러면서도 한편으로는 확신이 있다. 그는 강하고 매혹적이고 눈이 부시다. 나는 실제로 한 번도 가져본 적이 없는 빨간 드레스를 입고 있다. 우리는 아무 말도 하지 않는다. 말이 필요하지 않다. 그러고 나서 기적이 일어난다. 우리는 키스를 한다. 우리가 키스를 하고 있다.

내가 원했던 건 이것뿐이었어. 다시 너에게로 돌아가는 것, 다시 너의 품에 안기는 것. 너와 나 사이를 가로막고 있는 것들은 결코 넘어설 수 없는 것이었기에. 그리고 내 손에 달려 있지 않았기에. 너의 입술은 정말 보드랍고 조심스럽구나. 내 남편의 입술처럼 밀어붙이는 확신이 없네. 하지만 이것만으로도 충분해. 이것만으로도……. 네 손이 내 등에 놓이고, 셔츠 속으로 너의 체온이 느껴지고, 얼굴을 마주보고, 우리 둘만의 은밀함을 느끼는 것만으로도. 내가 네 아내가 될 수도 있었을까? 네 부모님의 농장에서 살 수도 있었을까? 언젠가 라일리에서 지낼 때 나는 그럴 수 없었을 거라는 결론을 내렸지만 이렇게 우리가 함께 있으니 어쩌면 그렇게 살 수도 있었을 것 같아…….

우리는 함께 이야기하고 서로를 웃게 한다. 우리에겐 뭔가 통하는 것이 있었다. 말이 필요 없는 애정이 있다. 우리에게 던져지는 질문은 오직 한 가지뿐이다. 왜 이토록 오래 걸렸을까?

눈을 떠보니 예순한 살의 할머니가 워싱턴 DC의 커다란 침대에 누워 있다. 미국 대통령의 부인이 되어 있다. 찰리와 내가, 언젠가 서로 말도 하지 않고, 서로를 웃게 하지도 못하고, 전혀 마음이 통하지 않게 될 수도 있을까? 내가 찰리를 사랑한다는 것은 굳이 우길 필요가 없는 진실이다. 나는 내가 그를 사랑한다는 것을 안다. 그러나 내가 앤드류에게 느꼈던 것 같은 그러한 해맑은 확신, 그 홀가분한 삶은 이미 오래전에 사라졌다. 다른 누구와도 그런 감정을 느낄 수는 없었으리라.

나는 대통령으로 찰리를 찍지 않았다. 주지사 선거 때에는 그를 찍었지만 대통령 선거에서는 그 엄청난 부담을 감당할 자신이 없었고 솔직히 찰리의 경쟁자가 더 잘할 것 같았다. 그가 더 경험이 많았고 조금 더 신중했다. 그는 재미 삼아 정계를 두드려보는 것이 아니라 평생을 공직에서 일했던 사람이었다. 2000년과 2004년 투표소에서 나오면서 나는 내 표정에 내 행동이 나타나지 않을까 걱정했지만 내가 누구를 찍었는지는 너무 뻔해서인지 어떤 기자나 선거 관계자도 묻지 않았다. 만약 알았다면 문제가 되었을 것이다. 2000년도, 찰리와 내가 매디슨 초등학교에 설치된 투표소에서 나오면서 손을 잡고 흔드는 사진이 있다. 그 사진에는 무엇이 담겨 있을까? 나의 배신? 아니면 그의 배신? 우리에게 주어진 삶에 분노를 느낄 때, 혹은 이 나라에서 벌어지고 있는 일에 분노를 느낄 때마다 나는 우리가 탄 차량 행렬 곁을 지나치는 행인들과 차들을 바라보면서 생각한다.

'전 그저 찰리와 결혼한 것뿐이에요! 그리고 당신들이 찰리에게 권력을 주었잖아요!'

또 어떤 때는 선거 때 그를 배신한 것에 대한 후회와 함께 결국은 나 자신도 그의 당선의 공모자였다는 무거운 깨달음이 밀려오기도 한다.

내가 찰리를 배신한 것일까? 아니면 그저 원칙에 따라 행동한 것일까? 그가 미국인들을 배신한 것일까? 아니면 그저 원칙에 따라 행동한 것일 뿐일까? 그 대답은 알 수 없다. 내가 읽어온 모든 소설이 가르쳐준 바에 의하면 모든 결혼에는 배신이 존재한다. 그러나 결혼을 깨트릴 만큼 큰 배신을 하지 않는 것이 어쩌면 결혼의 목표가 아닐까?

나의 배신을 찰리에게 말할 수는 없겠지만 앞날은 예측하기 힘들다. 어쩌면 내가 그의 경쟁자를 찍었다는 것조차 재미있는 일화가 되는 날이 올 수도 있다. 과연 그런 날이 올까 싶지만 불가능한 일은 아니다. 그러나 지금은 아무 말도 하지 않으리라. 모든 것을 다 드러내야만 하는 나의 삶에서 나만의 비밀로 간직할 것도 있어야 할 테니까.

{ 옮긴이의 말 }

한 소녀의 삶이 끝나는 것 같은 순간, 이야기는 시작된다. 소녀는 이제 막 시작된 풋사랑을 죽음으로 잃었다. 그러나 사랑을 잃은 슬픔, 인생의 끝이자 막다른 골목 같은 그 고통은, 누구에게나 그렇듯, 이 책의 주인공 앨리스에게도 또 다른 삶의 시작이었다.

작고 평화로운 변두리 마을에서 곱게 자란 여주인공 앨리스는 불의의 사고로 첫사랑을 죽음에 이르게 한다. 한 번도 안전지대를 벗어난 적 없던 그녀의 삶은 순식간에 극한의 좌절로 곤두박질친다. 자신을 망가뜨리며 바닥으로 내몰아도 고통은 더욱 커질 뿐이다. 그러나 슬픔과 절망 속에서 앨리스는 편협했던 자신의 삶을 돌아보고 보다 넓고 거친 세상으로 나아간다. 야심만만한 엘리트 청년 찰리 블랙웰과의 만남은 지금껏 알지 못했던 흥미롭고 화려한 세계로 그녀를 이끈다. 조용한 가정에서 독서로 세상을 배우며 자란 앨리스의 삶은 외향적이고 열정적인 찰리와의 결혼으로 걷잡을 수 없이, 생각지도 못한 방향으로 흘러가는 것만 같다. 앨리스는 때로는 반항하고 때로는 순응하면서 자신의 자리를 지킨다.

세간의 관심이 집중되는 주지사의 아내, 전도유망한 차기 대권주자의 아내로 살면서, 앨리스는 언제나 한 걸음 비켜서서 조연을 자청한다. 그러나 영부인이 되어 지난날을 돌아보면서 자신이 살아온 화려한 삶은 결국 그 누구도 아닌 자기 자신의 선택이었음을 깨닫게 된다. 살다 보면 내 의지가 아니었다고 변명하고 싶은 순간이 얼마나 많은가? 그러나 돌이켜보면 그 모든 것은 결국 우리 자신의 선택이었다. 끔찍한 비극이 불가항력일지언정 그 비극을 어떻게 견디느냐는 언제나 우리 자신의 몫이기 때문이다.

감각적이고 자극적인 이야기들이 사이버 공간에서 넘쳐나도 소설을 사랑하는 독자들은 언제나 매혹적인 이야기에 목마르다. 책 한 권을 들고 밤을 꼬박 새워가며 읽는 즐거움을 주는 작가는 어쩐 일인지 점점 희귀해지는 것만 같다.

커티스 시튼펠드는 가장 소설다운 소설을 쓰는 작가다. 그는 멈추어야 할 때를 알면서도 이야기를 기가 막히게 재미있게 풀어낼 줄 안다. 이 작품을 통해 시튼펠드는 그가 소설에 담아내고자 하는 메시지가 결코 가볍지 않음을 다시 한 번 입증했다.

소설《퍼스트레이디》는 사춘기 아이들의 사랑 이야기이기도 하고 오랜 결혼생활의 증언이기도 하다. 특권층의 화려한 삶의 이면을 조명한 다큐멘터리이기도 하고 첫사랑을 가슴에 묻고 산 한 평범한 여인의 회고이기도 하다. 작가의 이름으로 쉽게 떠올려지는 성장 소설이라기보다는 한 편의 자서전이나 회고록, 감동 실화 소설에 가깝다.

전 영부인 로라 부시로부터 영감을 얻은 이야기라고 해서 화제성을 노린 얄팍한 소설일 거라 섣불리 넘겨짚지 말기를.《퍼스트레이디》에는 소설이라고 하기에는 놀라운 리얼리티가, 실화라고 하기에는 놀라운 소설적 상상력이 담겨 있다. 탄탄한 구성과 살아있는 인물들, 그 인물들에게 작가가 준 인상적인 대사들이 오래도록 여운을 남긴다.

자신의 작품과 함께 나이 들고 성장하는 것이야말로 모든 작가의 꿈이 아닐까. 지난 몇 달간 그의 놀라운 재치와 성장을 가장 처음 만나는 기쁨을 누렸다.

봄의 문턱에서, 이제 그 기쁨을 독자들과 나누려 한다.

2010년 봄, 이 진